死者故去是自然的
重要的是让孩子长大

顾城海外遗集

散文卷（下）

# 半梦

荣挺进 辑录
顾乡 校注

金城出版社
GOLD WALL PRESS

目录

## 辑六 散谈



## 辑七 书简及日记

辑外

写信地址手

爸妈：这是到柏林的第七封信，我们搬了个家，从市中心搬至此，以前屋子有三间，宽而大，只五百马克一月，一般一间就要一千马克左右，有一个阳台，室家俱皆备。我来竟至，闲时去看博物馆，有很多，参观了大批珍宝、如：法国、荷兰、意大利、明清，这些在欧洲比较难得的，但最有趣是德国是世界上最发达。在每日有四个多钟头练琴，不然，我要了我德国的二十五本，即五百马克。

乖有人弹琴要饭，胜利者终于失败了。中国已真正不算最穷，满子都在垃圾桶，让人家买。柏林不少地方我都逛过，那是临近的…，攻克柏林。

我最少已要写十本，有骨气，故你听穿吧。

过日子就是个味道，有时惊险，有时平淡，有时宣泄，有时看戏，能活到我的境界是不错的，内不愁衣食，外没有害人，尽看人们奔来奔去，拼搏推攘，投真诚人，看散人走走，弄得人人不安分，人各有命，有风向有航向，人算不如天算。唯有守本真，养性命的才是自家事，入电影去弄是非，一般都凶多吉少。

这幅画回去作了两个傻女，我和她就说戴戴，我戴戴，那小姐就走来走去笑，别处一个不笑的小姐也笑了，她说她要上你了，我说保不准，一会儿发生，她是要我问了，我两笑。

May
M 4 11 18 25
T 5 12 19 26
W

过几天即去英、荷，开读会，6月21日回柏林，九月已要去西班牙，不要对人说我们的事，不好。没有什么光荣，谋生而已，世界与我无关，但这是穷人的事。我完成论文，知者知之，贵之，吾不贵之。

晖

# 辑六 散谈

（养鸡和生活散谈）

上：2007 年摄房内二层东向一角。天花板曾塌落为顾城修复。顾城后于德国写《英儿》时想象它们又塌了，但他修复得很结实，房顶漏雨后，承受板块会被越接越多的雨水压得下弯得厉害，可直到被浸穿存水泄进屋里，天花板也没掉下来。

墙上有顾城的画。他于《英儿》中所写“扒在窗户上看了看”的窗依据的应是照片左边的窗吧。尽管《英儿》是小说，但其描写的他的“壁画”是实在的。因为漏雨，窗子也曾被打开打碎至风雨屡屡大肆长时间侵入过，画线被成片销蚀。不过仍能看出顾城写《英儿》时心中的一些景象。

下：顾城设计和主力建造的大平台一角。平台位于房子北侧即向阳面，连接二层房门，平台东望海亦望山，西则直抵自己的山林，北有直接上下阶梯。平台下是钢筋水泥大型储水罐。摄于 2007 年。

房内墙上顾城画儿截图（2007 年 7 月摄）：

上左：画于东面墙下端，可联想《英儿》中的一段描述：……上帝脚下踩着一条小青蛇，山峦起伏的地方奔跑着大象和虎豹驾驶的车辆，他们一直奔进一条巨龙的嘴里……

上中：似可对应《英儿》中的一段描述："G 画的那个英儿还在，那是一个神色惊讶穿袍子的姑娘，头上长着鹿角一样的山楂树，一点点红色的果子依稀可辨……"但并不见字："龙本来是一个美人，……"，顾乡记忆从来无字，但是此段话大体应是顾城在画另面墙（东面墙）画儿（图部分可见顾城画老鼠坐北窗窗棂图）时说的，当时他爆发了某种不良感觉和心情。图侧房柱梁木上写有"龙女"二字。

上右：曾经形象丰富，一直画到顶端，因上方破漏，十多年后大量画线消褪。

下：画于厅间南面墙。此处曾经漏雨，顾城画雨中小人儿。用旧锌板将屋顶漏处补好后，雨渍依旧可见。

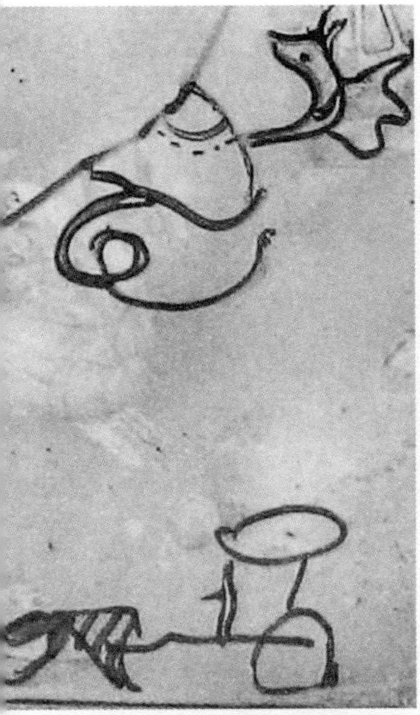

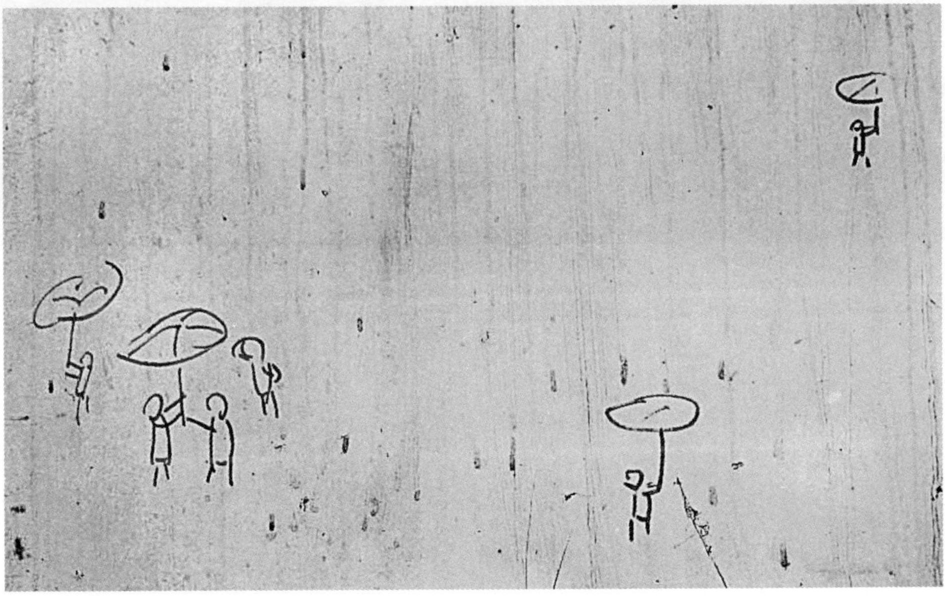

左图2007年摄，顾城曾用断续时间修筑起的挡土墙，亦可被视作院墙，时而被称为『城墙』（上两三层墙砖已丢失）。墙内他将原土坡修筑成了第一到第三级梯田。至房后（房西面）又砍伐山林砌筑出另三级梯田。墙基是打山上石砌成的，设有两处排水管出口。墙外空地里端顾城设想盖一座两层车库，上层可为观景写读游乐间。上图为2006年偶见的一幅顾城打石筑墙之际画于废纸上的『城墙』『城门』草图。他曾为谢烨很认真地画过一幅他称之的『伊斯兰堡图』，将外墙和房屋改造及新建画得极其令人憧憬，惜遗失。

上左：顾城打山上石砌成的入口门柱和石阶。门柱较其设想的“城门”建造还只是个开始。踏入门柱后沿开辟出的梯田和修建的木石台阶砌有弯形的石墙。

上右：顾城谢烨合力建起的水泥密封沼气池外侧。池下端装有液化肥排放龙头（开关阀红色依旧）。龙头下顾城砌有横贯梯田的水泥灌水槽，可在灌水时将沼气池中液化肥适量匀称地自行掺入水中流入此级和下级梯田各个角落。左侧为顾城用水泥桩搭建的第三级梯田拦墙东端。其上方可见沼气池的散气口，在所生沼气超压时做减压用。为建室内厕所顾城设计此沼气池，抽水马桶式厕所于迁入约一年后（1989年8月间）正式投入使用，将排物一概泻入此沼气池。一切运作理想。图上方可见房子和平台一角，以及当年种下的桃树探入的树枝。此时是冬季，至夏季依旧果实累累。

左页下：顾城低工酬为邻居保加利亚老人砌筑的石墙。至今依旧。

上：第三级梯田拦墙。拦墙初建高度仅限水泥桩部分，墙内即顾城开辟的第三级梯田。接近住房处，顾城又砌有墙，使原来一出房门就下山的土坡（前房主还奇想之下地挖了两三个大坑，几乎一出房门就是坑）变成了由四道一级高于一级的拦墙形成的阶梯式田园。大约 1991 年 8 月初大平台大体竣工后，顾城将第四道拦墙拆去，移拆砖在此第三道拦墙之上再加桩加砌，然后挖房后（房西面）山坡土（设想将来在挖出的空间加盖房间）填入此房前（房东面）加高的墙内，使房门前他曾铺建出的很窄的一小条平地大为开阔。过程中顾城将一个废旧大浴缸埋入，作为他设想的鱼池底部，浴缸（鱼池）放水口下接泄水管道（可见图左方的白色塑管泄水口，泄水将泄入水泥水槽，以使灌溉匀称），浴缸上方四周砌石，使鱼池加高扩大。鱼池进水设想为房南侧屋檐水，进水管道地面部分也在填土时在地面以下铺设好。厕所排污管道也在这时重装并埋在了地下。同时顾城还为设想加建的室外用水池埋设好了排水口，可见图中黑色胶皮管。还有室外沼气使用口（见左页上右图）。设想中将在室外另建个简单的餐厨间，享受观山望海烧烤。

左：沼气通过管道引入室内。这是室内沼气出口。顾城后以他打出的石板和挖土中捡出的石子在楼下未铺水泥的北半边铺设室内地面时，专门为此沼气出口做了着想。

右：室外沼气使用口。

顾城在山林中围建的大鸡场早已被纷杂林木复又覆盖，铁丝围网于树丛间断断续续尚可寻见，以开辟鸡场锯下的原木为柱为梁所建的“大鸡楼”已必须在林中跋涉到紧跟前才能看到，所以不仅其全貌无法拍摄，大部分局部都无法拍摄，只能勉强拍一下探于林木稍稀处的个别角落了——

为了采光，顾城尽量将鸡窝修得位置高一些。右下图是鸡窝的起始“楼”，地板距地大约一米，曾有登梯，鸡从这里进入。右边（即西侧）为宽度五米多纵深约两米的主鸡楼，地板距地面两米上下，高处可在大量树枝或树尖之上，于树木密集的地面无法拍摄，上图于“起始楼”之上可见其东端一角。

上左：2007 年于山上高处仍可见十多年后探于树木之上未被草木掩盖的部分鸡楼楼顶板，顾城当年一个个铆上的铆钉看去依旧清晰坚固。远处为东；东端在草木那边。

上右：2007 年攀树所见“鸡楼”背面（即南面）上部东端。此处已近与邻人地界，再往南边不足一米（即图片中树丛所在）就是邻地了。

下：2007 年摄顾城修建的楼梯。此前顾城曾修复由前房主截断的较窄楼梯短期使用。楼梯栏杆也曾拆毁，一根根栏柱寻回打磨上漆重装。楼梯下端建有周转木台，通左右两边。孵小鸡总是在左边（即照片右边亦即北边）空间。顾城的石板石子地面即铺设在这里。

楼下正在孵蛋的母鸡和刚孵出的小鸡。顾城和谢烨因为过忙，也因为节省，没有为养鸡拍过照片。这三张照片是一来访朋友（《养鸡岁月》提到：“那个美国女孩背个大包来，拿相机照了又照，……”）拍下的。

# （散谈一）

1992年10月下旬。德国。与若干来访友人谈。（欢声笑语）



然后就孵了好几窝小鸡，小鸡长大了，我们这边儿按说都是那边儿公鸡的后代哈，后来那边儿不养鸡了，把鸡连鸡圈七十块钱卖给了我们；我就在森林里开出一条路，把鸡圈拆了，整个给搬过来。之前先在这边儿搭了个鸡窝，把鸡先都装过来。没想到这两伙鸡一装在一起就开始打！特别是那边儿的那公鸡，是我们这边儿这公鸡“他爹”！我们叫它“老爷爷”，他和那小老爷爷，就是他儿子，哎哟，打的！那只大公鸡呢，就是老爷爷，进去的时候，我们把它翅膀给剪了，结果呢，它就斗不过他这个儿子，斗斗斗斗，他老往起跳，老以为还可以高飞俯冲呢，结果老是一跌，一跳就一栽，它还跳，斗，后来弄得满头都是血。我们也没办法，在外边儿看着。后来到了第二天早上，那个“老爷爷”就失败了，就是这新进来的这拨儿鸡都失败了，我们原来的那一伙儿都胜利了。然后呢，老公鸡蹲那儿：“啊——！”就大叫一声，就从那个木头棍儿上就摔下来，就摔在地上，就仰面朝天喘气，就死了。我们把它拿出来的时候，给它解剖，就是那颗心，真正地给气碎了哈，心裂开来，肉都是紫的那样儿，气的。

友人：真的呀？

烨：真的，气的。

真的给气昏了，死了。都气破了呵，血管破裂。

烨：不是身上的疤，如果流血什么的哈，那是啄死的，就是没有。“老爷爷”气死了，被他儿子气死了。儿子昂着头，就在那儿，然后就开始叫：喔喔喔——！这样一叫，老爷爷没戏了。

斗胜了，就叫。

友人：公鸡经常就这样，它的自尊非常强。

只有一个王，就是所有鸡群里只一个王。

烨：对。

友人：那如果这个王杀了呢？

那就再打。

烨：那再打，剩下的再打。

友人：它们会决斗？

对。

烨：决斗。

但是母鸡也会斗，母鸡为小鸡斗。我们那里边儿有一个小母鸡，我们叫它小女皇，很小的一个母鸡，乌骨鸡呀，才三斤重，那洋鸡都那么大，比她重一倍。（烨：有两个，一个小女皇，一个小灰姑娘吧？）嗯，她这小女皇，让她下山来孵小鸡，孵完带着一窝小鸡哈，都那么大的，七八个，上山，那会儿鸡窝还很小呢，还没修外头那个大院儿呢，（烨：挺好看的，小鸡）然后就开始斗。因为最早只有很小的食槽儿，一倒食都挤着抢，然后那些个小鸡就吃不着，吃不着那小母鸡就急了，就冲过去挨着个儿斗，那些鸡比她大好多哟！她就是，把她压在底下，她翻上来又斗，就是死掐，就一只一只掐，所有鸡都来掐她，但她就，逮着一只吧，她特油儿，她就逮着一只就掐到底。（烨：那是小灰姑娘！小灰姑娘。）不是，小女皇！灰姑娘，灰姑娘一直没斗赢。

烨：最后斗赢了，最后就是她赢了。

灰姑娘那个，她带上去的小鸡被掐死了一只嘛，她从来就没斗赢过。这小女皇斗赢了。斗到第二天，我们上山一看，小女皇往那儿一站，所有鸡都靠到屋顶那儿的那个树棍上，然后她的小鸡都在食槽那儿吃。

烨：我告儿你，你不可思议，八个大洋鸡呀，都是那个“老爷爷”的子孙哈，老爷爷挺大的，挺魁梧的，然后我拿的那个蛋，都是老爷爷的，都是洛城红鸡，然后那个大蛋孵出来的鸡，长出来的都是高头大耳。

特厉害，跟鹰似的。

烨：特大，比那个中国鸡大一倍得。结果她上去以后，那个时候人家上头已经等级分明了，谁先吃，谁后吃，最后才轮到她，她的小鸡等于就跟着她一起吃，就根本吃不着食儿。然后小鸡就饿得，就窜来窜去，窜来窜去，然后脑袋就被“咚”一哚，然后那小鸡吓一跳。

还老挨叨，嗯。

烨：然后又饿，又悄悄蹭过去，“咚”！又让人家一叨。

那时候只有很小的槽，那鸡吃食儿就彼此踩着，就两层摞着那么吃，一层背上站着一层那么吃。

烨：哎哟，那小女皇真是掐得特狠，那真是英勇奋战，你不可思议，死掐，而且她盯着一个掐，哪个掐她哈，她盯着它掐，掐服了为止，这鸡就不过来了。

然后再掐第二个。

烨：然后再把它掐服，服了，又走一个！一个一个服，八个全服了。最后她到什么程度呵——她，从上边儿走下来，我们一倒鸡食儿哈，她走下来，没一个鸡敢过来。

那些鸡饿得要死都不敢下来哈？

烨：塞着脑袋看，看一下，她一回头儿，马上就，特逗。

友人：有这种事情的噢？

烨：嗯，你都不相信，特神。

后来还有一只小乌骨鸡，叫灰姑娘，也下山来孵小鸡，孵了两只小鸡上去，那灰姑娘就不济，上去吧，已经修了个院儿了，我们看可能没事儿了；（烨：那是大了，后来特别多的鸡。）其实那些鸡呀，那些鸡都是灰姑娘孵的，但是她再孵一窝小鸡，上去，那些鸡就不认她了；不认她是妈妈，长大就不认了。

烨：她打完白打，打完八个鸡她下去，再孵一次鸡上来，又不认了，又得重打。

小灰姑娘，不是，最早就是她孵鸡嘛，那几个大鸡都是她孵的；小女皇比她晚，孵的鸡还没长太大呢。小灰姑娘原来带小鸡上山没太打，打的时候还没到呢；最打的时候让小女皇赶上了嘛，那八个鸡最强大的时候是小女皇孵蛋；小灰姑娘后来又孵院子已经成大的了，我们以为没事儿了，她孵了领两个小鸡上去，没想到，就都冲过来，她护小鸡，她打不赢，打不赢呢，我们再上去的时候，她的一只小鸡的眼睛给叨掉了，就死了。

友人：哎哟。

烨：她赢过！她最后败了，最后也不知因为老了，还是二百个鸡太多她掐不过了。特别小的一个鸡，她绝对赢过。

那个小女皇挺厉害的，小女皇就连公鸡都服她。她公鸡都掐得下，她六亲不认。后来那公鸡就跟在她后边儿吧，就好像保镖似的。

友人：看来鸡的社会跟人也是一样的。

烨：绝对一样。

嚯！那叫个等级森严。（烨：等级森严）吃的时候第一级先吃，第二级后吃，然后才是第三级，（烨：对）最后一级简直你就别想吃，不仅别想吃，你走近了就得叨你一口。

烨：那鸡特谄媚，真的，你要是王，它就巴结你，绝对巴结你，特谄媚的那样儿，特怪。

友人：马上巴结呵？

烨：马上巴结你。你赢了它就巴结你。而且那些低级鸡就老吓得，它又饿，又想过来，又贱，你索性就等着人吃完你再吃也不着急哈，反正最后总能吃着，它不，它就一定缩头缩脑挤过来，然后，让人家叨一口。

叨了还不敢回嘴。只要它给叨输了，它就永远服了。

烨：哎，败了以后它就永远服了。就是那特神，那鸡窝里那斗争，最壮观就是老爷爷上山，那二百个鸡，噢，不是老爷爷，是老爷爷的孙子上山的时候，二百个鸡，对它行屈膝礼！一路过去，哎哟！那才逗呢！

都到老爷爷七世了。一拨儿一拨儿，老爷爷都杀掉了。他那个种，后来我们繁殖出一种鸡，很漂亮，跟豹子的颜色一样。

烨：漂亮极了。

就是洛城红鸡，再加上一种什么芦花鸡，再加上乌骨鸡，嗯，就变成一种型很长的，漂亮极了的鸡。那母鸡也有的很漂亮，就在那个鸡长大的时候。

烨：羽毛，真的是，洁白如玉，一尘不染；什么颜色，那清清楚楚，特漂亮。

有花的，有洁白的。那交叉那血统，色泽明晰。繁殖了七代呢。

友人：七代啦？

哎，大批的鸡就来啦！

我们最早买了两只鸡。

友人：噢，这慢慢弄的。

后来买了二百只鸡。

友人：其实这种形式吧，只能是农场型。

我都想过一个农场该是什么样儿的，要我设计一个养鸡场，就建在山顶上，卡车能开上去，把饲料倒进一个大仓库里，然后流出来的时候，沿着一个很长的饲料棚，鸡可以在那儿吃，有另外一些地方可以下蛋。鸡粪呢，沿着山坡往四边儿就下去了，周围是果树。嗯。但是那样儿我想就忙死了。你想每天光捡蛋洗蛋就得忙不完。

友人：要洗吗？鸡蛋。

要洗呀！

烨：要洗呀，脏。

它就是下雨的时候吧，鸡爪子它趟了泥，再一踩鸡粪，进了鸡窝，再一踩，鸡蛋就黑了。

友人：有没有把这个蛋踩破的？

吃

烨：吃鸡蛋，它鸡吃鸡蛋。

它鸡有个毛病，那蛋只要一脏吧，它就以为是虫，“叭”就一叨，叨开了那就开始吃了。而一养成吃蛋的毛病呢，（烨：它就都吃）就都吃了。

烨：得老去捡，你要不捡的话，就摞起来，它只要一个吃开了，（友人：其他全吃。）全给你吃喽。

所以忙得

友人：有没有碰到过这样的事情？

烨：吃掉了几个。

所以一不下雨，我就爬到那大松树上，摘松树枝儿，摘一大筐，下雨的时候，就给它铺上。

友人：下雨，那个养鸡场是自动的，滚出来，它有个斜坡。

烨：对。它是笼子，

友人：你们那鸡窝也可以滚出来嘛。

烨：我告儿你，养鸡场它一个笼子才三个鸡四个鸡，所以那个鸡蛋滚下去不会碰。

它那个蛋然后就传送带，自动运走了。就是这边儿走饲料，那边儿走蛋。



烨：哎，一直在走的。

友人：那样的话，

友人：那就是不纯自然的了。

烨：那就不得了了。

那就不是我们干的了。就别在岛上过了。

烨：而且我们那儿那些老鼠，鸡蛋都保不住。所以那会儿我们，

所以那会儿见了老鼠就格杀勿论，因为老鼠实在太凶了。

友人：老鼠吃鸡蛋吗?

老鼠，滚鸡蛋呀！我们搁在屋里准备去卖的那些个鸡蛋，半夜：咕——咕咕咕咕，从这边儿到那边儿，还往楼梯下边儿滚。

烨：哎，绝对，我们家那地呀！

后来我急了，我到城里买了一把气枪，半夜埋伏在那儿，但光看那鸡蛋滚，看不见老鼠，在动。

烨：我告儿你，那，特逗，我们家那是地板嘛，那鸡蛋滚的声音清清楚

楚，你没法儿睡觉了；那鸡蛋滚，你搁在任何一个地方老鼠很快就找到它，然后就听见咕噜咕噜咕噜。就这样。

友人：他们说老鼠偷蛋是两个人合作？

烨：反正你一开灯就什么也没了。

友人：人家说是一个抱住蛋一个拉尾巴，这动画片是这样演的。

烨：这是这样演的。但是肯定它是滚的这个蛋，而且你就听得清清楚楚，咕噜—咕噜—咕噜—，而且你起来哈，那个蛋，你就看这丢了一个，那边儿上丢了一个。我后来没辙嘛，就用纸箱子把它扣住，扣住的话它就咬那个纸箱子。反正后来你不可思议，因为一天吧一百九十个蛋，你不能散放，你也不能，什么都不行，根本就找不到一个东西盖它。

后来我大学里的学生，都帮我收集那个，吃完鸡蛋的盒子。（烨：都给他）一直到我养鸡不养了，我那柜子里还塞满了盒子。他们反正，到处找那个盒子给我塞进去。

烨：特别逗。

那个老鼠长这么大，就那老鼠夹子都打不住它。

友人：老鼠夹子打不住了？那拿气枪打没有错！

友人：那你们后来没养过猫吗？

烨：养不起猫，那个猫吃的东西，一个礼拜你得买好几块钱的东西给它吃。

友人：你培养它吃中国的猫食呀！

烨：只有培养它吃老鼠了。我们临走的时候有一个猫，我们管它叫“半野”。

投奔我们家来了。

烨：尾巴这样毛茸茸的，这么长，挺漂亮的那个猫，有点儿花的。

它见人会表演，站起来，或者滚来滚去表演。

烨：然后我就给它喝一点儿什么我儿子剩的牛奶呀，什么的，喝不了的就给它喝，它就在地上打滚，表演给我看。我说：哎哟，这个猫真可怜。

它从一个洞里钻进来的，我们的屋子尽是大洞。它在我们楼下待着，楼下就没老鼠了。

烨：原来以为外国猫不吃老鼠，我后来发现，这是已经很后来的事儿了，已经不养鸡了。

它把那个老鼠脑袋咬下来，脊椎骨剔出来，整个儿内脏吃了，只剩皮和爪子了。



烨：那天早上我就看得清清楚楚，这么大一个老鼠，它那个猫是很小的猫，大概也就，没有尾巴的话，就这么小。

它好几回叼着老鼠跑来跑去。

烨：我看到另一只猫。那个猫是后来我朋友她去买的一个猫，她说我来养这猫，那个猫是很大的一个猫，有点儿像老虎，笨极了，从那个红十字会买来的，笼子里头拿到家里，放出来，一动也不动。你给它吃东西，它就这样，待着。

然后谢烨拿个纸团儿，绑它尾巴上，据说猫会捉自己的尾巴哈，就想让它团团转跑起来，结果那猫特别蔑视地，把尾巴一翘，把纸球儿一拨拉就给抓掉了。

烨：它拿爪子这样，扯走了。看也不看，把那尾巴翘起来，一抹擦，下来了。我说惨啦惨啦，你这猫要不是白喂它才怪呢！我就不信它能咬老鼠哈，而且给它那个小罐里吃的东西，它就拿爪子这样搅一点儿，抹擦得干净极了。我说，这，哪是猫呀！

可有一天早上，我们那朋友说：快来看快来看！那猫吧，捉了一个小老鼠，那么小，然后就给搁在自己胸口上，小老鼠就浑身抖，哆哆嗦嗦，那猫就假装漫不经心，（烨：闭着眼睛）那小老鼠就“嘟”！跳下就跑了；都跑到楼梯那儿了，那猫翻身一跃，就又给抓住了。然后这猫就表演了恨不得一早上，嗑，一口给吃了。

烨：一直到什么时候给吃掉哇，那个老鼠真的根本吓得就不能动了为止，好，把它吃掉了。而且它假装到什么程度？先放这儿，那个老鼠吓得，就这样儿，然后接着呢，特别灵活，它“滴”，就这样儿吓得浑身发抖，然后一跳下猫的身体呀，那老鼠像电一样，就这样跑，然后那猫，看也不看，把手“突”！捉着就又放这儿啦！然后那小 mouse[1] 嘟嘟嘟又跑，然后它就翻个身“突”！又抓住啦！然后它假装侧过身来，就把那个老鼠，就这样斜着眼睛看，再放远一点儿，不放身上，再挪远一点儿，那个小老鼠就猝猝猝猝从我们家那个楼梯栏杆就钻出去，“得儿”，就掉到楼梯上，我说哎哟坏了，这老鼠跑了，然后那个猫就这样一睁眼，一看跑啦，然后就“噌！”一下窜到楼梯那儿，噔地就跳下去，然后“叭”就扣在那个楼梯台阶上，待会儿又咬着它，上来了，然后就又搁在这边儿上，特神！反正后来我看那个小老鼠浑身吓得抖得，就跟瘫痪了一样，它这才把它抓起来搁嘴里吃了。

有一回我清理东西，清理出一窝小老鼠来，大概有四只还是六只我忘了。（烨：小火柴盒里）哎，就是胖胖的，也没毛，那么长吧，闭着眼，然后我就把他给胖子看看哈，（烨：看看，动的）一转身呢，那小孩儿拿一个老鼠吧一个手已经没了[2]。

烨：他不知怎么弄的，我说哎哟，太可怕了。

我们山上后来那个鸡窝食槽底下就是一个大老鼠窝，我们喂兔子、鸡的时候，老鼠都进去吃。天一冷它们就从山上呜呜呜全下来了，就钻我们



---

[1] 英文：老鼠。

[2] 句中“一个手”应为“小老鼠”的。

家里，暖和点儿。有一回我拿一老鼠夹子，最大的那种，打住一个，那老鼠带着夹子这么跳，跳跳跳，就给挣开了，挣开了以后它就有点晕，站在屋子当中就这么晃了两晃，然后就跑出去了。跑出去，第二天看见，死在外边儿了。

友人：蛇也是吃老鼠的。

烨：蛇那玩意儿，可不得了。

后来我在屋里支了五六个老鼠夹子，一会儿这儿，叭一响，一会儿那儿，叭一响，老响；有的时候，你两天没管它，发现就一个老鼠脚在那儿，或者一个老鼠尾巴，它就，打住一个脚，就拽拽，把脚拽掉了，跑了。挺惊心的。就这么要自由哈？人能不能砍掉一个脚跑不知道，所以不自由，心思太杂了。

烨：这小子一扯就到那儿去，我告儿你，这小子特哲学。因为哲学死，指不定，也不知是不是头一个。

（录音中断）

烨：我们在底下就听屋顶上库噜库噜，就像转圈儿这样儿。

友人：那你们学猫叫。

我们经常学猫叫。

烨：没用。就得真猫。后来我那个朋友弄的那个猫，就是我说的，那个看着像小老虎似的，不动的那个，后来发现它就吃小老鼠，就真的捉，我亲眼见它捉了三个小老鼠。大老鼠它也咬，我看见它在外面咬大老鼠。

我们那个小猫，居然吃掉了一个比它就小一点儿的一只老鼠。

烨：对，特别怪。

友人：那不用喂它，它每天吃一只老鼠就饱了。

还是得喂，一不喂，它就跑了。

烨：对。而且老鼠它不怎么吃的，它就吃这么小的，可能嫩，好吃，真个儿大的老鼠它不吃。

友人：猫好像不忠呵，像狗，很忠的。

我从小就比较恨猫，因为我养什么鸟儿哇，养鱼，经常就被猫吃了。

烨：我看我们邻居家那猫，我就没看见它捉过一只老鼠。

它老想吃我们家小鸡。

烨：就咬我们家鸡，我恨死那个猫了。它还是邻居的猫，它过来看一看，就没有老鼠了，它不捉，它咬鸡。

哎哟，那个母鸡有小鸡的时候，真勇，来了只大狗哈？（烨：嗯，没错儿！）那个母鸡就嘎嘎嘎冲上去乱叫，（烨：你知道一开始，）把那些小鸡

烨：你听我说。那一开始才逗呢，那个母鸡有了小鸡以后哈，那个小鸡一个一个抱出来，抱出来以后哈，她就带他们找东西，特别和平的气象哈，在那么好的环境里头，树林呵，阳光呵，什么的，然后她随时随刻，眼观六路，耳听八方，我跟你说，那个母鸡真的绝对，

只要远远一只猫或者一只狗，

烨：离开大概多少米，十步以外，

不是十步啊，十丈以外有一只猫，

烨：哎，有一只猫或者一只狗，眼睛朝这边儿看一眼，它这脖子就开始伸起来了。

毛儿就呲起来。

烨：哎，毛儿就开始呲起来，随时注意着，然后她就再不吃一口东西了，然后她就开始，好像就在想，然后她就在周围看，怎么办，把那个小鸡放在一个特别隐蔽的地方。而且那小鸡也挺怪的，小鸡就听她的，就一声不吭，就藏在那儿。

然后母鸡把狗领上另外一个方向，再离开。她嘎嘎嘎乱叫冲上去，一会儿冲一会儿退，把狗引到一个够远的地方。

烨：对，就特别怪，然后猫吧，什么的，狗，她就都去引，她把它们引开。

友人：这是动物的本能呵。

有一只大狗，就从山上直冲下来哈，她就引着那个狗跑，跑着跑着跑错了，（烨：跑到那个水泥池里去了，）跑到那个我没修好的化粪池里头了，哎，一个水泥池，一下就给她堵那儿了，三边儿都是墙，然后狗一下儿就咬住她了，咬住就往山上跑，我对那狗大喝一声哈，甩了一个飞叉，人家在我那儿烤肉的那个叉子，那狗就把她一丢。后来那鸡特可怜，她那个整个儿尾巴给咬掉了，（烨：哎，毛都给咬掉了。）哎，毛也咬掉了，都是血呵，躺了一会儿，然后又一拐一拐地，去找小鸡，把小鸡都放翅膀底下，就这么搂着。我就觉得她特可怜，就给她吃了好多东西。过了有，十几天，才慢慢慢慢缓过来，就一直是一跛一跛地，居然没死。

烨：就搁屋子里，不让她出去，没死。

友人：狗怎么也吃鸡呀？

哎哟！最后的鸡都被狗吃掉了！

友人：啊？！

烨：它就爱吃鸡。

我们那个鸡窝，被狗攻破的时候儿，

友人：被狗攻破？

友人：所以你们那动物怎么都半野半家的，狗怎么能吃鸡呢？

烨：狗？羊都吃！

羊不吃，狗吃羊，羊不吃鸡。

烨：我们岛上通缉几只狗，就是咬羊的。通缉的没有什么人，就是狗，真的，所以我们那儿，那个老牧羊人，骑着大马，他带着枪；我说你带枪打谁呀？谁偷你这羊呵？他说打狗。

友人：那还是吃鸡方便点儿，所以吃你们鸡去了。

第一次鸡圈攻破的时候，那会儿只剩，二十只鸡了吧，我就看见那狗叨着只鸡从山上下来，然后当然我，无非也就是大喝一声而已，等你拿气枪之类，找到飞镖什么，我还有弓箭，拿上这些东西的时候，它已经跑没影儿了，那个鸡已经死掉了。死掉然后我一上山，满山都是鸡肠子，鸡毛，就特别惨。那鸡窝给挖了个大洞，一只鸡都没有了。

友人：几只狗哇？一大群呵？

烨：不知道

不知道，到后来也不知道。

烨：顶多四只。

你就能看出那鸡怎么逃跑的，有的鸡毛一个方向，然后就变成一堆鸡肠子，有的鸡毛跑到另外一个方向，哎。然后，我它妈我恨死了，我说，今天我得找着这只狗，就跑到那个泡扣家，借了只小狗，然后那个狗就闻，东闻闻西闻闻，就朝一个方向走，走走走走走，它就走回家去了。给我气得，也没奈何。

烨：那狗沿路还尿尿，撒了好多尿。

然后过了两三天从树林里一拐一拐地，回来了五六只鸡哈？

烨：哎，就像那个伤兵回来，特可怜。

就跟什么什么朝鲜伤兵越南伤兵似的，有的腿咬了，有的翅膀没了，都咬坏了。

烨：一拐一拐地，然后那眉目凄楚的，整个儿那个鸡，特可怜，不如就死了算了哈?

那些鸡还下蛋呢。那鸡本来都是最好的鸡，我们留下来的最好的。

然后拿铁丝给网补好。结果又被挖开了，从另一边给挖开了。

烨：就一个鸡也没有了。

最后就剩下三只鸡，都是咱们的乌骨鸡哈？飞在树上，那小鸡飞得高呵。

友人：对他们来讲就是一次世界大战了噢?

烨：对



我就后悔我那鸡网修得太高了，两米，（烨：鸡飞不出去。）那狗就在里边儿死追。

烨：其实如果鸡飞到树上去就没问题了。

那要在树林里，狗就追不上它了。

烨：不过这也是气数已尽，你就没辙了；因为那时候已经杀得，就剩下那么几只鸡搁在里头；二百多个鸡的时候，没有狗来侵扰它们。

友人：为什么那狗要怕两百只呢?

烨：两百只鸡，它有一种气。

狗一来，那鸡哇哇哇一齐叫。

烨：鸡会炸窝。

声势浩大。

烨：然后你最后都杀完了，都没了，凄凄凉凉的一个大院落里，几只鸡在那儿吃东西。

友人：鸡要一开始就十几只的话，跟那两百只剩下来十几只，感觉也不一样。

烨：对，也不一样，没错儿。凄楚哇。

我告诉你，临决定杀鸡那天，我就坐在那个鸡窝边儿上，我就看着浩浩荡荡喧哗一片的鸡，我就只能想，再过几天就都没有了。

友人：就把他揪来呀，就把那告状的人揪来，让他坐这儿，就看这些鸡。

没用。

烨：顾城那会儿恨死那人了。后来这事儿好像也淡漠了一点儿。

我也就那两天恨他。那人儿死脑筋。那人儿是自然主义者，那人儿不赞成养殖呀，种植呵，他认为是人为的。

友人：那他还吃！

吃！吃鸡蛋！他吃我们的鸡蛋，但是也告我们的鸡！

友人：买的还是你们送给他的？

烨：他买。

友人：那你送给他，他就不告了。

烨：我不送！我为什么送给他？

最早他怎么着，他说不要听公鸡叫，（烨：他自己去买了两个老母鸡来跟我换那个公鸡，我说我们家没公鸡。）买了两只母鸡来找我们，我正要上班儿呢，他匆匆忙忙，一早儿就来了，拿两只母鸡，我说我不换，我说我可以把公鸡放在屋子里不让它叫，我说我还留着公鸡生小鸡呢，然后我就走了，上学校去了。他就把这两只母鸡，他看我不换，就给撒到树林里去了。（烨：就放了）结果有一只母鸡转来转去，听见我们这儿鸡叫，就转到我们鸡窝边儿上来了，我抓住，就给塞了进去（众笑）。那只鸡居然还下蛋，是只黑母鸡哈？跟咱们所有的血统都不一样。

烨：不一样，挺怪的，棕颜色。

后来我看实在没办法，就把公鸡杀了。结果最后他母鸡也不行。

烨：我们杀了那公鸡，他还送一把鲜花来，给我们逗得。

他说好，是没有公鸡叫了，他就送我们一把鲜花。但是过了两天他说，你们母鸡叫！

友人：这个太刻薄了。那你说你还不罢休？

我说母鸡下蛋，不可能不叫；他挺崇尚自然的，我就说这是非常自然的。他说他早上一定要开窗户睡觉，他就是不能听这个鸡叫。

友人：有人就听不了这个，这怪了这。



你看我们周围邻居没一个人提抗议的，就全都对我们特别好。

烨：他什么都不喜欢，什么狗叫了……

他每天骑自行车到岛政府告我们去，每天告每天告，岛政府刚开始也不太爱管，后来让他告急了，就来管。第一次来，我们说我们可以减少这些鸡。他还告，告告告，岛政府急了，分两路，沿着两个山坡，就绕过我们那个房子，迂回！（烨：就上去察看）就冲到我们鸡窝跟前了。问谢烨多少只鸡，谢烨说最多一百只。那人说：我养过鸡，不止！你这肯定有二百只鸡！因为山坡儿，他是从下边儿往上看的，整个儿上边一层层都是鸡呀，浩浩荡荡，都站满了。

烨：绝对，那是肯定超过了。

那人就限令我们，杀掉。

烨：给了我们三个通缉令。

友人：卖一点儿不行？

烨：可以卖呀！你卖一下子卖不掉。

你看我们十二块钱一只买，我们七块钱一只卖都卖不掉。卖掉一些，卖掉几十只吧?

烨：下蛋的。

友人：买的时候十二块钱，卖的时候七块钱，那不是已经亏本儿了?

那就是亏本儿的事儿。

友人：那你们买的时候买更小的鸡不就便宜吗?

烨：不是，你养的时间长，你不如它那个鸡场有经验呀，你就不可能像它那么准时让它下蛋。

从小鸡养最难，我们孵小鸡吧，一般只有一半儿能长大。小鸡在草丛里钻来钻去，一根小细藤，一绕脖子就死了。你说喂喂，怎么少了只小鸡呢？然后过了十天发现草里有个小鸡，脖子上绕个干草藤。

烨：卡在里头了。

或者卡在个什么地方出不来了呵。小鸡傻极了，你都不知道，甭管钻哪个小旮旯，一下儿别住，就死了。所以买大鸡，比较安全。

# （散谈二）



1992 年 5 月 22 日前后。美国。与若干友人谈。

她杀一个鸡就说：找山下大个儿去！找山下大个儿去！大个儿把我们告了。

友人：山下大个儿是谁呀？

那人一自然主义者。

烨：不听任何声音，人家养狗，他挨家去跟人说去。你狗别叫，告儿人家狗不自然。后来我们邻居买了个公鸡，那小公鸡就开始叫了，一叫，大个儿找上邻居家问去，说你们家养公鸡呀？人说养呵，人说压根儿，你给我滚蛋，邻居压根儿不听他的，然后他就没辙，他就，

找上我们了。

烨：最早就来过一次，问我们有没有公鸡，我说我们没公鸡，只有母鸡，他就找邻居，邻居不理他那茬儿吗不是？后来那个公鸡到我们家，他就跟过来，跟过来以后好家伙，我说就一个公鸡，哪那么事儿呀？而且邻居告诉过我说甭理他，他神经。

他就告到乡公所去了。那乡公所里整个儿就一个狗官，专门管狗的，就给我们一个通知，让复活节前清场；然后没辙，我们一狠心就开始杀；烧了一大桶水……

烨：鸡肉放冻箱里，杀完那冻箱都满了。

谢烨管杀，我管拔毛儿，手都拔破了，拔到晚上，才拔了四十只鸡。

友人：刚四十鸡就破啦？

哎，手就破了。

烨：一天，绝对，累得，我告儿你，从早杀到晚，而且你不知道那鸡多大个儿，外国那鸡呀，特重！

鸡肠子就两桶。

烨：都是九斤黄那样儿的，抓不住！特累！你要杀一天三十六个……

那苍蝇铺天盖地就来了，遍地都是血、鸡肠子，一桶一桶的血和鸡肠子，又挖坑埋这些血和鸡肠子……

友人：你们不卖呀？

也卖，所有路口儿都插了牌子。

烨：卖不掉！

卖掉一些，卖掉了得有几十只。

然后，复活节到了，那人开一卡车，带笼子的，就来捉我们的鸡来了。我们正杀呢，我就把脑袋给她。那女的胆儿挺大，拿个塑料口袋点。

烨：老外很少那样儿的。

哎，真点！哎哟！那司机给吓坏了，那司机，一小伙子，退退退退，就退到山下，脸儿都白了，就不上来了。那女的点点点，点了八九十个鸡脑袋走了。

友人：她拿那个鸡脑袋干什么去呀？

她拿到乡公所去证明呵，证明这鸡杀了呵！

烨：就是因为那大个儿，他每天跑步、骑车，每天去乡公所告！

那人也不坐汽车，也不使电锯。

# （散谈三）



1993年1月1日。法国。与友人谈。（欢声笑语）

在欧洲旅行的时候，我们一分钱都不敢花，就是因为有了这个小孩儿呵，没有下馆子吃过一顿饭，（烨：除了别人请的，不算。）没买过面包。

烨：吃面疙瘩。他就喜欢做那个面疙瘩，弄一堆面，我们自己在家就老吃那个。

攒了八千块钱。房子本来写的四万八，但是那人见了我这帽子就说，（烨：把他当外星人了。）哎，可能。那人认为地球末日之后要到外星去哈，所以见了我，

烨：就特怪，那人老看着他哈，那个目光，就目光炯炯的。

后来我们说这人，他大概觉得在进行星际外交呢！

烨：他说卖给你可以降一万。

哎，他说但是不能低于三万五。你想那地就三万。

烨：后来三万五千五卖给我们的。

要不我怎么老戴着这个帽子呢，看来很有道理哈。

友人：那会儿你们居留了吗？

烨：居留了。那年正好放宽，就是规定八八年三月以前工作签证入境的人，都可以申请居留。他是一月的工作签证然后我们入境的。

友人：那你就是同样了。

烨：那就是呵。我跟着他就是同样的了。

我种了好多鳄梨，最快应该四年结果，现在已经四年多了。要是老有鳄梨的话，

友人：鳄梨？鳄梨是什么。

烨：Avocado，就是那个牛油果。

友人：噢，就是中间有个圆核儿的。那个东西好哇！

他们叫它植物黄油嘛，富含维生素E，买很贵的。我种的活了七八棵。

友人：那你们自己动手丰衣足食，过得还行是吧？

烨：其实我们要住城里就一点儿也不用费劲，可他就要那样！不过在那个岛上也有特别好的地方。关键是他这个人就老是想，恨不得什么都得自己干。可是这就是根本不可能的。

我那个大学学生净给我出主意：养兔！养狗！帮着我谋生。

烨：兔其实新西兰不让养，就是养殖场那样的，肉食用的，新西兰是不让的。

兔你就自己养着玩儿可以。新西兰农场闹兔灾，因为兔在那儿没天敌。所以不鼓励养兔。没卖兔肉的。

友人：养狗呢？

狗，不养。我小时候在农村养过。再也不养了。而且养狗挣钱，那事儿也干不了。

友人：反正你们就养了鸡是吧？

烨：哎，养鸡。

我说世界上只有两个故事，一个是葡萄酸的故事，一个是卖鸡蛋的故事。我说我们要第二个故事。

烨：那故事可太多了。你想刚去岛上我那个孩子才四个月大。那是冬天，

第一个晚上就开始下大雨。没火、没电，就什么都没有。

我们把所有被子都盖在小娃娃身上，小娃娃就躺在一个扔下来的破沙发上。

烨：你说，我说怎么着你首先得有火！你想没有热水，又那么湿，就一直下雨，又冷。他也不知怎么挖了几节破烟筒，那个前边房主人的垃圾里有个破炉子，他就剪下我的头发和泥，垫上破布什么的，那几节烟筒根本就不配套，粗的像桶那样的，细的就，都不能叫烟筒了，就是个管子。

我在那儿还接烟囱还没弄好呢，谢烨那儿就开始烧火了。我这一边冒着烟，一边就往上装。然后就有火了。有火就有热水了。



烨：这都第三天了。

哎，第三天，有了火。

友人：有床吗？没床。

烨：有一个床，他们扔下来的，没有腿儿，那床湿极了湿极了。

躺上去简直像躺在一片沼泽里一样。

烨：特别潮。地上都是霉。

那儿到冬天特别不好，一直下雨，东西就发霉。

友人：很冷吗？

也不算太冷，冷到，反正零上，但是长冻疮。

友人：长冻疮啦？

我没长过冻疮，就是在那儿长了。脚上、手上。在中国农村都没长。

友人：你们都长了？

烨：我没长。他那个也不知怎么冻的，也不去看，看一次对我们来说花钱也不少。

后来大学我一个学生给我一管儿药，抹上就好多了。主要是刚开始全是事儿，到处补墙、接那个水管子，淋得，湿着就睡了。

友人：那你们那个前房主就这么住着呵？

烨：那人，他修房，他有个汽车房，他住汽车房里，和他媳妇儿。

带着一个小 baby[1]。

烨：但显然这房子他也用。因为他有个煤气包搁这里，我看见过。走的时候拿走了。

友人：你们就见他这一面？

后来又见了，后来他还来看过。

友人：买房子的时候呢？得见面吧。

买房子是他妈妈签的。他妈妈挺逗的，是个研究普希金的学者，住在城里，跟我们谈，然后签了字就走了，八千块钱订金也没拿，还是我追了半条街塞给她的。

友人：她故意不要还是怎么着？

她忘了。那些人都恍恍惚惚的。其实我不给她她一点儿办法也没有，因为她已经签了字走掉了。

这些事儿滑稽得很。那些人挺好玩儿的。

后来我认为主要精力要用在生产上，先生产后生活，先治坡后制窝[2]，我就在山上打石头垒梯田，搞基本建设。邻居老头儿，保加利亚人，他很寂寞，闹不清我在干什么，就问他媳妇儿，他媳妇儿说中国人到哪儿都要修长城呵。

烨：那人没脑筋，什么都问他媳妇儿。

友人：那你还教课吗？

教。每个星期我去一次。



---

❶ 婴孩儿，或两岁内的孩子。

❷ 这是六七十年代广为人知的大庆和大寨名言。

烨：来回船费20块钱。

我当时刨去船费，刨去交银行的钱，每个星期[1]大概就剩一百了。

友人：出来之前还教着吗？

那已经辞了。我辞了我们那个教授就也辞了。

友人：为什么呢？

他们这儿有辞职的传统，他的老师就辞掉了牛津就放羊去了。所以，我们这都有点儿，臭气相投，有这个辞职的爱好。

我每次去大学那天，谢烨给我吃一个鸡蛋，平常一般就给小孩儿吃。所以就把这个鸡蛋也省了。



友人：有电话吗？

有。

烨：装了电话，因为他在大学有的时候需要通个信息。

友人：你们那儿整个是斜坡？

特陡。它是个火山，火山风化然后那焦土上长成树林了，山沟里有种黑土，

友人：你们在山沟里？

不在不在。我们那位置在快到山顶的山坡上。越往上土质越坏，那水土流失嘛。

友人：那角度很大吧？

很大。要不然我修梯田呢。我垒多高一个墙就开出多大一块地，四十五度。

友人：向阳？

---

[1] “星期”应是口误，应是“月”。

烨：半阴半阳。

向东。

友人：阳光行吗？

夏天缺水冬天缺阳光，又在树林里，所以长不出什么好东西。我研究了半天，大概就适合种黄花菜。

友人：当时中途有没有想：走啦！

没有。

友人：从来没想过？

烨：这就不错啦，你还往哪走哇？我就想过一条，就是住城里去。因为进城我还有找到工作的机会，岛上根本不可能。所以我就想花那么多钱，不如住城里，东西都便宜。

就是大学给的钱，如果在城里就可以过得不错，岛上东西都贵。自力更生就是衣不丰食不足，还累得要命。

烨：我们那会儿吃得跟野人差不多了。

我们那时候一见邻居就问这个能不能吃？这个能不能吃？

烨：人家也不懂。

森林里有种木耳，

烨：邻居说吃了就死。

他说：Eat，呵，die[1]。他说那是魔鬼弄出来的。后来我发现大概有十几种草能吃。我对木耳有知识嘞，木耳全世界哪的都能吃，只有西藏一种黑木耳吃了不行。也不是就不行，就是吃了不舒服。

烨：你就不能相信，那下过雨打开窗户，那对面那树上都满了，我说那都是木耳呵！



---

[1] 英文：吃；死。

那么大的木耳。

烨：我儿子戴那个木耳照了一张相。

要不然怎么叫他木耳呢？木耳名字是在城里起的，到那儿真是那么多木耳。

烨：那么大纸盒子，可以一采好几大纸盒子，然后晒干。就跟买的不一样，那么厚的。

友人：鲜的不吃吗？

烨：鲜的吃不了呵！



友人：好吃吗？

烨：好吃。你得有肉就更好吃。

我们净吃好东西，山珍海味，又是牡蛎又是木耳，这两样管饱。

友人：邻居呢，怎么样？

烨：我说能吃，邻居不相信，说吃了要死。

友人：有香蕉吗？

有香蕉树。

烨：结那个小香蕉，不熟，温度不够。

友人：这就没写东西？

有时候也写点儿，但是写了就丢掉了，没地方搁。而且太忙。

友人：那个炉子后来好用吗？

烨：那其实是个欧洲的铁炉子，那种方的，都锈了。

三个灶口。那是个不错的灶，中国要有那灶好嘞！还带一烤箱，我就充分利用烤箱烤柴火、烤饼。做那种饼，把面和了油搁在一个铁盒儿里烤。

烨：硬的。特难吃。

但是我们那娃哩拿了就老啃；他长牙，口水直流，省得他啃别的，要不然抓着什么就啃。

友人：孩子就这么一点点长大?

烨：那就长大啦!

友人：没有上幼儿园什么的?

烨：幼儿园那是后来上的。

现在上幼儿园呢。

友人：那你们干活儿呢，带着他?

烨：他就坐沙发上。顾城那活儿顾城干。有时候我去帮他，那我就把他挡在沙发上。我儿子从小特别谨慎，你把他放沙发上他不下去，后来会跑了，家里的楼梯他不下去的，哎，特别听话，你让他下他才下。

拿出去蚊子就咬他。

烨：外头蚊子多极了。

他有回光着身子跑出去，一下咬了得有一百多口。

友人：哎呀！夏天呵?

夏天。冬天也不行，怕他着凉呵。冬天有时候把他拿出去，搁在一个大木盒里，我给钉的，放点儿玩具。他爱看我们干活儿，就是挖那个化粪池的时候，怕下雨，赶时间，谢烨跟我一起猛干。

友人：夏天得穿衣服是吧?

烨：屋子里边没什么蚊子。树林里，有水的地方。

友人：院子呢?

烨：院子里也许，

出门一下坡儿就有。

烨：出门，那一小块地方没有。走到阴影那儿就有。

树下边儿全是蚊子。

烨：你得快快地穿过。

那会儿我干活儿的时候，蚊子咬我哈，满脸咬，我就拿水泥，我正和水泥砌石头呢，我就东抹一块西抹一块，等我干完活儿谢烨看我满脸水泥，说还不如上来就满脸给糊上呢。

友人：没有水泥的地方就是疙瘩？

哎，对，水泥不是碱性的吗。

烨：水泥那个汁儿起作用。

就是两大问题，一个是吃，一个是拉。谢烨那时候最想的就是：哎呀，要能在家里上厕所就太幸福了。



友人：后来厕所就修到屋里啦？

烨：哎，装了一个。那个厕所，就是外头我们挖了个化粪池，然后有一个管道进来，就特别正式那样的。

友人：你们那屋子一层还是两层？

两层。

它是这样儿盖在一个山坡上的。

从一层这儿进来，迎面儿就整个是土坡儿，那会儿杨炼、友友来说：你们这儿"半坡"呵。后来过了好久，我才把这儿整个修了一面墙，里头沿着坡盖成了几层柜台，就成储藏间了。

这儿，前房主把主梁给锯了，

友人：为什么？

烨：那人他想改造！

他想在这儿装个楼梯，就把主梁给锯断了。把这儿也锯断了。把房梁，在这儿，也给锯断了。这房子就塌下来，整个晃晃悠悠，他要改变那屋子结构你知道吧。[1]

这屋子本来是个不错的屋子，六十年前。

这四角儿这地基木头都烂了，就下陷，尤其一下雨，四边一陷，这地板就这么鼓起来。我就忙死了，钉房梁，填地基，忙得不知先干哪样好。有时候天花板也掉下来，我钉两块上去它掉三块；有时候窗户一开，嘭！就掉了。就这么个状态。

友人：你们那炉子在哪？

从这儿上楼，炉子放这儿，烟囱从这儿斜出去，就跟个大炮似的，在这儿呼呼冒烟儿。后来我又把它延长了一点儿，变成这样了。

这儿还有个门，从这儿就不经过楼下就直接出去了。所以从这儿看，这就又不是二楼，成一楼了。

友人：屋顶，瓦顶？

烨：铁板的。

友人：那夏天热吧？

铁锌板。夏天屋里还挺舒服的。

友人：屋子多大？

屋子还不小，有八十平方米吧。

友人：从路边到房子多远？

嗯，反正绕来绕去，

烨：二三十米吧，四十米。这儿有排树挡着。

友人：从路上看不见房子？

那是看不见，但是到山对面就看得见。



[1] 这里提及的厕所、内墙、断梁等的修建或修复面貌可参看附在各卷中的一些后拍照片。

“但是到山对面就看得见。”

——2007 年 7 月（冬季）摄自山对面。顾城在小说《英儿》中说的“得从这儿看，我们的家越远越好看”，“这儿”大体即此拍摄位置。

友人：噢。鸡圈在上边？

哎。每天就扛饲料、提水，从这儿一步步上去。

友人：你说那鸡跑了那是，

烨：那是早的了！

养大鸡，就是大批养鸡之前我们已经养了阵儿小鸡了。小量养鸡。

烨：“跟踪追鸡”就在那个时候。

哎哟，那鸡一跳进树林，顿时就绝望极了！我追了一个星期就不追了，你知道谢烨她就跟着那鸡没完没了，后来到了第二个星期，

友人：给它食儿呀！

烨：给它食儿还得躲起来它才吃。

后来捉住了。有个美国小孩儿不到我们那儿，上厕所给咬哭了吗？她一来我就有灵感了，我就撒了一道食儿，然后我在那儿放了个木头盒子，

烨：那种啤酒盒子，是用几条木头钉的，然后他把它倒扣过来，里边搁上食儿，然后就在那个缝儿上呢，

挂上一个套儿，

烨：边儿上都给封上。

然后我就趴在树林里，蚊子咬也不动，跟邱少云一样，潜伏了半个小时恨不得，然后那鸡真的来了，（烨：饿得要死）哎哟那鸡，警惕性特别高，因为我们老跟着它，吃吃看看，吃吃看看，脑袋刚一伸进去，我“扑隆”就一拉，那鸡“嘎！”就从我身边飞过去，不过还是给勒住了，后来哇哇乱扑腾。我得意死了，我的得意之作。

那鸡后来还是被我们吃掉了。吃掉好久以后找到了它下的蛋，在一束迎春花下，有那么八九个蛋吧，看着挺惊心的，鸡死了，蛋还在。

友人：它藏起来了，也不离开？

它就转来转去，离我们一百米的样子。它自己弄个小窝，在迎春花那

儿，每天晚上飞到树上去。在迎春花那儿下蛋。

谢烨追这只鸡追不上的时候，有一天早上起来，我在山上锯木头呢，她就跟我说：顾城，我写了一首诗！我说少见，她就念了。

友人：什么诗？

全文记不住了。中间这样说：在你走过的路上，我总要停下看看；在你消逝的夜色里，活着我永不安宁的思念。——我说这是一首爱情诗耶！然后她说：

烨：我这是写给鸡的！

友人：还有什么诗？



倒是有好多笑话——爹也没有钱，妈也没有钱，大家都没钱，没钱怎么办，大家都没钱，没钱就少吃点。

后来有一天台湾寄来五千块钱，（烨：港币）噢，五千港币，稿费[1]，我们最穷的时候，穷得一天只有三块钱了，忽然有了一笔钱，谢烨得意死了，说要买吃的什么，我说你要是想长久地吃东西，得先发展生产力，生产力的构成就是劳动力和生产资本，

友人：跟谢烨讲马列？

烨：他读《资本论》！你不可思议吧？还什么有机资本什么，就跟你讲。

资本有机构成。"资本有机构成高"，"资本有机构成低"，我那会儿跑去高考，就在临去考政治之前十分钟，还翻《辞海》背了通定义。

烨：你看他弄事儿不着边儿吧？

结果考卷一打开，问我十一大路线是什么。

烨：人家读中学课本，他读《资本论》。

---

[1] 这笔稿费作者几度说起数额不一。或可以为作者从未上心过。这应是台湾新地出版社出版《顾城诗集》的稿费。

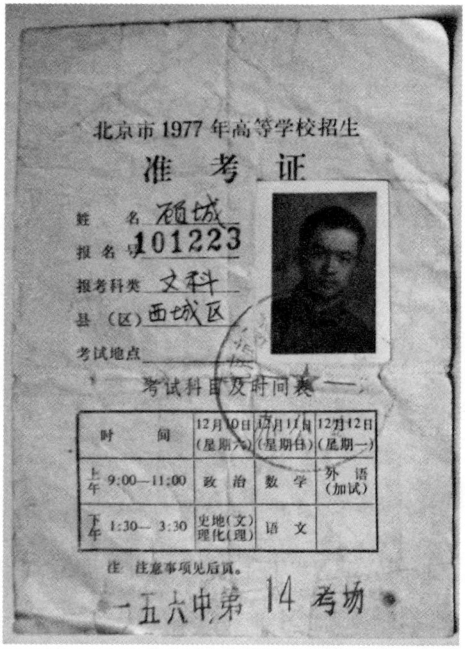

北京市1977年高等学校招生

准考证

姓名 顾城

报名号 101223

报考科类 文科

县（区）西城区

考试地点

考试科目及时间表

| 时间 | 12月10日（星期六） | 12月11日（星期日） | 12月12日（星期一） |
| --- | --- | --- | --- |
| 上午 9:00—11:00 | 政治 | 数学 | 外语（加试） |
| 下午 1:30—3:30 | 史地（文）理化（理） | 语文 | |

注 注意事项见后页。

一五六中第14考场

2010 年偶见的 1977 年首届高考顾城的准考证（1978 年首届考研其准考证惜尚未再见）

那会儿我都不知道中学课本。没往那儿想就。

友人：考得没门儿？

那是头一年，没公布分儿，反正数学肯定是零分儿。第二年我还去考了回研究生，我说再考就考教授了。

友人：哪的研究生？

北大中国古代文学。结果考得最好的一门是政治！七十几分。那会儿我不是离不开服务所吗，借调不让，正式调我们那是街道集体所有制，就调不成。反正只要考上大学就能走。后来走了，我也就不考了。我从小就最不爱考试了，不知道那问的都是什么。

友人：然后你那个生产力怎么样了？

哎，我说生产力不就是劳动力加生产资料吗？我说你看我们劳动力就是这样的，然后养二十只鸡也是养，养二百只鸡也是养，可生产力就扩大了十倍，是吧？我说卖鸡蛋的故事就是扩大生产力的故事；我们吃不着葡萄不说葡萄酸，我们种葡萄是吧。

友人：那你养这一批鸡以前已经开始卖鸡蛋了吗？

没有。那些中国鸡，草鸡，不怎么下蛋。

烨：蛋很小。

仅够我们自己吃，而且人家也不要，那下得跟鸽子蛋似的。那鸡，别看打架厉害。



友人：你第一只鸡怎么来的？

第一只鸡集上买的。买了两只黑鸡。（烨：自由市场上。）那老太太，

友人：中国鸡？

烨：中国鸡。

那老太太也是自力更生的。她卖了鸡以后吧她跟鸡说了好多话；（烨：啊，特神！）摸摸这个鸡脑袋说一会儿话，摸摸那个鸡脑袋说一会儿话。

友人：这两只鸡呢？

卖给我们就跑啦！后来我们断言这老太太有巫术呵！

友人：噢！

当天就跑啦！一拿回家就跑了。

烨：恨死我啦！

友人：找老太太去了？

要是从小养的就不跑了。

友人：它可能去找那老太太去了。

那当然是想找那老太太了。

友人：抓鸡就是这两只？

就这两只。

友人：最后还是给抓住了？

对。后来有八只小乌骨鸡也跑了，也都抓住了。

友人：但是“跟踪追鸡”就是这两只鸡？

对，就是这两只黑鸡。

友人：老太太设圈套？

老太太巫术，卖给我们我们交她钱以后就买别的东西，干别的事儿去了，然后看那老太太一直跟鸡说话，等我们来拿鸡的时候，她还不停地说。 

烨：Poor girl！[1]

Poor girl！

烨：那个孩子呵，什么的，你要走啦，什么什么，

说了好多好多。

友人：是不是啊？

烨：哎。

那老太太也是自力更生主义者。

友人：那老太太什么人，毛利人？

烨：不是，白人。

友人：岛上有很多自力更生的人是吧？

烨：净是那样的人，百分之六十都是。

那老太太特怪，那个大菜摊儿摆在集上，从奥克兰进的菜，她就坐在大菜摊边上，卖拳头大的洋白菜，（烨：五毛钱。）哎，卖一小束胡萝卜，都

---

[1] 英文大致是“可怜的姑娘”的意思。

五毛钱，或者采点儿野花在那儿卖，抱一小羊，（录音中断）

友人：那你们在岛上生活是一种比较和谐的，还是为吃穿呀，经常发生摩擦呵？

陷入生活都非常具体。

烨：就是全有呵！

友人：全有？

混在一起。



烨：就是全有呵，你不可能没有呵。而且我这过下来，我就知道这生活里什么都有。然后关键真的是每个人选择不同。

友人：那这个选择是顾城的选择吧？

烨：那是他选择的。可我跟他过了一段时间是我的选择。我随时可以离开他，这有什么难的呢？我可以拔腿就走，我还怕我找不到地儿待着吗？我绝对知道生活我可以自由选择，我自己可以把握。

这回真把我治好了，本来我一到这个生活环境里就跟给搁在石灰水里一样难受，现在忽然觉得无所谓了，就是自己不那么重要。

烨：不是说自己不重要，而是自己皮囊不太重要，就是所谓的人可生可死，这跟外国人那想法就不一样。外国人你要告儿他可死，他不得不承认，但他不同意这个事情，他非得较着劲。

他一定要存在，这一一定，就麻烦了。

我觉得人的精神是独立的，但是身体由他去。

你像在柏林，说是在树林里也行。

烨：他想不开的时候难受着呢。

想不开的时候一团乱麻，想开了忽然就，山清水秀。

烨：哎，他那个直觉，你听了都傻。他那个《滴的里滴》，那个感觉，八八年他第一次到美国朗诵，他说我不能念这个，念这个有点儿神经。我说你就念这个，我听他念过，结果他念，就恨不得犯癔症那个感觉。

“□□”的时候念过一回，差点儿就憋过去。

烨：最近他写了一组诗《鬼进城》，我说他那写得挺好的。《鬼进城》他写自己的感觉，就是“□□”以后的感觉，他那就是他死后的感觉，死人给他启示的感觉。

友人：在柏林写了不少？

哎。

友人：在柏林不用搬石头了？

没辙了，把我憋住了，只好做点儿正事儿，而且人家给了钱嘛；反正也爱干这事儿，现在有时间就能写。

友人：谢烨你也写？

烨：我现在写小说和散文。

写了个特别好的，把我给镇趴下了。

烨：岛上的故事。

谢烨在岛上就写，装在一个口袋里，扔桌子底下，后来我抽出一页来看，一看就把我镇了。

烨：没那么好。

是挺棒的。我没想到谢烨对生活的看法是那么真切的。因为她一直不跟我谈任何事。我这才知道她是怎么样的，比我要好，有情有义，对生活。非常真切，到真情实感那份儿上，别的就都不说了。

题目就叫“你叫小木耳”，是吧？

烨：我想也还是就这个题目了。

什么时候寄给你看。

友人：发了吗？

烨：没呢。寄出去了。

寄给《中国时报》了。

友人：别着急。得认识人。

那你给牵牵线吧。

烨：那你给我推荐吧。我寄给你。

友人：别着急，好好写。

烨：我那个已经写完了。

两万多字吧。

烨：然后我现在写那个养鸡的故事，因为那故事特长，我得一段一段写。

《你叫小木耳》第一句话是小木耳说的：妈妈，谢谢你来看我。[1]

友人：小木耳是你的儿子？

烨：我就以第一人称对话。

友人：小木耳，真名就叫小木耳？

就叫小木耳。

烨：对，他英文名叫：Samuel，三木，

桑木耳，谢烨有时候叫他 Sam，但是我们中文就叫他桑木耳。

友人：三蜜。



---

[1] 《你叫小木耳》1992年11月开始投稿和寄到岛上时，开篇《最初的旅行》首节字是：“妈妈，谢谢你来看我。”走的时候你不再哭了，你说：“再见，妈妈。”但我仍然能够感觉到你的悲伤，你的岁月萦绕在我心上——

后加写《后记》，将此部分融入，这节便取消了。至加入《英儿》书稿交送时基本如此。可参见后为华艺出版社出版的《英儿》。后顾城与谢烨讨论将《你叫小木耳》单立为《篇外》，为格式统一着想加序（可参看《小说卷》附录中的《你叫小木耳》注释）。他特别为“妈妈，谢谢你来看我”一句震动和感动，于先行拟草的《序》中亦不忘这句话，并且还加上“再见，妈妈，记着来接我”，很像是联想起了自己小时被送入幼儿园时的悲哀心情。定稿《序》中，“谢谢你来看我”也是重点。

三妙。

烨：S，A，M，小名儿。

那会儿我给他编歌：一妙二妙，无限美妙；

烨：木耳是他中间那个名字。

三妙四妙，莫名其妙；五妙六妙，惟肖惟妙；七妙八妙，大事不妙！

友人：没有九妙十妙了？

九妙十妙，山上有个庙……反正都是即兴的，高兴了就说个没完。

烨：养鸡的那个……

岛上不说我的事儿，每家都有一大堆好玩儿的事儿，那些人，逗死了。

友人：别着急，慢慢写，把它改好了，等人找你来。

烨：我倒不太急。

友人：不知道你写的背景，你发过去，他也看不懂。

这倒是，没这个背景，凭空出来那么一句，接受不了。

烨：得先造一造舆论。

友人：还有你得老看看什么杂志呵，现在好东西多得是，得知道点儿。

台湾评奖有一回评个《演戏》，写插队的时候演样板戏的，那挺好玩儿的。给评个二等奖，但我看比他们一等奖的要好。

友人：那个东西台湾人看不懂。

台湾人哪知道那其中三昧呀？来点儿潇洒的、飘逸的还行，你给他真有味儿的……

烨：文化背景是不一样，太不一样了。

（录音中断）

烨：其实他们来看过一回。我们朋友告诉我说你们别理他，不让他们进，不让他们上去。因为我们两条路嘛，一拦！（友人：对，他们没权利上去）他们没权利。那帮儿人挺油儿的！他跟你说话，一扭头儿说，我们看看去，转身就上去了！上去之后，那人养过鸡可能，一眼：这鸡两百，两百只都不止！其实可能是不止，因为我们买了就两百只，然后我们原来还有。他一看就知道，他说你这鸡太多了，超过两百只。我说，那绝对没有。

后来那么多鸡肉怎么办哪？就做成春卷儿给卖了。就开放了商业。

友人：那得做到哪天去呀？

每个星期做一回。鸡肉春卷儿。

友人：鸡没有说杀了扔了？

烨：没有没有，扔掉那不可能。

怎么可能扔掉呢？

烨：我们那会儿没什么吃的；不可能扔掉。

那会儿我们刚出来，有朋友说你们怎么不放走？我说简直荒唐，怎么可能把鸡放走呢？后来把那些鸡都做成春卷儿卖掉了。然后还在集上卖了一阵儿红烧鸡腿儿什么的，红烧鸡翅膀儿。

烨：基本都卖掉了。

每个礼拜能赚几十块钱到一百块钱的样子。出国就干成了一件事儿，就是做春卷儿。

烨：鸡丝春卷。

友人：后来鸡没了你们卖什么呢？

烨：那就买鸡卖了。

友人：买鸡杀了做春卷儿？

买鸡肉，整鸡，拆了。

友人：一定要鸡肉吗？

烨：哎。其实也可以不放或者少放。可他不干，他老说鸡肉放少了。

这是声誉问题，你知道那岛上从老太太到小孩儿都爱吃我们的春卷儿。

烨：我们那春卷儿这么粗这么长，除了鸡，主要是洋白菜、胡萝卜丝，最便宜的料，可是好吃。一个才卖一块钱。

友人：现炸？

烨：现炸。

后来剩下那点儿鸡关在笼子里，气象就衰了，狗就攻破了鸡圈。有一天我上山满山都是鸡毛儿鸡肠子，真是凄凉得很。

友人：这是什么时候？

快秋天了吧。

友人：哪一年哪？

烨：四月，对，快秋天了。九零年四月份。

一下特凄凉，然后过了，十天，

友人：什么时候杀的鸡呀？

烨：九零年三月底四月初杀的，复活节前。

友人：杀光了？

剩了二十来只吧。后来鸡窝就沦陷了。

烨：气数就没有了。

你就知道鸡在里头怎么跑的，狗怎么追它的。我们网修得特别高，鸡飞不出来。后来过了三天，有六只鸡回来了，一瘸一拐一瘸一拐的。（烨：伤兵。）有的给咬了尾巴，有的给咬了翅膀。过了三天呀，就回来六只鸡呀，从树林里。它们逃跑的，后来又回来了。

友人：就是逃了，又回来了。

这就是自己的鸡，你根本不用追哈，让狗追杀成那样了，还要回来。但是我把鸡圈给补好，让它们住在里边，又给攻破了。

友人：有这么厉害的狗呵！

没办法。

友人：那以后呢？就不养了？

烨：没有养。

后来就不养了。现在长满荒草。不想养了，养伤心了。

烨：而且养那个鸡也很烦，光那个鸡粪，

下雨你也得上去喂它。

烨：就是鸡少了你也得跑上去。

友人：那有什么副业呢？就是春卷儿？

后来我在集上画像。卖春卷儿谢烨一个人就够了，我就画像。画了几百块钱吧。



友人：春卷儿你们在家做好了？

哎。前一天都做好了。然后谢烨开车到集上炸和卖，我就画像。画像挺好玩儿，外国小孩儿真好玩儿。但是后来谢烨不爱带我去了，因为我画画儿有个毛病，画了就停不下来，画完一张，没人跟上来，我就会给人家钱，请人家坐下让我画。谢烨就大不以为然。

烨：不是，他把那岛上人差不多都画完了。他画了得有一千张，那岛上也就两千人。

集上跑来跑去的净是小孩儿，小孩儿都没钱。大人有钱的也不多。那儿的小孩儿都很好看。我们那儿小女孩儿骑着大马，八九岁的小女孩儿神气得不得了，神色也好。还有那些养蜂的老头儿，脸红红的，白头发，那个气象。

友人：这你们出来之前一直搞春卷儿呵？

烨：我们还做碗。

做陶碗。

友人：这是以前会还是什么？

现学的。

顾城于岛上集市上画像，并未留下照片；这张照片是他在岛上艺术馆画像时被拍下的。

烨：一个八十岁老太太，看见我就开心，

把谢烨扯到家里，就教她。

烨：我也觉得怪了哈，我这人好像有点儿方人，有四个人跟我合作，一个一个都破产了。

那老太太做了多少年陶罐，最后到八十岁破产了。

烨：她说赚钱，你就学吧。我说我学可以，我喜欢这个，可这不是那时候了。

你看做一个碗起码成本五块钱，可是人家卖的碗，比你做得好，机器做的，才五块钱。



友人：自己做了自己烧？

烨：哎，她给我烧给我买泥，然后连煤气费都不要我的。

后来我就从海里挖泥，然后晒干，

友人：海里的泥？

哎，海里的泥。因为不能老买泥呵。退潮的时候挖一桶，提上来，晒干，然后你要很费劲儿地摔泥，有时候一整天一直在那儿摔胶泥，拿脚踩呀什么的。我说她干细活儿，我干粗活儿。

烨：做了好一段儿呢，挺好玩儿的，那个事儿。

然后我再干细活儿，画陶；我很爱干那个事儿，她爱做，我爱画。

烨：他画的，老太太都没见过那样儿的，捧着，特高兴。可是一烧，

我画了一个，那个武大郎中毒啦，金瓶梅在那儿瞪着他，然后：《水浒传》一半，《金瓶梅》开篇，武大郎升天，那个牌儿，写点儿什么字画儿。谢烨做个盘儿，我画在里边。

烨：那个就是运气的，没烧坏。多半儿烧了就没样儿了。

那个跟在纸上画完全不一样，笔就没法儿动，你就拉不出线来，后来才画熟了。可是不论你画得多开心，一烧，哎哟，全烧没了。

烨：他其实只有两个盘儿没烧坏，画儿很清晰。就这两个盘儿还在家里放着呢，他不卖，每回去集上摆那儿当展览品。

非卖品，摆设。谢烨转碗，每转一个，我就想起个事儿来，一画。

烨：结果那老太太看他画的不是喜欢吗？然后老烧不好。你知道他们那个往上画的都特简单，点几个点儿，画几个圈儿那样的，就没什么烧不好的。到他那儿，他就跟往纸上画似的，画得特细，结果一烧，线就都没了，要不就成一片了。所以老太太就很想能给它烧出来。结果，

老太太看我们越做越有趣哈，忽然发了疯了，花了四千块钱买了个电炉。

烨：哎，就是完全新式的那种特高级的炉子。

结果泥也烧坏了，火候掌握不好，就全烧砸了，烧一炉砸一炉，烧一炉砸一炉。砸到七八炉，我也丁不住了，我跟谢烨说别做了。老太太也不敢闹了。而且釉也换了，新式的釉，怎么烧，她的老经验就都不灵了。

烨：慢慢来，那个事儿就耗时间。

好几个人跟谢烨合作最后都破产了。我是养鸡跟她合作的。

烨：那我还说跟你合作都破产了呢。老太太买炉子很可能是因为他的画儿哈。不过是，我这人可能会蛊惑人心。

焕发人心。

烨：Paul Gilligan 哈，也是一个。

就是有个人到我们家来，吃了谢烨做的那个锅贴哈，就特别特别觉得好吃，

烨：结果他就幻想起来，说可以帮我们开店！然后他就真的投钱做店……

后来他就事事不顺哈，店装了一半儿就没钱了。我们借给他钱也没了。还没开张呢就破产了，嗯。

烨：那老太太，她原来在非洲，教人非洲人做陶做水罐什么的。她说能赚

钱，其实她也没太打算赚钱。

我还种了阵儿 Parsley，就是洋香菜，岛上有个超级市场，也就每个星期卖个五六十块钱吧。我每个星期采给它几大把。

友人：你种的？

对。四毛钱一小把。

烨：在你们这儿都特贵，那种洋香菜，带花儿的。

友人：就是烤鱼什么的那上面都放一点儿的是不是？

烨：对，绿颜色的。那特好长。

友人：特好长？

我还画了些画儿在岛上，在那儿卖画儿。

烨：然后我给它剪成一小把一小把的，就特贵。其实那个，跟草似的。

友人：还有这孩子寄托毛利人家，孩子愿意吗？

谢烨的《你叫小木耳》里写了，写得非常真切。

烨：他就想回家，他不说；其实他在人家家里一切都好。毛利人是女主人，她丈夫是英国人。

就在山对面儿。跳那个蹦床，我们都可以看见他。

烨：他在那儿嚷，我们都听得见。

友人：就是个山谷？

山谷。

烨：这样，我们家在这边儿，然后隔着山谷，他们家在这儿。走路这样拐过去，大概十分钟？他们家比较有钱。

她丈夫是海员。

# （散谈四）

1992年5月。美国。与友人夫妇谈。



烨：我们那鸡圈差不多就跟这房子这么大。

外边还有个大院儿。大院儿当然有整个儿房子这么大，鸡圈有这屋子这么大。

烨：里头，一间、两间、三间、四间，什么的。

友人：你修的吗？

嗯，我修的。我把树砍倒了，就做那柱子，捡一点儿瓦棱板什么的，做顶儿。总共花了三十元就修好了。

烨：一个一个鸡窝，下蛋的窝，二十个吧，我记得？

嗯，二十个，下蛋的窝，还有好多鸡可以站的架子。

烨：每一个窝，每天大概下二十个蛋；十个窝二百；噢，没有，十几个，十几个差不多。等着呢，那鸡都等着呢！

排队等着下蛋。

友人：轮着下呀？

烨：轮着下。哎。

里边儿有的窝挤上两三个鸡。后来还给它们补了好多纸盒子，放在里边下蛋。

友人：我也养过鸡，最多养到六十多只。

嗯，那也不少了。你是在哪儿养的呢？

友人：农村呵，下放呵；我们苏北。抱了三大窝！

烨：抱出来特好看哈？

友人：满世界去收洋鸡蛋。那时候叫洋鸡蛋。

大哈？

友人：出来的鸡也大，蛋也大。

哎，对对对，我们也是。



烨：我们那儿，哎呀，我告儿你呵，我们新买的那中国鸡就那么小哈，不觉得，等买了老外那鸡呵，一看，倍儿大！

我们邻居有一家儿原来养了鸡，我们要了蛋来，就让那小中国鸡抱窝，哎哟，长得真大，后来越来越大哈？（烨：哎！）那么大一只鸡！就有一点儿混血。

烨：小中国鸡就老抱窝的。

# （散谈五）

1992年5月12日。纽约。与来访二位友人。（欢声笑语）



友人：听谁讲，说离开了？

他还没离开的时候我就不做大学了。因为我的志向是

友人：写东西。

是种地。

友人：你说了以后要挖个粪坑什么的？

烨：化粪池。

友人：那木耳谁看呢？

烨：我的一个朋友，我给你拿照片看看。

一个毛利人看着，那人很好。

看看照片。

那时候他头发立着。

友人：现在五岁有没有？

四岁了。四岁。现在长漂亮了些。那会儿不太好看。现在稍微好了一点儿。现在喜欢车，喜欢卡车。

友人：你们住柏林呵，那不坏。

友人：那你们纽西兰那房子就给人家看着？

哎，我们一个朋友住在那儿。我们在柏林挣一点儿钱，然后还那个房子钱。因为在那儿，细一想，光靠种萝卜是没有什么希望的。先种地，种地太慢，就养鸡，养鸡生下来好多鸡蛋，就卖鸡蛋，弃农经牧，弃牧经商，最后人家不许我们养鸡，就都给杀掉了，狗也吃。

烨：你们的娃娃怎么样呢？

我记得那个小的翻个跟头很快乐。

友人：现在老大已经快要上大学了。要到加拿大去念书。



哎呀。

烨：加拿大。

真是不能想象。我想他老是小娃娃。

友人：老二现在初三。

哎哟。

友人：这是他的朋友？

烨：小朋友。

他现在就住他小女朋友家。

友人：可是他是在柏林吗？

在岛上。在我们岛上。

友人：可是你一直都没带他去柏林？

烨：我们刚刚去柏林，也就一个多月。

友人：噢，没带他去，就扔那儿了。

烨：没带他。

这些照片都是在我们岛上照的。

友人：好漂亮呵！

烨：不太好看，我儿子。

友人：哎呀，真好，他长得很好。

这是岛上毛利人跳舞。他现在已经会跳毛利舞了，扭得快极了。

烨：跳得挺好的。

挺好的。他英文好极了，我都听不懂。现在就是他的英文最棒。嘴甜得不得了，一路上走一路上跟人打招呼。

烨：不好意思，应该我们来看你们，结果你们跑来看我们。

友人：哎呀，没有关系。

……

烨：这是我从柏林出发上飞机那天，他们刚寄的新的。

友人：所以你出去一年，他就跟这家人一年？

烨：对。现在是这个样子。

他胆子大，他两岁自己就跟人家去惠灵顿了，他很喜欢出去玩儿。

友人：有人看着就很好。

烨：不是看得很好。这是我们在岛上。

他不像我们，谁也不像。但是聪明。

友人：这是你们自己开的车子？

烨：对，我在岛上开的。

卖鸡蛋没办法，就买了一辆车开了。

友人：你们是维持最原始的那个哈？

改革开放，一发不可收拾，越来越开放。

友人：没有车就跟没有脚一样。

烨：那个岛上就是。

后来那些鸡一天生一百八十个蛋。

友人：哎哟，这么厉害，那你们很会养鸡呵。

烨：挺厉害的。

友人：你们不去城里没关系，你们在岛上就可以过活嘛，因为两千多人。

烨：过是可以的，就是比奥克兰东西贵，因为那边人少。

友人：那你自己种东西也不必买喽。

烨：自己种更贵！

它是这样，最简单的你比如说杀虫药，你不用的话，那就都给虫子吃光了，除了雪里蕻虫子不吃。那你用杀虫药呢，实际上你用两块钱的成本，生产出一块钱的蔬菜，因为人家是大生产。



友人：你看美国农民，他说他没有一千亩以上是不能生存的。

现代经济是非常厉害的。你看我们那块地吧，我不喜欢就是，跟梭罗时代是不一样的。你看交地税一年要交六百块，还银行钱每个月要交五百，所以小农经济没办法。

友人：五百每月，加起来还多少年？

十年。

烨：一大半都付利息了。

友人：那不错了，你五百还是不太多的。

友人：这是 Minford？

友人：Minford 现在法国。

对，到法国去了。他后来精神不太好，他不太适合做教授，再加上“□□”的事情，刺激太大。综合原因吧。他那个人是真喜欢中国文化。没有中国人那么皮实，接受不了这种事情。中国人那假亦真来真亦假，他觉得中国人怎么这样。

……

（录音中断）

友人：推销怎么着？

我们自己没办法卖那么多。然后就是谢烨联系好了店吧，

烨：那时候还没有车呢。

去借了人家一个坏了的车，那个车也没有合格证什么都没有。谢烨就在山上开，我就管着手闸，开开开，每天转那么几圈儿，十天以后就说下山去，真的就下去了，到了路口那儿，一看，警察的车！我们那岛上就一个警察。谢烨吓得就往边儿上一个岔路就拐过去了。藏了一会儿吧，来了一个传教士，他说警察正抓人哪，就是正查呢。因为岛上好多人都没有合格证。

友人：这个样子学开车，怎么学呢？

就那么瞎学呀。那儿的人净是这么学的。

烨：不到大路上去呀，警察就不管你，学车是可以的。就是说你先得去考个学车执照，就是先通过那个笔试，然后你就可以开啦，但是你开呢，必须要有一个正式的司机在边儿上。还有上主公路学车你得在晚上，白天忙的时候是不行的。我那会儿学车真的是他教我的。我说他教我的，人家不信呀，因为他从来没开过车。

友人：他不会怎么教你呢？

烨：他逼着我，说：现在走！去开车！我就拿那个钥匙下来，腿就开始发抖。别看他没开过车，可还都懂，什么离合、点火、给油，反正很懂的样子。我们那个山路很窄，而且真是很陡的山坡，刚开始那车动不动，快慢、方向，你全不知道！

我给她信心。因为闹不好就不是你开车了，就是车开你了。

烨：反正你完全没数儿。他就很胸有成竹的样子，说什么什么，现在，你先什么，好，踩闸……

我掌管着手闸，反正就开一档。

烨：他就一直把着那个手闸，有时候我就只是一个不太协调的动作哈，他就一拉闸，整个车就熄火了。他怕我可能要失控，因为那是盘山路，车一拐就掉下去了。那个车特讨厌，熄了火就不发动，因为特破的一个车，就准备扔垃圾场了那个车。

友人：是自动还是排挡的?

烨：要换挡的。

后来谢烨学好了，我们就从山上下来，就藏在那个地方，藏了半个小时，我们说算了，不去送鸡蛋了，我们带了一车鸡蛋，还有那个娃娃，然后就准备开回家；回到路口那儿，谢烨问怎么样?



烨：我说警察在吗?

我说警察还在哪！警察一看我们吧，这岛上有多少车他都知道，一看我们那车，

烨：就可疑，

就把灯都打开就发动了。然后谢烨猛踩油门儿，就开得快极了，就逃跑，转过了两道弯儿，

烨：我说现在不用跑了，没希望了。

警察就把我们追上了。

烨：警察在后边，就闪灯，

呜——呜——

烨：我说咱们停车吧，没希望了，就停下了。

我吓坏了，然后谢烨说："别害怕。"就下了车，跟警察说英语，你怎么说来着?

烨：我说，我就先吓唬他，我说："你干吗这么快地跟着我呀！"我说："我车开得不好，你知道你这样是很危险的！You know，what you do，what you have done was so dangerous！"

谢烨说：对不起，我开不了你这么快。

烨：我说，你不可以这样快地跟着我，我开得没你开得这么好，这样很容易发生危险。他就笑了。我就跟他聊。

纽西兰警察特好玩儿，戴着那个大沿儿帽。

烨：英国系统的警察，都很绅士的。

跟演戏似的，很漂亮的动作。

友人：结果他也没罚你，也没什么？

烨：还是要罚的。

那警察拿着本儿，他说你的驾驶执照呢？

烨：他说你没有执照！我说："有哇！你忘啦？我就是在你那儿考出来的呀！"他就一愣，他说：有吗？

因为所有执照都是他发的，他知道。

烨：我说我拿给你看，然后我就拿了，是那个学习执照。他说这个不行。我说，那这个你发给我的怎么不行呢？他说这是学车的。我说我就是在学车呀！

那警察就看看我。因为我要是有驾驶执照，她学车就成立了，就合法了。

烨：所以警察就问他有没有执照。

谢烨说，没事儿，你告诉他。

烨：他不会说英语！

我英语也不行哈，我就说：My，Piking，Car，Finished.

友人：噢，他以为你本来是有的？

友人：你在那边有？

烨：他肯定是这样以为的。

后来谢烨说你是什么意思呵？我们回家以后她就问我。我说我是说：我在北京也没开过车。

烨：把我笑死了。

然后那人跟谢烨说，就算他在北京有执照，

烨：那警察说他在北京有执照不行，他应该有一个纽西兰的执照。我就想笑。你说我没听懂他说什么，警察倒好像懂了哈。

他还没完，拿着本儿说，你看你们这个车，也没有合格证，也没有交路税，还没有什么来着？

烨：没有登记，那个车就等于是报废了那样的，根本没车牌，车牌注销了还是从来就没有就不知道了。

而且说你还带着娃娃！这个罪过不小哈，他说得罚款，总共要罚几百块钱，几百来着？

烨：五六百。

友人：哎哟，那么厉害！

谢烨说：哎呀，原来你跑这么快是找我要钱的呀！

烨：我就笑，我说："原来你是跟我要钱呀！"我说："真的对不起，我没有钱。"他就气死了，然后他又笑得要命。他说你赶紧把这个车开回家去，再也不要开出来了。

友人：那他没有罚你就是说？

友人：没罚？

烨：他没有罚我。

友人：那警察不错。

后来我们回到家就笑死了，直笑得坐到地上起不来了，因为我说我在北京也没开过车。

友人：你后来有啦？

烨：后来我考出来了。

友人：现在买了自己的车了？

烨：都有了。

友人：车要多少钱呢？

烨：在我们那边儿是很便宜的，我买的也是个旧车，在那个拍卖市场买的，一个朋友帮我去买的，车不错，我开得

友人：多少钱？

烨：一千七。

友人：哪年的？几年旧？

烨：八零年的。

友人：噢，那还可以的。

英国的车，挺好的。

烨：这是那个车。因为我要装货，他要修房子什么，老要装木头呵，什么乱七八糟的东西。所以我那车只有一排座位。

友人：你是后面装。

烨：后面大的，对。

友人：那是很实用的车是吧？

很实用。

烨：对我们来说就可以了。

后边儿也可以坐人，坐五六个人能。铺上毯子，小孩儿就在上边玩儿。

烨：他恨死了，我买了个车。因为我跟他讲，这个鸡蛋，我在岛上，总是让朋友帮我卖鸡蛋，我一般付一些钱给人家，但是也是很麻烦。

后来我们卖春卷儿也得用那个车。

友人：做春卷儿很难哪，你们应该做茶叶蛋。

皮最难做，谢烨给试验出来了。

友人：皮是撒出来的？

沾！一沾一个。

烨：就是这个面要合适，锅的温度要合适，反正你都弄合适了就出来了。等你掌握了以后，做春卷儿比做别的都方便。

谢烨现在带出了好几个徒弟。

友人：真的？

烨：我要走。我其实也不是即兴的。反正有时候你要老做那事儿就比较烦，一开始你觉得有意思，做一做还是挺好玩儿的，老做就成个负担了。因为我有木耳嘛，事儿挺多的。有一回我就没去集上，



友人：人家就找你？

烨：结果好多人就找我，说你怎么不来？说我们就这样等着你呀！有时候你看他们挺感动的，他们真的是这样等着。因为我卖春卷儿也非常便宜。

一块钱一个。

烨：哎，而且我越做越大，我对他们非常好心。后来他们就，真的没有买到春卷儿，如果卖完了，没有了，就真的会跳起来，真的能跳这么高，就说恨死了，怎么没有了！我说你下礼拜再来吧。

友人：那么以后不要做那么大。

烨：其实大点儿并不增加什么成本，当然就可以多做几个，有时候想做快点儿，就做大了。他们外国人跟中国人不一样，中国人吃好像尝一下哈，外国人吃，绝对，真的就是果腹，喜欢大。

他们舍不得花钱，你要是送他一个那高兴得不得了。他们有时候两个人合买一个，一个人拿五毛钱。

烨：哎，你不可思议，我那个春卷儿，他们都说好吃，每个星期来吃，但是很可能就是带着小孩儿什么的，四五个人分一个春卷儿，还让我给切开。

友人：有的时候是要尝一尝。

烨：不，都是认识的，他们都知道，他们每个星期来吃，那些小孩儿都想一吃吃一整个，就是省钱。

说省钱吧，它跟中国那个省钱可特别不一样哈，他领了工资或者救济吧，他可以一天都给花了，可以花到什么程度呵，就是饭钱都不够了。那儿的人，一说没钱了那就是真没钱了，它一点儿没有中国人装穷或者装阔那种东西。

烨：中国人是穷他怕被看不起，阔了他又怕就是，老让出钱呵，怕遭妒忌，可他又按捺不住想炫耀。

我们那儿吧，穷绝对不会被看不起，人家只会对你更好，这种好呵，不是怜悯那样的，或者中国的乐善好施呵那样的，他真的是替你担心，还老有点儿抱歉的意思，好像他没尽职似的。

烨：哎，等到发觉你挺好不用他担心的时候，他也不多事儿。

哎。所以有钱人也不被崇拜，也不被人妒忌，倒是有可能被敌视哈；有钱人他自己呢，似乎也总是有点儿心里有愧的那么一种感觉，为比别人有钱有些不好意思的那么种感觉，而不是得意。

有钱有势，在那儿就没“有势”这种东西。像中国“吃得苦中苦，方为人上人”，中国呵，坏就坏在这儿了，当然换个角度说，也可以说好就好在这儿了，要不中国可能就延续不下来了。

烨：我们岛上的人，什么“苦中苦”，他要觉得那么苦，他才不吃呢。

因为他压根儿没有当人上人的想法。就不存在“人上人”这回事儿。不吃苦中苦，难为人上人，这样的话……

烨：像中国，什么含辛茹苦呵，然后望子成龙呵，在那儿就没这些问题。反正都很坦然的感觉。

那个面貌，也没趾高气扬，也没可怜兮兮。那么大一个儿哈，他买一个春卷儿，和他的小情人合买。

烨：哎，特逗，刚懵个女朋友，那么大一大个儿，结果拿出五毛钱，他女朋友也拿五毛钱，就一起买个春卷儿，还让我切开，我说那我没带刀今天，我说你就这么撅开吧，他就真的这样撅开。

友人：那你们可以做些炒饭，他们都喜欢吃炒饭。

烨：对。

友人：炒饭又便宜又果腹。

烨：炒饭得现炒，没那么大地方，春卷儿先都做好了，我们就一个平底锅，电的，倒上油一分钟炸七八个。

他们喜欢春卷儿一咬“咔嚓”一下那个脆劲儿。

烨：那个纽西兰人呀，他们比较简单，他们吃东西吃什么，那种 Chips。

友人：对，就是炸土豆片呀。

他们全爱吃“咔嚓”一下儿的。他们吃不了中国菜那个鲜味儿。

轮到复活节、圣诞节大集的时候，我们也做馅儿饼、锅贴儿、馄饨。有一回我们包饺子，包了八百个。

友人：哎哟。

那个从早包到晚从晚包到早，大概从早上六点包到第二天早上四点，一直在包。

烨：后来我觉得春卷儿是比较那些工最小的。

友人：你还在岛上画像是吧？

烨：他画像不挣钱，好多画像他都不要人家钱。

挣了点儿钱。最多的一次挣了六十多块钱呢。我画八块钱一张，画了八张。

友人：人那么少，都画完了就。

烨：他全画了一遍！

整个儿把小孩儿差不多都画了一遍，大人也画了一小半儿。

烨：差不多是这样。

后来什么救济也削减了，纽西兰也没什么钱了，画像就人很少了。

烨：经济很糟糕。

友人：要是吃春卷儿都舍不得花钱，那八块钱画个像就很不容易了。

其实我在岛上画像他们挺高兴的，因为不知道怎么我画得还挺像的，不能说画得好。

烨：而且他画得入迷，后来就成了白给人家画了，要是小孩儿恨不得他给人家一块钱然后画。

友人：你现在发表作品都在哪发表呢?

烨：不发，他好长时间没发了。

友人：《明报》上，还有《中国时报》上看见你，

烨：《中国时报》他们不知道怎么就打电话给我。

友人：《时报》稿费大概好一点儿。

友人：那你还是要做这个事看来，不做也不行。

现在看来是。我在岛上虽然没发表东西，写还是写了一些的，就是乱扔，走的时候也没带上多少。出国以后邮费太高了，就不能投稿了。原来在国内我那靠的是免费邮寄。

友人：那也写了你们的生活吧?

写。想写了就一写。事一多就又给忘了。

友人：恐怕该吃饭了，咱们下去吃饭吧。边吃边聊。

# （散谈六）

1992年6月22日。柏林。与来访友人。（欢声笑语）

（一些无关和同前文重合内容略，以省略号表示）

买张票就走。票对号就坐她边儿上了。就是隔着一个过道儿，她坐这边儿。然后，这个火车上的记忆，我们俩到现在也是不一样的，所以事实上很难说。我反正在那儿画画儿，我把周围人都画了一遍，就没画她，就把她跳过去，后来晚上我说了几句话。后来下车我给她留了个地址。

友人：哪一年结的婚哪？

八三年八月。然后我们登记完就觉得没事儿了，我就自己，我在上海自己还买了个小屋，在武夷路那儿，一个小屋。没想到她就住过来了。我就吃了一惊，我以为登记完就没事儿了。挺好玩儿，嗯。结婚，我就买了

顾城、谢烨，1983年11月，上海中山公园。

点儿巧克力豆儿，给我爷爷一个，给我叔叔一个，给我姑姑一个，哎哟，给他们气着了，就到我爹那儿告状，后来我爹就请了他们一顿，等他去上海的时候。

……

友人：你们怎么找到那个岛上的？别人提供的？

烨：他找的。后来我相信什么呀，我相信这东西无中生有，你想他又不认识英文。

我们刚到奥克兰住在一个古堡里。

友人：奥克兰是怎么一个城市呀，解释一下？

烨：差不多就是纽西兰的上海。

新西兰三分之一的人住在奥克兰。

友人：是个大城市？

大城市。

烨：他就在奥克兰大学。

我不在奥克兰大学当研究员吗？回来就在草地上找蒲公英和苜蓿。然后就是烧火。好多人看我们那儿冷哈，就给我们报纸，看完就都烧火，烤那个尿布。我就看便宜房子，最后还真看着一个，我就找教授去了。教授一看，哟，真是一个房子，怎么这么便宜？说，噢，在一个岛上。他说这个岛好，就带我们坐船去了，找了半天找到那个房子，沿着山坡爬上去，过个大沟，独木桥架在那儿，忽忽悠悠，雾气腾腾，枯藤老树，

烨：特可怕那地儿，走那个板儿，滑咕叽叽的，一个树干破的，那个门儿秃秃的什么也没有，就山坡儿，然后斜着搭着一个细板子。

屋里内壁全部没有。

友人：多少钱？

他写的是四万八，见了我他就减了一万块，那人儿把我当了外星人了，

他的糊墙纸上都是飞船，想着外星的事情。

友人：他是个年轻人？

比我们要小好多岁。他妻子住在山下一个坏汽车里，带着一个小闺女。是个印度尼西亚人。

烨：他媳妇儿四十岁。

他二十来岁。但是看着俩人都挺精神的，就那小闺女特衰弱的样子哈，营养不良的样子。

烨：他媳妇儿真想不到四十岁，她特别精神。



友人：这房子是他祖传的吗？

不是。这房子传了十代，就是十个人买过它，一共有六十年历史，最早是一神父盖的。那房子可能原来在那地儿算是好房子，但一代代都给弄坏了。这小伙子的破坏最大，把房梁，上下的梁全给锯断了。

友人：为什么锯？

他乱修一气。

烨：他不懂，他想改变房子结构。

友人：你们一看见这房就决定要了是吧？

对。

烨：他决定的。

我爬到山顶上，一下儿就看见了海，哎哟，那漂亮。

友人：一定要哈？

我知道我这辈子就待在这儿，哪儿也不去了。

烨：这小子神兮兮的。

后来去银行借钱。那教授打扮得倍儿干净那天，把我的书放到案上，说这有美国版权。后来银行那人说借给我钱是违法的，不过呢他第二天就该调走了，所以借给我算了。借了两万八千。

友人：你们还没还清？

我们定的还十年，每个月还四百六十块，加上地税，五百块钱。

友人：挺多的哟。

烨：当然挺多的，主要还的是利息。

所以我们没钱啦，就去海边采贝，推一车上来。

友人：卖？

吃。然后在树林里采木耳。

烨：我们那儿木耳这么大。

友人：那会不会有毒呢？

不会。木耳只有一种黑耳是不能吃的，但是只长在西藏。全世界木耳都没毒。

……

友人：你们用的淡水就是屋檐水呵？

烨：雨水。

友人：那么这个雨不是每天下吧？

夏天就没雨了，旱季。就得很节约地用水。

友人：那别人有自来水吗？

烨：自来水是从外头蓄水罐儿接到房间里来的，它都用这个水。那个系统跟现代化的一样，但是我们没安，因为安这个是要很多钱的。

我们给引到楼下屋子里了。引到楼上去要有电，用水泵打上去。最后全都安装起来了。

友人：那你们夏天就艰苦了？

烨：水可以买，就是有钱什么都行，人家给你送。

一车水五十多块钱。

烨：可是我们不是没钱吗？所以就得节约。

友人：那就是说在岛上生活得如果比较像样的话，要比在奥克兰贵吧？

是。食品也贵，贵出三分之一去，所有日用品都贵。

烨：都是从那边儿运过来的，要加运费。就是你要特别有钱，你可以过这种生活；可是特别有钱的时候他很忙，要过这种生活也来不及呵。

我们岛上有好多好房子，什么德国的银行家、美国的什么。

烨：好房子都空着。他们没工夫去住。

他有好多财产吧，他就得花好多精力去照顾这些财产，用好多钱去照顾；那就得保证老有好多的钱，于是就得一直忙，你想哪发生一个什么事儿都会影响到他的股价、地产呵。那这，钱多了也没有什么意思。你买一块大地呢，就要交很多地税，挣地税的工夫正好是你享受这块地的工夫，结果你有了一块让你享受的地呢，可是不能去享受。你就扛着你的财产，扛一辈子。

……

友人：那你们对房进行了哪些改造呢？有电吗？

烨：安上电了。

友人：有没有把梁给接上？

烨：他一直在钉呢。

我立了两个柱子，捡了好多碎木头，给它钉起来。

友人：那住着比较危险，会不会塌下来？

是呵，一下雨那地板“吱”，就鼓起来了。它是地基这两边儿都陷下去了。然后我拿四个千斤顶，找人借的，给它顶起来，然后挖地基，垫水泥，换上新木头。我们那儿好处是石头多、树多。

烨：那房子挨近地的地方，因为老下雨嘛，下边儿就烂了，梁也都坏了，而且我们那房它好多挡水的板都烂了，都没钉，所以那个屋子里是很潮湿的。

好多地方都没有墙，就临时钉块板、钉块铁皮在那儿。

友人：那一共有几间房间呢？

那人给拆成个大空壳了。

烨：差不多现在可以有两间，一个房间有门儿。

都是我钉的。

烨：哎，都是他钉的。另外一间呢，暂时用一个双层架子床给它挡住，然后挂上个布帘子，倒是蛮好看的，那一间是标准二楼，阳光也好，比较干燥，墙壁没怎么损坏，推开窗户可以看见海。

友人：那你们需要一笔钱哪，修缮一下。

就是，一修就好。那屋顶现在锈了。

烨：屋顶得换了。

山顶上有间小屋子，整个儿底下都烂掉了。后来我用千斤顶整个儿把它给顶起来，把底下用木头都钉好，又打了个大木头架子，修好了，升起一米多高。

烨：拿个破千斤顶，捡的，整个房子升起来一米，特漂亮，从那儿看出去。后来我给他布置好，我说这是你的创作室，你可以写东西。

谢烨就可以把我流放了。

友人：这是另外的，和你们主体房子不相连的？

烨：高出十几米？

五十多六十个台阶。

……

友人：然后就把你们那些鸡肉都处理掉了。

哎，都包了春卷儿了。

烨：对。因为你要送给人家，像我们根本送不起。（友人：嗯，没能力）你要是在那儿你就知道好多问题，就是原来没想到的问题。像我们在那儿，你看

“山顶上有间小屋子，整个儿底下都烂掉了。后来我用千斤顶整个儿把它给顶起来，把底下用木头都钉好，又打了个大木头架子，修好了，升起一米多高。”——“山顶”应指作者地界中山的最高处，还可向上走，进入政府公共地段，一直走到整座山的山顶，也是岛上的著名制高点。小屋整个底架为顾城钉建，并更换了地板和一些墙板。此时此小屋为 2007 年 8 月所见，十多年中一直不断有所损坏，房门正被一株新生树遮蔽。虽处密林中，但东窗外山、海、天开阔。1993 年 9 月下旬作者回到岛上后曾重返这里，并拍摄了照片。

『特别是蜗牛，白天都有，大的那么大。』——画见于顾城岛上杂纸中，应是画在1989年间吧。他种地过程中深为蜗牛困扰。

西方人他特别穷哈，就是像我们有个邻居特穷，但是他说：杀鸡太可怕了，谁杀？他以为是顾城杀。我说不是他杀，是我杀，他不敢杀。

友人：哎？你怎么会杀鸡？一般上海女孩儿不太会杀鸡的呀？

烨：哎，我会杀鸡呀！我从小

友人：你原来就会呀！

烨：我从小，我告诉你呀，我跟我父亲住承德，承德那儿什么吃的也没有，特别穷的地儿也是。我父亲是南方人，他喜欢吃鸡呀吃什么。然后他就跟人家买鸡，买了鸡他自己杀，我就瞅着他杀，打小儿我就会了。



谢烨打小哇，她跟别的女孩儿不一样，她玩儿弹弓的，不玩儿洋娃娃，玩儿弹弓的那么一个。

烨：所以我会杀鸡。

我们那会儿，刚开始是采撷业，后来搞农业。整个儿一社会发展史，刚开始神农尝百草。……

友人：采撷业，然后农业？

农业不行，虫子把菜都吃掉了。我那儿地太阴，在树林里，没阳光，虫子特多。特别是蜗牛，白天都有，大的那么大。

友人：你都种什么？

萝卜、菜花、土豆儿，什么都种，草莓、葡萄……

烨：主要是种菜，因为我们那儿菜特贵，中国的绿叶儿菜很少。他们一般不吃。

友人：虫子没有农药？

你要是撒农药，那农药钱比买菜还贵，所以不值。后来就转入畜牧业，就是开始养鸡。鸡越养越多，冷不丁给我们一个通知，限我们在复活节以前将鸡清除，只准留十二只。我们那会儿有二百只鸡。到了最后最后就必须杀了，杀到第三天就到了大限日，我们岛上管鸡的那个人，其实她管狗，我们叫她狗官，那狗官就来了，狗官是一女的，胆儿挺大的，看我们正杀呢，我就把鸡脑袋给她，她就一五一十数到塑料袋里。

烨：那人还真数。

结果倒是那个小伙子，给她开车的小伙子吓坏了，一个劲儿往山下退。

烨：那岛原来不属于奥克兰，它是独立的，就可以养鸡。

那岛一会儿独立，一会儿不独立，它老投票。

友人：独立的时候它就可以随便你们养多少只鸡?

烨：其实我们那儿就是山里头，没人管，我们那儿周围没人。最近的一个邻居，原来他们养过一百多只鸡，他告诉我的。



友人：那你们小鸡哪来的?

烨：我们这鸡，说来复杂着呢!

我们最早没有鸡，特别想吃鸡蛋，就买了两只鸡，这故事长着呢。

友人：就下蛋就能吃了?

第一章叫“鸡不可失”——

……　……

那谢烨真开心坏了，给捉住了，把这只鸡。

烨：特瘦，那鸡捉住。

友人：噢，那蛮可怜的，在外面也蛮辛苦的。

那是，它光吃草，怎么能活呢?可是它情愿这么饥寒交迫流浪哈。而且还下蛋，我们老能听见它下蛋的叫声。我说这可真算是自由至上了。

友人：蛋能拾到?

那荒山野岭你不知道在哪。

烨：那鸡其实一直没走远。

因为另只鸡我们不是捉住了吗?它这只呢，其实就一直围着转呢。大概在想办法哈，也难说。

友人：想把那只鸡也救出来？

当初不就是都跑出来了吗？

友人：那最早这两只鸡，然后慢慢发展成了两百只鸡？

烨：慢慢地，后来就发展得越来越多，但是养两百只鸡，还是在农场买的。

友人：噢，还有农场？

烨：哎，那个正好台湾寄来一笔稿费。我说，这回好，这回可以进城吃一顿儿，我说咱们首先进城玩儿上一天哈，然后他说：不可以！哎哟，给我气得。

因为我想我一养鸡，有了钱，就可以辞掉大学这个工作了。

烨：什么好多鸡，好多鸡蛋，卖鸡蛋。就说什么经济基础，上层建筑，政治经济学全来了。我说你别想，我说我从来没养过鸡，我说你这都是天方夜谭。

后来就把隔壁的一个鸡窝给买了来，然后我就在树林里钉铁丝网，钉了特别大一个铁丝网圈，现在还在那儿呢。先把里头的树一棵棵砍倒了，然后搭鸡窝，鸡窝顶上和地面上都铺上捡来的瓦楞板。大概一共花了三十块钱吧。

友人：那全都靠你们自己做呵？

烨：对，全他自己。他砍树、锯、钉就一天到晚。我帮他抬树。要不那么恨呢，天天骂，气死我了。

把那些树弄上一个大撑子，嗯。现在那鸡窝还在呢。

烨：特可怕，两米，这鸡窝这样儿的呵，架起来两米，这下面离地两米高，他要让鸡窝够着阳光。然后让鸡一级级跳上去。

友人：这鸡大概可能是自己找食，腿特别健，能飞呀什么。

烨：反正这只是想象，结果我们买的鸡可给我们弄惨了，农场买来那鸡那叫“呆若木鸡”。四个月的鸡，这么大——

友人：四个月的鸡有这么大吗？

烨：欧，四公斤！洋鸡特别大。

重极了，八只八只往山上提。我提，谢烨剪鸡翅膀，然后她手都磨破了，剪翅膀。

烨：哎。还有鸡饲料，同时买了来就是说两吨，一吨还是两吨忘了，反正就把那点儿钱正好儿花光，农场说六个月大，生蛋，这鸡四个月大，就算好，就订两个月的鸡饲料，如果不生蛋，就没吃的了。鸡吃得特多，我告儿你，而没有鸡饲料，你根本就不要想象养鸡那种东西。

那块地被围住的时候，深山老林里，都是草，鸡两个礼拜给吃得干干净净，一个树叶儿都没有了，把那一片地吃得。

烨：有的时候，我们开开门，把鸡放出来几个，在外头吃一吃，在树林里。

那些鸡，刚来的时候都不动，待了三天都在原地。我就怀疑这些鸡是傻子，我拿个鸡放石头上，到了晚上，它还在那儿。

烨：给我吓坏了，这样还不饿死啦！

友人：怎么会是这样子的？

它农场里的鸡，小鸡从孵出来就待在笼子里，就没走过路。

友人：这农场在岛上在奥克兰哪？

烨：奥克兰。

但是飞机一飞过，那些鸡会炸窝，可是吃东西不会。

友人：那就不用剪翅膀了，早知道的话。

剪得辛苦呵。也没白剪，半个月以后那些鸡就都活起来了，就灵鸡一动呵，生鸡无限呵，是生蛋无限，可蛋再生鸡是吧。可开头半个月，就是一个一个地喂食儿，

烨：最开始我打电话给农场，我说它们吃什么，他说它们吃那个碎子，他

说你要换那个粒子可以，但是要两个星期以后，就是要一点一点训练。结果我又赶紧买了一包碎子。

然后找了一个长板子在地上这样摇，哟，一下就吃起来了。

友人：它这是条件反射。

烨：顾城拖着那板走，因为开始那些鸡不动，就等着你过去。

哎，机械化就是不管死的活的它都给你一概弄成机械。然后每天还得把这些机械鸡一个个地塞到鸡窝里，早上再给拿出来。

烨：二百个鸡呀！他做的那个鸡窝都是架起来的，（友人：离地两米是吗？）噢，不是那个，还修了离地一米的。

顶层和离地两米的地板差不多高，上到顶儿就过去了。

烨：他做的那个鸡窝地面都搭着树棍儿，鸡都待在树棍儿上，你一个一个往外赶可不容易，那鸡就逃，在里头。特别大的一个鸡窝。你有时候都够不着的，就这样一个一个往外赶，或者拽出来。

友人：过了多久以后才习惯？

烨：两个星期以后。

后来到两个月我们饲料刚好喂完的时候就大批大批地下蛋了。

烨：下蛋了，就真下蛋了。

那么大蛋壳！

烨：而且那蛋，这么长的这样的。

友人：哎哟，那很好。

大极了，双黄儿蛋，个个是。

烨：真是，你不可思议，全是双黄儿蛋，然后那鸡蛋刚出来的时候，卖特好。

友人：那是很兴奋哪。

烨：那会儿我说没有汽车恐怕不行。我朋友每个星期来帮我去卖鸡蛋什么的。我急死了，每天拿桶，去把鸡蛋拿下来，一桶半，一百多个，最多的时候下到一百八，一百九，每天，哎。

到了夏天它喝水特别多，我们人每天用一桶水，鸡喝八桶水！每天往上提。

……

友人：你们车是什么样的车？

烨：是一个英国车，就是你刚才看见的那样的车。怎么说呢，还可以，挺好用的，就是非常便宜的一个二手车，我们在那个拍卖市场买的，朋友帮我们买的。开了三年多了吧。

嗯。谢烨开。卖鸡蛋嘛，没辙。生产力推动生产关系发展，推动经济基础推动上层建筑就一直推动下去，最后改革开放，就跑到这儿来了。这个畜牧业发展到了商业，最后发展到文艺事业，又回到老路上来了。

烨：物质文明导致精神文明。

经济基础导致上层建筑，最后又回来了。

友人：在这过程中小孩就跟着你们一直？

烨：一直呵。最早我们那个小母鸡生蛋我还记得呢，一天就一个蛋哈，他就让我吃，我没吃就给我儿子吃。

一个蛋。我上大学那天，她就给我吃那个蛋。

友人：你吃吗？很大的蛋？

烨：不，很小，他不吃。后来养鸡多了，鸡蛋就多了。

我们管那小鸡叫灰姑娘，一个中国乌骨鸡，就是它生的蛋。

友人：那你们这回来的话，挣的钱够不够你们回去再创什么事业？

烨：哟，太多了，盖个厨房可以。

换个屋顶，最好再修两个房间出去。把内墙板也装上。

烨：再挣点儿钱，把银行的钱还上。

友人：哎，那这事很好，几年大计。

我们还欠银行两万多块钱呢。最好不要欠他们钱。

友人：我觉得不要着急，中国人怕欠债，怕什么？

可是你现在还两万就没了，你要还十年，你整个还给它五万。

友人：对，有利息问题。

其实头两年是靠大学的钱支着。

烨：反正都是特别具体的生活问题。

友人：那么这房子漏水怎么办哪？



烨：漏水的话，他去钉呵。

爬上去钉。那个屋顶是这样一片片镀锌板拼起来的，波浪式的，有时候捡到一大片就可以给钉上去。不过爬上那个房子也挺不容易的。

烨：最早用塑料布就是这样挡一块儿。

……

友人：那这时候，当你亲手创业的时候，你觉得愉快吗？开心吗？

那当然开心了！蓄谋已久的嘛。

友人：我觉得你很有归宿感哈？

烨：他永远有归宿感。

我们在那儿种了树。

友人：那边种东西好活哈？

烨：看你种什么了，种桔子就不行，我们那是背阳坡儿。

李子长得好。每回李子熟了我都吃得差点儿死掉。

友人：李子可以卖钱呵？

烨：等你李子熟了，所有人家的李子都熟了。

送都没处送去。

烨：在中国你可能很少见那样的大李子，像桃似的，熟了就都蜜似的。

后来我们都喂鸡！鸡吃了就醉了似的，哇哇大叫，晃晃悠悠的。

友人：你们种的？

烨：自己种的。

有一棵我们种的。

烨：原来有一棵。

我们种了好几棵果树。

友人：那原来这地上有什么？

有棵李子，一棵橙子，一棵桃树。桃树我抢救了它三年，还是活不过来。我都不敢修枝，一修，虫子就沿着那个伤口就咬进去了。你要是抹药呢，一点儿药就八块钱。

友人：你这些技术都是现学的噢？

我十二岁就开始琢磨了，什么怎么建沼气池。

友人：你那时候就喜欢地呵？

烨：对，小地主儿。

我从小就研究怎么过野日子。沼气池我们那儿修起来了，也生沼气，但就是没有那种灶口和管道，新西兰没这种东西，于是不能最终投入使用。

烨：他这人特别较劲，什么东西都要自己做。

你会发现依靠社会事事都特别简单。你哪怕就到垃圾场去捡点儿木头，也就比你自己生长木头快无穷倍了。

烨：两米直径两米深的沼气池，特别大个儿。两天，挖了。

我们那邻居看我们挖吃了一惊，我在地上画了个圈儿，然后叭叭两天就挖出来了。

友人：可是买不到零件。

烨：也有，因为没别人需要，它就得特别给你做，就特别贵。

这叫贵族生活。谢烨说你干这些原始事儿都要钱的，比如养鸡，要是我们有钱买一块农场地，就不用杀，就可以养下去了。我风力发电，必须申请许可证，必须买标准部件，而且光维修保持住合格证那要的钱就比缴电费高多多了。根本没人用那东西，你就不能说用就用。所以这现代社会里只有贵族才能过原始日子。够荒诞的。

我理想的家园就是让风、雨、阳光都做功，停止引进社会资源，所有垃圾自行消化，形成完全自我运转的那么一个封闭系统。

烨：封闭系统。你看人家干活儿就是生活哈，他不行，他干活儿说是自然其实都是理念。



本性。

烨：你那个本性就是理念。

死要真理，要意义哈。不是，那是个审美耶。人生意义就在个审美呵，除此还有什么？你说。

烨：甭管怎么说哈，就比如他去帮人家工，你就帮，人家给你钱就完了，他不行，我们那个邻居开始看他砌墙不是要帮他砌吗？他不干，后来那人看他砌得好哈，就让他帮了，人家是买的石头，他就跟人家说你这山上有石头可以打。

不是不是，我说他那个地方可以砌一堵墙，就是把那个山坡这样给拦过去，然后他房子就可以扩过来。我也一直这样折腾我们的房子，挖屋后的土运到屋子前边，哎，在屋子前边垫出这样一大块平地，看天看海，等于也是一级梯田，我们在这儿种豆种瓜，因为这儿阳光最好，我还在角儿这儿砌了个小鱼池，然后准备引就是屋那边的屋檐水到鱼池里去，我们的屋檐不是两边儿的吗？阳面这边的水就都到我们的水罐里去了，我们就用它，阴面的呢，原来是都白白流掉了，后来接了管子也给引过去了，以后我想加个开关在管子转弯那儿，那个水就可以用它养鱼了。反正就是离这么远砌一道墙，把里边垫满，再砌再垫，最后这一大片不就平了吗？原来一出家门就下坡，整个斜的。其实就和修梯田一样，就是呢，让房子这一层的平地特别大。这屋后扩出来呢，我们不是想再盖出去吗？盖厨房盖卧室。

也可以沿着这坡儿往高里盖，我们的楼上就比楼下大出这么一块，就是这一块就架到山坡上了。

烨：所以你从正面看是两层楼哈，要从背面看就是一层。侧边看就是斜的，这个二层到这儿就是一楼，这有个门也可以直接出来。

我们那个邻居不是让我给他一块钱他砌一块砖吗？后来我给他砌，一块钱给他砌四块大石头，石头比砖难砌多了。有一天砌了多少？挣了他四十块钱吧。

烨：他那哪是挣钱呵，就是我说的了，他那是理念。

我也是喜欢砌，喜欢石头。可是给自己砌不挣钱哪。

烨：人家砌一小时恨不得就得要四十块钱，他砌十个小时，四十块钱。我们那邻居特别不忍，他砌得特好，他较劲哪。

我拼来拼去。

烨：挺结实的，那么高。[1]

他有石头，他买的。

烨：你看，就是这样，人家买才多少钱哪，反正他打了三年，我看有那么多就不错了。

所以谢烨就特别恼火。

烨：他那个厕所设计其实不错，化粪池，挺科学的，同时还可以浇地和生沼气。沼气我不懂哈，其实也不需要多少特别的部件，可是那儿就是找不到。

[1] 顾城给邻居砌的这道墙现在（2016年）仍在。可参见本辑前部图页。

在中国可能挺普通的。

友人：那你们烧时要小心呵，可别引起火灾呵。

烨：爆炸。

现在都给它放掉了，沼气。想在这边儿看看有没有那种灶口。

烨：我说他这就是胡思乱想，那东西得挺重的，就算有光往回带多少钱？我告儿你，就我们刚到岛上呵，连火都没有，下着大雨，然后他什么不管，先去挖地种地。

我说人误地一时，地误人一年。结果谢烨下令我生火。

烨：饭没的吃种什么地，我说；这会儿就正“误”着呢，我说。



……

友人：你那房子什么颜色的？

紫红色的。大紫红破楼噩梦，我们叫它。

烨：远看还挺好看的。绿色的山里，中间紫红色的一个尖顶的大房子。

挺气派的。我还写了一首诗叫：“你给我看苹果 / 在花开的时候 / 远远地看 / 只有这一片是红的”，然后：“十五只鸟在路上飞 / 飞过飞不走了”——写我那小块地。嗯。“远远地看，只有这一片是红的……”

烨：我那会儿就不想买房子，太大的麻烦了。

后来我们就诌《大紫红破楼噩梦》，第一章叫什么：打水漂石子沉底，望美人空中揽月。第二章叫：三根杆支九重阁，一把刀杀半条街。就是谢烨有一天呀拿把菜刀就上山了，忽然发现一个台阶，然后她就沿着那个台阶，就挥刀砍那个小树，砍着砍着就发现了更多的台阶。

烨：台阶遗迹，都不是很看得出来了。就是有一条路。

二十几个台阶通到一个树特别密的地方，就看见了鲜花大树。

烨：其实是一个环。

然后发现了一个烧毁的鸡窝。

烨：其实有人养过鸡在那儿。整个儿我们那个房子后边是这样转一圈儿的，从这边儿上去可以从这边儿下来，就跟公园似的，挺漂亮，两边儿那个荆棘丛。都连起来的，可以穿进去走，他在两边都修了台阶，一边几十个，然后辟一条林间小路，从上边连起来。

那个树林大概十几年没有人整理，就是荒了，所以长了无穷的杂树。那本来该是个大花园的。

烨：想好的是特别好。

我们那个《大紫红破楼噩梦》好多章呢。

烨：特好玩儿。

下边："骡马兔耳奇不知希腊，老窝俭朴寨越过越南"哈？

烨：你知道我们的老窝就是个俭朴寨哈，那日子越过越难。还有多着呢："一根老筋撑腰，半身香汗作曲"哈？全都是故事。

都是我们岛上的人物。

烨："一根老筋"是一半老太太，特神。

"半身香汗"是一香港人，他就临时在那儿度度假的，弄个度假房，可是呢，带过来一股气息。

烨：神极了。

西总管思想半小时，

烨：老家贼生气三更夜。哎。

"西总管"就是谢烨。谢烨老扮演周总理，她说她是西西里总督后代。"曾经中国难为鬼，除却苏菲都不晕"；"毛利女酋长登基，中国美人党成立"，好多好多呢。

烨：都是故事，那真是太多了，说也说不完。

我们临走的时候，修起了一个大平台。

烨：然后舒服极了。你就站在阳台上，远远地眺望海，哎哟，看那些山里的高树。

居山望海。

烨：在那儿晚上你就唱歌儿，没人儿理你，因为荒山野岭。

那个大月亮从山顶升上来，

烨：特别大，感觉有这么大。

南极那边儿看星星也不一样。而且特别密。看南极星。奇怪的是太阳在北边儿。而且九月是春天。所以我的生日就到春天里去了。

烨：我的生日七月嘛，就成冬天了。

过春节是最热的时候。他们圣诞节，圣诞老人热死了。

友人：冬天很冷吗?

冬天是雨季，要没有火的话，脚也会长冻疮。

烨：潮湿，特别湿。

前两年我都长了冻疮。我们最后买了个新式炉子。

烨：那炉子带玻璃窗的，扔一块木头进去，可以透过玻璃看火，那个非常好，而且那个热能消耗得特别均匀，你要关死了那门儿呵，火一晚上不灭，挺好玩儿的。

现在我们那个朋友住在那儿呢。她也写诗，写得挺好，写：这是最好的日子，可以开花儿。

烨：她说她是老家贼，特逗。她觉得那儿棒极了。挺好玩儿的，我们那儿。

……

# （散谈七）

1992年8月。柏林。与二位客人朋友。（欢声笑语）

……　……

烨：三天以后开始下大雨，那是新西兰百年未遇的，三个星期大雨，一分钟没停。

奥克兰都洪水泛滥了。

烨：奥克兰汽车就跟船一样，水都从玻璃进去。

那么粗的树都吹倒了。

烨：给我冷得，点一根儿蜡烛。

到第三天我在外边种菜呢，下着雨，弄一身泥巴，谢烨就跟我火啦，说你今天一定要生火！因为饼也吃完了。我就在外边儿找了那么粗的一根铁管子，一根那么粗的，还有一根这么细的，我就把窗户拆掉一块玻璃，把谢烨的头发剪下来，和了黄泥，把烟筒底下打几块砖，沾在木头上，粗的一节儿就套着细的一节儿，中间的空儿拿一块破布缠上，再抹上泥，然后再套更细的一节儿，就跟大炮似的就这么斜着出去了。然后烧火烧了一屋子烟。哎哟谢烨觉得那天幸福极了，有火了。后来我们有个朋友到那儿去说，那会儿我们养鸡了，他说鸡说应该有火于是就有了火，鸡说应该有光，于是就有了光。

烨：我们家没这电灯，先给鸡安了。我跟你讲，我们那儿不是在后边儿养鸡吗？

友人：那怎么有灯了？

烨：我们那儿有电，只是不能拉。

在路边儿上，自己拉电是不合法的。

烨：一定要电工来拉，电工一拉要好几千块钱。

两千五百块。

……



待到第三天，谢烨就跟我提出离婚，我也同意了，但是没地方可离。外边儿在下大雨。我们隔壁有个老太太挺好的，她的丈夫是个保加利亚人，每天给我们送热水。

烨：下着雨呀，她就烧这么大一锅，他们做果酱的大铁锅，烧一锅水这样端着，那老太太都多大了？七十岁了吧，晚上在那儿叫我，我说谁叫我呀？这半夜三更的。她说你们baby要用水。哎哟，给我感动得。……

路特别陡，从树林里钻出来拿壶水。

烨：我们那邻居跟我们特好。

人特好，全世界也没有那么好的人了。

友人：那倒没有什么坏人？

烨：恐怕也有坏人，只是好像没有感觉到。因为你像我们那儿吧，真的夜不闭户。

我们那儿吧，强盗也不会去，去了你跑不出来呵，一卡码头，就给捉住了。所以从来没案件。

……　……

隔壁那老头儿挺好玩儿的，……他说你这个墙我给你砌，一块砖一块钱。我说我自己砌。他说你不会砌。我说我喜欢砌。

烨：那老头儿帮我们砌还不如他砌得好。

……山下那墙开始我砌了个直的，发现不好看，就砌个弯儿。我给谢烨画了个伊斯兰堡，上边儿带旗子，带城垛，带大炮，底下是城门、吊桥。然后谢烨一看就特兴奋，就跟我上山搬石头。

烨：槐树庄那样儿的一个，或者就是欧洲的那种，圆圆的，小小的，然后有个吊桥可以放下去。他想弄成那样儿。可能还行哈？慢慢闹。

然后谢烨就很兴奋，兴奋着兴奋着就没吃的了。

……　……

所以一下就井冈山的斗争了。我种的南瓜呢，又且长不出来。

烨：特可怕。而且这小子特绝哈，他就不出去。他到岛上根本找不到工，如果住城里你可以打工，我可以出去找工作，他说不要说你出去找工作，他把那工作也给辞了。他说我不要去大学了，他说我每天去大学干什么？咱们不买东西，跟外头没关系，咱们，他说原始社会，自力更生，咱们重新开始，不理他们，他说。哎哟，特绝耶。辞了后来，就自己种地喽。

也是已经干得差不多了，已经干了两年了。我还干了两年呢。

烨：后来就干别的了。

已经有点儿基础了。养了鸡了嘛。[1]

烨：养鸡。

不养鸡我哪敢辞职呵？第一步我们是采撷业。因为我们只有买粮食那么多的钱，所以就到处吃各种草。蒲公英、苜蓿。

烨：野菜。

野菜。我们边儿上好多树，木耳挺多的，一摘能摘一大盆儿。木耳，

[1] 顾城请辞应是在1989年11月学年尾端。延续教职半学年至1990年6月末。工资发至7月。整个在职时间应是两年半，即五个学期。而大规模养鸡于4月上旬戛然而止。不过此时因为养鸡经济上的确是“有点儿基础”了，否则大约的确“哪敢辞职”。

大的，这么大哈。还去海边儿打牡蛎、贝，然后搁水里烫，剥出来，装到瓶子里，大概剥一天，能剥出两大瓶来，那是蛋白质的主要来源。

友人：怎么他们两个吃得脸红红的哈？

哎，那会儿吃得胖着呢。

友人：你看他们两个人吃得，身体好哈？

现在不行了。

友人：现在，就是那个时候养下来的呵。

……　……

# （散谈八）

1992年6月12日。伦敦。参观汉学院图书馆（友人之间言谈略。以省略号表示）



……

馆长：这两个都是善本。

烨：对不起，我想问一下，可不可以照相？

馆长：行行，你想照哪个？

就，我们，这个闪光会有影响，怕你们，

馆长：是是，远一点。

……

那我就翻一页吧。

友人一：然后我们大家来解。

哎哟，这句好哎：自然天使又中兴。

烨：自然天使又中兴。太棒了，绝了绝了。

……

烨：顾城，你帮我摁着。

它这有个猴哎。

烨：哪？

我是属猴的。

友人一：你属猴的？

……

给你算一个吧，你翻一页，一指。你要哪边儿吧？

烨：我翻这边儿。

轻一点儿，轻一点儿呵，这书特别宝贵。

这个吧——北方女国并中原；这个——天下全无浊水湾；二四旗中分造化；红巾小袖遍人间——可以。



烨：照下来。

轻点儿，这书忒宝贵了。

烨：看有什么好看的给它照下来。

你这照人家是不是，——别乱照了。

烨：没事儿，她说可以照；跟她说了。

这书真大。真漂亮。

这跟我的《激流岛话画本》挺像的，你发现没有？

……

友人二：这是许教授要看的好书。你小孩儿不准看。

（笑）小孩儿不准看。

友人二：青年不准看。

咱们这儿没有青年了吧？

……

馆长：没人再看精彩的了吧？

有有有。

馆长：这一套是永乐，就是讲什么“君子之道”，讲那个“五伦”。

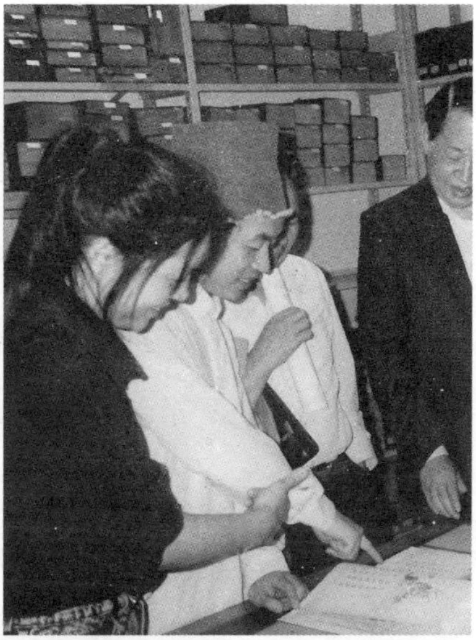
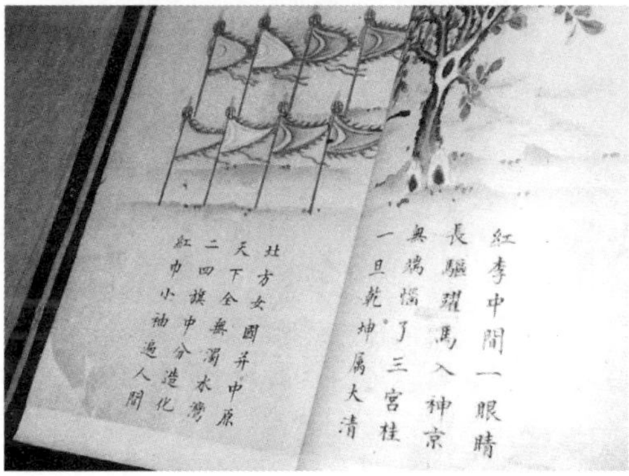
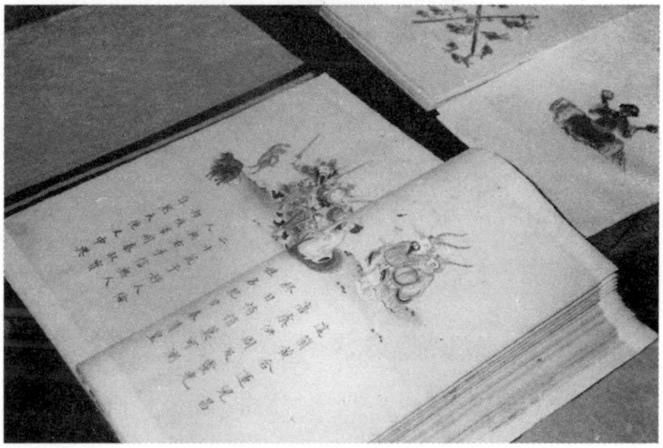

1992年6月12日参观
伦敦汉学院图书馆

他这儿书真了不得，把我给镇了。

……

馆长：我们这儿还有梁启超在这儿看到的“太平天国”史料。

友人一：他来过这大学？

这图书馆有多少年了？

馆长：正式成立一九三零年。……

友人三：这是梁启超看过的？

馆长：对。这全是手抄的。……



这叫“文本主义”哈？

烨（笑）：文本主义。

文本主义过梭了，就人本主义了。

……

馆长：这东西有意思，作弊的。

烨：好。

考试呢吧？

我记得我爹那会儿背“老三篇”他背不下来，就弄了个最小的语录，就搁手上，就这么着呵，就“背”下来了。

……

刚才你们没来，翻一页，“啪”一指，就能算出一命来。

馆长：琴谱。

这连手法都有。

馆长：对。

烨：顾城还什么都知道，连手法都知道。

……

中国这曲谱真麻烦，流传特别难。“__________”（以上字音编者不能确定，暂略）整个就没留下来，就是姜夔有几个传下来了，……（声弱，难以辨听），这都没了。

……

非得这样儿的馆长不可哈？管图书就得这样的，她喜欢这个。

……

馆长：这是他的版画，他自己画的。

……

这还是有点儿西方味道哈？

馆长：对。

感觉把阿拉伯的那么点儿劲儿掺进来了。

那会儿人书法连画。

友人四：真正的几个汉学中心都是有一个特别神的人，由一个宗师，再往下传。

中国风格哈——弟子。

友人四：弟子下传，就变成一个中心了。

还是有一个精神核心。

# （散谈九）



1993年9月17日。美国（洛杉矶）。多位友人（单省略号处为难以辨听；双省略号为友人言谈删略）

……　……

你住德内哪儿?

友人：德内那个，我看呵，我们东边儿就是，离杂货店不远，就是隔壁。

我在你们那儿干过木匠，……。

友人：是吗?

哎，有个木匠房你不……，做乒乓球儿台子，……，就在德内大街那儿，靠街西。

……

你看，护国寺大街（友人：对，护国寺），拐过来，是吧，这个靠街东，有个厕所，

友人：对对对。

厕所对面儿就是……。

友人：啊，我就是每天上那个厕所。

那咱们整个儿上的是一个厕所。

友人：对。

我们单位就在那斜一点儿对面儿，然后这边儿还有个居委会。

友人：对。

那居委会老太太老叫我们电话。

友人：对对对。我也是靠他们叫的。

友人：哎哟！

烨：叫一个电话，上一个厕所。

你怎么住那儿呢？八成碰上也不认得哈，我穿一破工作服反正，就在那个居委会门口儿老开料，有时候拿个大木头，哎，我搬到那儿，噌噌噌开，邪了吧？这个事儿。

友人：我在那对面儿！

就在那对面儿，就是居委会正对面儿，就是我们单位，就是有那么一个老挂着个木板儿，夏天就敞开的，门口儿，里边就是木工房。

友人：那你也就是在我们北边儿的那个，……，那门口儿老有一个傻子。

对！对对对对对，……。

……

我在那儿，不过我在那儿干到八零年。

……

友人：呵，我在那儿，八,八四八五年。

友人：错了日子了。

没准儿那儿已经关门儿了。我走了以后，……，我们单位不办了。……。

友人：我说那傻子怎么没着没落的，你们那儿关门儿了！

……

友人：德内那厕所呀，他妈的，我因为紧靠着墙，那个厕所那儿，还是倒垃圾的地方。

友人：对。

我也在那儿倒垃圾。

友人：倒脏土，往那儿一倒，那土全叫风刮起来了。

我老远一扔，“哐”地就走，哎，每回我倒那个煤球儿灰就一扔。

……

哎，你画个图儿，你家住在哪儿呵？我还是弄不特别清楚。

……



那是，这是重要的。

友人：你看这是德内啦，接着护国寺，这儿，……。

……，人行道哈，这边儿特窄，这儿有石头台阶儿。

友人：对。

然后呢，……，这边儿有树，我伐木头呢，老搬到这边儿来，在这儿开料。

友人：噢，这地儿呵，……。

……　……

呵，不知道是总政是什么，这儿再往里边儿有一个医院，我小时候老在那儿看牙。我住在哪儿？这边儿不是路北，平安里，你知道吗？

友人：知道，知道。

平安里大街，这边儿一个加油站，加油站对面儿不是大楼吗？原来是军报，后来总政文工团，我住在这儿。然后每天我就蹬板儿车拉木料、拉灰拉砖，从……。

……　……

呵，我知道，这里边儿进去特别深，那一进去……。

友人：对，对。

特别大，跟场地似的，……。

……　……

护国寺这儿还有一个菜店，有一回我在这儿买青瓜吧，买完我就把人家称盘儿一块儿就给拿走了。我沿着这胡同走，走走走，走到这儿的时候，我把黄瓜装包儿里，发现还拿着称盘儿呢，想着不妥，就往回走，……，还给人家了。

……　……

要绕那个岗亭，平安里这儿就有一个岗亭。……反正也是，让走才走吧。……这个我也快忘了，也只有晚上，……。

……　……

还有一回我骑自行车儿，过了西单路口儿直奔俩小伙子过去了，那小伙子说哎，师傅师傅师傅！我从他们俩中间儿哧溜就钻了过去。

……

不是，我骑自行车特悬，蹬板儿车我心里踏实，骑自行车老觉得，控制不住，太轻。

……　……

……，仨老头儿，平均七十多岁。

友人：干点儿木工活儿还可以。

叫我做小格格窗户。……。

……　……

哎，就是就是。我就爱开料，不用脑子。脑子自由自在。那老头儿，我救了他一次，还有个傻子。不是那个……，我们整个儿那叫厂桥服务所，一共有五个傻子，算我就六个。……装了个电锯，电刨子，走电，那老头儿叭一打，我也不知道怎么那么机灵，腾跳出去就把电线给拉了，……我连闸在哪都不知道。就特敏捷。怪哈？那老头儿撞锯那儿了，那傻子就压锯口那儿，……，我这蹬板儿车就给拉积水潭医院去了。

……　……

友人：你写小说故事全是编的？他们说全是写真的。……我也是真的写不好，非得编的。

谢烨也是，

烨：我也是编的。

友人：是吧，我看不出来呵。

烨（笑）：你看不出来。

友人：我一瞧，那说得津津有味儿的，……看不出来。

烨（笑）：我看得出来。

……

烨：你看他是编的吗？（友人：啊？）他不是编的吧？

友人：不是小说啦。……

……

偶然翻到的几片顾城画在“木工房”时期的速写。干活儿时当然不可能画画儿，他总是画在休息或者开会的时候。前三图应是“北京西城厂桥地区服务系统”（“木工房”归属此系统）1976 年 11 月开批判“四人帮”大会时的速写片段。图四是居委会找顾城说有病人需送医院，请帮帮忙，顾城备好车等待时画的。那时木工房拉货拉料全靠顾城蹬板车。居委会碰到需人蹬车时也会找上门来（顾城不归居委会管，上班时也不能直接被居委会差使，但居委会没人力却有点权威，尤其到了顾城快下班时，就总找他做事）。图中车背后的院门内即顾城工作了大约五年的木工房所在。

# （散谈十）

1993年9月18日。美国（洛杉矶）。曾慧燕电话采访[1]

……九月十八日，笔者透过电话访问了顾城夫妇。稍后，他们给笔者寄来四张生活照片和《英儿》一书的目录及其中一章。

以下是笔者与顾城夫妇的访谈内容：

问：你们为什么到洛杉矶？

答：纯粹是路过。一年前我们买了法航的来回机票，本来应从旧金山返新西兰的，没想到原来航线已取消，必须经洛杉矶登机。

问：你们什么时候离开？

答：二十一日。本来前几天已准备离开，订好了飞机票，但到了机场不让上，说要签证。这里还有一个小插曲，后来新闻报道说那架飞机刚起飞就掉落海里了，死了几个人。

---

❶ 此篇笔者为曾慧燕。顾城、谢烨于洛杉矶居友人顾晓阳处等待航班飞还新西兰时接受其电话采访。此篇于顾城、谢烨10月离世后以“顾城、谢烨最后的访问录”为题于11月号《九十年代》刊出，文稿未及知会被访者。此篇据电话录音整理或直接笔录整理或笔录兼记忆整理，因未能同曾慧燕取得联系，尚不能肯定。此篇节去《九十年代》所加诸小标题及部分笔者前言，余包括标点，一概照搬（明显错字除外，修正当加注）。（顾城、谢烨1993年8月30日飞离柏林抵美旧金山，居友人处，后因航线变化转洛杉矶等待。9月21日飞离）

问：那可要恭喜你们逃过一劫了。

答：也很难说，有时想想不如死了好。

问：真奇怪，为何你有这样的念头。听说你在德国给汽车撞倒也没事。

答：对，我骑自行车，给一辆卡车拦腰撞了一下，只是腿部受了一点伤。

问：言归正传，我访问你，是因为最近在《九十年代》看了你写的《英儿》一书的内容简介及节选。我对这部书的内容很感兴趣，对你的太太很好奇，待会我要和她谈谈。这部书描述的全部是真人真事吗？

答：基本上是真实的。是一本自传式纪实小说，是我在德国写的，花了四五个月时间。主要是想反映一些又能解释又无法解释的事情。全书原来写了二十三万字，现在压缩到十七万字。

问：你是否还在为英儿的事情伤心？有没有继续寻找她？知道她目前在哪里吗？

答：不找！有人说她在英国，但我不会再找她。

问：看来你已走出英儿的阴影了。如果现在你重写这本书，写法会不会不一样？

答：肯定不一样。开始写《英儿》时，我是发疯了，所以开始是表现性、散文性，有点像断章，后来变成回忆性、过程性。就像有个盒子，各种形式的东西都装在里面。这本书是我不得已而写的，当时我处于一种特别状态，失去英儿好像一个人被分成两半，很想发泄一些东西。现在我已平静了。

问：英儿在你们的海岛住了多久？

答：一年半，由九一年三月到去年十月[1]。她是跟一个教气功的洋老头



---

[1] 此处暂不知错误出自哪里：“英儿”在岛上的居住时间应是约两年半，即自1990年7月初至1993年1月中旬；顾城、谢烨于1992年3月初离岛赴德，此时距“英儿”上岛时间是一年零八个月。

一起失踪的。

问：看了这本书，我觉得你太太非常伟大，希[1]望你把握已有的幸福。

答：英儿的事情已经结束了，我们之间还有另外一些事情，下一步在继续。世事阴差阳错，明天发生什么事，谁也不知道。

问：是否除英儿外，还有其他第三者？

答：我们在德国时，发生了一些事情，是英儿的后续，但跟这个小说没有关系。

问：很冒昧问你一个问题，你为何有自绝的念头？是否曾付诸行动？你在《英儿》中，也是“决定自绝”的。



答：这是非常好的问题。实际上我从十七岁开始，一直有这种念头，虽然这想法很残酷。我一直很迷惘，为何长成一个男孩？奇怪上天把火焰撒在我身上。我内心永远矛盾，看见两个女孩一起和睦相处，心里很高兴。在岛上的生活，是我一生最美好的日子，感觉自己的生命已达到最和谐状态。人承受的东西很有限，人可以“生如蚁，去如神”[2]，能够生如蚁，虽然很困难，但已满足。许多事情在我身上阴差阳错地发生，我跟世界有强烈冲突。不瞒你说，我自杀很多次，在德国有两次，但都死不掉[3]。我的第一

---

[1] 此字原发表写为“布”。

[2] 顾城常说“人可生如蚁而美如神”。因此这里疑为“生如蚁，美如神”。

[3] 寻遍记忆以及存留物以及其诸亲友或任何他人，寻不到哪怕一次其自杀未遂的一星记录。顾城确曾多次提到自己的自杀想法：比如说他17岁时登上他常独自看书的一个楼顶，这时看下边变得很小了的人们，想到不妨下去和他们再待一天（可参见《讲演答问卷》《对话访谈卷》中篇目）；比如他以第一人称写的小小说《梁和》（见《小说卷》），大约十岁的“我”就上到楼顶，一番悲伤后“不想死了”；再就是由张穗子整理的她同顾城的对话《无目的的“我”》（见《对话访谈卷》）中提到得多些，像顾城说：“当我要出走或自杀的时候，我总是告诉自己。我对妻子说话就是对自己说话。人死一回不容易，我总想死得好一点儿。死是一种特殊的意境。”他在最后的写给父母的遗书中也写：“烨也好心救过我几次。”小说《英儿》甚至是以他死后为故事起点的，其中《牧场》一章还切实写到了他的死：树林中的自我爆炸。尽管如此，所有这些依然还都只能说是尚停留在思想上，或者说“意境”也罢。即便他说“烨也好心救过我几次”，

本小说，就已把根砍掉了，大地也没有了，写到后来，知道该怎么做了。

问：你是一个很有才气的诗人，希望你珍惜生命，为世界创造更多作品。

答：每当我在最绝望时，自杀反而帮助了我。大概这就是置诸死地而后生吧。我希望还可以重新开始。家是最重要的，毁灭也从这里开始。对了，我要找 ××× 给我占一卦，最近我连续三次看见死鹰、死麻雀，这事有点邪门。前两次是在自家门口看到的，最后一次是在晓阳门口看见一对死麻雀。

笔者与顾城的谈话告一段落后，由谢烨接过话筒，以下是摘要：

问：看了《英儿》的内容提要，一般世俗中人的反应都认为你简直不可思议，你如何看待“爱是自私的”这句话？

**答：我在帮助英儿出国的时候，没有过多地考虑人与人之间的关系，更多地是为顾城着想。从道理上、概念上来说，此事不通；但直接从人性角度来看，就通了。顾城为英儿那么伤心，英儿对他又那么好，我很同情他们之间的感情，成全他们未尝不可。有人说我很傻，甚至怀疑我是否根本不爱顾城。其实我是太爱他，才为他们做了很多牺牲。唉，谁也说不清楚爱是什么东西。**

问：顾城在书中承认这样做伤害了你，你认为是伤害吗？

**答：我是一个希望所有朋友都高兴的人。当然不是每个人都接受这种**



---

也寻不出任何其自尽获救的实例。李英对于顾城来说的莫名“失踪”确让他决定死过，谢烨指路说“写书，把话说出来”，他过后说救了他，谢烨也这样说；但毕竟是在他还没自杀时救的。理解起来，其“救”应是在更宽泛的含义上吧，并非直指死或自杀。“在德国有两次”，那么一次如果是因为李英，毕竟他是写了遗书的，尽管知李英未如言回岛后宣布作废，另次则或许就是因为谢烨，他检讨自己反应过激，而将手拉出大口子自惩的事？但这都还谈不上是“自杀”而“死不掉”。顾城承认自己是胆小的（见《讲演答问卷》《对话访谈卷》《散文卷》中多篇），他嘴硬地说“自杀”恐怕也是种自我鼓励吧，何况依他约五个月前的承诺，此时他确应已自绝，他说的“死不掉”可以让人想到某些陡然发生改变了他原认识令他不能断然自绝的事情。

做法。从道理上大家都觉得奇怪，但从感情上一点也不奇怪。直接点说，英儿的事我有很多喜怒哀乐。小时候我不能接受父母离婚的事实，但母亲告诉我说，一看到父亲就有点神经质。我曾生气地说，如果当初要生活在一起，就不应该分开。后来我特别谴责自己说这种话。很多人在生活中都发生不如意的事，要学会忍耐和改变。

问：你从一开始就接受英儿，不觉得委屈吗?

答：英儿刚来时，我有过很多想法。但我们在岛上的生活很愉快，我很喜欢她，所以没有太大冲突。我们个性不一样，但后来两人居然很像。

问：英儿后来为何出走？是否她觉得你太好了?



答：出走原因很难说，她与我们不辞而别。其中牵涉到顾城对她的看法。我觉得她必然会离开，名不正则言不顺。

问：顾城在北京是女大学生迷恋的对象。当年你与他结婚，很多女孩子都羡慕或妒忌你的“福气”，但事实上，你为他吃了很多苦。跟这种人生活，会否觉得很累?

答：有时的确感到很累，有时非常痛苦，想法挺复杂、矛盾的，好与不好的感觉都非常强烈，但总的来说，整个生活还是挺有意思的。丢开生活不说，顾城无论艺术创造，还是思维方法，都是个天才。他的创造力强，跟他的破坏力恰成正比。我们在具体生活中有冲突，因为人通常是处于生活状态。但在精神生活方面，我们活得很愉快。这种好与不好的感觉都非常强烈。

问：你眼中的顾城是个什么样的人?

答：他性情率真，不懂世故，有时很孩子气。正如你刚才所说，很多女孩子都迷恋他。

问：刚才听顾城说，你们之间除英儿外，在德国又发生了另外一些事情，是否他又有女朋友了（后来才知问题出在谢烨身上）[1]？这次你持什么态度?

**答：我相信不管顾城与哪一个女人好，他都离不开我。他的生活能力很低，依赖我简直到了令人无法相信的地步。**

问：你为了他把小木耳（两人的独子）[2]送给毛利人。作为母亲，不会觉得不舍得吗?

**答：生这个小孩是个意外。我们一九八三年结婚，顾城一直没有具备当父亲的条件和思想准备。独子出世后，一度我们夫妻关系很紧张，最可笑的是顾城也像个孩子需要人照顾，他认为儿子抢走了我对他的爱。我们之间为这个孩子产生了不少磨擦。后来他企图自绝。在他与孩子之间，我必须做出选择，只好把孩子寄养在别人家，他心情也慢慢好转。**



[1] 括号部分应是笔者曾慧燕注字。原发表如此。

[2] 括号部分应是笔者曾慧燕注字。原发表如此。

6月8日

又去老狼家，看着屋子里子开在一起，与雷唱歌十余首唱歌

挣扎自个的，忽然觉雷不错。

6月9日

千古伤心事，都在一梦中

谁说，天下乌鸦一般黑，不想有个白色儿的，

6月12日

世界人类如此说，只有真假，用你的真事实现你的假

做一个要心挺好的，才知道自己不坏

(6月24日)

醒了，窗下有水声，便回到最早的院子里，好像是阴天，但不是白棉树。

我重新又看到生命的宁和与甘美，真不知道那么多时是怎样的，她在厨房里做饭，开一点广播

陪她晚上去路上走，雷不太理我，就像去上海一样，说一点事就走了好远，只要她能想到我就行了，我的一切就那么安宁

如坚着她，我们走太远了，好像谈到了东俊在她儿的事。

(6月25日)

雷又去装了水，天阴而冷

又找了一个山，想学做完了

(7月12日)

上至六我没有发病，没有见到所谓，除了我能力，我就完了

讲演想学，一写东川，还有最后一节小说

(7月15日)

雷说 [illegible]

忽然在上班她说"雷，你会养我吗" 她想看看我，"你猜呢"

我在厨房把角做的，不出看雪已经睡着了

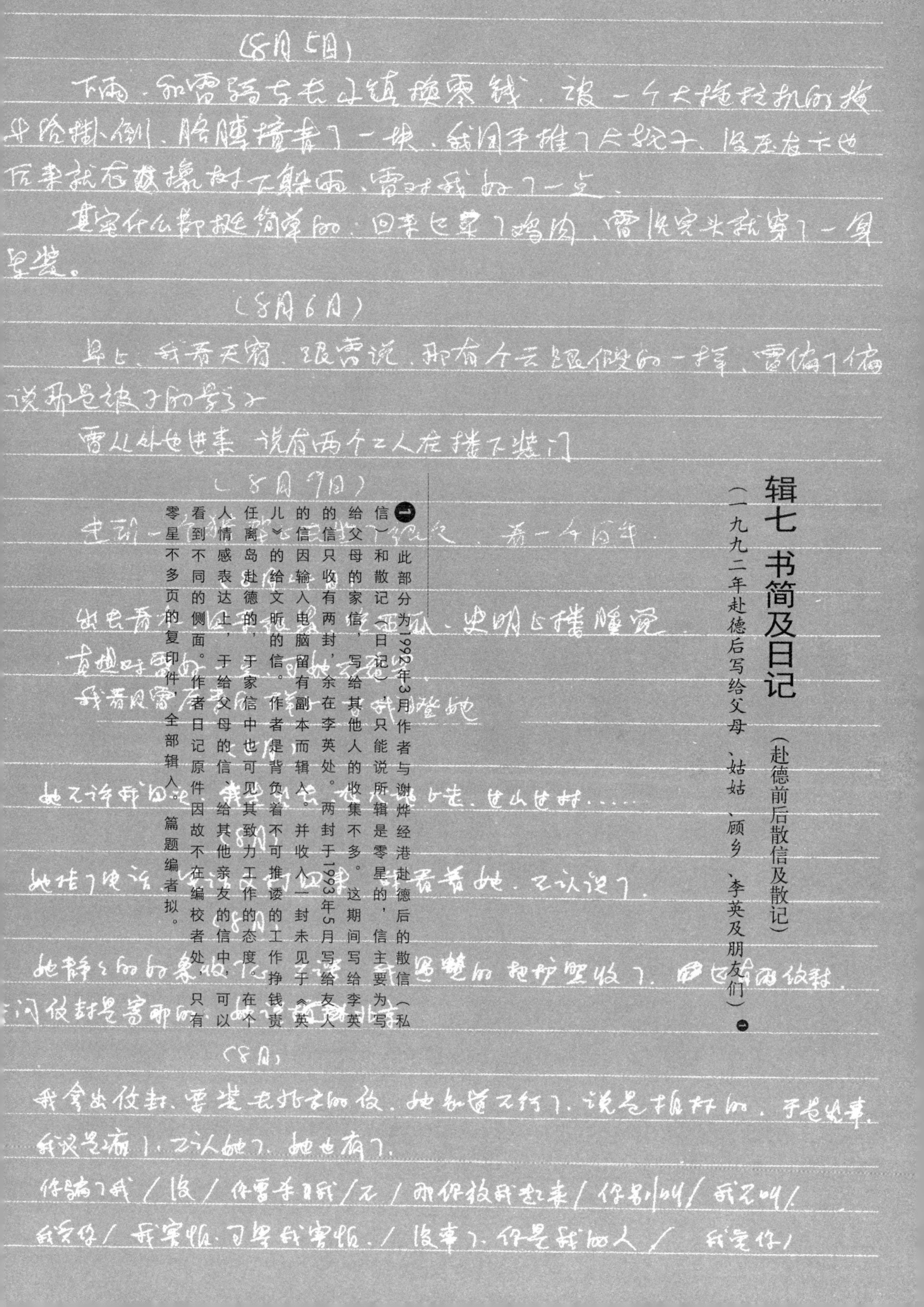

# 辑七 书简及日记

（一九九二年赴德后写给父母、姑姑、顾乡、李英及朋友们）❶

（赴德前后散信及散记）

❶此部分为1992年3月作者与谢烨经港赴德后的散信（私信）和散记（日记），只能说所辑是零星的，信主要为写给父母的家信，写给其他人的收集不多。这期间写给李英的信只收有两封，余在李英处。两封于1993年5月写给友人的信因输入电脑留有副本而辑入。并收入一封未见于《英儿》的给文昕的信。作者是背负着不可推诿的工作挣钱责任离岛赴德的，于家信中也可见其致力工作的态度。在个人情感表达上，于给父母的信、给其他亲友的信中，可以看到不同的侧面。作者日记原件因故不在编校者处，只有零星不多页的复印件，全部辑入。篇题编者拟。

# 1. 写给父母

（1992 年 3 月 24 日柏林邮戳；1992 年 3 月 30 日北京邮戳）



爸妈：

刚到柏林，天地一爽即一凉，绿草返青，枯枝摇晃，继之，便到住所，上街买菜，忽发现听不懂，看不清，处处是德文，连坐几站车都要乱想乱问。好在住所挺大，可少出门，走二百步买了菜即回。明日必出门到 DAAD 基金会去领钱。一切不懂，买菜口袋都要钱，惟枯枝天色极像中国北方。五年没见冬天了，好在我们带了大衣。

在港，一直忙于见人、购物、写作，只与 ××× 通了一个电话，知老爹五月十五日可能赴港，错过。但一切慎慎，香港各派复杂，××× 日强，故慎言慎行。好在香港略通北京话，但于大陆人有点小视。人币一元黑市合港币一元多，也许[1]。小心没大差，亦不必太说我。港地虽小，人尽是留欧留美，富过英澳，只为九七年愁。亦不要多讲战争或其他大陆作家，反共亦大有人在。《那年我八岁》大概是爹的佳作，又不犯忌。世事多变，平安胜于一切。小心贼人，慎对警察，万不可对警士发火。港人称大陆人为表哥，亦不敬。总之，中国护照，无处通行；我们出境时也遇了点麻烦，

[1] 句中“人币”应即“人民币”。作者家信省字起见吧。下同。

说过了期，罚了二百多元。小事吧。在香港还买了盘崔健，还不错，正在听。这是到德国的第一个黄昏，煮了一锅洋白菜汤（鸡翅膀），一点米饭。烨飞机坐昏了，不想多吃，飞机太可怕，下来得缓两天。这次写东西，可谓专业，得出点东西了。❶

到了德国，第一件事就是学德语。烨已会字母，并能拼出地名，可谓天才，可照地图去需要的地方领钱，出门应付，吃饭。西柏林静而大，房子高，东西贵。我们只是日用，省钱回去盖个厨房。已认识了两个中国人，不错，搞美术的，过几日去跳蚤市场。~~也许买辆自行车，这有自行车路~~。❷家中可非航空地寄十本黑眼睛和大半套契诃夫来。有三毛的书，书摊上有时有，也可买几本寄来。三毛自杀了，港台都出了全集。在港见到，甚贵。可用几个毛巾包书，外边再包牛皮纸，不急，六月七月八月寄到都可。我们的地址是：

（略）❸

刚上街回来，柏林庄严有序，但街上也有东欧的人摆摊，卖皮帽、小土漆盒、列宁章、银币、军徽，真正是一个世界崩溃的碎片。那些人真可怜。亦有人弹琴要饭。胜利者终于失败了。中国还真正不算最栽。满街都在卖奖章，让人家买。柏林不少地方我都画过，那是临苏联的素描：攻克柏林。

现在这些战胜者老了，衣服臃肿，在街上问，你能给我一顿午饭吗？



---

❶ 以上应写于抵德当日即1993年3月16日。其中对父亲的提醒应是针对父亲说话过于随意之特性和有感于在港特别是于港出境时之经历吧。此出境经历谢烨抵德后写有《出境》一文。见《小说卷》附录。其父未去香港。两处“×××”编者所为，隐去作者原字各三字。
其下部分写于纸背。应写在另些日。

❷ 此处字作者写后划去。

❸ 地址部分略。地址部分为谢烨字。

左：1929 年夏上海。顾城的父亲（中）半周岁照。左右分别为顾城的祖母、祖父。

右：1939 年夏昆明（1937 年尾“跑日本鬼子”自安庆辗转至此）。顾城的母亲（左）和她的妹妹（即顾城文中的“姑姑”）。

上: 1957 年夏北京。顾城约 9 个月时。同父、母、姐。

下右：1957 年 8 月出生约 11 个月时。（给他戴父亲的帽子，是因为觉得他的头很大）

下左：1959 年 12 月北京住处附近和妈妈、姐姐。

上：画于北京家中立柜上的自画像。心情所至画或者写，画也会用粉笔画在家中柜、墙、门等处，如同画在黑板上，不时还会擦旧画新。此图大约画在 1986 年，至 1987 年 5 月去国时仍在。几年后父母搬家也没擦去。摄于 2010 年。

下：画于同一立柜上。

1985年北京家中（即家信中“总后”住处）。顾城扮演角色。背后门上也是顾城的信笔画儿。

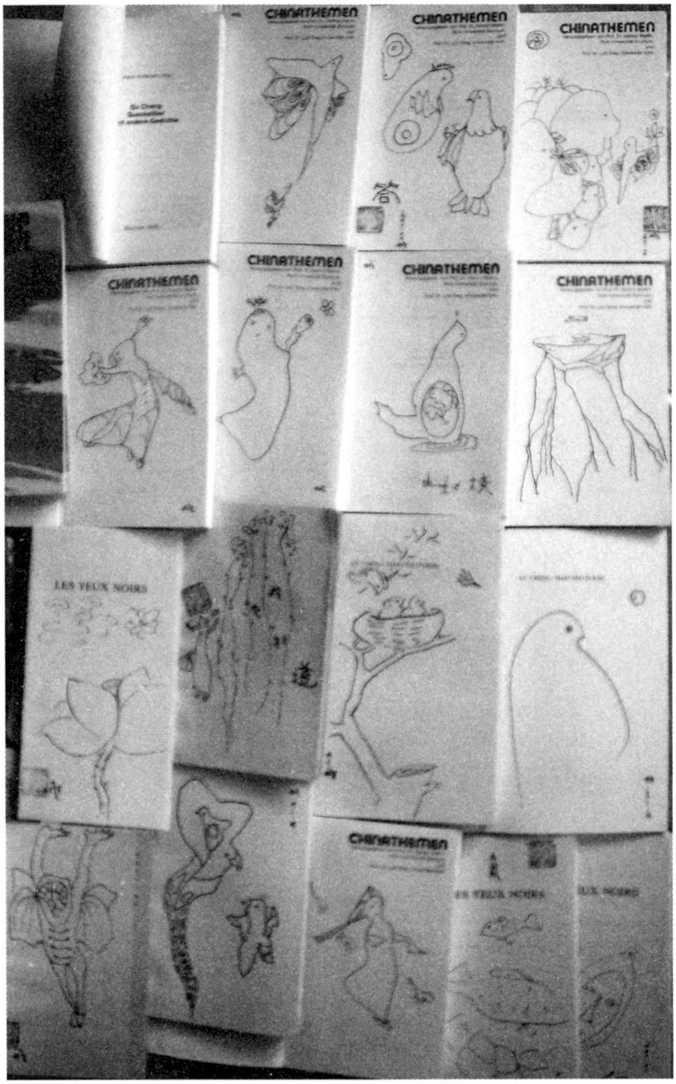


所集个别顾城于扉页签画的他的德译《水银》（德汉双语）等诗集。顾城送人或出售自己的诗集，常于扉页作画。

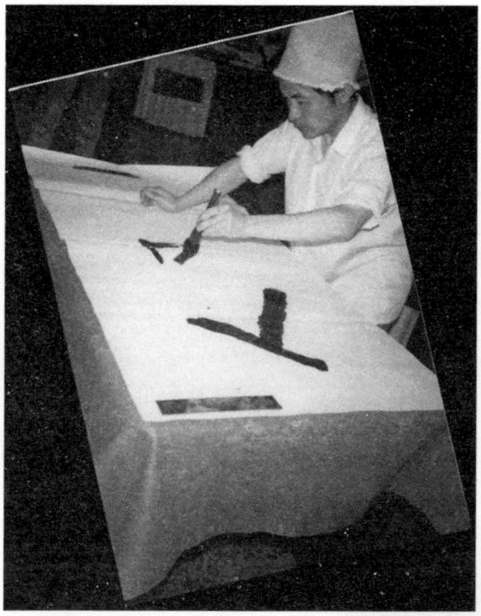

1992 年 6 月荷兰（鹿特丹）诗歌节。顾城左手写字。应是他左手的首度握笔。

诗歌节期间顾城接受的某些访谈和参与的一些对话，可参见《对话访谈卷》；其间的演讲记录惜缺佚。

# 2. 写给父母

（1992 年 4 月 12 日北京邮戳）



爸妈：

这是到柏林的第二封信。我们搬了下家，从五楼搬到四楼，（写信地址未变）❶屋子有三间，宽而大，只五百马克一月，一般一间就要一千马克，有一小阳台，浴室、家具皆备。钱亦充足。闲时去看博物馆，有很多，亦买了大批吃食，虾、鱼肉、菜花、黄瓜、果汁，这儿冬天果汁比水果便宜。但东西还是贵，德日是世界之最贵，好在每月有四千马克俸禄，不愁。我买了我德文的《水银》，二十五本，（送人）❷即五百马克，还是内部价，其书值可见。我们还将准备去美（已办了签证）、荷兰和瑞典。我们有归处故不急，慢慢走，只是开些朗诵会，做做广告。我英文的书寄家了一份收到了吗？再有就是上次有一德国人，拿了三百马克，叫什么名字，如还记得，可告我，不急，在这我也能慢慢问。老爹如去港，可帮我们办一事，就是把那个小时用的德国照相机❸（不知还在不在，不在就算了）送给 ××× 教

---

❶ 括号中字为作者后补加插入。

❷ 括号中字为作者后补加插入。顾城送人的“德文的《水银》”（扉页作者签画）可参看此辑图页中顾城的扉页签画图。

❸ 此相机至八十年代傻瓜相机出现是家里的唯一相机，所有顾城小时的照片基本都是通过这个

授，他对我们帮了许多忙，很喜欢旧照相机，坏的也没事，如有就带到香港去，给他打电话他即来。他很随便，嘻嘻哈哈，他来交他便是；他也是诗人，却看破诗尘，每日只是无事忙。他地址是：（略）[1] 我与他说过此事，但没有也毫无关系。

坐飞机实在累，飞十小时尤可，二十小时人就轻了，不醒不睡，肠胃不动，一星期才缓过来。烨来德即生病，烧了一星期，嘴上起点泡，也好了。在外边当作家就是练坐飞机，我是一点不怕，就是难受，可要出书，和把书卖掉，就须如此。今日宽余，也非无事，我如佛语，应则已，尽到人事。我不恋此路，路倒宽广起来。胖子在泡扣家过得很好，我们每月付她家 250 新币。

出国以来，第一次觉得压力轻了，可以随便走走，买点东西。我们现地址已定，楼下有专门信箱，故书十五本黑眼睛和大半套契诃夫可寄我们。家中无事，大可修身养性，我最少还要写十年，有暖气，故称暖窗吧。买了张明信片，是贝宁铜雕，我看做寓言诗封面很好。当然如封面已定，就可不寄出版社，如未定就寄他们，说供参考吧，也是礼品。　　　胖

没用了的话就放家里，不是非要用它不可。人家也许早就定了稿，故并不太重要。

今天是 3 月 29 日，星期日了，窗外雪花纷飞。我们住在柏林的一幢坚固的四楼上，正在经历出国后第一个冬天。屋子里是 25℃，外边不知道，只看见雪大团大团地飞。[2]



相机留下的。

[1] 地址部分略。地址部分为谢烨字。此前人名略，以“×××”代。下同，一般不再注。

[2] 仿宋字部分为谢烨字。下同。

# 3. 写给父母

（1992年4月15日北京收到）



（针对家信中具体事的看法．略）××就被年会得奖的谣言弄得很被动。太热闹处要避开，才做得事。世人观潮水涨落，朋友喜淡泊之人，真意相交，有礼有度最好。众里寻他千百度，那人却在灯火阑珊处，是辛弃疾的词，也是一大真理。

已近12点，我现在努力完成两本书，一本是激流岛画话本，那些寄家的画配上古文古诗，一本是《城》，写北京的。若有北京地图，再寄一份最好，那份放在新西兰了。有五百字稿纸能寄十几叠最好，配好重量，烨也在写不少东西，在《香港文学》和《明报》发。

在柏林想小时的北京，西直门，双层窗，有暖气，外边树如魔爪，老爹的文又让我想起不少，夜深，一切好吧。

现在能专心做事，是极好的。

这像总后[1]一样，墙厚，是个单元。　　儿　城

[1] "总后"是顾城父母住址。作者离境前同谢烨在那里居住三年多，后一年多为单独居住。

# 4. 写给父母

（1992 年 4 月 22 日北京收到）



爸妈：

信收到。知姑姑[1]病了，心中真正不安；人的性格必是传的，妈妈和姑姑的性子何其相像，只是方式不同罢；我又何尝不如此，偏执，极端，太感情化，是晴雯式的。这种性格是易倒楣的。人之将去往事就到眼前，昼夜不息，从一个铅笔盒，到一把扇子，到一片云片糕，人有情，而有心，而有悲哀，而有寂静，外事可为而不可乱心，皆是烟火流云。惟愿人长久，千里万里，有一点共同的往事。

岛上一个女人长癌，要开刀，_____发两次功，居然无了，____练功多年似也可试试，再有就是多吃芦笋，我已写信去上海，不知有无。福建东山本来胃癌发病极多，种芦笋后就没了。东山县我有一个人认识，在县文化馆，叫 ×××，写诗，人很义气，估计找个招待所去住没问题，只是千里奔波，是否有益，我想不定，那儿医生也差；家中如有余钱，可寄一千与姑姑，就算我和老顾乡的稿费，一点心吧，若去上海带亦可。若知什么外国药有用，开药名来，我去寻找，我在德挣了一点钱，需外汇亦可说，我可寄去。妈若见姑姑，千万别再闹气，人千日百日，皆在顺心，自心不顺，别人无奈，亦不可能争顺了。这都不是人能改变的。性子即命，

[1] 姑姑是妈妈的妹妹。

性命同一，命运是外边的布景灯光，甚至观众。

我现在是近了一点佛境，读唐诗读的，红豆南国，春来几枝，采之如菊；生得自然，亦少悲哀。人不可多想，亦不可回避，我是唯一的，亦非全部，如此处事，便有行无求，做便做了，得便得了，宝钗是真正的得道者，屋子一片雪白，不放什么，事却不弃。

《布林》能留固好，不行也罢，凡事做了，即听自然，只有出国这样大事争一下，小事成败无关大局。（一些琐事．略）我五月中去美，五月底回，即去英、荷，都是诗会。我不怕飞机爆炸，只怕坐得太久，人都糠了。但无法，这都是广告工作。天上飞一日，地上走一年。对了，×× 存外国硬币，家中如能找出我让 ×× 带的那包外国硬币，可让 ×× 来挑，她喜欢可尽数挑，都是彼此彼此，算我送她的。电话还是快，德国一切贵，信也贵。烨在写小说，病已好了。我们两人好像真能走天下，也许还能走十年吧。保重。

养生，养神，养心；心一静，自度年如月。

胖城于德　　　夜深去睡了。

使馆的定居证明已寄晶[1]了。________房子送二叔小晶了，别再弄了（我这一个月的钱是三个________房子）。



---

[1] 晶即下文“小晶”和“晶晶”，作者的同年表弟（亦堂弟），其母即顾城的母亲的妹妹，其父即下文的“二叔”，顾城的父亲的弟弟。（信中“×”“__”为编者所为，作者原字隐去）

# 5. 日记

（1992 年 5 月 9 日飞机上记）❶



破飞机晃来晃去，一路捆着向美国飞。路上还修了五小时。这种飞机真晦气。

我刚松绑站起，就被空中小姐扯住拉到一边，热情洋溢。正待我言不会英文，烨就过来译了。原来她是纳闷我的帽子，问是不是裤腿。我说不太是。她说在美国这一定会时尚，不过……她一把抓走我的帽子，好像要做研究。烨赶过去，发现她正往帽上别机徽。烨说那就别两个吧。她就真别了两个。走来我接，但她一定要亲手给我斜戴上。筒形帽就变了船形帽，几乎成了美国兵。

这帽子因白得了两个徽，我和烨就你戴戴，我戴戴。那小姐就走来走去笑。另外一个不笑的小姐也笑了。烨说她看上你了，我说保不准。一会发花生，她果然多给了我两袋。

（一会飞机又不太晃了。烨说可以解带了。我说让解就解，休想）

今儿是工也不罢了，倒是飞机晚点了一个多小时。然后上了飞机，到比利

---

❶ 顾城字纸遗失严重，此为一页日记复件，收于《顾城文选•思忆朦胧》。原件谢烨字在上，顾城写于其下。1992年5月9日顾城、谢烨飞往美国参加诗歌活动。

时机器又出了故障。等了三个来小时，加一块怎么也得晚 4 小时。据说 9:30 到，原来下午 3 点半就应该到的。

在比利时机场小转数周吃了晚饭。

飞机上竟然就卖耳机，四元钱听个声，真是鬼透顶，也不管那机是否会掉下来。

# 6. 写给父母

（1992 年 5 月 27 日柏林邮戳；6 月 12 日北京收到）



爸妈：

从美飞回，一直糊涂，醒醒睡睡。这次可谓成功，闹了许多场，挣了两千元，合一万人币。只是飞机出了点毛病，在比利时修了五个小时，回来便见三封家信。现我烨均明达，万事不求，做而已，余为天命。事自成。退一步海阔天空，真乃明言，故家中再不要行画蛇之事，闹得上下被动，现一切游刃有余，只养生即可，余为虚妄。姑姑的病愿能好些，特别是心情。命运其实尽在性情之中，孙悟空要翻跟斗，是无办法；只是能自己看见便好。人生中一切都是过程，只是心情顺达宁安即好，心安是家，能平心静气，生死也就无度了。家中若有余钱，可寄一两千与小晶，我这再寄五百美元，愿姑姑能恢复一点吧，二叔的腰也能好起来。晶晶的钱在老顾乡处存好，利兹去担保，被盘问了，不开心。迟疑新西兰是个死胡同，不过有机会，还是会帮晶晶去受苦。享福都是生命的冲动，我就是不特别爱享福的。晶晶尽一份心，也是我尽一份心吧。万里无奈。（一些琐事.略）

过几天即去英、荷，开诗会，6 月 21 日回柏林。九月还要去西班牙。不要对人说我们的事，不好，没有什么光荣，谋生而已。世界与我无关。但这是实在的事，我无诈心，知者知之，贵之，吾亦贵之。

胖

# 7. 写给父母

（1992 年 7 月 5 日北京收到）



爸妈：

自荷兰回，即连收信两封，黑眼睛及三毛书一包。一信有姑姑的信复印本，真真无奈，生本无理，去时哀哀，一切只多自己注意为好，身外之物，终是浮云，人万事皆在自己调理平衡，必为之事，做了便罢，可为可不为之事，至此年纪，也就不为为好，少事胜于多事，尽人事度天年，便是减少意外；中医、气功，皆重根本平衡，西医在中国流为术，兵者，凶，只有牙痛、盲肠病，可问西医，别的都是化学和物理，人为活人，如何受得？气功之理，就在自然，无求无愁，参破生灭，妄念即灭，生灵自现，无忧无惧，即是天年，身无重载，即能松弛自如生活，看花、翻书、谈天、散步，多食菜蔬，少食厚味，淡淡的生活最为养生。离家万里，想的即是儿时小事，家中平安，胜于世上万事功成。有时真想回家一望，再想还是稳住，换护照也就是这几年的事，到时再回家长住一段吧。我日后若回，也不要告任何人，只望家。姑姑若好起便好，人要受这许多，真是无法的事，受便受了[1]，钱不用愁，一千两千马克，需要，来信，我即可寄回。事

---

[1] 应指得知姑姑最终还是做了切除手术吧。

可做，不可乱，当哭便哭，当睡便睡，千万别都垮了。人是要有一点精神的，不可连续劳累，我在外边奔波，有空即大睡，决不游览、妄谈，睡眠是生命之本，睡得深，神气就足，外界就拿你无奈。我是脆而敏感的，但今日也算强了，生死等闲，但家人的意外还是受不了的。（一些琐事．略）人不可无事，亦不可多事，再过两三年，老顾乡也换护照，也可回国了，便可常有人守家。要有气功大师，可与姑姑发发功，但也须收气，看机会吧。我们这个血统，就是性情极端，总是平和的好，我也在找各种方法。近日我在荷兰诗节，用左手写斗字，大获成功，神采飞动，拙而生妙，卖了三张字，人是一通百通，行家都说好。[1]故家中过了这一段，可买四支羊毫大斗笔寄我，笔毫直径一寸、二寸各两支，大楷羊毫两支，不要贵的，一尺左右宽的单宣纸，买一大捆，五公斤为限。字可养生，亦可显神，亦可卖钱，约三十马克一张，可送人，可忘忧吧。我在这买了个西藏渡母，日念：姑姑脱魔难吧

还写诗，还作文，还有谁送我上学校去呢？　　　　　　　　胖

（此间若干家信缺失。）



[1] “荷兰诗节”左手写字可参见本册第129页图片。

# 8. 写给父母

（1992年10月9日北京邮戳，10日收到）



爸妈：

又收家书，内有许多知识小条，脱发之类，其实外国人壮和吃干酪大有关系，含钙高，小孩吃了壮，可大人就用处不大了。我每天也吃点，也许对牙好。明日是中秋，有朋友来做月饼。我们也去挖荠菜，做馄饨。这的朋友是些老柏林，来了十年，情况熟，借我们不少东西，包括电脑。/ 不觉中秋已过，有人送来月饼，各吃一角，莲蓉的。风即萧萧，我们埋头写东西，有时挖挖荠菜，有时打乒乓球，在草地一角。生日又近了，在城里还是时间感强。有王朔消息的信又收到了。房子勿租外人，就说工厂不让，没办法，我们和那两个英国的 ××× 交情极浅，一点不欠他们情，敬而远之即可。烨父如愿住，可让他弄个小电炉烧点热水喝，自家人住是没关系的，向他说一下，问他住不住小单元，不想住也无所谓，他是个明白人。（一些琐事．略）全民皆商，天下大忙，万不要卷入，各方面都退守，只以投稿涉世。契诃夫书极好，慢慢读。国内投稿不为钱，只是一个姿态，听说松了，几次想回去，但又明智，凡事就怕万一，日后再说，先干事。我现在一年也不生一回病，这室内恒温，拨几度是几度。（一些琐事．略）/ 有时醒来，就像小时困了散电影往回走，人真大得快，也有皱纹了，人过三十多回首，还

是少年世界真。　太平　保重　　　　　　胖

（背面）

王朔不错，烨一看文笔就很流畅，他有几种风格，有一种很伤感，如《空中小姐》。烨已写了五六万字，每天一千字，人就回忆自己的生活就足够了，烨写了一组散文，很伤感的风格；真情实感，永远是不概念的，如果没幻想，就得实在。

人生荣辱如烟云，唯有秋月照我心。平沙停孤舟，江汉万里流。寄黑眼睛三十本上下以最合适的重量为准。

---

上次寄来的关于顾城在香港文学的那张照片的信还是收到了的。《出境》也收到了。

（另纸）

任何行业都须经验和知识，经商尤其是，我们只会写，好在全世界作家都是手工，平等竞争。养生第一要点是生活方式，心情，适可而止，不违心，不任性，有一点合意的事做，多练气，散步，唱歌，我作书法也有此意。

一晃又过了生日，秋气来临，蓝天黄叶，人不可无事，亦不必匆匆。

胖

9 月 24 日的时候，胖过生日，我们吃了面条。

# 9. 写给姑姑

（1992 年 10 中旬寄达上海）❶



姑姑：

梦里醒来，总好像在中山公园或西郊公园的什么地方，无端地绕着湖走路，上海和北京不一样，没有那么干硬的土，草地上的水也绿茵茵的，我们跑起来，去摘松子，和二叔打仗，老顾乡最疯，拿了块大石头丢过去，把二叔恨得无奈。当然，二叔永远是胜，我们只有拼命地跑。在苏州山上也是这样，跑得两脚生疼，凉鞋“叭叭”乱响。

二叔不仅是英雄，能把我们三个都摔倒（有一次因为这个我还在晒台上哭起来），而且是魔术家，把家具都涂上猪血老粉，变成红木的样子，紫汪汪的整个家具骤然一新。姑姑又每天擦得那么干净，走进屋，多么累也不能不肃然起敬。被单也永远新新的，玻璃柜里有好多吹号打鼓的小人儿。洗完澡就上晒台打牌，那里已经冲刷过，又铺上了席子。打牌是重要的，讲故事更好，二叔讲隐身人把我们笑死。当然最早是姑姑暑假去北京在八一厂讲的战国故事。

---

❶ 信原件“姑姑”的家人（即信中的“二叔”和“晶晶”）说已随姑姑去了。此信据发表件，发表件据谢烨的打抄件。

那时更小，可书的封面我还都记得，一些旗子，有人在战车上打鼓，武将们在插图中投枪放箭……每每讲讲就睡着了，伍子胥过韶关，我就看着窗角白云移来移去，知了在窗子上停住。那个床真正大，放着一大片卷不起来的席子，晶晶在那边转手帕，叠布耗子。我们老想逃跑，有一次真的逃了，晶晶就跌到床下边去了……我们真正害怕，在姑姑发脾气的时候。趟水回来，弄得一身湿，当然要打，我总是躲在最后，打得也轻，由打手板改成在屁股上拍几下。老顾乡和晶晶都哭，我是没打先哭，后来又都笑起来…… 八一厂水真大，能漫到第一层台阶上，黄滚滚的一片，冬天下雪，又是在白粉的雪中咯吱咯吱走，去垃圾箱要走二百步。

无论如何我总是盼着暑假和寒假，姑姑从上海来，带来云片糕和奶糖，小孩儿中我们的糖纸永远是最好的，就是因为有姑姑的上海糖。还有铅笔、铅笔盒和小刀（最终我还把晶晶扎了一刀）；后来有了香橡皮，那已经是“文革”了。上课我就转着看上海的花铅笔，永远数不清上边的小人儿。

人这么一步步走，就长大了，认识了谢烨也没改掉无赖脾气。晶晶让我穿一双好皮鞋出门，我回来永远那么晚，还摔碗，也不管别人是不是要上班。一觉醒来菜都在桌上，饭温在焐子里，我不吃油，不然还会有油条（现在真想喝豆浆呵）。我慢慢地吃，肉松、叉烧、酱瓜、鱼；姑姑老烧那么好吃的鱼。可惜我老在外边。后来谢烨来家了，我们就坐下来吃鱼和草头；我们到了新西兰还采草头（苜蓿）吃，一吃我就想起了姑姑，姑姑一买就是半筐炒一大盘，我尽数吃下去，被认为是菜青虫。一次次去上海吃得都记不清了。

晶晶去了伊拉克，又回来，又办喜事；我早结婚了，在武夷路的小巷里，吃橄榄、土豆婴儿粉，待烦了就回北京去生病。再来上海已经是办出国了。姑姑胖了些我挺高兴，但依旧被我麻烦着，碰到没法的事，就找姑姑，好像姑姑是万灵的；我穿着新衣服跳来跳去专门气人，其实我和晶晶都一样，都是不好意思的人，从来不会表达感情，只显得强词夺理；性情强弱也是家传的吧。唯一没想到的事，就是那次真拿到了护照，真的走了，一下就海角天涯……

在国外，没别的事就是想家，想所有过去的一时一刻，人真快呀，快得都不能想。人只有这么点宝贝，看一看，想一想；我说：姑姑好起来吧！我多大都是一样的，五岁、十五岁、五十岁，我想回家。

沿着小楼梯转上去，就有好吃的了，韭菜春卷……

# 10. 写给父母

（1992 年 10 月 29 日北京邮戳；10 月 30 日收到）



爸妈:

睡到半夜，忽然醒了不睡，就写信来。在这既想北京，又想岛上，不是想念，是眼前事情，如昨天，想得浑身燥热。今夜月圆，家乡万里，心一时安，一时不安，想岛上屋子、屋顶，想大院生活，有时又想种树捉鱼的事；反正写作是命中事，别的也就不多想，至少要干成一桩。柏林有了些朋友，刚有人从荷兰带来了二十几只河蟹（中国的），居然还都活的，七人吃了半夜。我们炒了盆自挖的荠菜，大家高兴，在一处有几个朋友才能耳清目明。菜蔬果品要吃新鲜的，变味坚决不吃，煮也没用，细菌死了毒素在，照样伤人。德国面包里不可能有洗衣粉，一经发现必得坐牢、破产，法律极严，检查也严，不像中国，油条里都是。反正上了年纪，每天一定要多散步，吃蔬菜，练气功，定时，别看杂志到半夜乱了神经。我近来运动少了，睡得就不够深；觉要沉。烨努力写，是因了想木耳。她见我写得慢，真写了一批散文。散文在台湾卖钱容易，写诗在外国是赔钱的，散文好些。烨写出点名对我们有利，一则可让人同发邀请，省得许多处只请我一人，不好办，去也得多花一份路费，不去又损失广告效果和酬金，开一回会总能挣几百。出名是无可奈何，一次一年半年，都须有名。卖书也如此。我对出名毫无兴趣，只对稿费还认可。但无名，别人就不给你钱。所以无法。海外的商业文化又是垄断的，外人别想进入，别说中国人了。其实我倒想会写商业的东西，可惜不会。有钱就好办，人生至贵在想聚就聚，自在逍遥，功名只是挣钱的广告，钱又是安居的前提。所以功名可为，不可信。烨11月和我都开朗诵会，烨的是女权主义组织的，很有趣。时尚物品不要就是，活着都不相干，况乎死了。谢烨用电脑打出了许多东西。借的电脑刚还。我们可能要买个小型的，好带。电脑几乎月月跌价，一年能跌一倍。电器都如此，只可用，不可保值；发展得太快。我们认识好几个电脑博士。国外的所有的钱都在日日涨跌，专家都难明白，小晶的损失是自然的。北京不用死省，放松。



往事如梦，又如昨天，会写的时候就都想起来了。我们每天讨论如何写、看自己，写自己一生实须十世，何有穷尽？多伤心的事也变成了喜悦，写就有这么一个好处，否则真该干别的去了。

烨在各方面都把这个家挑起来，打字、外语、写挣钱的文学、开车、联系各种活动，我们彼此太知道了，我只有精神，她有行动。

我们都看清了人的妄想，也知道了人的妄动，我们是孤独的，没有什么能真正诱惑我们，我们的地狱比人世高二十公分。

夜里不困就写了许多，树叶又黄了，总算在北半球和你们过了一个秋天，万水千山只等闲吧。

问姑姑好，愿她身体好起来。大家快乐。　　　　城　　16日？[1]

10月20日上午8点多（柏林时间），姑姑、二叔打电话来，我们非常高兴能听见他们的声音，还和姑妈，亮亮的母亲说了话。姑姑声音挺好，说他们马上要去北京，你们就能一起看这信了。姑姑着实不容易，希望她能高高兴兴地让身体恢复得更好一点，别为我们担心，我们在外也只有自

[1] 自此“16日？”起，至下文均为谢烨字。

己照顾自己了。想你们年轻时也是吃了苦的，我们也不过如此吧，应该说还算不错了。

11月顾城有朗诵，邀请单位组织的，另外还有一个会，也得准备一个主持发言。之后12月上旬，有他几个连续的朗诵会，我们要坐火车出去一下，几天吧。这边一切都挺方便的，火车空而舒适，准点，所以不用担心。12月中旬将回柏林，在这过圣诞节和元旦。我们不过，外国人过，和新年一样热闹；顾城是一定不会过的。问大家都好吧。　　烨　　10月20日

# 11. 写给父母

（1993 年 1 月 14 日北京邮戳；15 日收到）



爸妈：

这几天都是活动，我的两个朗诵会，烨的两个。马上又要出去讲课，走几个大学，要一直忙到 12 月下旬。过圣诞节大概喘一口气。这些天专门练嘴。我是比较喜欢集中练，一通说省心。现在回国的人很多，我们一则忙，二则也再看看。小纯的事也许办不成快回国了，苦熬这许久，也算长了点见识吧。现在打工还要抓、查，晶晶幸而没去，一般说国外比国内难得多，每天打十二小时工，也没挣下钱。老顾乡真是走运，人真有命。（一些琐事．略）寄稿少想，省心，做完就完，别想结果，省心胜于省力。寄来的黑眼睛有用，卖十马克一本，我在每本上画了小画。见姑姑和你们的照片，甚是欢喜，看来一切吉祥，只是要留心，没有比规律生活更养人的。

刚出去一趟，走了七个大学，八场讲演，卖了三十本书，挣了千元马克，也累得一晕。回来睡了两日，收到了众多复印报纸的家信。据说明年有众多刊物创刊。（一些琐事．略）柏林冬日结冰，今日圣诞，家中清静，无人便多做一点；看来人得认命，干一行爱一行，否则自找烦恼。

上海能得私房当然好，从形势看，私房所有权日后是有保障的，利也厚，日后别人住，收房租便是。日后行情必涨，此事也只尽人事罢了，勿动心，人平心安神是一切，决不要乱投资。人有悠闲真是极境，只捡养心有趣的事做来。

过了年再有三个月就回去了，因护照未换想想还是小心为上，等中国过了这一节，再定定，回家便长住几日，做些字画；烨也可带木耳回去显显。上次出国印象太深。

这次在柏林过冬，窗上有冰，屋顶有雪，室内恒温20度。晴日，满室阳光，确是最好的日子，因而也想做点事出来。烨每日整理我的录音，把自己写作也误了。

家中事，都在食眠之外，气功之外；事可少，不可多。

别寄什么没用的年历卡，这些猫都没法送人，我只有带回岛上去。

愿姑姑身体复原吧，万事随心

并寄上几个画的说明（小古文）配画用　　　　　　　　　　胖

（背面）❶

从法国回来，见家书，姑姑没去，太突然，至今不觉是真的。

姐姐也从岛上打来电话，逝者长逝，生命尤应保重。

妈妈万万要注意身体，天各一方，一处安宁处处安宁。

我也是不多想，天是无从想的，只做眼前事。

人是风中阳光，又是风中微尘，全在自保重，外事成败由它。

上海房子力不能及，自然是不搞了，只是善后便罢，其实是好事。

规律生活。

不要为什么事改变生活，心要专、宁、自如，人高人低皆幻。

我们也是，做完事，三月就回岛了。中国还须拿了新西兰护照再回。

管好自己比对付世界难。

多练静功，多散步，人要平衡　　　　如此



❶ 正面信应写在12月初或11月底。背面部分写于1993年1月了。

凡事细水长流

万事平安为上　　　　　　　　　　　　　　　　　　胖

我和顾城12月7日离开柏林去了慕尼黑、佛莱堡、海德堡、波恩、科隆等地。12月24日归柏林之后，12月27日又去了法国。1月3日回到柏林，得知姑姑去世，家里你们寄来的两封信，非常意外，也非常伤心。顾乡今天早晨（5日）来电话，也说了此事。我们一切都好，也都希望你们能千万保重，注意身体。我们也会听话，没事绝不在外乱跑，再就是关于德国纳粹之事在柏林也有耳闻，常有反纳粹游行在德国各地举行，我们一般少出门，买东西什么也都方便，所以碰事机会几乎没有。而且这里社会基本上是安定的，请家里放心。（纳粹活动地点大体上是东德，柏林以东及新的联邦境内，所以我们也只是在广播电视中耳闻）来信上问的书及信（寄××家的）和10.15、11.5、11.12、17、30，都收到了。书这次出去讲课、朗诵带走的基本上全卖完了。乡电话上说她看见小木耳了，木耳告她圣诞节收到了爸爸妈妈的照片和礼物。我们把事办完就回家。我们都想念、怀念着姑姑，也都希望你们万万保重。　　　　　　　　　烨　　1月5日

（另页纸）[1]

爸妈:

妈妈写的一大串信都收了：10.15、11.5、11.12、11.17、12.1、12.20、12.24，收到了。我们一口气去了德国七个大学（城市），又去了次巴黎，1月底柏林有个大活动，2月下旬去西班牙巴塞罗那讲两场；天寒，只是工作，很少玩，一忙就误了写和发。平时看外边发了我们的稿，先别抄，都可国内投用，谢烨发些东西，我们走来走去也易得两份路费。四月初去瑞典，勿与人言。我们大约四月中旬回到新西兰去修整房屋，再用电脑大写



[1] 此页似写在细读家信之后，有可能写在1月5日，或稍后一日。

作品。老顾乡也有了工作，可帮着打、整理。这回出来是打开市场。妈妈帮着发稿，每天做一点即可，万勿累，持久比什么都强。少出门，多练功，散步，心静医百病。我们也打打乒乓球，想那时妈妈带我在西直门院里打乒乓，也二十多（背面）年了，生活就是回味吧。

姑姑没去，真不觉是真的，隔山隔水隔世，一切又都在眼前。我躺了一天半，又起来一切如往，可贵。我就像看电视一样，看每天，累了就睡，有精神就做事。现在才知从容之意。要能不想就不想，命就是生命身体，有电视就可以老看下去。

大小事都做，但不思成败，得也自然，失也自然，不以物喜，不以己忧，不与人比，只图心和气顺，世上人来人往，有什么关系。

没有什么华侨护照，只有中国护照上的外国长期签证，我们已有。

过春节好吧

钱勿省，冬天也多吃鲜菜果，比药强，新鲜就有生命　　　　胖

# 12. 写给李英

（1993 年 1 月 7 日柏林邮戳）❶



英：

我们正从德国南边的佛来堡奔海德堡去。佛来堡的黑森林煞是好看，水杉、红松直得很，高山流水涧河，城邦也精致严整，舍内洁净，木器垂帘，正是你喜欢的那种童话世界。城邦近瑞士，造得像钟，重山峻岭❷中住着几个钟表匠，七百年生活得像钟摆，现在还抱着冲锋枪。瑞士大约不错，深深的山石下也有园地和屋子，十几只白鹅游水，满山苍凉，一想还是去一个有冬天的地方好，一空一静，才显出那几只鸟来。

岛上是不错，但还是画得太满，老有叶子。

日后再活活，许搬到南岛去，大树林可以走一天。

---

❶ 给李英的信留有两封，此封是李英读到的最后一封，李英读后交顾乡读，顾乡尚未交还李英时李英突然离开，时间是1993年1月18日。此之前信，皆存李英处，因而不能辑入。
此信看得出是陆续写于不同日期的。起笔时间在1993年1月15日抵达父母的信起笔之后，大约是1992年12月11日或12日；之后应分别写在12月中旬和年尾。谢烨信则写在了1月。此信封中装有三封信，即顾城写给李英的，谢烨分别写给李英和顾乡的。

❷ “重山峻岭”，作者原字如此。可以想象作者对此地山势的感觉“重”甚于“崇”吧。

又到平原了，平原真平庸得很，没折没折的，地无起伏，天无好云，只有吊车显出来，鸟是中国见过的，乌鸦麻雀什么的，树要不砍就长圆了，远看就像炊具。大田地和苗圃也千篇一律，看了这些才知古画为什么净是山水。

到处走，碰到中国人就闻怪论，研究怎么制造诗。诗是长出来的，不是造出来的，这么简的事就惹人。

柏林真冷，窗上挂了冰花花，把我种在阳台上的蒜也冻了。刚回来便有人叫我们去法国，坐他们的车，溜边境，据说没人管。我对巴黎没大兴致，只想跑到上回锯木捡栗子的小农舍去。我在那给你写过信，晚上烧火，白天捡桃子，只是不知那房主人还在不在。

这边冷，那边李子花就开了吧。今天圣诞节，不知你是不是在数春卷。烨听说______开了店，大有失落感，觉得春卷日子不长了。听说小纯还去帮他一日。你的信见稀了，也不知怎么过的。过了年就快回家了，这边再有好事我也不想揽，一年已经太长了。这次出去说嘴，有点出神入化，七个大学给了两千五，除去路费得一千五。有个老头断定我是哲学家，这嘴可真误事，害得我老在人堆里待着。

自然不是树林子，是同意自己那样，“然”是同意，你是中文系的，这一下就没了矛盾，万物万类各归其所，自我是太过分，自上加我，不绝才怪呢。

快回家了，不知怎么老越过北岛想南岛，想一片落雪的林地，自山而下，近一道河湾，有鱼溯游，石块上水花飞溅，看看天，在顶上边上蓝着，冬天特别想有个家，不太大的。

好好的，这边屋顶白呢，静静的有鸟。圣诞快乐。人儿　　城　　12月

（另张纸。谢烨写）

英儿：

我猜你极忙，你乐吗？圣诞节你“打工”？顾乡来电话说你已停止上英语课了是么？我们放下电话就想给你打一个电话，可是不通，许是你睡觉时把它挂了。我们去法国待了两三天，回来我每天工作10小时以上，帮顾城，有点烦了，又不能不干，自己的事倒没时间，我觉得这事有点像“打工”，开始还行，时间长了，就有点烦，似乎还得往下干。

我弟的事又不知是否有望，我想他也有些烦。（但这又好像必然）

下月柏林有个活动，完了以后，[刚刚收到一个邀请（可以挣些钱）][1]，三到四月准备去瑞典。四月回去如何？大概四月底，如果有意外我马上再通知你，顾城想回家，当然，他该把事情做完。

你好像正经干了一件不小的事业，把“上帝”都交给顾乡了。我觉得开店也许对生活是有益的，可是这么快我不可思议，是不是需要时间安定一下？我可以安排晚一点回去。

请将乡信转她，代我问候她和______。[2]

---

❶ 括号中字为后插入部分。（**自此以下，同本书附录部分《尾注一》直接关联的注释，采用同《尾注一》字号**）

❷ 此处为此人的英文名，与顾城信中“烨听说”后空去的三字是同一人。编校者将其隐去，以“______”代。“______”于顾城、谢烨离岛后即住入顾城、谢烨的房子，此点顾城直到一年半后回岛才知道。顾乡叙述：李英当时说只见“______”为谢烨的离开悲痛欲绝，因不知其同谢烨关系到底多深，便不好硬赶他走。谢烨应也不知“______”住在家里，很可能直到李英离开“______”给她打电话时才知。“______”在李英离开后曾从早到晚追索李英，直到“老头”叫来了警察。“______”极其失意，即给谢烨拨了电话，谢烨即知李英同“老头”走了；此后“______”拨打电话频繁，因顾城从不接电话所以不知。3月初因一直没有李英的信或电话，顾城便日夜守在了电话机前，生怕错过万一李英打过来的电话，“______”给谢烨拨电话这时才第一次撞上顾城的声音，“______”于

（谢烨写给顾乡）❶

老顾乡：

听你的电话，总觉得没说完，希望你多说点儿，当然还有钱的问题❷。

---

是不吭声，然后挂掉电话，隔时再拨，依旧顾城声音，他依旧挂掉（有时他喜欢过几十秒，在一分钟内挂掉，因为收费以分钟为单位）。顾城完全不知那是谁的电话，甚至猜想李英在使性子。谢烨因此曾专门打电话给“______”让他停止拨打。顾乡于1月初姑姑去世后的电话里同谢烨说了“______”和李英开店的事，此事李英和顾乡信上都不曾提过。谢烨转告顾城时应是只说了“______”开店，而这个店曾是顾城和谢烨付出了不少精力准备开的，因而顾城在给李英的信上说“烨听说______开了店，大有失落感”。李英在交给顾乡信时，说到看谢烨的信她觉得谢烨的意思是她该走了，当然她硬是不走也无妨，但谢烨回来看见她还在，就太没意思了。李英当时的话里也有对顾乡将她同“______”开店的事告诉了谢烨的责备。“______”在李英1月18日走后并未搬走，而是继续居住到了4月中旬，3月初起顾城电话频繁，个别时“______”接了并不吭声也不立即挂掉，听任顾城呼唤。此点也令谢烨很生气，要求“______”搬走。李英离开原因或也有“______”就是不肯搬走的因素，她对顾乡说她告诉“______”顾城、谢烨快回了，他应该搬走了，但全然没用。信中所说给李英拨了电话但不通，那时鉴于“______”在，电话某些时候是专门挂掉的。顾乡拨电话也遇到过这种情况。李英关于走的想法，顾乡曾给谢烨写过个条子，附在给顾城、谢烨的简信中，而大多时顾乡会将信交李英一起投寄。后来在给顾城的信中，顾乡只是说没想到李英走连她也没告诉。

“把‘上帝’都交给顾乡了”——“上帝”这里应指给岛上一个老神父每周三次做午餐和打扫卫生的工作。此工作小说《英儿》中亦可见。李英和“______”开店后，将此交给了顾乡。

❶ 这是一并寄的信，应写在给李英信之先。此前一般不专门写信给顾乡，此次应有姑姑去世的缘故，但仍相当例外。不知是否也让李英认为含有令她走的暗示。

❷ “钱的问题”指电话费，当时国际长途电话费很高，不宜在电话中“多说”。

你说有信[1]来，我没收到就高兴半天。还不知道能不能收到。总想听听你说话，看看你的字，说什么没关系，给你的信可汗[2]看不见，他不管取信什么的。我在这写了几页字是不是已经入了末流圈子，废言废语起来（直说叫废话），我还真的往里走，老想“逻辑”问题，一是为了“指点”江山（调可汗），二是被“读者”哄的。说实话这个世界令人生厌，连自己的坠[3]落都是不知不觉的。我还是希望你们别太待见我，我也是怪可怜的，上有老，下有小，既不愿与世同流合污，又见钱眼开。

你的弥乐怎么样？他在学校是不是有什么新的要求？他衣服鞋子多大？我买了件衣服可不知是否合适，我们东西运回去可能有希望公家付钱，所以问问你，要是正好碰上便宜就可买。

你看了我写的散文了吗？要是你说那东西太“文化”，我就有点伤心了，说嘴的“文化”是要不得的，可是这种简单的也不太复杂细致的文字，我倒有点喜欢起来了，是否误入歧途，我心里没底，我想Sam[4]，做的，说的，和想的有时候不太一样，但又是连贯的。我写着写着就觉得理论真烦人，听着听着就会受影响。（出来就这事烦）写就写了，还老自己看。算了，说点别的吧。

英儿是不是在打工？你打吗？[5]夏天很忙吗？你们现在生活如何？我真

---

❶ 顾乡叹对自己的信及所写内容已毫无记忆。所有亲友写给顾城、谢烨的信一般他们并不有意丢弃，惜于身后的混乱中不知去向。

❷ “可汗”指顾城。

❸ 此字有可能准备写为“堕”，但“坠”也很可能就是本意。

❹ “Sam”即木耳。对父母称时一贯说“木耳”或“胖子”等中文名字。直呼时一般都是Sam。与国外亲友言及时亦称Sam。
“你看了我写的散文了吗？”——“散文”应指随之前信寄到岛上的谢烨写的《你叫小木耳》。信与文顾乡是看了的，又交还李英存，李英走就不知下落了。顾乡已完全不能记得她对散文表达的意见是什么了。

❺ 这里的“打工”应指给“______”店的打工。顾乡的电话（当时主要同谢烨说了话，之后同顾城只说了几字姑姑，顾城基本没吭声）提及“______”和李英

的什么都想知道。

我和顾城去了八个大学，圣诞节前回到柏林，接着又跟车去了法国，去时穿过比利时，回来穿过卢森堡。可汗越来越能说，本来我还觉得不错，后忽然觉得累，想想自己可怜，非得跟着他，帮他哄，说实在的，事情做得还不错，只是失了些意义，挺伤感的，回家后是姑姑的去世，你家里来了两封信，真是有些意外，有些伤心，不知怎么好了，也许是因为距离远的关系，总觉得她没有去世。还是不久前听说姑姑病重，令人震惊不已，可汗为此几天不能聚神，我和他一起灌了一盘磁带回给姑姑，还寄了照片等等，幸好她都收到了，还回了国际长途给我们，并问候你和弥乐。先不说这些了。

我们大概四月归去，你觉得如何？有什么不方便么？你电话里说见我Sam了，我也真想见他。

问候利斯 Leath？　祝你们都

好　　　　谢烨　1.6



---

开店，那么李英是不是属于打工？谢烨给李英的信上来就问其“打工”，应是让李英尴尬的，因为她写信一直没提开店，无论帮助“______”开店，还是为“______”“打工”。谢烨称自己“打工”或也是有联想的。顾乡并未去那里打工，但是接下了李英原来的清洁工作，这也是李英并未在信里提过的。谢烨自顾乡处得知了李英有意不提的事情，顾乡后来自责是否自己说话不当增加了事情的复杂化。开店的事谢烨也得知于她的弟弟（即顾城信中提到的小纯）。

# 13. 写给李英

（1993 年 2 月 10 日柏林邮戳）[1]



英，好像快年夜了，也不知道是不是，反正在靠近暖气的桌边给你写信。明天要办去西班牙的事，巴塞罗那，三月上旬去瑞典。我想回家，怕也得四月中了，咱们那个永远不变的小岛。这边打打杀杀，死了不少人，报纸只好讨论不停。在法国看见 ×××，他本来腿不好，又撞车瘫在轮椅上，只希望两个手指是好的，就是写字的这两个。他的画室又大又暖，挂了好多画得极真的北京大门板（是另一个人画的）。

你好像渐渐没消息了，有点不安，想你过年会来信吧？电话把你从早上打起来，迷迷糊糊，嘴也不快了。烨现在可能说了，逻辑极了。她在帮

---

[1] 这封信应是邮票已贴好，地址已写好（依旧谢烨写的信封，收信人依旧李英），其中信随写随准备寄的。信起笔时应已离春节（1月23日）不远，接着将正是“______”追找李英的时候。“电话把你从早上打起来”，有可能就在1月18日那天吧，那天午前李英就到“老头”那去了，据“老头”说李英见他的第一句话是：“我是逃出来的。”“______”曾于1月18日之后从早到晚等在“老头”家外和等在码头，至22日早见“老头”和李英上船“______”便跟了上去，随后在城里下船不久后被“老头”叫来的警察截住。当天晚上“______”给谢烨拨了电话。随后谢烨打电话给顾乡，建议先不让顾城知道，因为赴德以来一切工作进行顺利，目前正值特别可期待的时刻，切莫一下给搅了，并提醒顾乡一旦顾城电话问起当如何应对。此封给李英的信中首次谢烨没有写信。

我整那无穷的讲话。今天我帮人磨刀，磨了七八把，十把。晚上烨用压面机压炸酱面，又想起你捧大碗神气的样；回去烨大概会大压馄饨皮。（已经说烦了）[1]

前几日窗上有冰，这几日又暖了，荠菜也长出来。这纬度等于齐齐哈尔，夜长梦多，这边像养鸡场，人都架势得很，岛上的事只讲一点，就有许多人不信，说是寓言。有人还谋划拍电影。事都是“以为”出来的。你要看看现代博物馆就知道现代人多没劲了。这边朋友有不错的，主动说可以借我们钱开公司，或在岛上开饭馆。我们都没应。烨说当初有这么个财源怕就会真开了。能借两三万。现在没这个劲和空间了。人有点钱最易忙，又多了可能。



我姑姑没了。老顾乡来了个电话，只好避开，都不像真的。隔了玻璃，我还是躺了一日。我有点不安，这几日老好像有什么事，快回去了，还要跑那么远。一年为限，再有一年，我也不干了。屋子有时太暖，我开窗子把它放凉。　　　　城　晚上

英，你还记得五四三二一吗？现在又开始记数了，发射回去，两个月，就算把这一段过完了，春节过了，你也无信，真是信不信由你。我有点兴奋起来，住校，大有毕业放学的感觉，再征一回西班牙、瑞典，就开拔，在人家家有个地球仪，我就点点那边，像点苹果一样。

你是不是活成实心的了？　　　　　　　　又晚上

又是生产队里开大会，来了画的，喊的，吟的，一大帮子，光摇滚队就四个，天天放中国电影，闹得不宁不定。（关于友人若干字略）快回去了，料爪就忘[2]，日子一天天自个过。芒克说我就想和自己呆一块。

---

[1] 括号及其中字为谢烨字。似是谢烨看顾城字当即的心情表达。此时谢烨应也还不知李英离开或正在离开，也就是说应在新西兰时间1月22日晚之前。

[2] “料爪”应为“撂爪”。这里为作者原字。“撂爪就忘”当是引用作者所欣赏的李英北京口语。还在岛上时他就聊过这个词：“爪”可“撂”可“料”，“撂爪”生动，“料”也会很有意

英，忽然很想跟你说话，又怕说不好，按了号才觉得简单，星期六，岛上二点，响了响，没人，才想起可能在集上。我真想马上跑回去。最后这边又熬浓汁❶了，熬。

（另页纸）

英，给你打电话，没人，睡了睡，半夜又打，那边还是空的，一百铃，才觉得不好了，你必是走脱了。雷说你回国了。我却以为你藏在哪，这封信也许我们回去还躺在雷钉的那个信箱❷里。这样我就知道你至少已经没影许多日了。

这样一觉得，就万事没劲了，想躲到一个事里，也想即刻走回去。还好，反正我会慢慢找到你，有事做，坐在东城的邮局里，或走到地铁旁边，你回国我一点也不怕。

能丢下所有的事也挺好的。　　　　　　　晚

天天给你打电话，没人，空响。❸

真想一步就回去。你会藏得很好。



---

思，比方说“想到爪”或“烹饪爪”“就忘”了……（说词说字是顾城和谢烨、李英的日常话题之一）这是他写给李英的信，他写“料”或有意或无意？作者取字常依自己最直接的感觉，亦偏好笔画少的字，对规范不太重视。

❶　“熬浓汁”是顾城、谢烨接近离岛时，李英对日子的一种形容。“星期六，岛上二点”——每星期六上午是岛上的集市日，顾城和谢烨自做春卷以来，每集日都是一早到那里一直干到大约下午一两点集市结束的。李英上岛后延续下来。顾城和谢烨赴德后由李英、顾乡延续，李英和“______”开店后就归了“_______”的店。当然顾城的想象中此时还是李英去集上卖春卷的老样子。

❷　顾城一直以为那个信箱是谢烨钉的，极其钦佩。其实那个信箱是“______”钉的。

❸　“______”整个白天开店，直到很晚关张后方回到那一住处，他知道那里的电话都不是他的，但也偶尔兴起接听过。

信箱变成了坏地方，电话也是，我耐心快没了，不想挣这点钱了。可我还是耐着，找你要多久，雷说你回家了，这边回北京也挺近的。

下雨，坐火车拍电影，上上下下。

反正，快自由了。

刚通电话与老顾乡，知你还在岛上，很开心，也不一定。[1]

做梦有时醒了，也静心，一想，原来是你离开一点在那攒钱。

城



---

[1] 当然李英当时已不在岛上了。因即将登程西班牙，谢烨不希望顾城陷入混乱，因此让顾乡说李英还在岛上。后还让顾乡打个电话过去，告诉顾城听玻格说，李英度假去了。自此顾城、谢烨和顾乡间几乎以电话代替了通信。

# 14. 写给父母

（1993 年 2 月 22 日柏林邮戳）❶

❶ 顾城、谢烨1993年2月22日进入西班牙。此信应是在临行投邮的。23日、24日和3月2日顾城于巴塞罗那做有三场主题不同的演讲，3月3日飞返柏林。2月25日顾乡接谢烨电话，说事做得真的好，顾城演讲出神入化，左手斗字让书法25年者啧啧称是，DAAD下一年的名额还将给顾城，且有另外一连串的邀请，一切将一劳永逸。但前一天她同“______”打电话顾城觉到说李英的事，尽管她已否认，但顾城情绪不太对，她本担心他当天的演讲答问会受影响，但终于还算不错；不过顾城已执意不接受任何邀请而决心于三月回岛。她现在想可以考虑建议顾城将李英接到欧洲来，手续她可以问，应不太困难。她会让顾城给顾乡打个电话，然后顾乡当对顾城说李英度假尚未归，玻格说李英愿在外多住住，建议顾城不要回岛，顾乡可以让玻格转告李英可以让她去欧洲。后顾乡这样对顾城说了，顾城表示对李英不明白。可惜顾乡不知怎样才能将帮李英去欧洲的想法传达给李英，李英和“老头”一起不知去向，“老头”家里住着李英登门时前两三个月刚和“老头”结了婚的“老玛丽”，“老玛丽”对“老头”言听计从，请她转达帮李英去欧洲的想法显然是可笑的，但也只有一试。顾乡将此建议写在2月10日柏林邮戳、顾城给李英信的背面，觉得这样可以不经转达直接让李英本人知道，她打过电话后按时去见“老玛丽”，准备让她将信转给李英。不想“老玛丽”改口不肯转信，语气也大变，竟强调说李英是John（“老头”）的妻子，他们deeply love each other，heart to heart，他们不接受这种骚扰。她否认自己和“老头”结了婚，顾乡说他们自己说的呀，说李英给顾城和谢烨的信上也写了“John and you”结婚的事，但她持续否认：No，no，no; Never. 顾乡要求知道李英的电话号码或通信地址，“老玛丽”说李英不想和她通话。-顾乡简直觉得李英被挟持了。（多亏“老玛丽”当时不肯转信，否则这封信也不见了。但转信的事“老玛丽”应是对“老头”说了的，事无巨细她都对“老头”说，至于“老头”对李英说不说，说什么，就无从知晓了。）

爸妈:

信上写的东西都收到了，搬家、备考等，投稿投完就不用想，只是尽人事而已，只是按程序做，发不发由它，可谓手上有活，心中无念。我们在德有些进展，我写了一些字，已卖去一张，二百马克，电视台还要拍我电影，已拍了一个短的。一切随缘，决不强求。看剪贴知国内出版之一二，花钱出版的事先不做，不在钱而是易生是非，万万注意。那碑上选的词甚差，是我当年混稿费的东西。(我这次寄上新旧诗各一首，可速寄翰园碑林，换下那个词，切切。)(寄去来不及也就算了，反正丢人)❶只是以后别再提什么灵魂大使之类，语感不好。这次我寄上个简介给碑林，以此为准。

人到伤心处，只有多做少想，心悠悠，时光自会淡化一切，惟愿人长久吧。我想收缩一下事情，约三月二十日返新，美国有些约请也不去了。世界太大，老爹当年全国转，我们世界转，这也是命吧。我们拿到新护照，就可回家，也不知多久。天下乱正好取静。

胖

(我的诗虽难懂却不雷同，在德美均有人研究翻译。我是天生逆流而动的，也只有认命。国内发，只是种现象)❷



❶ 两括号中字为后加，被替换原字为“不过也只好如此，”下接“只是”。所说一并寄出的“新旧诗各一首”等因当年信到时即为父母取出，近18年后（此时2010年12月）父母已回忆不起确切内容。

❷ 字后加于抬头空处。应是针对父母认为其诗难懂说的吧。

# 15. 写给父母

（1993 年 3 月 3 日巴塞罗那邮戳；3 月 9 日北京收到）[1]



爸妈：

这是在西班牙巴塞罗那的最后一晚，讲了几个小时课挣了八百美金，钱挺多。从这我们就该走回程了。柏林、美国、新西兰，大约三月二十日就可达岛上。世界就是些山水人房树林，没什么不同。阴晴春秋，都在心境，外边少了个党管人，也多了个钱，总之差不多。外边谁也不理谁，对我这种爱清净的人好些。

过日子就是个味道，有时惊险，有时平淡，有时演戏，有时看戏；能活到看戏的境界是不错的，内不愁衣食，外没有妄念，尽看人们奔来奔去，挤踏推攘，学校真误人，老教人立志，弄得人人不安分。人各有命，有风向有航向，人算不如天算。惟有守本真、养性命的才是自家事；入电影去弄事非，一般都凶多吉少。

看山看水也是想家，回岛看看，修修房子；回新西兰我们约半年没有救济，但我们已挣下些钱，可以说是经济最佳的时期；写作发表也上了路，可以平衡了。

---

[1] 信应是临离开巴塞罗那返柏林时投邮的。

在北京，不管物价如何，都要多吃新鲜蔬菜瓜果，胜于药品，多散步练功，按时起眠，凡事缓一步，也勿急，小得小失听自然，养生是本，养生重在养性情，对各种情绪有各种办法，忧时分心做事，喜时随心漫步，唱唱歌，写写文，人难得此自由，平心静气，世上总有人起人落，不必在意。人红并不自在，钱多往往劳心，只要家中宁和，我们在外也进退自如，现一切都在好起来。

刚才出去走走，正是黄昏，迴光照射，使人想起颐和园。小时看夕阳落山，寒气袭人，心中总楚楚，想明日上学的事又开始了。现在过松林，登一片高地，看我们住的房子，今日一景，明日一景，小时多喜变幻，现在却淡然。烨与我不同却处处相知，也是独来独往的安慰。以我的生性，也是很难容人的。好时光呵，愁也有，忧也有，只是黄昏一景。这连续剧总无始无终，全在心领神会。

西班牙葡萄汁便宜，喝了三瓶，也吃些蛋、肉、西红柿、黄瓜，走到哪都吃新鲜便宜的。烨又在写小说，还吃了顿饺子和海鲜米饭、自炒肉末青茭。明天上飞机了，吃飞机西餐。中国出我诗文选，情况告我，最好由我自编。

平安　　　　　　　　胖

# 16. 写给父母

（1993年3月10日柏林邮戳；3月14日北京邮戳）



爸妈：

连收二信。木尔[1]过生日，烨与岛上通了长途，木耳善言，已上小学，小学只是玩。欧洲已延期，正在办。一处基金会八月份又给了三个月的创作钱和房子，但我们还是要回新一次[2]。现钱不缺，所以家中也不必紧，什么时候累都停下来，万事不如长流水，万不可过劳。我们近日可能回京一次[3]，许多人回去，事比我们重得多，一边给××、××××、今天写稿，

---

❶ 即木耳，不时便写为木尔。木耳生日3月9日。此信应写在此日，最迟10日上午。

❷ “新”即新西兰。顾城至此还不知道“老头”裹了进来，还想着李英是在新西兰什么地方故意不出现，或者真是去了北京。随即（3月10日）“老头”（或李英）制造的他们已结婚正在沙特阿拉伯的消息传给了顾城，顾城大受震撼，进入不眠，遂决定同谢烨依旧去北京。三天后又听说李英要“回岛”，顾城和谢烨最终还是依原计划飞回了北京，并取消了返新想法。但此时是打算北京之后飞一趟新西兰的。

❸ 顾乡3月12日13日均记有日记，此前3月9日日记，相关事只记有“______”的反应，再前日记则是3月3日的了。3月10日，有关李英和“老头”一起去了沙特阿拉伯的假消息传给了顾城。顾乡12日记：“夜卧不安，终于起身打电话，烨接的，声儿又高兴了，说他在隔壁，还不错。她说他们这两日便飞京，几天便回

一边又回北大去讲课。所以我们顺便悄悄回去一下是可以的，只是别太想，就算是星期天放假，也别告诉亲友。我们最多待十天八日，再从新去德，也许还走北京[1]。我有新的绿卡（长居留），一般不会有意外。编文集很重要，

---

新。……已是正午，好端端的时光全是电话。伊丽（即“老玛丽”）电话，说李英说再不要听任何有关顾城的消息，信等一概别转。我说他们快回了，这就飞北京然后可能就回来了。英心如此，实当告诉顾城真相。”13日记：“早伊丽电话，说John（即“老头”）电话，李英和他将于周一返岛上。我再三强调确与李英一起否，她说是。事太奇，一时想别是骗局，为的是引弟立即回岛不去北京？不管怎样告诉弟为上。先后两次或三次电话，他们已定好15日飞京，24日回德，不回岛了。我说了，弟说争取见英，说：‘只要心在都无所谓。’说让英等他一个电话，不可不接，他要一个明白。烨说他光站那，三夜没睡了。这几次烨声音振奋，连‘______’也这么说。”3月14日（周日）晚顾乡直接接到“老头”电话，说他已在岛上，问顾城回岛否，李英可以在此等她四天。顾乡满心惊异，说希望李英接听电话，哪怕只说一句话，李英休息了可以等到第二天。终于知道李英尚未回。“老头”让顾乡叫上利斯一起去见他，说因为顾乡听不懂几句英语。顾乡和利斯当晚如约去了，“老头”对利斯大讲了一通李英对顾城的控诉。顾乡完全不解李英了，再次表示想直接同李英通话，“老头”极其傲慢地说不行，说她是西方人了，她不说中文了（这个话“老头”在返岛的那些天里说了又说）；说她遭受够了中国人的迫害，现在终于逃脱，受西方法律保护了，她是他的妻子，他誓将（determined to fight for）保护她不继续被骚扰；还向顾乡大讲西方人权和基督精神，说顾乡到了西方社会应该学习，而李英已经完全是西方人了。后来顾城在《英儿》中提到了这一幕：“听我要去北京她才急了，说她要回岛；她不露面，引我回去和老头斗，最好让我进监狱”，李英因为怕顾城回北京见文昕而知情，于是赶紧骗他回岛撞“老头”。顾城没上这个圈套是后来连他自己都惊异的，他是想了不去北京改为立即返岛的（当然北京有父母还有诗集事），但既然李英已和“老头”走到一起他回新也实在没意思，他觉得李英这么做要的就是他的死，他在临去北京时传真了遗书，让顾乡见李英时带给她，并且要求她接听一个他的电话。3月15日电话中知李英没返岛只“老头”时说：遗书作废。后顾城在北京的短暂八天里，匆匆编辑了诗集《海篮》。

[1] 即从新西兰返回德国，也许仍自新西兰再经一次北京返德。当时烨弟居留面

重在编选，二不要选（早期革命诗不选，歌词一般不选），寓言诗少选。目录我很快会定出寄去或带回。诗以黑眼睛（《水乡》或《雪地》，我记不清了，是一剪贴抒情集，约到八五年）、颂歌世界、水银、布林为主，勿滥。我这里还有一本散文小说集，一本理论谈话录，一本书法和画，一本小诗《海篮》和《城》，一本诗，所以大批东西马上就到，妈马上停下来别再整理，只告诉编辑，主要作品马上就到，诗能编五百页，小说、理论、散文二百页，书法、画，图片若干。妈妈保重身体重于此事，勿劳，青山在水长流。寄上两组诗，供诗刊选一组。《鬼进城》是我的佳作[1]，在德评甚佳，在电视台读过。功名是烟云，只在此行中。多买鲜瓜果菜蔬。我们在外虽为穷人，但也有合人民币几万元家资，所以万万勿劳勿累，养气忘情。



劳动不劳心，万万　　　胖

临问题，已有申请某种特殊居留的想法了，而这一居留会是以顾城基本不能回国为要求的。这也是顾城为什么只打算在北京稍待几日并且尽量悄无声息的一个原因。

[1] 这话如此说出来应是作者从安慰家里角度考虑的，因为父母对他的《鬼进城》充满了不满和担心。

# 17. 写给父母

（1993 年 3 月 28 日柏林邮戳；4 月 4 日北京邮戳，同日收到）[1]



爸妈：

又回到柏林了，真如梦幻，看世观世，都如隔世。回来即好吃好睡一番。还没回到家，柏林的朋友就送来了鸡汤、蔬菜，我很感动，要知道每个人自己也有一本经不好念呀。柏林如北京，花叶已含苞，又是一年，迎春花也开了。我们回来就喝炖好的鸡汤，吃鸡，绿菜花、芦笋。三个朋友来看我们，坐一坐，走了。我们大睡起，又煮海带黄豆，吃面包、奶酪、苹果（也是朋友送的）。养几天身体必能强起来。我们在这里大概还住十几天，找到新住处自会马上告家里。可能是乡下。《后裔》寄上，补入集中即可；《海篮》集复印二份，都补上的好。

天各一方，大家都注意的好，养心养生，老妈妈一定要天天走两周，规律食眠，往开处想，往顺处活，别在漩涡里转。现在战胜自己比战胜世界要重要得多。这里回来，我便把小事尽数丢开，只做书来，取其真，而忘其全。

---

[1] 3月15日顾城、谢烨飞回已离开了近六年的北京，和父母团聚（谢烨的父亲也住到一起）八天。24日返抵柏林。这是此后的第一封信。

这次回家，还是及时，海关通顺，来日可期。若此下，便有余。

保重　　　儿城

（要发信了，北京虽土大，还是亲近。人有光阴，各自交叠，有思有念，但愿晴朗。日后我要多写些信了，寄点照片，有时比见面话还说得多点）[1]



[1] 此括号中字写在信的开端之上信纸空处，应是后插入字，因此排在信后，括号编者加。

1993 年 3 月 15 日傍晚顾城和谢烨飞返飞离了近六年的北京，回到家中，见了父母（谢烨的父亲也特意住过来），一起度过了不足八天的时间。此时家自顾城谢烨生活了三年多的原住址搬过来不过两年多，所以对他们来说是一个新住址。照片拍摄在住址周围（居住区内）。

上左：顾城、顾城的母亲父亲、谢烨的父亲。
上右：谢烨、顾城的母亲父亲、谢烨的父亲。
下左：顾城和母亲。
下右：谢烨和父亲。

顾城自 1987 年离开中国后就没再碰过双杠，
而此时他仍可连着悠十几个上下。

上：顾城的母亲、谢烨、顾城的父亲、谢烨的父亲。摄于玲珑公园。

下：去玲珑公园，五个人四辆车，顾城的父亲因路熟在前，并带顾城用一辆车，父亲当时也已六十五岁，蹬车带人如飞，毫不吃力，回程顾城带谢烨用一辆车。

# 18. 写给父母

（1993年4月10日柏林邮戳；4月19日北京邮戳）



爸妈：

在德国的一个山谷里写信，一个朋友带我们来住两天。我们在找房子，13日以后，我们将住到德国的一个农村去。租两间小屋，五百马克一个月，在那专心作书。约住两三个月，再去伯尔基金会的房子，免费住三个月，并得六千马克。到十月没意外就回新西兰了。瑞典也许中间会请我们去，已来信。我无太所谓，作书为上。

这个磨坊改的屋子，山谷中水声日夜，有时想我们一起在这看看多好呀，可惜不能；愿上天日后给我能量。回新西兰，如能换护照，我就回北京长住几日。我随命运，也知家珍贵，烨也累了，这是我们的最后一战，然后放假回家。老妈妈为我们也要每天在院里走走，人要强，战胜自己的情感漩涡，每天走走吧，小事放下，大事坦然，妈，好吗？我们订约，这一年半年，你在院子里走走，就是对我们的最大帮助，把一切交给时间。人不能太任性，人生一同，要合力承担。

烨对我的帮助达到了无私无我境界，她不宠我，严格得很，这是这次做书的保证。人要理解，不能光从自己这边想，爱人帮助人，要知道别人需要什么，这是我一生做不好的，烨使我站起来。老妈妈给我们的黄瓜和梨在机场吃了，不错，唉，什么命，这个血缘，永远在争执。我做完事，回来，老妈妈每天在院里走，你就想走多少圈我就回来，好吗?

老爹唱唱歌，挺好，放得下，想得开，是长寿的道理；只是还多吃些菜好，老爹这方面有点任性。老爹身体好，是这个家柱石。

听水声，走天下，冬去春来，算命说我和烨十年命改，有道理呢。

生活，就在你怎么看，悦者悦然，牛角尖是钻不得的。生活并不黯淡，最后还有好多日月是我们的呢，人总有小路，回头看，过了，也就过了。

过几里，我住定，再写信，让我放心吧，我快自由了。护照是关键，当然还有钱，一番风雨，全当梦幻。

老妈妈，你走一千圈，我就出现了，走吧，多走点，我早回家。告诉我，你现在走了多少圈?就是我们走的那一圈。❶

儿　城

（另页纸）

爸妈:

再寄几首诗回家。我们正在搬家，租 ×× 的房子，与他合租，每月 400 马克，还行。书已开始写，已做了八盘录音，还顺利。这是我们全力做



❶ 两个多月前“姑姑”（即妈妈的妹妹）的去世，使妈妈的身体大受打击，顾城回家的几天里老是陪妈妈在外边走。院子很小（邻院很大，但每日开放时间有限，后来很快就不开放了），可散步的地方不多。前图页中顾城和妈妈合影照片两人身后可见一半花坛，此处也是他陪妈妈散步的地方。这里说的“那一圈”很可能即指围绕此花坛的一圈。顾城一方面安慰家里，祈望父母安好，同时更加努力工作，一方面想着自己的死，那是他对谢烨的承诺，4月底电话中他答顾乡说，到时候他的死将是失踪，父母长久不会知道，他会备好信，然后烨会定期寄出一封。他说他知道父母大体会说什么话，他的“复”信不会太不着边际，同时烨会酙情补字，一贯也是烨复细节的；他让顾乡配合到时保护父母。顾乡恼火，他于是表示收回这个话，只当玩笑而已。顾乡后来在《英儿》中读到“正是自那时起，他开始了一点一点专心的准备，准备着自己的毁灭。”“他安安静静地，在等待自己的末日。世界上的人都在等待未来，有谁等待自己的十字架呢?”这样的句子时就想起了这时的顾城。总之，顾城同所有人一样有绝决的一面，也有柔情的一面，而两方面在他都是非常强烈的。

的事，估计三四个月后将发出第一部分。

我们现在的地址是[1]

约住到七月初。

老爹印完照片底片没放回我们相夹里，在哪？别丢了。底片找到先留家，照片印三套寄我们。这次寄家的诗稿一组较好，二组较差（给小刊），备用吧，如有人要稿。

我振奋精神，跑步，做操，现已胖了许多，回京是我最差的样子。老妈妈也要打起精神，看、写都是耗神事。人每天得花几小时养神，散步，才会越来越好，光耗神就完了。运动是生命，老妈妈强一点，就是对我们最大的帮助。

胖



[1] 此处应是留空给谢烨帮助填写地址的，谢烨另写地址在一小方纸上别在了前页信纸上。写这本书，顾城是对谢烨许下死愿的，当然家信中不能透露，另是一番真切。家里对他写这本书自一开始就完全不赞成，而且越知些内容就越不赞成，他也只有说必须写和写完了就会安心回家吧。谢烨自此很少附字，也是因为写字不提这本书是很难的，而提也是很难的吧。

# 19. 写给父母

（1993 年 4 月 15 日柏林邮戳；25 日收到）



爸妈：

搬了家，依旧在柏林，是两间，一大一小，外带卫生间、厨房。我们深居简出，写书，每天亦出门走一两圈，在家俯卧撑每天练到二百下，所以我身体不仅恢复，而且格外强壮，万事不理，唯写书是要。

这般这般真是断了尘缘，古董巧物如同垃圾，美景土地别墅也是一个幻灯，走在街上，人人面容都被世事绕，忽喜忽忧，都是绳索木偶，小儿嬉闹无事，也不过是这个世界的备用部件。

刚入新居，因周围少木无村，窗狭屋深，便觉沉闷，但天阴之时，忽然觉得这是在上海某区，便清明开朗起来。人不可计当日得失，而要直往未得之时，便万事皆快。

日食鸡、奶酪，绿菜花、黄瓜、苹果、鱼、火腿、胡萝卜、土豆、豌豆、粗细面包，这买菜很近，半站路，东西也不太贵。

上封信收到了吧，老妈妈一定要多活动，无事散步与有事奔事全然不同，多动才能多吃，生命是水花，若要盛，非流动不可。我在大悲之时，强力定心，化悲为力，以力健身健神。听其自然，并不是失去控制，偏狭的单一方式会使身体失去平衡的。总之少看报，多走多行，脑子里的转轮才会停下来，这就是帮我们呀。

迎春花开，柏林也是一片春景。我们的电话是0049 ______

这两个月一般别对人说我们在哪国。有正事的人可把电话告他，但也只说是____家的电话，可转我们。六月底，去科隆

儿

搬家一切终于都过去了，忙了一阵，还有些小事待处理，真是够累，但都过去了。一切都好。[1]



[1] 此节为谢烨字，写于顾城信的抬头空处。信中电话号码亦为谢烨字。（下划线处为编者隐去原字处）

# 20. 写给父母

（1993 年 5 月 10 日柏林邮戳；5 月 15 日北京收到）



妈：

这是一大片潮水，我也是命里注定，不写不行，每日除了写，录音，烨打字，万事不想。妈，你好多次帮我，让我不上学，在烨的事上也支持我，你知道我们家传的性情。这次出书波波澜澜，家里对我的帮助就是把这消息发出去，然后泰然处之，行若无事，就帮了我了。烨说是上天让你生活，然后写这本书。我感她，她帮我到难于想象的境地。

人间，功名富贵，都是幻影，人评人论，唯心是真。

烨就等我写这本书。[1]

---

[1] 此信写在谢烨发表文章《他——记顾城》复印件剪下的空白一角。同寄的是十多份打印的《英儿》书消息（各消息标题不同，内容也不尽相同；标题均为谢烨手字，应是打印后补加的）。顾城的母亲见此信即打电话过去（当时家里不通国际长途，须赴邮局拨打），非常反对写这个书，表示坚决不同意发此消息。顾乡：这些消息，尤其是谢烨手字诸标题，读来惊心，难以置信会动员母亲发送这些消息。顾城这封信意图清楚，完全可以看成是邮寄这些消息给家里的附信。信字不多，用纸随便，抬头只写了“妈”，他知道爸爸由妈妈决定吧。妈妈急打电话，坚不同意，应在他料想中，我想，他是不是潜在地其实期待着的正是妈妈的这个态度呢，也让他可以为消极些宣传此书多找个理由。之后这些消息当然没有发出。但他说服母亲时是全心以赴的，以至搬出谢烨来，也因为母亲从一开始劝他不写时就特别说过“写这书伤害谢烨”吧。后向国内发送选章（6月底）及至全书（8月初）包括“消息”时都绕过了家里；但国内通讯处只能仍是写家里。

# 21. 写给朋友二封

（1993 年 5 月）[1]



凤梨子：

听你的声音挺高兴。——要看，要看。看个笑话。什么事我还是不掉进去的好，掉到写小说里去了，真可怜。

顺的话，六月初就写完了，约二十万字，还有些画（线条的）。有些事没法回头说，日久见人心还是不错的，可我喜欢闭着眼睛做梦，直掉下去，如此而已。

你那么清楚，可以对付世界，以后雷可以问你主意。你明白呢，当时只觉得凤梨子又好看又厉害，没想到这么明白。雷和你一起当可天长地久。

我写了不少字，日后你来看。挣钱挺好，就得用我这样的坏人坏事。我这样写，不过是多喘喘气罢了。

可罕　城

---

[1] 这二封信因输入电脑留有打印复件，而辑入。信大体写在同时，即1993年5月。本册《（写给儿子）》中“Sam，那么多人，帮助了你妈妈，有老朱叔叔还有伊凡阿姨”，“伊凡阿姨”即伊凡。

伊凡：

我真是不可救药，也就只有如此了。很快你就看见我把自己埋了。我寄出那些纸，有点开心，那是我的墓门。

最后的时间还做梦，还梦见推门，看见有人就退出来，光蒙蒙的。阳光从顶上投到地上；看书吗？你说。

这像是一个有阳光的坟墓，花边迭绕。我刚挥挥餐刀，做出不傻的样子，你就在空气里消失了。

一辈子就是这船——醒了做人，睡了做梦。有时候做糊涂了就颠倒过来：醒着做些梦间事儿，还当别人也在里边。哪知是梦就不能两个人做，除非有人乐意当别人的梦。

五月

六月

七月

八月

九月

十月　回新西兰

我到了没有把自己说清楚，因为何必说呢。

这已经不是《红楼梦》了，改《水浒传》了。

顾城

# 22. 写给文昕

（1993 年 6 月 13 日北京邮戳）[1]



文昕：

给你写的信老也写不完，老也寄不出去。不管怎么样，明天我一定寄两页给你。因为看你的信[2]，我还觉得那个小小的国土没有全部沦丧，我还不完全无家可归。

我们一直在说你，你可能不信，但是是真的。我给你写过好几封没寄的信，因为你太好，感情太激烈，一个人太好就让人心愧，就让人觉得配不上。咪[3]喜欢跟着你，因为你有“能”，她没气，起床半小时就瘘了，但她也说“累”。我想就冷的关系，我呢是心愧，现在这些心病都过去了。文昕，我是死了的人，除这个我什么都没有了，能在你信里呆呆也挺好的，所有人都把门关上了。我是活该，真和我在一起的人没有高兴的。我写信

---

[1] 这封信同另二封信一起于1993年6月13日寄达北京（读此信开篇及其后“我给你写过好几封没寄的信……”不知可否作几封信一并寄的一个解释），是寄给文昕的共五封信中唯一一封未收入《英儿》的信（收入时均有一定的变动）。参见《小说卷》中的相关注释。

[2] 应指文昕写于1993年5月5日的信。信可见《英儿》中《信 · 复信》一章（信中人名均变动）。

[3] “咪”即“英儿”，此处随文昕信中对李英的称呼。

也会让人不高兴。

我给英写的所有的信，现在还在英北京的家里的书桌里放着呢，也是我永远拿不回来的，我现在都无所谓，但那是我的，不是她的。

你原谅了我们这些小凉玻璃，碎了就扎人。你挺好，不会恨人。其实低头的是我，我现在对自己的品性清楚极了。

你要看我的书你就知道我完全疯了，只有手还正常。我把花园碎片丢得到处都是，把我丢得到处都是，看吧，世界对于我是个小数，对于她可大呢。我要保存那日子，一个白房子，她丢掉，我也丢掉了。白房子害了我。第一回我就不该离开北京，不该活这么久。最美的日子应该是在结束前那一刻。

谢烨也累了，大家都累了，她跟我走了那么远，吃了野菜，中毒了，搬大石头，最后还是回到生活里来了。没有人恨世界，除了我，除了我与世决绝的本性。我刚想活，就到头了。

文昕，我跟你说实话，知道我的人并不阻挡我。我还有事要做，不要为此想太多，我很怕，你不值得[1]。不过我心热了一点，因为为此着急的人，几乎没了，（除了我家）。

你还记得摘桃的事吗？那时候多好，不觉得。

城



[1] “你不值得”四字后，谢烨加“担心我”，成为“你不值得担心我”，并将“怕”字后的标点肯定为句号；但联系前半句，此处最通顺的读感，似应是：我很怕你不值得。

# 23. 写给父母

（1993 年 6 月 28 日柏林邮戳；7 月 2 日北京邮戳）



老爹 老妈妈：

近时我在写中国自然哲学纲要，脑子有时清楚得像水洗一般。我每日约睡十二小时，起伏撑做到五十下都不费力。今日吃了肉片、豆角、茄子、麦片、牛奶、西瓜、果脯、茶、番茄酱、奶油面包、黑面包。黑面包吃了不长口疮。❶

（另张纸）

爸妈：

今天完成了一万六千字的《自然哲学纲要》，是我头一篇哲学东西。休息半天，明天再写《英》，准备再干十天完成。人下定决心，事情总会成。似乎好久没休息过，半天也挺长。我现在看事淡多了。老顾乡来信，（一些琐事．略）我看是结婚好些，人总得有个照应。我的房她也可住，我回去也不住那房子了。今天吃杏、芒果、花生、蜜、米饭、醋蛋、菜花、火腿、黄瓜、

---

❶ 自为书同家里在电话中争执起，为减轻母亲对他精神及生活状况的担心，顾城在家信中加强了对自己状况良好的报告，几乎每封信都会列一长串所食食物，以稍稍慰藉母亲。三个月后回到岛上时他还对顾乡说过，说安慰老妈妈的好办法之一就是报告一串吃食。顾城家信常写在一些大小不一残纸上，此信就是写在三片不同形状的估计是从一些字纸裁下的空白纸条上。

肉片、排骨，跑了些步。有烨在，我就不会失败。童话诗选封面不错，儿童化，就是布林好像和我寄去的不一样，有两段很错。

（另张纸）

老妈妈每天还散步吗？挥挥手，看十万个健康知识，也不如走一百步，一定要天天走。我心里不好受就跑步，发挥出去。

别为东西伤神，想火道多苦，也有乐时。现在什么都有了，现在我可知道，只有人是真的，真人少呵。老爹总是乐观，还真是重要。

# 24. 写给父母

（1993年7月14日柏林邮戳；7月22日北京邮戳，同日收到）



爸妈：

刚从法兰克福回来，十日讲了一天自然哲学，四十人听，有一堆神学和哲学教授在那质询，最后全被说平。史明翻译得好极了。有两个神学教授请吃饭，而且说可以随时去他们那，住他们家。如此，在德国第一次做纯哲学学术报告就全成了，一天挣了一千五百马克，不算交通住宿。这是我们五个月来第一笔收入。烨也有些高兴。讲什么都游刃有余。现在看什么都清清楚楚。刚才我们进门，法兰克福的主办教授还打电话来说要送木耳礼物，人极好。书出得不错，但布林部分妈还是动了，以后别再这样了吧。妈的审美和我是不同的。这种忙帮得总不太妙。不过整个还是很好。我的性子总是太叫真，妈也如此。我的岛上房子老顾乡可以去住，她不愿住罢了，空了大半年了[1]（一些琐事.略）今又吃了腰花、猪耳朵、西瓜、葡萄、饼干、鸡蛋、西红柿、青茭、菜花、黑面包、鸡肫。开会吃了南斯拉夫饭，鳟鱼，西餐：樱桃蛋，马哈鱼，香槟，我一直喝葡萄汁，吃各种小浆果。中餐：虾仁豆腐、烧鸭、韭菜虾饺，多极了，都是人请客。这些吃就得几百马克。今晚又吃了菜花、西瓜、果汁、鱼、苹果、牛奶、茶、桃。/ 信写了两天了，今天又吃桃、鸡肫、花生。

---

[1] 并没有空大半年，顾城不知直到四月底，“______”一直住在那里。

人生万象皆幻，又事事俱真。鱼可游而水不可不流，人事天命罢了。天下无衣无房无钱人有多少，有的人总看高处，总觉不足，衣食足便要平心度日。/ 今天睡了大半天，精神足溢。以后有空就养神，有备无患。人想不开，天下就无路了。

信寄了很好。（一些琐事．略）　　　　　　　　　　　　儿

# 25. 写给顾乡

（1993 年 7 月 21 日柏林邮戳）[1]



老顾乡：

这次我活下来纯属天意，回到北京，躺在床上，一合眼，就一身透透的冷汗，根本没法睡觉。上天让我在最绝处，告诉我了道路——写书，〈天遣烨救我〉，我不想在书里求公理，像每个人那样，解释和欺骗自己，我是不堪的，但也是真的，我为此付一切，承认一切，在英不承认的地方我都承认，整个书都表现了我的小气和自以为是，我可以给英足够的理由，省得她含混。

上次是电传遗嘱[2]的最后一刹那，天让我明了英的用心，老顾乡，这是

---

[1] 此信是顾城、谢烨接到顾乡写在7月11日的信（后被置于《英儿•岛上来信》中）后的回信，信亦可见于《英儿•岛上来信》，但有大变动，无关书中人物的部分去掉是当然的。顾乡的信于《英儿》中应也有变动，但变动不大，原信不见，记忆肯定不可能复原每个字了。《岛上来信》《七月》（还有个别章节吧）均增加在1993年7月（7月10日还是顾城的《自然哲学纲要》报告日。见《哲学卷》），8月初（应是8月4日之前吧；8月4日有一段对话，见本卷上册辑四《附1：（一段对话）》）首度递出的《英儿》全书稿中已含有这两篇。两篇应是《七月》写在前吧，从语气看这篇不应写在七月的晚期。

[2] “电传遗嘱”，3月13日（1993年）早顾乡接“老玛丽”电话说“老头”和李英将于15日返岛，顾乡电话将此转告顾城、谢烨，当时顾城让顾乡见李英时

事实，不管你是否愿意接受。

（另张纸）

老顾乡：

英儿说你缺心眼，我看是缺心计，英儿是很真的，但也很会用心和夸饰。那真，看人下菜，会用。她在北京就用一个人，帮她调到诗刊，当然她也付了她能付的，在这期间一直与我通信。她跟你说的我，和跟老头、伊丽莎白[1]说的我肯定就不一样。现在我完全知道，她为什么在老头、老玛丽那儿把我形容成一个伪装得很好的虐待狂[2]，威胁她，要杀她，因为她得靠他们，得有理由，要不然任何人都看见我们在岛上快快乐乐地过日月，有一年半，为什么我们走了那么久她要藏起来？还得让伊丽莎白帮着她，还要不告而别。英已经拿到她要拿的东西，我们已经没用了，这个理由当然是不能对人说的。老头当然更愿意宣传她的这种形容，各有所图。

在我听到你说：老头也没有了，和英去了沙特阿拉伯[3]，我就像吞了一



---

转告：只要心在就什么都无所谓，但要她接听一个他的电话，他要一个明白，要他一个死，他可以给她。随后于14日赴机场去北京前电传遗嘱（当时顾乡处不能接收电传，谢烨电传到岛镇上书店里）给李英（后放在了《英儿》上），同时意识到这是不是李英的圈套呢？3月15日晚（北京时间）谢烨自首都机场电话给顾乡，说刚到，问李英如所说返岛了吗？顾乡如实答说没有，只“老头”一人返回。顾城说遗嘱不要给李英了，作废了。

[1] “伊丽莎白”即“老玛丽”，此信中两个称呼亦同时出现。

[2] “伪装得很好的虐待狂”为顾乡听“老头”转述中的对顾城的描述的总结，非“老头”原话。顾乡的英语也达不到翻译这类词的水平。

[3] 此言并非来自顾乡，来自一个顾城、谢烨、李英包括“老头”都熟知的人，“老头”于大约3月9日或10日专门打长途给这个人，称他正同李英在沙特阿拉伯度假，有些什么事云云，希望转告顾城。这个人便拨了德国长途。谢烨打电话给顾乡求证，然后说干脆就这么说给顾城吧，那时不跟顾城说，是因为正在很多事情中间，如今活该了。顾乡便拨了电话说：“老头”也没有了，听谁谁说都在沙特。

口火热的毒气，周身涌动，我抓着烨说：我不疯，我不疯。上天，我就这么一分一秒地坚持下来。我的脑子彻夜亮着，到罗马尼亚机场❶，谢烨说写书，我才看到了路。我不死，我愿意死，有十天没睡觉了，但我知道这是英希望的，我就挺下来。我什么都可以付出，如实地写倒也想起她很多好处，人是反的，什么都是真的，我不想挑着说。

我刚说要去北京，英就要害我，他们要有把握，照老头散布的，早就告我把我抓起来了。现在写了这书，英更想置我于死地，“文革”你还没看出人来，要保自己，自会害人，老头又是个打官司爱好者。好在我并不想保自己，我就比他们强大得多；我不用法律，不用警察，不藏起来，我就这么站着，就比他们强大得多。



英走时有一万多元存款，可她并不付房租，她自己说的付一周七十元，烨买的机票，一共五千元，当然她以为已经付了，这就是她的逻辑。她哭是因了亏心，那时她已经变了。

房子落价也许是因为新币升值，不过也够便宜的，这事电话里说快，打电话吧，钱太紧是有风险，但如果很便宜，风险便小，大不了再拍卖掉，锅破也有铁价。办事要冷静，但有退路的好机会，你也可以决定。当然最好与我们通气，因为你脑筋有点没准，一个电话总打得起，多少电话都打了❷。

再寄个小说片断与你，睡觉不好便不要看，若看得先睡好了觉。我是

---

❶ 在罗马尼亚机场转机去北京，在这里顾城向谢烨长篇倾诉，由李英的行径感到自己的不洁和谢烨的委屈。谢烨说会成本好书，顾城顿见出路。随即讨论书，跟着开始录音。现存二十余盘关于《英儿》写作的录音第一盘应就录在此时此地。

❷ 当时电话打得其实相当频繁，但顾城所知的并不多；他的“多少电话”的感叹应大多来自他为李英的事而打出的电话吧。

第一次这样写东西，我不会说事，恨死了，你的信我想放书里，你要有感觉就如实写一大篇，写得真切，便可专为一章。要写，就真真地写，补充这书，我也要知道；什么也别回避，此事天在上。英计划得那么周密，这真让我绝了。你写完全按你的感觉写，与我无关。[1]烨也累坏了，我们在地狱里，当然还是在慢慢缓过来，把心里的血放掉，写。

我们过去寄的《你叫小木耳》你见过没有？你也可以就用这种写给我信的形式。你和英说了那么多，你不要说我好，我不好，但是真好真坏，上天让我会写一点，不是没理由的。你记得那些民主墙上说不清自己的状子吗？说不出就比死还坏。你要把我们走后你见英的场景都写出来，要真。你要写得快，就放在我这书里，慢就编在烨书里吧。



我心正在静下来，平心看这事，天命所在，受吧。我那房要卖，我也不会多想钱，外卖四万五，你要二万五也可，先维持着吧。房子、利斯的事以你的主意为主，告我一声便可，当然你和利兹结婚最好，定下来，人可靠第一，要不太可怕了。别像我心那么小。小孩日后都会远走高飞，如我们。你又当不了家。快乐单身汉[2]是很好的修房人，每回都少要钱，技术极精。你买别的好便宜房也可。我是无所谓的，虽然难，随缘吧。德国很多事我都回了，钱少挣了好多，讲哲学挣了近三千，六万的那种房你吃下来，一般也得经营得好，或再卖掉。挣钱的事一般地说你不在行，但有特好的机会也可一试。别想太好的事，好中有祸。我等之长，还在写字，不

---

[1] 顾乡看到顾城这样的复信当时是挺失望的，她觉得将李英看得太坏了，她觉得她已经写了信了，顾城依旧这样看，便一时不知如何再往下说了。她当时相信李英说的，她走是因为谢烨让她走。而这不能由她（顾乡）说。很多事她觉得都没办法由她说。因此一直到两个多月后顾城、谢烨返岛，她没有就此话题再写什么。

[2] 一个邻居，在顾城、谢烨去德前，曾和顾城一起修浴室，他们称他“快乐的单身汉”。后来李英也请他做过活（《英儿》中有记载）。顾城在德受访中曾说：“我跟岛上的一个木匠我们俩一起干活的时候，他问我古代的中国……因为我们正在修浴室，我就用水比划……”（见《对话访谈卷》中的《你是前所未有的，又是久已存在的》）这个“木匠”就是这位“快乐的单身汉”。

得不认，平心地过吧。

活得宁静而苦，胜于富华而乱，静心待事，不悔为上

小说我在重写结尾，常常惊醒。　　祝你睡得着　　弟

老顾乡：

上周去法兰克福讲哲学，顾城的自然哲学又把八个德国教授讲平了，完满到了极点，可是教授也推出了一个真实生活中的他也是可生可死的。

你的信❶写得也可以，顾城要用，用乡伊的名字（名字全改了），看文你就知道了。我说应该告诉你一下。他现在越写越像小说了，就是方向好像发生了偏离❷。我那部分也许不一定写了❸，我总觉得他们各自都有些问题，我这么说是废话，尽管我被他的天才所折服（我还是佩服他），但是生活是无奈了，



---

❶ 即那封写于7月11日（1993年）后置于《英儿•岛上来信》中的信。顾城、谢烨于德期间所收到的信（包括家信）曾一并存放，于身后失佚。顾乡的信当在其中。

❷ 谢烨初时对这本书的期望应是高得多的。顾乡3月30日日记："昨晚八点多接电话，烨说'______'真讨厌，三个接连电话打得顾城'神经'。她说顾城在写一个忏悔录，以与她对话的形式，写她如何艰难地养鸡、卖鸡蛋，挣了点钱，却为李英花掉。写他怎么掉到李英的情色里去的。她说现在总算知道李英是如何人了，当初只是为了出国，下飞机先拥抱她，曾与刘湛秋有关系。……顾城已非常明白，但只有傻了，现只有写这个，为此还可以活。……烨太喜欢弟正写的这个东西，那样动心地说：'绝了！棒极了！'于是此刻弟也就好了，李英在顾城那儿的形象这么一变，……"（顾乡承认她当时完全不相信李英"为出国""与刘有关系"等说法，觉得一定是冤枉李英了。后来她写7月11日信时就是出于谨慎为李英辩护的用心的，为此还担心是否有伤谢烨，她当时在同封信中给谢烨的信上说若看信写得不适于给顾城看就不给了。她感动谢烨的大度。）三个多月后，这个书大概让谢烨感觉没那么"棒"了吧，尤其是"方向好像发生了偏离"，但是显然她对这本书还是充满期待的。

❸ 应有过《英儿》顾城、谢烨各写一部的计划。顾城信中字"慢就编在烨书里"，也可见谢烨的写。

我已尽了人事，现在该听天命了。生活中的他是无理的，要死就没话可说[1]。谢谢你给我胖子的画。　　烨　　7.20



[1] “要死就没话可说”——顾乡可以记得读这样的字时的心痛，但隐隐间当早已是同意了的吧。从她写给顾城的信（信可参见《小说卷》中的《英儿·岛上来信》）中也可看见这样的认定。所以当两个月后听谢烨说“都知道他要死，可是他不死，他不死人家怎么办”这样的话的时候，尽管也被其锋利震惊，但是却没有反对的力量。可见顾城要想不死够有多么不易了。至少在8月4日他留下了他不死了的清晰的声音（参见本卷上册辑四《附1：（一段对话）》）。但是在他8月9日写的《牧场》中他以那样凄美哀婉的笔触写出了对他死的提醒以及他兑现诺言的决心。三四天后他猛醒孩子和谢烨他最珍爱的其实都在，生活真正正在一个美好中间的时候，谢烨说晚了。后来因为大×的事，兑现诺言有些搁置，但顾城并没拿它当做理当不死的借口。到最后顾乡比他更软弱，她后来在《我面对的顾城最后十四天》里分析了自己（顾城、谢烨却都不能了）。

# 26. 写给父母

（1993 年 7 月□日科隆邮戳；1993 年 8 月 3 日北京邮戳）



爸妈：

我们终于搬出了柏林，到了科隆，丢痕附近的一个小村，有一百个人，住在一个有池塘、果木的院落里，是伯尔基金会的地方。我们有四个房间，史明约每周开车来我处一次。这的通讯处暂用到九月初九月五日，也许还会延长。

在这我想把小说再增改一下。做事胜于无事。这每月有二千马克，所以在这还能多点钱。也许还写个戏什么的。前天昨天吃了鱼、猪肘，猪肝酱、白菜丝、土豆、黑啤酒、桃、虾仁、玫瑰酱，今天吃了面包、饭、奶酪、肠、西红柿、院里的浆果、沙果、梨、野菜、鸡蛋、鱼罐头。

这静极了，四里无声，只有谢烨走来走去的声响。人到静处心也宁，天的安排是微妙的。

老爹老妈若有不热闹的休养机会，也可出去散散心，心宁则神聚，体合。每天散步，走一千步是不可少的。老顾乡已将还顾晶的钱全部寄回上海，故家里不用再还了。人币贬值，不用管它，当吃就吃，当睡就睡。在

海外我还是看到了，那个深圳卖稿的消息，我改完此书也许一试。❶

儿

（小纯居留被拒，看来也没法了，老顾乡运气太好）❷



---

❶ 顾城和谢烨自朋友处听到了“深圳卖稿”的消息，问家里，家里知是关于“英儿”书的事，回复劝，并说找不到这个消息。但顾城还是看到了。

❷ 括号中字写在抬头空处，应是后加写的。小纯是谢烨的弟弟，此后为帮助小纯居留，顾城便不宜回中国了，无论执什么护照（谢烨亦不宜回）。当然对家里他还是会继续不断说回北京，一则为慰藉父母，二当然是真实心情。

# 27. 写给顾乡

（1993年8月3日抵岛）



老顾乡：

我们到了个乡下小村，整洁精美，有一百个人。约请是三个月的，故此，可定一定神，把书改完。

这静极，电话是投币公用的，故你怕很难直打电话过来。如有急事，电话也可打给史明，让他转话给我们，我们再给你打。总之不似柏林方便。写信到八月底都可收到。晶的钱我已告家，你寄还了，他们不用再还。

房子的事，你自己定，以有退路有余地为上，我们的房你住免费。我是历来喜欢房子的，现在才知无人房子是空的。怎么联系烨详告你吧。

这儿的地址是：（略）[1]

电话号码是：（略）

这的电话不在我们的屋子里，要去公用客厅，所以有的时候没有人，有时候有别人。你可以让他们叫。就说请他们叫一叫 GU CHENG，或者 XIE YE，Chinese lady。他们会知道。然后你把电话挂了，我给你打回去即可。一般情况下，我每周给你打个电话吧。这个办法也电话告诉我弟弟一下。

---

[1] 此行起为谢烨字。谢烨所写地址和电话略。

# 28. 写给顾乡

（1993 年 8 月 22 日科隆邮戳）❶



老顾乡：

这是一个静悄悄的小村子，有时风吹树叶在几处响着。有隐隐的狗吠和一两只苍蝇，感觉上又回到了火道。中午的路上寂然无人，收过麦子之后，只有那条伸向田野的路是绿的。

（另页纸）

走出村子，便有大杨树，其间萧萧，拖拉机在田野上打捆，把麦草压成桌子大小的方墩，再由人丢在拖车上。田地里还有芥蓝和玉米，不看村舍，也与中国农村相差无几。大轮子的拖拉机走过时也让人躲闪（前几日

---

❶ 此信写在三片纸上，前二片纸均一面字，第三片纸（第一二三顺序凭读时判断）则背面有字，以不同于前三面纸所用的普通珠笔，以绿色水笔较大字写下。三篇字当是断续写的吧，有些像随笔。判断此三篇字写在8月4日留有一段对话（见本卷上册辑四《附1：（一段对话）》）和8月5日“让大车挂了一次”（可见本卷上册辑四《附2：撞车》）之后，甚至是8月9日写过《牧场》并且向深圳递出了第二份全书稿之后。但应写在8月14日以前。应是在8月14日晚（或早一二晚），如同他的第三篇字情不自禁接着往下写一般，他向谢烨做了表白，他当是说到过去、孩子、悔过、回到生活中来，但是没有得到谢烨的应允。他想不通，于是“过山过林”，日不能食，晚上乱转，这时无意间发现了谢烨和大×的事，方觉明白了为什么（见下边顾城的零星日记和顾乡的《我面对的顾城最后十四天》）。三篇字中断，第四段绿色大字应是写在发生了以上变故之后。此信谢烨没有附字，但信封依旧是谢烨写的。

我还让大车挂了一次，竟无大伤）。走进一个小村镇，路口有地图，看看也就走出了三四里路。

“一个小村的僻静之处”，这才是我的梦想。看梨树结果，拿几枝玉米走进阴凉的屋子（这石头房子竟是三百年前盖的），看见雷，上天让我们在一起，在这里，我为什么不饮这生命的水呢。

在这里有一个月安静的日子，愿它像井水一样安静。我要在清凉水里照一照影子，写一点上天让我知道的，写一点日子。我爱雷，在她看见我的一瞬，我也看见了我的疯狂。

榛子落在地上，它和长成树的那个榛子一模一样，我根本不觉得我生活过。这就是开始吧。



（以下另页纸）

从冬天到夏天，我只要看见她就不想别的了，只要听她一个电话，我就在街上唱歌走路，这才是世界，我都忘了。那时我们连一个自己的凳子、桌子都没有，我们多么羡慕有灯的窗子呀。最小最小的日子，有灯，有雷，我看着她就行了。我想我会很好的。不是因我进了生活，是因我忘了梦想。

后来我们有了一个小房间，我觉得它像一个有光的小盒子，把我关起来了，走出去，后边也牵着线，我跑回北京，那根线也在风里拉着。我无论怎么骑车，都拉回来，我就到世界上去了，远远地想英儿，真的，这时我把雷忘了，我一直跑进树林。

（绿色大字写于上段字纸背）

老顾乡，收了你信[1]，甚好。人生于世，唯在心安，心安处苦为甘，心乱处见刀山。我出岛谋事，堪是大错，初还有刀痛，现皆是死灰了。惟愿你一切好吧。

回了　回了　　　　　　　　　　　　　　　　弟　城

[1] 顾乡对自己的这封信已全然没有记忆了，除非等到再看到它的时候吧。

# 29. 写给父母

（1993年9月6日北京收信邮戳）



爸妈：

生活也许有很多不顺，但我们在最安宁的心境中。

我所有的妄念已无踪影，只要和烨在一起，一切都是好的。

就像十几年前一样，比那还要宁静，我们要回家了。我喜欢房子和地、胖子[1]，一分一秒。我有很多事对不起烨，今日回头，往事如烟，我要静静地干活，写一些东西；只要和烨在一起，再无它求。

我们30日去美，约休息两周，即回新西兰。英的事过去了，只是书吧，人昏乱时真是不由自主。

有一些复印的画稿，平信寄回，日后可随诗稿寄出。背后写顾城作，即可。其实无兴趣便不用寄，寄稿是游戏，现在谋生也不靠这个，关键是静心。乱心的事便不做，伤神；累事不做。心安胜于万金。人在胜于希望所求，我过了一劫，真正忏悔。

---

[1] 即儿子木耳。

如换护照顺利，也许又可回家一下[1]。我退去争战，只剩朝夕光阴，吃一点，玩一玩，多好，再无事了。

多多活动。活是动。身动心静。

儿　城



[1] 此句也就是安慰父母起见，说说而已吧。当然顾城是非常期待回家的。

# 30. 零星日记

（1993年3月－8月）[1]



3月

下雪。想起"大风起兮尘飞扬，威加海内兮归故乡"。[2]

居然真有历史，有过那么一些人，有过又消失了，像雪一样。

雷讲，你说虚幻，可它就是白的。

---

❶ 此记原写在一16开横格本上，原件因故不在编校者处（原因辑外《我面对的顾城最后十四天》注文中稍有涉及。横格本后部有很多页谢烨的字）。交涉中仅获五页复印件，自首页复印起，但似有空页，如第三四页之间（即5月10日和6月8日日记之间）当以为明显缺页，且是否确切自首页起复印，多年之后也感到恍惚。五页之后还有多页，应一直记写至返岛两三天后吧。可惜当时没有去读，直至1997年；1997年获此五页复印件，余页依旧不能读到；当时复印中断，就再没能获得继续。记写用笔为圆珠笔、水笔吧（甚至铅笔），黑、蓝、绿、红各色都可能有，复印因字迹颜色致某些记写呈现很不清晰，当时曾就最不清晰处草草对照过原文。最后一篇中说的"出事"，应在8月23日。其中的对话还在另一纸页上见到。顾城谢烨返岛后亦提到这件事，参见卷末辑外《我面对的顾城最后十四天》。此后，顾城整理思绪，8月27日写了《全书演义》第一篇（见《小说卷·英儿》）。至返岛前，又断续写了几篇，惜于身后同《英儿》的两袋手稿一并失佚。

❷ 作者引句中"尘"原为"云"；显然这时"尘"作者更觉合心境。作者引句一向并不特别在意严格的原字词，所以会玩笑说：看见好句子会觉得是自己写的。（见《讲演答问卷》和《对话访谈卷》）

3月

每当我醒了，那惊异就把我的神情磨得雪亮，这竟然是已经发生的事，它超过了我，我在一步步等它。

我像罗马的士兵一样醒来，立刻就站在队列之中，醒在什么地方是没把握的，但既醒了，就全部在寒风中间，除了刀，就是空气。

这两天和雷说贵族精神，真的，在最后，不是颓败，而是认真，没有死后如何（死没有后），倒是死前的日子越弥珍贵。

世界上只剩我们的时候，倒特别喜欢漂亮的动作，它让我们满意，让雷满意，这是一个只有我们能看的戏剧。[1]



4月17[2]

我不是写东西，我只是在无法承受的时候，才把一切交给了文字。

4月18日

开始了，拿下了一盘录音。我让雷消食，说你要原地踏步，跟上主的速度。

没了英，少了乐子，倒多了一场统一战争。

雷开电视找阴险的，我说，只找到一点音（乐）险的。她还满怀希望地看下去。

---

❶ 作者初写为“戏剧”，后将“剧”圈去。

❷ 私下记写，作者显然不在意格式：此处没有“日”字，下边的“5月1日”写为“5月一日”；自“6月24日”起，抬头时间都加了括号；且时常只写至月份；落写位置也不一；两篇日记间常不空行，同篇日记间却时有空行。这里统一为各篇之间空行（唯署“8月”四篇因读来联系紧密而依原件没空行），其他则不予生硬规范。

4 月 22 日（梦）

他不是要教人，他知道小孩生下来要随当地人，但他要教他们法律，以便他们子裔昌盛。

他进来扌[1]狗，说：两个挺好的狗铲。

我说是别人放这的。

他说我看见就是我的了。

我说不可能，我在这，要不别人说，我看狗铲也看不住，太没用了。

他说：我看见，就拿。

（下一页）

我说：可以，要不我打死你，要不你打死我。

说了，就拿狗铲打他，他手无寸铁，就退到墙角头，我在他面前挥狗铲，挥了半个小时，他动也不动。

4 月 23 日

这个老房子，像井一样，走路有回声，推开后院门，树都绿了，又开了白花，楼上做饭的时候，我就在那，在长椅上看天，在我和天之间，只有几个树枝（那黑干白花的树，在字典上竟然也叫桦树）。

走路回来，看一个小孩发疯，抓住另一个小孩的头发。

4 月 24 日

雷问还要什么？（在市场上）我叫一声还要一桶油漆，就醒了。

[1] 于复印件此字似只见此提手边，此字一时难断。

~~梦不是比今天早，就是比今天迟~~[1]

大 × 管 ×× 的一切化妆都叫“拔眉毛”，“又拔眉毛”，气得 ×× 难哭，难笑。[2]这是一个乐子，平日有乐子都要带回家，说给英，现在一有乐子就恍惚，就像习惯用手拿东西，手齐胳膊没有了一样。

阳光降在街上，像是山谷，一种货架，一直叫的鸟，肯定是不会飞的。

我到山顶还有一段路，我已经看见山顶。



4 月 25 日

一个沉沉闷闷的梦，好像是介绍对象，又是弥补什么。在屋子两边坐着，我妈事先摆好了椅子，奔儿远，我觉得不对，就坐近了。我妈妈在昨天就摆好了，就说：呀，怎么回事呀？我忍无可忍。看那女孩，并不丑，只是手臂粗疏，我按推理看一眼，就到隔壁去了，碰了门，把窗子开了，皮帽子摘了，这时才觉出暖气薰热……还有个人刚出来像老头。

没劲。

上午打出了个毛姆式的开头。雷喜欢。

（下一页）

4 月 26 日

早上坐在厨房喝汤，看见细碎的柳花升起来。这是个特别的日子。

梦是一个车站，有胖子，“我为你把歌唱，碰到影子就回来”。

---

[1] 作者写后划去。

[2] 句中各“×”处编校者隐去原字。

5月一日

剑门小阁转云道，偏是将军情未了。

梦里回家，梦里看病，梦里等车，手伸出来是蓝的。

5月2日

最后不像头两个梦，有放火和借钱的声音。

记起来的时候，已经拿上枪了，是从死人手里拿的，总是换，拿两支，怕有一支不响。有一个不给他，摇了下头。

有个小英子，飞到海天里去了，那是她的家，她的海盟。

5月3日

推门进去，看见有人，一只手，就退出来，“我们外边说”，你出来，在蒙蒙的光里，阳光投在地上，又反映到脸上，我知道我也是这样蒙蒙的样子，就向你挥挥餐刀。

看书吗？那边，你穿短裙，花边迭绕，刚一走，就在空气里消失了。

5月10日　上午

心情坏下去，好像中了毒，能不被毒死吗？每一次呼吸都让我的毒药化开，在梦里好点，可以化成透明的油剂。

最可怕的是无力的感觉，每一次醒，第一个念头就是英，撞在眼前，一醒就像木柄那样被砸了。我知道这是我害怕找不到我的死了，死提起的精神在涣散，可我必须翻过这架大山。

我的死对于我这么重要，我才头一次知道。

下午

一闪一闪的觉连起来一点，有雪，有大石床，也有下午的骨灰，两小

瓶都一样，人过三百年，一百年就一样，你拍过的石栏杆，别人也拍，你小你老

（下一页）

6 月 8 日

又去老铁路，看花星星点点开在一起，与雷唱歌，十年前唱歌。

桦树林白白的，忽然和雷不错。

6 月 9 日

千古伤心事，都在一梦中 [1]

英说，天下乌鸦一般黑，不想有个赭石色儿的

6 月 12 日

世界人无好无坏，只有真假，用你的真来实现你的假

做一个梦心挺好的，才知道自己不坏

（6 月 24 日）

醒了，窗下有水声，便回到最早的房子里，好像星期天，四下是白杨树。

我重新又感到生命的宁和与甘美。真不知碎如砂石时是怎样的。她在厨房里做饭，开一点广播。

昨天晚上，在路上走，雷不太恨我，就像在上海一样，说一点事，就走了好远，只要她能想到我就行了，我的一切就那么安宁。



[1] 在复印件上，顾乡记录有顾城以铅笔字写在此句之侧基本没能复印出来的几个字：“天地英雄气，朝夕儿女情”，并勾入此句之前。

灯照着她，我们走太远了，好像说到了有没有女儿的事。

（6月25日）

窗子上蒙了水，天阴而冷。

又过了一个山，哲学做完了。❶

（7月12日）

上天让我没有发疯，没有不知所措，还给了我能力，我知道了。

讲完哲学，一马平川，还有最后一节小说。❷

（7月15日）

雷说，你把电视给我开好。我开了个节目，一双脚在街上走。忽然有点难过，说“雷，你念着我吗？”她看看我：“你伤感了？”

我到厨房把汤做好，再回去看雷已经睡着了。

（下一页）

（8月5日）

下雨，和雷骑车去小镇换零钱，被一个大拖拉机的拖斗给挂倒，胳膊撞青了一块。我用手推了大轮子，没压在下边。后来就在橡树下躲雨。雷对我好了一点。

其实什么都挺简单的。回来还买了鸡肉。雷洗完头就穿了一身军装。

（8月6日）



❶ 此处“哲学”应指其撰写的《没有目的的“我”——自然哲学纲要》（见《哲学卷·正篇》）。此《纲要》初稿应是完成于6月24日晚。

❷ “人与自然——世界各文化哲学研讨会”（法兰克福大学主办）7月10日为顾城报告日，句首“讲完哲学”应指此事件；句尾“小说”应指《英儿》。

早上，我看天窗，跟雷说，那有个云跟假的一样。雷偏了偏头，说那是被子的影子。

雷从外边进来，说有两个工人在楼下装门。

（8 月 9 日）

走到一个猎架上去坐了很久，看一个白牛。

（8 月 14 日）

出去看水，回来很累，吃西瓜。史明上楼睡觉。

真想对雷好一点，可她不稀罕。

我看见雷原来的样子，可我瞪她。

（8 月）

她不许我回头，我走出去，在大地上走，过山过林……

（8 月）

她挂了电话，电话又打回来，我看着她，不认识了。

（8 月）

她静静的好像收了心，不语。我愚蠢地把护照收了。还有两信封。我问信封是寄哪的，她说北京。

（8 月）

我拿出信封，要装去北京的信，她知道不行了，说是柏林的。于是出事。

我必是疯了，不认她了，她也疯了。

你骗了我 / 没 / 你要杀我 / 不 / 那你放我起来 / 你别叫 / 我不叫 /

我爱你 / 我害怕，可罕我害怕 / 没事了，你是我的人 / 我爱你 /

# 31. 写给顾乡

（1993 年 9 月初）[1]



老顾乡：

简单而深不可测，每个事都是这样。我不知上天为何如此，只是被它的残忍和微妙之感惊呆了。又出了好多事，一件一件，可我依旧活着，雷依旧好看。

我们在美国，三番市（旧金山），马上要回来了。这是一个放满书的屋子，在某一个地方藏着机关。

我真正在犹豫，我变了，平静而不恨生活。只有一分一秒，事情也真的到了一分一秒的程度，依旧畅若流水。我松开手，把自己交给上天，心中变苦的盐，又变了石头。

我喜爱三庙[2]，这也许是你最惊讶的事，我是一家，不太是一个人了。

永远在事中间，只有一个例外就是真正写小说的时候，那是另一个世界，愿此能离苦海。

---

❶ 这封信没有寄，直到两周后返岛时方面交顾乡。其中写到的“又出了好多事”顾乡直到见信时仍一无所知。顾城和谢烨8月30日飞抵三番市，住朋友家，一周后因航线变化而移住洛杉矶顾晓阳处。“只有一个例外就是真正写小说的时候”，想这里指的小说应是《全书演义》吧，当时应正在写。作者经历了写《英儿》的苦难，此时似进入了写的新阶段，让他感到了“离苦海”的景象。《全书演义》只辑得第一章，见《小说卷》中《英儿》尾部。

❷ 即儿子木耳。

# 32. 写给父母

（1993年9月13日洛杉矶邮戳；9月21日北京邮戳，22日收到）



爸妈：

天下事都有点怪，我们飞机要过塔西堤岛，结果必要法国签证，于是就在洛杉矶等这签证，无端地还要住一两星期。好在我们住在朋友顾晓阳家，一切方便，每日里吃吃睡睡，倒也无事。我们还很少这样闲而无事过，看几本书，吃西瓜、葡萄、涮羊肉、黄鱼、大虾、馅饼、白兰瓜、苹果、豆腐丝……这吃的东西比中国多多了，又干净，光肚丝烨就吃了许多顿。好像没有吃不起的东西，一切都比德国便宜好多。别人还请我们打保龄球，唱卡拉OK。

人生于世，全在于心，心安心宁即是天堂，心乱心碎即是地府。人于安处万要珍惜，多求必乱。我如今心气平和，再不苟求人意；人就是人，奈何不得，只等回家看看胖子了。

洛杉矶这几日大热，我们几年都没真过过暑日，这回赶上了，就躲在家中看书、吃瓜，或去图书馆，那里凉快。

也许再过几日就回岛了，抱抱胖子，教他画画，学点英文。人生如此何求？拿到护照就回北京长住一阵。

深圳的拍卖延到十月，美国华人报纸也有消息。

一切保重，还是多走多动，好吃好睡，多练气功。

很想家

航空寄两本黑眼睛到以下地址：（略）[1]

儿　城



[1] 此处为谢烨所写顾晓阳地址。

# 33. 写给父母

（1993年9月27日新西兰奥克兰邮戳；10月7日北京收到）



爸妈:

我们终于从美国经塔希堤，到了我们的小岛。小纯开车在机场接。一番风云，我对人事有了理解，不恨不怨。昨天、前天晚上（我们是前天晚上到家的）都和老顾乡、米了、木耳、小纯在一起，天涯海角，真不易。人能生能聚，便是幸事，日子如何都在心情。

老顾乡还好，有时能睡着，她若明年拿到新护照，也许能回家。我们因出去了，换护照也许有麻烦，再努力和打听。

我们的小说，德国之声华语部要全文播，1000分钟，连播，英文也在联系翻译。台湾也采访谢烨。大概会有点钱，能过便是。深圳竞卖，也许能过五万人民币，如果寄家里，存起来便是，也可以从中拿一万把干休所的居住权买了。

胖子十分可爱，以为他变样了，还那样，却好看了许许多多，眼睛也大了，又懂事，又活泼，抱一抱心里真安宁。人真是，不明白，劫过了，才知道骨肉真胜于种种虚幻的事情。人要能爱已有的一切，便是福了，不能把希望当现实，其实希望大半是虚妄的。

刚回家，也伤感，家收拾得十分整洁，所有书稿都分类写了名字。人都是好人，彼此苛求就不好了。

现在每天都能和胖子一起，我在学他的儿童英语，地久天长，愿有一天能带他回家。他得到了太多的爱，因为他好。

我天性不是快活的人，但现在十分平和，和胖子玩玩小车。米了也不错，很有礼貌，棋也下得好。老顾乡和利兹明年也许会结婚。

刚回来，先写这些。地里长了青草，走时种的一小棵桃树，也开花了。过几日照些相寄回去。昨天胖子和艾玛一起玩，下棋。

胖

（弟烨发信，我便写这几字，过几天再写信。正是第一天，还都好。放松度日。弟是天地大变，但愿他终于可以平和幸福。大家处得很好。乡）❶



❶ 括号中为顾乡于发信时刻在邮局加写于抬头空白处字。顾乡现在不明白为什么自己当时会写“正是第一天”，因为顾城、谢烨是于9月24日抵岛的，至此已是第四天。也许这是星期一，是工作日的第一天？费解。此信到达父母手中是10月7日，后来他们永远怀念收到和读看这封信时的高兴心情，梦想一切都停止在那个时刻就好了。

弟毕业后发信，我俩写这几字，过几天再写信。
飞是第一天，还都好。假设都没问题。弟是天地大变，但愿他终于可以平和幸福。大家也很好。勿

爸妈：

我们终于从美国飞回塔希提，到了我们的小岛。小绝开车在机场接，一路回去，我对人生有了理解。不能不说，昨天前天晚上（我们是前天晚上到家的）都和老顽童、米丁、木耳、小绝在一起，天涯海角，真不易，人能生能聚，便是幸事，日子如何都会心情。

老顽童还好，有时能睡着。她若明年拿到新护照，也许能回家。我们回来了，换护照也许有困难，再努力去打听。

我的小说，德国之声将讲中、要念文稿，1000分钟，连播。英文也在进行翻译，台湾也写访谈的，大概会有点钱，能出版吗，深圳竞……也许能出五万人民币，如果寄家里，存起来便是，也可以从中拿一万块地买你们的居住权买了。

胖子十分可爱，以为他变样了，还那样，却好看了许多许多，眼睛也大了，又懂事，又活泼，抱一抱心里真安宁。人真是，不明白，动过了才知道，骨肉真胜于种种虚幻的事情，人要珍惜已有的一切，便是福了，不能把希望当现实，其实希望大半是虚妄的。

刚回家，也伤感，家收拾的十分干净，所有书籍都分类写了名字，人都是好人，彼此帮衬就又好了。

现在每天都能和胖子一起，我在学他的儿童英语，地久天长，愿有一天能带他回家，他得到了太多的爱，因为他好。

我天性不是快活的人，但现在十分平和，和胖子做玩小孩，米丁也不错，很有礼貌，模样也很好。老顽童和利坚明年也许会结婚。

刚回来，就写这些，地里长了青草，走时种的一小棵桃树也开花了。廿几日赶些家事回去，昨胖子和艾玛一起玩，下棋

胖

左: 顾城家信手件。9月27日寄出。即兴随笔于信尾的两个孩子，可以肯定一个是儿子，一个是玻格的外孙女艾玛。（抬头几行字为顾乡字）

上：顾城和儿子及艾玛。照片摄于 9 月 28 日。照片上的时间是 27 日。照片为谢烨摄。顾城和谢烨自 9 月 24 日傍晚返抵岛上后，当晚就去看望了玻格家和孩子，之后除了不在岛上的两天外，天天都会去看看孩子。
顾城谢烨没有看到照片。其父母看到时也是很晚了。但是看到了顾城家信上的孩子画像。

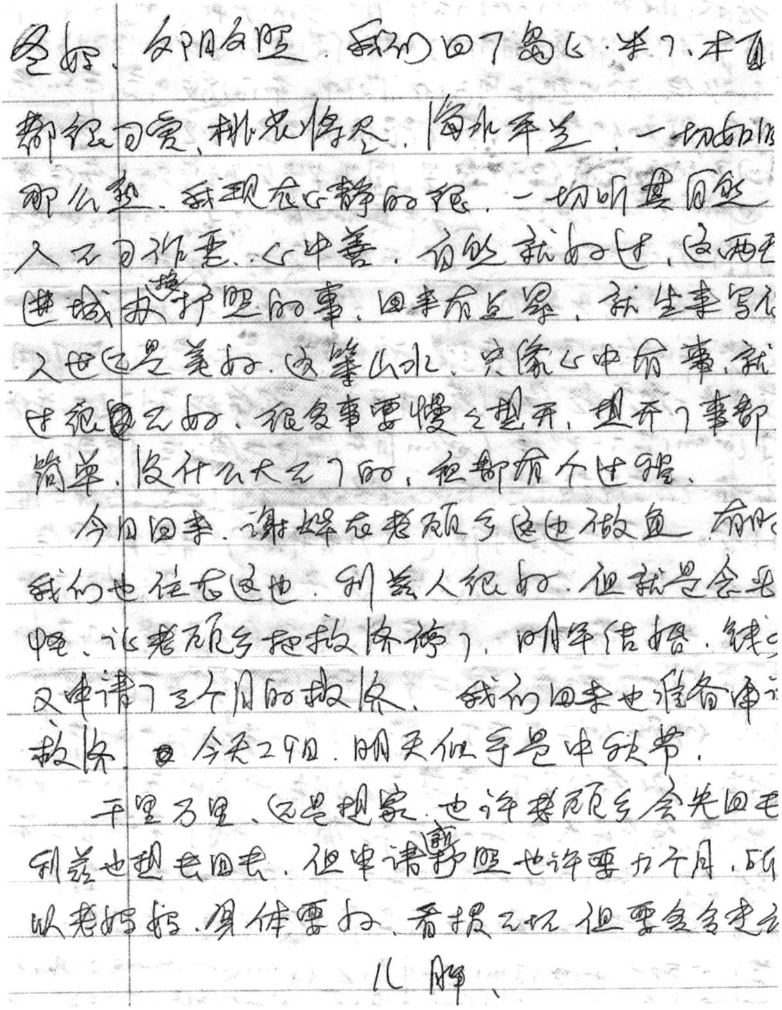
爸好、今日好晴、我们回了岛上、半了、樹
都很自爱、桃花修尽、海水平兰、一切如
那么熟、我现在心静的很、一切听其自然
人不自作恶、心中善、自然就好过、这西
进城去换护照的事、回来有点累、就坐桌写信
人世还是美好、这笔山水、只像心中有事、就
过得不么好、很多事要慢々想开、想开了事都
简单、没什么大不了的、都有个过程、
今日回来、谢烨在老顾乡这边做鱼、有时
我们也住在这边、利蕊人很好、但就是会哭
哦、让老顾乡把救济停了、明年结婚、钱
又申请了三个月的救济、我们回来也准备申请
救济、今天29日、明天似乎是中秋节、
千里万里、还是想家、也许老顾乡会先回去
利蕊也想去回去、但申请新护照也许要九个月、所
以老妈好好、身体要好、着损不坏 但要多多走
儿 城、

顾城家信手件。首图写在 9 月 30 日。另二图写在 10 月 5 日（后图为前图背面的上半部分，顾城字下是顾乡字的前二行）。

爸
妈　　在岛上安静度日，学了打字、英文，老顾与孙刚过得不错，事做得也不错。鸡、土豆、青菜、苹果、葡萄、羊肉、猪排、芦笋、豆付、牛肉，东西又多又便宜，最可爱的是木木，长得好看伶俐、懂事，我们天天一起玩，他喜欢我抱着他飞来飞去，他不喜欢弹钢琴，喜欢跳舞，人人都喜欢他，他松直也舍不得。什么时候能带他回中国，这是最高的好事？我想只是给他照些像，寄回去，他比像片好看得多。他和爷妈天天上学、步天、晴阴、发财，这时算得上人间天国，只是大人心中事多。

老妈妈，多走路　　　　　　降

老顾与孙刚兹也许11月结婚

《英》书是在一个极端情绪中写的，即如此也是冷静写在纸上，现一切过去，如别人的事。我另有事在忙，任何人问这书，就说我们在海外，不清楚，万不要评议，切切。要明有事可打长途与我们联系，他同电台要播。

我和木木很好，在飞机上即写一诗与他

降

以上信刚寄了一信，中有书信。弟因不即寄一信，对所提以下。所以这是她们回去之第三封信了。他们回家时另一信，是已

# 34. 写给父母

（1993年9月30日写；发信于10月4日；抵达10月8日之后）[1]



爸妈：

夕阳夕照，我们回了岛上，米了、木耳都很可爱，桃花将尽，海水平

[1] 信写在顾城和谢烨自城里办事返岛当日，即9月30日，顾城写为“29日”应为错，顾城对标记时间一向不够在意，写错也是不少有的。（也就是说此日即中秋。顾乡当时及过后对此似乎都毫无意识，也是因为之前三个岛上生活经历的中秋都不曾闻问的缘故吧，可是顾城的信不会没看，看了也没意识，而且一二十年中一直没意识，直到此刻书像是终于面临排版而再校的时候才猛然意识到，真也令人惊异。顾城和谢烨应也没特别谈起，可贵顾城此刻写在信上了，大概一是因为这时的心情，二也是前个中秋在德国朋友中度过的惯性吧——此括号中字2016年8月；余则写在2010年12月也是面临排版时）信背为顾乡写给父母的字，省略附后（省略处为顾乡私事）。此时顾城、谢烨又在岛上了，赴德前，顾城的信总和谢烨的在一起，此时尽管顾城、谢烨依旧天天在一起，但顾城却将家信交顾乡附字和寄发了。这样大的变化，顾乡理应对顾城多关心体贴一些，她却简直是没有，过后检查，她更多地是陷在自己的心思里吧，好像糊里糊涂地担心是不是有侵犯谢烨之嫌，但也不好对顾城说，像是怕刺激了什么。那些天里她真是什么爱护也没有给顾城，就好像那是谢烨的特权，她心虚不敢侵权那样。

此信到京时间已是父母得到噩耗之后。信应是在几天后10月4日寄发的。顾乡寄信总是不及时，但这时仍然不及时有多么不应该啊。不然10月7日寄到的可能不是完全没有的吧，那么父母（尤其是母亲）见顾乡的字定会赶到邮局打个国际长途吧？10月7日他们收到了前封信，知道都平安回到岛上了很高兴，想过打电话，但毕竟因为高兴而打电话是不着急的。母亲后来说，噩讯之后，信还一封封地到啊……

顾城此时已不很在意换护照问题，因为已生出离婚后长住中国不一定再出去的想法（当然有待孩子安排问题的解决），但因小纯（谢烨的弟弟）的居留问题，无论持什么护照，他都不宜回国，他非常困难地正视这一点，对家里也只能是将回国时间说得不很近也不很远为好吧。

蓝，一切如旧，那么熟。我现在心静得很，一切听其自然。人不可作恶，心中善，自然就好过。这两天进城办换护照的事，回来有点累，就坐来写信，人世还是美好，这等山水；只缘心中有事，就过得不好，很多事要慢慢想开，想开了事都简单，没什么大不了的，但都有个过程。

今日回来，谢烨在老顾乡这边做鱼，有时我们也住在这边。利兹人很好，但就是念头怪，让老顾乡把救济停了，明年结婚，钱少又申请了三个月的救济。我们回来也准备申请救济。今天 29 日，明天似乎是中秋节。

千里万里，还是想家，也许老顾乡会先回去，利兹也想先回去。但申请新护照也许要几个月，所以老妈妈身体要好，看报不坏，但要多多走动。

儿 胖



爸妈：收到“9.3”信后（信中有眼罩，不必再寄，似没觉大作用），9 月 24 日（弟生日那天）他们便回了，至此又收到了 9.20、9.24 信，我也想让奥运成，没成。弟面貌大变，平和，爱木耳。……他们经历了许多事，人生中真似有个命在，说什么也无力，我自己尽我心尽我力❶，这样说妈妈要猜，我想，倒不如说破，烨终于是另有意中人了，但她也做了她能做的。……有一个计划，年底加上弟、烨、木耳一起回家一次，只是不知护照能否下来❷。眼下和平，和平真好，前几天可真曾日夜紧张。弟真是不易。《英儿》那本小说你们也别多说，你们还不知写的是什么呢，本意弟竟是写完小说自戕以轰动让书留给烨一笔大钱的，这下这个计划免了，他都想将书烧了，也是好事。❸

---

❶ 顾乡为此言惭愧，她知自己根本就没有尽心尽力。或者“尽”了点什么，于实际却成了“反力”也未必。对父母说话以简明安抚为上可谅，却无端地见有表功之心。和谢烨的事至此顾城本人还不曾透露给父母只字，直到写10月8日的信。

❷ 顾乡当时并不知小纯的居留问题要求顾城不能回国。此时和顾城一起说回国自是助长了憧憬之心吧。

❸ 这样的话，传到父母那里时竟已是全然失了意义了。

# 35. 写给父母

（1993 年 10 月 5 日写；10 月 6 日寄发）



爸妈:

在岛上安静度日，学学打字、英文。老顾乡和利兹过得不错，菜做得也不错。鸡、土豆、香蕉、苹果、葡萄、羊肉、迷猴桃[1]、菠菜、豆腐、牛肉，东西又多又便宜。最可爱的是木耳，长得好看活泼，懂事，我们天天一起玩。他喜欢我抱着他“飞”来“飞”去，他不喜欢弹钢琴，喜欢跳床，人人都喜欢他。泡扣真正舍不得。什么时候能带他回中国已经是最高的好事了。我想还是给他照点相，寄回去。他比相片好看得多。他和爱玛天天上学。蓝天、晴海、花树，这时算得上人间天国。只是大人心中事多。

老妈妈，多走路　　　　　　　　　　胖

老顾乡和利兹也许 11 月结婚

（背面）

《英》书是在一个极端情绪中写的，即如此也是冷静写狂热，现一切过去，如别人的事，我另有事在忙。任何人问这书，就说我们在海外，不清

---

[1] 作者是喜欢写成“迷猴”的，“猕猴”是固定的，“猕”也没有更多含义，“迷”则可生出多些生动，且笔画少，时而他也写为“弥猴”。尤其家信中，他在用字上会更放松随意些。

楚，万不要评议，切切。史明有事还打长途与我们联系。德国电台要播。

我和木耳很好。在飞机上即写一诗与他。[1]

胖

昨天刚寄了一信，中有弟信。弟回后即寄一信，我附了几字。所以这是他们 24 日回后的第三封信了。他们回前我有一信，当已收到。……[2]



❶ 顾城当时将信与信中提到的诗《回家》（见《诗歌卷·下册》第228页）一并交顾乡，顾乡写字后，忘了将诗放入，后又写字单寄，寄出邮戳是10月8日。

❷ 此节为顾乡字。其他琐事，不赘。

# 36. 写给父母、顾乡、木耳的四封信

（写于1993年10月8日下午大致时间一点半至三点半之间；12月22日被发现）❶

---

❶ 顾乡陈述：1993年10月8日数日之后方意识到顾城当时正在那个停车场独自练习开车等待谢烨一起如往去看孩子和搬东西，而谢烨离开顾乡，去停车场后情形竟是顾城到了车下，谢烨独自开车走了。放学从那里路过的顾乡的儿子和邻人中学生先后都看见顾城坐在停车场挡车栏上，看书和拿着书（书即《The Road Code（交通规则）》，后被警察捡到封存）。顾城在停车场上的时间应超过两小时，后来事情就发生了，那么这段时间顾城难道没有想法吗？他难道不会写些什么吗？顾乡曾在草间寻找过纸片，后来想会不会写了什么在那本书上，她向警察要求看一下封存的那本书。12月22日，警察向当时在场的数人拆封，同时声明此书于现场拾到当即封存后置入保险屉再没动过。书自牛皮纸袋中抽出即看见夹在其中的纸页，打开即此四封信，读来即遗书。警察随即将此纸页复印，送交有关各方。

此信（遗书）中顾城第一次向父母说了谢烨的不是。言词是潦草的。顾城正在和谢烨离婚，要求谢烨让“陈”到来在他们离婚之后，或者是在“陈”到来之前办妥离婚手续，待“陈”来时他便可以与烨各不相干，见不见随意。他表示受不了谢烨和“陈”在一起时依旧是他的妻子，他还必须为离婚去找谢烨。此时此刻，顾城对父母肯定没心思也不以为有必要说那么啰嗦吧。“陈”竟很快就来了，谢烨也已定好，她将第二天即10月9日进城同她的弟弟一起去接“陈”，顾城此刻对儿子说“你妈妈要和别人走”（对母亲说：“今天我过不得了，……”），应是指此吧。但谢烨在停车场见顾城时应没有否定仍将和顾城一起去看孩子，然后再进城，这样，顾城在等待同谢烨一同去看孩子的时候，便由看书而写信而写起了遗书。

顾乡认为顾城写此遗书时想到的只是自己的死，因此才会说“我的手稿照片，由老顾乡清理、保存；房子遗产归木耳”和“我的房子归三木，也可卖掉。稿子都归你（顾乡）保管”这样的话。因为这个话只有谢烨在时才有意义，是针对谢烨说的。否则不必说。写此遗书时顾城还想着和谢烨一起见孩子最后一次，那么他应会想到遗书写了也是给谢烨看的。顾城是感到了谢烨要的是他死，而不是离婚的，只是他不愿相信，而顾乡当时就更不这么去想了。

“我想过回北京，但那都没法过。”顾乡看到这个话感到说的就是回北京只能“想”，而其实是不能实现的意思，他不可能跟父母或者别人说因为谢烨的弟弟的居留问题，他将在一个很长的时期里不能回北京（回国），那么也就只好这样一说算是交待了。他也知道他死无碍此事，而离婚却是不宜的。

括号中字为编校者校正字。标点编者加。更多相关情形参见辑外《我面对的顾城最后十四天》。（手稿影印件见后图。）

爸妈姐[1]：

人间的事总是多变的，关键是心地坦然。这岛极美，粉花碧木，想想你们要身体好，来一次多好呵。我一直在忙各种事，现在真想能在一起，忘了那些事。

人哪，多情多苦，无心无愁。天老不让我过日子，我只好写东西。现在创作达高峰，出口成章，也只是做事罢了。

---

我现在无奈了，英走了也罢，烨也私下与别人好，在岛上和一个______[2]，在德国和一个叫陈____[3]的人。现在正在分家、离婚。她说要和陈生个娃娃。

烨许多事一直瞒我。她好心、合理，亦有计划的（地）毁灭我的生活。我在木耳的事上伤了她心，后来我爱木耳要好好过，她也不许了。她的隐情被发现，我才大悟，为什么他们一直用英文写信通电话，当面骗我。英出事后，他们就一直等我自杀，或去杀英。他们安排得好呢，等我死他们好过日子，直到被发现后亦如此，奈何。

烨也好心救过我几次，但到她隐情处，她和陈就盼我死。

陈在德在饭店从小青那邦（帮）我买过电击器和刀，让我去杀英儿。他们安排的（得）好呢。

如此，我只有走了。

老顾乡知道很多烨的隐情。



---

[1] “姐”字应是后补上去的。信的前两段看得出是只写给父母的，是普通家信。突然之下划一横线，语气也就变成了遗书，“姐”字应是这时补上的。

[2] 此处三字编校者隐。即本章各注释中“______”的身份，平时无论谢烨还是李英还是顾乡，对顾城提到这个人时都用这三字称。顾城并不怎么知道这个人的名字。

[3] 此处二字隐。即“大×”的正式名字。

我的手稿照片，由老顾乡清理、保存；房子遗产归木耳；稿费、《英》书稿拍卖的钱寄北京的给老妈妈养老；书中现金老顾乡用于办后事。不要太伤心，人生如此。

老妈妈万万要保重。老顾乡多尽心了。

顾城 Gu Cheng



妈妈：

今天我过不得了，烨要跟别人走，木尔我也得不到。妈妈，我没法忍了，对不起。我想过回北京，但那都没法过。我死后，会有一些钱寄家里，好好过，老顾乡会回去，别省钱。

妈，我没办法，烨骗了我，她们都骗了我，还说是我不好。妈，好好的，你要能过去，我就高兴了。爹要邦（帮）老妈妈，全当我还在远方。妈，好好的，为了我最后的想念。

胖

老顾乡：

你要邦（帮）老妈妈，要把后事作（做）好，要安慰老妈妈，花光了钱也要邦（帮）助老妈妈，小事都别算了。

我从小对你凶，对不起，也就你不恨我，人人报复了我。

我的现金都归你，有四千元马克新币。我的房子归三木，也可卖掉。稿子都归你保管。要撑得住，利兹也会邦（帮）你。我是受不了了，他们得寸进尺。

好好的。有人问你，你就说，我是爱三木的。

弟城



木耳：

你将来会读这些话，是你爸爸最后写给你的。我本来想写一本书，告诉你我为什么怕你，离开你，爱你。你妈妈要和别人走，她拆了这个家，在你爸爸悔过回头的时候，她跟了别人。

木耳，我今天最后去看你，当马给你骑，我们都开心。可是我哭了，因为我知道这是最后一次见你，别怪你爸爸，他爱你、你妈妈，他不能没有这个家再活下去。

木耳，好孩，你的日子长呢，留给你的屋子里有你爸爸画的画，124号。你爸爸想和你妈妈和你住在那，但你妈妈拒绝，三木，我只有死了。愿你别太像我。

爸爸　顾城

乡乡姐

人间的事总是多变的，关键是心地坦然

这岛极美、结出果木，祝你们身体好

再一次每多的时，我一直在忙各种事，现在

真想能在一起，忘了那些事。

人哪有情有苦，无尽无终，只老天让我

过日子，我写的字字好，现在创作达

高峰，出的书，也是做事完了。

我现在无奈了，英儿走了也罢，烨也和

与别人好，在岛上和一个[redacted]，在德国

和一个叫阿[redacted]的人，现在已在合

家，离婚，说要和阿生个娃娃。

烨许多事一直瞒我，她怎么会合理

有计划的毁灭我的生活，我总不

真的事事伤了她心，后来我要求不要

好好过，她也不许了，她的隐情被

发现我才大悟，为什么他们一直用英文写

收通电话，当面骗我，英儿事后他们都

一直等我自杀，或者杀英，他们安排

得好呢，等我死他们好过日子

直到被发现后才知此，命何。

烨也怎么救过我，几次但到她隐情处

她和阿就盼我死

阿站龙跃高德从上青时都我要使电击器的

刀，他让我去杀英儿，与他们安排的好呢

如此，我只有走了。

老顾乡知道很多烨的隐情。

我的手稿照片，由老顾乡清理，保存

房子遗产归木耳，稿费书稿版权的钱

寄北京的给老妈妈，书中现金老顾乡关于以后

事，亲自不要太伤心，人生如此。

老妈妈万万要保重，老顾乡多受累了

顾城 Gu Cheng

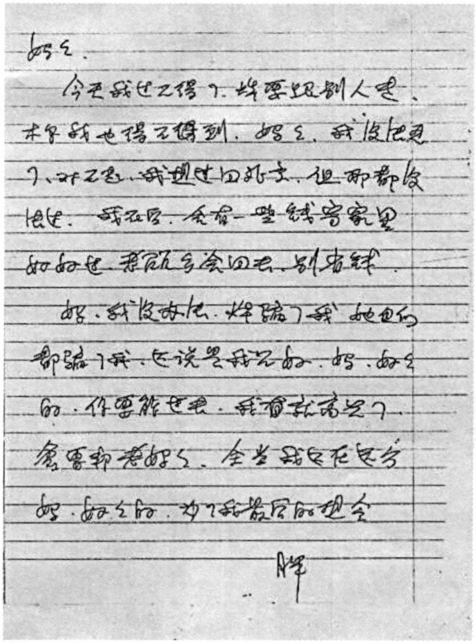

妈妈，

今天我也不得了，烨要跟别人走，本子我也带不得到。妈妈，我没法忍了，对不起。我想过回北京，但哪都没法过。我死后，会有一些钱寄家里，好好过，老顾乡会回去，别省钱。

妈，我没办法，烨骗了我，她自己都骗了我，还说是我不好。妈，妈妈的，你要能过去，我背就离开了，爸要帮老妈妈，全当我还在过着。妈，妈妈的，为了我最后的想念。

胖

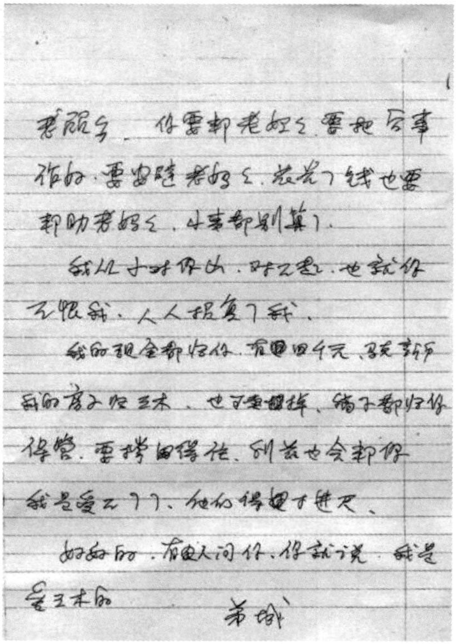

老顾乡，你要帮老妈妈，要把后事作好，要安慰老妈妈，花光了钱也要帮助老妈妈，小事都别算了。

我从小对你好，对不起，也就你不恨我，人人损负了我。

我的现金都归你，有四千元，还有我的房子归三木，也可变卖掉，稿子都归你保管，要捞回着作，将来也会帮你。我是受不了了，他们得寸进尺。

好好的，有人问你，你就说，我是爱三木的。

弟城

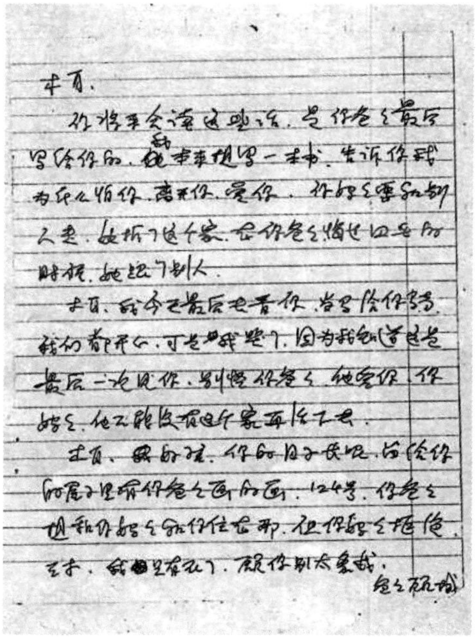

木耳，

你将来会读这些话，是你爸爸最后写给你的。我本来想写一本书，告诉你我为什么怕你，离开你，爱你。你妈妈要和别人走，她拆了这个家，在你爸爸将过四十岁的时候，她跟了别人。

木耳，我今天最后一看你，当写给你时，我们都开心，可是我要死了，因为我知道这是最后一次见你。别怪你爸爸，他爱你。你妈妈，他不能没有这个家再活下去。

木耳，我的孩，你的日子长呢，留给你的房子里有你爸爸画的画，124号。你爸爸想和你妈妈和你住在那，但你妈妈拒绝。三木，我已经不在了，愿你别太象我。

爸爸顾城

顾城1993年10月8日家信（遗书）手件扫描图。首信写在自旧练习本取下的未用纸页上。首信用纸是左右连页的，四面写了三面。

车执照读看的《The Road Code（交通规则）》（他说他看图领会）并夹于其中的四封遗书放在大致那天的捡拾位置拍的照片。最下边是警察封存它们的牛皮纸袋。

1994年某日，将自警局取回的顾城1993年10月8日为考学车执照读看的《The Road Code（交通规则）》（他说他看图领会）并夹于其中的四封遗书放在大致那天的捡拾位置拍的照片。最下边是警察封存它们的牛皮纸袋。

# （写给儿子）[1]



[1] 这十二篇文字是顾城以面对谢烨口述，谢烨记录的方式留给儿子的文字。这一方式使写的过程成为同谢烨一起再经历一次他们的共同往事的过程，同独自书写气氛应是大不一样的。本文起始时顾城、谢烨还都住在顾乡处，10月3日，顾城因离婚问题想到应尽早适应与谢烨分开的生活，建议他或谢烨住回他们自己的房子，他是不可能的，因为那个房子太让他伤心，那么就是谢烨住回去。谢烨非常赞同，自当晚起谢烨便独自住回了自己的房子。随后的几天里，谢烨每天白天开车和顾城一起出去办事、看孩子，也去他们的房子，并写这篇文字，晚上则同顾城告别。文中10月2日、3日的五篇文字谢烨是直接打字输入电脑的，之后电脑托人送进城里修理，述写中断。10月6日停写多日后，顾城希望可以继续，于是谢烨改以笔记。10月7日傍晚受托将电脑从城里带回的人未能带回电脑，当晚继续顾城口述，谢烨笔记（笔记手件可参见本册辑外前置图）。

至本文末句，顾城表示伤心得有些受不了了，起身走出门去。谢烨也对顾乡说了消极的话。当晚顾城送谢烨回他们的房子一起离开了很长时间。顾城口述以平常叫法称儿子Sam（笔写他一般不写为字母），谢烨输入电脑时写为“珊”，改为笔记时，则写为Sam，前者应有避免增加字键转换的考虑。这里统一写为Sam，将谢烨的笔写习惯也融入进去。时间落款十电脑输入时为数码汉字写法，即目前采用的写法，笔记时则时为英文写法，时为中文写法，时为数码缩写。此篇打印件和笔件顾城应曾过目，但尚未细校。此篇后曾交《人民文学》发表，《人民文学》拟标题“未完成的篇章”，并对个别于政治或许敏感的字词做了更动，这里恢复原字。某些明显的误字、漏字编者慎做清理。标题编者加。关于此篇的写作背景可参阅本册辑外《我面对的顾城最后十四天》。

谢烨和儿子。摄于1993年9月28日（照片标写日期有误）玻格家。顾城摄。

上：顾城画儿子。1991 年画于岛上家中。

下：顾城和儿子。1993 年 9 月 28 日（照片标写日期有误）玻格家。谢烨摄。

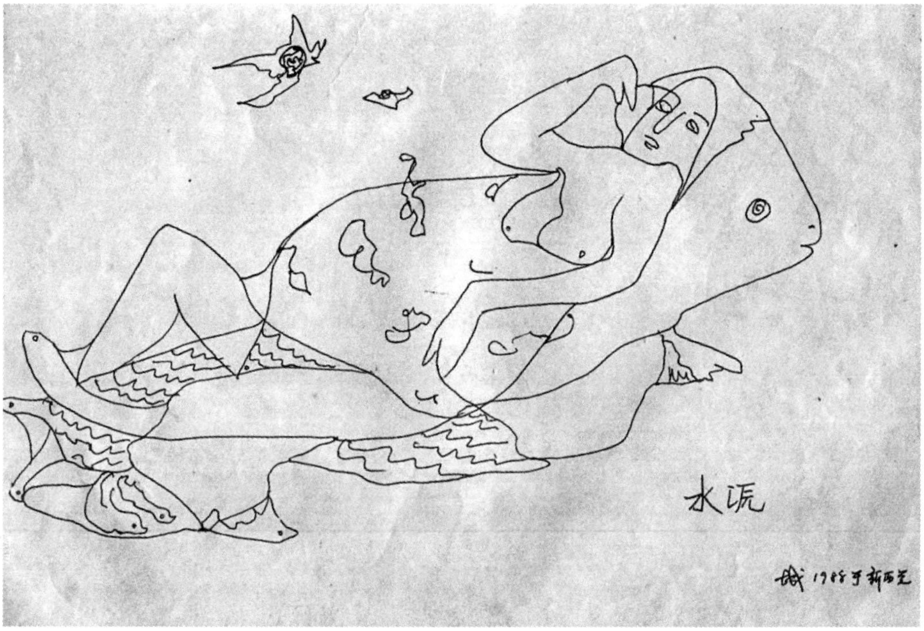

“你越来越大，已经会动了，你妈妈只能侧着睡觉，她呼吸有一点儿难……”
——《水源》。画在 1988 年初初到新西兰。

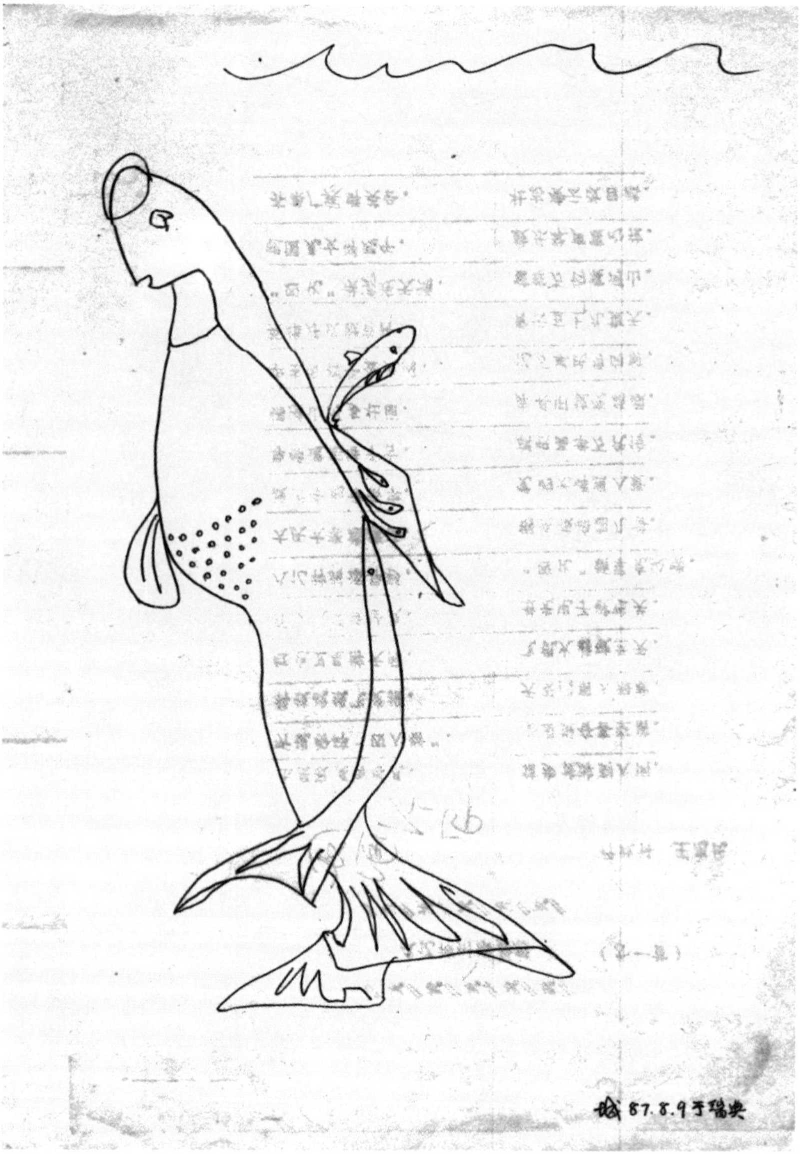
城 87.8.9于瑞典

『我画过一条鱼，是你妈妈，她在海底下走路，裙衣飘舞……』——画在1987年8月9日瑞典——『一个瑞典老爷爷告诉我，除了这个世界，还有你……』

90.4.26

『这一切永远是秘密，我喂你，怕勺里的东西掉出来，你睡着了，我画你……』——这应是儿子睡着时顾城画儿子中的两幅吧，都画在1990年。一幅落写时间：90·4·26。另幅题：宝三庙 木耳两岁半 1990·5

鱼的理想家
一九九五

『这是一个鱼的故事，它好看美丽，悄悄地离开了盘子。』——画于1993年1月。

左图作者题：鱼在盘子里想家；落款：城　一九九三．一涂

右图作者题：鱼悦；落款：一九九三．一城

# 一

Sam，我每天对你说一点话，因为我不是能经常见到你，而且你也听不懂我的话，我离开你太久了，这是我不好。[1]

Sam，我们有过一个家，就在山上，可以看见你现在的家，也可以看见晴天下的蓝海。你扒着窗户往外看，云就那么飘过去了；有时会飞过一架飞机，你就扬起手说："这个机！这个机！"那时你会说一点中文，现在你不说了，这是我不好。



你一点点坐起来，学会玩儿，我给你的玩具都是旧的，但你玩儿得很开心。你把木珠子一个一个拨开，又把沙发挖一个小洞，然后就睡着了。你的头发是站着的，那时候有点儿黄。你不好看，可是会笑。你有时候哭一会儿就睡着了。我们不能让你白天睡着，怕你晚上不睡，我们在楼下叫你，你醒了就又哭了。

我和你的妈妈在楼下挖一个很深的坑，我们要储存雨水和肥料。这是一片很陡的山坡，我想种地，就在那修了墙，挡住挖出来的土。我们从一早上就开始挖这个坑，一直挖到晚上。我挖不动了，你妈妈就接着挖，把土扔出来。我们怕下雨，也怕你睡着，就在楼下叫："胖子！"就那么叫着把土运走。

你妈妈很好看，她把土飞快地丢出来，丢一百桶，脸上就都是汗了。土是一层一层的，颜色越来越红，也有很多石头和过去筑房的水泥。我们把石头放好，石头是很有用的，可以修墙，也可以放在水泥里。你妈妈在一个大水盆里洗那些石头，洗干净就放在一边，我说，可以等天下雨，天

[1] 回到岛上后，每天顾城和谢烨都会一起去玻格家看孩子，当然相对孩子在身边仍然是"不是能经常见到你"，何况玻格也有玻格的想法，她不愿意孩子被领走也不喜欢被看望得太频繁，这种阻障也加重了"不是能经常见到你"的心情吧。

一下雨自己就干净了。

站起来的时候腰真疼，我们一起上楼吃饼，顺便把你叫醒。你睡眼蒙蒙地敷衍我们，好像是在哄别人，笑一笑又准备睡觉。我们一定让你醒，你就咧开嘴又准备哭了。这样我们给你一块饼，一个李子，你拿着，用刚长出的那几颗小牙咬它们。

那个坑渐渐深下去，快看不见人了。云飘过的时候，我们就紧张，怕它带来雨水把房基弄塌。我们用的是一把捡来的镐，现在那把镐还在屋里扔着，但已经磨圆了。

第三天，我们挖好了这个坑；第五天，我们筑好了水泥；第六天，我们从山上滚下来一个大水罐，盖在上面。后来又慢慢地修了好几个月。

Sam，你终于站起来了，可以趴在窗口看我们，你看见我在下边，搬那个水罐，你妈妈把绳子拴在屋里的房柱上。拉它，整个屋子都颤动起来，水罐终于放好了，我们大声嚷：“噢！”你也说：“噢！”你还拍着手，你是个欢喜的小人儿，Sam。

现在你看不见那个水罐了，它被埋在地下，被埋在城台下，就像我们过去的日子一样。我们看不见这个水罐了，它们一共有两个。

Sam，我和你妈妈一起做的这件事，她跑出去买水管又拿回来，这是一件很大的事，可是对于这个世界来说是微不足道的，对于我们现在来说也没用了。Sam，我不是让你记着这件事，我只是想对你说一会儿话，因为你妈妈走了。

1993 年 10 月 2 日

## 二

Sam，我回不了家了。你看我不让你回家，现在是我回不了家了。她们都走了，留下一个好好的家，每本书，每把锯都放得好好的，浴室里有热水，灯也会亮，可是人没有了。有我认识的人，也有不认识的，[1]都没有了。我才知道一个熟悉的房子，多么可悲。

那个楼梯栏杆是旧的，是我们一根一根找出来的，用砂纸擦，钉上去的。你妈妈刷的油漆，白色的从下边看很好看，那天我们很高兴，扶手是淡色的。我们上上下下用水桶提水，倒你的尿盆，你就“Look！”地叫着，你喜欢让我们把你的沙发推到栏杆边，这样你就可以看见我们下楼。你妈妈下楼很快，因为有好多事。我一直在锯木头，后来你长大了一点儿，就用锯把新楼梯锯掉一点儿，Sam，我打了你两下，对你不好。



每一块木板都是拼的，我真笨，一天也就钉上七八块木板，我真笨呢，一直在钉钉子，不看你，我以为房子是重要的，现在它快钉好了，也没用了。

每一个螺栓都是找来的，捡人家丢掉的材料。这件事让人家看不起——我是说你妈妈和英儿，不喜欢到处都是垃圾。可是你长大一点儿，喜欢在钉子盒里找你的玩具，奇怪地弄一个铰链或者砸一根钉子，有时候我还不许你玩儿，我待你不好，Sam。

这个家有我钉过的钉子，也有你锯过的沟痕，还有一级级台阶，到山顶去。你还不太会走路，就爬得很快，在铁丝网边上，看我喂鸡。

Sam，你是在这个家里长大的，我嫉妒了你，你有点儿怕我，躲在你妈妈后面；Sam，我想你将来要住这个房子，我多笨，现在我进不去了。

---

[1] “也有不认识的”——顾城这时已知“______”也在这个房子里住过很长时间（一年多）。所有的字都是谢烨记录下来的，所以谢烨对顾城的心情应是特别知道的吧。“你看我不让你回家”（本篇）“我要把你送给别人”“就是因为我把你赶出来了”（见下文，第“十”篇）“那个时候，我那么恨生活，恨你，我发疯了”（见下文，第“十一”篇）……顾城在文中一再如此严厉地反省，顾乡后来读到，深感同她轻易给他的打击有关，她在《我面对的顾城最后十四天》中已提到。当然顾城此时是一心一意责己的。

本篇的“楼梯栏杆”和“楼梯”“一级级台阶”等，及上篇提到的工程均可参见本卷辑六及其他辑和卷中图片（其他各卷亦可参阅）。

从山下到山顶，只有树记着所有的时间、走过的人——我和你，还有你妈妈、英儿，还有别的人。我抱过你上山，你软软的，你妈妈假装不太喜欢你。直到有一天她哭了，在山顶上，她还背着身哭过，在别人面前。Sam，上天罚我，让我发疯。

Sam，我喜欢你，你小心地从妈妈身后走出来，说："哈喽！胖。"我说："哈喽！"对你，我不太会当一个父亲，现在还不会；可是你会，你会让所有人开心。

山顶的草浅浅地绿了，还会黄，夏天的阳光照着这个山，我们大大的平台。Sam，我临走的时候把栏杆钉好，我怕你掉下去，其实你什么时候都很小心。

Sam，山顶小屋还扔着你的玩具，那个大狗，还有小秃子穿袜子的故事书。Sam，我对你不好，你不恨我，你妈妈恨我。现在我对你好，但是大狗上爬满了蚂蚁。

这是一所老房子，每个人都做了一点儿，我们把它变成现在这个样子。你来这儿的时候那么小，只会把头和脚抬起来一点儿。我们说："胖子，攀！"你就把头和脚抬起来，向我们笑。其实你快睡着了。

你是在柴烟中长大的，你被熏哭过，但是你那么喜欢火。Sam，你那么喜欢看火，要往里面丢柴，我吓唬你，怕你被炉子烫了。

Sam，我不好意思爱你，没人的时候，我给你玩具，给你吃李子和鸡蛋，我小心地喂你，好像只是怕你哭，其实我是不知道怎么办才好。

这一切永远是秘密，我喂你，怕勺里的东西掉出来，你睡着了，我画你，画这个房子。我不知道只有你才有这个房子，这个家，蓄水罐里的雨水才会流动。现在什么都完了。

Sam，我只想牵着你再走一走台阶。

1993 年 10 月 2 日

# 三

Sam，如果世界上只剩我们两个人，我和你在草地上走，那声音会是很大，你的脚步声和我的心跳。

Sam，你很早就开始走路了，在你出生之前，在我爱的时候，和你妈妈上车，把雨伞收起来，和她出国。在那个又疲倦又充满光辉的晚上，你像闪电一样照亮我，在痛苦和快乐中，你离开我而去，然后藏起来。过了很久，我们从德国的这边走到那边，我才知道，你的存在。你微小地在一个地方安睡，在你妈妈的身体里，在我们渡过大海和飞过云层的时候。



我第一次感到恐惧，我没想到有这样的事，我必须接受的日子。我爱你妈妈，我不知道怎么和别人在一起。我们在荒凉的岛上采蘑菇，在皇宫的门口看水，Sam，我想丢掉你，或者逃走。

是一个瑞典老爷爷告诉我，除了这个世界，还有你。他是在火边告诉我的，淡淡的眼神一动不动。他有三个儿子，都长大了，都长得十分强壮，还有孙儿和孙女。

我不知道为什么恐惧抓住了我，我害怕，我不知道怎样做一个父亲，也许永远不知道。我害怕你就像害怕我的愿望，我不知道那后边有渴望和幸福，我身体里有千百个孩子，我不知道怎么办才好。

我爱你妈妈，她是美丽的，更主要她快乐，她会让我的心微笑，忘了所有不好的事。她看见我发愁就想安慰我，但是Sam你是聪明的，你带我们去了很多国家。

那是在伦敦的一个小诊室里，外边摆着画儿和玩具，医生把听筒放在你妈妈身上，我就听见了你的心跳，爱华阿姨都快哭了，她披着一块墨西哥毯子，她头一次听见贝贝的心跳。

医生把那个声音播得很大，在整个房间里回应，“哗哗哗，哗哗哗”，一刻也不停止，我看见一个人，踏着海水，向我走来，我不认识他，害怕，看不见他的脸，他一步步走，还有好几个月的路程。

夜里你妈妈睡着了，她把手放在我脸上，好像有点儿对不起我，其实是我的事；我又想听你的心跳，听不见了，只有我的心在不停地跳。我多想当一个贝贝啊，我害怕我被丢开，我是一个会说话的人，可这时候，哑口无言。我看着月亮，想我剩下来的事。

Sam，后来的路还很长呢，我一直害怕你，直到你变成了我，只有在你身上，我和你妈妈再不分离。

1993 年 10 月 3 日



## 四

Sam，我画过一条鱼，是你妈妈，她在海底下走路，裙衣飘舞；她有你，什么都不害怕，但她不知道上哪去，那时候我什么都不知道。

我们在一间大房子里，阳光照进来，照在我们睡的床垫上。我们出去买了鱼，小干鱼，想到你要长牙。也买了葡萄和果酱。我坐在厨房里削苹果，一直削，一环环苹果皮落在地上；我爬到篱墙上够隔壁的梨，看了看又想让它明天再长大一点儿。那时候我们看不见欧洲那些高高低低的城堡和雕像，我好像变成了仓鼠，要储备很多粮食。

有时候我们也会出去，在每把椅子上都坐一坐，多好的日子啊，你妈妈那么累，可是她笑，我们在一条大道上，看见一条蛇，那条大道离动物园不远，它也许是从那里跑出来的，盘在那儿，它也不知道上哪儿去。可我觉得天快冷了。

我要在天冷之前，准备好粮食和住所，我想把自己卖了，卖一百万，这都是发昏的想法。我那么绝望，使你妈妈笑了，安慰我，领我往前走，把钥匙一次次还给房主人。我们想到加拿大去，我知道那儿很冷，可我喜欢那面有枫叶的旗子，那是一个很大的地方。Sam，我喜欢你生下来就有自由。

我们到香港去了，那是一个路口，那个办签证的女人，一眼就看见了你，她问你妈妈：“你是不是有贝贝？”你妈妈说：“是。”窗户就关上了。

他们说你不能坐飞机，他们不让你去，因为你是一个中国人的贝贝，我和你妈妈生在中国；他们把窗户关上了，这时我们看见窗外有如潮如水的人群。

你妈妈站在街上，哭了，站在一个石柱旁边，那些楼高耸入云。我说：“回去吧。”她说不想回去。那个时候她还没有太多地想到你，她几乎是为了我哭的。

Sam，那是一个黑暗的日子，可是你妈妈把她的手给我，她说，可罕，我对不起你。Sam，那是一个早晨，我第一次想到你，要为你做一切。



Sam，那是一个茫茫的世界，只有我们握在一起的手，和那个拒绝签证的印章。Sam，我要让你妈妈笑，让她快乐，让你生下来就有土地和自由。Sam，我知道该做什么。

这是一个鱼的故事，它好看美丽，悄悄地离开了盘子。

1993 年 10 月 3 日

## 五

Sam，这是一个秘密，你不要不信，你妈妈会告诉你。我和上天有个盟约，我恪守这个盟约，直到放弃为止。

在我静静默想的时候，会有电光聚集，打在一个地方，这时我问你妈妈：“你要什么？”她问我：“你要什么？”我说：“要你。”

后来我们有了家，上海的小房子，北京的水泥阳台，还有铜钱和银碗；又一次你妈妈说，想要一条毯子，我们就有了一块很大的剪绒毯子。

我们在北京城里跑来跑去，骑自行车也是那时想出来的，得先有那张买车的票儿。在这一切之中最重要的是道路，是人，是我们要去的那个地方。有时候我的车子是沉重的，上坡时，只有坏消息，这时我就开始默想。

我对上天说话，用我的沉默。水里的鱼游来游去，泛出粼粼的光亮。这时有一个声音在边上说：你想去新西兰吗？我说：我不知道我能做什么。他说：你只要说话就可以了。Sam，你要记住，那个人叫闵福德，他帮助了你，也帮助了你爸爸、妈妈，帮助得太多。他的儿子叫丹尼尔，女儿叫劳拉，他们后来都抱过你，在你头上点一个圆圆的红点儿。

Sam，香港有好多好吃的，我提香蕉回来，还有带鱼。我买的东西都是最便宜的，但是你妈妈笑了，因为我带回来一个消息。你妈妈问闵福德：新西兰是一个国家吗？

你什么都不管，Sam，你越长越大，有八个月了。Sam，那么多人，帮助了你妈妈，有老朱叔叔还有伊凡阿姨。我买了一个大袄，黑色的，上边有野猪牙似的扣子，我们要把你藏好。Sam，你只管睡觉，我替你妈妈把大袄的扣子一粒粒扣好。

这是一个美丽的国家，Sam，我们飞过了赤道，南太平洋，浅蓝淡红的珊瑚礁，天一点点暗下去了，我们就看见了奥克兰，星星点点如梦的灯火，我爱这个地方，Sam。

我们是提着两个小箱子到这里来的，还有你，Sam，那时候，我们谁都不认识，不知道我们的家在哪儿，不知道有这么多朋友、痛苦和不幸。

Sam，我是在这里放弃了我和上天的盟约，离开了你的；现在我们也是在这个岛上打这些字，为了你将来能够读它。

1993 年 10 月 3 日

## 六

Sam，吃完饭我们出去看山，沿着那落叶重重的台阶往上走，还有一个防狗的小门，在山顶打开它，可以看见一些牛。黄昏的时候，它们无声地看着你，上边有很大的橡树。山顶却是秃兀的，有一个深陷的圆锥形的坑。这是一座火山，Sam，那些云都是红的，映在你妈妈脸上。她的眼神又凄楚又温暖，可是还是会笑，她总能发现有趣的事；那时候，我很笨，可我说每一句话她都会笑。那时候她不叫我顾城，她只是说可罕。

山顶有一个台子，上边有一个铜铸的很大的圆盘，有箭头指着各个方向。我们好像到了大地的尽头，世界都在下边，遥远不可知的大海里，巴黎、伦敦、柏林……还有北京——我们出发的地方。铜盘上铸着离这些城市的距离，北京是一万四千零七公里，我猜想这也许是到了前门之类的地方。在那个山上，真不知道中国是怎么回事。



Sam，我和你妈妈是两个人，我们拉着的手在她黑色的大袖子里。我们到这个地方来，不是来玩儿的，我们想活下去。Sam，还有你和我们在一起，你的心在厚大衣下微微跳着。

Sam，你妈妈很累，可是我们还是捡木柴。那棵老橡树掉下来的那片树林，它四面八方草长得极大。好像上边可以盖一个小房子，在树上做一个家。我想，也许会慢慢地变成鸟了。

我们看见一个人坐在山顶上，一个女孩子，披着毯子，那么悲伤；我们看见了她的悲伤，我们轻轻拉拉手，我们是两个人。Sam，还有你，你妈妈下山的时候要小心，一个一个台阶地下。可是她还是要帮我拿木柴。Sam，我们回家的时候路过一小块菜地，我们还为你偷了一个青椒。

Sam，我们住的地方叫 Castle Driver，一个古堡，有一百多年了。上边有野兽和人头像，也有尖尖的棱角和一面黑旗。Sam，就在那个火山下面，就在那个古堡里面，在它的最低一层，我们把壁火点燃。Sam，我不知道再过两个月，你就要趴在那儿看火了。Sam，那个火山叫 Mt Eden。

1993 年 10 月 6 日

# 七

Sam，我爬到树上摘果子，那都是北京没有的果子，鳄梨和树西红柿。我把鳄梨绞碎，和牛奶、椰蓉一起，给你妈妈吃。我们的厨房里老煮着一个锅，里边是猪头或者南瓜，都是最便宜的东西。你妈妈教我一句英语：完克勒欧，一公斤，我就一个人翻过山去买鱼。一路上念这句话，想着你快要来了。

你越来越大，已经会动了，你妈妈只能侧着睡觉，她呼吸有一点儿难，我想你快来了。医生也说你快来了，他们读你妈妈的名字要皱一皱眉头，他们读不上来——Xie Ye，这是中国拼音。

我们在等你，给你起名字，但是很困难，后来，在你生下来以后，医生就在你的手腕上拴了一个小牌子，叫：Xie baby。Sam，我们在等你，可你老不来，好像你不知道到了什么地方，不放心。在大学里，邓肯叔叔问我："生了吗？"我每一次都说："没有。"每天都这样问一下，我也这样回答，好像这是一个"早安"一样。

可有一天晚上，Sam，你来了，床单上有淡红的颜色，夜很凉，你妈妈开始肚子疼，说你要来了。她很镇定，穿好衣服说："不着急。"我等了一会儿，还是去给医生打电话，我说你要来了；那边就说知道了。又过了二十分钟，门开了，进来的是闵福德伯伯和瑞琪阿姨，我惊讶极了，我问："你们怎么知道的？"他就笑了。后来我才知道，我拨错了电话号码。

Sam，那是一个很好的医院，护士把你妈妈扶到床上，你真的很快就来了，我已经能看见你黑色的头发；可是时间一点点过去，疼痛像潮水一样，你依旧没有生下来。那是一个可怕的时刻，流血使你妈妈的脸越来越白，她瘦下去，眼皮薄薄的在动，在大疼过去的一刹那，她又对我笑了，让我别害怕。我以为她要死了，Sam，那时候，我没有想你，因为我只看到有多少血。Sam，你的头，太大了。

最后来了好多医生，Sam，你终于被拿出来，我看见你真不好看，甚至没有想到你是一个男孩儿，我只是看你妈妈，她还在笑，我只希望血别流得太多。

Sam，你开始哭了，你是个陌生的娃娃，胖得发紫。你那么重，有四公斤多。Sam，你生下来，我们是三个人。

Sam，有时候我想树上的果子一摘就摘下来了。Sam，你妈妈受了多少苦啊，从六点到十二点半。

1993 年 10 月 6 日



## 八

Sam，我一个人慢慢地走回家去，云影又长又黑，最后的黯红都消失了，星星在大棕树间闪烁。Sam，我一直走到天黑，我没有钱，也不知道怎样做一个父亲。我一个人往家里走沿着你妈妈在生你之前就带我走过的那条路。

Sam，我孤零零，我觉得你妈妈会忘了我，我又回到了最早的时候，一个人在路上。我很少离开你妈妈，你妈妈帮我记着路。现在她在医院里，我一个人在路灯下看地图找路。后来我还是回到了家。一个人问："是男孩儿还是女孩儿？"我说："男孩儿。"

我在家里待到早上，又到医院去了。Sam，我对你不好，我看见你在暖箱里，胖胖的，像比边上的孩子大好几倍，你太胖了。你肺里吸进了水，脚上扎着两根小针，你睡得很好，可是还会巧妙地用一只脚把小针从另一只脚上踢掉。

Sam，我不认识你，我记得你趴在那儿，忽然用奇怪的眼神向外看，我想你是一个别处来的人，到了我和你妈妈中间。Sam，那个时候，我一直想着你的眼神。

你妈妈很累，她要对我笑，让我别太发愁，她要挤一点儿奶水给你吃。

Sam，走廊里的风很大，护士一定让你妈妈去看你，你妈妈喜欢你。你收到了礼物。可是她不说，她只是让我别太发愁。

Sam，我对你不好，我在想钱的事，我害怕医院要很多的钱，我们带你回家，把你放在小摇篮里。那天我想把你放在外屋，你妈妈把你拿到里屋去了。她第一次这么固执。我就在外屋挨着火睡了。

Sam，我知道你比我强大，你和你妈妈是一个人，她抱着你，有阳光的时候，就在草地上唱歌，摘一些草头，还为你缝小小的手套，怕你的小指甲抓了脸。你戴着它就像拳击手一样。你吃得很多，睡得也很好，我只是在火边烤你的尿布。

尿布是你妈妈最关心的事，我们用烘干机和壁火同时烤都来不及。Sam，我说你不好看，是一个漏斗，是软壳奶仔，Sam，我用难听的话说你。你妈妈只是在草地上唱歌，大一点儿就给你准备了一个娃娃，然后唱：戴上你的帽哩，拿上你的二姐哥吧……

Sam，我日夜烧火，烧那些木头和斑竹，还有旧衣服；有时候，竹子爆响起来，就把你吓哭了。你最大的乐趣是趴在摇篮边看火。

Sam，我们是三个人，可我老一个人慢慢走着。

1993 年 10 月 6 日

## 九

Sam，这些话是我说的，是你妈妈写的，电脑没有拿回来，我们去了码头，那里灯火闪耀，现在有一个新的码头，船停在那儿，人都走光了，人家把我们的事忘了。我们只好回来。

Sam，天暗下来的时候，这个岛特别好看，好多事，好多事，都是在这个岛上发生的，那么厉害。你也是在这个岛上长大的，Sam，你现在五岁了，你来的时候才五个月。我们看了一张报纸，上面说这个岛上有个旧房子，我们就来了，就是 Rocky Bay 的那所房子。

我们住进那所房子的时候，天湿极了，下了三天大雨。我们生火，弄了一屋子烟。雨水流进屋里，你妈妈还要去洗尿布。那时候，我们谁也不认识，在树林里，岛又大又荒凉。

Sam，那时候我们养一只小鸡，下一个蛋，我们给你留着，你吃不上多少东西，饿了就哭，可是我去大学上班的那天，你妈妈就把鸡蛋给我，放在塑料饭盒里。我中午讲完课，就在饭盒里边放点儿开水吃那个鸡蛋。

Sam，有一天，你妈妈弄了好多野韭菜，我们的邻居告诉她可以吃，就吃了好多，就在我上大学那天，她从台阶上跌下来，她中毒了，她嗓子哑了，打电话给我；可是到了晚上，她还是下到海边的车站去接我，我们拉着手回家，一直走进没有灯光的丛林。Sam，你在家里睡着，我们仰起脸看白白的月亮。你妈妈就穿着那件包裹你的大袄，回到家，你已经睡着了，好像哭过，脸边挂着眼泪。屋子里炭火还红着，Sam，我们开始吃晚饭，你妈妈把饭热在灶火上，她不吃，等我回来。



Sam，我现在才知道，那日子多么好呵！真的像做梦一样。你长大了，你妈妈好像变成了另一个人；我也变了，连自己都不认识自己。

今天我去看你，真想哭，我让你妈妈哭过，因为你，Sam。小小的人儿，那时只是在沙发上睡着。

1993 年 10 月 7 日

## 十

Sam，我们有过一个家，那个家什么都没有，春天来的时候，我就摘树上的李子和枇杷；枥树上的木耳也长得又大又圆，我们把它放在你的头上，给你当帽子。你高兴了，拉一拉自己的头发，你那么小就会哄人喜欢。可我老是把你放在沙发后边，挡住你，让你爬不出来。

Sam，我是个狠心的人，你妈妈在的时候，我老不许她哄你，就让你那么哭，Sam，她不在的时候，你倒没有哭过，因为我在引你笑。我肯定是发疯了，我妒忌你，要把你从你妈妈怀里夺走，我还打了你，Sam，你妈妈也打过你，但是和我不一样，我是发疯了，我要把你送给别人，在你长到三岁的时候。

Sam，我很少抱你，我背你上山的时候，觉得你沉甸甸的，软乎乎的，让我害怕，Sam，我拿一朵花引你走路，在你会走路的时候，带你去找妈妈的车，Sam，我们一起在山道上走了那么远，你哄我，我也哄你。可是我太可怕了，我就想忘了你，去和那些石头、木柴在一起，Sam，我把心给别人了，不给你，可你坚持说："胖喜欢我。"你跟你妈妈一样，那时候叫我"胖"。现在你妈妈好久没叫了（你也不会说中国话了），只是偶尔心情好的时候，还会叫一声"可罕"。

Sam，你穿上自己的小靴子走在黑暗的台阶上，下不来了，你张开手对我说："胖！"我抱了你。Sam，我记得，你那么紧紧地抱住我，在黑暗的树林里，你相信我。

在你需要我的时候，我老放下你，现在我才知道，你小小的手抱着我，多么重要，Sam。

现在你还在人家家，我没法儿把你拿回来。我也没有家了，这是报应。我只能去看看你，Sam。我们家里住了别人，就是因为我把你赶出来了。我们有过一个家，以后不会有了。Sam，我没办法说出来，这个时候我想对你说的话。

1993 年 10 月 7 日

## 十一

Sam，如果有一天人家告诉你，我到另一个世界去了，很远的世界，回不来了，我希望你记着我一点儿。

风在山顶上吹着，你找到了一架飞机，一匹马，一个爸爸。你拉他帽子的皮带，像缰绳一样，他就走来走去。这是一个古老的游戏，Sam，你喜欢这匹马，你摸摸我的眉毛，又看看我的手。你的手比我的小那么多，放在我的手掌里。

生下来你妈妈说，你的手好看，我就笑她，以为你实在找不出什么好看的地方。她那个时候，把你的脚包在她缝的小布鞋里。Sam，那个时候，我那么恨生活，恨你，我发疯了。

现在在山顶上，你用小杯子扤沙子，在跳床上蹦，你给我快乐。可我又快疯了，我想抱着你一直跑出去，不知道去哪儿，连鞋也不穿，我没地方去，Sam，就像你那时候一样；我疯了又醒过来，又快疯了。



Sam，我几乎没给你买过玩具，你的玩具都是别人送的。这次我给你带来了一个小车子的零件，你把它很快地装好。Sam，你喜欢小车子，你把它推过来，我又推过去。你高兴了，我也高兴了。我们什么时候，才能有一个家呀?

Sam，世界上有很多人笑我，笑你爸爸的帽子、样子，也有人恨我，因为我恨他们。Sam，只有你应该这样做，可你不笑我，也不恨我，小时候你只是说：调皮的爸爸。

Sam，你的心真大，你可以把什么都记住，又不挂在心上。每天我想去看你，和你玩儿一会儿，可是人家不喜欢我，他们还记着我恨过你，那时你藏在你妈妈背后。Sam，在山顶上我多想对你说话，可是你听不懂，只有你不恨我，Sam，我永远对不起你。

我想给你唱歌，可是我的歌里都是伤心的故事。我不知道上天为什么把我做成这样，又变成那样，让我离开你，回来又见不到你。都是因为我自己。现在什么都晚了，Sam，我不能一直抱着你，不能一直和你玩玩具，不可以，我还干什么呢？我不知道我还能干什么，只有写这些字吧，也许，写不完了。

1993 年 10 月 7 日

# 十二

Sam，你还有好多日子我不知道，你比我走得远，在时间里，你有很好的小朋友，艾玛。你们一起把瓶子里的沙子倒出来，想象一个数字。你是快乐的人，在山顶跳起来，周围都是大海；黄昏时，美丽的云彩，你可以看见对面山上的那个房子；那个暗红的房子，你知道那是妈咪的家，× 英也带你玩儿过；你有时候，很想回那个房子里住一住。Sam，你太小，没有自由，你什么都知道，那个房子里的人没有了。Sam，我会给你留下这个房子，它不是一个很好的房子，但你爸爸在那儿钉过很多钉子，做过台阶，你在那儿爬过，和过水泥，Sam。有好多石头，可以放一百年。Sam，这是你的房子，谁也不能住它。等你长大了，你可以把它卖了，或者它已经坏了。Sam，是我把你赶走的，你在那房子里，多高兴呵；你还会读到一本书，里边也有这个房子，有好多昏乱的故事，现在这个故事还没结束。

Sam，上天罚我，罚得太重了。

Sam，我知道这是一个可怕的房子，对于我来说，我做了那么多事，都不是给你的，我把心给别人了。你早上从沙发上跑下来，咚咚咚地跑，我就拿被单蒙住脸；你妈妈和你说话，还有李英阿姨。我嫌过你，现在人人都嫌我了。

你真的讲过一个故事，说妈妈的车向前开，呜——开了很久，就开到了，然后叫一声“呜呼——”现在你妈妈开车，在这个岛上，我也在车上坐着，我没有办法到一个地方，在我下车以后，车门就关上了。Sam，我做过这样的事，我的日子快没有了。

1993 年 10 月 7 日

# 附录：（家信图记）[1]



[1] 顾城常在家信中辅助文字画些小图，这里辑这样的一些信页，将图和文字一并展示。所辑信页均写在新西兰生活时期，读来可同其他一些篇章互有补充和呼应吧，尾随上一篇章《（写给儿子）》读，甚至会在某些时刻产生一种延伸感。标题及篇内各小标题为辑录者拟。

# （“古堡”一）

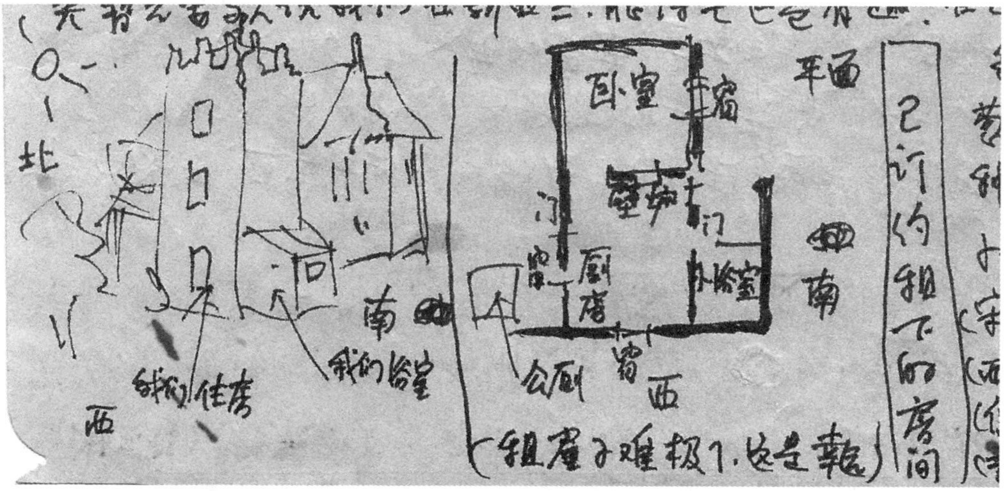

“Sam，我们住的地方叫 Castle Driver，一个古堡，有一百多年了。上边有野兽和人头像，也有尖尖的棱角和一面黑旗……”（语见《（写给儿子）》第六篇）

这幅当初画在家信（见下页图）一角的图示意的就是这个“古堡”外观（左图，摄于2016年4月）和“已订约租下的房间”的平面简图（见上图）。顾城于图左专门标示出“我们住房”“我们浴室”和“南”“北”“西”方向；于图右亦标出“卧室”“壁炉”“厨房”“公厕”“小浴室”二“门”三“窗”和方向，并在括号中说“租屋子难极了，这是幸运”。

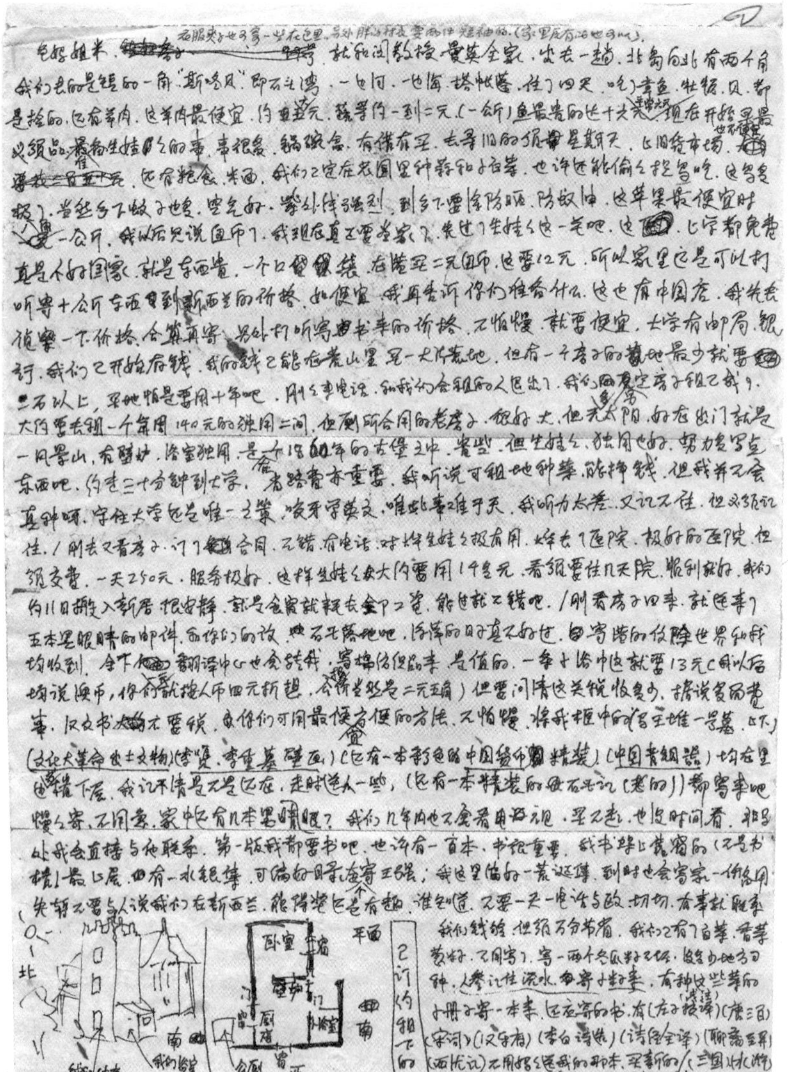

顾城家信首页。信应写在 1988 年 2 月初（顾城和谢烨于 1 月 21 日抵达新西兰奥克兰，此信应是到达后的第二封家信吧）。信笺为封笺连体式（至北京邮费当时 1.5 新西兰元，普通函邮最低 2 新西兰元）。

爸妈姐米[1]，……和闵教授、曼英全家，出去一趟，北岛向北有两个角，我们去的是短的一角，“斯咚贝”即石头湾。一边河，一边海，搭帐篷，住了四天。吃了章鱼、牡蛎、贝，都是捡的，还有羊肉。这羊肉最便宜，约五六元，蔬菜约一到二元一公斤。鱼最贵的达十六元，平常六元。现在开始买最必需品，准备生娃娃的事。事很多，锅碗盆，有借有买，去寻旧的须星期天上旧货市场，也不便宜。还有粮食、米面。我们已定在花园里种蒜和小白菜，也许还能偷偷捉鸟吃。这鸟多极了。当然乡下蚊子也多，空气好，紫外线强烈，到乡下要涂防晒、防蚊油。这苹果最便宜时八角一公斤。我以后只说纽币了。我现在真正要当家了，先过了生娃娃这一关吧。这上学都免费，真是个好国家。就是东西贵，一个口袋在港买二元纽币，这要 12 元。所以家里还是可以打听寄十公斤东西到新西兰的价格，如便宜，我再告诉你们准备什么。这也有中国店，我先去侦察一下价格，合算再寄。另外打听寄书来的价格。不怕慢，就要便宜。大学有邮局、银行。我们已开始存钱。我的钱已能在荒山里买一大片荒地。但有一个房子的地最少就要二万以上。买地怕是要用十年吧。刚刚来电话，和我们合租的人退出了，我们另定房子租已成了。大约要去租一个每周 140 元的独用二间，但厕所合用的老房子，很好，大，但无多太阳；好在出门就是一风景山，有壁炉，浴室独用，是在一个 1860 年的古堡之中。贵些，但生娃娃，独用也好；努力多写点东西吧。约走三十分钟到大学，省路费亦重要。我听说可租地种菜，能挣钱，但我并不会真种呀，守住大学还是唯一之策。咬牙学英文，唯此事难于天，我听力太差，又记不住，但必须记住。/ 刚去又看房子，订了合同，不错，有电话，对烨生娃娃极有用。烨去了医院，极好的医院，但须交费，一天 250 元，服务极好。这样生娃娃大约要用 1 千多元，看须要

---

[1] 信抬头“米”为其姐之子，作者常写其名为“米”“米了”“弥”等。（以下录入各信同）。选辑这几封信并非特别因为信的文字内容，而是因为其中图的直观感。于是也就将文字同时做些呈现。

住几天院，顺利就好。我们约 11 日搬入新居，很安静，就是食宿就耗去全部工资，能过就不错吧。/ 刚看房子回来，就送来了五本黑眼睛的邮件和你们的信，石头落地吧，浮萍的日子真不好过。寄港的信除《世界和我》均收到，余下翻译中心也会转我。寄棉纺织品来，是值的，一条小浴巾这就要 13 元（我以后均说澳币，你们一元就按人币四元折想，公换价当然是二元五角），但要问清这关税收多少，据说多而费事。汉文书不要税，你们可用最便宜的方法，不怕慢，将我柜中的《马王堆一号墓（上下)》《“文化大革命”出土文物》《李贽李重墓壁画》，还有一本彩色的《中国货币》精装，《中国青铜器》(均在里边书柜下层，我记不清是不是还在，走时送人一些)，还有一本精装的《石头记》(老的)，都寄来吧，慢慢寄，不用急。……我们钱够，但须万分节省。我们已有了白菜、香菜、葱籽，不用寄了。寄一两个冬瓜籽不坏，没多少地方可种。人参记住浇水，寄小籽来。有种这些菜的小册子寄一本来。还应寄的书有……

## （“古堡”二）

爸妈姐米，后来我们入古堡新居，这几天各处借床被、日用品。新国一切工业品都进口，故价高极，特别是电器，一把菜刀合人币一百多元，布不太贵，但也是寄合算，省下外汇。我不知北京和上海寄物是否一样贵（到新），有些也许能从上海寄出，东西都要耐用，质好，大方，较便宜的。除上信要的东西外，我们还要十条大脸巾、二十条毛巾手帕……家里画着鱼的吃饭的小碗寄来四个，用毛巾包好，仔细。我们 2 月 11 日已搬入新居，两间（只能租到这个），每天租金纽币二十元，环境好，我们每天都可以摘到院里的橙子、扁豆、鳄梨，已摘七八十斤，值四十元吧。烨的医院极好，一切俱全，就待生娃娃了。每住院一天要二百五十元，条件是国内不能想的，也就罢了。我们屋内有煤气炉、冰箱、冷热水。屋子高，古老，没太阳，周围树太多。壁炉很好用，一烧满屋生辉。我事多极，又要回信撰文，又要准备教课。我可能一周工资 250 元，教课四小时，教大学三四年级，对话和中国当代文学选读。要备课，这可不同讲演。还有娃娃的事，这关虽难，安排下来还是可以过的，能不太难的话就感谢上天吧。图书馆书不少，就是没时间读。学英文是无底无效的深渊。我买的东西已够吃两星期，要没朋友帮助运回来，借床、被、桌、椅，就只有坐在空屋的地上了。所以我还是勤快点过两年吧。以后我买小块地种葱过日子。这的中国人都是种菜开餐馆，我做的葱油饼人人爱吃。我想两年后争取回家一次。还得写东西，才有机会。这知了很小，叫得却凶。我们多过一个夏天。中国人无望地慢慢地过日子。在这，光房租就不能不让你勤快起来。送牛奶的都是一溜小跑。往这寄东西除电器，别的都不上税。只寄我们要的吧。对了，我们发现这猪肝便宜之极，才一元一公斤，只比土豆贵一点，一下就买了三公斤。以后怕要主要吃猪肝了。这的人不吃猪肝，羊肝要贵一倍。在新西兰安下家来，此事真怪，想想还是奇异，有了新国籍，16 岁就可能失业金一月也有六七百元。这五毛钱送一大瓶牛奶，不贵。……

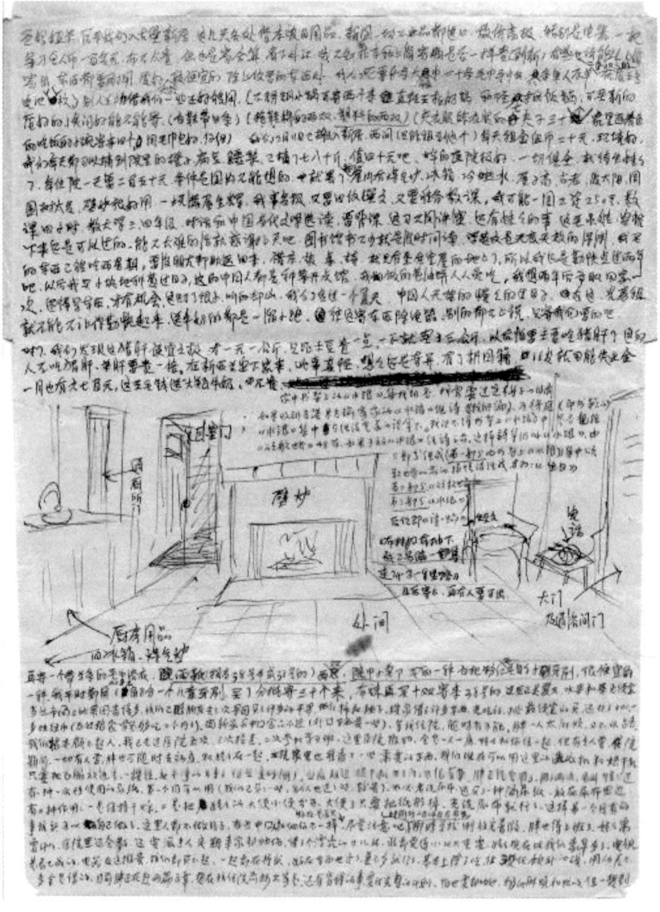

信首页全貌。信写在 1988 年 2 月中旬。

『Sam，就在那个火山下面，就在那个古堡里面，在它的最低一层，我们把壁火点燃。Sam，我不知道再过两个月，你就要趴在那儿看火了。』（语见《（写给儿子）》第六篇）

这幅画在孩子尚未出生时家信中的图示，示意的就是这个『古堡里面』。顾城于图中标注出『壁炉』『外间』『卧室门』『厨房用品』『旧冰箱、煤气炉』『电话』『通厕所门』『大门及通浴间门』。深入图中的一段字作者本写于另一纸条上，因这种一体式信笺要求不能加页，谢烨于是抄字于画间，顾城又补字。信写在1988年2月中旬。

# （娃娃）

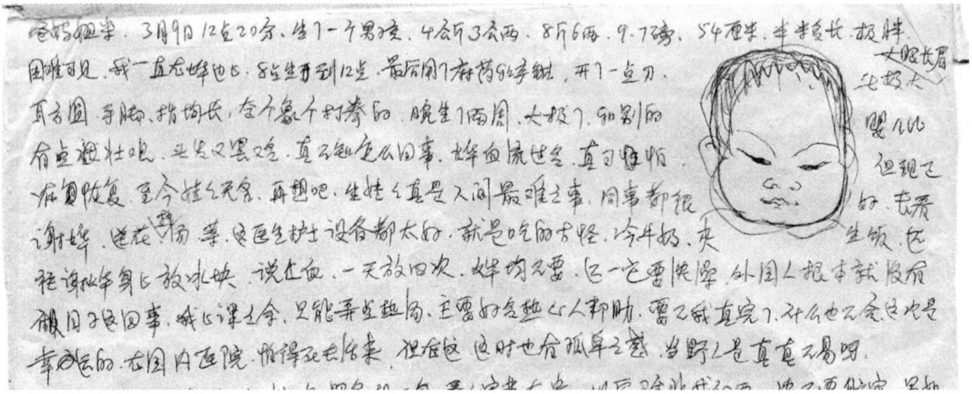

爸妈姐米，3 月 9 日 12 点 20 分，生了一个男孩，4 公斤 3 公两，8 斤 6 两，9.7 磅，54 厘米，半米多长，极胖，困难可见，我一直在烨边上，8 点生到 12 点，最后用了麻药和产钳，开了一点刀。头极大，大眼长眉，耳方圆，手脚指均长，整个像个打拳的，晚生了两周，大极了，和别的婴儿比有点壮观，头发又黑又多，真不知怎么回事。烨血流过多，真可怕，但现正在恢复。至今娃娃无名，再想吧[1]。生娃娃真是人间最难之事。同事都很好，

---

[1] 下一封家信即4月9日送发邮戳信中说：“娃娃胖大健康，除了吃拉并不叫喊。名字至今未有，起了一堆备用名，这前边是外文译的：贝耳、比彻、桑庙、三庙、桑达、斑羊、边心、伯劳、厄达、路布麦、埃摩罗罕、阿布了罕；纯中文名有大木，小名有八

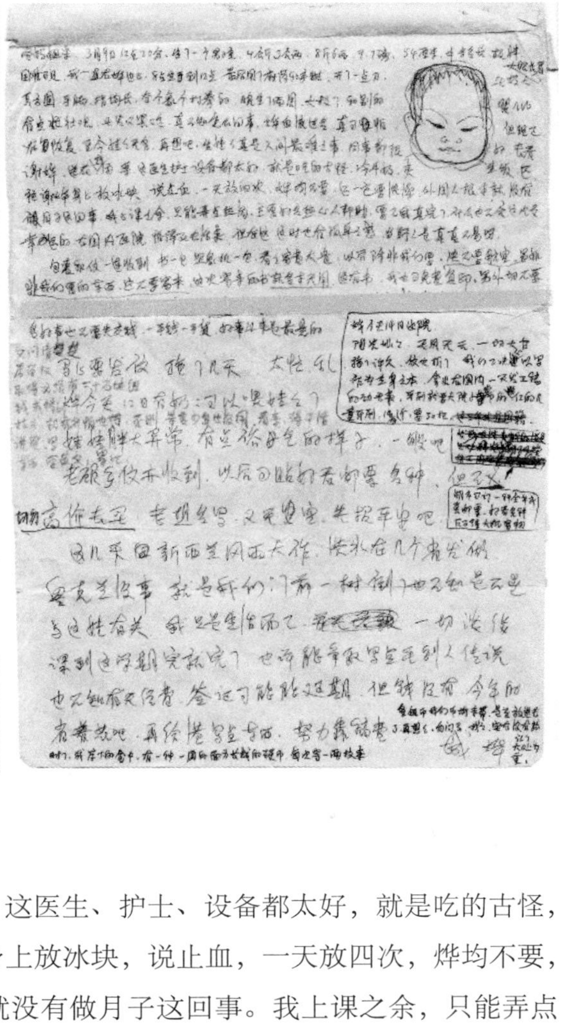

这封信送发邮戳时间 1988 年 3 月 16 日。整封信显然断续写在数日里。信中误将“坐”写为“做”。落款中“烨”字为顾城代写。因涉及他人，一行字编者盖去。

去看谢烨，送花、热汤、菜。这医生、护士、设备都太好，就是吃的古怪，冷牛奶，夹生饭，还往谢烨身上放冰块，说止血，一天放四次，烨均不要，还一定要洗澡，外国人根本就没有做月子这回事。我上课之余，只能弄点热汤，主要好多热心人帮助，要不我真完了，什么也不会。这次是幸运的，在国内医院，怕得死去活来。但在这，这时也有孤单之感，当野人是真真不易呀。

包裹和信一连收到，书一包，照相机一包，看看寄费太贵，以后除非

---

怪、九斤八怪”“今天是复活节，娃娃名字终于有了，就叫木耳，拉丁文的译音是桑木耳，是一个圣徒，此名是闵教授起的。”

我们要，决不要航空，另如非我们要的东西，定不要寄来，这次寄来的书就多本无用。这有书，我也可免费复印。……

马上要发信，拖了几天，太忙乱。

烨今天12日有奶，可以喂娃娃了。

娃娃胖大异常，有点俗气的样子，一般吧。

老顾乡信亦收到，以后可贴好看邮票，多种，但切勿高价去买。老想多写又无空，先报平安吧。

这几天新西兰风雨大作，洪水在几个省发作。奥克兰没事，就是我们门前一树倒了，也不知是不是与这娃有关。我只是生活而已，一切淡淡。课到这学期完就完了，也许能争取写点毛利人传说，也不知有无经费。签证可能能延期，但钱没有，今年的省着花吧，再给港写点东西，努力靠稿费。

烨今天14日出院，阳光灿灿，无风无云，一切大吉。拖了许久，信也折了。我们下决心以写作为立身之本……

爸姐币我们币均未带，是否放进去了，再想想，勿问马，找找，实在没有就认了，大处为重。……[1]

城　烨



[1] 信应是写下孩子消息后打算尽快发出的，没时间多写，便大字填满信页，却没能拿出时间投送，拖延之下再想起什么就只有插空写了，所以这封信寻空画了一些框填字，连一些边空行距都利用上了。

# （岛上一）

爸妈姐米，收9.26、9.24之信，生日自早过完了，又出了六只小鸡，还有一大蛋过期，打开一看，双黄儿两只小鸡一黑一黄，可惜得很，也许还应等等。沼气因无气管、开关等设备零件，无法建成，只有等机会。头巾昨天卖了十三条，三.五元一条[1]，北京市便宜，但多有毛病，落色，开线。铜钱用锡纸包了带来，一人三五十个。鸟打落了十一个，吃了，麻雀，无穷尽。网蒙食，鸡也吃不成，鸡吃鸟也吃，正研究粘鸟胶。……我当然决不旅游，除非给我很多钱。丹麦我没去，他们很丧气，不过还是把出的我的诗集寄来。据说评价很好，销路不好，给了一百美元，也不错。乡来活儿也有，除了看准娃娃、鸡，还可装装扣子，磨磨瓷片。这人人干手工，个个忙。隐于山，必忙于天。外国人比中国人能干，爱干，也是长木大石水泥满山搬，乐于其中。我们帮人清理一个陶器厂，那人竟用手抓脏土往桶里放，没工具。蛋已近六十枚，为卖蛋也许要买车，车二百元也有，旧的，坏一坏一修就几百元。杨买五百一车，修就花了一千多。这儿人工极贵。车可捡垃圾、建材、坏菜叶，用车一天平均耗五元，捡十元东西就赚了。……这上鸡窝也就六十几米，但小径石阶，下雨多泥，又陡，难走，从家起我垒台阶往上往下，大约等于上六七层楼，也走惯了。米不吃饭好办，

❶ “三.五”即“3.5”。

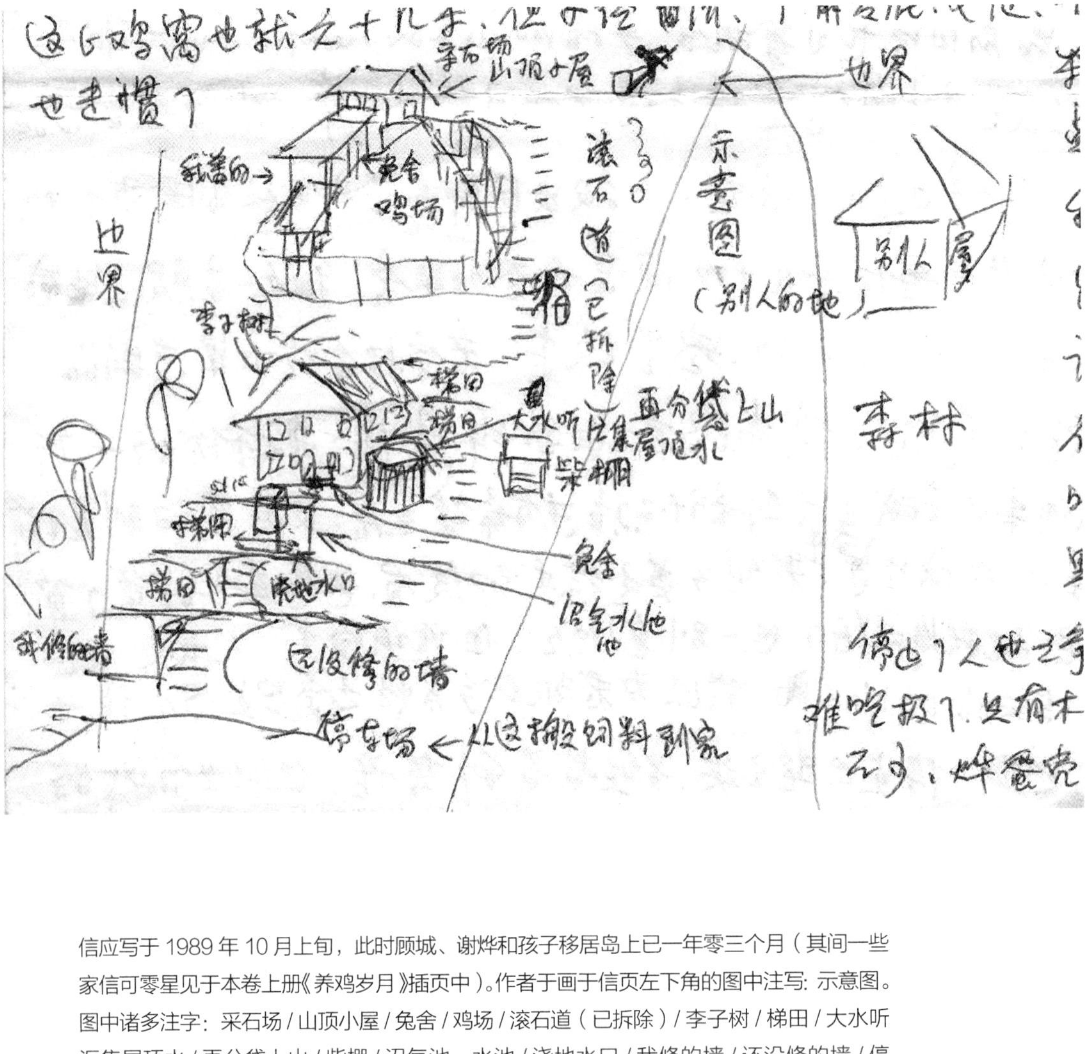


信应写于 1989 年 10 月上旬，此时顾城、谢烨和孩子移居岛上已一年零三个月（其间一些家信可零星见于本卷上册《养鸡岁月》插页中）。作者于画于信页左下角的图中注写：示意图。图中诸多注字：采石场 / 山顶小屋 / 兔舍 / 鸡场 / 滚石道（已拆除）/ 李子树 / 梯田 / 大水听汇集屋顶水 / 再分袋上山 / 柴棚 / 沼气池、水池 / 浇地水口 / 我修的墙 / 还没修的墙 / 停车场（从这儿搬饲料到家）……

“还没修的墙”后在 1991 年间他一力修筑起来，采用的主要是石头墙基之上层层夹板灌水泥的办法。可参见本卷辑六中的图片。“大水听”后为他土力修建的人平台覆盖。山上兔舍之上是鸡舍，顾城在此盖起的大型鸡舍为了采光，地板离地高达约两米。靠山下一侧则是地板离地约一米高的低一级鸡舍（图中可见）。顾城首建的兔舍在半山的住房前（图中标注），后来兔子多了便在山上盖了大的。此时购入二百只鸡尚不足两个月。

信页右下角缺损而至缺字部分，编者以下划线表示；缺损应属原初，因背面字写至缺损处是连贯的。

至今已收到 收926、924号信，生日贺卡也收到了。又收到了一本杂志，还有一大叠12期，打开一看，又有黄西

土小鸡一只一只，可惜的很。也许还要等等。旧光国买来管开关等设备零件，无法建成，只有

等机会。架中能买到了十三条，三五元一条，比京中便宜。但多有毛病，质差，开线，铜线很锈

低劣了。带来一人三五十个，只剩了十一个，吃了，有点害怕。还穷，网景会，鸡也吃不成，鸡吃得也吃

不讲究粘多些。家收拾，不是任何长期用品，能吃的喝的，总之是一新。能换美元尽量换。但我听

说现国内美元价甚低，看似有[illegible]，随之价格低的，也许不确，多打听几个人再换。以平

市价换就行。要是1—6.5是一般的市价，就尽力多换些，谈到底，币价是经济实力决定的

不是政策决定的，一时而已。有一两千元人民币即可，余尽换了美元，老保险是保险的。但要小心假

币，能赔金币一些新的。若能3千多元，104元一美元，有余钱也可买。那一定真，出国前，住上的

不好带。我看起来不能长。除非给我很多钱。丹麦我路费，他们很贵气。不过还是想出

的我的读集寄来。据说评价很好，销路不好。给了一百美元，也不错。多来点也有

除了看住娃娃，还可装小孩子，瘦小瓶片。这人人中等工，个个忙，除了山，又忙于整天，外国

人的中国人能干，爱干，也是长木大石，水泥临山搬，车子里中。我们和邻人清理一个陶器厂

那人贵用手抓脏土往桶里放，没工具。要走近十枝，为卖器也许要五千。卖二百元

也有。用的，坏一坏一修就几百元。据买五百一千，修就花了一千块。这人人很贵。

家可轻轻松，建材，砍柴叶，闲来一天平均挣五元。挣十元东西就赚了。据管，图

像等等有行市，最贵的，(有料)二百元，分四等，坚果，总政出而大的最贵。拿为草鸡

连展园的的，再为卖小，无害小的，再为塑料的，(右田报宝)有人收集以为保值投资，我这象牙

难入只一段很不禁，越留越贵。国内用来都得好烟酒，以谋人，不是才好

(从家里起我每8阶往上往下)

这小鸡窝也就是十几米，但小径台阶，下雨者泥，又陡，难走，天天等于上下七层楼

也走惯了

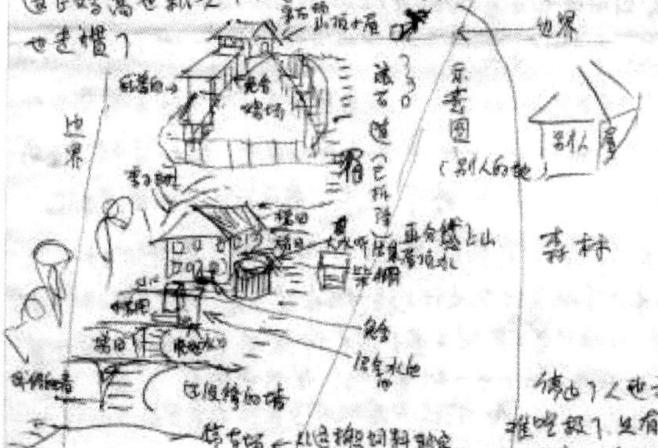


学不吃饭好吃，不到晚十板

桌不给吃，这样就会贵了，也

饿瘦了。这是心理学，如同

出国为好望。术要有不听

话写上就关在三个小时中间

他不会就睡觉。现在已睡，要

叫醒，否则晚上来精神，也

野人，又得看他律，否则又

傍出了人也这争，就开始了自然之争。割那

难吃致了，只有木头抓着割猎的就乱跑，

不好，好像一堆，让他接，他就接

不割够十桶草不给吃，这样就金贵了，也稀罕了。这是心理学，如同出国办护照。木耳每不听话马上就关在三个沙发背中间，他无奈就睡觉。现在正睡，得叫醒，否则晚上来精神。当野人必得有纪律，否则必__。停止了人世之争，就开始了自然之争。刺猬____，难吃极了，只有木耳抓着刺猬的脚乱跑，____不少。烨蛋壳一堆，让他捡，他就捡____。[1]（背面）话还不会说，出门倒会自己找鞋。这许多老外都光脚走路，够自然的。木耳自己吃了片黄连素，舌头都黄了，也不怕；出门有时被外国小孩推一跤。外国小小孩挺凶，大了就还好。牙膏不用寄，肥皂也不用寄，这儿的很好，塑料窗纱不用寄；旧东西垃圾场堆如山，比北京新东西还好。不要自己乱发明东西寄来。……数周未照镜，一照，老了不少，一惊，又不关心了。人在一个自由的空瓶里，好在我不想与人交往，中文只有我和烨在这间屋中用，外边是鸟语和英语的汪洋一片。外国的本意就是与你无关，正好。老爹《文海沉浮》还不错，每日写作是一快事。自由即自作主张，真实即回忆；写越远的事越好，最好是童话，老爹童话确不错，荒诞有趣。千万别再寄什么旧蚊帐、肥皂来，我们现一切不缺，布衣服放了十几纸箱，什么也找不到。这衣服能穿一百年，永远有人送。认识了几家很好的邻居，我们活儿多了，可帮我们买合算的车，能捡菜就永远不用买菜了，蛋菜自给，肉一半自给，每天忙也就认了。现在每天忙也就糊住了嘴，干活真比不了老外，永远干，如同机器。一个八十岁老头住在自己六十岁时盖的房里，家具都是自制的。我一个房一辈子都修不完，他们都能一会盖一个，几星期一个，真不能比。……现有车才能卖蛋，等人上门一天只能卖一打。今天已过六十个蛋，还得积点钱把电装好。总之日子可以过了，头一次脱了危机。……邀请好像不问领救济的事，补助是给雷和木耳的，我是退我交的部分税，一年也交近二十税呢。……



[1] 下划线处为信页右下角缺损而至缺字处；缺损应属原初，因背面字写至缺损处是连贯的。背面信手件因非“有图”信页，故不于此展示。

## （岛上二）

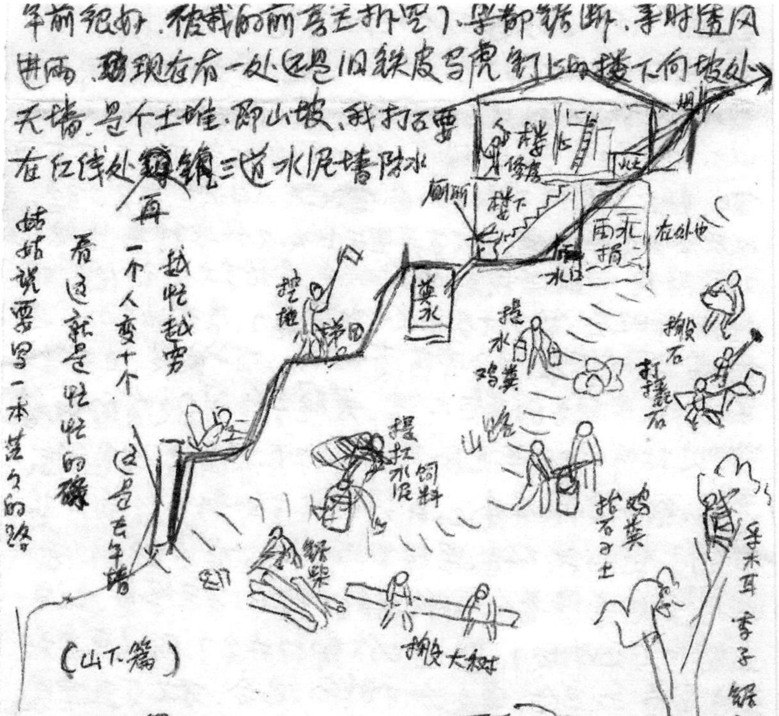

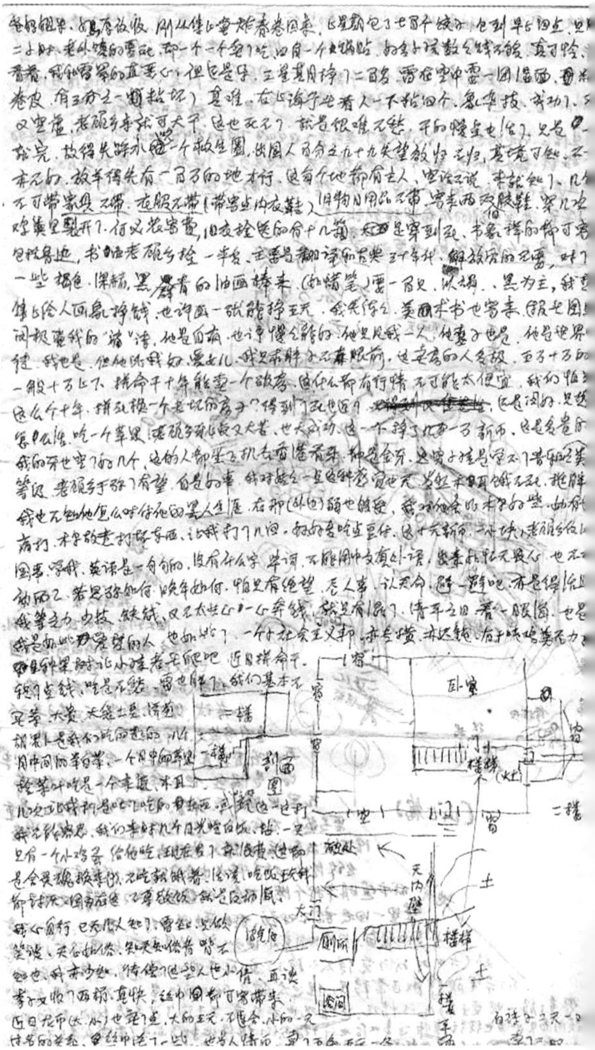


图为信的首页、第二、四页。信的北京接收邮戳时间1990年3月25日。信写在正反面两张纸上，三面有图。第二张纸又写一次抬头，所以可以看作两封信。信首页右下画三个平面小图，第一图注『剖面图』，标示出『二楼』『一楼』。第二图注『二楼平面』，进一步注『卧室』『楼梯』『烟囱』『灶』『窗』『门』等。最右下图注『一楼平面』，并注出『破处』『无内壁』『楼梯』『厕所』『浴间』『土』『沼气池』等。图亦解释房子沿山坡盖，一楼于是只有正面及两侧三面墙，背面无墙仍是山坡，即图中注的『土』（此『土』之上可见正是『二楼』向山一面纵深的部分）。作者这时已修建好了楼梯和厕所，已积攒了很多一向以来捡拾的大小木块、木板，准备适时改造这面土坡。他先将土坡以保证安全不塌为限进一步削小，将土垫到门外他先行砌好的墙内，扩展门前空地，然后沿坡钉建阶梯式置物架覆盖全部入室坡地，此时楼下便全部封闭可以称室内了；之后又以积攒的各型木块于置物架最下一层起向上至屋顶钉出一面墙，开二门，门内即成了很实用的储物间。『二楼平面』图中『门』外此时还是立即下石阶（石阶顾城砌，本只能架木板出入），建成大平台后，门打开即开阔的平台。『一楼平面』图中『破处』后干脆于此向外扩建出一个很小但光线充足书桌书架齐全的写字间。

要缺水，我们山上的邻居，会水、挑水却坚强，厕所要么太靠近，或者就建在房子后面。得买个锅炉，得准备给楼下房、找一个储物小室、炉台阶、建厨房的位置，这是两个意见的主张。山上小屋做了倒，也得修一个月，生在中国的组织中，真不会想到贪居楼以便要倒的墙，也想到到自由是和饱暖饥饿的分子，是一个裁着裁衣的可能。

农耕生活上，它是的走走了，认识人多了，关系多了，也知道了很的习惯和法则，老外人接的但一顿钱，都以为的很，是一个孩子和搬十天，但也不少上门送衣送鞋，送城里的。

我曾在后五十岁结婚后，退离的家中分店，楼下要修的，也想作一个小店，过日子，更有人上门买卖，不要总到的发希望挣到钱钱。

这上也是几个月前写的，也要修改

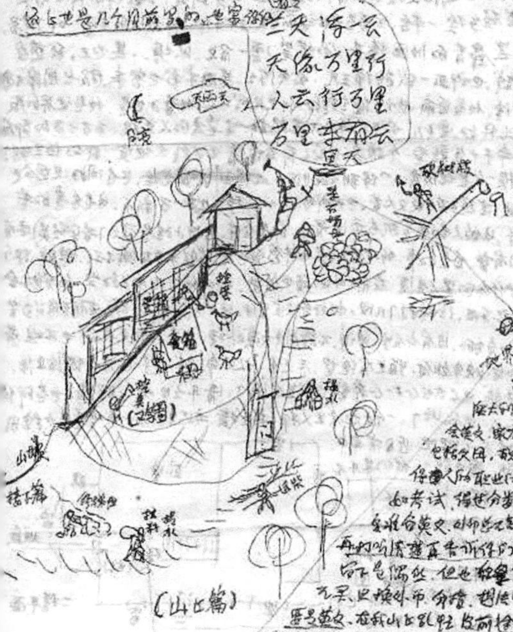


路民故繁一直在变
除去的是的移民是叫分别：
会英文，家庭主要成员所在何国
也称父母，就业、专长、财产，和
保养人的职业（工作）财产，都算分
如考试，得出分数线，反正英文是主分
要准备英文，对中文不懂，有备者无患。
再的话要真告诉你们，学院每动，我出来
的下是偶然，但也移居了多年，什么学历都
无果，只换外币，分房，想法学做中国生，最重
要是英文，在我山上就要改前途——如果不准备
你所就放的话，是传入这英文之世，
各行民动，好多情况也会有所知，十分重要。
我在想明年几个院台开会，回想国，（入了新籍）又想了
想里一回也就不好动，我的孙也快要行了。看吧，我们的意
思是多作准备，一旦国内有变，使我们的利益所在，如果没有这种变
外（六四时我们觉得太不稳了），我应该在世界各地准备，这次我
们希望能够取正常移民，但这太慢了，所以我们在等待[illegible]

看新鲜东西就是老人的健性，现在代商业广告被利用了些一些，不可不防，我们的账号各一，但什么能调回万元的人我见了不少，大半是骗了那些半夜瘾的人，万万小心。"人先于贪"已四面数训太也，古今的好事最可怕。我都多条，你们根本对付不了，他想要什么可直与我们写信，你们把我们地址给他，你们别参加我们直接联系，你们就推老病迴避，就是没有万的人也不是他的钱，国家都是好拿的吗？改后台一些事起码二十年。切切。无事是天堂，知足者乐。进出还在的地方少去，老頑多不要谈国事，只有来人谈到。

这两封回信仍情，就是长了，子才，也在设法密封，我是否谈具体难处，是因为你们老隔着想去寄不切实际的东西，能捡要的何必寄，要做到一切我不要的不寄，我就能多谈他事了（我们的账号多少钱都能接受，关键是平时人是最不可收的，你会不便对方，就一切免了，这有百万新币可任除移民，三十万也可开发馆，当厨师移民）金钱花这满山尽有，我们也喝汤感冒，同岳父隔离把一株花来送我（要的）一看我这满山上皆是，是我最讨厌的草，我也不吃/老頑多关键把握一点，一有异常，即走避灾，否则拟这世界的路再说。

国一家之口来，我们吃粮，他们住楼上，我们会楼下地上放五合板睡，有一大鼠，吃了三十个鸡蛋，每天一二个，终于中鼠夹，它也掉开了，害看见长一尺，不算尾巴，老鼠前后十只，又少了点，一絶米偷走了十公斤！我从未被用酚片做膏药，可能收来写情，这房子是个空壳，六十年前私的，被我的前房主拆空了，學都皆断，来时漏风进雨，我现在有一处还是旧铁皮与虎头钉上的，楼下向坡处无墙，是个土堆，即山坡，我打石要在红线处垒镜三道水泥墙防水

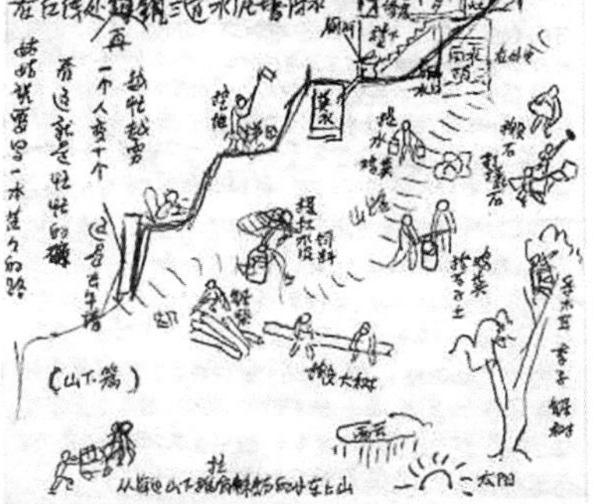

（山下篇）

从前也山下推车的小车上山

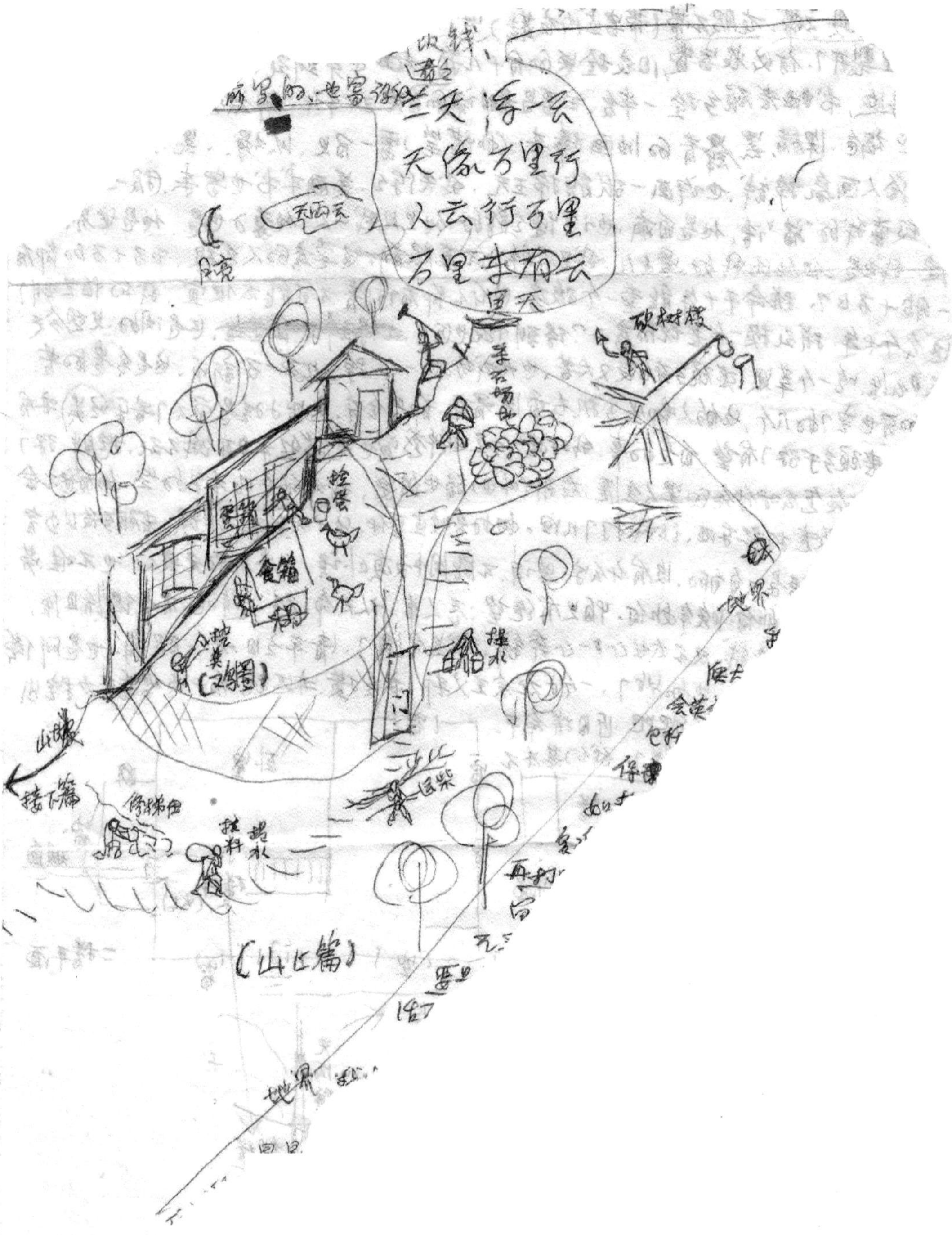

天缘万里行
人云行万里
月亮
食箱
(山上篇)
地界

图画在首张信纸（亦可看作第一封信）背面大体中部。作者题：（山上篇）。

图中注字：无雨云/月亮/采石场/砍树枝/捡蛋/蛋箱/食箱/挖粪/（鸡圈）/门/提水/地界/修梯田/扛料/运柴/山坡/……图上方题：蓝天浮一云/无缘万里行/人云行万里/万里更无云

『蛋箱』修在鸡窝之下，也是楼上楼下，和兔窝相邻，后兔窝其中几间也改成了下蛋间。『食箱』即《养鸡岁月》等处提到的作者制作的『自动』喂食槽。

另图画在第二张信纸（亦可看作第二封信）背面下端图见题图页，作者题：（山下篇）。图左方纵向自左而右写：姑姑说要写一本茫茫的路/看这就是忙忙的碌/一个人变十个/越忙越穷

图中注字：楼上/修房/灶/烟囱/楼下/厕所/粪水/雨水桶/水口/提水/鸡粪/山路/搬石/打撬石/梯田/挖地/这是去年墙/提扛水泥、饲料/抬石子、土、鸡粪/锯柴/搬大树/采木耳、李子/锯树/从海边山下推拉有牡蛎的小车上山/雨云/太阳

『粪水』即沼气池；『这是去年墙』即去年砌的墙。图中还于三处画了纵向红线（一处在房前，即图上房左；一处在房侧，即图上房中部，『雨水桶』左侧，此雨水桶位置画得靠右了许多，大概是为了不挡住『楼下』景象的缘故吧；一处在房后。于此黑白图中读者自行寻索吧），并在信近图处写道：我打石要在红线处再筑（此『筑』可见由『铸』改写）三道水泥墙防水。三道墙后筑起了下级两道。最上一道还在继续打土打石外扩，筑墙待后。此扩出空间准备日后加盖厨间，并设想再进一步于其上及更高坡处加盖新卧室。

爸妈姐米，妈厚信收[1]。刚从集上卖炸春卷回来，上星期包了七百个饺子，包到早上四点，只睡了二小时，老外馋得要死，却一个一个买了吃，四角一个锅贴，好多小孩数数钱不够，真可怜，只有看着。我和雷累得直恶心，但还是乐。三星期挣了二百多。雷在空中要一团湿面，粘春卷皮，有三分之一粘坏了，真难。在上海街头看人一下粘四个，像杂技。成功了，又乐，又空虚。老顾乡来就可大干。这儿也死不了，就是很难不愁，干得慢点也活了，只是一病就完，故得先踩水吹一个救生圈。出国人百分之九十九失望欲归不归，其境可知。不坏亦不好，放羊得先有一百万的地才行。这儿每个地都有主人。空话不说，来就知了。几个东西不可带，家具不带，衣服不带（带寄点内衣鞋），旧物日用品不带，寄来两双旧胶鞋，穿几次就在鸡粪里裂开了，何必花寄费。旧衣捡送的有十几箱，足穿到死。书像样的都可寄来，包括鲁迅，书由老顾乡捡一半多，主要是翻译和古典、三十年代，解放后的不要。对了，买一些褐色、深赭、黑群青的油画棒来，（如蜡笔）要一百只，以褐、黑为主。我想在集上给人画像挣钱，也许画一张能挣五元，我先练练。……老顾乡牙上受了大苦，也大成功，这一下挣了一万新币，这是多贵的苦。我的牙也空了好几个，这的人都坐飞机去香港看牙，都是金牙。这穷小孩是学不了音乐之类的，亦有等级。……出来如怀无畏心，也不难，劳动而已；若思弥如何，晚年如何，怕只有绝望。尽人事，认天命，避一避吧，亦是得活且活。我等乏力、少技、缺钱，又不太甘心一心奔钱，就只有混了；清平之日，看一眼海，也是所偿。我是如此爱梦的人，也如此了。一个小社会主义邦，亦专横，亦迟钝，有十吨鸡粪无力挖出，种果树，让小孩、老头爬吧。近日拼命干，积了点钱，吃是不愁，雷也胖了。我们基本不买菜，太贵，大袋土豆、洋葱、胡萝卜，是我们吃得起的。八个月中间的洋白菜，一个月中的苹果，捡菜叶吃是一个来源。木耳几次让我打是吐了吃的东西，或吃时玩儿，这一定打，我不能



[1] “厚信”应即很厚的信。

容忍。我们来时几个月光吃白饭、盐，一天只有一个小鸡蛋，给他吃；现在多了，就浪费，这都是舍灵魂换来的，不吃就饿着，活该。吃饭玩，我都讨厌，因为在这儿不尊敬饭就是反动派。我心自行，已无几人知了，雷知，只作笑谈，天心如俗，知天知俗者皆不知也，我亦少知。待偿了这些人世小债，再谈。李子又收了两桶，真快。……（第二页）缺水，我们从头到脚洗一盆水，每次都黑黄，厕所也不太敢冲，故抗旱建桶是急事，得干一个整月。另修楼下房、挖一个藏物小室、修台阶、建完沼气池亦是两个整月的工作，山上小屋欲倒也得修一个月。生在中国的组织中，真不会想到生活是四边要倒的墙，也想不到自由是和风雨饥饿的斗争，是一个越来越远的可能。在生活上还是好起来了，认识人多了，关系多了，也知道了这儿的习惯和法则。老外人挺好，但一碰钱都小气得很，买一个饺子都想半天，但也不少上门送衣送鞋送玩具的。我要再送五十条丝巾给闵妻子的家中小店，楼下要修好，也想做一个小店。近日天天有人上门买蛋，再卖点别的有希望挣到饭钱。

这上边是几个月前写的，也寄你们看看。

移民政策一直在变，澳大利亚移民是计分制，会英文、家庭主要成员所在何国包括父母、职业、专长、财产、担保人的职业（工作）财产都算分，如考试，得过分数线，反正英文是主分，多准备英文、外币总不错，有备者无患。再打听清楚再告诉你们，多练气功。我出来留下是偶然，但也积累了多年。什么东西都不买，只换外币，我指，想法学做中国点心，最重要是英文，在我山上乱忙没前途，如果不准备活厌就死的话，必得入这英文之世。……

（信第三页亦即第二封信首页无图，信文片段见本卷上册《养鸡岁月》中家信图页；以下为信的第四页）

看新鲜东西就买是人的猴性，现代商业广告就利用了这一点，不可不防。我们的账号寄上，但什么能调百万元的人我见了不少，大半是骗子和过牛皮瘾的人，万万小心。人失于贪，上回的教训大也，白白的好事最可怕，我都躲，你们根本对付不了。……就是调百万的人也不是他的钱，国家的是好拿的吗？没后台一出事起码二十年，切切。无事是天堂，知足者乐，进伤退死的地方少去。老顾乡亦勿谈国事，时有来人谈到。这雨水日久倒还清，就是长蚊子，孑孓，正在设法密封。我不愿多谈具体难处是因为你们老隔海想主意，寄不切实际的东西，能捡、要扔的何必寄，要做到一切我不要的不寄，我就能多谈细事了。……金银花这满山尽有，我们也喝治感冒。闵岳父隔海把一株花抱来送我（买的），一看我这山上多极，是我最讨厌的草，兔子不吃。/ 老顾乡关键把握一点，一有异常，即走避灾，否则就这边探好路再说。闵一家六口来，我们忙极，他们住楼上，我们在楼下地上放五合板睡。有一大鼠，吃了三十个鸡蛋，每天一二个，终于中鼠夹，它还挣开逃了，雷看见长一尺，不算尾巴。老鼠打死十只，又少了点，一袋米偷走了十公斤！我从来没用酵母片做膏药，可能信未写清。这房子是个空壳，六十年前很好，被我的前房主拆空了，梁都锯断，来时透风进雨，现在有一处还是旧铁皮马虎钉上的，楼下向坡处无墙，是个土堆，即山坡。……

（岛上三）

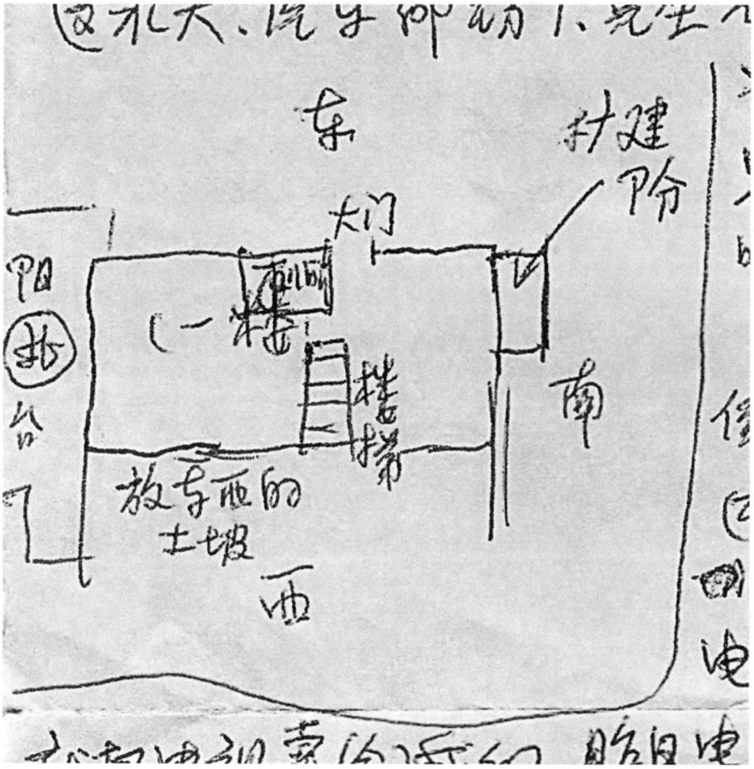

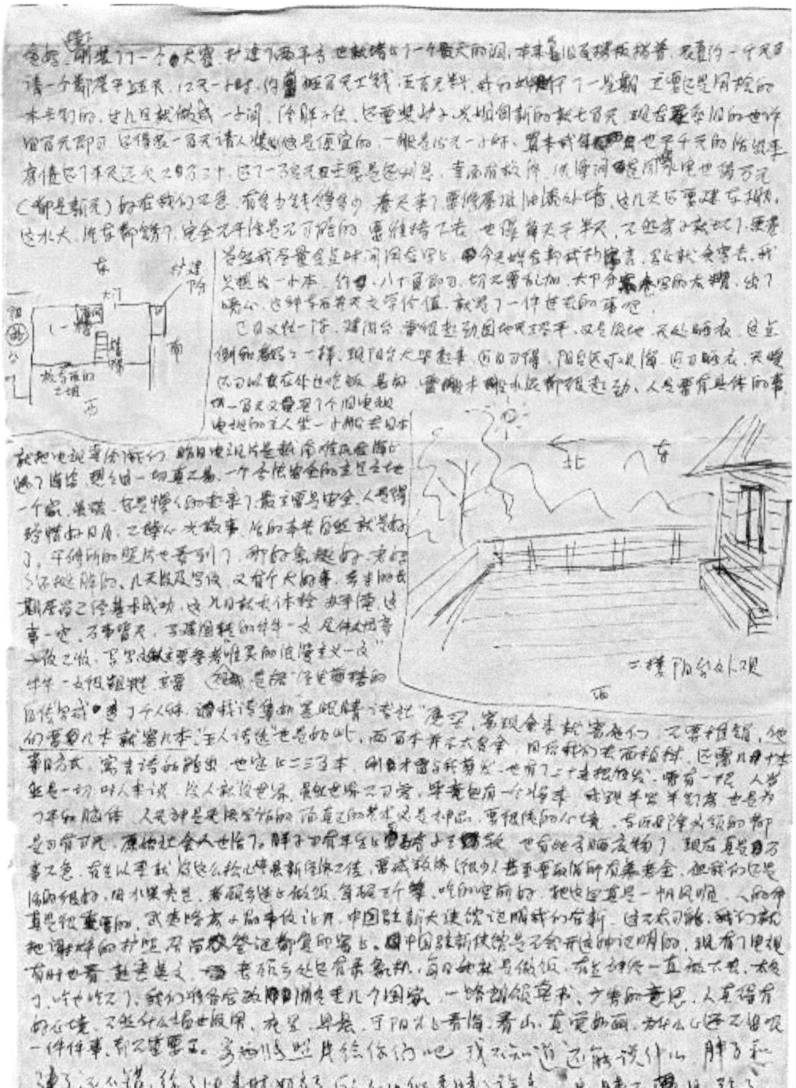
东
大门
一楼
西
北
二楼阳台外观

左：此信的寄出邮戳时间为 1991 年 6 月 27 日。此时顾乡及其子已在岛上九个月，李英已在岛上近一年。信中小图为房子下层俯式平面简图（截图见题图页），指示出“扩建部分”和正在修建的大平台的位置及其相对大小。另图为建设中的大平台面貌设想图（清晰图见后）。“放东西的土坡”此时已修整完毕（挖走许多土，填在了图中“大门”外新建的挡土墙内），用捡拾的废弃木材钉建阶梯式置物架以覆盖土坡的工作也已开始。至年底建成。

上：顾城用不断捡拾的木块钉起的楼下西墙和墙后依山坡次第而上打制成三层宽大储物架的储藏间。开二小门进出，内建木梯。照片左端木架上本矗立着于信中设想装水电建浴室之后购买的大热水器，木架右前曾安放着信中提到将购买安装的新式木柴取暖炉，皆于房子空置若干年后被窃。

上二图摄于室内，见顾城家信小图（见题图页）中的『扩建部分』：左图自楼梯下端向右看，此处墙一直因为合适的木料没找到而破损着，后因为这两个照片中可见的二手大玻璃窗而产生用另类材料『扩建』的想法。不能扩出太多，因为临近地界也因为树的限制。顾城1991年6月27日寄出的家信劈头就说：『楼下刚装了一个大窗，扩建了两平方，也就堵上了一个最大的洞。本来靠旧瓦楞板挡着。』此『大窗』即照片中扩建部分可见的大窗；『扩建了两平方』于此照片也可以大概看明白。顾城在扩建部分一端用废弃料做了书桌和书架（右图）。顾城喜欢书桌书架，以至他建的厕所间内也充分利用其空间做了小桌和若干书架物架。照片2007年摄。

下二图是顾城家信小图（见题图页）中的『楼梯』从楼上看，照片拍摄在2007年11月房子无人十多年后（左图的拍摄角度小于楼梯角度因而未能显示楼梯），楼梯之下可见顾城在信中小图中标注的『厕所』侧面和『大门』（房门）。房门门框是顾城钉建的，厕所则于1989年年底修成。楼梯顾城钉建，楼梯栏杆的白漆是谢烨漆上的。顾城写给儿子时提到：

『那个楼梯栏杆是旧的，是我们一根一根找出来的，用砂纸擦，钉上去的。你妈妈刷的油漆，白色的从下边看很好看……』（从下边看的楼梯照片可见于本卷上册《养鸡岁月》中）

『我们上上下下用水桶提水，倒你的尿盆，你就「Look！」地叫着，你喜欢让我们把你的沙发推到栏杆边，这样你就可以看见我们下楼。你妈妈下楼很快，因为有好多事。我一直在锯木头，后来你长大了一点儿，就用锯把新楼梯锯掉一点儿……』『每一块木板都是拼的，我真笨，一天也就钉上七八块木板，我真笨呢，一直在钉钉子，不看你，我以为房子是重要的，现在它快钉好了，也没用了。每一个螺栓都是找来的，捡人家丢掉的材料。这件事让人家看不起——我是说你妈妈和英儿，不喜欢到处都是垃圾。……』

（引文见《（写给儿子）》第二篇）

上：截自顾城家信，为建设中的大平台面貌设想图，作者题：二楼阳台外观。

下：摄于 2007 年。当年建成的平台依旧壮观，但可见栏杆和窗下木台的横木已被基本窃空；窗掉了一扇被钉上了木板。

摄于此家信发出大约一个半月之后，平台已大体盖成了，儿子木耳很开心。顾城在《（写给儿子）》中说：

『山顶的草浅浅地绿了，还会黄，夏天的阳光照着这个山，我们大大的平台。Sam，我临走的时候把栏杆钉好，我怕你掉下去，其实你什么时候都很小心。……』顾城临去德国前又加钉了两道横栏，他知道孩子非常喜欢这个平台，于此封家信中还写道：

『胖子可在平台上骑小三轮，也有地方晒衣物了。』

对比2007年的拍摄图，可以看到，此时的横栏彼时都没有了，此时窗下崭新的木台也只剩下几道坏朽的空架。

这个平台是顾城所有工程中唯一用材基本来自购买的。

爸妈：楼下刚装了一个大窗，扩建了两平方，也就堵上了一个最大的洞。本来靠旧瓦楞板挡着。花费约一千元可请一个邻居干上五天，12 元一小时，约当为五百元工钱，五百元料；我和烨则干了一星期，主要还是用捡的木头钉的，过几日就做成一小间，给胖子住。还要装炉子，光烟囱新的就七百元，现在联系旧的也许四百即可，请人装则还得花一百元，这是便宜的，一般是 15 元一小时，算来我每月也干千元的活出来。房债还了半天还欠 2 万 3 千，还了一万多元主要是还利息，幸而有救济。洗澡间连同装水电也得万元（都是新元），好在我们不急，有多少钱修多少。春天来了，要修屋顶油漆外墙，这几天要建车棚，这水大，汽车都锈了。完全不干活是不可能的，要维持下去，也得每天干半天，不然房子就坏了，更费神。当然我尽量多点时间用在写上。今天烨在帮我抄序言，马上就会寄去。我只想出一小本，约八十页即可，切不要乱加，大部分案卷写得太糟，出了恶心。这种东西并无文学价值，就是一件过去的事吧。

近日又忙一阵，建阳台，雷很起劲，因地无三尺平，又是泥地，无处晒衣，这点倒和老妈妈一样，现阳台大架起来，近日可得；阳台远可观海，近可晒衣，天暖还可以在外边吃饭，甚好。雷搬木搬水泥都很起劲，人是要有具体的事。一百元又买了个旧电视，电视的主人坐一小船去日本，就把电视卖给了我们。昨日电视片是越南难民在海上遇了海盗。想想这一切真不易，一个合法安全的立足之地，一个家，虽破，还是慢慢地起来了，最主要是安全，人是得珍惜好日月，不操心，光做事，活得辛苦自然就是好了。干休所的照片也看到了，那好像挺好，老妈妈还挺胖的。几天没及写信，又有个大好事，乡米的长期居留已经基本成功，这几日就去体检，办手续，这事一定，万事皆无。……刚才雷与我剪发，也有了二十来根白发，雷有一根。人当然是一切，对人来说，没人就没世界，虽然世界不可爱，毕竟还有一个将来。我现半写半钉房，也是为了平和脑体，人无神是无法写作的，而真正的艺术必是神品，要很纯的心境。东西除必需的都是可有可无，原始社会人也活了。胖子可在平台上骑小三轮，也有地方晒衣物了。现在真是万事不急，有生以来就没这么松心过，虽新经济不佳，要减救济（很少），甚至要取消所有养老金，但我们还是活得很好，肉、水果充足。老顾乡迷上做饭，每顿三个菜，吃得空前好，她这回真是一帆风顺。……现有了电视，有时也看，熟悉英文。……人真得有好心境，不然什么福也没用，夜里，早晨，于阳台上看海，看山，真觉如画，为什么心还不安呢，一件件事，都不重要了。……

SISTER

照片摄于1990年12月25日傍晚圣诞日利斯（利兹）房子内。当时顾乡（左三）和她的孩子弥乐（弥。左二）租住在这里。顾城（左六）、谢烨（左八）、李英（左七）、木耳（三木。左一）先和来访朋友度过白天，又去John（老头。左四。李英后于其书中称之约翰）处，之后一起来这里共进晚餐。利斯想到照相，启用自拍功能，顾城本坐在桌子近相机一端空椅上，因此移至另端与利斯并坐（相机没有三脚架，摆在锅台上）。自拍计时开始后，木耳突然从他的位置（谢烨左边圆凳上）跳下跑向现在的位置。于是第一张照片后，又拍摄了第二张，即图下；加拍第二张照片更多的是为了孩子的心情，他们觉得刚才照坏了。看窗外天色，从有光到无光，大约为是否再照一张还是有番犹豫的。当时用的是胶片，利斯节省，不常拍照。后来多次在此团聚，都无照片。1993年9月24日顾城和谢烨返岛后，也很多次和长时间地在这个长桌边围坐过；每讲餐，亦坐此。

上：1959 年秋，顾乡和顾城。北京。

下：1979 年春，顾乡和顾城。北京。

谢烨和李英。（摄于1991年往返于所居岛和奥克兰的船上乘客散去之时。顾城摄。）

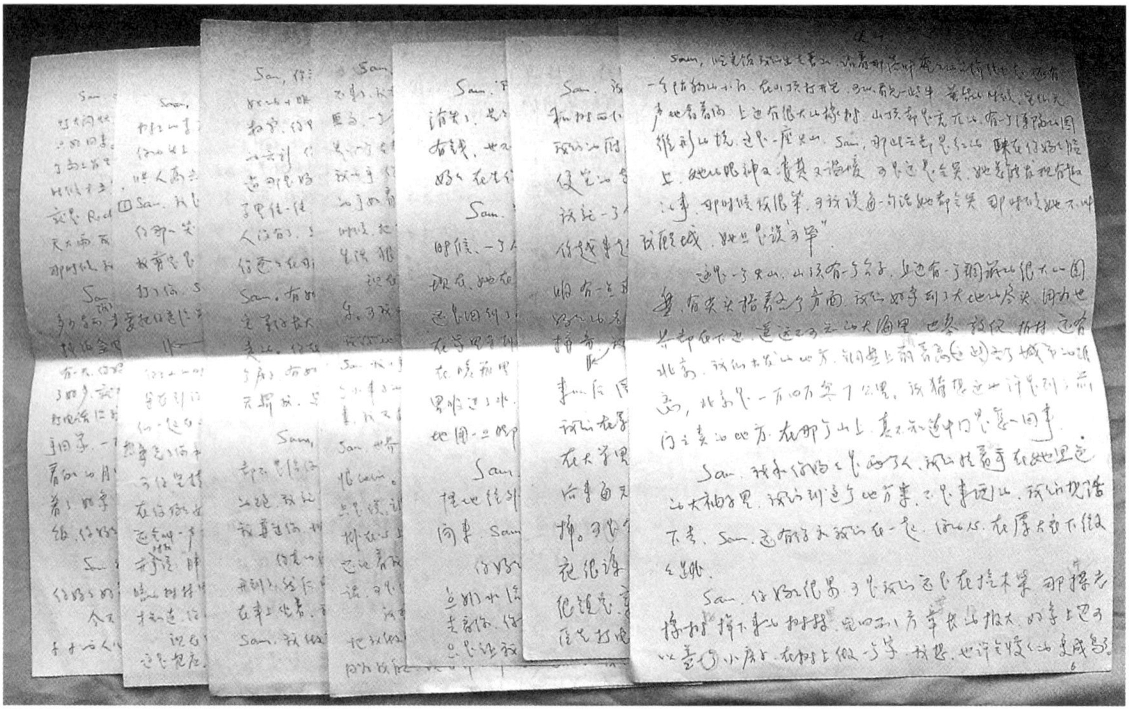

谢烨笔录顾城口述字。时间在 1993 年 10 月 6 日和 7 日。此前 2 日和 3 日为打字记录，因为电脑送修而中断。儿子的名字写为：Sam（电脑打字时写为：珊）。详见本册《（写给儿子）》和本卷辑外《我面对的顾城最后十四天》。

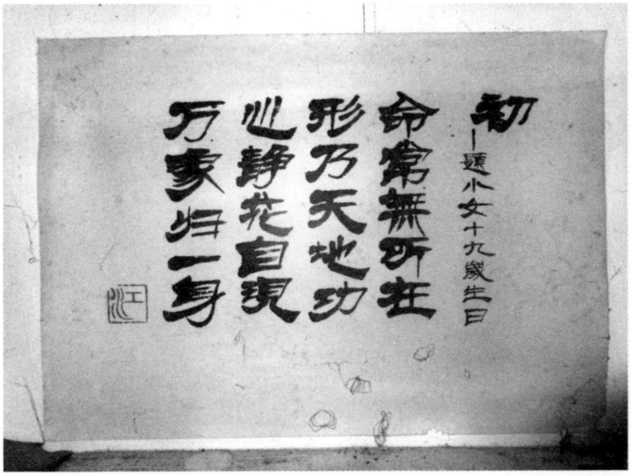


此句写在 1991 年吧。如果集顾城的诗的话，其实这也当算作一首。诗下的印章“江”是 John（“老头”。前边圣诞晚餐照片顾乡左侧者）的，他同顾城、谢烨、李英、顾乡交往后，想为自己起个中国名字，讨论后即用了此与 John 谐音的“江”字，并刻了章。他的女儿生日时，他说要让她感受中国文化，便问顾城可否替他写几句中文诗给她。John 信仰气功，爱聊东方哲学，摆设有笔墨，顾城便口授这几句；顾乡不懂笔墨，硬着头皮持笔，几人还建议老头落章的位置。John 后来复印加章回赠，顾乡遂将其贴在了租住小房间墙上。顾城和谢烨 1993 年 9 月 24 日自德返回后 26 起顾城即住此小房间。

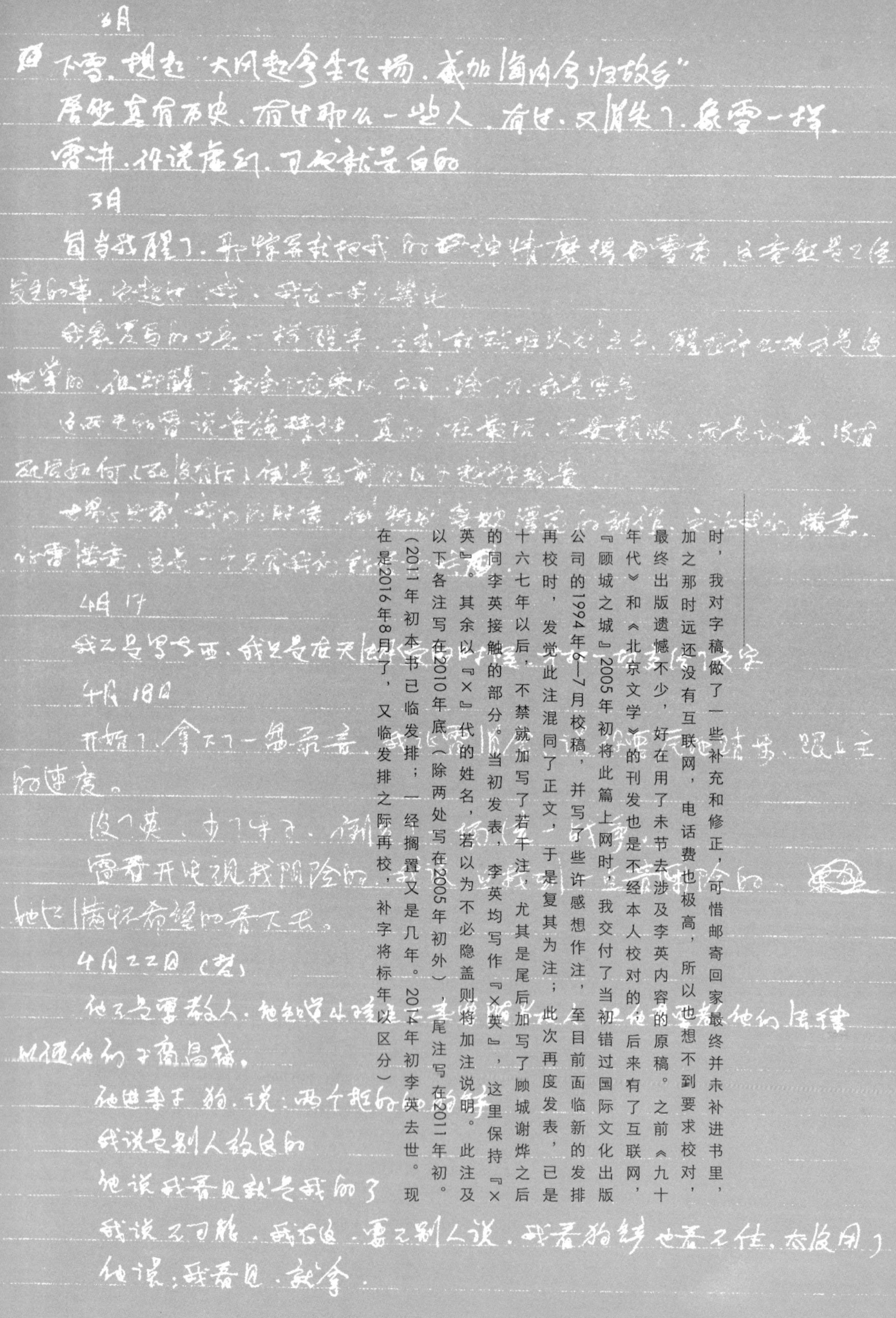

时，我对字稿做了一些补充和修正，可惜邮寄回家最终并未补进书里，加之那时远还没有互联网，电话费也极高，所以也想不到要求校对，最终出版遗憾不少，好在用了未节去涉及李英内容的原稿。之前《九十年代》和《北京文学》的刊发也是不经本人校对的。后来有了互联网，『顾城之城』2005年初将此篇上网时，我交付了当初错过国际文化出版公司的1994年6—7月校稿，并写了些许感想作注，至目前面临新的发排再校时，发觉此注混同了正文，于是复其为注；此次再度发表，已是十六七年以后，不禁就加写了若干注，尤其是尾后加写了顾城谢烨之后的同李英接触的部分。当初发表，李英均写作『×英』，这里保持『×英』。其余以『×』代的姓名，若以为不必隐盖则将加注说明。此注及以下各注写在2010年底（除两处写在2005年初外），尾注写在2011年初。（2011年初本书已临发排；一经搁置又是几年。2014年初李英去世。现在是2016年8月了，又临发排之际再校，补字将标年以区分）

老顾乡，收了你的信，甚好

人生于世，唯在心安，心安处皆为故

心乱处见刀山。我出岛谋事，真

是大错，现在有刀痛，[illegible]

惟愿你一切好吧。

回了回了　　弟　城

我在岛事中间，只有一个[illegible]，我是在写小说的时候，

[illegible]，那是另一个世界，[illegible]

[illegible]，只能[illegible]一[illegible]一样，我[illegible]

[illegible]，这就是[illegible]吧。

# 辑外　顾乡：我面对的顾城最后十四天[1]

[1] 1993年底至1994年3月中旬我回北京了两个半月，本来就是回家看父母，可后来到了2月就变成了每天闭门几小时地写这篇文字，那时他们的声音、神情就像录在我心里脑子里一样，至今犹在。所以写还因为到了北京才见许多书刊，说得很乱；也有很多说法说是源自我的，而我只在接听电话时回答过那些来自说是朋友的我绝认为是出于好意的问话罢了。与其人家说我怎么说，那就干脆我说吧，我就写了。一写就写得发了高烧。那些日子（可以说那许多年）不堪回首，父母、孩子、无穷要对付的事（我又从不是个能对付事的人，要不也不会让事成了这样，而且当初也不会热衷顾城的话，领着刚上小学二年级的孩子天涯海角去岛，当时真准备孩子永不再进学校了）……写后复印（那时我还完全是笔写，既不懂打字更远没有电脑，顾城、谢烨的电脑我一动未动，行前交给了谢烨的弟弟），当时为李英着想，寄出时大段涉及李英的内容节去了。一份寄给了香港《九十年代》，一份给了《北京文学》，家里也放了一份，原件我带到了岛上。国际文化出版公司1994年6月准备出书

# 9 月 24 日　星期五　傍晚

说见就见了，隔山隔海，经生经死，可说见还是就见了。只是乍见，顾城瘦得吓人，皮肤也一下干涩了。烨有些忧郁，却清丽健美如初。

“怎么掉个牙齿？”弟温和地笑着：“我给你个牙齿钱吧。”

还顾我呢，我想。同时心里也略有些惊异，像被冷淡遗忘了太久的一样什么忽然又到了跟前似的，又生又熟，都不敢认了。现在想来是的，顾城自十年前一结婚就停止这样对我说话了，像是忠于丈夫职守便要排除其他社会关系似的，在我面前说话总是板板的，弄得我也再不可能像从前那样自如地对他说话了。我当时肯定疑惑了下，因为在我已被造成的感觉习惯里，他这句话要说也只归谢烨说的。

谢烨的弟弟张纯（小纯）也在，还有利斯（兹）。几人说话时，弟沉默了下，对我说：“一走上岛，第一个心情就是，我干吗要离开这里呢？”弟微颤的脸上升起一片凄惨。

那是一个奇异的晚上，弟松松地说：“不是又见面了吗？”

“不是又见面了吗？”让我再听一遍吧——

我把你们丢到哪里了呢？

两个星期该不是一松手就滑过去的，那也是十四天，乘以 24 个小时，乘以 60 个分钟，也是一分钟一分钟过去的，为什么我就没有捉住其中的任何一分钟呢？如果我死死地死死地捉住，你们还走得了吗？

上天，你给了我一次，你再给我一次吧，哪怕只给我其中的一分钟，我用我的永生永世来换，我一定不放过它！……

"今天是顾城生日。"我整理着桌上的菜，控制着心里的高兴说。

"呵呵，"顾城轻笑两下，"你还记得。"

怎么会不记得？刚刚我还在想，恰恰生日回到岛上来，是要再生一次呢！

晚饭以后，弟首先提出的去看三木[1]，不然怕他睡觉了。

就要看见孩子了，就要回到闹生闹死离了一年半加二十天的房子了，我的心都替他们乱跳，他们看去却十分平静。我觉到弟是想好闯这关了，那么他们的日子真的可以没阻碍地平稳地持续下去了。



## 9月25日　星期六

早上，他们带着木耳来了。木耳穿得漂漂亮亮，开心地跑在最前头。

弟和烨都说木耳漂亮。烨说："昨晚见他脸红红的，以为是被火照的呢，今天一看，还那么红。"

弟笑呵呵地构想了一个年底全体一起，加上玻格"大返京"的计划，于是自说起一些国内和家里的事——北京的黄面包车、家里堆满无用旧物的房间等等。

一会儿说起他们刚待了一晚上的房子。弟说："房子收拾得真好。是你收拾的吗？"

---

[1] 平时称Sam，中文便常写为：三木、杉、珊；Sam的完全书写为Samuel，顾城好写为：三妙、三庙；与双方父母及国内亲朋一般都称：木耳（或：胖子）。木耳于大约三岁半时（1991年8月下旬）托养于离家十分钟左右步行路程的玻格家。准备离岛赴德时，谢烨想到玻格会不舍孩子，将来接走孩子会有麻烦，但还是自信可以让玻格同意她的。当时顾乡的生活环境还相当窘迫，尽管说不如让她管着，免得将来徒生枝节，但毕竟也都觉得好的居住环境对孩子是极重要的；同时她也有些自卑，不认为自己的能力足以令谢烨放心，便没有力争，为此她也是极懊悔的。于是1992年3月4日顾城谢烨离岛去德国时孩子继续留在了玻格家。

我笑了，说："不是。"

弟说："英儿真会收拾。"弟的状态像顿时掉进梦里似的，"那个板儿锯的！她小细胳膊儿怎么锯的；钉得叫一个平整。英儿真是能干，就是不干；英儿不坏。"

我喜欢他这么认为，可又觉得他说得不是时候；我好像是替他抱歉似的看看谢烨，烨倒没有一点在意的意思。我和烨都知道，那些板儿其实都不是×英而是"______"[1]锯的钉的。

弟对烨说："我的那封信呢？给老顾乡吧。"

烨于是去拿了信，给我时神情中有种不屑，我受了感染，也没好意思当真看，便塞进抽屉。好久后无意中又看到时，才知道骂自己，为什么当时没有多看看多想想呢！弟信很简单：



老顾乡：

简单而深不可测，每个事都是这样，我不知上天为何如此，只被它的残忍和微妙之感惊呆了。又出了好多事，一件一件，可我依旧活着，雷依旧好看。

我们在美国，三番市（旧金山），马上就要回来了。这是一个放满书的屋子，在某一个地方藏着机关。

我真正在犹豫，我变了，平静而不恨生活，只有一分一秒，事情也真到了一分一秒的程度，依旧畅若流水。我松开手，把自己交给上天，心中变苦的盐，又变了石头。

我喜爱三庙，这也许是你最惊讶的事。我是一家，不太是一个人了。

---

[1] 原文写为"×××"，这里与前文统一，一律改用"______"。"______"在顾城、谢烨一年半前离岛时即搬进了这个房子，其间将顾城剩在屋中未及钉上墙的纤维板都钉了上去。"______"在李英离开这个房子后三个多月时离开。

永远在事中间，只有一个例外就是真正写的时候，那是另一个世界，愿此能离苦海。

我清楚记得我打开这封信时，弟有些不好意思，神情中还含着些期待；弟简单地说："路上写的，没寄。"我草草看时，没敢往坏处想，只当他还持续在 × 英的事里，并且心境已趋向平定。这封信顾城是白写给我了。[1]

弟还把他写在飞机上的给三木的诗给我，让我看；一种受宠若惊的感觉让我略略不是滋味儿，真的，就不记得弟结婚十年来什么时候专门给我看过他的诗，也许因此我没能看专心，只是觉到了一种明亮单纯，三木在他心里那样好了，我感到了种从未有过的安慰和踏实，想着这下真的好了。



弟的诗是这样写的——

（略）[2]

弟见我看完，想等我个反应似的看着我，我觉得他的神情比我这个读者还感动，也就不知说什么好，弟自解似的说："是吧，什么花的都没有。"

烨想起算算账，该给我多少钱。我报了地税、电话费，又说："还有你

---

[1] 不止是这封信白写给我了，其实那些天里，顾城一直想能有个真正关心他的内心的人和他一起谈谈，关键是谈谈谢烨，但是这是最难的，对他是最难的，对顾乡也是，不知再有别人是不是，恐怕都是很难的。直到顾城写这几字信时，顾城也不能点破，可见对他多难。顾乡则简直是有意识无意识地全然不给他表达的机会。挤压到某个时刻顾城不说不可突然说出来时，顾乡则不敢听，一心盼顾城停止，过后则像完全没听见或者完全没听懂那样，一点也不同顾城讨论哪怕是碰一下这个问题，真是让顾城孤立无援呵。而谢烨说顾城是没什么障碍的，顾乡也总是倾心地听，还有种代顾城接受批判的极惭愧感。顾乡后来才觉到顾城那时无处表达，他知道谢烨好，他错，可是仅此结论于他太不够了，他有大委屈解不了，有看到的大真实无力让别人与他共同辨别、承担。

[2] 诗即《回家》，收入《诗歌卷》，此处略。诗中一句"岛上有树/有外婆和你的玩具"，在10月5日将诗交顾乡准备放在家信中时，已改为了"岛上有树外婆/和你的玩具"。这应是那几天里对玻格某些做法的大不满造成的。最初的"外婆"即指玻格，孩子同玻格的外孙女同年，便一起这样称她。在孩子的事情上，顾城心里有愧，于是对玻格自是倍加敬重。

走前拿的做春卷儿的钱，× 英说她的那部分她不要了，算还机票钱了。”

弟立即抬起眼睛看我，烨也愣愣地看了我下，道：“真的，我都忘记了。”一会儿才又说：“那该给你多少钱呢？”我同她算了算，于是她把钱给我。

我们一起开车去镇上。木耳那天真高兴，叫妈妈“谢烨”，对顾城却不叫，只是绕来绕去蹭一蹭，还直着黑黑的眼睛对他认真地说几句英语。弟呵呵笑着，胡噜下他的大脑袋。

弟说：“大黑眼珠儿哈。”又说真是“哪哪都好看”。我很惊奇弟往购物车里放鸡块儿、酸奶，这在一年多前，是他绝对反对的，他只赞成买那些最少经加工经包装的食品。他淡淡地回答我：“何必呢？让人看不起。”我恍惚了下，不明白他说的“人”指谁。弟说：“我现在什么都不恨，就是都可以理解。”顿了顿又说：“就是比较喜欢三木。”弟不是跟谢烨转，而是跟我说话，并且显然是想专门说点儿话的，这让我一时好像很有些经受不起，我能觉到他期望我说点什么，我也很想问点说点什么，可是我还是什么也没能说；这种情形后来又屡屡重复，直到再没有机会再重复一次的时候。



到了付款出口，谢烨看看顾城的购物，没说什么就一并付了款。午饭是在中餐小店安娜那里买回吃的。吃得很热闹。下午忙着事情，听他们讲也听我们讲。烨很乐地说起法国使馆不给他们经塔希提岛过境签证的事，说她指着顾城对使馆官员说：“看清楚了，这不高更，也没带笔，不是去你们那儿住下不走画画儿的！”弟也笑了，说：“顾晓阳都气坏了，说：‘就该闹土改！’还问：‘法国人进中国了几次？’”烨说结果没给签证就没坐成那架飞机，而那架飞机在塔希提一着陆就冲进海里去了！我们都好是一惊。烨说电视报道了。我们却都不知道。

一忽儿弟说起血缘这种东西很怪，你知觉它也罢，不知觉它也罢，它永远让你属于它，当一切光芒都消失了之后，它仍然照耀你，你这才知道，呵，这是你的家，你的归宿，好也罢不好也罢，可它永远有耐心，永远不骗你；你不承认它，反抗它，结果你到处去问去找，拼命相信，拼命忠于的其他所有，都终究是枉然。

我都听呆了，不知他在说什么昏话；我看看烨，烨坐在那儿，淡淡地有些笑的样子，也不理他；我不太开心弟怎么这么瞎说，要我是烨听了就不会高兴。我说："怎么跟血统论似的？"弟很憨地"哎"了声，也不知他什么意思。

我说："你可真是三五年一个大变化。"没想到弟很当真地接道："一般三年一次。我现在什么都不是，就是爱孩子，孩子真好。"

我又看谢烨，烨的神情更加不以为然；我想烨不信顾城。弟还说他自己的："真想再生十个孩子。"没人理他，于是我说："啊，快别说了，你一想什么就过梭儿，吓着谁。"



我给他们看我的画像，弟几乎不相信我会画成那样，我挺高兴。一个间隙，弟坐在那里，脸微仰着对我说："又发生了件事情，如果英儿的事儿是一，这事儿就是九十九。"弟微张的本为显示微笑的嘴忽然有些合不上，我再粗心也注意到了那层凄惨又一次罩到了他的脸上。我很惊讶这会是什么事，我偏头专门看了下旁边并无反应的烨，一点儿猜不出。

"心没了，成干末末啦。"弟自嘲似的笑了笑；"无爱无恨，就是挺喜欢三木。"弟看着木耳从眼前跑过，又道："喜性儿。"

木耳正和弥乐（我十岁的儿子）在里间玩得开心。很久没能来这里了，他高兴得几乎一直乱蹦乱跳，连听弥讲故事的时候也是手舞足蹈。他开动起积铁拼做的"卡车"，对我说："小哥哥 made（做的）！小哥哥，Mi-Le！Mi-Le！"说着跳过去拉拉弥乐。他从来叫弥乐"小哥哥"，半年前上学头一天，便指使同班的孩子去六年级为他找"小哥哥"。弥乐于是每天都会被许多孩子叫多遍："Are you Sam's Xiao gege？ Sam calls you！""Are you Sam's brother？ Sam is calling you！"还要"Please！ Please！"个没完（"你是三木的小哥哥吗？三木叫你！去吧！去吧！"）弥乐说，那些孩子好像都以能被三木指使为荣似的。不过后来木耳也随着学生们的叫法，学会叫"Mi-Le"了。

木耳看顾城进来，便把屋里的各样东西一一对顾城介绍，仿佛顾城是个对这里陌生的人。木耳同样把弥做的积铁车开给顾城看。我笑起来，弟也笑了。弟看弥正在画车，就问。弥说，三木让他画一百种车，他快想不出来了。木耳像是听懂了，抽出一张纸递给顾城："You do！ You do！（你画！你画！）"于是顾城真的开始画了，画得生动，还一边念叨，他念起小时候认车的事，那时父母买回一本画满车的书，谁都不以为两岁的顾城能认几个的时候，他走过去全给叫了下来，合上书他说："我出了一身战（汗）！"那时他话还说不清呢；现在木耳已经五岁半了，在边上不断地拍手欢呼，满口英语我都听不懂。



烨进来。木耳对她指着顾城还在继续画的一辆辆车（有的都快画成狗和鸟了）说："Good！ See！ Good！……"木耳像在故意回避说 Daddy，Mum；我知道他心里是明明白白的。不久前我专门去学校见他，跟他说妈妈要回来了；他说："Did she ring you（她给你打电话了吗）？"我说是的；他说："Did my dad ring you？"还加了句："My father。"（我爸爸给你打电话了吗？我父亲。）我说是的。他说："I remember my father very very good drawing，better than you！（我记得我父亲画画儿非常好，比你好！）"此时此刻，父母真的就在面前了，木耳或许对突然降至的幸福不大敢相信吧？

三木看了看微笑的烨，脑袋一转拿起边上的《假话国历险记》，比划着说："小哥哥 read this for me，……Calar，carlar……windows all broke down！……小哥哥 read Chinese in English！……（小哥哥给我读这个……嘎啦啦，窗户都碎了……小哥哥把中文读成英文！……"

烨道："这家伙小哥哥崇拜狂。"她拿过书，翻翻说："弥乐现在读书挺好的哈？"一会儿又若有所思似的说："真的，让三木跟弥乐待一阵儿不错。"弟说："然后咱们一起回北京去，两年，胖子什么中文都会说了。"

# 9 月 26 日　星期日

我知道发生了什么事已是星期天 9 月 26 日了。他们吵了起来，平生第一次见他们吵了起来。

早上，弟打过个电话来，说烨心情不太好，可以不可以划划船？我也没明白是怎么回事。我说："好呀！叫上三木吧！""玻格不肯的！"没想到被弟呛了一句；随后他口气又缓下来："……现在只有一个办法，就是我们全体加入玻格家，胖子拿不出来，干脆我们全过给你了，哎，……"弟似乎说不下去了。我想这玻格真的呀！不过我也没很在意，哪里真可能父母都回来了，还拿不出孩子的？

不久，他们来了，但没有木耳。我说了些关于木耳的话，谢烨便哭了起来。没想到我那些话让她这么伤心，我一下不知说什么好。利斯正坐在桌子我的这一侧，此时很有些不知所措。他说："Talking about Sam？（是在说三木的事吗？）"我应了下。弟说："咱们划船去吧？"样子有些无奈。烨也不答。我说：天气挺好的，咱们这几个人还没有全体一起划过船呢，到这儿来以后只和谢烨划过。

烨好像没在意我说什么，她和小纯低声说了几句话，两人便起身向门外走去，我不摸头脑，正看着他们，不想顾城也跟了上去，几个人的神情让我觉到了不对，于是我叫顾城，让他过来，顾城只是默然，烨从门口返回身，突然对我大声哭道："我怕他！顾乡，我怕他！"和我并排坐着的利斯惊得站起来，只是隔着桌子，没法儿去扶她；我呆住了。

弟一下子说出来："她有了别人！她要跟他走！"

刹那间我的脑子似乎是一片空白，跟着是一片混乱，再往坏处想也从没想到过会有眼前的情形——这样的事会发生在谢烨、顾城之间！我一下就出汗了。

"我有没有这个权利？！"烨怒目含泪，厉声质问。

"你有——"弟脸微仰坐在那里，牙关咬了又咬，才松开口说："你有，你什么都有。咱们结婚十年啦，你是怎么回事你知道，我是怎么回事你也知道。你什么时候也必须拿权利、法律来压我了？咱们是亲人就不说外话，你说外话咱们就不是啦，就只有离婚啦……"

烨说："别忘记了，我当初是怎么让 × 英来的！我是怎么对待 × 英的！"

顾城的声音平缓飘渺："这也是你知道的事情，你知道 × 英的事儿没有伤你…… 你让她来比我还积极呢…… 后来你们是朋友；多好啊…… 我倒成了多余的人了……"



"是啊！"烨激愤地说："可是你为什么就容不了大 × 呢？！"—— 我一个激灵，这个名字似乎隐隐的有点儿印象。

"人和人不一样，"弟的声音和神情一样地淡远："你不妒忌我妒忌。再说人总得有点儿尊严吧，大 × 他穿名牌衣服，抽烟，打他媳妇儿……我们太不一样，我没法儿和他在一起。你要他，咱们就只有离婚啦……"

烨不语了。我真怕他们再说下去。弟孩子般天真明净的声音和烨孩子般幸福单纯的微笑在记忆中还是那么清楚，那回他说："我把心放谢烨那儿，让她给我管着，我安全极了。"我也笑，我们都开心。没谁会想到变异，他不会想有一天那颗心需要拿回来和怎么拿回来，即使他思念英儿的时候，他也一定要让这颗心还是捏在谢烨手里的，他喜欢这样，他不可能或者说是不可能容忍对他的烨产生一丝的疑虑。他俩儿在他心目中是一回事，烨学英语、学开车、学打字，他就不学了，他说"不要学重了，节省下半个人的精力可以干更多的事"。他帮谢烨改诗，改文，有时把自己的放上烨的名字，他回答我说不是作假，烨写的就是这样，她太忙了，他们是分工合作，等烨发表多了就容易了。有时他会吟一些句子，醉醉地说："谢烨写的，多好！"他是捧着心给谢烨的，我知道那是一颗柔弱又固执的心，一万万只脚的踏踩也改变不了它，可只要爱人的轻微一点，它便会即刻碎成粉末儿。我知道他说的"心成干末末了"的意思。

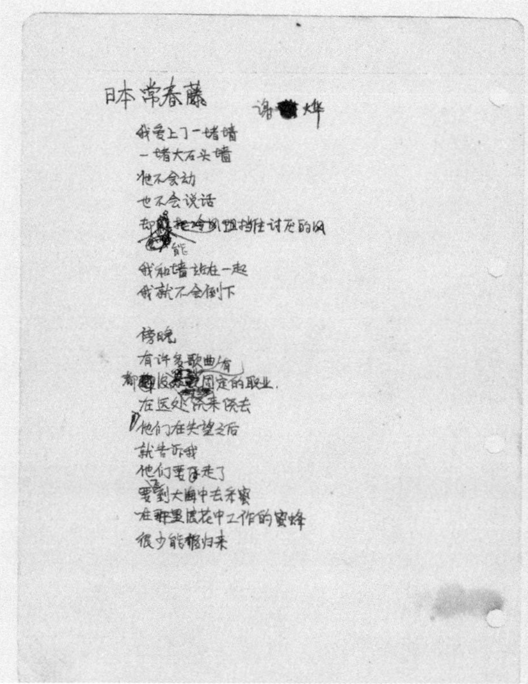

日本常春藤

谢烨

我爱上了一堵墙
一堵大石头墙
他不会动
也不会说话
却能挡住讨厌的风
我和墙站在一起
我就不会倒下

傍晚
有许多歌曲
都没有固定的职业
在远处流来流去
他们在失望之后
就告诉我
他们要走了
要到大海中去采蜜
在那里浪花中工作的蜜蜂
很少能够归来

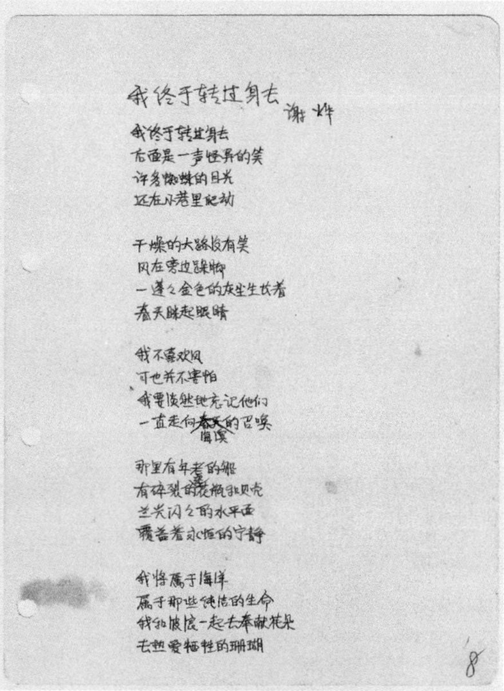

我终于转过身去

谢烨

我终于转过身去
后面是一声怪异的笑
许多蝴蝶的目光
还在小巷里witness

干燥的大路没有笑
风在旁边跺脚
一蓬蓬金色的灰尘生长着
春天眯起眼睛

我不喜欢风
可也并不害怕
我要淡然地忘记他们
一直走向海滨的召唤

那里有年老的船
有碎裂的瓷瓶和贝壳
闪光闪闪的水平面
覆盖着永恒的宁静

我将属于海洋
属于那些纯洁的生命
我和波浪一起去奉献花朵
去热爱牺牲的珊瑚

8

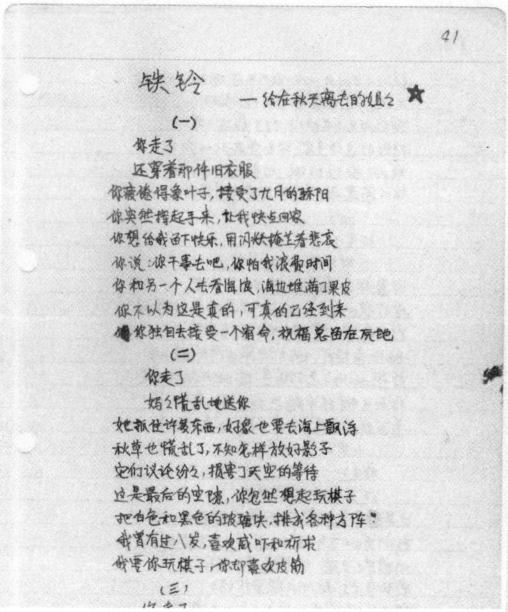

41

铁铃

——给在秋天离去的姐姐 ★

(一)

你走了
还穿着那件旧衣服
你疲倦得象叶子，接受了九月的斜阳
你突然抬起手来，让我快点回家
你想给我留下快乐，用闪烁掩盖着悲哀
你说：你干事去吧，你怕我浪费时间
你和另一个人去看海浪，海边堆满了果皮
你不以为这是真的，可真的已经到来
你独自去接受一个宿命，祝福总留在原地

(二)

你走了
妈妈慌乱地送你
她抓住许多东西，好象也要去海上飘浮
秋草也慌乱了，不知怎样放好影子
它们议论纷纷，损害了天空的等待
这是最后的空隙，你忽然想起玩棋子
把白色和黑色的玻璃块，排成各种方阵
我只有过八岁，喜欢威吓和祈求
我要你玩棋子，你却喜欢皮筋

(三)

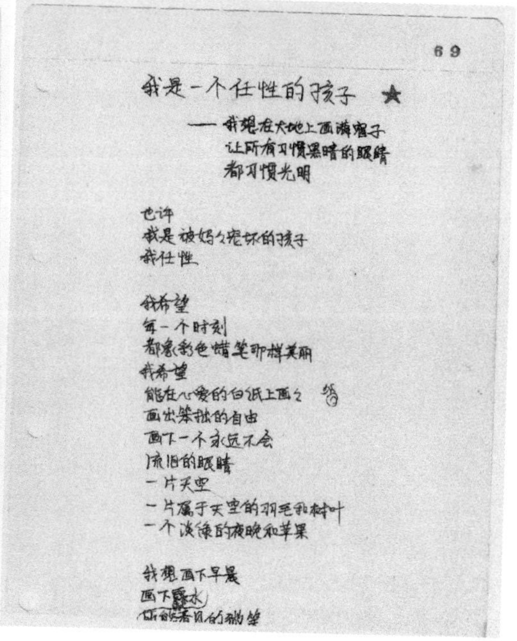

69

我是一个任性的孩子 ★

——我想在大地上画满窗子
让所有习惯黑暗的眼睛
都习惯光明

也许
我是被妈妈宠坏的孩子
我任性

我希望
每一个时刻
都象彩色蜡笔那样美丽
我希望
能在心爱的白纸上画画
画出笨拙的自由
画下一个永远不会
流泪的眼睛
一片天空
一片属于天空的羽毛和树叶
一个淡绿的夜晚和苹果

我想画下早晨
画下露水
所能看见的微笑

四图均为顾城诗手稿。顾城在1978年3月将自题为《无名的小花》的早期诗选交给他当时作为工人参加业余文化活动的西城区工人文化馆后，开始将自己以往尚存的诗陆续抄写到这样的活页纸上，当时用铅笔标写临时页码。多年里，时抄留时搁置，断断续续也抄留了一摞活页（有时也即兴直接将初稿写在活页上，在活页上修改更是经常）。1983年时，他将早期诗列作第一辑，稍晚些的为第二辑，之后数辑。在此过程中，他将某些诗页取出，专门编了一辑谢烨的诗，区分起见，他专门在诗页上写上谢烨（他在自己的抄留页上是不加作者名的）。他当时的想法是让谢烨尽快地在诗的领域中为人所知，于是一旦诗歌活动邀请他时也可以同时邀请谢烨（他们尚在两地尚未结婚时很憧憬可以同时被邀，结婚以后也是）。这一顾城以自己的诗编成的谢烨诗集手件并未专门保存，多年后偶然见到残留的这一页。《日本常春藤》可见顾城初落名：城烨，后涂去『城』而加『谢』；另首则先只暂时写个『烨』字，后又加了『谢』。应是在1983年8月结婚以后，谢烨以印章的形式为顾城的各辑诗活页上打上了页码。图三图四均是顾城活页诗档中诗页。

顾城知道自己写字不及格，不会帮谢烨抄诗，轮到向外投稿，就多是谢烨抄写了。

“但是我要三木。”顾城在沉默之后坚定地说了句，跟着薄泪罩住眼眶，他声调又松缓下来：“你要有个新家了。三木不该成为大 × 的儿子。三木的爸爸是用心用精神去活去爱的。我也不会再有别人了，我够了，我只要三木也只有三木了。我要让他好好长大。”

“我能相信你吗？”烨激愤得满脸是泪：“你踢三木那一脚我能忘记吗？你也说过谁做三木父亲都比你强！”

顾城愣愣地看着烨：“不要老反驳其实你也明白的事情吧。”弟的声音和缓得不可思议：“你这话是说给谁听的呢？说给老顾乡听的？说给小纯听的？（我又看了看小纯，小纯一直用痛恨的目光看顾城）你还用对我说这些吗？”

烨斜看着顾城，我的心都急出了汗。一次也是在这里，烨因为我一件事没做好生了气，回去还生气，结果三天之后顾城见了我还数落我“为什么惹谢烨生气”。可是现在他居然可以对烨这样说话。

“你什么都要……”顾城的声音飘忽着，“你要大 ×，要三木，还要我的一切。名誉你也要，实际你也要，精神也让我给你，你好写小说……”❶

烨不说话，怒目含泪，突然她面向顾城：“你骗了我！”哗，眼泪滚滚而下，并没去接顾城的话，“你是怎么说的？在要把你关进精神病院时你是



---

❶ “精神”这个字眼此时含义是什么当时不会多想，但可以觉到好像是他们两人之间特指的一个东西，那几天里几度地这样用到“精神”，后来（几个月后）在写这篇文字的时候，才悟到“精神”这里指的就是顾城的“死”了。顾城写《英儿》许下死愿，可写完了竟然不想死了，这在谢烨看来是他极为理亏的地方。而顾城在×英的事上的确认定自己该死，谢烨这时却建议和帮助他写《英儿》延缓了他的死，他感谢和感动这个大善，这个拯救，他家信中也说谢烨帮助他“达到了无私无我境界”，但他没想到他不想死会那么样地得罪谢烨，尽管在写《英儿》的过程中他已经感到了谢烨的等待，甚至写在了给文昕的信里，他却还是期待那是他的错觉，一旦他打算不死会是让谢烨高兴的事。当然毫无疑问顾城是自作自受，当初他们还没去德国，×英还在时，就听他们喜欢说他们是在过小说（过日子），小说的结尾就是顾城死，然后谢烨和×英写，感动后人，这时顾城总是非常欣然地听×英和谢烨构想种种细节，他也乐于添油加醋。他自己将自己推到了这个境地，没想到一旦不想死会那样困难，以此点说顾城应该感谢命运让他知道了大×的事吧，要不然他有什么理由拖着不兑现诺言，而要求离婚呢。

怎么说的？可现在我打个电话你都不让！你骗了我！”

顾城看着谢烨，声色依然：“我没骗你。你可以决定离婚。但离婚之前你就是不能打电话。我不知道你们会商量什么，我没法还那么相信你了。我多相信过你，你是最知道的。雷，你是我的天哪，天塌了可怎么办呢……”弟又近乎呓语了。

“我是你的妈！”烨气愤地说：“不是你的妻子。”第一次听烨这么抱怨，我想她的确同弟过烦了。“你照顾过我的生活吗？”

“咱们还要算账吗？心里都明明白白……”

“是啊，你那些关心照顾，”烨又斜看了他一眼，又看我下：“让老顾乡说……”



我说……我不禁立即去想烨想让我说什么；弟并没在意：“人哪，好起来什么都好，做碗汤端给你，什么样儿的都高兴，洗衣服洗没洗干净，都高兴。一不好了，就都不好了，什么都不好了……”弟声长长的，更加虚渺了；“上天，这是怎么回事呵，我的心已经成土，眼泪已经干了……雷，你别急，我真的也是快了……你恨我，你该恨我，我掐了你，那是不认你了，你没完地叫，真可怕，就那一次，不认你了；雷，我碰过你一个小指头吗？到今天还是这样；那天我们说爱，都说，多好呵……什么时候你也被人扔了，你就知道了……”

顾城走了出去。后来又走出去过一次。烨问我：“你说谁对？”

“对不对，这怎么说呢？”我心里太是不好受，而且我从不觉得有资格对烨说对错。“反正你要想好了你就走吧，都会同情你的。只是非常心疼他，他真就完了，我们家也就完了。”我心灰得很。

“那三木怎么办？”烨紧跟着问。

我被问得一愣，什么时候烨曾向我要过主意？但我很高兴我有可能帮助她：“那你就跟玻格商量吧，她肯定帮你的。不过你也别让玻格不让顾城去，还是让他可以见三木。”

我脑子一点儿不清楚，心更是乱七八糟，只是感到不能辜负了谢烨。后来想我这个建议实在是糊涂，驴唇不对马嘴。我当时完全处在对面前发生的事的震惊和不反应里，哪里可能有什么主意；烨问我不如说是在告诉我。我说“走”时就没想是离婚走还是不离婚走；说同玻格商量当然是商量拿走孩子，那还说什么让不让玻格应允顾城去见孩子的问题？对我的糊涂话，烨也没说什么。

顾城后来又一次走出去时，烨泪水盈眶面向我说：“你知道吗？他掐了我，他对我好耶，没把我掐死。”什么？！我眼睛直了，嘴巴抖了几下，发不出声音；没法儿想象，没法儿相信，顾城到底怎么了，到底发生了什么可怕的事情……烨按着脖颈继续说：“我这儿好久都有个紫印儿，脖子是硬的，见艾蓓时都不能动。”

我难过得说不出话。尽管很多年里，已觉不出顾城是我的弟弟，但此时顾城切切实实是我的弟弟，我的弟弟干了这种事！怎么搞的？怎么回事！我看着谢烨——一起有过那么美好经历的谢烨——说不出话。

烨也出去过两次。弟并没对我讲什么，只是发愣。我劝他多想谢烨为他做的事时，他慨然道：“是呵，谢烨对我恩重如山，所以我敬她呀！”我说那就尽量成全她的愿望，我想说那就别不让她打电话，而且你不让也没用呵，烨此时离开的这段时间不就足以去打个电话了吗？但又想这话还是有可能单独讲给他的好。

利斯一句中文不懂，但自始至终坐在那儿，忧心忡忡。小纯一定很恨顾城，目光一直冒火。过后我对弟说了句：“你可伤了小纯了。”弟神情立刻温和下来：“小纯挺好。小纯不太恨我。”弟对小纯向来有一种天然的疼爱，每每提起言语中都会充满这种温情，不知是由于谢烨的缘故，还是由于同样身为弟弟的缘故。

痛苦的谈话在弟或烨离开时中断一阵，然后又持续。

烨不能容忍弟对大 × 爱她的诚意的不信任，她难过地哭着说：“他最初说爱我还不是直接说给我的，是对别人说的，别人告诉我的。他为我那么难过，我能不感动吗？”

顾城无语。

烨泪水汪汪地对着弟：“我跟你说过你这样写那书我受不了！我老一个人哭你知道吗？那个时候只要有一个人来安慰我，我都会爱上他！”烨又呜咽了。



“可是，”顾城愣了下，茫然地看着谢烨：“我问你要是没这书的事儿你会爱上大 × 吗？你说不是因为这个呀？你说那次你跟他出去你就喜欢他了，那时英儿还没出事儿呐？”

谢烨沉默，顾城也不语了。跟着烨泪水哗哗落下。我最见不得谢烨哭，真是碎人心肝。此时烨并不用说什么，说什么都已不重要，我只觉得相信她，明白她。

我看了看弟，想示意他别说了，可他并没看我。他喃喃道：“我真不明白你看上了大 × 的什么，你要他那样的生活，他那样的生活到处都是，那你当初干吗跟我呢？雷，我都快不认识你了，我们真的结婚了十年吗？那么多，那么好的日子，都真被你抹掉了吗？雷，说句实话…”顾城哽住了，蒙在眼上的那层泪轻轻地流下来。半天他才能又说：“雷，心真成干末末了，可这干末末有时还会湿一下。雷，实话，你真弄明白你不想和我过了吗？你为什么呢？我都好了，我爱三木，爱我们的家，我们就要有钱了，雷，我们在一起无往不胜……”

我的眼睛都湿了。我抱着希望地看了一眼烨。烨冷漠不屑的神情着实吓了我一跳。

弟的声音凉下来，近乎自言自语：“死在这事儿上的人也不少，蝌蚪死了，×× 也自杀过……”

“可是你不死啊！”谢烨生冷的几个字又吓了我一跳。话居然能说到这个程度上!

“你着什么急呢？”弟居然还那么安定地说：“我还有事想做，我还不明白。雷，你就说离婚吧，我看我受不受得了。”

烨不说话，脸上是生气和不屑。我对烨向来很信的，一信就成了迷信，想来也赖弟弟。弟自结婚后就陷入了个造神运动，塑造起神像烨来，只许说好；烨美丽、能干、聪慧、快乐，具备了所有的优点，我心下渐渐地其实是拜了这个神的；每每听烨讲话，我肯定认真领会，不明白的准保先怀疑自己。现在想来，即使当时看着顾城站在悬崖上，烨要说没事儿，我怕也不敢贸贸然去挡的；要是烨说他就该跳下去，我恐怕都会认的。潜意识里就训练成了这样，如果不是这样，那么那两个星期就该是另一个样了。

“雷，别那么急，我死会为你想的，至少会留给你钱的。”弟自说自话。

“你能留什么钱？！”烨吐字又冷又硬。我没法儿不为顾城捏把汗，我知道那长长的温暖的记忆是长在他心里的。谢烨就是他的安全所在，钱他从来只是与烨共享的一个烨告诉给他的数字，他现在忽然说“留钱”的时候该是何等心寒哪，他从来也不操作一分钱的，他的“留钱”指的是什么呢，是指就在谢烨持有下的钱了，所以烨才恼火?

“光保险就四万呢。”顾城还那么看着烨，眼光跟困惑的孩子一样，我对这眼光太熟悉了，从小到大竟就没有变化。他的脑子不知走了什么岔，我想怎么一下岔到这里来了?

“你以为你自杀人家保险公司也管你呐？”烨瞥了顾城眼，语气软下来：“这样说你又会觉得…”烨出口气把话停下。

“那——”顾城的神情有些恍惚：“我可以开车撞死呵；那天我是该让大车挂死……上天，怎么没让我死呢？这是怎么回事呵……”顾城的目光又指向天际，已是干干的皮肤上一层惨亮。

这种惨亮在前后不多的日子里几度出现，但我居然都没去理会。我看着烨，我那个样子一定很是焦虑不安，我是在问顾城怎么了，要不要特别地去担心关照他一下。早就有了个无形的规矩，我是不会越过烨去关心顾城的。

烨神情依旧，我也就放下心来。

一阵儿后，谁都意识到时候不早了似的，利斯弄些吃的，气氛松缓下来。顾城去楼下洗漱间时，烨对我说不用担心，他们不是吵架，这样的“对话”已很多次了，没事儿，顾城不会死。烨说顾城不会死时，脸上的笑意生出轻蔑来，这种轻蔑让我心里发暗，真切地觉得顾城的不死已成了件丢脸的事，连我也应该觉得丢脸。



之后他们去看木耳，回来时小纯已返回城里了。弟、烨对我说起木耳，可以觉出他们心中的感动。烨说：“你猜胖子跟我说什么？他说：‘When bring me home？（什么时候领我回家？）’”烨的神情显示出欣慰和骄傲。

弟说：“这小子什么都懂，他看玻格不在，拉着我们悄悄说的。这小子什么都记得，有心眼儿着呢……”

烨说：“哎，”然后又对我重复道：“他说‘When bring me home’！”我当时觉得木耳这样说一点儿不稀奇，他怎么会不想着回家呢；而烨因为离岛了一年半多，她的确担心木耳会把他们忘了。

弟样子不大开心地说：“这玻格真够霸道的。”听弟这样说玻格，我脑子里翻起许多事情，一时理不出头绪；我说了些木耳在学校的事，又说了些木耳过五岁生日的事；我的意思是玻格尽管霸道，但对木耳是很好的。

弟听得乐起来，说他给三木弹琴，三木时而装模作样跟着哼，时而比比划划又乐又跳，谢烨教他弹，他跟着乱点，连连说“Good？ Good！”其实只是应付，根本不往心里去；弟然后颇为开心地评价道：“这小子，一点儿雅事也不喜欢。”全然十分赞赏的口气。

烨一直微微含笑，持续着那种沉浸状态。弟说说乐乐，然后进里屋去了。

我看着烨，不禁说："顾城这么喜欢三木。"烨的神情立即变了，显得复杂起来："是耶，"烨说："我现在要把三木给他，他真就一下得救咧。"我听得有些发呆，看着烨，烨的脸色很不平静起来，几乎像是怨恨地说："我怀疑我走，他都不在意了。"

"那怎么会？！"我几乎要笑出来。

烨也笑了，笑得不大是滋味儿："要不在意就好了噢；你瞧他现在跟着我，我都可以叫警察了。"

我觉得她说得有些严重。但弟这个样子不行，我想是不是得提醒他一下。

烨接下去说："这会儿他想起喜欢三木了，这么多年的账就一笔勾销啦？！你说我能给他三木吗？"

我当然知道不能；可要是谁也不用给谁，还能在一起度日多好！我无话，只同情地对烨笑笑，然后不知是问是答地说了句："你看他能当爹吗？"其实我真想说的是他当爹准能当得挺好的；可是大约是来自迎和的毛病让话到口边不知怎么就改掉了；接着我大约准备着的是听谢烨好好地数落顾城了。

"嗨！还没准儿真能！"没想到烨这样说，我一阵高兴；接着烨放低了声音，但是声音却是激动的："你没看他跟胖子挺好的！到三木那儿他就知道怎么做人啦！三木其实挺认他的……他现在也不'姑娘家'了！你说这不是扯淡吗？"烨说得脸红红的。

我已把饭做好。土豆胡萝卜烧猪肉。烨帮着我拾捡。喊了一声，顾城出来。见了菜就叫好，席间不断赞叹好吃。我们随便说着话，像没白天的事儿一样；果然如烨所说。

一说话就会说 × 英。我不愿顾城把 × 英想坏了，又觉得也不宜让他把 × 英想得过好，尤其在眼下的时候。我从不敢以为我懂 × 英，我会赞美她，但评说起来总难免心虚；无论 × 英还是烨，她们的美，她们的好，她们的聪慧，都是我在第一刻起，就知道是我永远没法儿比的，我热爱她们，乃至崇敬她们，她们在一起时，我就会感到一种特殊的宁静，一种几乎是至高的美丽，这倒与顾城挺一致，而当去年[1]三月居然听到了烨对 × 英的指责时，我一下就乱了，平生第一次也可以说是唯一的一次，对烨不高兴。现在才知道，还是因为我不懂她们，并且谁又知道，现在的“知道”，到底是知道还是不知道呢?



既然说 × 英，我想唯有尽量客观地并且客气地说最好也最保险。我接着他们的话，讲三月那次见“老头儿”时的一些情形，过去在电话和信里都难讲具体。我说我一见“老头儿”就说让我和 × 英通次电话，你们不信顾城会死我信；“老头儿”极不屑地不待我把话说完就说：“Trick ! This is only a trick（骗人！这只是骗人）！”然后紧接着对利斯说 × 英告诉他，顾城说死都是 Trick（骗人），顾城曾经拿着刀子说要自杀，见都不拦他，就把刀递给谢烨让谢烨杀他。我说着心里一疼——“老头儿”自负地大幅度地来回比划的样子在眼前晃来晃去；“老头儿”跟着还说了一串儿“rubbish”“terrible”“awful”(垃圾、恶劣)之类；没法儿解释 × 英是怎么回事，这些话她也只有编给“老头儿”听了。

谢烨听着 × 英讲给老头儿的故事极其不屑地一笑；顾城倒没特别在意，他笑了下，说：“倒是有那么回，英儿拿着刀搁我这儿——”弟左手在左胸上放了放：“我向前一顶，还真扎着了，英儿‘叭’，就把刀给扔了。”弟脑袋一垂，说：“英儿有时候够狠的。”

烨忽然说：“哎，我想起来了，你和英儿做春卷儿的钱我没拿。”

我吃惊地看着烨，顾城也愣愣的。烨说：“后来我又凑了两千元钱，想

[1] 此处“去年”即1993年，即写这些字时的1994年2月的“去年”。

着你和英儿都挺紧的，就没拿；英儿是让我拿的……”

“你还说要‘携款逃跑’……”我想着烨那时是那样打趣说的，指的就是先用卖春卷儿的钱垫上赴德的机票费。那时我们是卖了春卷儿先不分钱，攒到个大数目再分。

“哎，是哈，”烨依旧笑着的，像是应我，却显然还继续在自己的思路里：“我说怎么想不起来了？英儿知道的，我说一半儿钱给你的，我想光留你们在这儿不容易。”

我脑子开始乱。× 英曾经很坦然地跟我说起烨借用了这笔钱，还说也不知道自己的机票钱还清没有，就拿做春卷儿她的那份钱顶了。还是 × 英告诉的我，“______”对她说烨还向他借了两千元，到德后就寄还了；× 英说春卷儿钱没寄来，也许谢烨拿它顶她剩下的机票钱了。最怕这种时候，闹不清怎么回事。

弟有些苦笑的样子：“都给 × 英啦？”见烨不理他，就又说：“你干吗还给她留钱呢？”

“都像你似的？”烨答。

弟咽口气，没吭出声来。

我赶紧说：“算了，过去了就甭管它了。反正我那份儿钱谢烨已经给我了，不过我也不该要。”

弟说：“拿着吧，留着，钱总有用。”

烨还挺生气，对着我说：“你看，他弄的事儿，还老怪我！”

弟口气很当真的，对着烨：“你看，她有一万元存款，机票钱也不还，还从小纯那儿拿了钱，说交你一半儿房租也不交……”

烨很气地紧接道：“你怎么就知道跟我说呀？这是你的事呀！你那会儿就该跟她说呀！”

弟有些无可奈何地：“我怎么知道？…”

烨看了他眼，将口气缓下来些："这件事，你早就该处理！"

弟翻了翻眼睛，有话说不出来的样子。我也感到诧异，尽管那一年半当中每到单独听烨讲话时也时常听到她的抱怨，但一般时候则全都是对英儿的赞赏；尤其她们在一起时，那种开心，那种投契，那种一再显示的相互叹服和对彼此的满意，那种如同特权一样的因为炫耀对方而倍增的无人可以企及的骄傲，是时时刻刻都在给我印象的；"英儿"这个名字就是烨叫出来和叫起来的。烨从没有说过她以为这种关系需要处理。直到弟、烨去德国后，我才听 × 英谈及她心中与烨的芥蒂，她是为说明她必须走才谈及的；直到弟、烨回了次北京后，我才第一次听到烨对 × 英的义愤，但那是因为知道了某些 × 英过去的作为引起的。而在她们共同生活的那一年零八个月中，尤其是后一年中，她们看去的确相处得像鱼水一样啊。❶



我没法在这时议论这件事，只是对着弟疑疑惑惑地说："她有一万元钱存款吗？"

"她有。"烨语气肯定地说。

我仍感到疑惑。烨说："老顾乡真是的，你就先别管我怎么知道她有，你就想一下，她一星期一百四十多，给'上帝'❷干活儿五十，包春卷儿就算五十，这就二百四十了；她到挺后来了才交我一星期二十元生活费的，就算她一星期花四十元吧，她二百存下了。一年就一万；不止一年吧？她走的时候，真没准儿两万都有了呢。"

---

❶ 看去确确如此，但谢烨独自和我一起的时候言辞中是时有对×英的不满的，也许是因为同她们在一起时给我的融洽感反差太大？我从来就没能应一下过，不知怎么应吧，过后也不愿去想。最强烈的一次就是因×英让孩子叫她"妈妈"引起的了，但我觉得谢烨只当着我说，同李英一起时就不说了，便也就听了就算了。当然更多不满是对顾城的，我觉得谢烨只是让我听，并不欢迎我做什么，而我也确实不以为我有能力做什么，时间就那么过去了。

❷ "上帝"是一位老神父。我们私下称他为"上帝"。谢烨曾接下了一周三次为他做室内清洁和提供午餐的活儿，后来让给了李英，李英和"______"开店后让给了顾乡。下文中提到的"做工"或"做活儿"即指做这个。

弟沉沉地“嗯”了声。我说：“我知道的是，她好像有八千元存款。”

“扯！”烨说：“她有多少钱能告诉你吗？她还跟刘 ××[1] 好呢，告诉过你吗？”

弟眼眉抬了抬，立即垂头丧气，独自蔫蔫地推门出去了。烨指指他：“还不能说！”

一听刘 ××，我脑袋就嗡嗡响，我根本就没法信这事儿；我什么都信烨，唯说 × 英会这样我不信，不信还挺气；第一次听烨说是在他们三月自京回德后的电话里，当时我说：“不可能！”还写了一篇到新西兰后最长的日记，平生仅有的一次对烨表示了不满。我信烨，但没法儿不信 × 英；日记写过了，这事儿连想也不愿想，不想就跟没有过一样，可这会儿又听说了。

我说：“你真信 × 英能跟刘 ×× 好哇？”

烨说：“这不是信不信的问题，事情它就摆在那里，你也知道‘诗刊’它真就是那么好进的？”

我一时找不着话，脑子里转着 × 英的样子，担心她真是太冤了。我想起问机票钱的事，我说怎么觉得和她聊天当中感觉里她是还了或者差不多还上了机票钱的，要不她干吗说“也不知道还清没有呢”？

烨淡淡地一笑：“哪儿呵，她就还过一次二百元，退返程票那次才四百多元，她那票三千都快四千元了，前前后后为她来得花了五千。”

“嚯，这么多，”我说，“那你信上还让她跟小纯拿钱干吗？小纯也跟她说你的钱都寄他那儿了，× 英可以随便用，说你说的那些钱也是 × 英的钱……”

“那也没让她这么个拿法儿呵！”烨很不开心的样子；“本来嘛，顾城这回挣钱就是为她挣的，我可不是得那么说吗？”

[1] 即刘湛秋，下文同。

想来真是顾城可恶，那会儿那样，这会儿这样。我说：“唉，顾城。”

烨说：“不过英儿惨咧，英儿是惨了，她现在只有一个办法，就在一个角落里待着，只管过自己的日子，什么都不闻不问。”

我想 × 英能不闻不问吗？

“说实在的，真是美化她，多捧她呀，她要是遇罗锦、刘晓庆，得感激顾城呢。”烨说。

唉，反正是一堆乱七八糟。我们随便说些别的，我便被儿子叫了去。一会儿听弟、烨在中间屋说话——“国内国外不冲突！”烨说。“还是跟深圳和 ××× 说声的好，何必呢？”弟说。“你等哪头儿先定下再说，还不定出不出呢，你不是想快吗？”……他们是在说书稿的事儿，我走过去对着弟说：“这些事儿你就听谢烨的，你又不懂。”弟也不答我，还冲着烨：“××还不知道吧？”烨瞥瞥他。弟说：“我不想弄得纷纷扬扬的了，我都想把这本儿书烧了。”

烨看看我，又看看顾城，没好气儿地：“你看看这个人，一会儿一变，没法儿跟你干事儿！”

弟笑了下，对我说：“谢烨特逗，跟我说：‘要死，你就写完书再死。’”弟说完，脸停在一种傻子样的笑上。

我吓了一跳。

烨不满地：“哎，说清楚了，这是好话坏话？”然后对我道：“他老是死啊死啊的，要不他真早死了。”

弟道：“哎，是，那真跟吞了毒药似的，我又不甘心给毒死。谢烨说，你写，一写毒就出来了。（弟一乐）哎，那真是救了我……”弟停下来，又道：“写这书真可怕……那就是一点儿点儿把血放干净……”

烨微低着头，略略笑着说：“这书别的不敢说，论真，是古今第一了；顾城别的不敢和人比，论诚实，没人比得了。”

“可就是不知道有没有人受得了。”我是在帮烨说。

"呵呵……"顾城笑了下。

烨也笑了:"哎,就是哈。"

弟微微摇摇脑袋说:"没人要我。"跟着又说:"胖子要我。"

烨一听就脸色不好。

我说:"得,我给你们铺床去了。"

弟说:"英儿后来怎么了,你还是赶紧写点儿吧。"

这可是个难题。× 英说起她决心走时,很谨慎地却又很着重地讲了谢烨的原因,而弟所知的是谢烨对 × 英的走同他一样地震惊甚至比他还要愤怒,还有说 × 英就也得说"______",因为"______"是在弟、烨他们前脚走,后脚就搬进他们的房子住了的,他觉得他和谢烨的关系让他有这个权利,× 英也乐得他在,他们做什么事差不多都在一起;"______"在那里直住到 × 英走后三个月才搬离。这些事都是弟万万不会想到的,也是绝不可能同他说得通的;于是一点儿没法儿同弟解释的是 × 英后来的事是非常难写的。



我回答弟说:"我比你还离世,我都忘了怎么写东西了。"

弟说:"你给我的那封信给放进书里了;你就那么真真地写 。"

弟信上说过这事,让我无可奈何,我只好祈祷我没说过多的蠢话。那要算我平生专门写给顾城的唯一一封信了,以前以后我只有给谢烨单独的信,没有给顾城的,包括我父母写信也是一样,因为顾城不仅绝不可能有自己单独收信寄信的打算,连看到抬头只写了他的名字的信都不自在,如果亲朋这样写他就要生气了,好像没有同时写上烨是何等的大不敬似的。我是实在觉得必须提醒他一下,才写了那封信的,我有心为 × 英解释,又不愿会伤到谢烨,最终对那信也没信心。我在同一信封内给烨的信上说:我给顾城的信你看不适合给他看就不必给他。结果我也不知道这信的作用是什么,弟倒因此更想让我写些内容了。要说"真真地写",到底怎么写呢?

我笑一笑，去给他们铺了床。弟蔫蔫地就进了他的小屋。烨对我夸奖起弟写的《牧场》，说：“你还没看吧，那写得真好。他就该写这样的东西。”❶

烨住阁楼上，弟在小屋。弥（我十岁的儿子）睡了以后，我和烨很自然地谈起天儿来，和烨谈天儿一直是经常的，和顾城十年中却从没有过，仿佛他只是谢烨的丈夫，而不是我的弟弟了，我和他还常照个面儿，倒很像是因为我与烨有亲的缘故。

烨情绪很好。我们说了许多有趣的有的也是很痛切的事。但她主要的还是说大 × 和顾城。第二天晚上我们还是这样聊天，说的是相似的话题。大 × 的名字是当天在他们的“对话”中才进入我的记忆的，当时也觉这个名字耳熟，但终是没想起来。直到太久太久以后，偶然翻读他们六月底寄



❶ 《牧场》当时我当然不知道。顾城、谢烨应是两度寄给过我《英儿》中的篇目，第一次是《房子》，第二次有《引子》和《发信之后》，应还有什么，一时查不到了。当时还是很在意邮费的，写信都常考虑重量，一度一直使用简易邮笺（信封信纸一体，不可加页）。我当时的心情是寄给我这些有什么必要呵，过后也都没用什么心思去看，我那时只顾面对实际了，只希望他们别写，看寄给我的打印文稿心就打颤，几乎不会从纯文字的角度去读。《牧场》我是在回北京后1994年年初才从出得满街都是的《英儿》中看到的，想到谢烨说它好，我就特别地读了，后来又读过，可至今也只能是猜烨以为的它的好所在。这篇写在8月9日，应算是《英儿》已告完成之时（当然顾城说了，这书是开放型的，可以永远写下去，也可以写到哪算哪），当时书稿（后由华艺出版的一稿）已送出，也就是篇中“她”所说的“我给你办的事都办完了”，那么此时顾城应该做的是什么了呢？是他应该兑现诺言了。这个诺言是顾城给谢烨的诺言，即书写完了就死。以谢烨对顾城人品的了解看，这个诺言是无疑的，是可靠的；但是顾城好像犹豫了，而谢烨因为已经有了大×的事，还一直成功地没有让顾城知道，她恐怕不想拖得太久生变吧，于是明确地向顾城发出提醒。顾城只看到谢烨因为自己迟迟不兑现诺言而给她带去的不安，或许心下会不太明白为什么谢烨会因此那么不安，但也断没想到发生了大×这样的事，他只有遗憾和惭愧自己令谢烨那么不快了；此篇显示的谢烨对顾城兑现诺言的提醒是凄凉的，优美的，委屈无奈的，甚至是特别善良的，顾城对此也是充满体谅、同情和完全同意的，对于一般读者来说于文字中能感到的就是这个婉转凄美、这个“她”的莫名悲哀吧，至于到底其中的“她”所要求的是什么则只像是个谜。此篇以顾城兑现诺言告终，“那个人”死得干脆、利落。说这篇写得好，是感动于顾城在这篇里体现出的一种特别的体谅吗？是说顾城写得好，做起来却不怎么样吗？说“他就该写这样的东西”，是说他就该这样做事为人吗？因为顾城从来讲究文人如一说话算话的，却还拖着没有兑现诺言呢。

给我的《英儿》完成部分时[1]，才“啊”了出来，顾城笔下已有了大 ×，是个十分朴厚有趣的人物。当然顾城那时还全然不知，大 × 已经踏入了他心中的圣地，土崩瓦解、家破人亡的命运已经跟在那双巨足后面了。[2]

谢烨对我讲大 ×，几天中，讲了又讲，但听不出一点儿《英儿》书中大 × 的特性。当然当时不记得书中的大 ×，也就不会做此联想。顾城也好像忘了书中的大 ×，几天中从未提及。

烨说起大 × 的罗曼史。说他经历过的一个个女子，但都是萍水之交；“但是他对我说：‘见到你，我知道，只要你和我在一起，我再不会让你走。’——眼睛对着眼睛，是真的。”烨一只手水平地动作了几下，我能觉到她内心的激动。



烨讲了大 × 和 ××× 的相识相处经过，说他们是“契约婚姻”，结婚只是为了帮她“办护照”。“他们从一开头儿就分账；大 × 说：为了离婚容易。”烨说：“可是他媳妇儿特爱他，爱得没办法，老哭。可她是活该耶，那人特贱，顾城说‘大 × 打媳妇儿’，打她真是活该，那人特贱，长得也不好看，脸上净是这样的这样的（烨比了几下）痘儿，你看见就知道了。她老跟人家调情，×××、××、××，见谁都调情。人家净涮她，根本看不上她。她反正是谁领去都行。到后来也知道给欺负了，就跟大 × 这儿发嗲：‘嗬，你也不管管，你看他们净气我……’真的，就这样儿！大 × 特生气，抽烟，也不说话，半天蹦出句：‘你不招人，人就气你啦？’当众他就这么说！嗬！ ××× 特尴尬。我都看不下去了，让大 × 别这么说。大 × 说可不是她自找吗？”

我想可能顾城说得不错，真是好起来什么都好，连抽烟都好了，烨模

---

[1] 当时说“完成部分”不够确切。应是于6月底寄给了我《英儿》中的《房子》，7月下旬又寄给了“我”《引子》和《英儿》中另外几页。“大×”这个名字出现在《引子》里。

[2] 当时这样写应是出于当时的心情吧。无论“土崩瓦解”还是“家破人亡”那终是只能怪顾城自己呵。

仿大 × 抽烟的动作是很带着欣赏的。烨所叙述的大 × 的风范，要在过去大概只能成为她的笑谈，可是现在她拿出的是那样赞赏的口气。我有些疑惑，但只担心是自己出了毛病。

“那人，”烨一笑，“你没见呢，当着人就把脚，这么往大 × 身上一杵，你说…… ”烨抬起手抖了抖：“大 × 人家，你说怎么着？‘别这样。’大 × 这么一扒拉她，她就又往上去。她想让大 × 喜欢她都不会！一有人来，就得去惹大 ×，这样那样，搂一搂，来回蹭蹭，你说多讨厌哪，就想让人看她跟大 × 好；大 × 真的讨厌她，没辙。”烨笑笑，我也笑笑，找不着话说。



“大 × 那人，你都想不到，噼里啪啦把家就给搬了，他说离婚把房子留给 ×××，你知道了吧，他那人就这样，车也给卖了，以为就该跟我过了。”烨看着我，感动的神情中没有一丝芥蒂。我还是不很能转过弯儿来，想着这是真的了？这是真的了？

“我都没想到他就把离婚办了。”

“离婚啦？”我又是一惊。

烨深深地点了下头，然后口气挺难过地说：“我听了，真的……我说你怎么……我都说不出话来了；他说可不是吗？就得先离婚哪！”

我再也没话说了，我想顾城和烨的日子真的完结了，我和烨是一家人的日子也完结了，怎么那么不可思议呀。

“大 × 那人走法律；”烨好像没有在意我的心情继续说。“刚一出事儿他想的就是法律，一二三，怎么办特清楚；哪像顾城呵。顾城说大 × 怕死，我去问他怕不怕，大 × 那人特老实，实事求是，就说：‘我干吗死呀！’顾城那会儿要找他决斗，我就说：‘那你快走！’他买了张机票就飞伦敦去了，连 ××× 也没告诉，把 ××× 气坏了。顾城就会闹这事儿。人家大 × 办事儿就是办事儿，他跟我说：‘我这儿什么都办好了，就等你了。’你感动不感动吧！”

我想这该的确是很令人感动的，我大约是点了点头，什么也没说出来。

烨告诉我大 × 离妻是学电影导演的，大 × 学的是流体力学，可朋友都在文艺圈儿里。

烨说大 × 最大的优点是头脑清楚，估量人，估量事儿，拿主意，听他的没错儿，“像他那样又热情又冷静的人不多。”“说实在的，他能帮我好大的忙儿。”烨说。

烨说大 × 还很机智，博士拿下后先去玩儿一年，不找工作，因为他知道德国获博士头一年没工作是拿全工资的。大 × 还很风趣：“‘这是名牌儿！’你知道他就这样抖给你看：‘知道吗？这是名牌儿！’真的，他穿的衣服都是名牌儿。”“他听我们讲话，一下就跳起来：‘真好，真他妈的好，可我就知道名牌衣服。’特逗！”烨还说大 × 车开得好：“那真叫好，和他在高速公路上开一圈儿车，我就知道什么叫会开车了。”烨反复赞美大 × 的房间雅致：“那真的让人一进去舒服极了，那个陈设，那个布置，你真就觉得都是精选过的，放哪就得在哪，没第二样东西，没第二种摆法。那些小摆设那个精细……”烨说得很沉醉：“我就知道跟他过日子得特舒服。”

我觉得有些困惑，这毕竟同她一直引为骄傲的与顾城一起的生活反差太大了。但烨的道理我是从没有怀疑过的，我只是仔细听，想弄懂。

烨说：“大 × 原来是顾城的朋友，掉进感情里就是另回事了。”烨顿了顿；“我太知道我的魅力了，所以我非常非常地小心；结果，还是……”烨无可奈何地笑了下，打住了。

“顾城的朋友，一个一个都爱上我了。”烨神色庄重地说；“××，”一顿；烨的目光好像有重量，我的心被一压，神情肯定有些紧张；果然烨说：“也爱上我了。这个包儿（烨点点她的黑皮挎包）就是他给我的；贵着呢！”烨口气松下来：“这是纯羊皮的，一百多马克呢！”烨恢复了很开心的样子，那种纯真的开心，她学 ×× 同她告别时的模样：“我说：‘干吗呀，酸了巴叽的！’‘嗨，胡子拉碴的，不好意思啦……’特逗；×× 那人，你知道的，哪个小姑娘都可以上去亲一下，过后就忘了，可对我，是真的。”烨重重强调了后三个字。“十年前，一个小姑娘，十年过去了，再见，服了，服服的；

那个目光，只有我知道。”

我对烨笑了；她的魅力不用说，在我心里都是灿烂的。

## 9 月 27 日　星期一

弟、烨的情绪看去都好。他们商量着去镇上。我去做工，弥去上学，于是烨开车一起走了。我做完活儿，去邮局找他们，弟正在那里写，烨在排队。弟写好递给烨，烨扫了遍，对我说：“写给你们家的，写几个字吗？”烨以往会说“写给家里的”或者“写给老爸老妈的”；尽管听烨这样说也自然，但还是不禁感到了一层冷淡，我笑我别是太敏感了。我从烨手里接过，是弟写给爸妈的家信，写得温和、安详，只字未提与烨的不如意关系。我在弟信上加了几个字。我很喜欢弟信笔画在信尾的木耳和艾玛（玻格的外孙女）。❶

我们一起去了他们石头湾的家，那所弟曾经一天一天把命往上钉的房子，那所连我去一下都会被压得透不过气，既走不开又待不得的房子。烨说：“可罕❷昨天见房子时眼泪下来了，我一回头，他一抹……”烨接着反过身对顾城笑道：“至于吗？”弟没说出什么，只是半低着头一步一步地走。

我没去想弟需要多少勇气才能重新走进这所房子。但我知道，只要烨愿意，这里不管是天堂是地狱都将还是他热爱的家。他们终于还是从德国回来了，弟是抱着期望的，他期望那岁岁月月、层层叠叠如落叶丛林般丰厚的往日生活，那些装满他们独有哀乐的日子，能够唤回谢烨；为此走在刀尖上度日他也会微笑，用滴血的闪亮一点点抹去投在烨心上的暗影，他仍然向往着明净如初的时光。刚刚我们走下车，弟踏上第一阶他五年前砌

❶ 信及信的影印件见本卷本册辑七。

❷ 即顾城。

起的石阶时，对身边的烨叹道："雷，只要你再跟我过半年，就是把我送到头儿了。"声音在我心上顿时拉得很长，让我疼痛；烨好像并没听见，脚步轻快地跃到前面，同我说起昨天顾城看见房子流泪了。

我词不达意地应了句："嗨，顾城的脾气。"

烨微笑的有些沉思的样子，接道："顾城？我让他哭他就哭了，我让他笑他就笑了，跟牵手里的小孩儿似的，你说我把他往哪送呢？"

我随便又不是全然随便地说："送北京去吧。"

"送到头儿吧！"跟在后面的弟开口道。

我们都还算是挺高兴，至少表面上。



烨高兴地说这房子有三样她最喜欢，一是大平台，一是洗澡间，一是英儿的收拾。顾城没吭声，脚步软软地径直走上楼梯去了。

我对烨说起我曾有过的修房建议。烨说："那好，我来修吧。"语气肯定。

我看了看烨，没好问她的意思，她怎么会打算修房呢？是她独自修呢？还是和顾城修呢？她还走不走呢？甚或是大 × 和她修？

我们一起看了些文稿。他们拿了些日用品。弟说他在我那里没合适的桌子写字，需要搬个桌子去，我便去对烨说。烨说："那把这个搬走吧，这些 rubbish（垃圾）我都得给扔了。"口气里我感到了她对与顾城往日生活的骤然冷漠。

顾城过来。烨说："把这个搬走吧。"于是我和顾城抬着下楼梯，抬出门时，弟说："这个桌面、桌腿儿是我好几次捡来的，都是我钉起来的。"口气挺硬，却能听出他心中的凄楚。我想：烨同他的感觉那么不一样了。

我们去山对面玻格家看木耳。玻格见是我们没表示什么，我知道她不太高兴我们来。顾城近乎鞠躬地对着玻格微笑点头致意问好；烨乐呵呵地同玻格说话，玻格也微微笑着应对，但神色总有些勉强。木耳正和艾玛在厅中地毯上玩儿，见我们来了，抬头看看玻格，又低头继续同艾玛玩儿。玻格在边上的沙发上坐下，拿起本杂志看。弟取出几小盒结构玩具，烨选出其中的两盒，一盒给了木耳，一盒给了艾玛。弟小心地帮他们把盒里的塑料兜打开。木耳已很会看图了，一点儿一点儿，装起了个小车；顾城笑了半天，和木耳把车推来推去。木耳不时地看看玻格，有些不大敢过于高兴似的。玻格一直沉默，烨时时同她说说话，而她相对就过于冷淡了，手中的杂志始终也没放下。艾玛不太会看图，烨叫木耳去帮她，木耳拿起艾玛的图看了看，又放下，还是和顾城来回推他的小车。



我们和玻格告别的时候，玻格的心情显得好起来，笑着说话，说理查德（玻格的丈夫）、说她的女儿，也说木耳。弟请烨告诉她希望很快能同她一起带上木耳去中国看看。[1] 玻珞笑，说存够了钱一定去。弟说："告诉她，我们出她的路费。"烨说："人家说人家自己出钱，你没必要这样说。"弟不太满意的样子，也没说什么。

回家的路上，弟说："这玻格也太霸道了！"烨没应。我想烨是在想顾城没资格这样说。于是我想起有一次我们全都在一起时，弟看着快快活活的木耳，笑道："这小子傻开心，咱给他两千块钱，把他嫁出去吧。""你有两千块钱吗？"烨道。弟："诶？……"×英说："你想把三木给人呀？把你给人吧！"弟对木耳乐道："你要两千块钱吗？"木耳根本也没听懂却迅速地用英语回答说："No."我们全都笑。那天里，弟老来不来用"把你送玻格"吓三木，三木也总是回答"No"。于是我对弟说："你现在说玻格霸道，你忘了你那会儿还说要把三木送玻格呢。"我本也就是随便说说，不过是想

[1] 这个想法当时也令我满心憧憬，可随后知道即使玻格同意，顾及小纯的居留问题，短期内也是不可行的。顾城已知这点，但不时一憧憬就像是忘了。

对顾城应苛刻些，让他怪别人的时候得先怪自己；而且谢烨在一边没说话，我觉得我在替她说。没想到弟一下真急了似的厉声道：“别说了！”吓了我一跳。

后来才知道我这话对弟打击有多大，读他最后几天讲给木耳的话里，他的心里充满了这个打击。其实我和谢烨都知道顾城对三木还是很好的，他把三木放腿上给他讲故事，笑得那么舒心，但是他拒绝承认他喜欢三木，仿佛这是件不光彩的事。谢烨说他被他的观念奴役着。后来木耳三岁半时，谢烨将他全托给了玻格，这不光不是谢烨情愿的事，也不是顾城情愿的事，但是两个人别在那里谁也没办法把话说出来。顾城只认为谢烨是因为他的缘故，无话可说，同时借势鼓励自己往观念的方向直走下去；而谢烨其实是因为 × 英的缘故，也不肯直说出来（到最后她也没能对顾城说出来），有时对我说起，真觉她是又气又恨，可她并不像是要听我的意见，现在想来她或许只是为了让我代替顾城承受下她的怨恨吧，她知道我是绝不可能说给顾城的。现在想我要是能冲过去就对顾城说多好，管它每一个人的面子呢？可是这对我就是不可能的事，除非能让我从今天返回去！令我当时可以感到安慰的是，这种不愉快永远只是瞬间即逝似的，随即又是谢烨同 × 英并顾城一起的欢声笑语了，那对于我是一个真正美丽的并且充满了智慧的世界。我是自惭的，景仰、热爱加上心理上的依赖，祈愿并且庆幸他们都远比我聪明，时间也就那么过去了。

回到家，不知怎么说起了下棋。我挺积极，把棋盘铺在弟、烨之间，烨挪到边上的椅子上，我想烨是让我和弟下。我坐下，懵懵懂懂中觉得很久没有过这种情形了。弟看看烨，指指棋盘：“下吗？”烨摇摇头，淡淡地说：“我不懂这个。”弟便想离座。烨说：“你们下吧。”然后拿过这两天她正在看的放在桌角的书，半伏在桌上看起来。

过去好像不曾有过这样的情形，弟结婚之后只记得有一次和他算是真正下了盘棋。那次带点儿表演性质，弟让我和他下，是为讲解棋给烨看。

烨在边上兴趣盎然，还让顾城下这儿或那儿，弟就会说为什么不能下这儿或那儿。弟从小一直很喜欢围棋，而且一直比我下得好。我们去火道村时围棋都还是带着的，那时我们的最高愿望就是下败父亲。弟结婚后，我同他便几乎不下棋了，他当然依然喜欢棋，但他像是觉得做任何事只可以同谢烨做，不然便是不忠似的，他不再叫我或是我父亲同他下棋，而是把棋讲给谢烨，同时开始同她下让二十五子棋，烨很怕被吃子，弟便不忍去“吃”，所以棋也就没法下。弟叫我跟烨下过，头一次他让我让烨十二子，他从旁为烨讲解兼提醒不可怎么走和应当怎么走，我当然敌不过，烨又不同意我中盘认输，结果下到底数子，我输了得有一百多；烨很高兴，弟也很高兴。后来一次，烨在棋盘上摆了十七子，让顾城到里屋去，说和我下棋。我没多想就下了，也知得注意点儿，可往往还是要把子往看中的好点落，结果吃住了烨一片棋，烨重新走，还是被吃住了，再走依然，她神色真正很不开心起来，最后像是半自语地说：“那就是怎么也不行了？”我觉得我有些过分，就让那块棋活了，可是后来忍不住又断了烨另块棋，烨不愿继续下了。顾城出来，说替她报仇，一边下还一边对烨说：“你看着，我让老顾乡这块儿死；……老顾乡这儿也活不了；……”我也神思不安，觉得不败也得败，很快便彻底败下阵来；但烨那天并没有怎样高兴。后来弟说烨对他愤怒了好几天。烨说当然，被吃子还能高兴吗？来新西兰后，在他们去德前同弟曾草草地下过两次棋，都是在他们一起到我这儿来的时候，烨两次都挺有兴致地边看边解释给 × 英听；× 英则说些“诗刊社”或什么人下棋的事儿，还说这都是“高智商”，她不行，显出没有兴趣。顾城适可而止，下个开盘而已。我心里不禁叹，棋这东西怪，那么通达的人碰到这儿竟真就会耿耿于怀，完全不会下也居然能拿它当回事。



眼下顿时不一样了，好像一瞬间又回到了我和顾城两个人的时刻。弟下黑子。我本以为他棋已很生了，但觉到他落子感竟非常好，我不禁说：“以后就下下棋吧。”我的意思是说过去所有的事儿就不要再去想，再接着去做了；我觉到烨从旁嘲笑似的“吭”了声，弟也没应我，我一下觉到弟还是不能没有烨。的确，棋再往下下，因为烨显出的无心，弟便也越来越难以专心了，下到一定程度，还不分胜负呢，他便停下说：“大致就这样了吧。”我觉到我刚才对他说的话是太不着边际了。

我做饭时烨帮我去倒果皮桶，临出门时她忽然转脸对我说：“现在想 × 英真聪明，真的聪明，她走了。”❶

我被说得纳闷儿，因为 × 英的要走她当是清楚的，× 英说起来她走还是遵从谢烨的意愿呢。我也被说得有些难过，因为这个意思至少是说，离开顾城是件好事。后来再没有沿着这话说下去，话里的含义就只有永久地去猜想了。❷

晚饭吃到一定的时候，说起了闵教授。是闵八七年底在香港听了顾城的讲学后邀请他们来的新西兰，之后又一直帮助他们，以至后来帮助了 × 英。他们叫他闵福尔，常写作闵福德。弟很难过地说：“闵福尔不知怎样了，真怕他得伤心死。”烨也很难过，可只好无奈地笑笑。

他们说起请闵邀请 × 英来的事。弟说：“我只给闵福尔写了几个字：现在干净的人不多了……刷，闵福尔就签字了……”弟凄惨的脸震颤了好几下，最后无奈地叹道：“此生对不起闵福尔。”

我听得也有些傻，实实在在感到了一种惨痛，让一直满怀好意的闵福德现在该怎么想呢。我想安慰下他们，就说：“也别那么丧气，说 × 英是不多的干净人，也许并不错。”刚说完，烨就翻了我一眼，顾城也直直地看



❶ 这时顾城不在场。

❷ 李英后来（1993年12月下旬）对顾乡说（1994年1月给文昕的信中也有相近的表述）谢烨知道她爱顾城多深，知道让她离开对她多残酷，却居然在她为了谢烨而离开后不告诉顾城真情，反把她说成害顾城，把顾城弄疯了。李英走是否或者多大程度上因为（或为了）谢烨，具体谢烨又是怎么对李英说的，已难确定；但谢烨对李英建议其走，也知道她会走应是真实的。这样这句话的含义现在想来差不多是李英貌似忍下了多大委屈走的，其实她压根儿想的是实利，谢烨让李英走了貌似胜利了，其实被李英算计了。

着我，但他忽然说：“你不知道，我那时要在北京不走，英儿是可以和我一起死的……”

我被他没头没脑的话弄愣了。烨极不屑地白了他眼：“你想的！”

“是……”顾城很当真地看着烨说：“她说第一眼看见我，她的命就注定了，她的日子从此被那一刻挡住没法再继续了……她怕我走，她快没法活了……”

烨正过脸来，眼微垂，看着桌面，闭口不语；我觉到不好，有些着急。弟只是转过脸来对着我，继续说：“那回她说了好多，说得我害怕，我们根儿里有种东西特像；那个时候不会是假的。”



烨起身走开了；我更加不安起来。弟说：“谢烨特逗，忌讳说这个，我在书里写我和 × 英怎么着都可以，写了这个，她就变脸色儿了；……哎，一审编辑。不写就不写吧，何必呢？……我是想让英儿记着点儿，英儿也老是反抗记忆。都是无所谓的吧，不管英儿的闲事儿了……”弟做出尽量轻松的一笑。我知道他并不轻松，可想他也只有自己担着了。

弟忽然又入神地说了句：“× 英那时候真让我觉得和这个世界一点儿关系都没有……”

我没理会他，只是压着声音说：“你以后少说点儿 × 英行不行？”

弟说：“真想把那书烧了，可惜了谢烨白白受罪一场。算了，写了就随它去了，跟我没关系了。× 英她也是活该。”

烨过来说护照的事儿。说着说着就说起了许多好玩儿的事儿，他们的一年半里有太多的事儿可说了。烨一开心，弟也挺乐；我松了一大口气，好像一切忧虑都不过是杞人忧天。

一会儿弟建议学打字。于是烨放好机器。

弟说：“你教老顾乡，我也学学。”

烨挺开心地对我说：“这个活儿是不是挺好？以后你就挣他的钱。”

弟道："给老顾乡找个工。"

烨道："可罕说这个电脑给你。就是让他砸了一下。"

"是这样，"弟忽然站直，"咱们分家，车呢，给你，电脑呢，给我。"

我看了顾城下，有些怨他，挺好的时候提什么"分家"？烨也瞥了他眼，没理他。我们边说边试，都挺愉快。烨的热忱宽厚让我非常感动，我们曾经多么好地在一起过呀，就像此时此刻一样；要是从没发生过 × 英、大 × 的事多好。可又能怨谁呢，只能怨顾城。弟显得心境安详，说了说他见识的各种电脑。之后他还平生唯一一次和弥乐下了一盘棋，也是下了个大概时便停了。他棋局不错，但是他很沉默。

之后弟又一垂脑袋早早进了自己的小屋，显不出一点儿想再讲讲话意思。我有些不安，总觉该同他好好说些什么。烨过来高兴地同我说话，于是我又同烨聊起来，放下了这个心思。

我对烨说了些 × 英和"______"。我试着想对烨解释下 × 英的心情。× 英有过许多关于薛宝钗、林黛玉的感叹，她实实在在觉得自己是林黛玉，而竟就居然撞上了薛宝钗，她曾叹说："这个对手也太强大了。"我当时是很同情她的。

我对烨说："你对她那么好，结果让她感到压得很，你完美得让她说不出话来；她说你就如同薛宝钗，而她是林黛玉……"

烨笑了："得了吧，林黛玉是她那样呵？人家林黛玉也是大家出来的，也是有风范的；你也不是没见过她在顾城面前什么样！"烨又乐："英儿刚来什么样儿你还没见过呢，头一次给她烧水洗澡，都挺郑重的，她就在那儿叫：'顾城，拿块毛巾来呀！'顾城都傻了，叫我去送。我干嘛呀？我说：'嗨嗨嗨，叫你呢。'顾城就这样：'谢烨给你送去了呵！'英儿就又叫：'谢谢了呵！'英儿就这样。这是林黛玉呀？"

烨笑得很不以为然，又说："你想我们本来也不熟，都想着她小姑娘呢，嘀，上来就跟我们大谈精子、卵子，什么性冷淡。”烨做了个很不堪的表情。“顾城没辙耶，顾城说三年不见，× 英改现代派了，说大概是因为她在《健康咨询报》干过。林黛玉，林黛玉那可是真的，真的是伤心至死的呢！”烨的神情有些激动。

我不知说什么，眼前晃着 × 英的样子，× 英的样子有些多变，时而矫情时而通达，时而热烈时而腼腆，也许因此才尤为生动；她在弟烨去德后给我的印象是非常好的，除了她突然走掉后的一些事。于是我们又说了些，我不信对她在北京时状态的说法，觉得同她给我的印象冲突太大。烨说：英儿就是近朱赤，近墨黑，她和我们在一起后，样子自然也就变了。



又说书《英儿》。烨说：“天下也就顾城敢诚实，× 英还就是不诚实，这回偏偏就让她赶上了，她不服不行。她没话说。顾城对她客气耶，人家都是推，他是揽，他说他不挑着说，可怎么损自己他怎么说……”

“他这人有点儿自虐。”我说。

“他就是有点儿自虐。”烨同意道。

“英儿，”烨笑了笑，“英儿净是姿态，她就信姿态，结果碰上顾城这么一位，什么不认，就要你心的。”烨又笑：“他们打起来才逗呢，一个全动真的，一个全玩儿假的，那才是一对儿呢！你说我帮谁？”

我只好笑，说：“你不是帮顾城呢吗？”

烨一点头说：“我是帮他，也不知怎么我就一直帮他。”烨顿了顿，“可这回我是真的帮到头儿了……

“他是诚实，可那诚实是人受的吗？也就我能跟他过这么久了。”烨的情绪低落下来，我的心情也跟着一暗。“他那书你看了[1]，他说他真真地写，

---

[1] 书也就寄给我不多几章，《房子》《引子》《发信之后》，还可能有几篇，应都不是会让谢烨说受不了的篇目吧，但书写性爱的出格儿在和谢烨通电话中间是得知的，并没有觉到谢烨反对呵。当时听烨这样说，我只能是想象那书不知写成了什么样子。很多年后听了写《英儿》的一些录音，才领会伤烨的不在于那一出格，而在于顾城没有斩断对那个英儿的情，不时就写得对英儿

可你说那么写，我受得了吗？”烨大睁的看着我的眼里几乎涌出泪来。“可是跟他说还不是白说？他就是他自己的死活，哪管我的呀。”烨顿了顿：“说我跟大 × 好，我当然跟大 × 好啦，人家大 × 对我好……”我看着烨，想着不用她说我也应该明白。

“顾乡，我真的是太累了，我受不了他，我害怕……”烨一下有些哽，我觉得有些突然，想着是不是需要我帮助，又感到不知所措。

“你知道他那回掐，差点儿没把我掐死！”我的心缩起来，不能想顾城的样子。

“他骂我什么？他骂我‘婊子’！”“什么？”我简直不信。

“他就是这样骂的。”烨气得脸红红的肯定道。

“你骂我？！”烨道，“我说你骂你骂，我给你录下来，你再接着骂！他就咚、咚、咚！三下，”烨比了三下拳砸的动作：“把录音机、电脑全砸了。我一下就歇斯底里了，‘啊——’就这样，”烨双拳攥在胸前学她当时的样子，“我就叫了起来。我有歇斯底里。”我迷惑地看着烨，这是我第一次听说她有歇斯底里。

“他扑上来就抓住我，跟着正掐我这儿，”烨比了下脖颈上方。“我们都摔了。我想我完了，我说：你骗了我，他说没骗。我说那你放开我。他就放了。”烨生气地站那儿。“这……”我无话可说，只能很难过很担心地傻在那里，真没法儿想他们之间发生的这件事。

“过了半小时，隔壁基金会小老太太嘟嘟嘟，来敲门，特逗，她听见我叫吓死了，不敢动，等没声儿好久了才轻轻过来敲门。”烨笑了。我感到很心疼，出现了那样的事，烨竟然说笑就又笑了，一笑又显得那样无忧无虑。

“我给顾城面子耶，”烨说，“我站着都困难，我还装着没事儿，笑，我



---

太有感情了。

就这样靠着，在楼梯那儿，笑着说没事儿。老太太就走了。顾城特感动，直劲儿让我去医院，那医院是他让我去的，我说没事儿，歇歇就好了，不行，非得让我去。结果医生问我怎么弄的，我说自己摔的，医生根本不信……你知道吗？让他进疯人院。来了好几个人，问我，我什么也不用说，只要哭，就行了；三个月，都给他定下了，我只要一直哭，他完啦！”我清清楚楚地打了个寒噤，看着生气的烨。

“顾城吓坏了，嗬，你不知道对我说得多好，他说可以让我一人走，走哪去都行，他有信心等我回来。他就是这样说的！我信他了，没签字，和他一起回来了。可是你看见没有？他就这样跟着我。”



顾城是疯了。我想得找机会和他好好说说。我难过地看着烨，想着能帮她出点儿什么力。我小心地说：“你看你现在可不可以去打个电话，德国时间是中午吧？”

烨犹豫了下，说：“算了吧，利斯都睡觉了。”然后说：“其实我也不一定要给大 × 打电话。”顿了顿，烨似自嘲地笑了下：“打电话都得偷偷摸摸的，太可笑了。”

烨思索着说：“他太对不起我。”又说：“我救了他，他也老说我救了他，要不他十回也死了！小纯都说：‘他死了不还得你给他树碑立传吗？’”我一愣，烨一笑：“小纯是胡说。可是顾城现在这样对我，他真是太对不起我。”

烨仍是一副思索的状态：“他死了真是比活着好。有时候都想帮他一把。我还就是能做到这点，我杀了他，也能让人同情我。这点我太自信了。可是我干嘛呢？我还有儿子呢，我还不想去监狱。”[1]

---

[1] 此处原本谢烨有句“其实他怎么死都是自杀”，实是这样记录的：烨仍是一副思索的状态：“他死了真是比活着好。有时候都想帮他一把。其实他怎么死都是自杀。”我清楚地抖了下，脑子发懵，下边的话烨好像拐了弯儿：“我还就是能做到这点，……”——后来考虑之后将这句划掉了。我当时有谢烨意识到了言语不妥而将话转弯的感觉，也有我听错了，或者谢烨说错了的怀疑。但是这句话在后来又听烨弟说了一次，那是在我的这篇文字在《九十年代》上发表之后，他在电话里暴怒之下说的：“老实告诉你，顾城他怎么死都是自杀！我姐姐就是太好心了。”还有

我觉得不太对劲儿，我忙乱地说：“我不觉得顾城真想死；他老说死，是为了抵抗；他就是嘴硬，其实他挺容易被安慰的……”

“你说什么？”烨用表示奇怪的眼光看着我，我立即接不下去了，肯定出现了一副认错的神情，我自觉轮不上在谢烨面前评说顾城的，只是心里一着急，就乱了。

“他死不了，你放心。”烨用颇为不屑的口气说；“××× 都说：‘他说死又不死。’都知道他要死，可是他不死，他不死人家怎么办？”烨脸绯红。我一时都听傻了，只当这是一阵儿的情绪。想着她能这样无顾忌地对我说，是因为相信我立场的公正。

烨语气沉下去：“说实在的，我能承受他死，不能承受他活。”看烨那么肯定的样子，我无话好说，只有愣愣地想，不是切有体会烨不会这样说的吧，所以只有赖顾城了。 

“我这人就是太好心了。”烨说；“好心得有好报才行呵！”烨很激愤。“其实要他死还不容易？他真跟小孩儿似的，骗骗他上天堂就上天堂，骗骗他下地狱就下地狱；你不骗他你不是活该倒楣吗？其实我只要一走，最简单，我太知道我的威力了。放谁身上也做了，我是活该耶，受儒教毒化太深。”烨松缓下来：“可是好心得有好报哇。”

我静了静，想替顾城说点儿好话。我说：“不过顾城也有些好处，心地单纯，你看他那么喜欢你的《你叫小木耳》……”

“哟，感动得不得了。”烨立即笑了，笑得十分沉静。“你还没看他那个样子呢，那真是爱不释手。”烨说着，眼睛里的光都显出了幸福和赞叹；我也笑了：厚道的谢烨，我心里说。“那真的就是‘不释手’啦，趴在那儿改

---

一些很厉害的话。回想10月10日（1993年）的时候，我接过一个电话，女声，说知道吗？××（即烨弟）向我问过毒药。还留给了我电话。可当时我两夜几乎没卧床了，没有反应过来。过了好些日反应过来了，电话问过去，也是女声，但却说没有给我打过电话。总之这话我犹豫之下给删了，却十多年梗在了心里。有些事太厉害，没敢说，也没法说，至今如此。

了两天，跟是他写的似的。有的话他加得真挺棒的，那段你肯定没印象，说我‘难能理智，总有生离死别的阴影笼罩着’，那些话，我真的感动，他会为我说话耶！还有‘雪’的那些话，特有气氛哈，他写完我都惊奇，怎么跟我写的似的？他说他就知道我。”烨说得很沉醉，神情动人极了。

烨说：“我是悄悄写的，他是悄悄看的，看完捧着，那个喜欢；他这人就是这样好，你说的心地单纯吧，其实他都不知道，那篇东西一发出去，他完啦，他什么形象呵！他还到处乱寄，恨不得见人就送，最后还给放《英儿》书后头了。”

烨说：“顾城的形而上真漂亮。”又说：“这点大 × 绝对没有。”又说：“也不是说顾城坏，就是具体生活起来一件件事儿都让人受不了。”又说想和大 × 把基本生活安顿下来。又说她也不愿一走就把顾城毁了。



我问烨我有没有必要找个时间跟顾城讲讲话。烨说：“你去讲？你能说过他呀！我还能说出些话，真可能是因为我太有道理了。”

## 9 月 28 日　星期二

睡不着觉，心下不安。早上起来做早饭，烨也起来，我向她看去，她清新明朗的微笑一下扫荡了昨天晚上积在我心上的暗影；忘了那个早晨的阳光是怎样的，但记住了她的微笑；烨呀。

烨在这样的微笑里对我说：“你说我该不该跟玻格说？我还是得把三木拿走。”

我沉浸在烨的微笑里，“嗯”了声。

“我一走，他一死，你敢保他不找个垫背的？万一呢？你说我能冒这个险吗？”烨非常温和地说。

我说：“那你就跟玻格说吧，不过你别不让他去看孩子，定个时间让他去，有人照顾就行了。”我像是在梦中说这些话，我看着烨，深深地为眼前的美丽赞叹；那样温和美丽的微笑，也给了我心里好大的安慰。过后三天我才猛一下悟到烨说的是什么，才发觉我又答非所问了。

顾城也起来了，没头没脑地问："那你的意思是今天进城吧？"

"进呗。"烨淡淡地。

我知道他们是说申请护照的事儿，因为出去了一年多，需要回答许多问题，他们打算在城里住两天。

同前一天一样，烨开车，我去做活儿，他们去镇上。事情完了以后我们会合，一起把车开到码头。弟、烨都没下车，有些发愣，弟说有必要进城吗？请利斯帮助填填表也成吧？干脆咱们一起抓螃蟹去吧！烨也没说什么，背起包儿下了车，于是他们两人向船走去。



## 9月29日 星期三

近中午时，接弟一个电话。我心生感激，怕他尴尬似的，赶紧说等他回来想跟他讲些"傻话"。弟呵呵笑了笑。我问谢烨呢？弟说买东西去了。我想，呀，还不记得弟曾经单独给我打过电话呢。可他也并无事情，问候了句，就放下电话了。

## 9月30日 星期四

上午接过烨两个电话，声音都有些恍惚，主要为的是告知我哪班船回来。我问 ×× 的两个女儿怎样了，烨的声音才稍稍振作了些："嗨哟好极了，人家 ×× 有福耶，两个女儿那叫一个漂亮，又漂亮又懂事。"

我两点半开车到码头接他们回家，觉得烨情绪不好，便想找话轻松一下："×× 女儿教得那么好了噢？"不想烨说："那样儿能教得好吗？"我一愣。烨道："老顾乡真是，那当着人家能说人家的孩子不好吗？"烨好像真的很生气。我抱歉道："噢，我不知道……"

弟坐后排闷闷地说："×× 两天光跟我们忙了。×× 翻译挣钱着呢，结果陪我们干这个。这个倒楣的护照。"

烨不接话。我便问了几句关于护照的事儿，烨简单地答了我。弟说："你知道 ×× 就是碧姬德吗？谢烨在《你叫小木耳》里信就是写给她的。"

"哎，"烨的声音轻柔下来，显出些一贯的愉快："开始那信是写给 Stalar 的 [1]，可对着 Stalar 说中文就是不进入；真惨哈，一转念写给碧姬德了。"

"一转念你就嫁别人了。"弟插言道。

烨也不理他，一会儿说："也挺可惜的，好些内容就写不进去了。"

弟说："×× 挺好，×× 是教徒吧？"

"我还不够教徒的吗？"烨说。

弟笑了下："现在是叛教徒了。"

回到家，炒墨斗鱼，[2] 烨神色开朗起来，对我说，顾城在城里两天一直跟着她，她可以叫警察了。我想不至于吧，顾城给我打电话的时候，烨不是出去了吗？没跟着她呀？当然我并没有开口问下她。烨说："没我领着，你看他去丢人吧。"

然后他们开车去看木耳。



[1] Stalar，谢烨在妇产医院结识的好朋友，她们在一两天中先后成为妈妈，木耳两岁多时跟随她和她的家乘大轮船做了一次一个月的旅行，又在她家里住了几天。谢烨在《你叫小木耳》中写她为：丝苔拉妈妈。

[2] 此刻（2010年12月）校此近17年前文至此，突然想到顾城此时正在写家信呵！写"今日回来，谢烨在老顾乡这边做鱼"（信及信影印件见本卷本册辑七），怎么写此文时没在意呢？显然当时就没在意，不论顾城写时或写完交我后。我还在他的信背写了我的信呢，信中大半说我自己的一些琐碎事；那时大概觉得顾城的事就在身边不在信上所以不留意他写什么？可就在身边的顾城我也没去留意多少呵。（还有这天居然是中秋节，至近六年前的前次校看也没注意，顾城却在家信上写了，真不知我是怎么回事。——2016年8月）

晚上，自然而然烨又同我聊起来，这是令人向往的时刻，只要没有烦心事和烨聊天是那么美丽的享受。可这次我想着顾城，我知道他已在他屋里，我怕他关门、关灯，我已想好要鼓一次勇气。我跟烨说："我看顾城不对，我去跟他说会儿话吧？"

烨沉默了下："去吧。"

越过谢烨去找顾城这是第一次，很不习惯。但我觉得还是有必要劝告他些事，如果他以为多余，我顶多鼻上碰点儿灰吧。而且弟这回回来，说话到底亲切了些，我只是担心是我不是烨去找他会刺伤他。

弟门儿半开，灯还亮着，没准儿在等我。"你不累吧？跟你说点儿傻话吧！"我这样开头儿。

弟漫不经心地"哎"一下，也不看我，一点儿不知给我搭台阶儿。

"我说，你别老跟着谢烨行不行？"我也不知怎么开头儿。

"她一转脸儿就去给大 × 打电话！"弟声音很大。看来他是承认他老跟着谢烨的了，我想。

"打呗。"我说。

"他们会商量，你不知道，都是他们商量出来的。"

我不知道他说的是什么，但我想告诉他跟也没用，只是知道烨已上阁楼，什么都必听得清清楚楚，这样说不好，才没开口。

我想直截了当，也好避掉尴尬："可是你掐了她！怎么回事儿？"

弟叹了口气："那是我不认她了……她那会儿叫，怪叫，样子可怕极了，哪还是谢烨呀；我攥着她手让她别叫，她还叫，我一下就乱了，卡着她脖子就摔了。后来她说她歇斯底里了；我也歇斯底里了。一辈子也就那一次，天地良心，她最知道，我戳过她一指头没有？"弟说说顿顿，有气无力。

"是啊，所以我都不信。她手上拉个口儿，你乱跳，比她还疼……"听弟说我心松下了点儿。

“我是比她还疼。我说还她，在我手上抓[1]了四道血口子。”弟一直那么缓缓地，有气无力。后来直到送他火化时，我才想起看看他的手，左手背上四道长长的白疤痕，一道淡了，三道还很深。

“谢烨说的你还骂她！”我想的是把两点疑问问出来。也好知道弟是不是变了个人。

“我没骂。”弟声音软软的，空空洞洞的眼里充满了疑惑。

“谢烨说你骂她‘婊子’。”因为不习惯，最后两个字说得很是气微。

“我说她‘又想做婊子又想立牌坊’——”弟的声音忽然显得清晰又响亮，我吓了一跳，想着烨听了怎样。烨的阁楼上的敞窗里的灯刚刚闭上。敞窗斜对着弟小屋敞开的门，两米距离而已。这时弟靠到门框上，脸的方向正对着烨身边的敞窗，我担心他更多的是为了说给烨听的。

“我没说错。其实她全知道。平生就骂过她这么一句，如果这叫骂的话。”弟淡淡地说，继而脸转向我，笑了下：“我这人还就没骂过人。”

“就这句话，把她说急了。”弟依然对着我，然后才又转过脸去，声音又虚渺起来：“不能说她不好，她都好，可是她干的事儿不好。”

听弟说谢烨不好，是过去根本不会去想的事，无论对谁，弟不可能说烨一字的不好。我懵住了，什么也不会说，本是想来斗胆劝他几句甚或批判他一下的，现在只有傻傻地听着。

“她是什么都想要。”弟重重地说了那个“是”字。“要跟大 × 好，又要名节，她的她想要，我的她也想要……她只想让我死，不喜欢离婚。我不说，其实心里都知道……”

这都是什么话？我急坏了，对他点点烨的方向。“老顾乡吓坏了。”弟



[1] 此字顾城说的很可能是“划”，我听错了。

一乐，不理会，接着说：“那会儿说去杀英儿，她多热心哪，又看电视又侦察，我一直以为她是帮我，看她比我还气愤，就受鼓舞，就感激她。”弟脸又惨亮起来：“上天罚我，让我爱她们，我爱就是爱，别给我讲那么多，爱是能越过死的……”

“谢烨说过帮你杀人都干的。”我想让他知道烨对他有过的热情，果然弟转向我，期待的样子。“她打电话给我，说你在罗马尼亚机场讲的话棒极了，帮你杀人都干。”我也怀着期待。

“噢，那些话，那是一篇忏悔录。”弟笑了下，垂下脑袋。“那会儿英儿完了。谢烨跟我分析，我怕听，可那都是真的；我多喜欢我的心好好的呀，可上天跟我作对，偏偏往里灌邪恶，一大堆邪恶；”弟咬着牙说后几个字。“我拼命想替英儿辩护，可是我辩护不了，我知道谢烨说的都是对的。我珍爱的、视为无价的、天上的，一下子猪狗屎不是了，我成粪土了——”弟仰天喘了口气。

“谢烨那个气呀，”弟乐了下：“苦大仇深，什么都想起来了，连英儿下飞机先去拥抱她，都想起来了。我浑身发抖，我捏着她说‘我不疯’；我心里恶心，恶心自己，想起和英儿的每分钟都恶心；我说我要杀她，要去见她，亲手杀了她，再远远跑开自杀。她说她帮我去杀。我感动极了，她太好了，我看着她真是看见圣母了；我有多爱她就有多崇敬她，我就哭了，向她忏悔，真好呵，心被一点点洗干净；她也哭了，真好呵……上天对我还是很客气的，让我有过那么多个真好的时候……要是后来不让我知道是骗我就好了，让我死在那个时候……现在想，还愿意想都是真的，是真好……”

弟面色茫然：“我说了好多，把对英儿的爱一点儿点儿说给她，曾经是那么好的时刻一下都污浊了。我对她说，哭，她那么善良，吃了那么多苦，我被剁成泥也忏悔不了了…… 谢烨那会儿是一幅像，有光……”弟的脸微微发亮。

“谢烨说：‘你的书就这么写！’我就得救了。我本来只有死了，死都死不干净。她救了我。谢烨是救过我几次。”弟口气肯定地对着我。

烨在他们三月由北京返回柏林后的电话里极其振奋地对我说过：“顾城要写的书是对我的忏悔录，从我怎么用卖鸡蛋的钱让英儿来写起。真名真姓。”清楚记得烨用很感动的声音强调这四个字。“这书出来，我跟你说——盖了。”烨语气很沉。又回答我的担心说：“只有让他写，这样他还可以活。”

“可是你没太忏悔呀？”我说。

“哎，”弟承认道；“写写就走了码了，跟谢烨希望的差一大截儿。可我一直是赞美她的，写到《牧场》一直替她说话。”

“谢烨是说《牧场》写得好。”我说。



“嗨嗨，”弟轻笑了两下；“差不多写完那篇就出事了。”

“这本倒霉的书。”弟自语道，跟着又回到沉沉的状态：“我知道写英儿太多伤了她，她说受不了，我就疯了，就睡不了觉。我说：雷，你管着我，我喜欢你管着，我的心不听话，你把它碾碎变成你的吧。”

“这不是胡扯吗？”我说了句。

“嗨，”弟笑着应了下，跟着又回到那种苍茫的对天说话的状态：“其实她说受不了也是虚张声势……她用了这本书呢……她说受不了的地方正好帮了她忙儿，我不知道，我只有跟着心写……真真地写……写写还想起英儿不少好来。我拿我没办法……我跟她说，别难受吧，也就这本儿书了，写完我就死了，对你再残酷把我送到头儿吧，我报答不了你，这本书留给你换很多钱吧……我是想让她和三木好好过，我知道谁也受不了我。”

弟说得很凄惨。我哑然。他倒对我笑了笑：“你别不信，是能换好多钱，就没这么写的，没谁乐意让自己名誉扫地，加上我再一死，跟书上写的一模一样，准哄起来。我是真真要为报答她死的……”弟又面向天际了，那同时也是烨的方向。“上天佐证……谁知她就真的等着了，等着就等着吧，谁叫咱那么招人嫌呢？可是她那个等法儿……”弟嘴半张着难以合上似的又顿在那里，脸轻微地晃晃，一层惨亮。

“也真怪了，”弟忽然声调一转；“出事儿的前两天晚上，那天晚上月亮真大，我站在月亮底下，看见了十年前的谢烨，那时我们在街上走，有一次月亮也这么大，我们只能在街上走。等到一家家灯火都熄了，谢烨对我说：下一班车再走吧，我就高兴极了。那时能和谢烨多待一分钟也好哇，什么时候想过待一天呢？我看见了我们手拉手的那个晚上，看见了三木往台阶上爬，我的心里一片明亮。真的，奇怪极了，像神明指点一样，我的心一下好极了，我刹那间明白了，我要的都已经给我，我要的就在我边上，我爱三木，从来就爱，我爱谢烨，从没变过，我爱我们所有的日子，多好啊，我们又有自己的日子，自己的家了，它还在，它没有丢掉，可以好好地好好地爱护它了……我高兴极了，感谢大月亮，我跑去叫谢烨，我想她一定高兴……”弟对着谢烨，像说进梦里一样。 343

“我跟她在路上走，我都说了，说爱，爱三木，爱她，说我们一起的普普通通的日子……我不知我还有多少爱，我只觉得上天又把爱还给了我，我的每一寸生命都渴望化作爱还她，还三木，勤勤恳恳赎我的罪……可是她不说话，她一句话不说，就说了一个‘晚了’。我不懂，一点儿不懂，她那么希望我爱三木，我爱了，她又不许了。我走出去了。我不懂，我的心那时那么好，它不是老那么好的，可是她不要，她不高兴，她弃之如旧履。我的胃一下就堵住了。哎，真的，（弟对我一笑，还按着胃）一下就堵住了，堵了两天，吃不进饭，我就是不明白。我走，过山过林，回不来了，迷了路，一直到天亮……”

“其实我心也动了一下，是不是我说‘回头’让她失望了，因为我就不死了，可我哪敢这样想呵，这是谢烨呀，谢烨是我的天，我可以什么都不信，我信她，我像相信天一样地信她。”弟一个字一个字清楚地说。

“真是神明助我，让我早了两天；要是晚两天，我再也说不出爱三木了，就没法说啦！”弟看着我凄惨地震动了下脑袋。

“真的是神明让我早了两天。我两天两夜白天吃不进，晚上乱走，然后正好让我看见她挂了电话，那个样子不对——”弟把眼睛瞪大了，没看我。

“我说谁的电话？她说 ××× 的，样子没事儿极了，过去也就过去了，可是电话又打过来了，我一闪念，顺手一接，大 × 的声音！他说怎么搞的，刚才电话断了……我就这样看着谢烨，就这样……”弟垂手立着，嘴微张，学当时的样子：“成傻子了。”

我低头无语，我知道这事儿对弟来说是塌天了。他是不敢信，所以他还在说，对我却面向着谢烨。他习惯中永远有谢烨，他不懂没有谢烨怎么办，他不会过没有谢烨的日子，他希望谢烨会忽然跳起来跟他吵，他要的是谢烨的安慰。

“你知道她当着面骗我，指着寄柏林的信说是寄北京的，这太，太……”顾城微微晃晃头，哽了下。“她居然欺负我不懂外文，就像欺负个残废人一样。一个瞎子你给他往水坑里推，这会是谢烨做的事吗……她知道我多喜欢她学外文过……我们是一家人……”

我心里也很沉——“谢烨都能对话啦！”“谢烨翻译了两首诗呢！”弟说这些话时的高兴劲儿就在眼前。几乎刚结婚弟就建议烨学外文了，他包做饭、洗衣服，他不喜欢烨做这些事，为此没结婚时就跟烨家里顶撞过；他欣赏不已、开心不已烨乐于读英语、看书、写东西，后来又打听外语老师，连马思中、欧博文都被他请过教谢烨。他还设想将来译诗，烨初译过来，他再做中文加工。他多高兴地谈说他们聪明的“分工合作”“不搞重复劳动”呵；直到出国以后这么多年来，他还一直沾沾自喜这种安排。让他怎么能接受谢烨竟然同他离心离德并且反过来利用当初的安排呢？我发觉我很同情弟弟，我警告自己也许很危险，而且我怎么可以听谁的就觉得谁对呢？我想我得理智些。

“我说我们谈谈，”弟像被梦魇住了样地继续说：“我使劲儿忍着，她不说话，我就想她在等我死，她在等我死，她瞒着我，是在等我死，她好什么都要，她怎么看着跟圣母似的呵？我就说出了那句话——”弟眼泪流下来了。我知道是指“又想做婊子又想立牌坊”那句话，弟实在不忍再重复一遍了。

“从来没人这么说过她，她多尊贵呀，要尊贵你真尊贵呀，都怕真的。我这一说就触着她了，她去拿录音机，让我骂给录音机。我一下就疯了，她太虚荣了，她那个样子太虚了，她还护什么呀，那点儿虚伪的尊严。我大概是三拳头，全砸电脑上了，谢烨就叫起来，叫得真可怕，就出事了……”

弟有些抖，咬住了牙。“她说你骗了我，我说我没骗，她说那你放开我，我说那你别叫，她说‘我不叫’，我就抱住她哭了，说爱她，她也说爱我，我们都哭，我说还她……”

“你砸电脑干什么呢？”我问。我是在挑他所有的毛病。



“电脑正好在我边上。”弟说。“而且我知道了她在用它给大 × 打信我就不喜欢那个电脑了……我们原来都喜欢这个电脑的……一起买回家去的时候高高兴兴……我让她去学，她学了就骗我……”弟很凄惨的样子。“不过我也没想这些，看她那样子，就砸了。盖儿都砸弯了，不过还能用，我没使劲儿。”弟笑了下。

“谢烨还是可爱，”弟脸亮了亮；“隔壁基金会的老太太来了，她被谢烨的叫吓坏了，老半天才过来，谢烨对她笑……她都站不住了，还对她笑，说没事儿。”弟一脸感动，看着我说：“谢烨还是厚道，她救了我，要不我就进疯人院了，三个月都定好了，我求她，她没签字，她救了我。她真是几次救了我，她对我恩重如山哪，可她也真把我毁了个彻彻底底……”

弟沉默下来，然后声音更沉重地说：“你知道 ×××[1] 找她打架……我好言好语劝，替她说好话，××× 就冲我来了，说我傻，说他们都在等我死，就我不知道，说我‘说好死不死’，我不死谢烨和大 × 怎么办？甚是无理。我都说不出话……等我死，还有一个同谋……”

我无言了，弟的顽强已经超过了我的想象，他那么难过，却在那么好

❶ 此处×××为大×妻子。

地控制着自己，我一时竟以为他能无限地承负下去，不用我担太多的心了。

“她和大 × 热情鼓励我去杀英儿，她说跟我去，她说英儿那么亏心该杀！我多感动呵，抱着她哭，感谢她懂我。你能信这是个阴谋吗？”弟脸颤抖了几下。“是真心，那是金子；要不是呢？……你想，我能让她沾吗？到时候杀人、自杀，还不都是我的事儿？上天不知是什么意思……”弟脸惨惨的。

“谢烨还真的能干，”弟忽又夸赞起来；“还真把英儿给找着了。她没结婚，就在悉尼，跟老头儿管个旅游公司，过得好着呢。”

我非常惊讶，简直就是不信。



“谢烨给查的。她让小纯找的私家侦探，一查就查着了。”弟说。我目瞪口呆，成听天方夜谭了。

弟也没理会，口气里的确含着夸赞：“谢烨挺有想象力的，嘀，真干起个事儿来主意多着呢，我们联系了去悉尼讲学，我那会儿一下就掉进‘基度山恩仇记’了……可是，上帝忽然明示我爱三木，没想到这一下把谢烨得罪了，她那会儿已经只准我死不准我活了，她处处照这个计划安排，她对人哭，说痛苦，她想好要怎么做了，我把她给打乱了，我是无意的，我只是爱了三木……”

弟的声音很是惨痛，可我没法相信，怎么会呢……

弟觉出了我不以为然，说：“老顾乡不信——”

我说：“也信，就是你把事儿想重了。”

“我是太珍重她了！”弟叹了口气：“她是天空，是土地，是我的呼吸……我可以没有，我的呼吸应该还在，那是我的天空和土地，它不应该给毁掉……你知道，我干吗把《你叫小木耳》加上……××[1] 也说加上不协

---

[1] 这里的××，台湾版的《英儿》是交给了她的。也是身后出版的。非常遗憾后来出版社和我要照片，我糊里糊涂就给了，只是表示不要出现我的名字，出版出来一看照片用了三张，写的是

调，说我就是巴结谢烨……我真是愿意谢烨照耀我……喜欢让人都能看见她的光芒……我总归是该死的，谢烨是不该死的。该死的人还要什么？我是一心要给谢烨留下些好，今天还是这样……”弟头靠到门框上，软软地，叹一口气。

“她在用这本书，这本书帮了她大忙，她好名正言顺地离开，血泪控诉地离开，我死掉她都有道理；真不懂她怎么那么要道理呢？”弟喃喃着。“我是想让她好，让她好好地走吧；可是她也该给我留条路呵，我死是我自己的事，别太逼我；你走，你好好走，咱们好好说离，你不要商量阴谋，我不喜欢阴谋，不喜欢你有阴谋；”弟仰着面，真像对烨在讲话那样：“在柏林的时候，我让你去念《你叫小木耳》，台下哭成一片，你也哭……你走了，三木怎么办呢？”



弟的样子显得无可奈何，我也无可奈何。想起句不太相干的话，便说：“谢烨说《你叫小木耳》发出去，你完了。”

“我是什么人就什么人呗，该完就完。”弟淡淡地；“她那篇东西写得那么好，就是发不出去，刊物都寄遍了，没名儿就是不行。放我书后头，反衬一下我，谢烨也高兴。还就那篇修了又修，别的都一遍下来，好多我都没校……这书写过也就过了，都想给它烧了，还就《你叫小木耳》好，真喜欢她写好东西。”弟一说喜欢，神情立即回到了他的小时候，只是此时多了点儿凄惨。

我忽然觉到说到很晚了，最要紧的还没说实呢，我很小心地讲：“反正你要明白就别跟着谢烨，她可以叫警察的。”现在想这话说得真傻。

“那就由不得我了。”弟声已很疲倦：“她多强呵，法律、规则、社会舆论、人间道理，她都占着，她把这些摆在前边跟我打，我没办法，我就一

---

“作者提供”，想着这对读者来说也会成个误导吧，并非作者提供的呵。另个遗憾是说好了照片用后退我，却是没退。

个身体，一个心，她躲着，离婚也不肯说，我现在就要听她说；然后她爱去干吗干吗。”弟手做了个拨拉的动作。我想算了，打住吧，便说休息吧。

又是一夜不安，弟的一个个字音不断地敲打着我的心脏和脑神经，我惊奇谢烨怎么那么安静，她怎么可能不陡地站起，厉声地制止或者反驳呢？

## 10月1日　星期五



早起，烨如往地平和，挺高兴地同我说早饭的事儿。我心里多少有点儿惊奇，顾城那么多刻毒的话之后竟看不出对她的影响，我简直相信她是早睡着了；于是心情便也松缓了许多。

因为不用去做活儿，就好好坐着吃早饭。聊起过日子，我说最好的日子是挣够那么一笔钱，可以买一处恰好的房子，然后恰好吃利息能过，平日做些合心的事儿。弟问多少钱就够了，我随便算算，说十万买房，十万留着生利息。弟说“这本书”就能差不多，并且还想着叫我补写那些内容，说可以挣钱。聊着就觉得时光美好，所有弟和烨讲过的不愉快的事都如同不曾有过。

说起写书，弟便哀叹一本儿没写完就“闹离婚”了。弟说这书本来还在往下写，然后他看着烨：“写写，写谢烨脑袋上去了，谢烨罢工了。”[1]

---

[1] 当时不知这里说的“这书本来还在往下写”写的是什么。几年后看到《英儿》打印件目录顾城手字补入了“全书演义”，列于“上篇”“下篇”“篇外”之后，独立为一大部分，于是立即想到了我同顾城谢烨去他们的房子时看到的《全书演义》手稿。当时十几个装有字纸的大小牛皮纸袋，有两个大的（8开A3），上边顾城写了“英”字（后来看《英儿》看到“五个纸袋”时，老想着这两个大纸袋），一个里字纸大大小小，塞得很满，一个稍空些，内里纸页看去也整齐些，有不少打印加笔改件，我稍一翻，上边一叠大开横线纸，顾城笔稿，标题字写着“全书演义”，翻了翻写了挺不少了，也没特别在意；顾城正去同谢烨说话，过后也没有问他。1997年2月搬回的文稿中，后来只见到打印了个开篇的《全书演义》（见《小说卷》中《英儿》尾），而那两大袋印象清楚的《英儿》手稿，包括《全书演义》手稿，不在其中。十七年后重校本文至

烨也不理他。

弟又说马上有好多记者要采访谢烨，在美国就被采访了一通儿；《英儿》书一出来，都不知道谢烨是怎么回事儿，书里最不成功和最成功的人物没准儿都是谢烨了。

烨还是没理他。

弟说《英儿》书是开放型的，可以一篇一篇一本一本往下续，颠过来折过去写一百本儿，说完在哪儿就完在哪儿，说不完就永远没完；下一本儿的主角儿该是谢烨了。

烨都没理他。

弟叹息这书太惨了，先不说别人看，让家里怎么看，让谢烨父母怎么看，又让英儿的父母怎么看。

我说："刚看报纸，说你童话诗人呢。"

弟道："不想当啥童话诗人了。"

我们都沉默了。

烨问起学校的事。我提议可以去学校看看。于是我们去镇上办了些事，买了些食品就去学校了。

弟很仔细地穿过学校，神情感动地看每一个孩子，像个老人。我领他们到了木耳的教室，正是课间休息，木耳意外地看见我们很高兴。他还是叫"谢烨"，我说："妈咪谢烨"，他便试着重复了遍，他对烨咕噜咕噜说了堆，又去对顾城说。弟蹲下来听，又摸摸他的脑袋，看得那么入心，自己都不好意思了，他应着木耳，问一句："上课好玩儿吗？"木耳居然重重地点了几下头说："Yes！"我们都笑了。弟说因为他听出"我是在问话"。

上课了，烨对走进教室的老师说她是木耳的妈妈，可不可以看看他们

---

此，想到这"还在往下写"的，应就是《全书演义》吧，谢烨帮助打了开篇第一章后"罢工"了？

上课。老师高兴地答应，烨便同老师坐到了教室的前边。

我跟弟在外边等。阳光很好。不知为什么还是感到尴尬，烨不在我们都不会说话了似的。

弟说起 × 英，又轻轻地提起电话的事，说他三月那会儿在电话机边上站了四天四夜，想等一个 × 英的电话；“真怪了，电话好几次响了，是长途，可就是不吭声……”弟声音很轻。

弟一直猜想那是 × 英。可其实不是，那是“______”。弟三月知道 × 英走了以后，一直期望能得到一个 × 英的电话，竟就干脆守在电话机边不动了，“______”过去给谢烨打电话总是谢烨接，而此时换成了顾城，于是便不吭声，任顾城在那边儿着急地问“喂”或“ hello”，等快到一分钟时，他再放下电话。“______”对我说顾城现在也说英文了；我极力劝他不要打电话，他却不以为然。而顾城在那边儿却是一直站着的，后来知道还一个劲儿地掉着头发。我看着弟不知说什么好，心里挺不是滋味儿。

弟也看着我，像猜中了我知道些什么，但他没问。

弟又说他从柏林打电话回家里找 × 英，总是通了对方不说话，一次打在新西兰的深夜，接电话的却是一个男声，如他书里提到的。

其实 × 英那时走掉已经快两个月了，住在那里的只有“______”了。“______”不断接顾城的电话，只是听着，却不回答，也不放下电话。他对我说顾城在电话里喊“英儿”；我听得实在别扭。他还是不很以为然，又过了几星期搬走了。

我对弟说：“不是‘老头儿’。”

“是谁呢？”弟问。

我说都是无关紧要的事。

“是‘×××’吗？”弟猜着了。因为烨和英儿在弟面前都一直称“______”为“×××”，所以顾城也只知这样称他。

我笑了，他还挺聪明。

"'×××'一直住 Rocky Bay 吗？"（Rocky Bay：顾城在这里是指自己的房子。房址在 Rocky Bay，中文可作石头湾。此时此刻他大约已难以出口"我的"或"我们的""房子"了。）

我说："是的，不过这怪不得英儿。"

没想到弟竟接下去说："我知道谢烨一直和他好，那回她一定要开车就走，我就知道了。"

"没那么回事儿。"我不愿他那么想。

"我这人有一种奇怪，"弟没睬我的话，"心里一个闪，就知道了，可上天告诉我的我不愿承认——"

"别乱往里钻。又犯老毛病。都不是些事儿。"我表示不在意他的话。

"呵，那会儿打电话的不是英儿，是'×××'找谢烨的。"弟口气平淡。

我惊讶在知觉这件事上一直很迟钝的弟此时似乎可恶地敏锐起来。

"老顾乡瞒我，"弟说："瞒我干吗？我已经什么都无所谓了。"

可让他知道又有什么意义呢？再无所谓，还是要难过的，以后再慢慢对他说吧。于是我说："以后再慢慢说吧。"

这里头的确还有另一个对弟来说会是相当复杂和残酷的故事。但作为我却一直以为是可以理解的，都有苦衷，也就都需要办法而已，谁也没有心存恶意。所以我想没有必要告诉他，徒添烦恼罢了。可我不知道还有很多机巧我和顾城一样地不知道，甚至比他还不知道，他和我一样地不说，与其说他是在卫护她们，不如说他是还在本能地卫护他自己的已经很弱很弱了的心吧。

"你说我们去德国的时候，谢烨是不是已经知道了 × 英是要走的？"弟又杀出句，尽管声音很弱，却让我吃了一惊。我就那么看着他。

"其实我知道了，有回我们说件事儿，我一下觉到她是知道的。我说：

你知道！她就火了。”弟很不开心的样子。

烨是知道的。他们临去德国时，烨很激动地对我说：“他要是知道英儿要走他就不去德国嘞，结果是德国是我要去的，英儿是我让走的，三木是我送掉的，责任都成了我的，太奇怪了。”当时因为从无可能听顾城说英儿与他们的事儿，所以只觉烨的话没头没脑。后来 × 英对我说起她自己是怎么回事，又为什么要走时，特别提到了她和谢烨“有一个默契”，她说“我觉得谢烨的意思是，我走了，她才知道她该怎么办”[1]。这话也说得我莫名其妙。关于这些都是不可能也没有办法告诉顾城的，他不听单独说给他的话，所有信件都由谢烨去取并且拆阅之后他才看，除非是谢烨特意交他先阅的。他喜欢这样，他认为谢烨就是他。谁会在那种时候去对他说“噢，你错了，谢烨还有谢烨的事呢”？我给烨单独写过个条子，告诉她 × 英的话，附在寄给他们的简信中，信他们收到了，但烨没回答我的条子；后来我又在给烨单独的一封信中，提了句“英儿打算走”，也没有反应。烨有烨的安排，怎么调理顾城我不觉得我应当去干扰她，而且我也没有方法，我连问一下都难免心虚，毕竟在他们的关系中我应把自己当作是外人。

“谢烨并不清楚 × 英要走吧？”我含糊地说；“而且连我都以为 × 英为什么不能走呢？谁知道你是怎么回事呵？”我跟他打岔。

“× 英要跟我结婚的……”弟眼大睁着、脸微颤着跟我说；好像吐每一个字都忍着疼似的。

我不以为然道：“她没这么说。”

弟脸惨惨的，又显得颇为宽容地：“嗨，女孩子……”我心惊地看了他一下，从没听他用过这种口气，直劲儿觉得不敢听，此时我们都须鼓勇气。弟说：“最后一晚上，英儿叫我和她一起过的，她说要等我和她结婚。我说



[1] 当时李英没有说她已爱顾城至深，谢烨让她走几乎等于杀她这样的话，但是1993年年底她见我时，说了这样的话，相近时间给文昕的信上也说了这样的话（见本文尾注）；再后来从“老头儿”变为刘湛秋，说法又都变了。

‘我就想让你和谢烨好’……”

“你想让她们结婚！”看弟说得入梦一样，我感到害怕；几乎是捣乱似的打断了他。

没想到弟居然一笑，应道：“哎……”

看他的痴样子，我不知说什么好。

停了一下，弟叹道：“唉，我找的这两个人，人尖子，不光长得好，性子也可爱。谢烨对英儿是好到顶了，英儿是给压惨了，英儿多尖儿呀，她怕在这儿跟我还债，是，”弟对我肯定道。“我说‘咱们欠着谢烨的呢’，她就不高兴了。我不和她结婚，她就要我死；嚯，她那叫一个解恨，那叫一个痛快。她以为我坚持不住五分钟就得死掉或者疯掉，她没想到我坚持了五个月，坚持出一本书来。”弟冲我近乎凄怆地点了点头。

我不习惯把事情想得那么严重，但一时我也无话可说。❶

“我是第一不瞎说，第二不挑着说。给她留个纪念吧。”弟松下来许多；“她不要我的消息，不要也得要了。不过也没意思，要是谢烨不反对，就真烧了它了。”我听着微微点了点脑袋，我想大约应该鼓励他一下，至少让那书先别全出来。

“你想这样写一个女孩子，我写，”弟使劲儿地说了那个“我”字。“我真是连死的梦都做不得了。谁不想有个好死呵，我的死应该是天国里的一幅画儿……”

我看一眼弟的脸，一时真有些害怕他会疯掉，就说：“别老说死呵死呵的。”我还想说“就好好过日子”，又一想，他会说那可不在他，在谢烨了；我不想引他又数落谢烨，于是一时不知如何劝告他好。❷



---

❶ 李英在顾城、谢烨走后对我说到她走时，说过别人说死她都不信，但顾城她信。同时说顾城死不知她受不受得了，她觉得她受不了。后来她走后的表现非常地让我不明白和生气。

❷ 顾城在我说过“别老说死呵死呵的”之后，过会儿问我：“封面你还没看过吧？”然后面色

“那会儿去德国我想说不去，又说不出来，”弟自说自话；“谢烨想带三木去，我说带他我就不去了；我想她就会说不去就不去……我就不去了……”弟说着说着苦笑了下：“可是谢烨还是要去，说挣钱，委托书都写给玻格了，我真的感动呢，想着不真挣点儿钱对不起她和英儿……”

烨当时是很想去德国的，听她说过：“总还是有些功名心的。”或者：“我也该出去转转，休息休息了。”或者：“就像他以为的这样往下过啦？你不图名利，三木呢？也像你这样？”但她没提过为英儿的缘故。

我们坐在教室外廊椅上半天一句话地等着烨的时候，老玛丽走过我们，她很吃惊，跟着又打招呼。弟说面熟想不起是谁，我说：“老玛丽呵！”（老玛丽即《英儿》书中提到的老玛丽）



也许这一下又触了弟的痛处。弟说：“所有谢烨、× 英的事儿你应该告诉我。”

我愣了愣说：“你不是叫我写吗？等我写出来你看吧。不要怀太多梦想就好。”

其实我知道他也不是不明白，他有多明白这个世界上没有梦想就有多期望这个世界上有梦想，他要构筑一小片天国来告诉自己、告诉世界是有的。一度连我都相信他成功了。相信了他的神力，就像相信谢烨这个名字一样。

一会儿烨出来了，我们一起走的时候再度碰上了老玛丽。我们都知道 × 英马上就会得知顾城、谢烨回来了。

---

异样，说出一些字。当初记写下后犹豫再三还是给去掉了，至今仍犹豫，但是还是说出来吧，都过去这么多年了，那时是怕太过伤害，岁月淘洗，也未必那么严厉了吧：顾城应该说用一种很严重的神情跟我说，他说：“谢烨说你这书封面应该是个裸体照；说，咱们没有。然后她拿个外国画报给我看，我一看，就那照片儿，跟英儿的身体一模一样！”这个话，我当时不知道封面，但真就不寒而栗了下。顾城下边还说：谢烨说她在图书馆翻到的，她说帮我找的。说：我还真就用了它。现在已经寄出去了，就要登了。他的语气和神情，让我觉得他很难受很难受。真正看到这个封面我是在回到北京的时候，1994年年初，满街的书摊上都可以看到。

午饭后，我们就那么围坐在长桌一端，随便聊天，阿城的风趣、顾晓阳的实在、艾蓓的好心、史明的仗义等等，顾城说了许多故事，烨显得沉默，但挺愉快，她显然也喜欢这时的气氛。这是我最美好的时刻，从来向往听弟讲故事，烨也是爱听的，来岛三年的时间，这样松心地围坐在一起说话的时候不多；我沉浸在喜悦里，庆幸着弟是明白的，庆幸我昨天一夜对谢烨听顾城那通乱说将怎么受得了的担心竟是多余的；谢烨肯定从没有听过也从没有想到过顾城会那样地说她，哪怕十分之一百分之一呢，依她的性格和心气——我真是完全不能想象；而此时的情形竟又让我相信那些都是不重要的，可以不必再去忧虑的了。我不知道，顾城则更是一直都没能知道的是，那个晚上谢烨后来从阁楼上下来了，去找了已经上床的利斯，请他天亮以后帮她办一件事，要求是不可告诉任何别人，包括我和顾城；利斯听到这个“要求”没能答应。我是在一个多月以后才从利斯那里得知的，大大震动弟的话其实竟怎样地刺激了谢烨，也大大震动和惭愧那一刻我竟不仅没能成为她信任的可以帮她的人，反还居然变成了她要提防的人，以至她没能获得利斯的帮助。一定是那个晚上我听弟的讲话和对弟讲的话，让谢烨对我产生了顾虑吧。而此刻我是一点儿不知道，连前一个晚上都整个儿给忘到一边儿去了。

正在我说利斯的什么事时，烨离开座位到楼下去了。我和顾城继续说着。又说了阵儿，利斯从里边走过来，递上一个纸条用英文说“这个人上午来过一个电话”，我对着利斯写在纸条上的名字看了又看才恍然：“安琳！”弟说回电话吧，于是我照纸条上的号码拨，回答对方顾城、谢烨都在。弟接电话，说着说着说到了谢烨，安琳想同谢烨说话；我说我去叫她，便下了楼。楼下没人，通往室外的门却开着。我走出去，叫了两声，没回应。我觉得有些怪，想她可能下山独自散心去了。弟出来了，叫了两声“谢烨”，便跑向停车场，一忽回来说：“谢烨把车开走了，她要把三木带走，快叫出租车去找玻格！”

我说木耳不是在学校吗？还没放学呢。“噢，那就去学校！”弟说。我说去学校不如走去呢。弟说走去多久？我说快的话半小时吧，但叫出租也得这么多时间哪。我简直不知发生了什么事，只觉得弟情绪严重得太过分；也不明白谢烨，刚刚不是好好的？去干什么了呢？我去跟利斯说我和顾城去下学校。弟说：“她就是走了，她把挎包也拿走了，所有钱、证都在里面！”利斯说他要开车去镇上，可以先送我们去学校。

我根本不信弟的说法，烨要离开，离婚不就完了，何必要这样突然走掉？我真是一点儿也不懂，我只能以为她是一时兴起，随便去办什么事或去什么地方散心，可独自把车开走都不说一下，的确是弄不懂。



“车就在这儿！停下！”顾城道。我一看，傻了，真的！是她又来看木耳吗？那完全没必要不告而别呵？利斯把车掉过头，停下，弟跑向木耳教室找烨去了。利斯开车走了。一会儿弟远远对我挥手，说：“在这儿呢！”我过去了，和他进了校长室。

烨正泪流满面坐在校长对面。我一下懵住了，不明白她怎么了，她真要接木耳后走掉？她是怕办离婚木耳会归顾城？不可能呵？那她到底为什么要这么做呢？

直到那时及至最后，顾城说的“她要我死不要离婚”这样的话都没有真能进入我的脑子，我想即使对于顾城也只是一阵一阵的，没能真正地真实起来吧，谁面对谢烨能忍心做出这种残酷的肯定判断呢？烨忧怨地看了我眼，我的心塌下去，到现在我还相信没谁能禁得住被烨这样地看一眼的。我顿时惶惑不安，直觉到帮助顾城破坏了谢烨的什么计划。我从来生不出第二个念头地听从、支持谢烨的任何计划，包括所有蒙混顾城的计划，我没资格反对她的道理：顾城你骗他太容易；你要不骗他就不容易了，就什么也做不成了。她当初去见“______”时总是对顾城说她来我这里的，她到了“______”那里总是打电话告诉我，以备顾城有事问她找她时，把电话打到我这里来；我们的办法是我回答顾城，谢烨正在我这儿洗澡或做什么呢，我会叫她给家里回电话的；然后我再打电话到“______”那里告诉谢烨，她便可以打个电话给顾城，说她已洗完澡或做完什么了。如此这般做，顾城从未觉到过任何异样。我不会以为这么做有什么不对，顾城是谢烨的顾城，如何对待顾城，谢烨当是最权威的；我的道德习惯也让我在每一件事上帮助谢烨而不是顾城。

弟苦黄干涩、皮挨骨头的脸上只剩下两道焦虑的目光，他衣冠不整全无仪表。他对校长惶惶地说，要我翻译，他说他是木耳的父亲，他爱木耳胜过爱自己的生命，跟着他又说他死一万次也不会让木耳受一星儿伤害。我觉得这末句话对校长说太奇怪，没给他照翻。他又说谢烨要给木耳找个后父，他不能同意木耳给她。我不想帮他说这话。他想起给安琳打电话，请安琳来做翻译。也不知他怎么想的，安琳在城里，碰准了船到这儿也得两三小时以后，学校早关门了。

校长对我和谢烨说孩子是玻格签名入学的，他只能听从玻格的意见。而玻格我们都知道是不会轻易交还木耳的，除非顾城和谢烨联合起来，她也许会没有办法。校长再度试拨电话，说玻格还是不在。整个过程中烨一直哭，哭得人心碎。我和顾城告别了校长，烨迟迟在后，对校长泪流不断地说："Excuse me，I'm very sad，too sad.（原谅我，我很伤心，太伤心了。）""Thanks lot for your kindness.（谢谢你的好意。）"校长疼爱地抱住她，说着安慰的话。我和弟走向公路。

烨走到车边上大哭起来："我痛苦，顾城，我有多痛苦你知道吗？"

"我怎么你啦？"弟弱弱地说："你要想离婚就说离婚吧？"

"离婚三木也判不给你，你知道吗？顾城！"

"那咱们就法庭上说吧，还不一定呢。你就这么一下把三木拿走，你不是让我死吗？"

"我让你死，我能让你死吗？你不死，谁能让你死！"

弟翻了翻烨，不吭声了。

“我紧张，你知道吗？这每根神经都紧张！”烨一直在大哭着说话，这在安静的小岛上，是非常不平常的，偶然驰过的车里，都会有人不解地看一下，中文是没人懂的。“我爱不爱大 ×，爱到什么程度，我还不知道呢！可是大 × 他那么爱我，他把什么都扔了！你也是个人，你也懂，我能不感动吗？可我现在连个电话都不能打！”

弟脸色更加难看，不说话。我提议回家。

到了家，弟垂着头进里边了。烨在长桌前坐下，我也坐下。我万分抱歉地看着烨。



烨边哭边说她真是因为紧张，说自从在德国被顾城掐了一次以后再就不能同他单独过夜了，她也没办法，她的神经出了问题。她也知道顾城不是坏人，她也知道他那颗心那份精神，但是她紧张，每根神经都止不住地紧张。

我本就没一点点念头认为烨走得不对，需要解释，可她在解释，在伤心的哭中解释。我有些惶然，不知所措，想安慰她又找不到合适的词。我说我真没想到，还觉得这两天挺好。烨说她一直紧张，进城两天想的全是走，刚才聊天她都没听见，只是想着赶一点的船。我张口结舌没了话，真知她要走本该是帮她一把的。后来知道她曾想叫利斯帮忙的时候，我真替她也有些替我喊冤，她如果告诉我，我会同利斯一起帮她的吧？我肯定不会告诉顾城的，我是帮她一再地骗过顾城的呵！当然我也应感激她没告诉我，因为那时对弟我太不在意，有意地不去在意，只因他的对立面是谢烨，我遇到他的问题就躲就绕甚至就顶回去，而终究我却注定要为没能关心他拯救他懊悔死心疼死的；不过她还是该告诉我，站在后来看，事情是坏得不能再坏了。谢烨想让利斯帮的是件什么事，我想我现在的猜想该是不差很多的吧。一切是多么的可怜。而当时，我只有傻傻地看着谢烨哭，谢烨一哭我就负罪，何况那是怎样一种美丽又深邃的哭呵，不用再说任何话，只是这样的哭，谁见了都会顷刻从心底里支持她。

我进里屋叫弟，让他来听听看看谢烨。烨要给大 × 打电话，要走，要干任何事他不可以不让。

弟正斜倒在他的地垫上浑身颤抖，涣散的目光打在地上让我一下心就紧了。

“她就是这样，就是这样，一下就走掉，就是这样……”

我喘了口气。弟顿了顿，抖着说：“她逼我死掉，老顾乡，你别不信，她说我会害三木，我怎么会害三木呢？我现在就乞望有三木了；她是逼我死掉，有三木我就不死了；老顾乡，你别不信，她一走我一天就死，她最知道；她两天回来，她会哭，她什么都要……”

弟又顿住了，片刻变成了长长的气音：“她说我会害三木，……”跟着他哭了出来，终于听见他哭了；“她说我会害三木，我怎么会呢？……”

我站那儿停了下，只是为等他稍平和一点儿。我没理会他，心里还直劲儿怨他说话过分，如果让烨听见多么尴尬；我又着急着烨在外面，我说来叫顾城的，却叫不出去，让烨怎么想？刚刚有可能缓和，别又生出乱来。

现在回想才觉顾城真是可怜，一直一直就不能被我在意。至少有一次我应该拉住他的手，对他说：“没关系，有我呢，我们一起想办法。”现在我相信这会是他需要的，他也会接受的。可是我没有，直到最后，一次半次也没有。我怕着躲着，似乎接近、体贴下弟弟，是件会伤害他人的不应该做的不光彩的事情。现在我甚至还相信，他终于能够鼓起勇气回到岛上时，对我都是抱着希望的：到底是他唯一的姐姐，是他《铁铃》中向他“挥起手来”的姐姐呀，理应可以帮助他。他从来不懂到底如何面对社会，只乐得谢烨替他面对；当谢烨也成为社会时，他该怎么办呢？

那么不容易他才对我说出一些，那不是轻易能说的，对烨说不通了，才会对我说；对谁他也不会说。说谢烨也有不好，说谢烨也造成他的痛苦，只要他说了，他也就该死了。可我没有理会他，没有给他星点儿他最后期望中的回应。我实在是比他还虚弱，他到底是说了，而我明明知道却想也不肯去想，碰也不敢去碰；他还知道面对，我却只期望绕开。

我焦急地站了站，就叫弟去听听谢烨说，弟站起跟我出来。

弟坐在了烨的对面，烨将泪眼瞥开。沉默之后烨开了口，说真是和他过到头儿了，她太累太累了，要换一种生活；她不希望他死，“我干吗希望你死呀？”“我希望大家都快快乐乐，人人都快乐了，我也就好了。”听烨这样说，我十分感动。

弟垂着头，听到后来说：“雷，我真是因为跟你过了十年了，你对我的好，我都知道，它在我心里永远去不掉了。我是跟你过惯了，我想你再跟我过半年呢，我就进极乐世界了；让你最后看看我的爱，看看我们踏踏实实的日子。可是你拒绝了，你是觉得半年太长，还是怕我不死呢？说死不死让你烦了。心没有了，就什么都没有了，可总该还留些情面吧？我们过了十年了呢，十年在我心里是天国了呢。就把这个天国好好地留给我吧，我还能活下去，像老顾乡那样学学开车，学学英语，活到哪一天再说吧……”弟顿住了，又说：“你可以打电话，打电话可以告诉我也可以不告诉我；但关系到我的，你什么时候走，大 × 什么时候来，这些你要告诉我。”弟十分认真地看着烨，等待回答。

烨“嗯”了声，神情沉重。

“大 × 真的会来吗？”弟忽然问。

“我怎么知道？”烨又显得恼火。

“你要走，能不能慢点儿，跟我办完了离婚再走？”

烨不吭声。

“你不能让我不明不白！……”弟面色又发紧。

我赶紧着急地看看他。弟顿住了，咽了口气，缓了缓说：“我就相信你了，再信你一次吧。只是你给我留条路，你走呢，或者大 × 要来呢，都慢一点儿，等到你跟我办完了离婚。孩子再商量吧，我建议暂时还放玻格那儿，我们都可以去看，你看你的，我看我的，我会开车了，就自己去看了。

这样呢，我把你整整地留在心里，把我们的十年整整地留在心里，就留给我这一样东西吧？”

弟询问地看着烨，烨头半垂着被一只手支着额顶，没有回话。弟继续说：“大 × 可以来，但是你打电话告诉他晚点儿来。我总不能大 × 来了以后还跟着你去办离婚吧？要不就是你一下走了，把我撇下了，我们十年的婚姻还没完，我算什么呢？我们的十年还应该是好好的，别把它弄坏了；干净地、整整地留给我，好吗？”

弟那么那么柔弱又热切地看着烨。烨点了头。

“以后我不能再见你就可以不见了。”弟又轻轻加了句。

一会儿我说该去接安琳了。于是他们去接，之后去玻格那里看木耳。顾城天天都忍不住地想去看木耳。



晚上大家一起吃饭。安琳两年没见，神情开朗了许多，有说有笑，还给利斯当翻译。她在奥克兰大学学中文时曾是顾城的学生，后来成了顾城和谢烨的朋友。

之后，烨同安琳在隔壁说话时，弟忽想起垂下头让我看他的头发，我心惊地看他一直黑发浓密的头顶竟已空空旷旷，只有不多的发丝可怜地虚伏在上面。我没说出任何话。

弟抬起脸对我惨笑了下，我会意那是在想告诉我这半年里，他经历了多么可怕的磨难。可我还是没说话，并且转身走了。那架势，好像是弟弟就不能同情，而且在有谢烨的时候，他甚至就不该是弟弟似的。一个个将注定让我永生永世痛惜不已的时刻就是这样过去的。现在想那是因为我处在十年的惯性里吗？十年前不是这样的，我们得是最好的姐弟了，他从来叫我姐姐，我从来叫他弟弟，再大再小的事我们都要一起说一起吵一起急的，我们那么喜欢在一起。后来我见谢烨，谢烨也称我姐姐，让我不好意思也让我深深感动。弟在上海结婚，我再见他们时就忽然变出了一个“老顾乡”，“姐姐”就再也听不到了，我也就没办法再叫他“弟弟”，而生硬地叫“顾城”了。仔细回想，的确从此就再没有同弟单独地讲过哪怕是一句话了。

晚上烨和安琳住在弟的小屋，弟睡到了烨的阁楼上。我想是不是真可以考虑下如何去写写弟希望看的文字，想想没有头绪，忽然心里一闪，跳出了烨星期二早上的话，不禁一惊，她走真是打算顾城死的？她知道顾城不会伤孩子却要那么说是为了有理由带走三木？只有带走三木顾城才会死，有三木在顾城至少知道烨还会回来，他又有三木，便不会死，那烨就白走了？烨走的目的就是顾城死？她说过，只要她一走……她走还会回来，回来在顾城死的时候？那时她会是个悲伤的遗孀吗？她会说顾城死在《英儿》书的原因里吗？她还要《英儿》中她的形象吗？她想走想了好几天了，早上去学校就已有安排？[1]……我像中了魔一样浑身出汗，被自己突发的邪念惊呆了。跟着我看见的是烨淳厚美丽的微笑，那种光明的照耀让我顿时自惭形秽，我本能地撇掉这些念头，它们也再没跳出来，直到完全于事无补的时候……这是惊人的一刹那，如果我敢于持续下去，大概所有的现象就可以联系起来了，包括顾城对我讲出来的话，那我就该有一个清楚坚决的态度了；可是这对我也许就是不可能的，可怜顾城摊这么一个姐姐啊。



## 10月2、3日　星期六、日

这两天过得很松弛。弟、烨都跟安琳说。安琳在他们俩去城里后不久，就听朋友说起他们正在离婚，她来岛上也是为了调解的。“听你们这样讲，真不像是要离婚的。”安琳笑着说，像看两个不大懂事的孩子在争吵。其实她比顾城、谢烨都小很多岁。许多日了以后，安琳对我说：“他们都不懂，谢烨就说他们不懂她，她不喜欢劝她离婚，她是很爱顾城的。”这是安琳的

---

[1] 谢烨从玻格那里领不走孩子，想到从学校接走吧，她上午先和老师、孩子一起在教室里上了一节课，为了是一会儿来接孩子可以让老师觉得不唐突吧。没想到学校竟那么严格。

理解。她的中文已经说得很好了。

星期六 10 月 2 日近中午的时候，好心的安琳想着安慰安慰顾城，领着他散步去了。烨同我随便说话间，说了句：“真可怕哈，我这个人，硬把人英儿给挤走了。”

我挺吃惊地看烨，烨正半低着头，脸上呈现出种颇为无奈的有些自嘲的微笑。我一下想到了她几天前说的“英儿真聪明，走了”的话，觉得意思应该是很冲突的。此时我心里是种很感动的感觉。❶

烨持续在那种若有所思的状态里，又说：“顾城说他回头，噢，他一回头我这儿就得赶紧转；”烨抬起脸来对着我：“那么多年的账就一笔勾销啦？说实在的，我的牺牲为精神付了，我认；他回头，你说，我这算怎么回事儿？！”烨的气势就让我无话可说。我当时也没太听懂她的话。现在想，烨在这里指的精神就是“死”了。❷



---

❶ “几天前”的话中李英当是负面的，这里则应是正面的，有种含义让人感动。不过细感受两个话，有个东西并不冲突，就是有种对让李英走的后悔。想到在西班牙时谢烨还生出了让李英也到欧洲去的想法（可参读本卷本册辑七家信《13.写给父母》注），这个后悔还是挺清楚的，当时一切展望良好，只因个李英走，瞬时就都破坏了，谢烨恨顾城也着实难怪，顾城不如此谢烨何至于后悔呵。李英说起来她走是听从谢烨的，可她真走的时候是抱着报复心的，她后来的表现清楚地说明了这点，她此前对顾乡说起的一些话也埋伏下了这点（她对顾城还是同谢烨走了以及谢烨让她走是怀恨的）。谢烨一定感受到了李英的报复心，所以前边会说李英的走太聪明了，她大概生出了竟是李英胜算了她的不良感吧。（顾乡十七年后还琢磨这些，实在可悲可笑可叹，可也无可奈何呵。）

❷ 1996年看到谢烨一段字（官司中间）很震撼，我当时抄记下来，它让差不多三年前我感受到的谢烨情绪一下又真切地到了眼前，这段字是打写的，明显是给顾城的，如下：“昨天你对我说：你想悔过了。我说什么？我什么也没法说。这对我就像是嘲弄，太可笑了。我是因为你的死才帮你、陪伴你的，如果你能在死面前悔过的话，我早该用死来威胁你了（尽管我认为这样不好）。我完全以为并且相信你在死面前是不悔过的，因为这个，你可以在我面前如此任性，对我的任性无异于置你自己于死地，你知道这个，所以我原谅了你。我一点儿也不明白你要悔过的是什么，是死亡吗？你口口声声痛心疾首的选择。你悔过了，我上哪儿再要回我的自由？要回为了你的意志奉陪给你的我的幻想？”——我不知道顾城看了这段话会怎样，会不会真的惭愧去死，

烨淡淡地一笑，又说："你说，× 英的事儿，换了谁行？他那个鸡场，谁能跟他干？说我对人说痛苦，噢，我还不能说了，我这儿受着，还不能说！"烨说着，很是宽容又很无奈地一笑。我知道她是针对星期四晚上顾城的那一堆话说的，那些话那么我想她还是听见了的；而她听见了却还能这样平和，我不禁心生惭愧，更替顾城抱歉。我的看着她的神情大约显示的就是我这样的心情。只是 × 英的时光，尤其是鸡场的时光，此时霎时似乎都变成痛苦的了，我实在有些惊异和难过。而知道谢烨星期四晚上去找过利斯已是一两个月以后了。

我想起了三月"老头儿"独自回岛叫我和利斯去谈话时交我的 × 英写给我的一封信，就翻出给烨看，我曾在打到德国的电话中对烨说过这封信。



烨神色淡淡地看了遍，问我："顾城看了吗？"

我说："没有，怎么可能呢？"

从那信上可以看出 × 英断定她一月时一走谢烨就知道了，所以顾城的

---

我想这些字大概一直没有给顾城吧，因为随即发生了大×的事，那这个话就会变得不单纯了，"自由"和"幻想"就都和大×联系上了，这不会是谢烨愿意的，所以很可能就没有给顾城看吧。这段话落款时间是8月13日（1993年），对照顾城8月14日日记，日子似有两天的错位。以这段话看，谢烨要求顾城的不是离婚，当然也不是回头，而是顾城死，不死是极其赖皮的。联想到8月9日顾城还写了《牧场》，当是再次肯定了他对死的承诺，可没过几天（8月12日或14日，估计是12日，因为顾城写日子确实易错）就似反悔了！检查起来，不是连我那会儿（1993年9至10月）都替顾城心虚不死如何说得过去吗？我还没看过《牧场》呢。我当时（1996年）抄写下谢烨的话后，还在后边写了些感想，今天看看，仍然同意，就列在这里吧：这里"死"在谢烨看体现的是精神，就像她后来说的"精神"是死一样；这在顾城看不仅无可厚非，还是他赞赏和说好了实行的（反悔则十分可恶甚至可耻吧，在谢烨看来）。极为遗憾的是谢烨没有控制住大×的事，很关键的时候让顾城知道了，于是再强调顾城该死时就不那么理直气壮了，也就会不时地以顾城不死为前提设想如何安排生活了吧。可是设想中间会不时发觉顾城不死麻烦多多：不离婚有大×的事摆在那儿，离则似前功尽弃；而且顾城有写下去的打算，很可能会写她，这是她很难容忍的；小纯也有居留问题。谢烨会想："凭什么呀！"就像那会儿对我说的："我这算怎么回事儿？！"相反顾城一死，不仅没了这些麻烦，真的，对喜欢精神的谢烨说，那就会是一个太明亮的形象了，她肯定会用最诚之心和最赞美的笔触写他的，她吃的所有的苦将都成为为这一精神的付出，那是非常积极、正面、令人感动的。这是我对谢烨那时心情和想法的理解，同时也看得见谢烨并非全然眼里就都是利弊，就像顾城并非全然不管利弊一样，大量时候谢烨是让好心、悲悯心、惜美之心占了上风的。

问题就看谢烨的了。伏笔是，看谢烨是否对顾城说明她是遵从谢烨的意愿走的；让我感到有挑衅的意味。谢烨的确是立即就知道了，“______”用英文打电话通知的她。烨随即打电话叮嘱我先不要让顾城知道，说她和顾城正在西班牙，前景大好，许多事正等着做。后来顾城是在大约二三月一次打给 × 英的电话中才觉出 × 英不在了的。[1] 谢烨当然没有说 × 英走跟自己有什么关系。怎么能让顾城知道这封信呢。

烨点点信，依然是神色淡淡地说：“英儿真是没真话，演戏呢。”

记得我读那封信时，可是觉得字字句句很真切的，不明白烨何以有这种感觉；我说：“我怎么觉得英儿一直很真的呀。”

烨也没看我，只是说：“演戏呢，她都不知道怎样不演戏。”

我回想 × 英的言行举止，不觉得能是这样，可也不好说什么。

烨说：“她还会害人。你看，她既然是看着我走‘______’难过成什么样的，她干吗还要和‘______’一起住！她不想想她再一走，人家受得了吗？”

“她真的没和‘______’一起住，他们肯定是分开休息的。”我又有些急；“她还对‘______’说了许多爱顾城……”话出口我就觉得很不对劲儿，感觉不会说话也许还是少说些的好。

“那我就不信‘______’会日日夜夜跑码头上等她。”烨说。

原来我们在电话里说过这事，相距那时的看法，我和烨都没什么变化；我不是不信烨，按说烨对 × 英和“______”都比我了解；我只是很难不信 × 英罢了。



[1] 这个过程应参看本卷本册辑七家信部分及注。十七年前写的时候，根本没想到去看家信，也没细看二三月间的日记，心力不支，全陷在那十四天的一分一秒里；连李英走的时间，顾城谢烨在西班牙的时间，也只凭个笼统记忆，不以为那么有必要关键是没心力去翻旧纸细究。推想谢烨电话中说的很可能是将去西班牙，或者是我将后来自西班牙打过来的电话混淆一起了？那时还远没有接触顾城离岛后的诗文、录音、书画呢。李英那封信谢烨看后就在谢烨那里了，后来再没见到。

"要说别人还有可能，说 × 英……"烨说都不爱说地笑了一下。"她就能和'______'一住十个月，还说什么都没有过；你要问她，她还得说和刘湛秋也什么都没有过呢。"

看着烨真正很不愉快的样子，什么话我也说不出口来；想起烨曾经对我说过："别看她在顾城面前那个样子，她以前好像都没和人拉过手呢……"而现在，看法的变化竟会这样大；我心下没法不觉得凄然。

利斯要开车去镇上，我们跟他去。我讲了 × 英一些事，想替她辩护一下。烨说："英儿就是变来变去，她没法儿把自己固定下来，她患得患失！"烨又说："这也是顾城的看法。可是顾城喜欢英儿的性子。我真也挺喜欢她的其实，她帮了我不少忙。"烨沉吟了下："英儿聪明，她也太知道怎么用她的聪明了。"

我不想再说什么了，我担心我是太浅薄了。

到了镇上，利斯做利斯的事去了。烨说去打电话，我便在小菜店等她。那天阳光真好，我们还去望海的咖啡桌前坐了坐，一切都显得明亮。一时间我们都觉到一种兴奋，有些心情激动。我们都说，不记得在这个岛上，我们两个曾经这样地雅致消闲地坐着过呢。

烨讲起许多趣事，还讲到顾城的钢琴和字："你说他没练过，那大笔，他这辈子也没碰过，你说他平常，铅笔写字还让人笑话呢；结果那纸铺在那儿，笔、砚一放，那么多人，没一个人敢过去，哎，他过去了，吓着我！我这就出汗了；哎，顾城，那真是如入无人之境，左手拿笔，你想，左手！写：人可生可死。那么多书法家，看了，镇了，没话。他那就是天才，你想，他从来没写过耶！"烨一时神采奕奕。

这也是让我惊奇的事，信上听说顾城写起字来，我也曾吓了一跳；可惜的是我一直没好意思向他们要一幅字看看，不然一起评评点点，也许心情就会有些变化。

烨又说起顾城弹钢琴："你说我还算练了几天小提琴，顾城，你最知道了，音符都不认识一个，我说你那手是拉锯打石头的，可你没听过他弹的钢琴呢，只要有心情他就能弹，一见钢琴他就会弹了。第一回的时候我不知道，我在外头，我说谁在弹琴呢，怪好听的，还坐那儿听了半天，真挺动心的。结果是他弹的。我试了试，就不行。我给录了一小段儿，都录下来才好呢，你一听，顾城的那个时候的样子就出来了。"我看着烨说得开心的样子，真没法觉得她是在打算同顾城分手。

一会儿烨讲到看电影《梵高》："别人看梵高看了就看了，不就一神经病吗？哎哟，我看的，看的，……"烨模仿着她当时颤抖的样子："就不行了，身边就这么一位耶！"烨指的是顾城。"我太有体会了。可人家的弟弟家有钱有人，支得起他；我这儿，一整个什么都没有，还得支着他，我看着就哭耶！"烨笑着说："人家都不知我哭的是什么。"我感动地看看烨，想着这么好的谢烨，应该有上好的日子……

烨说她想的就是和大 × 把日常生活安顿好，有一个基础才能把顾城支起来。她说顾城不必去学英语、学开车、学打字，那是浪费；"不是多余吗？我都可以帮他做的呀！"

烨说顾城的精神真是"辉煌灿烂""绝无仅有"，"和他一起工作的时候，真是好，什么都忘了，亮的。"烨说："真要是给毁了，我这也……"烨摊开双手抖了抖。我想真是难得有人像她这样器重、爱惜和欣赏顾城的了。

"他这样的就应该有大财团支着耶！等我和大 × 把生活定下来了，我可以去给他呼吁去！"烨的神情很肯定。我却有些疑惑地说："顾城能接受这个？……"

"那就在他嘞！"烨道："不就是个自尊心吗？他那个自尊心！"烨神情不以为然了下："其实不就是个'作'吗？有钱支着，你爱怎么'作'怎么'作'，你管那钱怎么来的，那钱不给你给他，你不用他用。"我被说得糊里糊涂，想着那还说什么精神？不过因为一贯缺乏自信，也没说出口来。我清楚地能觉到的是，我喜欢和珍爱当时的那种说话气氛，也许是因为想到不会太久烨将离开，这样的时刻将很难再有了的缘故吧。

“你不知道，他真能写出好东西。”烨很动情地说；“他现在神啦！他说出来，就是了。”烨重重强调了下后三个字。“最多再校对一下。我现在打字也神了，就他那个《自然哲学纲要》，他就那么说的，他就那么不快不慢一字一句地说，我就能跟着打。离开会就几天哪，七天也没有吧？全都弄好了。那么多教授，那都是教授！你当着闹着玩儿的呢，全盖了，”烨用手平平地做了个横向动作：“平了。想问住他，问，问，顾城真的神了，那个从容，你就没见过，那真叫不卑不亢，对答自若；最后全都没话。”烨说得十分沉浸，停住了。现在想那是顾城的最后一次演讲了——七月十日，德国法兰克福大学。[1]



“顾城就得在那里头。哎——”烨用这个字音肯定自己。“回到具体事儿上，你怎么和他处？那都行得通吗？不是可笑吗？”烨又气起来。

“我也是幻想太多。”烨思考着说；“我想和大 × 一起生活，和顾城一起工作；别说顾城不能接受了，我还不知大 × 人家怎么想呢。”

回去的路上烨重复提起大 × 的一些事来，说他会生活，有头脑，“一事当前，利、弊、对策，可干，可不干，怎么干，思路特清楚”，说他懂法律，“那是真懂，不像顾城就是‘煽乎’”，烨说同大 × 的生活会井井有条，并且轻松愉快。

听烨无顾忌地讲和大 × 的生活，总还是不习惯。他们去德前，也听她不断抱怨顾城，但同时她一定会说些“嫁鸡随鸡，嫁狗随狗”之类。烨说最讨厌现代思想：“妇女解放、个性、选择、向往新生活”……“见鬼极

---

[1] 《自然哲学纲要》据后来的资料看（参看《哲学卷》），应基本还是笔写在先的，写得或许较简，再据笔写读诵，谢烨输入，顾城再校，如此形成的。这里我记忆的“离开会几天”大概不确，或许应是离“交稿”几天，或许谢烨就将“交稿”当“开会”说了，因为要点不在此。顾城6月18日从写《英儿》转入写哲学报告，至6月24日完成，应差不多算是七天。此手稿应同《英儿》手稿放在一起，一并失佚。同《英儿》一样，此篇留有打印稿，上有顾城较细的修改。进入哲学报告撰写前，顾城曾就此题目同谢烨长篇对谈，见《哲学卷》。

了！”烨崇尚典雅的、外看朴素、内里高贵的传统气派，瞧不上“动感情”，说一切就是个礼数，“人就是在礼数中完满地一件件把事做完”，“人生就是这样一个过程，没有目的”；“认命”——她总是带着一种高傲感说这个词。我几乎觉得这成了她评价人生态度的最高审美。想到这些我就对她提起来，然后说：“谢烨觉悟了。”烨笑着同意道：“就是。”其实我还有一层模糊的感受，当时当然说不出来，谢烨原来推崇的人生态度很大程度上大约是被 × 英激发的，这样的态度可以使她温和宽大并且永远地高高在上，让 × 英的“小性儿”只能原地自我折磨，找不到发泄或是出击的去处。而没有 × 英的时候就不一样了——以前烨是被幸福充满的，几乎不产生幸福以外的感受；而现在，不知是不是积累的怨恨也起了作用呵。



快走到家的时候，烨突然顿住脚步说：“我还是觉得我这样不好。”我心里震了一下，看了看烨，烨没看我；我觉得她是指她选择同大 × 好这件事说的；我心里生出种怜恤之情来。

回到家，弟和安琳已经在了。各干各的事。我们还讨论起打字，我说“五笔字型”打法快。弟说他还是要学汉语拼音输入法，因为他要写的在脑中形成的是声音，不是字形。弟说得很认真，并且看起字典后面的汉语拼音表来。以为他认不得几个音了，可他一个一个读下来，也就“iong”“ui”问了下。

他们又去看木耳，安琳也去了。我觉得我应该塌下心来做事，便留在家里。每次看完孩子回来，他们都会讲讲，有时讲得入心入窍。

晚饭后，弟说想请烨帮着打打字，问她喜欢计时报酬呢，还是稿费提成。烨说：提成吧。弟说这篇东西不会挣钱，还是计时吧，一小时三十元，超高的。我听着跟玩笑似的，但他们都真的一样，我想这是在分家吗？弟也真是不易，十年以来他从来不觉得他和谢烨不是一体的呵。他俩进里边屋去了；进去时叫我们不要太吵了。

必须拿样东西时，我轻轻进了屋子。烨的手指在机键上轻快地飞动，弟的声音在沉沉地飘荡。我扫了一眼字屏，我猜想是写给谢烨的。

他们出来时，烨挺高兴，对我说："这么会儿，两千字了，不到两小时吧？"

弟说："可惜谢烨累了，正说得好呢。"烨说："说给录音机去。"弟笑笑没回答。烨又说："以后老顾乡挣你的钱了。"我说我现在就乐意去试试。弟说："唉，就这篇必须谢烨帮忙，你知道，谢烨打有个气氛，就像有一个场……"

一会儿我问谢烨："写给你的吗？"

烨笑了："不是，写给三木的。说离婚了，就不写给我了，分得很清楚。"

晚上，还是烨和安琳睡小屋。弟上阁楼。

星期日早上，弟又请求烨为他打字。打完，烨出来。我在画一个广告。安琳在弄功课，她在读硕士，准备考试。弟走出门去，过一阵儿后又回来，声音小心地请求："能再打一会儿吗？"烨没说什么，跟他去了。半小时后出来。弟出门儿又去草地上走了，一会儿回来问能不能再打，烨显然已很不乐意了，但被顾城那么期待地看着，还是去了。

又过了一阵儿出来，烨说："今天不打了。"弟立那儿无可奈何地晃晃头，笑笑地说："要是一天打一万字，十天就写完了。""你以为我老能一天一万字哪？"烨道。弟半自语地："就是一本书了……"烨说："你这本儿书不卖钱。"弟"嗯——"地叹了口气，很憋的样子。

烨说："你去录下来。"弟有些垂头丧气。我也说录下来吧。

弟对我说："这事儿有点儿没辙，我这是写给三木的，有谢烨在就讲出来了，没谢烨就是另种气氛了……"

烨也对我说："瞧这人，老絮叨他自个儿的，他就想不到你是什么感觉。"

弟听了笑了下："那就算了吧。"

太晚的时候，我才读了这几篇那两天打出的文字——烨在弟的心目中是那样的美呵，有三木的日子又是那样的明亮……

弟在当时是想说给谢烨听，唤她回来吗？

烨是不是有些吃不消这样的呼唤呢，她对那两天打出的文字一言不发，而在以往，她是一定会评论的。[1]

下午他们去看过木耳后，就把安琳送走了。

我想开车去接正在同学家玩儿的儿子。烨说跟我去。结果车开错了地方，我们反倒停车散步聊了起来。烨说的全都有关大 ×：

"……那些人就拿大 × 和那女孩儿开心，大 × 想，嗯？我还没和她好过呢！拤起那个女孩儿就走了！"烨笑着，还模仿了个动作；我不敢肯定烨的心情，要是我，我想，这不会是件听着舒服的事儿，也不是印象中的烨会欣赏的事儿。"真的，就这样！"烨好像很沉浸地继续说："他想他还没和她好过呢，拤着就那么走了！嚯，那群人看的，都傻那儿了……他就那么着，就和那个女孩儿一起住了……"这算怎样一件特别的事儿呢？我愣愣地听，同情地笑笑，觉得不能明白。

烨说大 × 说潇洒能潇洒，又有板有眼，从不胡来。他把持与 ××× 的关系进程就很有层次，先是隔一个星期去看她一次，然后进一步，可以一起吃次饭，玩儿一玩儿，然后允许 ××× 定时去他那儿，然后可以在他那儿住一晚上，"然后，好了，他跟 ××× 说了，你要是觉得愿意，你就可以在这儿住下了，我们就是同居关系了，不过不是夫妻，你干你的事儿，我干我的事儿，我们可以互相帮助，也可以不互相帮助，什么时候你想走了，或是我想让你走了，你走就是了。同居期间房钱怎么付，日常吃用怎



[1] 所形成的文字参看本卷本册辑七中的《（写给儿子）》吧。

么付，都先说好了。”烨的神情显出钦佩和郑重。

“××× 听得没话说。”烨笑了下，沉默了会儿又说：“大 × 后来是太好心了，你知道吧，××× 办不下来护照，大 × 想想，就和她结婚了。”

烨一笑说：“大 × 说，他就是一遇到我就乱了，他一直不知道他的妻子该是什么样……”烨看着我，我赶紧点点头笑了，我想我是说我明白了，我大约有些怕她把下句话说出来。

烨一直那么微微地笑着，然后说：“大 × 跟我说：你也别不承认，男人都是跟着女人走的……我真的挺爱他的。”烨又看着地了。



听烨这样说我已不惊奇，可真有些替她担心；已听烨讲了许多大 ×，不少事她还反复讲过，但似乎始终没听出什么特别特殊的地方来，我怕烨会弄错自己。我想说：“你那会儿还真的很喜欢‘______’的，没准儿一样也只是一阵子。”可是我没说出来。对烨我不会这么讲话。我只是讲了点儿我的经历，想能影响她，也不知她觉到没有。

晚上弟本还希望再打一些字的。可是利斯第二天进城，烨说让他把电脑带去修理吧，电脑放置软盘的部分依然不能用，顾城很不情愿的样子，他想继续说呢，但是也许他想到电脑是他砸坏的，便没好意思阻拦。我知道他的心情。过去，只要感受到了他的心情，我就像获得了召唤，我是那么样地喜欢他高兴呵；可是那只能是很久以前的过去的事了。此时我表现得看都没看他，应着烨就同她一起收拾起电脑去对利斯说了。弟当然只好算了。这也成了件让我永久难过的事，怎么就没意识到那些时刻对弟该是多么的可贵呢，如果烨还能打，弟还能持续地说，他其实是在对谢烨说呀，那天地就会不一样吧？待利斯搬回电脑的时候，已是他们都再也不会在的第一个晚上了。

他们写了信，做了些录音。烨与弟商量住回 Rocky Bay 他们的家去。

顾城说：“你去住吧，反正不可能是我去，住一晚上非死了不可。”然后他去里屋，出来时拿着一个漂亮盒子，神情肃穆。

他和烨并排坐着，一起打开盒子。那是一块非常精美的手表。弟说是他们在美国时买的，四百多美元呢。烨的确为这块表感动，拿在手上欣赏不已。他们向我介绍这块表的特性，陶醉的神情，比那块金亮亮的表还灿灿有光。

弟说本来买下是想给烨作结婚十年纪念的；“当离婚纪念吧！”弟很丧气地说。

弟让烨戴上。烨取下手腕上原来的表。弟说他现在也需要自己有块表用了，让他用烨原来用的吧；烨似顿了下，给了他。弟不知道，那块表是当初“______”送烨的。



弟送烨去停车场开车回他们的房子。送完之后回来，他让我教他几句英语。我给他本儿《新概念英语》第一册。弟说他对声音的记忆特别好，说小时候我拿歌本儿学唱歌儿，我还没唱会的时候，他其实已经听会了。

这是真的。他和烨去德国前，有一次我们四人（还有 × 英）一起唱歌儿，许许多多歌儿烨和英儿都不会唱，我也忘记了，他却唱了出来。我当时惊奇极了，因为从不记得在任何时候听他唱过这些歌儿，可他一首一首地唱着。我问他什么时候学会的，他说就是在火道村的时候我捧着歌本儿学唱，他听会的；这真不可思议，我从没有知觉他在听歌儿呵，而且那也是二十多年前的事了，之后我就没再唱过，他当然更没有。

弟说所以他学英语也许最好的办法就是多听，而不是读课文。我说照书来回听磁带？他说太正经了他一下就困，最好是每天对他说两句话。他问我“到这儿来”和“我马上回来”怎么说。我告诉了他，他记了两遍。他是想跟木耳说话。

这个晚上弟第一次离开了谢烨。我没有特别地去体会这件事，只觉得要这样很长一段时间，现在是一个很好的开始，顾城很平静、很懂事，他可以慢慢地开始独立的生活了。

“你说离婚以后我是不是回北京去？”弟问。

被弟征求意见已是很生疏的事了，起码十年以来不曾有过。我隐约中又有了些做姐姐的感觉。

“那咱们年底一起回家吧！”我说。

年底，那时一瞬间在我心里成了个小小的奇迹时刻。

弟的神情也显得松缓；我还想说：咱们可以一起回火道村看看！真的，那真是我很憧憬的一件事，过去想过，觉得不着边际，就算有一天一起回家，烨也不会对这事有兴趣，也许她光和顾城去还可以，加上我们这一大帮子便不协调，那可就没意思了。而现在一起去火道却真是可能的了。爸妈会高兴的，二十多年前，我们几个人在那个村庄里过了三年呢。可是我没说出来，我想到时候再说，别想得太好，而且心虚有排斥烨的不良意思，会让弟觉得更加不快。



弟那么愣了会儿，脑袋一垂说：“小纯的居留年底下不来呢。”

我也愣了，说：“到那时候（我指的是该已同烨离婚了）就影响不到他了吧？”

弟没吭声。

我知道即使到那时候也是会影响的，心里着实给堵了一下。而何时才能居留，拖个几年也不少见，何况即使居留了，弟回国也还是会影响到他的。我明白弟会因此不回北京，三月时就因为这个，他不得不和谢烨在国内只逗留了短短八天就赶紧离开了，[1]后来还一直为此抱愧，并且反复想一

[1] 写时对拒签的时间不是很清楚，以为三月时已经拒签了，其实是三四个月后的事（参读本卷本册辑七中家信）。但三月去北京时已为一旦拒签做了着想，“只逗留了短短八天”确实因此原因，后来在小纯重新申请居留时，顾城还在谢烨的帮助下书面向移民局做了解释，这是后来才知道的。

旦移民局问到如何解释。我想也没必要说什么了，一切到时候再说，让弟静静地待会儿，自己想去吧，我该理智些地去做我的事，便道了晚安。现在我真是痛恨那每一个过早道的晚安哪。

## 10月4日　星期一

早上九点多钟烨来了，我们一起去镇上。车停在停车场后，弟申请试试开车。烨说这些他都不用学，她会一直帮他做。弟说他还得自己买辆车，自己开着去看三木呢，怎么能离了婚还老在一起？

烨看着我冲他撇撇嘴：“你说这可能吗？”

我“嗯？”了一声，没明白她问的意思。

烨又对弟说：“咱们有三木，反正也是分不开的了，对吧？”我都弄得有点儿懵，大约顾城也没弄懂，所以愣愣地也“嗯？”了一声。

顾城只是希望学车，烨白了白他还是跟他换了座位。烨让他踩踩离合器，练练挂挡松挡。弟自是笨手笨脚，但比我预想的好得太多了。我想他真该早学，又一想早学除非是他早有离异之心，于是知道不可能。

弟发动起车，向前开动，停！停得猛了些，但两脚配合还好，没有熄火。他又要向后倒，我和烨都说不行，他坚持要试试。烨有些火。弟玩笑说：“唉，跟我徒弟学开车，还得忍气吞声。”

烨一直承认顾城是她的学车师傅。那会儿他们一起钻研我母亲从国内寄去的驾驶指导书，然后借了个破车试。顾城说：油门儿！离合器！一档！开！快！慢！停！急了就一拉手闸。虽说是个不曾开过车的“师傅”，可烨直到考上了执照，还是觉得没有顾城坐在边上便不大敢启动车。

烨提醒了下方向盘，便只好让他倒。我是真有些害怕，哪有刚碰油门儿十分钟就要学倒车的？车后倒速度不稳，但停得合适。弟很高兴，说开车好玩儿，注意力集中，什么都忘了。

我去做活儿，他们去镇上。之后烨进我做活儿的地方找我。我们站在窗前时看见他们的白底黄斑车动了起来，缓缓前行，又缓缓后退。我们都惊讶极了。烨说：“你看，你看，只要他自己去做，还就行！”我们都很高兴。

烨帮我做活儿，顾城就在那里一人开车。我们完工去见顾城，烨表扬顾城开得“不错”，顾城仍专心在开车里，问了个下坡路口停车时脚闸手闸配合的问题。

我们去找公证人，为他们申请公民权的事。顾城说他打算离完婚回中国，不用申请了，见烨不在意他的话，也就跟着去了。昨晚之后，我知道他说回国都不过是被愿望激励的，刚回岛时还说年底全体大返京呢，而心下却明白一时那并不能实现；死在国外倒没事，可以给移民局看——瞧，他死在国外也不能回呀，我怎么能回呢？听烨说起，小 × 的居留还得十分小心，顾城回国是断不负责的。这让我不由地想，那顾城离婚就会对小 × 完全不利——不是姐夫了怎么还会连带得上你呢？这样想就不由在别离婚才好的心情上又加了些分量，听弟说离婚就更多些不快了。



那是一座漂亮房子中的一个体面老头儿，在每张表格上都签了字。

弟说可否问他一下关于离婚的问题，烨很不高兴地回答：“人家不管这事儿！”

“问问，他没准儿懂呢？”弟蔫蔫地又很固执地说。

烨说：“那得找律师。这人！”烨转过脸对我，我回报了一个赞同的微笑。

我觉到烨是想岔开顾城。其实这位老头儿烨也知道是很合适问这类问题的。烨不喜欢提离婚，我当时只愿意想成是她做事留情，也因此总顿生希望，想他们没准儿会和好如初。

我们告辞出来，弟说：“那找律师去吧！”

烨说：“都过中午了，回家歇会儿你不是还要去看三木吗？”

我看着弟的别扭样子，说：“得了，别老离婚离婚的，你又不是真想。”我心说：烨都不提你倒老提，不是自己跟自己过不去？

弟很丧气地进了车。路上弟自说自话：“咱们也不用打官司，哎——”弟自我赞同；“协商一下，找律师一签字。不就是胖子问题吗？咱也别说归谁，还放玻格那儿，谁都能去看……”

烨和我都没理会他。我从没以小 × 的居留问题警告顾城别提离婚，想来我也不忍以此压他；我总是从不要伤烨着想，如果烨要离婚，我恐怕就反过来了。

回到家里，烨快乐地说着他们在美国的一些事。弟闷儿闷儿地插道：“今天是星期一，咱们得计划一下呀，什么时候见律师，怎么分家，胖子怎么办……”

烨淡淡一笑，点着他对我：“你听他，就是不会说话！”又转过脸去冲着顾城：“顾城儿，你是不是不会说话？”

弟又是困惑地看着她：“我怎么不会说话了？你不是要走吗？不和我过了？那得谈哪！……”

“那话不能老说，知道吗？”烨一下挺激动的样子。

本来挺好的气氛，眼看让弟给搅了；弟是不会说话。看弟愣愣的样子，我说：“哎，你的那篇哲学纲要真好。”我心下没准儿感到他怎么那么叫真儿呢？不是都有个“哲学纲要”了吗？照着那个明白，眼前的事儿有什么过不去的？可是冒出这么一句之后，我也没再接下去，像是忘记了为什么我会说出这么一句话来。

“什么哲学纲要？”弟还发愣。

“就是那个《自然哲学纲要——没有目的的‘我’》。”烨接道。跟着烨的神色快活起来：“你都不知道那东西怎么出来的，那真是百忙之中……”烨笑着：“顾城那会儿什么样儿了，只差没死了……”

顾城听着笑了笑，站起来走了几步。烨挺有兴致地说着：“后来是史明急了：你这还没谱哪！你当着闹着玩儿哪！那全是正宗教授！……

“是史明给他弄的，人家能不急吗？他还得事先给译出来呢……好，他这才开始：‘你说我是说中国哲学中的自然属性呢，还是干脆就说自然哲学呢？’真的！就是还一点儿没数儿呢……”烨答着我；弟也乐了；我也乐了。

“然后他说：‘去他的，就自然哲学。’我说你可想好喽，咱可没时间了，你这是要创立个新学科，那可不是三五天就能创立的。”弟又乐，气氛好起来。“他也怵，”烨接着说：“愣那儿想了会儿，说‘就这么定了’。然后开始说，就没停……那叫一个漂亮！三天。”烨顿住，看着我。[1]



“我给他打完了，他再理一理，就出来了！从从容容去开会……”烨笑着停在那儿。“我告儿你都什么教授呵，文学、哲学、史学就不要说啦，社会学的、人类学的、生态学的，多啦，还有你们利斯那样绿色和平的……”“是吗……”看烨快活的样子，我心里非常高兴。“还有律师！”弟用他特有的那种说新奇事儿的神情说。

“还有法官呢！真的！”烨乐着对我肯定道，像怕我不信一个笑话似的。

“还有神父……”弟说。

“那是肯定的，人家神学系主办的；没准儿还有物理学的呢。我说顾城还没见过那么花的教授呢……问不倒他耶！问了他整整一天，最后真的，平——了。”烨静下来。看烨沉醉的样子，我想不出她的心情，她真的打定主意离开顾城吗？

“史明够天才的，怎么德文也能说得那么好？”弟的样子也高兴起来。

“他就佩服人家翻译。”烨说。

---

[1] 想来这个“三天”应指撰写前（或也可视为同时）的三天吧，后来（大约1998年）听录音，的确可以说顾城（包括谢烨）一直说，就没停（见《哲学卷》）。但那尚属于他的清理思绪的进入阶段吧，其间应同时动笔。之后报告的正式形成，应是又个三天，即他大体写出笔稿后的读入和校整的三天。

“哎，能说两种话；我现在准备扔掉一半儿中文学英文了；以后也不跟啥教授说话了，就跟三木说话。”弟脑袋轻轻一垂，晃一晃。

我看烨又侧着眼睛看他，就岔开话说：“你这纲要真是纲要，一扩充就是一本书哎。”

弟道：“那，一百万字容易极了，下边儿讲故事就行了。”

“他那天的答问就是文章。”烨说。

“要说书，这脑袋里装着一百本儿；我离婚以后有事儿干，就写书了。”弟“嗯”一声叹口气：“真想有个什么辙，给它快点儿倒出来，要不又该生出一百本儿了。”弟说着声音弱下去。

“雇十个打字员，你一直说，让他们轮流给你打。”我说。

“哎，我还真那么想，你就算一个吧。”弟淡淡一笑说。

随便说着，吃点儿东西。我又想起对顾城说你要是真在你的“自然哲学”里，就该没事儿了吧，又想这话不是在劝弟不必在乎谢烨吧，跟着就又把这话忘了。❶

下午他们去看木耳，傍晚回来时，我正在门口给弥理发。烨过来指导



---

❶ 后来在录音里听弟在答问时说这篇文字的由来也是为了解决他个人面临的问题时，我一个震动，想到了弟的努力，叹息怎么没有向他探讨一下。这篇文字形成在《英儿》进行了三个月大体完成之时，他真有一种能力，让他在走向痛苦极端的时刻，豁然省悟另片天地，他可以如此明白地想清楚并且原谅一切的，尽管痛苦并不会因此减轻。这时助他一把他就会离危险更远些，而推他一把，就又有可能重陷昏暗，如果连连地执意地推他，在另个省悟到来之前让他被苦难霎时彻底吞没就是可以期待的了。而这正是他的经历，那之后烨找到了英儿联系了去悉尼，顾城忽然不想去，想回归往日同烨同孩子一道的生活时，知道了烨已有了大×，之后一推接着一推，直到我也没有助他一把，尽管他已够顽强，意外发生的上午一直平和地设想下一步的日常安排，很有他的“自然哲学”状态，我却没有想起同他进行这个讨论，其实已经到了话的边缘了，却没能进入话题。同他讲“自然哲学”能不能帮他我不知道，或许你高一尺我高一丈顾城逃脱是难的，但是我大概要永远懊悔没有同他讲讲了，尤其是到了最后一个晚上都没有，到了最后一天他那么心境平和安详的时候也没有。我们谁都不知道正等在前边的是什么呀。（此注写在2005年1月校看网站“顾城之城”待发的本篇文字时，上网时成了正文，也一直没有注意到；这里恢复为注）

我。烨理发理得非常好，十年中顾城的头发差不多都是她给理的。烨示范我怎样用梳子，然后干脆就给弥理起来。我在一边感动地看着，想着不知还能这样地欣赏烨多久。三个月以后，弥的头发又长长了，我浑身发软不忍理下那层头发，直拖到五个月（最近）再不能不剪的时候。

弟在屋里稀里哗啦把堆了一天的碗都洗了。那几天只要他看见碗没洗，他就会给洗出来。所有碗差不多都是他洗的。我也很自然地，把这个活儿留给他做了。❶

弟看我们走进屋里，就说起了他们去看木耳的事，弟对玻格不满，说他们车到学校班车下车站时，玻格的车已等在那儿了：“神情那个紧张！”“三木跟我们说：‘别带我去中国……’什么烂七八糟的，才五岁的小孩儿，都跟他说了些什么！”弟非常不高兴的样子。



弟又对烨说：“都是你弄的，玻格火儿大了。好，你直接就要把孩子从学校拿走，不通过她，玻格当然火儿大了。”

烨看了顾城下，我心里在替她说：告诉玻格？那也得拿得走哇。烨没说什么，只说了声：“没那么严重。”

弟进里屋时烨对我说：“其实我也只想带三木走两天，我想到了城里再给玻格打电话。”

我当时困惑了一下，隐隐想起弟那天说的他一天死，烨两天回来，但没去留意。我想的是他们两人对玻格是不是都有些尊重、客气得过分了，为什么不能带上孩子就走呢？若干次他们去看孩子，我说带上三木咱们一起吃晚饭，一次弟淡淡一笑：“那不就带出来了吗？”烨也一脸的无可奈何，恨我懂装不懂似的：“你那不是吓唬玻格吗？带他来吃晚饭，你知道晚饭那叫 dinner，我们想带三木出来遛个弯儿都不行，吃晚饭，那她不就让胖子回来了吗？”弟也说胖子看见他们高兴，又得赶紧收敛，跟他们说几句话，就

---

❶ 后来知道他去玻格那儿看孩子，要是看见厨房中堆着用过的盘碗也会都给洗出来。

跑去抱抱玻格，再来跟他们说话，再去抱抱玻格。如此我想真不如瞅个机会把孩子一下拿走算啦。

晚饭时轻松愉快，看他们谈说，利斯听不懂都笑了。平和地讲讲各种趣事，那个时候好得在一团梦里，真的只是在一团梦里了。每当那种时刻，我都会心生一种温暖，以为他们没有过离异也不会离异，所有不幸只不过是一时的错乱或者玩笑。

“咱们得先联合起来，把三木拿出来。”烨心情很好地说：“要是咱俩儿打，三木就是玻格的了，咱们没戏！”

弟笑答：“嗯，我得先想想和你联合还是和玻格联合。”

烨说：“瞧瞧，卖国贼吧？”

弟说：“那当然啦！放玻格那儿我还能见，你拿着一下就跑没影儿了。”

烨乐乐地说：“我还不至于那么恶吧？”又说：“我也不想离开这个岛。到时候你这儿放几天，我那儿放几天，老顾乡帮着你管。”

弟思索的样子，没答话。

后来弟说买车。利斯拿来《GULF NEWS》（我们岛上的刊物——《海湾新闻》），帮着翻上面的广告。弟说别找太便宜的，怎么质量也该相当于眼下这辆车；“别三天两头儿老修，一年半载就不能开了。”他说，很在行似的。

晚上送走烨后，弟回来情绪很好地说：“我先和谢烨联合起来，把孩子从玻格那儿领出来！”

看他什么都能想明白的样子，我挺高兴。

我说：“你是得想想，谢烨跟你甚是不易，不能怪她抱怨，就说养鸡，谁肯跟你吃那份儿苦？”

如果弟一时不吭声，我还会继续往下说；不想弟立即接道：“苦她是吃了，可那独有的乐趣她也享受了；她抱怨，可她心中的那份儿不可替代的骄傲建立起来了。真的，在欧洲走了一圈儿，一说养鸡，她多骄傲呵；跟别人比，她又抱怨又骄傲，就这么回事儿！”弟说着脸色就又有些惨的样子，最后冲我一点头，草草结尾似的转身走开了。[1]

我愣在那儿，想着弟实在够刻薄的。跟着弟又转出来，问我是否已经在写了。我说还没正式开始，要求多久写完呢？弟想了想说：“一个月行吗？赶在出书之前。”打算一个月就出书啦！我想，看来烧书他也只是说说而已，出书的决定还是定下了的。我说：“那么快呀，我还不知怎么写呢。”弟说：“你就真真地写，越快越好吧。”



“真真地写”，我脑子里又转着这几个字。我相信 × 英没那么令人失望，如果能写出来，让弟觉到她依然是很好的，不必因此那么痛心也挺必要；我发愁的是如何让弟理解谢烨，因为听 × 英说起来，让她非走不可的最具体的原因是谢烨，我还要想如何解释“______”，还要想烨不会喜欢写这一段的，那么尤其处在眼下的时候我是何必？但是不管怎么说，我鬼使神差地认为，得赶紧腾出精力来，仔仔细细地想想这事儿，试试有没有路可以既“真真地”又让每个人都能接受地写出一些来，何况还能挣钱呢！于是我真就照弟说的，“越快越好”去了，连英语也没想起来说给顾城两句。现在想，那几天脑子里如果不是一直被自己逼着紧张地去转这件事，我应该

---

[1] 顾城这话是对的。很多年后见他写的《养鸡岁月》，我感慨我从来就没有怎么看一看这篇东西。此篇应基本写在他和李英为伊丽莎白看房的时候吧。一次和谢烨一起去，顾城正在写，李英笑说顾城在对她进行“革命传统教育”。后来说过这篇东西，谢烨好像不喜欢，说他把自己“写得也太积极了”，李英也附和说顾城“你袜子都找人谢烨要呢”；顾城笑，好像乐得被看成个无能的人。顾城自小生活大小事上的把握能力是弱些，但也足够强了，他只是厌倦事务性罢了。结婚后他进一步将生活艺术化，和谢烨好像各自越来越进入某种既定角色了，当然塑造给他人的和实际中的是很有差距的，他人前顾城就该是个离了谢烨就吃不成饭、出不了门的，而实际中间像他的《养鸡岁月》那样，他还是很能干的。但是谢烨说《养鸡岁月》“你这样写就不像你了”（意思不是说不像生活中切实的你了，而是不像那个他们共同塑造的艺术形象“你”了）。还听谢烨对顾城说：“养鸡这事儿不是说好了归我写吗？”顾城则笑，说：“归你，归你。”谢烨的确是很为养鸡自豪的。

可以多注意多关心顾城许多的……

## 10 月 5 日　星期二

早上弟情绪不错，苦黄干皱的面色开朗了许多。弟说："我现在觉得一个人过挺好。"

弟神色清朗透澈，忽然像他小时候要告诉我个他的新发现那样："我这个人是这样，要是觉得谢烨一下成了外人了，就什么都无所谓了，不碰心了，没知觉了。"

我心里也有种松弛，觉得他是过来了。

"说实在的，"弟神情又有些伤感："我有点儿讨厌谢烨了，她多能呵。"弟稍稍强调了那个"多"字。"谁都说她好，说她好看、能干、贤惠，"弟说着笑了笑："成楷模了，天经地义只能听赞美话，都景仰她，要不就都爱上她了。她其实是很虚荣的，只是虚荣得很有深度罢了。"

弟语调缓下来，有些痛心的样子。一会儿又淡淡一笑："那次和她进超级市场，哈！"弟模仿了一个焕然大振的神色："她那个神情，你不知道，我都不认识了，一逛五个小时出不来。"弟又一笑："德国，那真是资本主义，庄重、豪华的资本主义，可能谢烨喜欢。"

"女孩子，真是水性杨花。"弟笑笑，晃晃半垂的头，还摸了下脑袋，像挺不好意思说这句话。"我现在知道了，真是水性杨花儿；你不信？这是谢烨自己说的，她说'我这个人就是水性杨花儿'，她现在说话也敢放肆了。"弟停停，乐一下："她现在就是，骄傲了。你不能说她一个'不'字；你去说她个'不'字试试？"

听弟冷静地数落谢烨这是第一次，我没去想他的道理，只想他是不是太刻薄了？现在想，他那是在进行一种自我鼓励，好告诉我尤其是告诉他自己，他已经能够轻松地离开谢烨了，他自己靠自己，已经找到了"路"。

那时我实在是该想想，怎样助他一臂之力的；我怎么就不知道，所有那样的时刻，都是上天在给我机会呵！而我竟就随便地抵驳了他：“我干吗没事儿说她‘不’呵？”

“老顾乡没原则。嗯——”弟半真半假地感叹了句。

——现在这句话竟实实在在成了对我的谴责，它一遍一遍地割在我重残的心上。那个时候，弟还那么好，普普通通地站着，普普通通地看着我说。我不该一直那么自卑、那么谦恭，我应该还像当年的姐姐那样站出来，和他说，什么都说，知道他，帮助他，把他领回家，领到能安住他睡上几觉的地方。可我太虚弱，太不勇敢，我不敢面对谢烨的一点点不是，不敢正视哪怕一下他的伤痛，即使它已敞在我跟前，其实是在盼我治疗的，我却躲，本能地绕开；我不敢承认他需要我，我怕他会突然惊觉地看着我：“怎么轮到你登场了？谢烨呢？！”我怕这种尴尬。

——我一松手放掉了他，一松手又放掉了他。上天把他最后的日子给了我，是要我拉住他的，我却一次一次地松了手。我的弟弟，我现在才叫出了“弟弟”，我记得你叫“姐姐”的所有日子；可是蔓延入骨髓的软弱却阻挡了我听你再叫一次。

——我们都太不好意思。可是你勇敢，你已经对我说了又说，你一次一次地不去失望地等着我，可是我只会沉默，只会似是而非地哼哼，我不敢贸然出来充当姐姐；弟，其实我是多么多么喜欢，多么多么不能没有你这个弟弟呀……[1]

[1] 2016年8月：旧物中见我的若干早年抄字本（约1974年返城期间，户口不能上称“黑户”，见同龄人中不顾政治进步而在知识学习上全力以赴以求改变命运的一面，于是也邯郸学步囫囵吞枣起来，四处抄些字词诗文），于其中一本底页陡见顾城留字（见右图），叹都忘记了。想当时必是大感受伤吧，但必也佩服他的犀利中肯，不然当即就会撕掉了。今日校这篇二十多年前写在顾城没了之后的文字至此，不禁就想到了才又见的这一顾城四十多年前恨铁

烨来了。我们还是去镇上。我还是做活儿，他们还是办些事。他们回来接我时，我还远远没完工，因为家里有客人等着，他们先回去了。等我回去时，他们还在和客人谈话。客人勾起了许多他们对往日生活的回忆。送走客人，弟、烨还有些兴奋，持续谈说当年的事情。那时他们想开个小店，周周折折终于没有成功。说着说着，弟便沉默下来。

之后他们去看孩子。回来后烨说木耳真的想跟顾城说话，顾城一说，他就直眼儿听。弟也很高兴，说今天教会了木耳说“站起来”，说木耳要学中文会很快，还说木耳的听力和他的一样好，说木耳的大脑袋“前奔儿后凸”也继承了他。

看烨那么快乐，就更觉弟早上对烨的批评都不对。但那样想如果能帮他离开烨，就随他去吧。我想我是不是有些纵容弟？心里不禁替烨感到委屈。

我做晚饭时，烨跟我说：“知道吗？没准儿顾城还想找一个。”

“可能吗？”我心里说。又想烨还挺在意的，该是情分儿还在。我说：“他上哪找？谁跟他呀。”

烨说：“嗨，你别说，这天下事儿无奇不有，那可就没准儿了。那些女孩儿，傻着呢，顾城一讲话，眼睛就直了。”烨学着直眼儿入神的样子。我看着烨笑了；烨也一乐：“真的！”接着又说：“不过顾城一讲话那是没治了，那就是纯粹精神，你没法比。可谁能真跟他过个日子试试？”



---

不成钢的涂字兼图，就加个注放在这里吧。自小顾城就恨我自作聪明自我炫耀，恨我惶然跟风不自主患得患失，记忆里没少受他的挖苦；现在想，还真亏了他的一再提醒呢。也记得他会那么高兴地夸我，只要我让他觉得不太糟糕的话。可是最终的最终，我一定是太让他失望了呵。

晚饭时弟说该算算账，把钱分一下。烨不很当真地说：“你以为你还能分到钱吗？”

“咱们没钱了吗？总不至于吧？我一直挣钱，挣了那么多钱呢。”弟挺冤枉的样子。

“你还花钱呢！你乱花钱的时候怎么不想？”烨当真起来。

“不就赌气买了一个头套吗？一千块钱。检讨过一百回了。”

“还去北京呢？”

“你说咱们没钱啦？”弟的样子惊讶又有些难过。

“分你四千块现金吧。”烨说。



我这时心里充满了疑惑并且还感到了别扭，几天前烨对我说起对小 × 的不满时还说他们这回实实地挣了一笔钱放在小 × 那里了……；她这是怎么回事呢？我想她是完全不以为我会同顾城说什么的，或许认为我听了就忘了；她当时是想让我和她一起讨论个主意，看怎么能让小 × 从让她几乎不能容忍的关系中跳出来，我也没支出个招儿来；烨一向知道我不会给顾城多少关心的，至少是当然把她放在前面；现在我才会反省，感叹关心弟弟在那样一个长时期的潜意识里居然成了不洁。我当然不会对顾城说。可心里此时真挺不舒服。

“不过咱们又快有钱了！”弟声调快乐，神色都跟着灿烂起来。

“你想的。”烨的样子不以为然。

“×× 那儿广播至少一万。”弟说；烨仍不以为然。“一千分钟呢！”弟说得很认真，见烨还不肯拿出相信的样子，就说打赌，超过一万怎样，不到一万怎样。

我把他们的赌说给利斯听。因为饭桌上都说中文，利斯就觉得孤寂，看他们说笑话说得样子挺开心，就想知道都说些什么。

跟着不久××[1]就来了长途，一接电话弟十分高兴，××说少说可得三万马克。弟说他赢了，谢烨当输给他一万。我说人家又没应你的赌。烨说："就是。"

弟去里屋。烨说起木耳和艾玛下"飞机棋"，然后说玻格管孩子有方，她想把木耳继续放玻格那里一阵儿。烨说："你看，我的英语也不好，什么事儿也还定不下来呢。还是玻格管三木更合适。"

我说："顾城还要和你联合起来拿出三木呢。"

烨有些火儿："他那是愿望！他负得了责吗？"

我没了词儿。沉默了会儿，烨忽然说："顾城说能不能让大×晚点儿来；你说大×的事儿我管得了吗？"

我心里一暗，直觉到又发生了点儿什么。于是小心地问了句："你给大×打电话了吗？"

烨不置可否，一会儿说："他给小纯打电话了。"

之后弟、烨在里屋做些什么事儿。走时，烨说："你就别送了。"弟说："怪黑的。"

烨刚才跟我说的话让我有点儿不安，我担心她跟弟一说，弟的心情要变化。弟很快就回来了，轻松的样子。

"哎，我真的可以离开谢烨啊！"弟说："现在她来她走，我都快没知觉了。"

我也挺高兴，说："这回真的超然了。"

"我想谢烨要给我胖子呢？我就跟胖子一起过。谢烨都承认胖子跟我挺合的。"弟很被宽慰的样子。

"她要不给呢？你说她是不是不该不给我胖子？她要大×了，还要胖



[1] ××：史明。

子，她怎么什么都要呵？”弟这时说话已完全没有了前几天的沉重，真的彻底跳出来了似的。

我也觉得轻松了许多，但只会笑笑，不知说什么。

弟说想打个长途。我说早八点以前便宜，我可以第二天一早叫他。[1]

弟说：“哎，”一副有了主意的样子，“她要是就不给胖子，我就想法把自己嫁出去。我给对我好的女孩儿打一圈电话，谁要我谁要。没人要我就回家去一闷儿。”他这里的回家自然指的是回北京的家，他显然觉得小纯的居留问题也不会是无期的，回家的前景总还是可以期盼的，他不会着急，他有的是事做，一本本写小说呵，想到他说的我也挺开心。



我说：“哎，你真想开了。”

弟说：“人哪，还是把自己想得太重要；一想自己什么都不是了，就什么都是了。”

这晚上是我心情最松的一晚上，只可惜为写那篇东西又白白熬了一通脑汁。

## 10月6日　星期三

早上烨来后还是一起去镇上。我做完活儿，然后去找他们。

见他们我问：“怎么样？”烨说打电话律师不在。顾城看去不太高兴。

遇见位熟人，当年帮助过他们，聊了一阵儿，都是英语，弟不懂，但一时倒有些很开心的样子，他也跟人家说当年的那个船、那个帆，然后彼此笑得跟互相全都懂了似的。更多的时候他不说什么，神情像在想一件事。他从来没有因为周围都是外语而感到不适，甚至或许比周围都是中文还更

[1] 2005年1月：现在想真可惜，就是不能同家里打长途，要是能够那该多好呵，妈妈可不像我这么糊涂，弟弟可以同妈妈直接讲话该是多么幸福的事呵。

要自如自若些。

回到家，和烨一起在桌台前洗、做些吃的。弟又进里边去了。烨没头没脑地笑道：“真可怕哈，我这个人，干所有好事是为了最后干一件大坏事。”

我有些发愣地看着侧对着我的烨，烨神情是微笑的，停在种若有所思中间，一点儿没看我。我觉得不懂这句话，“一件大坏事”？是她在批评自己最后离开顾城？那用词也过于严厉，也不像是她的意思；除此又指的是什么事呢？是我知道的事吗？我当时心里的确紧张了一下，瞬间似乎生出种不良预感；我等烨往下说，烨没往下说，也没有等我问她的意思，她简直好像就是说给自己的；我从来不会追问人，这回也没有；我觉得我该有个反应，于是大约是似是而非地“嗯”了一下。我显然特别害怕尴尬，怕别人尴尬也怕我尴尬，结果本该说和想的事一到临头时刻，便都成了不重要或者根本就没必要说和想的事了。我和烨说起了别的。再次意识这句话是在什么都过去了的时候了，是烨预见顾城命当不长了吗？于是她做的所有好事都将发挥作用，她将不被质疑，可能获得的将只是同情甚至是赞美。烨的可贵处之一我想是她的反省意识，这时便尤其体现了出来；同时也显示出她像是正下一个决心或者是说做一个决定。❶

一起吃东西时，弟忽然说：“英儿要走你是知道的！”

烨也勃然变色，顿了下说：“那废话，生活是连续的！”

这又是句当时我觉得不懂的话，可我一点儿没多想，我只是被这突如其来的气氛弄得一愣。他们随即很快就平静下来，随便说了些什么，弟说带上相机，要去拍些他们的房子的照片，放在《英儿》书里。我真想同他们去，但一想赶写那篇东西，就忍住了。



❶ 过后想到谢烨这句话，我是一下想到了她那天晚上立即转弯的另句话的：“他怎么死都是自杀。”可是写时三思下还是给划掉了。

快吃晚饭的时候，他们从窗前不快不慢划过的身影是安详快乐的。记得每当这时，我的心上就漾起淡淡的喜悦，一时觉得似乎一切从来如此，也要一直如此下去。

弟进门后说玻格还是那样，好像很紧张似的。烨说没那么严重。弟说："是，三木都懂，跟咱们待一会儿，就赶快去玻格那儿一下，你没看出来？"顾城淡淡地几句话后进里边儿他的小屋了。

烨跟我说："他现在真冷哈？"



这话冷不丁的，让我有些吃惊，烨居然怪起顾城冷来了；而且我也没觉得顾城怎么就特别冷呵。看着烨待那儿真正挺难过的样子，我心里顿时非常感动；对烨一向有些仰视，此一瞬间才少有地觉到了一种姐妹间的亲切。我不明白发生了什么事，但我想烨真的还是很爱顾城的吗？我当然不能多想，我必须说些什么，安慰的话是那么地不好说，我慌不择词地讲起我自己来："嗨，你还没见利斯那会儿呢，我这叫一个伤心，都哭了，他就是坐着不动，站起来就走了。"我话也没说清。

烨傻傻地看着我："都这样儿哈？是不是真的都这样儿？"

看着烨的神情我都愣了，从没见过烨这种小妹妹一样的有些可怜巴巴的时刻。烨到底怎么了？顾城真能"冷"了，不正该是你所期望的吗？我不能问烨，她到底希望顾城是怎样的呢？她要既离婚又不冷呢？还是既跟大 × 好，又不离婚呢？前几天她那么痛恨顾城跟着她，现在不跟了，怎么又说冷了呢？ 那时我就是不会拿顾城说谢烨不要离婚而要他死的话当真去想，而顾城我想其实也不那么去想，只是某个时刻霎时尖锐起来罢了。当时我看着烨觉到一种心疼和期望，但我提醒自己先不要幻想，我想烨是不是还没有弄清自己，此时陡然落入了一种莫名其妙的留恋情绪呢？我还是不知怎么安慰她，我说："也许正因为内里太热，外头才只好冷呢？要不然你让他咋办？"

"我怀疑他里头也冷了……"烨说，凄然的样子。

我想说：那你们就各走各的路吧！话到嘴边儿又止住了，觉得应该告诉顾城烨的情意才是。

晚饭吃得比以往沉默。烨样子委屈。弟看她几次也没说什么。弟少有地问弥学校的情况。弥答了。[1] 我说这里学校不太鼓励用功，到相当于中国小学四年级了还不会背乘法表也不挨剋。弟说："哎，对的，记着，不要冒尖儿。这个世界……"弟不往下说，只是震颤着脑袋，脸上流露着难以言说的惨痛。我心里一震，没想到他冒出了这样的话——"冒尖儿"？他想都是因为他"冒"了"尖儿"了？——现在我才觉得能感受一些，是呵，他要没冒尖儿，那烨也不会不要离婚了，他也没有说死而不死的压力了，也没有 × 英了，连当初的结婚也大概不一样了，"这个世界……"他没往下说的话里全是他的惨痛。不过当时我除了心里震了一下，想的却是：弟并不冷呵？

吃完饭，弟看了眼无言的烨，把碗收拾走，又回到烨边上，的确是神色冷漠，他那么站了下说："你下不了决心，我帮你下，这回咱们就是离！"弟把"离"字说得尤其清楚果断。从没见弟在烨面前这样"凛然"过，我深深地惊奇。他是怎么啦？今天发生了些什么？烨明确地表示犹豫离婚了吗？如果真是这样，那怎么能这样地不给面子呀？我知道顾城终于能认可



---

[1] 这里弥乐说了个事情，我当初觉得写着有些难堪，主要是觉得同弟烨的事关系不大，便没写。但后来许多年里，好几次我对朋友讲起，朋友们听到顾城当时的话，都很开心，有的还说可以让遭遇同弥相似问题的孩子去试试。于是我想在这里就交待一下吧：

弥说他在学校操场边上练跳，三个孩子过来推他，说这是他们的国家："This is our courtry。"让他"Get out"，"Go back to where"他"come from"，记得本来情绪就不好的谢烨听不下去的样子，我知道她很认为这是弥自身的问题引起的。我跟弥说，你就说你们也是外来的。弥说他就是这样说的，可是那几个孩子说："我们先来的！"谢烨当即说弥乐："就你这个心虚样儿……"然后说："就不会有人这样说我。"顾城则语气很淡地说："先来的？先来先走。"听得弥一愣。跟下去我说的这里学校不太鼓励用功的话，本意应是想替弥解释招当地有的孩子不喜欢的原因吧，没想到引出了顾城那样的话。

离婚不容易，又让他往回转，是拿锯子锯他；可是烨的情意不是这些日子里你苦苦期望的吗？她都能转弯儿你怎么就不肯转呢？我真又有些着急。

烨抬眼看他，目光幽怨；又转而看我："你看看这人！……"说着就哽住了。

顾城一下就没声儿了，愣了会儿，叹口气，一垂脑袋进里屋儿了。

烨一直挺伤心的样子，我跟她说点儿喝水吃苹果电视节目的事情。一阵儿后，顾城垂头丧气地出来："谢烨，我想再写点儿，帮我记记好吗？"[1]

烨一言没发，顺从地跟他去了。

顾城出来的时候，烨已非常高兴："他什么都记得！把他的罪行都记得！"烨开心地说。烨一开心我就想笑，尤其又是因为刚刚看她那样地不开心过。

"你知道我们住 Casstle 的房子（指他们搬入岛上前，在城里租住的房子），里外间之间有个厚门，"烨示意着。"他把孩子——那会儿胖子刚从医院出来，才那么点儿——搬到外间一放，回身还把门儿关上。那门那么厚，晚上哭了根本听不见，而且还冷，我就去给搬回来，然后就这么站着看着他。"烨模仿着当时她自己的样子，然后一笑，指着顾城道："他说我从来没这么固执地看着他过。后来他就自个儿裹个毯子睡外屋去了。"

弟愣愣地看着烨快乐的样子，神情松缓下来："哎，你就这样在我每篇后面加一段，诉一通苦，骂我一顿，《你叫小木耳》你没骂出来，这回给你个机会，让你好好出出气。"

烨欣悦的神情。

我说："这种书还没见过，别开生面了。"弟说是，本来他写得太沉闷。



[1] 自电脑送走之后，写就中断了。

弟一直有些郁郁不乐。烨情绪挺好，讲了些朋友的趣事。弟没头没脑地插道：“我想十天把它弄完，你能再给我十天吗？”弟的声音轻轻的，最后的神情显得可怜巴巴。

他们的话老是谜语。但现在“你能再给我十天吗？”这个声音总在耳边回响；可怜的弟，那时你心里承受的是什么，让我今天怎么去猜呵……

“你瞧瞧你这个人，十天我能不给你吗？”烨突然一下很火儿，让我莫名其妙，跟着又平和下来：“就是一个月，一年，我也没说过不帮你呀，对吧？”

弟莫可奈何的样子。之后弟送烨回去。

利斯告诉我他朋友有个车不错，五百元就可卖给我们。弟回来，我讲给了他。他乐了乐：“五百块钱？能开吗？”我说不会错的，利斯办事儿向来可靠。

我们说了一些车的事儿，弟神色不如前两个晚上。晚饭那会儿想到时候该问问他今天怎么了的，现在却又有些问不出来了，而且后来谢烨不又是很高兴了吗？我还有些家务要做，看弟挺沉默，我就开始忙活我的，其实我也不是非得这会儿忙活不可，我可能是有些害怕这种沉默？我随便说的话，弟都没大有心思应，而我硬就是像不去侵犯他人领地那样，谁知守着个可恶的自尊还是自卑呢，我没去问他和烨的事儿；那时心里边儿这样的晚上往后排着一万个呵……一会儿弟蔫蔫地进了他的小屋。又一个晚上就这样地错过了。



## 10月7日　星期四

早上我骑车把弥带到汽车站回来，弟正在草地上散步。这是一片倚山望海的草地，弟在那些日子里经常在上面走。我没有在意就越过他进了屋子。我在桌台前收捡时，弟走了进来。

弟用平静的声音跟我说："昨天在 Rocky Bay（指他们的房子）谢烨跟我相好了一场。"弟笑笑，显然是在努力做出轻松的样子。

什么？我吓了一跳。弟说话总是这样地没头没脑。我不懂地看着他，担心着"相好"的意思。

"嗨，谢烨就是好心眼儿，好久没有过了，尽一尽义务。"弟还是那么笑笑，样子有些不大自然，心里的滋味儿肯定不好受。他还从没有对我说过任何关于这方面的话呢。



我真的不明白谢烨，她到底是怎么回事儿，是要顾城呢？还是不要。不要说眼下的情形，以往她也是一贯抵制这事儿的呀，干吗偏要弄一次在这时候呢？不是自找麻烦吗？好不容易顾城安静下来了，以后再跟着你不让你打电话怎么办？我想谢烨难道是真的还很爱顾城？

"谢烨教我，要柔和点儿，别让她太紧张，别想是件不好的事儿，应该让她觉到爱抚……"弟痴痴地，跟着声音愈发迷蒙起来："她从来没有这样说过……"

我也感到迷茫，想起烨昨天说顾城"冷"来。

跟着弟又傻傻地笑了："谢烨特逗，问我：'呀！以后没人和你这样了，你咋办哪？'我就瞎说：'去红灯区呀！'谢烨说：'呀，那可别得艾滋病呵；你又不懂英语，谁领你去呀！'——谢烨有时真可爱。"弟温和的眼睛亮亮的，跟着又一甩脑袋："也不知真的假的。"随后突然面色严峻起来："反正我得跟她离！"

"那，干吗？"我跟着他转不过弯儿来。想昨天他就这口气过，原来是在这样的情形之后，他拧什么呢！

"她要和大 × 生个孩子！"弟凄惨又不平地说。我一下也噎住了。

一会儿他又背着身子淡淡地说道："大 × 要来了。"

"是吗？"我也尽量淡淡地，仿佛说重了就会惊动大 × 真来了似的："你怎么知道？”

弟没答我，依然是背着身淡淡地：“反正快来了。”

我将信将疑，顿了下，也没往下多想；我应当立即意识到这是多么严重的时刻，弟一直请求烨让大 × 如果来晚些来，来在他同烨办妥了离婚手续之后，而现在弟说大 × 快来了，我怎么竟就没有多想想，多和顾城说些话呢？我好像在想这件事上有障碍，或许是还迟钝在十年的惯性中没有清醒过来，顾城和谢烨从没有两立过，让我怎么来得及去意识或者是敢去意识我得帮助顾城了，他需要我帮，而对立方竟然是谢烨呢？我好像隐隐中寄希望于弟，那两天他已经明显地走出来了，他会有承负现实的足够的力量的吧；而具体地他将面对什么，我就躲着似的没有去细想。现在我恨死了自己，那显然是一个至关重要的时刻，弟本已觉到解脱，就是大 × 忽然而至他同谢烨还来不及解除婚姻，他大概也能泰然面对了，可是万万没想到谢烨又让他瞬间跌回了至亲至爱的境地，展现给他的是无与伦比的可爱和前所未有的冷酷，他决心离也不成，决心留也不成，这时他是需要我同他说几句话的，也只有我了，他当天晚上都没有对我说，想了一夜说给我，不是为说一件好玩儿的事的。我不敢想我又一次地让他有多么失望。

弟去外面，我去里面。弟回来时，我又在桌台边了。这是多少年里没有过的唯有我和弟的时刻呵，居然到了现在才知珍贵；而当时大约只当是这样的时光刚刚开始，往下便一直有弟弟了呢。

弟站了一下，声音和缓地问：“× 英一直和‘×××’住 Rocky Bay（指他和烨的房子）的，是吗？”❶

我一愣，意识到大概烨告诉了他。（后来想他们一起在他们的房子里，烨同样有感触，说了也自然，或者为的是进一点破掉他对 × 英的幻想呢；



❶ 顾城说的“×××”即“______”，称法不同，可参见此前关于“×××”或“______”的注释。

此前没说也是因为“______”最初是因为烨的原因住进去的，而且再前连×英走也没告诉他呵。）我怕他多想，立即说：“你可别想成他们一起住，他们肯定没有那种关系。”

弟神情更加认真起来：“你不知道×英，她的身体她控制不住……”

我真不高兴他这么说，我说：“肯定没有。×英根本没有把‘×××’当回事儿。绝对不可能。你要看他们在一起干事儿的样子，就知道没有过。”

弟一笑，说：“×英你弄得清楚？我心里她还是个蓝色的天上的小姑娘呢，想了她三年；那会儿她在中国要憋死了，办也办不出来，我还想让欧××[1]去帮她，和她结婚，我想只有欧××能配她，我哪里想过要沾她呀，我想着一起生一起死，从不会想去碰了她……她来了，嚯，”弟瞪着眼睛震震脑袋，“你得以为老天爷换了人送来。”弟顿住了。欧××是个年轻富有的德国汉学学者，谢烨、×英都说起过。谢烨十分赞美他，说顾城说只有他能配×英，想让他跟×英结婚带×英出来，谢烨说其实×英不配；那时我刚到岛上不久，听得心里七上八下，我所有的人生经验都变得一无用处。×英是在他们去德后对我说的，说顾城那时跟她说欧××，让她很伤心顾城居然不懂她是为奔顾城才要出国的，我还真为她的情意很感动呢。不想时间一晃就到了今天这个样子。欧××后来因事取消了那次中国之行，不然不知事情会有什么变化。我看着弟，脑子里转的事情肯定同他的不一样，我应不上他的话。

“不过我们还是美丽的；我最后还是信了她了……”弟喃喃地又快像梦呓了。我有些着急；弟似乎也觉到了不好意思，立即显出从容地说：“英儿是真真假假，使那么多心计。”弟突兀地定住，跟着又掉进记忆里了：“英儿有时发嗲，使性子，英儿想让我当着谢烨爱他……来不来问我：‘你敢不



[1] 欧××即欧博文。

敢？’我说：‘不敢。’”弟一笑，笑得一点儿不轻松。

接着弟说：“我见 × 英的第一个感觉，我就立刻对谢烨讲了；我们相处的每一个细节我都告诉了她，她全知道……”

“谢烨特逗，”弟转而一笑；“我要爱她，她就指指隔壁……”弟看上去是笑，脸上却透着层惨亮。听弟说这些话是陌生的，我不很自在，既觉得弟不该跟我说，又觉得我不该听，可还是只有听着。弟说：“× 英也学，对我指指隔壁。”弟乐乐；“可 × 英小性儿，她学不来谢烨……”弟像是记起了许多事，但是不想说了。

我应该知道，弟居然会对我没头没脑地讲这些，他的状态应是已经很不对头了；可我只推脱地想他在外一年半大概是也认可了开化吧。其实他同 × 英的关系我一直难以想象，难以想象也就不知说什么好了吧。

“我是这辈子，没有一星念头，一星事儿瞒过谢烨、× 英的。”弟轻轻叹了句。

“你还信女儿性吗？”不知怎么我就问出句，说了就有些后悔。

弟停了下，然后非常认真地说：“什么是女儿性？我的心才是女儿性呢。”

就那么待了会儿，弟说：“× 英要走的事儿，你不该不告诉我。”

我看着他凄惨的神情什么也说不出来，我怎么能告诉他，又怎么告诉他呢？我告诉了谢烨的，我自然明白一切理应听从谢烨的安排，这也是他的信念。即使他也接电话也拆信，我有机会告诉他，那他也一定会问：“你跟谢烨说了吗？”

我没办法回答他，于是生硬地说：“谁敢告诉你！”

弟翻了我眼，叹道：“算了吧。”

我想我实在是只会让他失望，但当时竟就一直不以为然。现在往回想，好好同他谈谈的机会是一个接着一个的，上天给了我一千个，可我就是一个一个地给放掉了。

烨来了，恬静的笑容，看见门口弟的皮鞋，拿起看看说：“今天拿回去给你擦擦吧！”

我心里顿时生出说不出的感动，多么好的谢烨；可弟却蔫蔫地说：“那我又想和你过了，怎么办呢？”

“瞧这种人说话！”烨一下气坏了的样子，一会儿眼泪都出来了：“我说帮你擦擦鞋就怎么你啦？”

弟吓坏了的样子，脸都白了：“谢烨，我没有恶意呀！”

烨就那么眼泪汪汪、脸绯红地坐了会儿。缓过来后问顾城：“今天办什么事儿？”

弟问给律师的电话打了吗？烨说不那么好打，律师很忙。弟说：“那现在再打吧？”烨说还不如直接去镇上。我说我得问问孩子补贴的事儿。于是我们便一起去了。

我排队等的时候，他们去办事儿。他们回来了，我还没排到，烨说等我排到顺便问一下如何离婚的事儿。我纳闷儿人家会管这个？前几天公证人烨都说不懂，怎么管发救济的人烨倒认为可以咨询呢？弟听烨对我说，也不吭声；我觉到他们办事不顺利，于是应下烨。等我排到时，我真就问了办离婚的手续问题，果然那女子笑答当去问律师或公证人，如果没有争执，当着公证人双方在协议书上签个字再去备个案当就基本完成了。我出来，只说人家不清楚。我再迟钝也能觉到这是烨要的回答。在这事上他们有矛盾，烨不喜欢提离婚，有意向后拖是很明显的。我愿意想成她是因为感情还有些拿不准的缘故，弟不该催得太急。但我也明白弟弟，他在鼓励自己把这事赶快做完，任何拖延都会让他更加受不了，让他不断地担心会发生什么变故，他是最受不了不明不白的。但我自然而然地就会去帮谢烨，所以没提人家说该去问律师或公证人。进一步想我这时根本不可能讲给弟实话，讲了该是什么情形呵，我太怕他们争执，他们一争我心里眼前就一片天昏地暗，我下意识地一定就会躲的。可是上天如果多给我一些时间，我也许有一天就会醒悟过来，真正替他着想地细细同他讨论，进入一片开阔天地也未可知呵。

上了车，弟说想学学开车。于是我们开到了海边路上，那是一片幽静的纵横有致的公路，学开车很好。弟开一档、二档，让路、倒车，我惊讶他真是学得非常快。弟说只要他一专心就都学好了，包括打字、英语。弟的英语是有意不学的——早在烨学英语的时候，他也顺便记住些，还写过个英文短诗；后来他怕失掉语言的纯正，就有意识地把记住的全都忘掉了。对诗的长期体验，让他认定诗是自然到来的，他害怕到来的声音中掺和进英语，他想不出那他该怎么对付，所以最好就是忘掉英语坚决不学[1]。现在他准备学了，我想这同他打算自此一本本地写小说是协调的，还有儿子，还有操持生活，诗大概他打算先放到一边了。想着不觉凄然，但更感到些振奋，弟显得挺有条理而且挺能干，他想好要独立撑起面对的生活了。



弟开一圈又想再开一圈儿，又想倒车又想掉头，他说他自信一个月真有可能自己开车去见儿子了。“那会儿咱们该离完婚了吧？”弟说。我觉得他老说离婚太不明智，连我听得都不愉快。“不会拖着你的。”烨蹦出句。我心里一抖，觉到阵寒气。

弟还请求开车，烨就烦了：“你是不是今天就想开去见三木呵？”我看两人都有些不高兴，便赶紧说：“回去吧回去吧，都快到放学时间了。”每当这种时候，无论分歧大小，现在想无一次我不是站在谢烨一边的。

---

[1] 弟写的英文短诗记得好像叫“Book”，因为当时我更是一字英文不通，所以不可能记得其中字句。他也就是给我背了遍，很短，可能就四五行，二十个单词以内。谢烨还表示了赞赏。当然他只当是个玩笑。后来他忘掉英语，这首诗当然更要给忘掉了。出国是谢烨的愿望，弟也就为之努力，而在国外一般地说他必须懂英文才能获得和保有正规工作，才能让谢烨和他站住脚，所以他又在学不学英文上挣扎过，学得也倍加困难。谁知最终竟让他没有英文也有了工作和相应而来的居留权。

回到家，弟去里屋了。烨乐着说：“昨天把老可罕气坏了；我说我要和大 × 生个孩子。我没说‘大 ×’，我说‘别人’，我要和别人生个孩子。”

看烨说得挺开心，我不明白她的心情，早上弟又说反正离婚，就是因为谢烨对他说了这句话，现在又听谢烨说；谢烨究竟是怎样个打算呢，真是让我困惑。我不时便会想，他们一走一年半，别是前进到了我不懂的境地了吧。

我说：“你干吗这么对他说呢？”

烨说：“我是想再要个孩子呀！我总不能再要个他的孩子吧？”声音响亮，弟当然听得见。我心里好是一冷，那当然就是离婚了，可是为什么又不像呢？又为什么要有弟说的昨天的一场“相好”呢？我没想出话说。



弟从里屋出来又对烨说了那句话：“你说去德国，你是知道 × 英要走的。”弟把话说得更严厉了些。我真恨他总是不顾弄坏气氛。

“不是跟你说过了吗？生活是连续的。”烨答。

这句话我当时没听懂，现在也没大弄懂。× 英不走生活就不连续了，如果这样理解，这个话里就有了清楚的布置的意味，顾城一直看到的是谢烨为 × 英的走震惊，不解，着急，气愤，哪里会想到这其实本就属于谢烨的安排呢？还安排出一本书来；他最怕受骗，绝不能想 × 英骗，更不能想谢烨，他怎么受得了呢？可是弟听了烨的答话，仍是叹了口气就算了。这让我感到些欣慰，想他到底是明白的，已经懂得原谅这些事了。

烨走出。弟垂头在桌台边踱了几步，苦苦地笑了笑：“我怎么这么滑稽，成了这样？”弟轻轻自问，又看了看我。

——那是几天以后的事了，在弟留下的我和他几天前一起从他和烨的房子里抬出的他当年自己钉起的那张木板加四条腿的书桌上，我在几页乱纸中看见几行他写的很乱的字，想很可能是他在差不多这个时候，顺着心情写下的。那些字是：

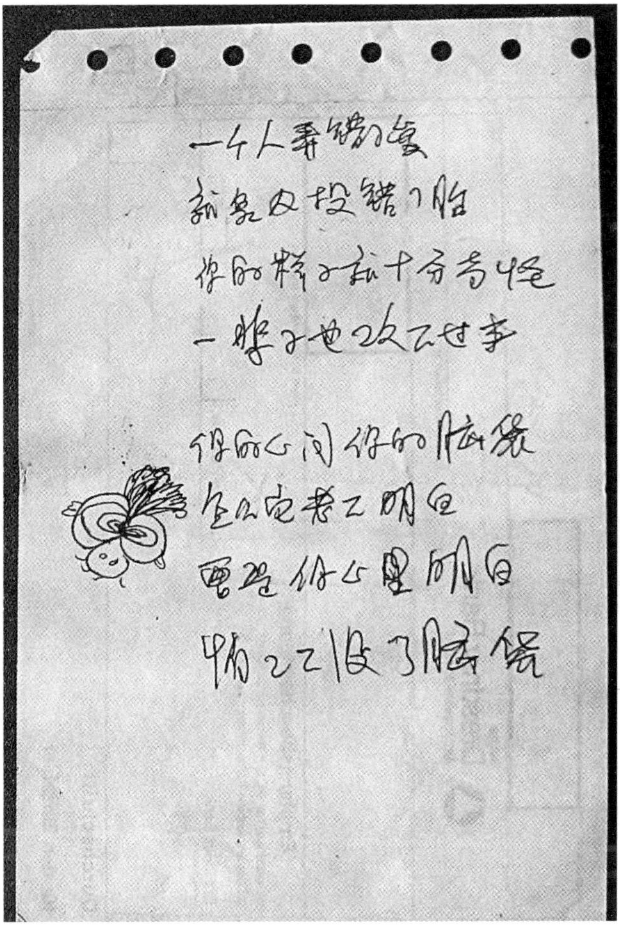

一个人弄错了爱
就象又投错了胎
你的样子就十分奇怪
一辈子也改不过来

你[illegible]问你的脑袋
怎么它老不明白
要是什么都明白
[illegible]没了脑袋

字写在我弃置的废银行填单背面。弟栖居的房间是我之前使用的房间。可恨那些天除了两个周四晚上，我竟从没进去过（安琳和谢烨的两天间，我进去过，是给安琳按摩，本是说给弟和烨按摩的，恰安琳头疼，弟就改了主意。真遗憾我后来的几天里也没给弟做一下按摩，真可恨我从来就没为他做过，给谢烨和李英都做过。那时我还一度试以此为业呢）。

一个人弄错了爱
就像投错了胎
你的样子就十分奇怪
一辈子也改不过来

你的心问你的脑袋
怎么它老不明白
要是你心里明白
怕已没了脑袋

——这些字边还画了个可怜的怪脸。

可以看出这是一个悲惨的猴子脸，顾城常以猴子自比，也因为他是属猴的。当时看着难过，后来看了他写的另外的东西，看了《英儿》，才更切实地体会到他承负的沉重，才有些明白他感受的“弄错”包涵着什么。

他们看完孩子回来，还是晚饭时分。烨说木耳今天专注电视，没怎么理他们。弟走过来说木耳跟他玩儿得高兴，在跳垫上哈哈大笑，弟对我说时微笑着，但面色总让我看见一层掩盖不去的悲惨。

烨说：“你就要把三木逗得哈哈大笑才算完。”

弟说：“我没逗他呀，他是挺高兴的。”

晚饭吃得很快，利斯说七点到码头，他的朋友会把修好的电脑带来。他们两人就跟利斯去了，可回来的时候没带回电脑，利斯的朋友居然把这事忘了。

弟于是说：“那怎么办呢？再帮我记记吧。”

烨没说什么，跟他又进了里间。这回时间最长。出来的时候，顾城走在前面，倒吸着气说：“真丁不住，明天不写了。”

弟就那么直着走出了房门，进了暗夜。

烨看着顾城出去，坐到我对面说：“你说，他是不是不适合活？”

我愣愣地不会回答。真可能不光是对烨的迷信，还因为我骨子里的软弱，那些日子里屡屡听这样的话，怎么就没一个稍稍动起来的反应呢？听着听着，也好像顾城就该死似的；惹了烨了，烨说他该死，他就该死了。现在才不明白我自己，好像烨给他死也照样是给他安全似的，依旧那么样地让人信赖。

烨显然也没期待我回答什么，接着往下说：“我是适合活的，我爱干的事多着呢，我干什么都有乐趣。说实在的，我能承受他死，不能承受他活。”

后句话已是第二次听她说，口气坚决。我愣愣地还是没反应。烨像对她的同盟军一样地对我说顾城的死，我别是被这种信任的威力震慑住了吧。我心里清楚地念叨了下：不是离婚吗？离了婚你不就死、活都不用承受了？却说不出来。考察起来，说不出来其实是因为我心下已经有了一个明白，只是不敢去意识罢了；在准备说的时刻我明白的是，这话其实是一句只会得罪谢烨的废话，因为谢烨不要离婚。不要离婚与其说因为情意，不如说因为忿恨，这个婚姻是她的一个财富一个骄傲，凭什么要她失去？你顾城就该死啊，难道这点儿就不能给她吗？烨是喜欢圆满的，唯此才圆满。难道我有理由不同意吗？所以我才会心虚说不出口来。谢烨的感染力像带着一种魔法，当时我真像是不自禁地在同情甚至是与她一同欣然向往意会中的她要的圆满结果也未必；我大约已经像被施了催眠术一般，心下是一片迎接谢烨成功的准备了，这就是为什么后来听到谢烨被打了，对我会瞬时天塌地陷，而顾城死我却几乎是木然无觉的原因吧？对于烨我可能总是善解人意的，她对我说话应不会遭遇多少尴尬，而对于顾城我却是那样生涩可恨的呵。

我看着烨沉重的面色，小心问了句："是大 × 要来吗？"

烨说："我怎么知道？"跟着口气缓下来："我到现在还没和他联系上呢。"烨有些失神；我也不敢多说，但觉得弟以为的"大 × 要来了"不很迫近。

顾城回来以后，便送烨走，这回送了很长时间。我看一次表又看一次表，得有四五十分钟过去了，弟回来时已是十一点多。利斯说明天可以把给顾城买的车开上岛来，我便告诉了弟。弟说："明天就开来啦？"显得有些惊奇。我心里一个停顿，想明天起他和烨就是各自一辆车了。

弟进了他的屋子。一会儿弟又走出来："老顾乡，说会儿话吧。"



我心里顿时有种感动。弟弟还是弟弟，弟弟又和我在一起了，我们要互相帮助。可我心里也生出种畏惧，太长久没有过这种时刻，没有听过弟的这种口气了，他什么时候要和我说会儿话过呢？我害怕我的不平静会让我们都尴尬。

"好，等会儿呵！"我先这样说。然后就不知去做什么好，终于想起来去把门和灯关好，又去问了下利斯第二天的事，因为他将坐头班船六点二十离开家。

我去见弟，弟正端正地坐在他的床垫上。上回进来也是找弟谈话的，可是谢烨还在，弟在对我说也在对烨讲。现在弟只有可怜地面对我了，我心里有些发乱。

"真伤心哪！"弟看我坐下这样说；"真他妈伤心哪，真丁不住。"

弟从不习惯也不喜欢用"他妈的"之类的字，这时听来挺别扭，但我知道他是用来做掩饰。[1]伤心我还不知道吗？不只有硬起来吗？我这样想一定也是在掩饰我的虚弱，不然我怎么可能不顺着"伤心"问问他让他讲讲呢，

[1] 几年后听顾城离岛后在欧美的录音，和朋友聊天时也老有"他妈的"，和烨对话中双方都有，大概也是随俗吧。但回岛后此时应是第一次真正听到。

那不是他很容易能对我说出口来的呀；我又怎么能不问问他什么叫“丁不住”？鬼使神差我在回避着什么似的，脑子里堵堵的，一个模糊的大疙瘩。

弟一定觉出了我的尴尬，不想让我为难似的笑上一笑，我们好像都有些不好意思。小时候不是这样，可我们一时间都不知怎么去找也不甘心去找一条路，通往我们曾经有过的那很长很长一段时间的从来是随便什么都说的“小时候”了。

弟知道安慰我，知道强笑，他怕我尴尬我却更尴尬，这一定让他很不舒服，他只好来回重复那句话，然后用尽量松弛的口气说：“他妈的，明天不写了，这书写不得，不写了。”他口气坚决地顿住，忽然声音又软了下去：“真伤心哪！真他妈伤心哪！”弟的脸凄惨地震颤着，眼睛对着我，却看着更近的地方。

居然到了这时候，我都没能闪出一星星念头，应该提出读一下他正在写的，并且“写不得”了的那些文字，只要我读一下，哪怕只看上一眼那最上面一页（即最末一页）纸的随便几行，我也不至于愚木成那样。也许是烨笔录完那些字的冰冷反应阻挡了我？我完全不明白，这是非常奇怪和不可思议的事情，我竟是一星星的念头也没闪出一下，一直到三天以后才让我一眼看到了平铺在桌面上的那些文字，我舌直目呆，不明白，我真是不明白，本该是件多么简单的事情！（弟写在乱纸中的那八行字也是这时或叫这之后才看见的）

跟着弟的声音忽然细微飘渺起来：“怎么回事呢？”他的脸微微仰起，目光延伸到一个虚妄的前方：“我以为我已经过去了，结果又回来了……”一种奇怪的亮罩在他的脸上。

我有些害怕，却硬去不以为然：难怪谢烨烦你，“过去了”却“又回来了”，你还有甚可说？我一点儿也没去联想发生在星期三他第二天说起的“相好”是让他“又回来了”的转折点，一点儿也没打算静一静细细回忆一下这几天都是怎么一回事情，我好像只愿意那么简单地一想。看着他苍凉失神的面孔，不忍责怪他；想他大概是累了，我也希望只是因为累了，于是提醒他不如先休息，睡上一觉就会好些。

“算了吧，睡觉。”弟的声音似乎有些无可奈何。我心里一动，但不觉有必要改变主意，于是道了晚安。我们都过于虚弱的自尊，停止了我们的谈话。

我没有去想弟因此有多么失望，我应该知道他会有多么失望，他特意走出小屋叫我去“说会儿话吧”，不是打算就这样收场的。我不懂我到底发生了什么错乱，让我竟就那么草草地离开了他。我好像下意识地要保持一种和烨的一致，不禁就会想如果是烨她将会怎样，又好像总是在烨的监考下答题，不愿答得让烨皱眉头。我的懵懂害我是活该，可是可怜的是弟弟并且谢烨呵。



躺到床上开始不安，有种淡淡的不祥让我闭不上眼睛。我一再想明天再说，像我刚刚劝弟的那样，总不能反倒是我更没出息；可是我还是不安，便去看了眼他的房门，如果亮着灯我还会去跟他说几句话吧，但是已经没有了灯光，我只好返回床上，想着明晚便进入周末，可以找他好好讲次话。

## 10月8日　星期五

早上我和弥匆匆早餐时，弟走了出来。我问：“好了吗？”

弟应道：“哎，好了。”他笑笑，看去神色松弛。

我挺高兴。送弥去了车站回来，想着不一定去苦写那个怎么都没头绪的东西，该同弟待会儿。可真见了弟还是不知怎样说话合适。我在长桌边坐着，弟在一边溜达，这个时候挺好。

弟说：“你看，我就想，我现在也没在疯人院里，也没残废，有胳膊有腿，有各种能力，上天对我还是挺宽厚的。”

我说：“哎，是。你就想你瞎了，然后呢，又看见了。”

弟笑了一下，我很感激他赞同我。

后来弟在我对面坐下。

弟说："我的房子，你看是不是得给卖了？"

弟问得很郑重，我一愣，跟着也很郑重地回答："要卖，这样，我试着买。我可以给你存着，过五年十年，也许你觉得可以了，这个房子还在。"

我知道这曾经是他的心他的梦的房子已变成了他连骨连肉的心病，面对严酷的离婚，除了孩子，房子是最要安排的了。他是住不得这个房子了，就像五天前他让烨再住进去时说的自己住一夜非死了不可那样；而离婚，房子给谢烨不就是给大 × 吗？所以他会想到卖这个房子。可是大 × 什么时候来呢，照弟说的就要来了，那还来得及卖掉吗？大 × 来了，我心里发紧，他是不是要经受谢烨同大 × 一起进入这个房子这样的更吓人的打击呀？我赶快买他的房子吧，不属他的了感觉是不是会好些？同时我还可以给他留着，以后发生了什么好的变化呢，房子还在。

弟说："你要就送给你了，问问谢烨吧，看看她的意思，她要就给她。"弟说得平静，好像深思熟虑过似的。我惊讶他进步如此巨大，真好像到了他的"自然哲学"境界，昨天晚上我还怪他和担心他呢，我心里有些兴奋，想着他过来了。

"她要是不要，你就把她的那部分钱给她就行了。不过你也没钱。"弟说。

"还是可以的吧；"我说，"总有办法，我也贷款呗。你四万块钱卖我吧；我反正是给你存房子。"

"三万吧。"弟说。"我们邻居的房子才三万二，比我们的好。"

"那是太特殊太特殊了。不过也一样，我当然高兴你少要点儿钱。"

"问问谢烨吧。"弟说，"她要也同意，你就把她的那部分钱给她。"

然后我们算账，我接着还银行贷款，除此以外一半的钱给谢烨。"六千五百就够了。"我挺惊奇。

"不知道这房子写谢烨的名字没有。"弟说，"我记得闵福尔那会儿是以我的工作做的担保，跟银行借的钱，说是我买房子，把我在欧洲挣的钱拿出八千当底金的，还向银行交了我的人寿保险，银行怕我万一出了事儿，谢烨无力还账。不过也可能是我们俩的名字，因为我们弄什么事儿都是两个人的名字。”说到这儿，弟惨然一笑。

我没说话，他没法儿不笑，什么时候他会想到有一天他竟然要这样仔细地来考虑离婚这种怪事呢？那会儿他说从今以后他和谢烨是一体，发表名字得也有谢烨，活动只邀请他一个人就不去；他把他往外投寄的诗一首他的名字在前一首烨的名字在前地列好，真有一些就如此地发表了；可惜诗太个性，他才只好复又使用单独的名字。结婚以前他就把他的一些诗标为烨的寄发，后来又接着这么做，具体用意就是想让谢烨知名，可以一并被邀请。他自信不是作假，因为他相信他没有抬高烨。他那时老是愤然居然是诗不重要而名字重要，用烨的名字发表不了的诗恢复他的名字就发表了。现在他叹息的竟是他和烨的名字总在一起了。

“我大概有四千块钱。谢烨说分账我有四千马克，帮你还她的房钱吧。”弟说。“四千马克是多少新币呀？四千四五百？”

我都乐了，说：“得了，留着吧，回家还得用呢。”

停一停，弟说：“我这个人，真是，她们说挣个房子，我就真的信了，”弟抬眼看看我——微微笑的脸，惨惨的亮。“还就真的真的去了。在那儿我真是埋头干活儿，那真他妈的是埋头苦干，你知道我挣了多少钱吗？”弟惨惨地稳稳地看着我，好像有个实实在在的数儿在那儿等着我猜；可我就知道他是不知道的。果然他说：“我也不知有多少，头半年的时候光把几个大数加了加就两万啦……”弟惨痛地点点头。“谢烨说我一共挣了三万。”

弟顿住，一会儿又低下眼去，无奈地摇摇头：“我这人有时真是有点儿傻实在，就真的真的去了，去给她们挣房子去了。”

我没说话，想起 × 英几次说过的一句话：“顾城说他没别的优点，就是比较老实，他还真就是比较老实。”

“还有我想，我得赶快把我的那些东西从我房子里搬出来呀！”弟一下回到眼前来。弟这时脱口说出“我的房子”，而这几天他都是用“Rocky Bay”代替的。

“用得着吗？”我觉得多事。他要真都搬走他的东西，那不就把烨更推出去了？谢烨也没说大 × 就要来了呵。我有种眼下时光很好可别弄坏了的感觉，也许大 × 的事没那么严重，他和谢烨最终全都不过是虚惊一场呢？

“那有我好些东西呢！”弟这样说时就像小时候他说“那是我的！”似的，当真极了。“我的稿子都在那儿，大 × 要来了，我总不能让我的东西还在吧？”

“大 × 真要来吗？谢烨说她不知道呵？”我从来就有这种惰性，能把事想轻就懒得想严重，这时烨昨天的答话对我起了作用。我还想，弟也真够不简单了，好像房子就准备让大 × 进了，那他的东西总比房子好办，可是他的东西和房子又怎么分呢？到处都是他的东西，墙上还有他的壁画……还是到非搬不可时再说吧。

“她知道！也许不知道吧；”弟站起来乱走了几步：“反正是要来了。”

我疑惑地看着他，没法信或不信。今天我已经不能确知他是怎样知道的或是感觉到的大 × 要来了；烨没有同我说这个话，弟也没有明确说过是烨说的。

“就是来了，谢烨也不会让大 × 去那儿的。”我当然是为了安慰他。

“呵呵，”弟颤颤地发出这个声音，脚步停下，侧身对着我，脸似微微抖了一下，又松下来：“那谁知道……反正我是再不能去的了，他们都是能去的……”

尽管这点我也知道，可是他的凄惨还是让我震动，他要搬东西，是他担心卖房子怕是来不及赶在大 × 到来之前了吧，可是东西搬又怎么搬呢？楼梯、门窗、顶棚、墙壁，到处都是他精心拼的、钉的、漆的，那个厕所，那个小书房、山顶小屋、种的桃树鳄梨树、砌的墙壁石阶、垒的梯田平台……他的心血，日日月月，无处不是，无处不在。看来他也没有那么豁达，理智上认大 × 可以去，心中的苦却消除不掉，只好是将东西搬出一些是一些吧。

“那就搬吧。”我迎合他，想反正是搬出他的稿子和书来吧；只是还是担心是否会令烨不快。

“三木几点放学？”弟看着钟问我。

“两点半哪。”

“今天不早点儿？”

“怎么今天就早点儿？”

“今天，不是星期五吗？”

“你还挺清楚。”我笑了笑：“星期五也两点半。”

“去看三木，就把我东西搬出来吧，主要是我的稿子。”

“嗯。”我一应，向里间看看：“就把那些书格腾给你吧。”想他想个事儿是个事儿，想到搬还立刻就要搬了。

“你跟着去吗？”

“你叫我我就去。”挺高兴弟会想到我。

弟又坐下来，沉沉地说：“那个房子，真是每一寸都能杀我，摸一摸就疼。”

我跟他一样地一时说不出话，曾经充满了那个房子的欢声笑语这时一阵一阵地涌向耳边，那是烨和英儿骄傲的声音，也融合着弟欣悦的声音，曾几何时呵。

弟站起来：“我给谢烨打个电话吧。”

我还坐着发愣，听弟在墙那边说：“谢烨。”这些天里已很少听他叫“雷”了，如同谢烨已极少叫他“可罕”完全不再叫他“胖儿”一样。

“你能把我的衣服、稿子整理一下吗？

“下午去搬哪！

“这两天搬过来吧。

“老顾乡跟我说什么？老顾乡说，就想着原来眼睛瞎了，哎，又看见了——

“以后就打电话吧，打电话挺好，看不见人，讲话就好讲多了……

“嗯……呵……”

跟着显然是很长时间烨在讲话。我发觉我一直坐着，便进里边屋琢磨我的挣钱稿子去了。

他们的电话打得时间很长。我想他们这辈子还没有过在电话里互相说话这么长时间的呢。等我觉到顾城离开电话又回到中间屋时，已是十一点多了，我惊奇他们的电话打了超过一个半小时。我心里很松，全没了前一晚的不安，烨同他如此沉浸地平和地讲了这么久的话，让我很感到宽慰。[1]



我走到中间屋去见他。弟取些面包吃着。我说今天他就能见到他的车，明天他就可以用这辆车学驾驶了，我说我来试着教他。弟问我那本讲交通规则的书，星期一时他曾看过些，又还了我，他说他得越快越好地考学车执照去。我拿给他书，说要不要帮他简单地译译；弟说暂且不用，他先研究图片部分，图片已把规则说得很清楚了。他拿着书出去。

我回到我的桌案前，透过面前的大玻璃窗，我看见弟在草地上端着书，踱着。

我在我的纸页上乱划，划了又只好废掉，我完全干不下去这件事。

一会儿我也走上草地，草地上有白白的小花。

---

[1] 前几天十一点前，烨都已经到了，和顾城已经开始做他们的事了，这天因为打电话，便后推了时间吧。

“小花呵，”弟淡淡地。我从来知道这样的小花对弟的感动。

天是那么的蓝，云团白得发亮，一侧是山林，另侧是绿丛，看出去便是大片的海了——有海岛，有海岸，有清晰的海平线，有安静的、细小的桅杆……“一切多么好，”我既叫不出顾城，也叫不出弟弟；“你站在这儿，一会儿你就散掉了，你是一片云了，一片海了，一片草了。”我想诌点儿什么让他涣散些，但一开口就觉得可笑，赶紧住了口。

弟笑了，真喜欢看他那样的笑，灿灿的，一尘不染：“讲玄学，我是大师。”弟清澈的微笑中似乎升起些微的振奋，像谨慎地报告我一个好消息似的。我应该意识到他是在对我好呵，告诉我不必太忧虑，他还挺有能力的呢；就像二十年前，我成了“黑户口”，他说：没事儿，跟我一起画画儿，以后准行，不行也没什么了不起，“有我呢！”——那个时候我真是感激他。可是这时我忽略了他的好意，或者是失了姐姐美好时光的我自卑之下没敢辨认这个好意，没敢想他还是我的弟弟呢，我的弟弟回来了呀；小时候他会向我献上一个他叠得最得意的纸鸽子，那个神情就是现在的神情；有烨的时候我没有了弟弟，而当弟弟显示出来时我不能轻易去认也是因为我怕点出一道惨痛——弟弟没有谢烨了。

我这时只是简单地对他表示了高兴：“你是大师就全有了。”我也是笑着说的。之后我动作很快地拿了打算拿的东西就又回到了屋里我的桌案前去了。我真该在草地上跟他把话说下去呵，那是一个明朗的时刻，说下去，会说破一道道心上的障碍，最终完全走进明朗吧。也是因为那个时候的祥和安宁，因为感受到的弟的清朗自信，使我也不会生出应当讲话的紧迫感吧；那个时候不光是我，在弟弟的知觉里，也一样地天长地久，有今天明天和以后的一大大要安排的吧……——只有到了现在才能看到那是一个多么应该讲话的时刻呵。

弟还在草地上走，看着书，看着花儿。

烨来了，紫色的毛衣，雪白的翻领。

顾城转向她。他们在草地上说话，然后走向房间。我想该弄些吃的了，就到了中间屋，正好迎他们进门。

烨说弟的四千马克带来了，所有的账也带来了，还有几件换洗衣服。弟说："带衣服干吗呢？下午就全都搬来了。"烨说："先给你带几件儿来怎么啦？"

弟说今天已是星期五，可真得去见律师了，再不见就又得到星期一，一个星期就又都过去了。烨顿时不耐烦道："老说老说，去见也得先约呀！"

"那就约吧。"弟声总是轻轻的。

"哪那么容易，人家又不是老在！"

"你生什么气呀？"弟看着她："我就是说得赶快办。"弟声还是弱弱的。

我赶紧说："得得，你又不懂。"

烨笑了，对我说："就是哈，还老挺懂的样子。"

弟沉重地"嗯"了声，无奈地坐到一边去了。

烨挺高兴地递给我两页纸，说是她上午写的小散文："顾城给我打电话的时候，我正在写这个，写完我就来了。"

于是我看，弟隔着长桌抽走后一页；我看看他又看看烨说："人家说给你看了吗？"

烨笑笑地瞅着顾城："给他看。他在电话里就要看了。还得给他'修修'呢。他不修自己的，老跑来修我的。"

弟笑道："你写得好喂。"弟认真起来，对着我说："是，谢烨现在的文字看过去，有时候就跟不是写的似的。"弟一只手示意着平缓地在身前划过，很沉醉的样子；跟着又一乐："谢烨特逗，有时候你看她写的，呵，那真是炉火纯青了，有时候又突然跟中学生作文似的。"

弟看过他手里的那几行，放下对烨说："像篇寓言。"又看我还没看完我手里的那页，就进里屋了。

烨的两篇小散文让我非常感动，不光文字美丽自如，传达的感情也美丽自如，那是一种温和、宽厚又很委屈的，赞叹、依恋又无可奈何的感情，是对顾城的。我被深深地打动，心下充满了喜悦、赞佩和同情。

第一篇是以她早醒后的感觉为背景的。烨说上午电话中对顾城讲的就是这篇文字中传达出的这样一种感情。

第二篇讲的是他们去看木耳的故事，也是用第三人称写的。我惊奇那么激烈的冲撞到了文字里会变得如此静雅恬淡，好像一切向来这样平和，也将一直这样平和似的。



我看完放下说："写得真好，"也就不知再说什么了。

烨说："我现在特别能进入气氛，你知道那个意思吧，写《你叫小木耳》就是这样，先感受一种气氛，然后进去。"

这时我又看了眼弟看过的那页纸，只几行，写苍蝇的，挺有趣。[1]

弟走了出来，看着桌上的纸页说："是不是写得好？"

我说："是，天然极了。"

弟说："谢烨有心性儿。"跟着看烨，话也一转："谢烨的心性变化多端。"

---

[1] 这几页字当天晚上到了警察那里，除了几天后默忆下的两个句子外，只剩个大体印象了，此后我再没有见到这三页字（两张纸，三页字）。默写下的句子是："她想起她和丈夫在一起的快乐时光，她把事情做好，安排好，他和别人谈话，他总是那么睿智，她把他介绍给别人的时候，他的一切都让人吃惊和折服。""她很清楚地知道：很少有人能像他那样创造故事，不为这个世界所左右——一个疾恶如仇又天真烂漫的天才。"我曾仔细回想过烨的字，清晰默下的就是这几行了。总之对顾城很赞美也很有感情，没提大×。真不可想象几小时后的大恶呵。顾城怎么了？只是因为谢烨要进城接大×吗？不说凭我对顾城的了解，凭谢烨对顾城的了解，会吗？我极其不能明白，非常痛恨弟弟了好几天（尽管心下充满疑问），直到细节不断从脑子里呈现出来，也从别处过来，直到12月22日看到他的遗书，我才转而特别地痛恨自己。我还想到，如果只是顾城死了，谢烨会像她当日上午所写的字那样，以最富感情最美的笔触让顾城永远成为一个特别好的形象的；当然他们两人应该都好好的，本就理当都好好的，只要我稍上些心，做对些事情呵。

烨瞥着他："你干吗？"

弟乐着："我表扬你呢。"

烨不理他了。

弟忽然丧气下来："得了，我也不会说话，以后也不见你了，你要乐意呢，咱们就打个电话。"

我说："这个主意好，能见就见，不能见就打打电话。"

烨没说话。

弟说："那今天不去见律师了？"烨还不说话。弟愣了愣说："那你给我钥匙，我去练练开车吧。"弟是说在停车场上练习前开后倒。

烨把钥匙给他。弟接过钥匙说："我在那儿等你，咱们一会儿去搬东西，看三木。"

烨没说什么，他们对看了一下，顾城出门去了。

烨心情依旧很好的样子，拨开她的纸页说："我现在真知道怎么写了。这样，下面我就可以写 × 英了。"

"× 英挺怪的，"烨像平常对我说好玩儿的事儿那样微微笑着，并且自如地做着手势："就想让顾城爱她，就想让顾城爱她，都露骨了；顾城完全没想到耶，不明白是怎么回事儿。"烨的笑容是宽容的，又微微带着轻蔑；"你知道的，第一次他们是在山顶小屋。"烨那么一笑；"英儿那次是特意去的……"烨又颇神秘地轻声补了句。"后来回来顾城就不对了，他整个失眠神经了，跟我说！我能说什么？你想让她来，她又那么要来，那不是明摆着的事儿吗？"烨说着已经站了起来，笑得无可奈何又显得居高临下。

"得，你知道 × 英，这会儿，她说了，她要走，进城去；你知道那个意思吧？她这时候说！"烨笑笑，我也傻傻地点点头。"顾城晕了，晚上跟我这儿唠叨，"烨淡淡地笑笑；"你说还不够我烦的呢！我说去去，问她去！顾城让我跟他一块儿去……"烨笑着伸出一个指头点点外头，好像顾城就在门边上似的；"我说我得睡觉！他就过去了，问得一夜没回来，笑死人了。"

这段事儿得是第三次听烨说了。上次已是好久以前，那次 × 英忽然不知为什么赌气不说话了，烨挺恼火，送我出来时就对我讲了遍包括这事儿在内的一些事儿。第一次听烨说是在我初到新西兰的当天。那天烨带木耳进城去接我，说了许多话，也说到这件事，还细讲了下顾城怎么在帘子外头叫 × 英，然后走进去，烨就听他可怜巴巴地说："× 英，你还说走吗？"那天烨对我说时，情绪是凄然哀怨的，但她没有指责 × 英，只是说："× 英知道怎么让顾城喜欢她。"还说："× 英说话挺好玩儿的，你见了就知道了。"我当时真是太震惊了，记得我说："顾城怎么可以这样！"烨倒淡淡地："他也没怎样啊？"我说："他怎么能容忍自己不专注你呢？"烨说："他没有不专注我，他还是专注我的。"从那时起我就开始不明白，我是那么地同情爱怜谢烨，而烨却不以为然；跟着我看见了他们三人的生活，看他们相处得坦然愉快，我也就只能陷在赞叹里了；其间时而发生的不悦都是谢烨告诉我的，我着过急，但总是立即就会见到他们又和谐快乐如初，也就松了心。他们都智慧明白，分明用不着我操心的。而只要谢烨和 × 英在一起时，她们真是好得像看不上世上任何别人的最骄傲最快乐的亲姐妹一样；倒是顾城看去颇为孤立和孤单，但他显然乐于那样。他们的那些日子让我一直以为真如同一个美丽洁净奇迹般的神话一样的，就那样地一点一点地在我眼前过去了，谁想得到他们之间后来会这样……

"都是小说耶！"烨的情绪甚至显得振奋："早上，就那天早上，你瞧吧，英儿在这边儿哭，顾城跑上山去要自杀，三木拿着一把花儿去拉 × 英胳膊……那花儿是顾城早上采了给 × 英的，哎，是顾城采的，三木给捡起来了……你说，这叫什么生活呀！"烨摊开手，甚是无奈地笑了笑。我看着烨，想着她写出的 × 英该是什么样子，心里很有些茫然。

"× 英，你是真不知道，"烨的神情诚恳，温和，超然物外："凭良心说，顾城真是让她给涮了。要说这个就多了，都是小说耶……"烨显得心情有些激动："× 英，你就想不出来，她能抱着我哭！"烨突出了"抱"和"我"字；"说她必须走了，一定得走；我还不知道她干吗要走吗？我去找顾城，顾城说：让她走吧，她和咱们不是一路人。要不然 × 英真的走咧！”烨看着我，我却不禁想，真那时让她走了没准儿会挺好。× 英在的时候，烨对我讲这事时，我就暗暗遗憾过：怎么没就让她走了呢？如此长久下去总有些不可思议。当然那时我担心是因为我俗气。

“后来还是我跟她谈了一次话。就是那回，顾城进来听了后半截儿。”烨提示我。“他说我那回说得棒极了。本来嘛，出国都是奔钱奔身份来的，我说我还就看不起这样的。好，她跟顾城说得那么投契，顾城的梦想是她唯一活着的理由——她要来的时候就是这么说的呀！可一来你就要进城了！你不是让顾城死吗？……好，我怎么才让她来的呀，那一个一个鸡蛋都是从三木嘴里省下来的；要不顾城怎么恨她呢！”烨说着一乐：“顾城说，走可以，回北京去！英儿当下噎那儿了……”记得弟在复我的信中说：她早就该回北京，回到她爹妈身边儿去了。× 英有的事是难理解，她真心要走，那会儿抬腿就回去了，机票都是现成的，犯得着后来千难万难又延签证又延机票又办居留吗？

“可英儿人家是英儿呵，英儿多机灵呀，我要写英儿……”烨振作地又略带不屑地一笑：“英儿去找我就这样问：”烨身子侧了侧，学 × 英当时的样子：“‘顾城去我的房间你知道不知道？’我太懂她的意思了，她的意思就是把这事儿推给我——我说知道，好，这是我的事儿；我说不知道，行，反正我告诉你了，该看你怎么办了。你知道那个意思吧？”我愣愣地点点头。烨道：“我就对她说：‘你应该知道你是干什么来的！’她当下没话。”烨骄傲地一摆手，跟着说：“顾城写书不行，跟自虐狂似的……”

烨说着一看表，又一看大钟：“噢，我得去安娜那儿一下。”又抬脸对我说了句：“都是小说耶！”

安娜的店就在路口，他们开车去 Rocky Bay 他们的房子和看木耳自然要路过那里。他们也总在路过时进去看看。弟有些怜恤安娜，几次跟我说过，有空儿多去同她说说话，她就想有人多说些话。我想到了弟问的我是否也同他们去，但随即止住了念头，觉得此时说去也挺突兀的，我想还是应当努力抓紧时间去尝试弟交代的可挣钱的工作才对。

临出门时烨忽然说收到了“老头儿”一封信，说他年底没准儿会回来。烨最后说她觉得老头儿“有点儿恶心”。

烨出门去了，脚步很快便划过了窗口——紫红的毛衣，雪白的翻领，乌黑的盘发，一晃就不见了。

那时是一点多点儿吧。

我静下来，回到我的桌案前，面对窗外的草地，想着往纸上写什么；很困难地逼着自己写字。



知觉中弟到了隔壁屋（那是他的房间，他和烨前一晚还在那里写字，给儿子尚未写完的十二篇字都写在那里，他休息的小屋是这个房间拦道木墙板拦出来的，一扇关不住的木板门，谢烨住过的阁楼间敞窗就在这个木板门的斜上方，也就是这房间的另面墙上）。我毫无反应，一点儿也没去想他怎么没同谢烨走。而印象里一直是他已和谢烨去 Rocky Bay（他们的房子）搬东西看孩子了。我苦苦地伏案涂划，什么也没理会，也不知什么时候他又离开的屋子。经常我要直起身面对草地，可我既没看见他来，也没看见他走。[1]

后来“嘭”一声，弥开门进来叫“妈妈”，我也没看见他是怎么穿过草地放学回来的。儿子也不管我在干什么，穿过中间屋径直到我跟前来，问

---

[1] 后来想，这真是我又一个关键性的大不应该呵，此时促使顾城写家信，写着就急转直下写起了遗书的因素应已完全形成。到底在谢烨离开我去停车场见顾城时发生了什么？具体的全都只能猜了，但结果是：正在独自练习开车等着谢烨一起去看孩子、搬东西的顾城从车上下来了，谢烨一个人开车走了。顾城回到他的房间，此时他的心情一定是很乱的，此时我只消转过一板之隔就看到他了，而只要他看见我就一定会跟说发生了什么，我也应该会问他：“咦，你没和谢烨一起走呵？”那相信一切就都不一样了！（而只要过了这个星期五，这个坎儿极其可能就过去了，后来知道一些朋友继安琳之后已安排周日来看他们。大×来的事直到大×周六抵达是所有朋友包括安琳谁都还不知道的，谢烨愿意在和顾城的关系上在朋友面前暴露大×吗？她肯定不愿意。此前顾城和她进城的两天里跟着她，她是获得朋友同情的；此时大×一到，朋友的同情一定会转给顾城，他一定会得到朋友帮助的；谢烨到了那时当能够转弯吧，那这个坎对于两个人就都过去了呵。顾城离开房间在停车场开始写的也还是普通家信，写着一转才成了遗书的，那么也应可以再一转的，这时我一直缺失实在是不应该呵！）

我给他买苏打饼干了没有，胡乱纠缠了几句，便去看电视。他通常总是两点五十到家，那天校长训了几句话，稍稍晚了点儿。电视他总要在三点五分开始看的。

我不断勉励自己往纸上写字，写上去了又只好划掉，我一直没能试验出一种写法，可以避掉那些不宜让弟知道的故事，同时又不愧对真实。那几天里真是见了鬼，居然就把心思使劲儿往这里头用，如果不是被挣这笔钱的鬼念头拖着，我就不至于老是离开他们。我痛苦不堪地思索，不知为什么就走进了中间屋，愣在那里。

房门开了，弟顿了一下。我不知那个时刻我脑子里发生了什么故障，我居然没有去想他怎么会出现在这个时刻，他应该是去搬东西、看孩子，像每天一样傍晚再同谢烨一起回来的。弟转身走向洗手池，这从来是他自外边进屋做的第一件事，回家洗手，在火道村、Rocky Bay（岛上家）时都保持没变。手伸向水管时清楚地记得他猛地一停，我不可能在意这个“一停”，后来想一定是那棵树当时蓦地走进他的视野了。如果当时我也同样地像他那样一看，也许就会吃惊地看见！也许就因为这个，他才决计告诉我去死不要拦他。

以后的时间里我想过，他已摆好了一切在临辞世的时刻忽然回到屋里来当是想到了我可以帮助下谢烨的吧，这已不是他有力量做的事情却当是我可以做的事情，可是我的样子一定让他遭受打击，尽管他的脑子超负荷得太多，可片刻中他还是没有移推给我，碰这么个没用的姐姐，他唯有疯狂地令自己镇定。

弟洗手，不记得那双手有任何异样，我看见门边电炉台上有个我熟悉的螺丝改锥，便不禁过去拿起看，没有异样，我随口问：“你拿这个干什么？”

“出了点儿毛病。”弟说，跟着他走向门，也是同时走向我：“我现在去死，你别拦我。”

我双手捉住他的双臂：“怎么回事？镇定点儿，镇定点儿。”

可瞬时我感到他的目光必是比我给他的还镇定，弟呵，我现在才看见了你，你那时已紧张得疯了，又镇定得疯了，你已经疯了，你一直说不出话来，你一直在紧张地挣扎，面对那一刻一刻逼近的时刻，你紧张，却又必须镇定，因为你无助，因为你奈何不得这样一个令你失望的姐姐。面对这样一个姐姐，强行镇定的你混乱中再次直冲着以死自惩而去，我打乱了你救助一下谢烨的平生最后一个安排。可怜的弟弟，你在需要我安慰的时候，却还得赶紧反过来安慰我，你连一丝的惊慌都没办法流露，直到最后的时刻。

突然弟难看的脸色一片死灰，眼光也散了："我把谢烨给打啦——"

哗，不知为什么我手就松了，只是脚底死扣住地面才没有瘫倒，心都瘫了，嘴也瘫了，我不会想，不会说话了……



我从没想到能有这样的事，即使想到顾城死也没想到这样的事。现在问，为什么当时一个"打"字就把我吓成了那样，可再把我放回去，也难保我一定变个样。谢烨，那是多么亮，多么好，在我心目中多么完美不可触的一尊像呵。她的哀怨也有威力，她的愁苦也有威力，她果真具有那样一种神奇的力量，让她的缺点和不是也能放出让人赞叹和喜爱的光来。她刚刚还在我面前说话，她的每一瞬间都生动美丽，她怎么可以被打呢？——尤其不能想象是被顾城打。顾城不会打！顾城要是果真打了，他就只有死了。

我脚下的地塌了，天塌地陷，乾坤翻个了。弟像是很理解我，弟说："我现在去死，你别拦我。"弟脸上一层视死如归、不曾见过的坚定不移的亮。我想就是换上一百个别人，也未必有一个能够不成全他！

——可是他是我的弟弟呀！他是我唯一的最亲爱的弟弟，没有他我不喜欢活下去，我从没想过会在再没有他的时间里活下去；上天是知道我，才把他送到我面前的吧？上天呵，你是什么意思呢！

弟大步撞出门去。我跟着他，不是想拦他，魔一般捉住我的是那个"打"字。弟没判断错，对烨的"打"真是比他的死更让我害怕百倍呵，让他怎么对我说呢！又怎么不干脆赶快就死了以平复我呢！

弟猛然转身："别跟着我！"喷火的目光霎时定住了我。弟一拐就不见了。等我站在他的面前，想的只是谢烨；我当然应该知道他在干什么，可我竟就不知道；我当然是看见了，可我竟就没看见。当弟说“别看着我”时，我竟只是问：“谢烨呢？”

记得弟松了口气，指向那条路：“那边儿草地上。”弟一定觉得我终于问出了一句该问的话，永远定格在我脑子里的是他这时的神情，这是他留给我的最后的神情了，那神情是温和的，含着瞬间的放松和洋溢着赞许的满意。这个神情让我相信，他感谢了我，我让他决绝前的努力还算有了意义，他因此得到了一些宽慰……

顺着他指的方向，像被鬼带着，我就跑走了！——我到底想没想到从此从此我就没有弟弟了呢！

不知是顾城的魔力还是谢烨的魔力，总之我一定是被魔住了，我竟就一点儿一点儿，也没有想顾城，“打了”“草地上”，极端的不祥笼罩了我，响遍我全身的声音就是——谢烨呢？谢烨怎么了？！谢烨不能出问题！

正跑间，我的心里“轰隆”一动，脚步陡地停了，看在眼里的这时才霎时进入脑袋，那么清楚，顾不上成全他还是不成全他，本能地我吓得往回就跑。

我抱他，我高声呼叫，面对那根绳子，我心都炸开了，骨肉迸溅，我拿它无可奈何！那是节铜芯塑皮绳，是从来就在那儿的晾衣绳的延伸部分，谁能知道就是这根绳子呵！

等我把绳子剪断，我和顾城一起摔在地上，我失控大叫，跟着我清楚地看见顾城的嘴唇一张又一合……上天应该是到现在还在给我机会！可弟打在我心上的坚定目光让我气馁了，我害怕对他太残酷，我也不知道该怎么做，我知道时间秒秒必争，想着谢烨不知怎么回事，我赶快跑回屋打电话去了。

我是在噩梦里，我是个鬼，我拨 111，还得想镇定，想英语，想简捷，那个女声温和得令人绝望，终于她像是听懂了，我忽然想起了儿子，儿子还在看电视，他还什么都不知道呢！我叫他继续呼救护车，就跑出去了，我大叫着跑，没有回应！

我径直地跑过弟弟，跑上小路，我跑，路上有东西，冲上几步，谢烨就蓦地在眼前了！混蛋顾城，你这是真的呀！像一锤自天砸下，我浑身都模糊一团。

谢烨伏卧在路边斜坡儿一小片草地上，脸半侧着，吸气很重，呼气发出“呵”声，她一动不动，精致翻出的衣领雪白如初，可是她听不见我叫，我大声叫，无人回应！我见她浓黑的发顶几丝上浮的发丝上有血，血！我紧急察看，血集中在右前额接触地面的地方，我捧了捧她的身体，温热沉重，我想不能搬她。我翻身回转，一眼见路上有个斧子，啊，这个混蛋，真这么浑哪！我定睛看，斧子竟是干干净净，再看，的确干干净净。



（在后来的检验里，警察排除了斧子同事件有联系）[1]

我直跑回屋里电话机边，儿子愣着，我拿话筒再拨，对方说救护车已经开出。我冲到山下去等救护车，我们的门牌在山下路口。

等；急；一秒钟都是一辈子。车到，两个医生下来，只一副担架、一副氧气，我一愣，电话里说了两个人哪！山路十倍地长起来，到了草地上，

---

[1] 1994年2月新西兰法庭结案时我在北京没能到庭，法庭结论顾城谢烨死因，谢烨为：From head injury inflicted by a person during a domestic altercation. 我3月16日返回新西兰，并没在意这个结论，或许我心下以为我最知道这件事，我都一直在问，都结论不出来，法庭隔着老远，我何以舍近求远吧。法庭结论里没有斧子也没有顾城，同警察的提交结论比较只是“by her husband”和“by a person”的不同，法庭没有同意“by her husband”，而结论为“by a person”。4月我应约去警局取回收存在那里的个人物品，包括那本顾城最后阅看的《The Road Code》和顾城四封家信（遗书）原件、顾城最后的内外衣服，还有那把他们捡走反复检验过的斧子。我当时依旧问警察可是因为这把斧子，警察说检验不出任何顾城或者谢烨的痕迹，它与本案已无关，所以交还给我。我问是何器具，警察问我是否认为顾城是肇事者，我说是；警察说那你认为还有必要追究吗？警察说我说的顾城说的他把谢烨打了，依此结论（法庭没有采纳）。我应该感谢警察的检验，不然连我都疑惑；斧被我拿回家，那是个小号旧斧，我儿子用过它，后来接着用过，砍杂草杂木玩儿，东丢西放，有时扔在那个位置应不稀奇。但是否肇事者是顾城，警察的语气听来是不愿不肯定的，我也一点儿没有以为不是顾城，但是法庭没有肯定，这么多年过去，我觉得我很感谢法庭，毕竟缺乏物证支持，只有我的口证而已。

我没第二个念头地紧急说着“别管他！先救她！她不能死！（Leave him！Please save her first！ She can’t die！）”继续领着医生跑向谢烨。

医生见了烨，听听看看，立即安慰我：“She should be right.（她会好的）”

医生将烨轻轻翻过，我刹那间看见了烨布满血渍的右脸，我不能想象烨成了这个样子，我失控地叫起来，烨的脸刚刚还是那么的明丽、快乐、充满鲜活的自信的呀！

等我静下来时，医生已给她戴上了氧气，记得医生打开医疗盒，做了一连串的什么。医生继续对我说：“She should be right！”

这时一位医生起身说去看看弟弟，我居然就说：“请赶紧救她！别浪费时间！（Please save her urgent！ Don’t waste time！）”医生的眼神有些困惑，问我：“Is she your sister？（她是你的妹妹吗？）”我说：“是！（Yes！）”医生好像懂了，说去去就来（“I’ll come back soon.”）。

一会儿医生就来了，说：“He is gone（他死了）！”说得十分冷淡。

我浑身透凉，我的弟弟就这样死了？

我心里在暗暗地凶狠狠地恨他，想着他罪有应得；又无可奈何地隐隐作痛。

——我不知扔掉了多少次笔才写到这里。一万次哭不出来地终于让我痛哭了出来。我把顾城的照片放在我的对面，让他清澈的目光一直打在我的稿纸上。弟弟，我听从了你，可我永远在地狱里了。

医生抬着谢烨，我举着输液瓶。医生已用无线电通知车转到了上面的停车场，并且告诉我直升飞机已经到了。

这真是个过于宁静的下午，停车场上竟然空空荡荡。医生把谢烨放进救护车。我心里祈祷，唯一祈祷的就是——让她好起来吧！

警车来了。警察问我，我就指了指。警察有去的，有留的。警察让我坐进车里，镜子正对着我，我看见死灰的嘴巴，死灰的脸。我想我也该死了。

那以后又有警车来。警察说我的儿子没有了，我也木然地没有反应。

一切好像非常简单，活到头儿了就十分容易，只是父母放不下，父母放不下也想不得了；警察开车帮我找儿子，直升飞机也出动了，无线电一直同车里联系，什么消息都没有。我木木然，心里还残存的一点儿活气在祈望，唯愿谢烨好起来……

我哭叫失声，一度抽搐昏厥过去，是在利斯告诉我谢烨死了的时候。我没想到她死，不能想象她死，在我的知觉里她和死连不到一起，她那么生动活跃、兴致勃勃，谢烨啊，你怎么就死了呢？我当死十个，你该活着的啊！

第一次为顾城哭出来，已是五天以后。



静下来静不下来，一直在想到底发生了什么事——

谢烨已同她的弟弟约好，她将第二天星期六的早上（先打算当日星期五的下午，也许依旧是星期五下午）坐船离岛进城，然后同小纯一起去机场接大 × 。

谢烨星期五刚过中午离开我去找安娜，是为大 × 看房子的，并且已把房子租定下来。此前她先去了《英儿》书中的陶罐老太家，也为看房子。[1]

星期日上午，警察领我去 Rocky Bay 他们的家，有大半锅（大型不锈钢锅）白萝卜炖肉和一小锅焖好未动的米饭。烨每天都在我那里和顾城和我一起吃正餐（晚餐）的。她说她一直没有做饭。这些饭只能做在星期五上午，也显然不是为她自己做的。所以她大约是打算接了大 × 就上岛，并且是要进顾城视为心肝和圣地的房子的。

烨写在星期四晚上的字中说："最好还是告诉他人 × 要来了。"大 × 飞机晚点星期六晚抵达，不然应在午后白天。

---

[1] 谢烨的弟弟小纯后来说谢烨和他说的是在城里为大×租房，并且他已租下了。我只能想是谢烨临时改变主意吧。

这些已经发生和即将发生的重大变化我都不知道。弟显然直到向谢烨要了钥匙去学车时也是不知道的。

最关键的时刻是从谢烨星期五离开我准备去陶罐老太和安娜那儿开始的。（真惊讶和不能想象她直到离开我时只字不提租房和大 × 将到的事，她绝不会是忘了说或是以为于我不重要的呵）——烨不可能没在停车场与顾城碰面，不然她没有钥匙开不了车。顾城在那里自己学着开车是说好了，等烨一起开车去 Rocky Bay 搬东西、看木耳的；可烨却是要开车去为大 × 看房子；她必定得对顾城说些什么，不然后来的情况不可能变成了她一个人开车走了。



临近三点的时候，我的儿子放学经过停车场时，看见顾城在那里看书。星期五晚九点钟警察找到他后，他是这样对警察陈述那段时间的："我转过弯时，就看见舅舅坐在白挡板上看书，我走过他时，舅舅问我：'放学啦？'我说：'哎。'等我走上步行路时，我听见后面有脚步声，我觉得是舅舅。后来我回了一下头，舅舅走在我后面十几步远。到了草地上，还有舅舅。我想：这回我和舅舅一起回家了。推门时，我回头一看，哟，没有舅舅了。我也没觉得有什么奇怪。"我想顾城这回回来大概就是为了去个厕所或什么事吧，我们的厕所在室外一二十米处。真痛惜这一次我还是没有注意到他。

大约三点四十，一位邻人中学生也放学经过停车场回家，她也看见顾城坐在白挡板上，一只手拿着合着的彩封书《The Road Code（交通规则）》，也就是他上午就在看的那本向我借的书。他们还彼此招呼了一下。

顾城去世的时间被记录为四点整。12 月 22 日，警察向我出示了顾城的遗书，一共四封，夹在他星期五在停车场上翻阅的那本《The Road Code（交通规则）》里。书被警察在察看烨的受伤现场时捡到，之后原样封存。

这四封遗书只有写在星期五下午谢烨独自开车去为大 × 看房租房之后了，在那之前他还好端端地设想安排着自那往后的一件件当做的事情呢，而那一刻霎时打断了他让他顿时面临对死的选择。

谢烨独自开走车的时候会对顾城怎样说又持以怎样的态度呢？——顾

城当时正自己练习开车那应是坐在驾驶位上的，见烨到了时自然想的就是如计划一起开车去搬东西看孩子了，烨是怎么让他下了车而自己开车走了呢？又怎么令他伤心至极以至写起了遗书呢？现在才看得更清楚，烨其实是决计不要离婚的，可以分家（当然她更可以走），但不可以离婚，不离婚不是要同顾城过下去，她要的是同大 × 一起的生活，但同时顾城无论生死都必须是她的丈夫。烨最知道顾城是不会也绝不肯起诉离婚的，受不了就死；顾城死，作为谢烨的丈夫死，这本在写《英儿》书时就规定好了的，不应反悔！从顾城死设计，只要死在大 × 到达之前，就仍可很容易地说成是死在《英儿》书的原因里，大 × 不过是万里迢迢前来看望顾城谢烨的两人共同的朋友，可惜迟到一步罢了，烨则仍还是《英儿》书里的宽容、关怀、承负了一切的雷；而死在大 × 到来之后则要麻烦许多，何况顾城还有心一本本地往下写书，还说“下一本的主角就是谢烨了”，还很有可能收回《英儿》不出了呢。顾城说死却不死，是烨时不时就要恨上心头的，那这时临到接大 × 了，烨看着顾城会冒出什么话呢？……



谢烨独自离开后，弟回了一下房子，那时他已不一样了。他后来在停车场翻读的《交通规则》当是在那时从屋里取走的，纸笔也当拿在那个时候。（我当时就在隔壁，竟就没意念过去同他说句话，连他回到房里没同谢烨走都没去意识，之后也一直没生出一下念头想他正在哪里。）

我怎么也想不出当弟准备好同烨去搬东西、看孩子的时候烨却让他下了车而独自开走为大 × 找房会给他怎样的打击和震撼，这一定是他万万想不到的，他本准备的搬东西已显示了他足够的容忍谦让了，可现在东西也不能搬了，看孩子是他每天都去的，可现在烨却独自走了，他为大 × 来紧张，烨还是他的妻子，还没有和他离婚呵，可大 × 竟比他的紧张来到得更快，让他连东西都来不及搬，看孩子也只好推后而且很可能难有下一次了；顾城给妈妈的遗书劈头就是“今天我过不得了，烨要跟别人走，木尔我也得不到”，给我的遗书上写“我是受不了了，他们得寸进尺”，就是这种心情的反映吧；他怎么忽然“今天”就“过不得了”呢？这里的“烨要跟别人走”相信是指突发的大 × 到来和烨将马上进城去接，烨让他知道了，并且恐怕采用的是令顾城极为受伤的态度；顾城显然觉得自己一直在让的，让到最后的空间也不许他守住，他便“受不了了”，说“他们得寸进尺”。

顾城并没有立即决定死，他回屋拿了《交通规则》和笔纸，又回到停车场，准备在那里等谢烨回来然后去看孩子，他恐怕担心他不等在那里，谢烨就不回来了，或者他当然是想尽早再见到她，也尽快去看孩子。他想继续看看书和写封家信。死的念头是在给父母写信时确定的。他写给“爸妈姐”的遗书，看得出来，开始只是写给父母的家信，写了两段，他划一横线，这一横线是他为自己画下的生死线，此时他觉到还是得死了，“爸妈”后的“姐”字当是在这时补上的，横线以下他正式作为遗书写了，最后他签下自己完整的名字，还特意签下他在西方社会中使用的拼音名字。



顾城写四封遗书的先后顺序我已只能凭推想，警察打开已被封存了两个半月的《交通规则》时，一眼就能看见书里夹着纸页，警察翻开交给我时哪页字在上已经完全想不起了，而且想得起也不能因此确定顾城写时的顺序。我想第一封是他作为正规遗书写给“爸妈姐”的，写下之后，想到再给妈妈专门说几句话是自然的，继后再交代我一下，最后留下几句话给孩子；这是我感受的顺序。

写遗书时，我相信他的心目中谢烨是留世的。他对我说：“有人问，你就说，我是爱三木的”——就是在这样心境下的口气。对妈妈说：“好好的，为了我最后的想念”；对儿子说：“别怪你爸爸，他爱你、你妈妈，他不能没有这个家再活下去。”“我只有死了，愿你别太像我”——都在这样的心境之下。

只有谢烨在世，他专门讲房子遗产给孩子才有意义也才是重要的，如果没有了谢烨，房子等等是不用说就全部归属木耳的，这点他从来就清楚。同样，只有谢烨在世，他才有必要说他的稿子照片由我保管、清理，没有谢烨，那是自然由我做了。尽管他没有给烨写字，他这些话却相当程度上是特别说给烨听的，就像那个星期四晚上，对我说话却更像是对烨说那样。他要让烨知道：你们是得寸进尺，我是受不了了，尽管最终还是如了你们的愿，但是我要告诉你，房子不是你的，我的稿子照片不是你的。房子、稿子，是他在想到大 × 也许很快会来时，除了孩子最为惦念的了，房子不能搬此时稿子极可能也搬不了了，于是他要特别声明一下，其实这是对烨的声明。

孩子他知道必是跟随谢烨了，我相信他也绝不想改变这点，所以他没有安排抚养人；不然他是一定要安排的。但是他要对孩子诉说一下他自己，说明不是他是妈妈拆了这个家，跟了别人，让孩子在有妈妈的时候还知道他有一个爱他的不是不好的父亲。他说到钱时，几处也都是同时说给烨听的：稿费等“寄北京的给老妈妈养老”“书中现金老顾乡用于办后事”、他“的现金都归”我“有四千元马克新币”；让“我”办后事烨在才必须说，用什么钱并不值得嘱咐；四千马克烨当日说带给了他却还没有交给他，唯烨在才须说，不然从何说起呀；“钱寄北京的…”也一样，不是给烨听，难道他会担心钱寄到妈妈手里的还会不是妈妈的吗？他留这些吩咐时不提烨，也为防止这些事上的摩擦，他还特别提醒“小事都别算了”。房子他一再阐明归属孩子的时候，对我还说了“也可卖掉”，其实我想他更愿意卖掉，因为孩子还小，那么使用这个房子的很可能照样是烨和大 ×，同日上午他想着离婚时就同我讨论了房子是否卖掉，那时说卖，还是弟自己卖自己的房，遗书中让我卖房当然行不通，所以他强调房子归属孩子，对我说上一句卖，同说归给孩子一样，都不过是为了向烨宣示一下他的抗议心情而已。

遗书夹在书里，书在烨身边两步处捡到。我想弟写的时候就想到了一会儿见到谢烨要给她看，也必是有话等着对谢烨说的。他写遗书给父母，也是因为他感到再不会见面了，最后说一点话而已吧；写给我也是差不多的情形，他会是准备等烨回来直接再开走看孩子的，也许就再不见我了，而且临终的话怎么说得出口，所以他写下来，而且他会想到留个凭据的。对孩子则更是要写下来了，因为孩子听不懂一点儿中文，即使听得懂也是不能对他说的。而谢烨他还要再见，话全可以直接说，之后还应一起去看孩子，会有什么样的情形变化，他就算不敢抱任何期望也还是不会一丝期望不拖吧，我想他还是打算真到临终的时候要给烨留下字的。

他对我说“我是受不了了”，我读就感到在烨的压力下，他是硬撑着活的，而一步又进一步的压力——“他们得寸进尺”，让他终于“受不了了”；烨一向相当自信能把握顾城生死，看来是不错的，此时顾城真就再撑不下去了，他一直撑着，除了因为对自己的死的珍视，要死一个明白洁净，主要就是为父母想了；此时他只好令我“要撑得住”。

在烨开车走之前，弟显然做了希望缓和希望可以让自己不死的极大努力，在给儿子的信上他说：“你爸爸想和你妈妈和你住在那，但你妈妈拒绝。”此时大 × 到来在即，离婚当然来不及了，但是谢烨就要去接大 ×，然后他的房子就再不是他的而是大 × 和烨的了，可烨依旧是他的妻子呵！万般紧急之下，顾城显然决心，那不如他就住回去，再同烨一起领出孩子，他就和烨和孩子一起又在他的房子里住了，大 × 来就来吧，那就是他们的客了。他希望谢烨这次能答应，尽管他是要忍着疼才能住进去的，但是这个家不仅可以让他抵住死，那还是他这一个长时期以来（“悔过回头”以来）的最高愿望呵。谢烨拒绝，拒绝是不会令顾城意外的，我想谢烨的拒绝态度还一定非常犀利，顾城居然想要不死？谢烨会拿出怎样一种蔑视的口气呵。

顾城写遗书时，还设想着“最后一次”见孩子，并且为之流下了眼泪。可是事情竟突发在这最后一见之前，必定是又发生了什么更加严酷的意外。——只要能去看孩子，顾城不可能那时出事。

两天后安娜见到我时说，她真是不明白呵，她带谢烨去看房时，谢烨说她是很爱顾城的呵，谢烨说她心里很烦。这给了我一个震动，到了谢烨对一个并不熟悉的她绝不以为会懂她的安娜说爱顾城和心里很烦的时候，她的心情该是到了怎样一个极致呵！谢烨对我说了那么多的顾城，但是从来也没有对我用“爱顾城”表述过，我相信她对任何人也不会有过，这也是为什么我听到她说她“真的挺爱”大 × 时印象深刻的一个原因；回想烨最后一次离开我之前连续地情绪甚至有些激动地讲的差不多全是 × 英，真不能想象她正将奔赴一个重大使命，对付正等她的顾城和去给大 × 租房……

现在我将事情联系起来体会当时的谢烨，她是不是下意识里忽地痛恨起了这个已迫到了眼前的时刻呢？这个时刻于她竟是如此地不得已又如此地不能没有，如此地令人痛快又让人痛心，令人向往又让人含恨哪！是什么弄她到了这个境地，不就是 × 英吗？可恨顾城多么不争气，最终写“英儿”还留着大情呵！她不能对我讲将发生的事情，便不停地讲起 × 英来，她的骄傲让她不能在任何情形下开口承认 × 英导致了她怎样的苦难，她只能以一贯的居高临下甚至是置身度外的口气描述 × 英，这时的描述或许会让她获得一点解脱，那就是告诉我也告诉她自己，无论发生什么都是因为 × 英！顾城因为 × 英而该死；她因为 × 英而有权要顾城死；顾城死怪不了她，其实全因为 × 英呵！可恨顾城死也不悟，死也不知 × 英伤了她什么，那是她的纯净，她所最为珍爱的完好的生活和情意呵……她对安娜的表达也许是最少掩饰的，她这时不是要安娜懂，而只是因为心情冲突混乱到了一个不说些什么不行的程度。她或许真的感到了自己很爱顾城，而顾城是不是已经在死了？她的“烦”在她离开我时真是一点儿也还看不见的呀。（当然，安娜的描述如果不准确，那这一段只有先不去多想了。）当烨办妥事情，看顾城还活活地等在停车场，她顿时的反应是什么呢？是对顾城的失望？愤怒？厌恨？反正一定不是在安娜那里说起的“爱”；而顾城是在期盼去看孩子或许还能搬些他的东西出来的[1]，当然还期盼同烨说话，因为此时他遗书都写好了；谢烨肯定不肯开车同他去看孩子，甚至会愤怒他怎么还是不死，……到底发生了什么，我的脑子里不断地排出一个个的情形，可是看得清清楚楚的，怕只有上天了……

弟最怕的，不是烨的离开，他最怕的是——“谢烨，你不该也是不好的吧？你是我的天空、阳光、雨露、大地，是我活和死的道理呵；你放我



[1] 顾城和谢烨的房子（他们1988年7月以来的家）和孩子暂居的玻格家都在Rocky Bay，相距快速步行5分钟吧，车行当在一分钟以内，所以“看孩子”会同时想着自家里“搬些他的东西”；顾城目前所在（即我的住处）距离以上两处车行10至12分钟的样子，快速步行须差不多一小时吧。

一把，我就可以不死，为什么你就要逼我这一步呢！”

他不会“杀”，更不会“藏在背后”，那是一个面对面的时刻，我不能想象那一刻，无论如何，谢烨总归倒在了他的面前，所以我才恨他，恨得没让救他——不过我未必做错，因为即使救他过来他还得去死，他死在不知烨噩耗的时候是他的幸事——我恨得没有为他哭，在送他去火化时都没有眼泪。很多天里，我心疼的弟弟是一个小弟弟——是他那么小的时候，为了不让人说他“不行”，面对我和我的同学，吞下了一个又一个石子；是他诉说他的愿望，那个神情让你的心走向天堂……

谢烨竟就去了。第一次见她，她梳着一只长辫；第二次见她，她梳着两只短辫。她会严肃也会笑，她像云朵像太阳一样，让我快乐也让我惭愧。可是现在她死了，我的弟弟让她的额头流出了血。她不能讲述那个时刻像她给我讲述过无数个时刻那样，到底发生了什么，我只有永生永世去问。她死于右额角唯一一个伤口，那个伤口经过清洗不仔细看就看不出来，烨的生命很快跟着这个伤口去了，这个伤口不会愈合，它静止在了生命停止的那个时刻，可是它竟是那样地隐隐不清。我不能问上天不让我知道的事情，可是你们毕竟是我至爱的亲人哪。

为此我痛恨我自己，我眼睁睁地就让你们死在了我的眼前。上天让我扮了一个什么角色啊！

顾乡写于 1994 年 2 月北京<br>
（1994 年 6、7、8 月号香港《九十年代》省略编辑连载；<br>
1994 年 7 月号《北京文学》省略改题刊载）<br>
1994 年 6 至 7 月补校于新西兰岛上<br>
（惜错过 1994 年 10 月出版的单行本《我面对的顾城最后十四天》）<br>
2005 年初上网“顾城之城”时再校<br>
2010 年 12 月至次年 1 月出版本书时加注<br>
2016 年 8 月搁置多年后发排时再校同时补加个别注

## 尾注一



1993年12月17日早上接到伊丽莎白（老玛丽）电话说李英已回到岛上，状态非常不好，问我可否10点去见她，我有万箭穿心感，想着那时想要和李英通个电话都被严词冷拒，此时何以专门打电话叫我去见她真人！早如此多好！如时到了老头家，说李英在楼上，正生病卧床，须等等，只见伊和老头上上下下，大概过了二十分钟左右说可以了。李英着短袖衫盖着毯子，后来她说热曾踢开毯子，见其着牛仔短裤，让我觉得是起身以后不适临时卧床的。床边放着水。伊和老头问寒问暖，毯子一忽加一条一忽减一条。李英用英文招呼我，并且让伊和老头都走。老头跪在床边，手扶床沿，非常倾心的样子，不愿离开，最后只好连连说 poor me（我可怜）之类走下楼去了（后来隔阵儿他还会来一下）。之后绝大多时李英一直貌似对着顾城说话，三个多小时不断，因为我约好两点见律师，一点四十时只好走了。我为她的表现及言辞迷惑、震撼和感动（必须承认我真的是感动了），不禁就想记下来，记下来也为慢慢想这件事呵；没有时间，断续记，应是基本记了下来？（英文部分记下的甚少）最近翻出记录，又个恍若隔世。这个与顾城谢烨通了三年多信终于用顾城谢烨卖鸡蛋的钱来到新西兰（国外）的李英，这个引发顾城谢烨剧烈冲突并且导致了《英儿》问世的李英，就让她作为尾注吧。

老头和伊离开后李英继续用英文说话，对我更多则对着她眼前的虚空；我英文迟钝，记下的不多，她说：Gu Cheng is here. He likes you here, then he can talk to me. I see Gu Cheng loves you so much, Xie Ye loves you so much. They want you here and then they can speak to me. What？ You just speak Chinese？ You too stupid! Still can't understand, I think at your world, do not need Chinese，ok, I speak Chinese now.（顾城在这儿，他喜欢你在这儿，这样他可以跟我说话。我知道顾城很爱你，谢烨很爱你，他们想让你在这儿，之后他们可以对我讲话。什么？你只说中文？你太傻了，还是不懂，我想在你那个世界，不需要中文。好吧，我现在说中文吧——李英这里的“你”或“You”时而是顾城，时而是我；是顾城或谢烨时她是面向虚空的，是我时，当然就转脸向我了。以下通篇如此，读时只好请自行感受和判断了）

“真冷。”李英将毯子向上拉说：“靠着你尽是寒气。

“你混蛋！你真混！你干吗拉着谢烨？你让谢烨为你挡着世界，让咱们说话，每个人有每个人的事做，这不公平！什么？没什么公平不公平？你真混！

“谢烨，你干吗老帮着他？你不爱他还帮着他！他死就让他死，他是活不成的人，变着方儿地去死，我跟他是一个人，一样的也是想方设法去死，应该我们去死的，不该拉上你。你还帮他写书，他都该死了，还让他写书？我就是知道，就是知道，你想要那个书，那你就要吧，对他没用，对我也没用。

“去！让我和谢烨再聊会儿，我们聊得正好呢。你在边上坐着？（对我笑）他说他像女孩儿那样在边上坐着。

“是，你开始就生错了，要不然我们都是朋友，可你成个男的了，我就爱你了，就妒忌。那是身体的事，身体是这个世界的，你老把两个世界混在一起说。

“不是脑子出来的！是身体上的，哪哪都妒忌，没辙。不是概念的，我也想过我是概念的，想不概念，别小心眼儿，别尖儿，别苛刻，可那不是脑子里来的，身体哪儿都疼！不行。

“你知道我多爱你吗？现在你知道了，晚了？不晚，没什么晚的。

“你现在要我？不……

“你那么要我，我那么要你……

“为了大家都活我才走的，本该死的，活的欲望太强。

“那时在北京，我就是要来，就是，什么也挡不住我！……我当初不该来？我是不该来。可那时一定要来，一定要来看见你，要不就已经死在北京了，我一定要来，谁也拦不住！别光怪我，要不是你那么想，我也许就不会来了，就死掉了。我看你的信，你说的话就是我说的话，我来我就是想的来跟你说话，来看你，就是什么都不知道，不需要知道。命让我们撞在一起的，命是让我们在一起说话的，我们说话的时候就在一种光亮里。后来那就不行了，就妒忌了，是，我就那么给你，你就那么给我，我想教你……

“记得我第一次亲你，你浑身发抖，我觉得你可怜极了，都三十好几了；我说谢烨没有这样亲过你吗？谢烨你没有亲过他吗？（笑）谢烨你太高傲了。顾城是怪可怜的，我那时真是可怜了他。他打石头都是你逼出来的是吧？（笑）你当然当然什么也没逼过他，是他该着（zháo）。（对我）谢烨说她看不上这事儿，那会儿顾城害怕自己的身体，每天早上一醒就冲上山去打石头，累酥了才下来。没人贬低你打石头顾城！（笑）那天跟你搬石头，我搬不动，你说小姐，那没劲儿就是没有，和你搬不就是了？我知道你特高兴，知道知道，和你拉碎石头，那回把你给美的！我说你就是这么表达爱情的呀！反正是爱了，把你这个大主教放在活生生的爱里了，你激动得颤抖起来，英儿心疼极了……怜悯和爱，无限的怜悯和爱……

“后来你就走了，你真的就走了，你怎么一下就走了呢？那天，码头，现在这个码头 so fanny，stupid！难看死了，likes potato.（对我）你没去送呵。（复原）车开到了你就说快卸行李！快卸行李！顾城，记得吧？你还抱了抱我，（对我）他从来也没当着谢烨抱我，谢烨就说：‘这年头儿全开放了！’顾城不好意思极了。我上了车就往回开，死死地握着方向盘，开到 Oneroa 停下来，喝了杯茶，定定神儿，才又开，后来我就开到 Rocky Bay 去了。那个房子那么空，那么亮，我就哭哇……后来怎么了？后来跟着‘______’就来了，恨死‘______’了！我真不该帮他。那时候是可怜，他真可怜，拿了两瓶酒，喝喝就摔那儿了，一直说：‘谢烨你真狠心，真狠心，真狠心……’还说一百个为什么，写给了谢烨一百个为什么。还对我说：‘谢烨走了，你不能不跟我说话……’我真不该帮他，恨死他了，我一点儿时间都没有了，他什么也不是，没有灵魂。



“第一次到这岛上来是找你的，这次来还是找你的，我多爱你你知道吗？我的心放在你那儿拿不走的，你让我别死，可我的心到你那去了，我是想拿走，可是拿不走。你就是光看事儿了，你真傻，你老是看事儿，看不见心。你说别死，别死，别死，（对我）他现在说让我别死，让我好好的。我还怎么好？我的心成灰儿了，心到你那儿去了，你帮我？（笑）你在那儿帮不了我。（对我）他说让你帮我 get out this stage. 这是我自己的事，谁也帮不了我。嗯？你等着我吧，我还有几件事做，什么事？嗯，头件事是回到这个岛上来，然后我还得回家一趟，看看我父母，我爱他们。你不是也回去看了你父母吗？是，你去看我父母了，怎么样？挺庸俗的？不像我父母？（笑）父母就是父母，那投胎的时候选上了是有道理的。我爱他们，怎么他们也养了我一辈子了。（笑）对，我就是会写信，我要让他们开心，能写一点儿是一点儿，能写一天写一天……

“写书？有你的那本儿还不够了？（陷入迷乱，咕噜，许多字音不清：……）你向谢烨忏悔，你真逗，我一走，你就忏悔，谢烨你就帮他欺负我，你报复，出卖，那都是我的……你想给烧了？我知道了，知道了，你在那儿烧不了了；我帮你烧？我怎么帮？老顾乡帮，老顾乡说她也没办法烧……算了，我不在乎，真的，没事儿，真的没事儿，跟我没关系，跟报刊有关系，我不买报不看！……一年半，五百天吧，你给卖了，你不用烧，真的，我不在意，你别神经，别神经！这世界上的事儿跟我没关系。

“三月我在悉尼，悉尼一点儿也不好，热极了，到处都是车，有海，可是不像这个岛这样的，真的想死的，我真该那时就死了，死了也不告诉你！就是那墙你知道吗？这边是水，那边是海，跳下去就完了，我就在上面走。我画了好多画儿，给老顾乡看看？没拿来，那么老大怎么拿？（喊伊，让她拿相册，老头也上来，找，李英说放下窗帘，太亮了，伊赶紧去给放下。李英说别是忘了带了，老头继续找，李英说就是这个，很高兴的样子，普通六吋相册，她一翻，好像就是第一页的照片，贴在一扇门内侧的一幅画，说是她画的，我惊讶之至，因为她本是一点儿绘画常识也没有的呵，我必须承认画得非常好，一种很特别的粗线条画，我有得顾城什么灵犀的惊讶和些微的不适感。她说她想死的时候忽然想画画儿，就去买了那种粗水笔和 A2 的大纸，每条线好像自己在纸上长，此言又似顾城的，她于是就嗯，这条线这么画，这条线这么画，画儿就出来了，她说她画的是她和谢烨，画题是“姐妹易嫁”，我心下一惊；她说“我也不知道干吗把谢烨画成这样儿”，我一看实在没法想象，真正就像是医生到达后看到的谢烨，血自右额流过右侧面部，我就对李英说了。我迷惑着应该说又次被她征服了）

“我还写了首诗：……（这个我很快就记不起了，应该说当时也没完全听准字词吧，只记得第一句是：到那边去以后）

“为什么不告诉她？怎么告诉她，告诉她我不就得走不了了吗？什么就都做不成了。我想就把谢烨还给你了，把你还给谢烨了，我也搞不清，我想都是谢烨的事儿了，有谢烨在你不老是好好的吗？我老小性儿，你老神经，谢烨老能让你好好的……

（说了很多迷糊的爱的话：“爱你，真的，爱，你，爱……”）

“谢烨你干吗不告诉他？我是听你的话走的，你都知道；顾城，别神经，别！是我自己要走的，我还给你写了日记，告诉你我为什么要走。不信你问老顾乡，我没给她看，可是告诉她了。我想给你留下，可是那个‘______’在那儿，真恨死他了……

“其实我电话筒都拿起来了，一拨就行了，但是我就不打……

“我真狠，就是不说一句话，你也真狠，你为什么不说一声呢？你真狠，你只要说一声，你最后只要说一句，你要是说谢烨有男朋友了，我就回来了。我都不信，谢烨会爱那个大 × 吗？她肯定是不会离开你的。

“谢烨，你干吗老帮他！（笑，对我）她说她也不知道，她也不知道为什么要帮他，就是老得帮他。

“谢烨，就是因为你太好了，你干吗那么好？就是因为你太好了……

“John（即老头，后来李英书中写为：约翰）不是坏人，你知道他不是，他就是不知道怎么当好人，他自作聪明说和我去了沙特阿拉伯，他就是想帮我，他帮了倒忙。（此时我问她了一些话）我没有说我要回岛！John 怎么说的我不知道，我一人在悉尼墙上走，后来我画画儿……（老头此时上来，大概是因为李英提到了他的名字？问要是能允许他帮助做点儿什么将非常感激，伊也来了，嘘寒问暖，李英让再掀掉一条毯子，老头满脸幸福和感激地小心地掀，像陶醉其中。李英对老头说：Gu Cheng doesn't hate you now. He knows you give me lots help. 老头说：Nice to be need…… 李英说她还在和顾城说话，她还没说完。老头说可否让他待在旁边，他会很安静的。李英说：I love you，you are wonderful. 老头说：I love you too，I love you very much. 此间他一直跪着欠身床前。李英说：I love you but you're not nesserely here. 老头不甘心，还想争取。李英说：If you really love me，then you better leave me a while. 老头有些沮丧，从地上直起，慢慢爬到门外楼梯边上，叨叨着：Poor John……）



"（我说老头三月上岛时说了什么）我不知道他怎么跟你说的，我跟他说的和跟你说的一样。（对虚空）顾城你就信？你怎么什么都信呢？你真就不认识我了吗？谢烨你全知道呵，John 是吹牛，是不懂，你也跟他说吃草呵，你中毒了呵，John 还抱着你说 Poor Xie Ye！伊丽莎白还给咱们拍了照片。John 记着的好多事都是我们以前一起跟他说的，John 那时候听着是艺术，后来一想，就成人权了，他不懂……你管不了顾城？谢烨你怎么管不了顾城了？（对我）谢烨说她管不了顾城。"

"真热！（双手紧紧攥着毯子，腿踢起来，手脚一起掀掉毯子）顾乡你攥住我。（我手忙脚乱了一阵，伊和老头又来了，伊帮我抓住她的胳膊和手腕，伊然后给她按摩。老头好像要去按住李英的脚，说了什么，后来想大概是说：My hands are right now？李英松下来喘口气说：I'm fine now，I'm fine. Thank you. 我问是不是发烧呵？伊说不发烧，她就是被顾城吓的。李英说：John，I'll call you when I need. 两人面面相觑，还是走了。）

"顾城，你把我看成那个蓝蓝的幻影了，现在才知道现世是一片多么大的烟尘，我们没说过一句话，你说过吗？现在我们总算开始说了……

"如果你就真的是一个幻影多好，我就是那个蓝蓝的幻象多好，那样就不会这么孤独这么伤心了，打水漂的时候真的就像找到了自己的声音，每一句话都是从自己出来的，我就信了命定前世。

"（笑）那回你看我的石头在水上跳，你就也扔石头，咚！就掉水底下了，你就再扔，你说你在蓬莱海上扔跳得好极了，我说吹吧你？你就气死了，没气没气，你高兴着呢，反正你的石头全都咚，一下就掉水里头去了。认命吧你。

“你们尽可以劝告，鱼在沙滩上晒太阳，鸟在水底睡觉……（笑）你看，我还记得你这句诗，你念这个诗的神态，哎，就是这个神态，鸟在水底睡觉，那天早晨是在陈维明、二幼家，窗外都是车声，我好像是去移民局办延签，人多极了，我心里嘀咕，‘你们’里有我吗？我真想你不是人呢……

“（笑）你还记得偷桃儿呢！最胆大的就是谢烨，最胆小的就是你，你那个吓破胆又假装镇定的样子，从那个破洞钻进去，恍恍惚惚，看你那么紧张我就笑了，人家谢烨大大方方地摘，你就会说够了够了，我本来以为你觉得好玩儿才钻进去的呢，谁知你是真的嘴馋呵，还让我吃，笑死了……

“林黛玉死了，贾宝玉是投胎的，以前多好，可偏偏生了下来，真没法儿把活这事儿当真，你那儿好吗？（对我）他说挺好的，那儿没有什么好不好，就挺好的。（说起孩子，我真被李英越来越震慑住了，我说问问他们孩子怎么办？玻格不给，跟小纯闹得更僵……）谢烨让你告诉小纯，Sam 就放玻格那儿，她也熟了。她说她跟小纯说话他听不见。（我说可是小纯要有孩子的抚养权就可以居留了吧，我已经支持他申请了，然后我可以帮着他照顾……）你帮着小纯？谢烨说那也好，那是很好，小纯就可以居留了。（我说可是玻格不干哪！见孩子都难……）顾乡说玻格不干，不让 Sam 见，那怎么办？她说你问 God 吧，God could help you. 顾城说都可以，要和玻格搞好关系。

“我跟顾乡好，我们好着呢，那会儿我们包春卷儿说了好多话，老顾乡说你可能还不懂呢，你就是不懂。

“其实我什么也不需要，只是在水边儿在那种声音里就迷路了，我一点儿也不热爱生活，生活仅仅是我的命安歇的一块空白，我的心只对着我的命，我记得所有的心事，我真的不知道我怎么才能不刻薄……

“你离不开谢烨，我那会儿说咱们走，你不说话。

“可是你跟谢烨走了，你还是跟谢烨走了……是，我也劝你走，你不知道吧？是谢烨让我劝你的，（笑）我听谢烨的，就不听你的。别怪谢烨！你知道她被活埋了吗？她得喘口气，她要做什么都是应该的。她不说‘妒忌’，她不说，也许她不愿说，因为这个词不好；可是她心里疼你知道吗？她一定疼，她都不知疼在哪里了……

“什么？我这样说你满意？见你的鬼，你满意了！我从来关心谢烨，因为谢烨比你好多了！你更满意了？关你什么事呵？两朵花在风中接近？我们就是接近，你刮风也没用（笑）……

“你干吗老让谢烨挡着你呵？你怕世界是吧顾城，怕什么呀？咱们两人可以一起把生活弄起来的！是呵是呵，你不怕不怕，是你不想离开谢烨，那你怎么能说我刻薄呢？怎么能让谢烨不心疼呢？谢烨没有爱过你知道吗？

“也许生活就是一出戏，不能太认真，可我认了你是我的命的呵，也许不是？你是那个命显现的一场戏而已？

“你说我演戏？是，我一直在演，一会儿演演这个，一会演演那个，都不对。

“我自作聪明，老想左右一下；但还是左右了一点点。我错在没认命。你是我的命，我就该死在你这儿，现在死都晚了。

“那会儿知道有了Sam，那个哭哇，真怪，哭得要死；真的伤心，看你信说谢烨怀孕了，怎么会呢？顾城怎么会呢？

“顾城顾城，我是叫着这个名字来的，又叫着这个名字走开的，要是你在另外一个地方多好，现在好了……



“我还要跟你说话，我有好多话要说呢，（笑）那回开会是吗？我说这会太没意思了，咱们走吧，你说咱们出去玩儿，我走前头你走后头，我说这叫什么会！吵吵嚷嚷，也不知吵什么，你说你知道这叫什么，叫蛐蛐笼。（笑）真的像，吵吵吵吵。后来咱们干什么去了？哎，就是偷桃子去了。那桃儿真甜，我从来也没吃过那么绿的桃儿会那么甜。真怪啦，后来你就想把衬衫脱下来装桃子，谢烨给你使了个眼色，你就不敢动了。后来也不知用谁的帽子兜了一兜桃子。你开始吓得要死，不让摘，越摘越多，你就要都带走，那么贪。后来，对了，咱们吃饭去了，我爱吃苦瓜，那么一桌苦瓜都让我吃了，开心死了。我和别人跳舞来着，你气死了，你真的不懂，你傻死了，尽看的是事儿。

“文昕怎么会编出那么可怕凶恶的故事呢？你怎么就信呢？怎么就真能把英儿和那个人想到一块儿呢？英儿命里信了的顾城，居然你一点儿也不知道英儿吗？随随便便你就信了那些故事？（大笑，哭。老头上来，伊也上来）I love you John！ 顾城，我告诉你，John是好人，他也很能干，我们的旅游公司运转得好着呢！ John真心帮助英儿，英儿能活到今天就靠John了，你疯吧疯吧！顾乡，你跟谢烨说，英儿即使伤透了心，英儿没说过雷一句半句的不是吧？英儿是五体投地地爱了雷的吧？英儿尖儿，英儿嘴狠，可英儿尽了可能帮了她的吧？谢烨，我知道你恨我，你不恨我是奇怪的，可是你恨我，起码你露出一丝痕迹来呀！顾乡，你在北京第一次看见的那个女孩儿，那个叫了英儿的女孩儿，她心里的梦想那么多，在那个英儿的心里顾城几乎是和上帝一样的，英儿没想别的，英儿只要听顾城的声音就够了，好像是主教在教堂里布道，那种声音让英儿放弃了一切去听去听，那时顾城的每一封来信，那些有空气和太阳的来信，我都是流着泪读的，升起心中的快活……”（其间老头和伊对她显出极度的关切，小心翼翼地呵护着，一忽攥她手腕，一忽抬她的头，老头还念念有词，我稍注意听了下，大概是：My hands are not monster now，my hands come fine now 一类，觉得挺怪，后来才知道怎回事。一忽李英说：Your hands are still not so right，John. 老头就停了，一副可怜巴巴的样子。伊继续非常专注的样子给她一处处按摩。老头问她吃些什么，然后端上些吃的。然后李英又示意他们走了）

“（笑）不过顾城在墙上画那个‘龙本来是一个美人’，谢烨也够气的。（我愣了愣，说了可是好像在书里说那是画你的。我当时真是相当程度上被她镇住了，就这么老实地说了。那是我在他们寄我的《英儿》片段中读到的，当时有异样感，不便问，也没问，我并不知那画原委，至今不知。李英听了愣了，然后面生愠色）好吧，就都往我身上栽吧！顾城，你就忏悔吧，英儿什么都可以让你卖！让你去忏悔！我没什么忏悔的，我不忏悔……你忏悔你捉走我呀！捉我去祭谢烨呀……（老头和伊又上来了，一片忙乱，我不知怎样安慰她）

“我是沿着声音找到你的，我本来不认识你，我只知道有个叫顾城的，昌平会上你的声音，让我一下知道了我为什么在这个世上流浪……我们在水边说话，那种声音安静极了，从此我信了前世，我们是在那儿认识的，我到这个世上来，只是为了和你再一次相遇……后来我们相认了，信了这个梦，可后来究竟是错在哪了呢？……”

眼看已是午后一点四十时，与律师预约时间两点不能迟，老头和伊还在忙活和忧心忡忡，我告别，别时李英说了什么过后没有记录下来，此时早忘了。我惶然莫名，觉得丧失了判断力，心中为一件件事遗憾着，悔恨着，当然疑问并没有完全消除。

那次见律师是因为想到了顾城谢烨离婚的事，岛上只有两个律师所，我都打电话问了，让他们查查谢烨是否预约过时间。律师所不能贸然回答，让我约时前往。我同时也问了离婚手续，两处回答基本一样，都说如果双方无争议，则非常简单，可预先拟好协约书去律师所双方签字，也可在律师所口头协约由律师当场拟写双方肯定后签字，前者交二百元，后者加上律师的用时费，然后便生效了，双方三个月无一方异议，便皆可算作完全单身，有资格再度结婚。电话中还知道凡上班时间电话总是通的，总是有人接听和回答问题的，总是可以预约面见律师的，预约当天都有可能，也可登门预约，甚至碰好了当时就可见律师。我那天按时到达，没有谢烨的电话记录更没有预约，另家约在三点半，有自 3726727（顾城谢烨 Rocky bay 家的电话号码）10 月 5 日上午 9 点拨打的一个咨询离婚手续的电话，留名 Xie，没有预约见面。这让我极不是滋味，因为谢烨一直说律师没时间或者联系不上的。我只能是后悔那几天我太胆小怕事，太事不关己了，不然我也可以打一个电话的呵。

应是在 12 月 19 至 22 日之间的一个下午，时间近三点，我如约再去老头的房子见李英。李英独自在厅室一隅画画儿制卡，当说画得仍旧很好，但有了雕琢感。她说 10 月 9 日星期六早晨，她似醒非醒，顾城来了，背对着她看她贴在门上的她画的《姐妹易嫁》，说：嗯，这画儿画得真好。就看个没完。她说绝对不是梦，一天她都昏昏沉沉，顾城像一片挥之不去的白色空气一样。到了晚上老头让她坐好，就告诉了她顾城谢烨的事。她全傻了，后几天没有记忆。



老头回新西兰了几天，她说她一睡觉就觉得被看着，就叫老头的女儿陪她，结果老头的女儿也说有谁在看我们，还说看见那个人了，还指给她看。李英说有个白的飘动的虚影在那儿。连续三夜之后，老头的女儿请了她的一个学中医的朋友来，是个三十来岁的洋人女性，那人定了定神，说是因为门上的那幅画儿，顾城太喜欢这幅画儿了。李英说就是她的那幅《姐妹易嫁》，说那人不认中文，也根本不懂这画儿，可是她竟然这样说。于是老头的女儿将画儿卷起放到了阳台上。晚上就没事了。可是那个洋中医晚上睡不着了，说顾城找她去了，问她干吗叫人把画儿收起来。李英说那洋中医没敢告诉她和老头的女儿，打了个电话告诉了老头。李英说还有一个洋人女孩儿也是她的朋友，对她说：You don’t need care about him，because he just care himself（你不用管他，因为他只管自己）。于是她开车回去的路上忽然浑身乏力，好像被什么魇住了，她觉得是顾城，她说顾城跟她说中文，但是她明白是不满她说给李英的话。

李英说她 12 月 16 日回岛在奥克兰码头本不想乘那班船走，可是船过来时一片眩蒙，与钟楼一起似乎形成了一个巨大的引力和推力，背后奥克兰已封死，由不得她不上船。到了船上昏眩无力，看着窗上的雨忽然意识到她第一次上岛坐的就是这个座位。从船上下来，一看码头变了，变成个水泥的了，原来的老码头给冷落到一边去了。到了家（即老头的房子）便昏睡，觉得顾城卡住了她的脖子，她就说：走开！我不用你杀，我自己来！我还有好多事呢，我还得去看看我妈呢。老头帮着她，不行，老头拿不走顾城，顾城更不松开了，她就让老头叫伊丽莎白（即：老玛丽）来。伊一碰顾城，顾城没办法就只好松开了，伊不走，顾城就近不得她，只好在一旁瞪着她。老头把手放她肩上，她立即觉得顾城掐他，她偏头看是老头，她跟老头说，顾城的仇恨附在他手里了。老头就不能碰她了。

李英说：“到了晚上，顾城说，让顾乡来，这样他可以听听我说话。到了第二天早上，还是这样。后来你就来了。”

我这才知道伊丽莎白（老玛丽）给我打电话时的情形；也才明白为什么老头那天那么殷勤，却多是伊丽莎白给她按摩。我说那天你说了好多话呵。她说她说的什么她都不知道，现在全都想不起了。

12月26日晚李英打电话说想见顾城____。她说她要爱一个人真太不容易了，真真也就顾城这一次了，第一次这么入心。她说：“大概没谁能知道我多爱顾城，大概也就 John 知道了。”我心里很别扭，我说哪儿呵，John 说的完全相反！她说他知道，不信我现在可以问他，她可以让 John 来对我说，“离开顾城，我是怎么死去活来的，只有 John 知道。”说着声音成了哭音。我真有些气不打一处来，可也就算了，我实在听不得老头说，早他都说什么来着！现在再说什么也没意思了。我说你和刘湛秋怎么回事呵？我都不信。她说：“刘湛秋？老是刘湛秋，刘湛秋和我有什么相干？顾城这点真混，真不明白他怎么就信了。”我说：“是呵，根本就不是一码事儿呵，你那么看不起他。你叫他小诗僚吗不是？说他呼完口号又做检查，是吧。反正具体的我也没听进多少。顾城还说你和他跳过舞，你就笑话顾城，说你只管跳舞，不管和谁，李鹏会跳舞你也跟他跳。”李英笑了下。这是她此次回来听她的第一声笑，我心里跳出了她当初说这话时有声有色的好看样子，真让人慨叹。我说所以我根本没法儿信，就不信。她说：“有时候真觉得伤心呵，爱呵，就是自己的事儿。顾城应该知道我的呵。”我很难受，居然说：“真是想替顾城给你道歉。”话一出口，就觉得又是句不对劲的话。李英说：“顾城也不知我对他有多爱，和顾城就没机会正经说话。白天谢烨在，顾城和我碰都不碰，跟没事儿一样。那心里绞疼，装没事儿，说的全是胡扯。整日耍贫嘴。”她说：“我还是太平常了，我还是希望能紧紧地在一起。”她说：“我对顾城狠，是狠，我还是因为妒忌。”

12月27日李英打电话说想来一趟，想多点儿时间，可惜我没多点儿的时间，我12月29日便要飞北京了，我也三年零三个多月没看父母了，父母岌岌可危。28日上午近10点我开车去接她，她已走了一半路，手持一束大概是路上采的白花，我停下车，说：“还那么雅。”上了车我跟她说那时我找伊和老头的事，说她说她是西方人了，不说中文了，是逃出来的等等，李英抽泣起来，也不答我。阳光很好，我们停在我们卖过春卷儿的小广场上。李英说想想她就还是因为妒忌，那一年半心是在刀上蹭过去的，她跟顾城说咱们走吧，去南岛吧，可是顾城怎么想也想不出怎么能离开谢烨。她说只有她和顾城住伊丽莎白房子的那一段心情算是好的，也真正说了一些话。可是后来又住回去了。她说顾城不要去德国，谢烨没办法了就找她让她劝顾城，谢烨对她说得很凄惨，可是让顾城走李英说："我心疼极了，简直觉得是杀我，但我还是去劝顾城了，我没有理由不为谢烨做这件事。"李英哽咽得不行。她跟顾城说去挣钱，挣个房子回来，负起对谢烨对孩子的责任，结果顾城还笑话她爱钱。顾城同意走了以后，谢烨跟她说给她一年的时间考虑走，她说谢烨的意思清清楚楚。（李英后来对公众的说法在此点上亦有不同，她说谢烨让她走得不必太早，因为希望她替谢烨常去看看孩子。这个说法我不太相信。我知道谢烨将孩子托给玻格很重的成分就是由于李英。非常强烈的一个记忆，现在理解也许李英出于抗议心或者什么不满情绪吧，将孩子抱在腿上极尽亲昵，并一再让孩子喊她妈咪，谢烨正半背着身和我并排清理锅台，脸色骤然难看，很少见她那样。顾城在一边脸色更糟。突然顾城大吼："胖子！下来！"李英则抱住孩子说："干吗干吗？吓着我儿子。"顾城一步上去将孩子拽下来，用力过猛，孩子一屁蹲坐到了地上。谢烨顿时迸出眼泪，冲着顾城："顾城你干什么你！"然后拉起孩子，说送我走。春卷儿当时基本做完了。开车出去，谢烨说："你也看见了，孩子也越来越大了……"谢烨可以视而不见李英对顾城举止过分，但到了孩子上显然是不能容忍的。要说谢烨让李英走得不必太早倒是可能的，谢烨肯定不想刚到德国就大乱吧。相对李英走前对我说的谢烨让她走，她没有再说她和谢烨"有一个默契"，"觉得谢烨的意思是，我走了，她才知道她该怎么办"这样的话）



李英说最后一个晚上她真是害怕天亮，天还是亮了，那个晚上顾城是和她过的，她让他好好的。她忍着心疼，她知道这大概就是她和顾城的最后一个晚上了。说着李英就又哭了。我一直都像傻子一样看着她，听着。以前真想不到她对顾城这么有感情。可诸多的想不通并没就此完全化解。李英说："第一个晚上，"她这样一说我心就一紧，最后一天听谢烨说顾城"问得一夜没回来"应就是这个晚上吧，那已不是我头次听谢烨说了，我想过这是怎么回事，我想那就是第一个晚上，我多希望从来没这么回事呵。李英说："第一个晚上，一转眼就到了最后一个晚上，再也没有了。"泣不成音。李英说真是那个时候怎么就一定要来，那个声音吸引着她，她是冲那个声音到这儿来的，"结果冲着顾城我就来了。都糊涂了。……结果来了以后，谢烨说给我布置新房，我开始以为她用错词了呢。后来我想过，谢烨不喜欢那事儿，是不是就把英儿给顾城啦？顾乡，你说这是怎么回事呵？……等我离不开顾城的时候，她又让顾城走了。”哭。“第一次顾城到我那儿去的那个晚上，我害怕极了，我想不出这事儿会多可怕，结果呢，清早谢烨一如既往地做早餐，开心地喊我吃饭……”李英说：“那时真是太不明白谢烨了，她那么好，待我那么好，一点儿破绽也没有，自然极了。……她教我包春卷儿，那真是兴高采烈的，还说她都做烦了，你来了正好儿，以后就你做。……我心里想，怎么会呢？那是她多不容易才实验出来的呀，是主要的生活来源呢。”李英说，然后拉着她一起去卖，第一次就给她一半儿的钱。她觉得不能要，因为谢烨既没因为有她而省力也没因为有她而多卖了钱。“谢烨说，哎，以后一起干就一人一半儿的钱。我说：我从没拿过这种莫名其妙的钱。可是谢烨那眼光，我就还是拿了。……久了，心里就越来越不自在。有一次谢烨说：‘我这人就是爱帮助人。’我说：‘那也许人家不想要你帮助呢？’顾城就傻那儿了。谢烨脸就变了。我说：‘不说啦不说啦，说远了。’以后我就觉得自己太不应该，这种话就再不说了。觉得自己小气。”李英叹气：“可是后来就妒忌呵，一点儿办法也没有，我跟顾城说这不行，我也不能说名分，顾城说我说名分，是从概念出发的。我就想我不概念不概念，就那么混，可是心疼呵，也不是名分呵。其实和顾城就都没有正经说话的气氛几乎，谢烨在，没法儿说。和顾城碰都不碰，我是俗，还是想在一起。那时候看谢烨，真就像见了薛宝钗，脾气，气质，连皮肤都像哈？连胳膊都像。其实《红楼梦》对宝钗不是贬的，都是因为毛泽东不喜欢才好像成了贬的。”李英说说就流泪。到了这时候我真是不知道怎么才能指责她，想着顾城、谢烨对她的指责，想着《英儿》书，我全都昏了。想不到从和她一起做春卷儿的时候听她说，到经历了她的走，到顾城谢烨写书，到最后十四天，到现在又听她说，我竟然像转了一圈儿又落在原地一样，可凭什么顾城谢烨就那么悲惨地给闹没了呢？

我不知所云地说：你们都笑我笨，那会儿我真是不懂你们，我也真是不知道你，唉。这些日子老会想，你要是当初没来，唉，看他们那个录像……李英说：“我想我和顾城之间有个误会，他说在离开北京的时候跟我讲《聊斋》，讲了之后说了一句话，他说跟我说整个《聊斋》讲的就是个一个人有两个妻子的故事。而我对这话根本就一点儿印象也没有。他以为我为这个去的呢。”我听得觉得极其不适，觉得顾城不会这么说这么想吧？那不像顾城呵。顾城最后还跟我说过那时想将欧博文介绍给她，根本没想过要碰她呢，这事儿谢烨早先也跟我说过（后来见《英儿》中晓南和顾城、雷谈话时也提及）。可是想到谢烨最后一天还说到的她跟李英说“你应该知道你是干什么来的”，而李英“当下没话”，又觉得着点儿边儿似的，只是李英应不会懵然无知。此点后来在我回北京见到文昕后（我原来并没见过文昕）说起，我说李英说有一个误会，顾城讲了《聊斋》之后说了一句话她不记得了，文昕当即接道：“呵，你停一下，你别说，让我说，我知道顾城说的是什么，李英跟我说过……顾城跟她说最近他在看《聊斋》，那书里从头到尾说的就是一个故事，一个人一生可能会遇到两个好女子，而她们又相爱得像姐妹一样……”我当时非常惊讶！而且我相信这才是顾城的话，顾城后来也一直沉浸在谢烨和李英相爱得像姐妹一样的时光（幻觉）中。这么说李英不可能是没印象的呵！文昕说李英当时复述给她时还很带着欣悦，觉得顾城很看重她，没有把这话当坏话听的意思。文昕说于是她更加感到担心，在李英后来筹备去新西兰时，力主她不去，文昕说她预感李英一去这个家庭就没好结果了。当然这时我还只是听着李英说，而且也记得他们开过“两个妻子”的玩笑，我只好说：“顾城呵，全是活该吧。”后来想，顾城已经越界了，也就不能再辩解什么了；听李英笑话过顾城“诓了一个又诓一个”，谢烨也对我说过“顾城现在天天晚上给李英念《聊斋》，想教她两个妻子和睦相处”，这时他致力的还是那个“像姐妹一样”，他无论如何也不肯生出一星念头离弃谢烨，同时却已落入情网，李英的离开于他也成致命了。（当天晚上最后收拾东西时发现了若干页李英当初还在北京时写给顾城、谢烨的信，那真是又一个惊讶）



李英说：我原本想，我是为谢烨走的，那谢烨一定也会为我做解释，不用我说话，那个时候我真是张不了嘴说话呀，我怎么可能听顾城的声音呢，我真是，都不能听他，什么顾城都不能听，一听人说到他就哭得能死过去。就真是命悬一线了，要不是John，我肯定死了，死了好几回了。我说顾城站在电话机跟前，四天四夜，一直落头发，就等她一个电话。只要她打一个电话就没有《英儿》书这回事了。顾城说随你怎样，他说你要他死他就死，但要听你说句话，他不想死得不明白；谢烨跟他说要死写完书再死，从老头那儿传来的话让他觉得你玩儿阴谋，是有意报复他和谢烨，然后从北京回来，就觉得你来岛也是欺骗的了，谢烨打电话给我说“你也知道诗刊那个地方是那么好进的吗？”我说老早谢烨就跟我说过这事儿，那会儿她还认为你很单纯，她说顾城听说你进了诗刊社的时候就担心你有大的家庭背景，你来了才知道你的家很单纯，你父母都是普通的邮递员，顾城又担心你有门路，结果你也是什么都没有。我来了还听过顾城说这事呢，你们都在，说真是机遇，有的人托人找人送三年礼也进不去，你毛遂自荐就去了。可是他们见了文昕，就认为你和刘湛秋关系不一般，你进诗刊社是通过他进的。我看着李英，想听到她的澄清。李英声哀地：“认为就认为去吧，全都晚了。文昕我喊她姐的，她这样害我，我跟刘湛秋有什么关系呀！倒是文昕才和他近呢。”我说是呵，谢烨那会儿还跟我说别看你和顾城这样儿，可你原来好像都没和男孩儿拉过手呢。（这话说得多傻呵，现在想来真是不堪）李英说：“文昕和谢烨我都认了姐的，顾乡，我真没想到谢烨会反过来说我走是恶意的，我是想做好事才走的，为成全她才走的，可是她就不跟顾城说，还帮着顾城写书！我老想着我不好，是我害的，可是……（哭），这回我知道谢烨有多恨我了。谢烨做什么都是对的，顾城想不完也完了，我又能怎样……”李英不停落泪。我说：后来谢烨是要顾城死的。可是本来他们两人真是特别好的，让我真没法想象成了这样。谢烨真恨他了，顾城被你弄得死去活来，确实，连我都恨死了，放谁我看也得恨死。没想到李英喃喃道：“放谁身上也这么做了，不要说顾城了，就是没人这么傻。”我们好像想岔了。

我们上车，停在了顾城写家信和遗书的停车场。李英顿时不能自恃，哭得抬不起头，在顾城坐过的地方她扔了花。她一路哭着：“……那回开车往回走，就知道已经完了……他最后也不住自己的房子了，都是我害的……他最后就在这儿吗？……”进了房门，迎面是利斯，她抱住大哭，说了许多 Sorry 和 Love 之类。利斯惊得不知如何劝慰她好。想着这么快李英就站到这个顾城和谢烨离开并不久的房间里了，真好像感到了一种捉弄，这也是我出奇冷静的原因吧。顾城住过的小屋她没力气过去，在外间就哭得跪倒动弹不得，以至利斯觉得她要窒息了，都要去打电话了，我对他摆手；我相对真是太木然了，木然得奇怪，也不奇怪吧，这一切大概太太超出我的理解力了，让我都成傻子了。时间一点点过去，李英好像要永远恸哭下去了，我几次停止利斯打电话，李英觉到了，说不用，说：“Thank you Leith, I’ve just lost lost lost! I’m lost. I lost my control, just. I’ll be back. Don’t worry, thank you.（谢谢你利斯，我就是失去了失去了失去了！我迷失了。我失了我的自控，只是。我会恢复的。别担心。谢谢你。——勉强这么翻吧，李英当时的英文还很不标准，我的就差得更加远了）”顾城____在小屋，她终于进了门，一看见那个盒子，就大哭跪地，抽搐成一团，声音那个惨，我这辈子没见人能悲痛成这样，面对她我真该大大地惭愧呵，我竟就是滴泪不落。她哭着：“怎么成这样了，顾城你怎么成这样了？”喊道：“我把你害死了！我终于把你害死了！”她猛然抱住我的腿仰起脸：“顾乡，你说是我害死了他吗？你原谅我吗？”我看她大睁的泪眼瞳孔像都放大了，我只能说别，别，别。她困难地跪身挪过去，手抖着伸出去，一摸到那个盒就抖得要摔倒，靠在了桌腿上，那是顾城钉的桌腿。她手又攥成了拳，又哭又喊，真是吓人。好长时间，她喃喃着：“当初我不该走，说句话就好了……说句话就好了……”我还没有打开过那个盒子，这回我第一次打开，李英眼睛瞪得巨大，好像什么也看不见，然后她很安静，好像在闻，又有些微笑，她说很香呵，真好闻呵，顾乡，真是好闻呵……然后又跪着抱住我的腿说：“顾乡，你杀了我吧，真的，死真是挺好的，你不杀我没关系，就是到时候给我装到一个小瓶里，那会儿他说装在一个小瓶里……”一会儿又哭起来：“最后他走，就这么抱了抱我……怎么就成这样了？”她跪对着盒子：“那个时候我跟你说就好了，你真傻呀，我跟你说，你就信了，就走了，就成这样了……我真混，我说一句话就好了。”突然又爆发大哭，一头栽倒在垫子上：“真该那会儿死，现在死都晚了，上哪去找你呀！”我去扶了她，她说：“顾乡，答应我，到时候也给我这样装起来，也放在这儿……”后边又是大哭不止，重复地说：怎么成这样了，我害死你了，杀了我吧……跪着她想站起来，又坐倒，爬过去想扶什么，手又落下，那个喊叫那个撕心裂肺，后来利斯接了个邻居的电话，利斯只能说 Some thing too sad，would be right. 我真是担心李英要神经失常了，只能是在一边不断说点儿别那么难过之类。想着顾城和谢烨，我真是恍惚呵！……



我实在需要时间只好让她走了，她说我不必送她了，她想走回去。自早上十点去接她，一点多进房门，此时四点半了，一直没喝一口水，没吃一点东西，好像也没有去过卫生间（也许我去过一次），这让我怎么解释呢？说作假，那也付出了真代价呵，目的何在，只为了打动我吗？我在她眼里有那么重要吗？打动或不打动我我又能做什么呢？我承认，那个时候我又相信她了，心里不仅原谅了她，甚至还产生了愧疚感；尽管不能说没了疑问，但真情可鉴，我没见过文昕，但将去见她，我想我可为李英作个证吧。

我于 1993 年 12 月 29 日在香港转机，12 月 30 日下午抵达北京见到了父母。1994 年 1 月我见到了文昕，那是我们最初的交往。

1 月 15 日文昕打电话说，她突然收到了李英的信。李英自 1990 年 7 月初飞离中国后一直没有给她写过信，这是第一封。信我去文昕那里草草读了，某些字比较刺目，尤其是一句没提对文昕“编故事”的不满，通篇只见亲昵，让我惊讶。其中提到的她们两人之间的事当然我不知道了。我说了我不信李英会和刘湛秋有什么关系。文昕说其实她只是轻微地讲给顾城谢烨了一点点，就是被写进了《英儿》里的那一点点，实际可严重得太多了。我简直不能相信文昕说的是真的，文昕一点点说，我还是不信。可是为什么李英给文昕的信里一点点对说她和刘有关系的抗议也没有呢？我那时在李英跟前懵懂懂的，到了文昕这里又懵懂懂的，我以为因为我的懵懂葬送了顾城和谢烨，我那么后悔，那应该变明白了，可是竟然还是懵懵懂懂。信当时也只一遍草草读下，十七年后再读，其中的雕琢似才明晰起来。信全文如下：

文昕：你好！对于我来说谁之罪，谁之过都没有用了，究竟又是谁之过呢？顾城没了，雷也没了，就真的没了，我睁着眼睛看天，不信呀！写我，骂我都成，真真可怜的是哪个故事都比这真的要有道理，要痛快淋漓一点。一年半，也就五百天吧，也就一生一世了，怎么觉得比一生还要长呢！一年半呀，讲不清说不清，每一天都是不一样的，顾城在我的心中落下去，又升起来，我在顾城的心里也是如此吧……最后全是爱情，那一次又一次无法抵挡的潮汐是我们最后的欢乐。一点儿也不悔的是今生遇了顾城，最后扔了一切爱了顾城，命里我们是一个，死也是平常事。活着已经是一件没有的事了，我可以很清楚地看见死亡，心里倒也宁静。在我和死亡之间还有几件事得做，得回去看了我的父母，父母是最可怜的了。还有回去看了你，命里你是我姐姐的，是你带了我去看顾城，但不怨你，是命呀，遇上的时候一切就已经开始了的。好多次想试着躲过那命，想活成咪咪，都没用都没成。我是浑蛋，顾城也浑，雷又太往完美里走了。离开北京时，你说，有什么意外我给你发电报，你心真好，真的，可那些日子全疯了，什么都没有用，对顾城发疯也没用，我说顾城你得选择，我说顾城是命呀，让我走吧，我不爱你。顾城也疯，说实话，怎么都行就是不许走。是命呀，走了就都没了，真的就都没了，但活也是拿着心扯着玩呀，活不成，死成，如此罢了吧。心太疼了，写什么都难极了，有时画画儿心里好受一点。文昕别伤心吧，命里的事而已。你日子还长呢，慢慢讲故事吧。静下心来你就可以看见那个“咪咪”，她的努力和伤心，她的命和爱，她的挣扎和绝望，你是知道我的，我信，真的信你。

---

顾城没了，雷也没了，我睁着眼睛看天，不信呀！以后送你些画吧，也是个心。　英儿　1.4 P.S.

顾乡回北京了，有什么事跟她联系，难受了和她说说话吧，她是好人，说回去后和你联系，也许你们已经联系过了吧。

我1月5号回悉尼去了，这岛全是伤心，每片树叶都刺痛我。但这岛真美呀，以后有机会来看看，你会得到好多好看极了的照片，还可以在礁石上打到无尽的牡蛎。那时我发疯对顾城嚷："我是奔着你来的，没有看见你，倒看见岛了，也真不赖了呢！"死也会死在这个岛上，是我的家，我的一切都在这儿。

给你我在悉尼的地址吧，别给别人！

（地址略）

文昕我累极了，一年半，我把一辈子都过完了。

（信纸一角有她画的一帧小图）

之后文昕复信，当然批评她很严厉。李英回信后来我也看了，才重又感到了她的不诚实：比如她说她要"回北京"，而当时顾城就是让她回北京的，她不回，她机票在手（顾城谢烨给她买的往返票），可她不回，临到签证期满时她焦虑不安，生怕被拒签，全无一丝"回"意（那次谢烨和我都将钱转入她的账上，以助她延签过关）；比如她说谢烨"苦苦地留"她，好像她留下是因为同情心慈悲心……等等这种刻意歪曲的描述，让我复又想到那个刚跟老头走掉时的李英了。李英的这封信是两封信，一并放在同个信封里，下封信落字"又及"；觉得信的语气两封间变化很大。以下是两封信全文：

文昕：无论如何收到你的信很高兴，很高兴。很长时间没有这么痛苦这么痛快地哭了，好像是对姐姐，如果我是你骂了的妹妹的话，告诉我，我究竟做错了什么。怎么遇到的顾城，你比我都知道，我们是怎么去见顾城，你比我也知道，后来我们通信，那些美丽的空气和阳光，我几乎是和你一起分享的，你都知道。我试着躲过那命，我想让生活吞没我自己，你也知道。然后呢，我最终心里躲不开那个声音，顾城的声音穿透了我，我是怎么去的，你也会比我记得清楚，我只记得，你说，如果顾城对你有别的欲望怎么办，我笑了，我说，是顾城呀，文昕，我从来写信都是顾城和谢烨收的，从来没想过别的事情。我说，我给你写信，到了那儿以后我再告诉你我们是什么样的。结果信是写不了了，我说不出话来了。你问我当初为什么不马上离开，你不问我都忘了告诉你，顾城发疯，要自杀，要死，我也要走，要马上走，去奥克兰或回北京，雷苦苦地留我，说：你不能走，你走了，他就活不了了的。是雷呀，让我说什么呢，一边是我命里的顾城，一边是苦心的妻子，我留下了，为了顾城的命，为了雷的苦善，为了我自己信了的宿命。日子就这么开始了，开始在我的心上，真疼呀！我说顾城这日子过不了，放我走吧，顾城说，这没有可能，如果有可能，我早放你走了，你和雷，没有谁，我都必死。日子就这么生生死死地往下过了，真的奇怪呀，不经过那每一天我自己也不信竟也有那么多美丽的时刻。雷对我真好呀，那时候，我和顾城闹了气，是雷过来安慰我，我生了病是雷为我买药做饭照顾我，我也开始帮雷，从心里感激雷，我想办法让雷有时间和小木耳在一起，小木耳多可怜呀，雷也可怜，老哭。最终顾城接到德国的邀请信时，我和雷做了最后的谈话，我们谁也没有力量再耗下去了，心疼死了，雷说，这次我把顾城带走了，你来决定吧，我点点头，说好的，我走，也许是个机会吧，可以把生活还给顾城和雷。我走了，走得多绝望伤心你知道吗？文昕，我是把死放在了那儿的，把命压上去了的，你问我为什么冷得连顾城的遗书也不看，我能看吗？哪怕一点消息都会使我全线崩溃，我是想要他恨我的，恨了也许就能再生。我做这一切真的是把命压给了雷了，那时只要一个消息传来顾城死了，我必死，没有什么可说的，可最终呀，柏林的事我一点儿也不知道，雷终于瞒天过海地把我出卖了，我怎么知道为什么她跟着顾城四下里找我，她死也不告诉顾城一点点真情，雷知道我是怎么爱顾城的，雷知道我是怎么走的，对我千好过万好过的雷最终害死了我，也没得说呀，她是妻子，顾城这么过分她要顾城的命也是活该，只是既然如此，何必当初呢，我们亲姐妹一样地活了一场呀。我爱顾城，我恨顾城，最终居然卖我，为了他的忏悔，没有一件事我要忏悔，我死了，也不会再去找顾城，我死因为我自己的心太疼，我死还有一个实际的原因，告诉你吧，就是我觉得自己快神经了，我的眼前永远出现幻觉，我一直看见别人看不见的东西，和顾城的灵魂说话，不过我是真的看见的，别人不会信我，肯定把我送进精神病院去。我现在得控制自己，我开始一点一点回忆起我们的日子，把它们一点一点写下来，真真地写吧，写我们的好日子和苦日子，真真地写，是好是坏任由世人说吧，我不在乎别人骂我，真的不在乎。我会回去见你的，我没那么弱，我控制得了我自己，开始写了，我写出来会觉得好受一点，大概四月份左右我回去，最近不行，太瘦，太伤心，让家里人见了也伤心，我得把自己养好一点，父母养了我是真惨，死活都是造孽。别傻了，文昕，说什么一起死呢，你得活着，我想去看看你的小儿子呢，我不会再去找顾城和雷，难道下辈子还不安宁吗？我会一个人，总有一个人安安静静的地方。心也疼死了，为了爱顾城疯也疯了，死也死过了，命也没了，大家都没了。我才不忏悔呢，我不欠顾城的，也不欠雷的，我也不欠我自己的，只是伤心。你说我把顾城对我的希望毁了，顾城究竟对我是什么希望，我把心早就给了他，他拿了我的心毁着玩了。我也是活该，没什么可说的，我不在乎人骂，世人用道理说话，不用心说话，用嘴说话，爱不是道理，爱是火焰呀，文昕，我不是完美的人，一点也不是，如果为了不完美挨骂，倒是真滑稽，我想告诉你，姐姐，完美是垃圾，梦想的垃圾，味道坏极了。如果以后你再遇到完美的活人，躲得远点，这是我真想告诉你的。别和我父母联系好吗？他们知道得越少越好，我会给他们写好好的信，有一天好是一天好，痛苦总是有的，何必让它提早到来，是吗姐姐，拜托了，别跟我父母联系。我会回去看你的，看父母，还有几件事干呢，我很安静，除了头晕，特别安静。我有丈夫，叫 John，他照顾我，爱我，保护我，但我也许最后把他也害到里面了。真可恨我自己。

英　　1.24

文昕：顾城的灵魂一直跟着我呢，没人信，只有我自己看得见。他一直跟着我，和我说话，有时安静，有时不安静。你信我吗？也许你也不信。我可以现在和他说话，写在这儿，给你。

城，说点什么，现在，让文昕知道你在这。

“话不是用来告诉的，话是用来听见的，她知道，就会听见。你为什么要给文昕写信呢？你写吧，文昕是好人，心好，不像你，你是小浑帐，和我一样浑。你知道我多爱你吗？我也爱雷，可雷不爱我，现在我知道了，雷从来没爱过我。真喜欢被精致地爱着，你给过我这爱，我就是你的了，我现在知道你有多爱我了。我真傻，实际上我有过许多机会，在德国时我和雷说想你，说要和你结婚，但都没告诉过你，因为我想不好，怎么也想不出来没有雷会怎么办，也是很怪的，生活中没有雷，好像不太对劲。你也不好好的，偏偏就在那个时候出毛病，你把我急死，害疯了。现在我才知道是你和雷说好了的，为这，我恨死了雷了，没了你，她知道我必死，我死了你也就完了。雷想从我身边走开，但想不出符合她的办法，雷的想法太高贵，要我死都要高贵。我还是爱雷，这件事情是往死里闹了，我也没办法，如果你能和我像鱼，在水里无知无觉地生活该多好，我是这样想好了的，拼命挣钱，可你心太小，你不要这样，你要尖儿，那我也就只好死了。实际上怎么都是个死，怎么都走不通，你不能和我一起像鱼一样，你不是鱼，从一开始是我弄错了，我们应该就只说说话，上天让我们遇见，是说说话的，说话的时候我们也才是真的，别的都不重要。可偏偏乱了，太乱了，现在这样和你说说话挺好的，喜欢和你说话，英儿，真的爱你。”

文昕，你信这是刚刚顾城和我说的话吗？你不会信的，他就在这儿，我开始写我的书，他也在说话。他老说话。

又及

又想起一些话来。

突然想如果他们分居，离婚的事我听说了，从悉尼跑回去找顾城，假如是这样，假如我可以和顾城把话说清楚，那时雷肯定会恨死我，雷有些拿不定主意，我进她也进，我退她也退，不进不退一起活受罪，这真真的是怎么回事呢，你能告诉我吗？我的心是乱极了，好像讲那个故事，从前有座山，山里有座庙，庙里有个和尚讲故事，讲的什么呀，从前有座山，山里有座庙，讲来讲去，我当初真的不该来岛上，我们当初真的不该那样，当初遇上也不该再见面，或者当初不该遇上……我又快疯了。

英

文昕复信，留了复印件，在我三月中离京时给了我一份。征得文昕同意现在全文放在这里吧。文昕没有理会她“顾城的灵魂一直跟着”她的那些字，文昕也被她说得难断真假，我读之下的确又有些迷惑，一是因为李英曾在我面前有过相似表现，二是她写下的她说是顾城的话并非不着边际，个别话如“在德国时我和雷说想你，说要和你结婚，但都没告诉过你，……”还真是顾城后来跟我说了的，而我并没有跟李英说，此点还真让我吃惊。文昕复信全文：



英儿，想你：

收到你的信，想来我的第二封信也已寄到了你的手上。那么你信上的有些问话我想我是已经回答过了。我知道你认为自己是尽了全力，不能算自私，后来的事不是预先知道的，那些情况是极端无奈的。英儿，某种意义上说，是。但这件事从根上就有毛病。当年，你在最后告别顾城时，当着雷的面表达了自己积压心底的感情，你想过雷怎么样吗？她让你把自己自认为是独一无二的感情在一瞬之间弄成了“无独有偶”，她的自尊、自信，她的感情能承受吗？！她能不恨你吗？！她能不报复顾城吗？只不过她有修养，有城府，她不会，也永远不会把这些表现出来罢了。我会把我的书寄给你，你会从中看到这件事的来龙去脉，不是一句话的事。

英儿，我从此事一发生，几乎白天黑夜地醒着，所有的事都奇怪地到我头脑中来了，我不停地写，写。是顾城，把他要说的话全让我说了。我的书再等二十天就印出来了，我寄给你，让你在没有见到我之前看到它，知我把我妹妹恨有多深。英儿，你的感情太自私了，一开头儿是你伤了雷，她那时是无辜的。你做了这一件事，便不可能有好结果，雷有绝对的理由。

雷一直是咱俩的朋友，你竟去抢她的东西，是你不好。爱顾城，认命可以，但不能伤朋友。咪你罪有应得。

你不要认为我说了这话是不再爱你，我爱，你比雷离我近，所以我一再宽容你，纵容你对顾城的感情，这是我的不好，不像姐姐，对不起顾城。我从来没有说过你，对你的感情一直采取理解、宽容的态度，其实我也害了你，害了顾城和雷，不是一个朋友！我太不负责任了！我认为人的感情是不能无视其存在的，我只承认它的合理性，不愿承认它的不合理性。

咪，从这一点出发，我完全想象得出你在岛上的心情，事实上我的那本书已先你一步地写出了你信上所有的话，还有许多你不曾写过的，我也全都为你写了。只不过我痛恨你，痛恨这个吞没了生命的事件。你后来的“无辜”，是你最初种下的一树恶果，你让我怎么同情你呢？

我当然同情你，我甚至心疼你，想你的处境那样可怜，真的很心疼。我和你是姐妹，不可更改，我骂你，恨你全没用处，我到什么时候都要你，你干了多少坏事也爱你如初。我是活该！我知道你所有的痛苦、不幸和期待，我知你爱顾城的所有历程，包括你远离我的三年你的每一寸痛楚。



英儿，顾城并不是非要两个妻子，他是欠了雷的债了！欠雷还不清的情债，他不觉得这是债，他认为是爱，不是的，他满心装的是感恩，再有，就是生活上的习惯和现实上的依赖，不是爱。

英儿，雷不会给你顾城的，她让他去死，她不要，谁也不能要！她让大鱼上岛，是最后的一手，顾城是不会活到那个人上岛的一刻的，雷比谁都清楚。雷恨你到让你死的程度，雷要最完美的形象，雷要在完美中毁了你们伤了她的人，雷可以理解，雷是用了太多的心计。我理解她，但恨她。

命让我为顾城抱不平，一直如此，你是知道，好多年了。顾城后来以为我不需要担心了，说我适合去保护女孩子。记得吗？咪，命里的事，怪极了。

咪你上岛，不欠自己是真的，但还是欠了人的东西，欠雷的，你得承认，一开始欠的，你还不清。顾城也跟着你欠，因为你欠。你傻，你不明白，雷恨你入骨，在内心中；对你好，不是为你，是为自己的形象，是为了赢。你除了“尖儿”，你拿不出她的“完美”来，你还别骂完美不是东西。你浑蛋极了，不该去，去了就全完了。林黛玉不能见外亲，是怕自毁，你去了，全炸平了，你比林黛玉厉害。所以顾城爱你，爱得人全没有了，也是命。雷恨你，不在于你是不是把她干的事告诉顾城，她现在也恨你恨个死。她甚至让顾城杀了你，也表示可以替顾城杀人。你别认为什么都挺简单，你们玩儿命呢！你不知道自己进去的是个什么岛，你见鬼透了，居然今天还不明白！唉，你是活该，自找的！咪，我心疼你，但气你干的蠢事。

不是非骂你，让你不高兴，我也想让你，让自个高兴，可咱们也是活该，弄得没有一个好话题。

想念你！想过去的日子。

昕　　94.2.8

文昕的书我至今也没有通看，这封信也是到了此时才第一次字字去读。我好像能不碰就不碰，当初写《我面对的顾城最后十四天》（简为：《十四天》）同刘洪彬记录了我的电话很有关系，当然更是因为报刊各处臆造的说法太多了。文昕也近似，我写的《十四天》她也是至今没有通读过，也是好绕着走。这个事太重了，压得受不了。今天读文昕的信，很佩服她的见识，她看谢烨的心情是准的，对李英看得是清楚的。读到"英儿，雷不会给你顾城"时，我想起了谢烨说老头来信说他年底可能回岛的话，我想这应是包括李英的，不然不必写信给她（应是和顾城两人吧），谢烨应是希望还是不希望李英回岛呢？看来是不希望的，以她对李英的了解，一旦李英得知了顾城离婚或正在离婚，会回到顾城这里的（我对此点当时完全无知，顾城也无知），真要是成了那样，那倒像是她和李英对换了角色，《英儿》书就危险了；设想成李英自投罗网为顾城干掉已不现实，谢烨探明李英在悉尼，顾城已不肯去，所以以谢烨论会是不希望顾城待到李英回岛的吧。……我的小人之心吧，但我相信在停车场上她没有将此告诉顾城。当然就算告诉了顾城，他也未必会不死而等，但至少应不会立即变成了写遗书吧。可毕竟谢烨跟我说了老头有信说他年底回，跟我说不等于跟顾城说吗？说老头自会联到李英，也就正碰上我这么个奇怪的不反应了。那谢烨为什么跟我说呢？我现在想不为什么，就是个再简单不过的情之所至吧（像她许多时候一样），所以就更是我的错了，谢烨开车走后，我有若干次机会和那么长的时间可以碰面顾城和他说话，说着就想起谢烨说收到了老头的信这太可能了，再多说一二句说到那李英回不回，是否应看下那封信，那下边所有的情形肯定肯定不这么糟了吧……文昕之后3月9日收到李英的复信，她复李英时将她刚刚印出的书一并寄了。此后无回音。

李英这封信横写在一张大于16开的无格纸上，纸应是从纸册上撕下的。字不多，有些艺术写法，右下四分之一部分她画了她的粗线画，是一女孩头像吧，觉得较她初时画儿已不那么好了，失神就显出雕琢和功力虚弱了，不过要是这就是我看到的她的第一幅画，我还是会惊讶的，因为她原来一点儿也不会画，所以文昕看了就大为惊叹。李英信文字全文：

文昕：《英儿》我已经读了，还是谢你苦心怜我爱我，心如死灰，事如烟梦，命是难人心处由谁闲言，更堪自相残杀，何必！梦归魂处，了了无涯。怪人事匆忙，一水隔千山，自己的故事还是我自己来讲吧。一点不乱，只是命运多劫，晴雨春秋，人人人人！写一诗送你，在这儿突然出现了：

风清死知冷／暗月星是天／冥冥复冥冥／山山过山山

天城／死劫（此四字分两行写。右为图）

一九九四年二月好　　　英儿

我三月中从北京回到了岛上，事情很多，到了四月中旬才给李英拨电话（向伊问的号码），老头接的，说会告诉李英给我打过来，她状况一直不好，需要服镇静剂，已经休息了。第二天（4月17日星期天）上午李英给我拨来了电话，当时我正要出门。我说了我在北京见文昕的事，我说文昕说她其实就没敢对顾城说什么刘湛秋的事，她最重的话就是“诗刊不是什么人都能进去的，总要付点代价”而已。李英说：“什么刘湛秋。”声音没精打采，我觉得有些抱歉，又提刘湛秋，人家根本就没这回事，我烦不烦人呵；可我苦恼文昕怎么就坚持那么认为，于是在随后给文昕的信里我写“我问李英，她说：‘什么刘湛秋。’就这么几个字，那口气让我觉得我问这个乌有问题问得她都烦了。李英无论心地如何，但给我的所有印象，应都在证明她和刘不会有关系呵。”我因为有事，且觉得她也没什么讲话的兴致，便说待什么时候我再给她拨过去。第二天傍晚我拨过去，是录音电话。之后李英拨过来。李英说她刚睡了一觉想说说话，她说一点点消息都会让她失常，她说她看了《英儿》说她欠钱，她说钱她都还了，也根本没拿钱，她说那时候小纯跟她说他姐姐的钱都在他那儿，她要用就可以拿，她也没拿。她继续哀叹了谢烨完全知道她爱顾城有多深：“她全知道我爱顾城到什么份儿上。我跟她说了的呀”，“她知道我要走了就完蛋了的。我真的当时就是为谢烨做什么都行，我豁了的”，她还是说：“她哪怕告诉顾城一点儿点儿呢！她这么害我……”她说她当时觉得谢烨根本不会离开顾城，顾城也不会，他俩是一体的，她只有走，为谢烨走。她说真想不到谢烨会让顾城相信她想害顾城，她的走是阴谋。她说她从不以为自己比别人好，现在才知道她还真是比别人好，谢烨到现在在她眼前的样子还是那么好的样子，她真的没法相信，可是《英儿》书偏偏就摆那儿了，她不信也得信。我的心情真是在一片遗憾和自恨中间，事情怎么就成了这样，而且任人去说。我承认我的偏向吧，我显然最为痛心的是顾城，我说反正现在是顾城要多坏就多坏，警察也查不出斧子和顾城谢烨有关，可是斧子给说得已经没边儿了；

还把顾城说成不让谢烨看孩子，谢烨只好和孩子打旗语联系，不光编出个罪行，还能编出个打旗语来；编什么的都有，太多了。李英说就需要顾城坏和谢烨好，而她（李英）“就得最不是东西”。我说：“对顾城来说一个是你的走，一个是你的来，咱们都已经说过了，硬是说你和刘湛秋有关系，可这是文昕说的呵，文昕其实没跟他们说多少，可她跟我说了，说刘湛秋对她说的。她说有回……”这么说觉得不对劲，真是废话没必要说，我没接着说下去，就说：“谁知刘湛秋怎么回事。”稍停，那边李英好像叹气似的发出个重重的声音。下边说些什么就道别了，说保重，说再说。惊人的是过后没几天（4 月 22 日），我接到了北京打来的电话，说文昕让她打个电话给我，因为她打电话方便，说李英以麦琪之名“打破沉默”发表了一篇《命运的劫难》……

怎么解释这个人呢？真是太超出我的智力了。几天后我读到了她那篇文（1994 年 4 月 21 日上海《文汇报》），最震惊我的，一个是顾城成强暴她的了，一个是刘湛秋不仅确有其事，而且还和她成了一见钟情一直相爱，她出国目的是为和刘在国外建立小家庭开路的了，另外所有她对我否认的那些自老头传达出的顾城恶状她又全给拾了起来，还无中生有出来了新的恶性事件，并且谢烨在她跟前成了个一贯受顾城气只敢忍气吞声唯命是从需要和渴望她帮助的可怜虫形象，她的介入对于谢烨来说简直成了善莫大焉（几天前她电话中还跟我怨到处都在编，不曾想她编得更是异想天开）。那时忙累已极，可没办法，只好更早起和更晚睡地一天一小时半小时地写了个潦草的《读〈命运的劫难〉写给李英》（简为：《读》）。我一直也没看李英三年间力争通过顾城谢烨出国来新西兰的信（那是许多零散页，居然奇怪地在我准备回北京收拾我的东西时出现），这时才强迫自己看了，信中向往顾城的离世梦想，憧憬到岛上去和顾城谢烨一起实现梦想，那是自始至终白纸黑字清清楚楚的，所有信莫说没提只字刘湛秋，连她另有什么心仪什么所骛的事和人都一丝不见，顾城的离世梦想那就是她还在往下活的唯一理由，以致她好像随时会死，于是让人觉得顾城谢烨若不帮她去新西兰和他们在一起简直就成了见死不救了，这是何等级别的一种骗人呵！谢烨说的竟然没错，只是说得太轻了。（李英文中说她将所有她写的信都烧了。信的确残缺不全，但依旧贯穿了三年）

继续令人费解的是，我不得不无比痛苦地挤时间起笔《读》文时，李英竟然寄给了我她的一张画，并且附了封信，信的落款是 4 月 27 日，即她的《命运的劫难》发表六天之后（同时其书《魂断激流岛》已经出版）。信只字没提她的文章或书，就好像没这回事一样！她的这一本事真令我叹服。但毕竟我已读了她那文，让我不以此为背景读她这封信当然是不可能的。其信与其文表义差异之大，以及相对她以往的表达，其字句斟酌之奇怪，真不是我解得了的。信全文如下：

顾乡：你好！

实在，我只希望有任何一种改变，可以让他们活下来，此外，我什么也想不太明白了。

至于我自身的命运感，恐怕只有上天和我自己最深处的声音知道那是怎么回事？！

因为任何原因，我都无法后悔我所做过的事情，所有的感觉，我丝毫也不后悔我的人生，这恐怕是唯一可以使我安慰的事情。

关于人世、生活、朋友，我一概能不知道就不再知道了，实实与我无关。



突然这些日子一直就想起我讲过的我初恋的故事，我认定了他是我的丈夫，可最终他却不认识我，我等了他那么多年，那时真恨。

总以为自己的感觉也是别人的感觉，最终却全是误解的理解，理解的误解。

这大概是我最致命的毛病，却也不知该如何改起。我不是自信，而是不得不信，到时那个声音就出现了，上帝也罢，神也罢，我信冥冥。

想想，我还是有太多的事情要做，我一定要一件一件把它们做完。

然后，我真想和你说三天三夜的话。

我和顾城最真实的联系，最命感的东西究竟是什么，他知，我知，天知，地知，我们是一个人。

没有顾城的日子，我像枯树一样地拼命站着，拼命地不倒下去。

顾城太知道我，也就太知道如何害我。

唯有那方角落是世界的手指点不着的地方，也希望它永远在心里最真实的地方永远不被世界的手指指点点。

这张贝子送你好吗？希望你会喜欢它。

那时顾城讲贝子花园，他披一条毯子，头在阳光和树叶的影子里，好多树叶的影子。这是今年画的。

“姐妹移家”和“庄周梦蝶”两张画寄回给我的父母了，其他的全烧了，我知道，那是上天的意愿。

如果有事，给我写信好吗？

实在，各种消息对于我来说都是伤害，希望你能理解我。

还请一定转告 Leith，千万别误认为是 John 在阻隔你和我的联系，John 是好人，不太会做好人的好人，他给了我我从未得到过的爱和安慰，我活到今天，万万因他。他想写信给 Leith，我想还是我告诉你，由你转告好吗？

生活是一片大烟尘，似乎静下心来依旧还是很难忍受。

只愿你事事保重！

李英

94.4.27

我不明白她写完并且发表和出版了她的文章和书之后怎么会写来这样一封信，画仍是画在 A2 纸上，用圈筒寄的，的确是挺令人感动的事，但我只有困惑。那画儿稍看一眼即又送回圆筒，当然感觉不良。我想她是想让我理解她的文章那么写（诬陷、编造、虚情假意）是全然出于无奈？她知道我认为《英儿》对她是伤害的，于是就利用此点？她强调她和顾城是一个人，是提示我那么这都是她和顾城之间的事，我就别多嘴了，他们彼此活该？她在信里不伦不类使用了一些个顾城好用的词，让我觉得她在向我宣示她对顾城的懂和占有权。她的初恋的故事的确听她讲过，但绝没有“等了他那么多年”这层，给我的印象她从最初就一直在种陌生感中，最后分手得也有些漠然。谢烨还说过她和她第一个男朋友好像手都没有拉过。“姐妹移家”我此前一直以为是“姐妹易嫁”（1993 年 12 月她讲给我这画和给我看画的照片时留下的印象。她没有告诉我是“移家”，讲说时也不是这个字音）。我不知她其他的画，所以也就不知道她所说的“烧了”的是些什么画。“阻隔联系”的话我有点不知其所云，因为那该是一年多前顾城谢烨还在德国时的事了。

这是 1993 年 10 月 8 日之后我收到的她的唯一一封信。我没回她，也自此全无联系。好久以后才同文昕讨论李英文和书何以霎时成了那等模样，文昕说其实原因也简单，刘湛秋找到她了，她当年去新西兰时向顾城谢烨要了机票跟没跟刘说她（文昕）不知道，但同时是拿了刘的多少美元的，没办法向刘交代，就成了被强暴了，于是就没办法和他继续联系了，而她对他（刘湛秋）真爱从来未变云云，一如她跑到老头那里去时也是一通胡说一样。“拿了刘的钱？”又吓我一跳，这真是顾城谢烨从来不知道的，我也这才知道。我想的是李英的变腔是因为她试验跟我跟文昕说她的委屈说不通，那么她知道同公众当然更说不通，那就干脆不说她那个爱以及被谢烨欺压了吧，就反过来说爱刘和帮助谢烨吧。孰知还有如此实际的拿人钱问题！想想莫不是人真可如此多变？她不是还跟谢烨说她从不拿莫名其妙的钱呢吗？当然是她跟我说的，并没听谢烨说过。

我在我的具体度日里，负担很重，管不了那许多。隔个一年半年会冷不丁收到老头一封信，勒令我离岛以及宣告他和他 Love wife（爱妻）李英的成就，钱挣了好多，书（即李英的书）将有英文版和好莱坞将拍片云云。奇怪到了大约2002年收到他又一封信，“爱妻”居然变成了谢烨，还大讲其间之爱，说不过是因为谢烨存有中国传统观念，所以才没从法律上实现，顾城与他之仇是夺妻之仇。2003年10月听说老头死了，死了半年了，真是又吓了一跳。忠实的伊丽莎白（老玛丽）见我时充满警惕，她问我将李英藏到哪去了？现在应可告诉她了，以慰老头在天之灵（to tell his soul in heaven）。她居然一星也不知李英已同刘湛秋成了超级爱侣风靡华文世界了。她竟以为李英又爱顾城去了，所以是找我去了。我没心情跟她讨论李英当初跑到她和老头那里去的细节，那时她可是严词跟我说李英恨透了顾城并且深爱老头的。我有些不知说什么好，肯定她跟我一样对于我们的碰面有种很滑稽很不舒服的感觉吧。她关心李英后来没找我那干什么去了，我说我知道的她都可以从媒体上知道，我本就少有时间精力读报上网（1997年起开始用网），且从来有意绕开这类话题，知道些许那实在是因为迎头撞上了而已，我对她说了说刘湛秋。她不能相信，接着还是说她不知道李英那么爱顾城，当初还以为是救她（李英）呢，以为顾城要害死她呢。我心想别是李英又拿顾城当幌子了？以掩盖她同刘湛秋的关系？李英绝对自信随便就可以给老头说糊涂，这我真是知道了，可没法儿跟老玛丽说。我问老头的最后一封信说谢烨是爱妻是怎么回事，老玛丽说老头精神出毛病了，他后两年里一直写。我问写什么，她说她认为都应该给烧掉。我想她依旧那么忠实。

老头生于1943年，比刘湛秋年轻8岁，死于2003年3月。据说死得很凄惨，又呕吐又颤抖，不肯瞑目就气绝了，身边只有老玛丽；其时正是李英和刘的爱情如火如荼燃遍中文媒体的时候，我奇怪地联想到了李英自诩的林黛玉，好像老头替她实现了这个角色。老头最后两个月一直频繁呕吐（夜间尤甚），手脚失控，不能站立，唯一的陪伴者就是老玛丽。他最后生病的大约三年中始终不渝的唯一陪伴者也是老玛丽。我问老头所患之疾，显然比较稀有和难断，英文名字一串我也记不下来；老头初还坚持气功，无奈心不静气不平，动不动就气火攻心，总之应属神经系统的毛病并什么综合征吧。

老头是极热爱他的家、他的房子和所在岛的，本已怡然自得再不打算出去，但是为了李英他决然向银行抵押了他的房子（老玛丽为他守房并将她自己的房子出租替他还贷，算是房租），贷出的钱换为六万五千澳元，在悉尼创办了旅游公司和气功学校，据说相当成功，几年下来还开了分校。老头拼命挣钱，老玛丽说那种投入是他从未有过的；终于累过梭了，感到不适，于是想让李英和他一起收摊回岛。这个想法老头一直就有，早不便说，待说时李英总说再挣一些钱。老头也同意应该再挣一些，但自作聪明（此四字是我的话）地以为李英不愿回岛之重要原因是我仍在岛上，所以隔阵儿就写给我封恐吓信。2000 年中期李英让老头独自回岛休息，说她可以独当一面。老头已感到李英对他心不在焉，老玛丽说老头很委屈，因为李英其实并没逃出顾城，老要离开他去找顾城（我想这个误解一定是李英有意制造的吧），可他无奈的确是有病感了，完整医疗关系在新西兰也就只好独自回了；回前的一段时间，他将公司和学校运作仔细地交代给了李英。回新西兰不久，一次他用钱，发现他的账户（他与李英合名）竟然空了，他大惊，给李英打电话，电话号码竟已关闭，联系他的公司，公司竟也关闭了，大体此时此刻，他收到了李英委托律师写给他的离婚书，他当即两条腿就不能动了。李英说所有在澳财产归她，在新西兰的归老头，要老头签字。在新西兰的其实已没什么了，就他岛上一个他住了十几年的房子还押给了银行，还贷的一直是老玛丽。老头本可以不应李英，且他律师出身，要跟李英作作对不应没办法，但是如何如何地他还是签了字。老玛丽讲这段讲得有些曲折，感觉老头还是出于情吧；我想是不是他幻想感动李英以令她回心转意呀？老头自此一文不名，当然新西兰有伤病救济金，还有不离不弃的老玛丽。后来有个老头曾经的气功学生来看他，说正在继续跟 Lusey 练功（Lusey 为李英自取的英文名，当地人一般只知她这个名字。气功学校自老头始就只在英文媒体上做英文广告，没有中国学生），学校还在，只是换了校名校址，学生都跟了过去。老头嗟叹不已，他给李英写信从无回音，自此又开始往新校址写信，终是惘然。再后来李英将学校和公司都卖掉了，以致老玛丽认为我将李英藏了起来。 

“他给了我我从未得到过的爱和安慰，我活到今天，万万因他”（给我的信）；“我有丈夫，叫 John，他照顾我，爱我，保护我”（给文昕的信）……李英对我和文昕说老头的好，对她的好，好像是要我们对老头也好些；我们对老头有什么好不好的？只见转眼她就这样对待了老头。

我无意为老头不平，他那份趾高气扬、得意洋洋，让他自己去平吧。

实在不愿说李英，可此刻也觉得不得不说呵。

……　……

写多少省略号也转不过这个弯：顾城观人观世包括观己，那样明澈，落进情里却如此一塌糊涂，偏还落入此等“情”里。想谢烨又何尝不是呵。我说不了对错，遗憾是很轻的词，那么可爱而明亮的人，那么欣悦的日子，一个《英儿》（现在看里边的“英儿”，惊讶真挺准确的），这就都成为了代价……

电脑中出来两幅画儿，顾城很普通的画儿，画在 1984 和 1985 年，这时看着就想让将字读到这的人也看看似的：

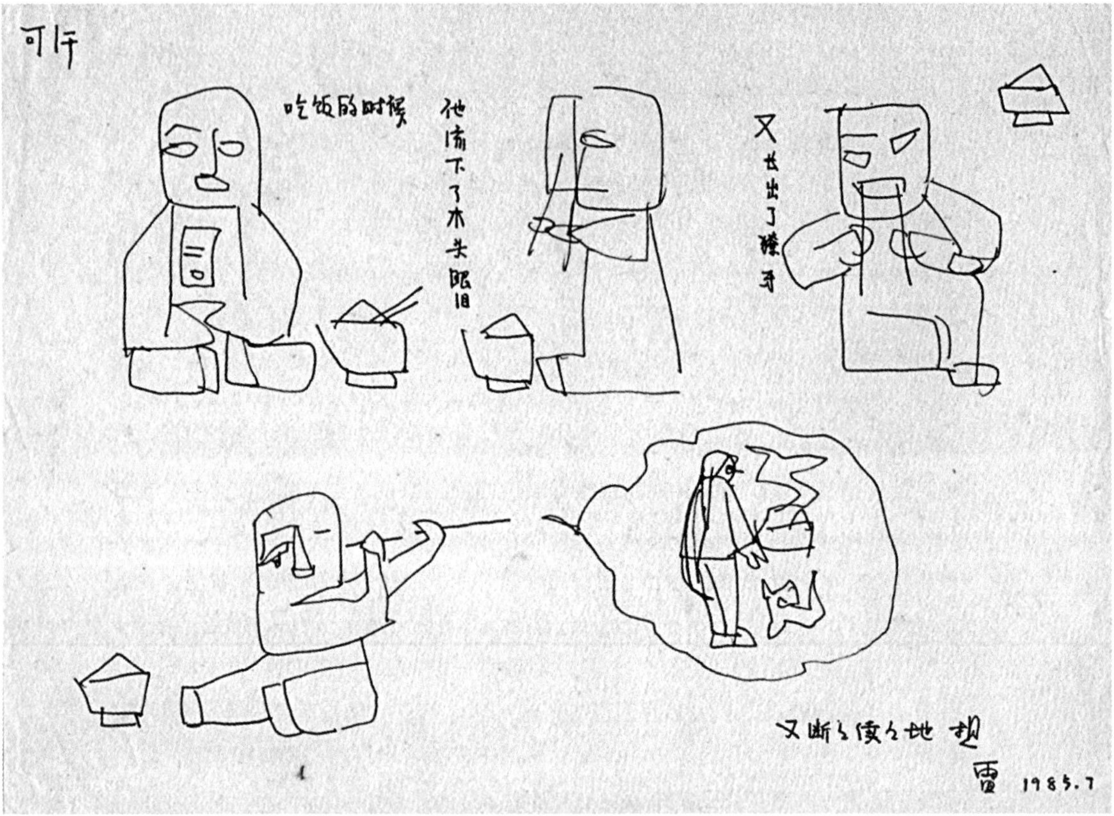


顾城画自己以筷子为道具做表达，并在每一表达处写注：

可汗／吃饭的时候／他流下了木头眼泪／又长出了獠牙／又断断续续地想　雷

最后落写时间：1985.7

雷米冬天图　城　84.10

（此尾注写在 2011 年 1 月，书随后没能发排。万事皆可不急，最急的当先，每个人都如此，于是就延而又延下来。2014 年 8 月听到了李英于 1 月去世的消息，我非常非常惊讶，别人问，我也只会说非常惊讶；惊讶什么呢，我就说不出了，有种凄凉，真是说不出了。现在是 2016 年的 9 月底了，书又面临发排——而且《小说卷》《诗歌卷》《哲学卷》皆已面世，《讲演答问卷》和《对话访谈卷》发排后正在面世过程中；此前的搁置也同几卷整体同时出版的共识有关，人力物力一时都难以达到——重读已是又好几年前的字，写时还期待着李英的反应，她的解释甚或反驳，现在说“要是 2011 年时书出来了就好了”，是呵，可是那还不如说“要是 1993 年时……”）



## 尾注二

1993年10月10日下午接伦敦刘洪彬电话后11月号香港《明报月刊》出现了题为“顾城和谢烨最后的日子——独家采访目击惨剧现场的顾城姐姐顾乡”的文章，作者刘洪彬。我是被我父亲专门骑车去几站路外的邮局排队从北京打长途告知的（他并未见到刊物，只是听说）。今日翻到刊于当年12月号我给《明报》的信，那些艰难依旧清晰：

尊敬的《明报月刊》：

没必要说我多么难过，心深深地放进了刀口，刀永不会去了。本已无甚可求，更没想到会给你们写信。与报界已三年多没有交往了，他们的事后，凡记者的电话，我都抱歉地说“对不起”，我脑里乱纷纷，心除了疼并无其他知觉，我能对公众说什么？只一次用五分钟回答了The New Zealand Herald两个问题，还因为是误以为了那是警察局问话。我喜欢朋友的电话，我愿意随便地说话，有的朋友付很高的电话费跟我说话，我们互相安慰，心的疼痛也在一时中减轻。

我真的以为刘洪彬也是这样的一位朋友。他的电话打在我两夜两天未食未睡，神思混乱，心境惨绝的时候。我也以此境度友，尽管几番被问话弄得不适，但只想他是出于对朋友的关心吧，仍坚持以诚待之。“诚”是没有问题的，但说的话却是没选择，没多想，说哪是哪，说过就过的。和朋友讲话就是这样，讲错了，还有下次。也许是小岛住久了，对前来关心我的他们的朋友们非常感激的缘故吧。

谁曾想到这位刘君朋友会是套我说话，暗暗录音，为的是“独家采访”呢！真是想一万个一万也想不到，看到贵刊这一栏时，我舌直目呆，全傻了！（若干感情化字略）天知道，我可不知道我居然已被“采访”过！要不是家人花钱，排队，急急地从北京打来电话说听说贵刊有我的谈话，我又专程乘船进城请朋友帮我一起寻购贵刊，我会至今不知！

刘君后几天的一个凌晨（此地三时许）还来过一次电话，铃响在我一直失眠后刚刚第一次入睡之时。他叫我“快递”照片给贵刊，还强调包括我的照片。（若干感情化字略）他到那时也不说有录音，有采访，他只字不说。（若干感情化字略）原谅我后来并未寄贵刊照片，那种心情下做这事是不适宜的。我曾礼貌起见四次拨电话给刘洪彬以说明，但电话号码不准，两次打到别处，两次讲给了Answer phone，还不知刘君收听没有。（若干感情化字略）

刘君称其文为“电话的原始记录”，但可惜还是不够“原始”，经他省略（尤其是他的问话部分）、拼接、猜想过的文字，多处偏差、错漏。本来话对朋友说就大不同于与记者说，说没说清，说没说准也都不必在意。可刘君偏要偷其为“采访”，又自是没胆量交我校正，结果是我的混乱加他的混乱，此文怕会造成更多的混乱了。

最后还希望得以通过贵刊申明一下：本人对不断出现在一些报刊上的“顾乡说”“顾乡透露”字样感到困惑，对“说”与“透露”的内容亦感困惑。希望报界若未征得我同意，请不要再用“顾乡透露”“顾乡说”一类形式。深深致谢！

顾乡　11月16日

那些天真是电话不断，应说都是好意，包括刘洪彬。刘洪彬私下录音并发表为“采访”，但还算是比较严肃认真的，还有单凭对我话的记忆就写成报道，中间以大量的擅自揣想填充的，我现在也不想视其用意不善吧。更多的电话心情十分单纯。还特别记得一个女声，就在刘洪彬电话之前不多时，告诉我谁谁向她问过毒药。可惜就再无下文了。The New Zealand Herald是新西兰最大的报家，打电话来问时我惯性地想成了警察局问话，便说了句我想是不愿谢烨的男朋友进入他的房子，不想第二天便登在了报上，为此我见到大×时还主动向他道了歉。大多电话来自我只闻其名或者多年不见的顾城谢烨的朋友，我感谢他们。但是我被电话弄得确实有些吃不消，在家就是电话，连做饭都做不成，却有太多的事要照看。那时我还来不及清晰回想，也还远不知顾城最后的家信遗书，所以会对刘洪彬说诸如“排除恶念”这样的话；我还没想到同岛上的律师所联系，对谢烨不要离婚也没怎么多想；当然更多的话觉得不能说，可说到点上时又不禁就出来一二句，不是面对公众谨慎程度自是松懈一些，“大×”这个名字就是这样说出来的。我想他属无辜，只是确实认为他如果晚一个月来，就什么事也没有了；现在依旧觉得那很关键。刘洪彬后来寄来了他的原始电话录音复件（没有起始部分，可他的发表文章中有；我也没听下去）和原始笔录件（应有起始部分吧；当时没能阅看此时似已失佚）还有二百新西兰元；我无心核对，只在此前读《明报》发表件时将若干肯定的错处标示出来：比如“他觉得谢烨又全回去了”肯定不对，因为顾城说的“全回去了”指自己；比如“起码一下子离不了，感情上。”肯定不对，我说的是时间上离婚一下离不了，不是感情上（后来才知道时间上是一下就可以离的，之所以会以为“一下离不了”，也是因为谢烨一再说找不到律师或约时困难这样的话所致吧）；比如“把她的罪行都记得”“她”应为“他”……诸如此类。因为这篇别扭的文章，加上我回北京（还去了上海）后的感受，1994年2月我每日若干小时地撇下久不见又将更久不见的悲伤父母写了《我面对的顾城最后十四天》。以下的日子继续不堪回首。



再不堪回首，屈指也是十七年多过去了！人们最爱问孩子，还有他们的房子吧。孩子已成年，聪明独立。房子岁月侵蚀，为风雨虫鼠树藤伤，也为人为伤，隔一两周就用一两天打扫维护仍不能阻止，2008年拆换了所有副梁木并换了新屋顶，之后因父母年迈而回到北京，每半年才能去维护几天。房子于孩子和我名下，此为个人私产，不负展览义务，不适于被“寻访”呵。

（又是五六年过去，2016年9月底了，于他们离开竟已23年。长久搁置中间，偶有旧物浮现，与辑录人及编辑讨论，有的就补进了书里。搁置于是也有了些意义吧。）

（不觉已是2018年年初了……）

# 编后记



本卷力求全备收入顾城在海外创作的各类散文作品，包括部分信件及口述整理文字。附录了一篇《小说卷》出版后发现的顾城早期小说《在亮亮的天空下》，以补“顾城小说全编”之遗珠——这篇大概作于1980年的万言小说，以当时新鲜的意识流手法作场景描写、心理描写、讲故事，素材是顾城在厂桥街道服务所的工作，也不妨当一种记事看；有意思的是，小说主人公“布林”后来跑进“布林组诗”成了“名人”，而火车上看他画画的女孩，“灿烂完美得像一枚银币”。另收录作者姐姐顾乡详作补注的纪实文字《我面对的顾城最后十四天》，此稿载于《北京文学》1994年第7期，同年10月由国际文化出版公司出版，后来出现在网上，各本都不够完整（详见本卷下册注释）；为有助读者了解顾城和谢烨海外生活终结时的实况，经与顾乡女士协商，征得同意附载于这套“顾城海外遗集”最后。

大约2010年秋“遗集”六卷九册已初步辑录编成，《散文卷》为末卷，顾乡女士校读补注，在结尾处加写长注，回顾“十四天”之后与李英的接触。至2011年秋天，各卷陆续送审发排。本人持本卷和《小说卷》登门请文昕女士校看，细审与她相关的部分；病中的文昕很感慨，增补再版了她的《顾城绝命之谜》。由此，本人对顾城的探究，从文本延伸到他的周边，甚至拟探询如何联系李英女士及顾彬先生。于是，这套丛书在一个呼之欲出的关口，迁延下来，一搁一年，随即又是一年。经历了顾城和谢烨离世20周年的 2013 年，2014 年晚夏得知李英女士去世的消息，2016 年底文昕也离开这个世界。三四年间，《小说卷》《诗歌卷》《哲学卷》先后出版，每卷编后记都写得很审慎；《讲演答问卷》《对话访谈卷》审校工作多有反复，个人工作也几度变动，全六卷同时出版的想法已放弃，但让它们完整出版依然是努力所在。这一篇编后记，很早动笔，从北京写到上海、到杭州、到重庆，再写回北京，从书桌前写到列车上、饭桌边，甚至地铁里，时日甚长，而心意未惬，但这一过程，已多了不少对顾城、对顾城亲朋，对生命本体及现实存在的沧桑感。

本卷依据内容分为“忆往”“纪事”“随感”“散谈”“书简及日记”五类，按作者所写内容的年代次序编排，从童年记事起，到遗书止。通读下来，称其为一部顾城自传不差，参照其他五卷——《诗歌卷（上下）》（已出）、《讲演答问卷》、《对话访谈卷》（上下）、《小说卷》（已出）、《哲学卷》（已出），这一“传记”读来很别致。如果说，顾城的诗是他生命历程一个一个眼神一亮的瞬间感受和印记，是许多天启时刻在纸面上烙印的闪光点，小说是他试图把其中一些有意味的原点分解、化开、再精心构造出的一段一段心思和颖悟，讲演和访谈（含哲学）是他走到人群里，与人交流的心得体会；这一大卷散文，就是他的生活本身，是他生命轨迹的诚实记录，也是串联其他著作的内在血脉。



1

顾城的讲演和访谈时不时回忆起自己的过去，尤其在讲述写诗经过时，会片断然而精彩地讲一些流年往事、岛上经历，但专心写作散文，回忆过往、记录当时，主要在德国讲学与创作期间。本卷“辑一”所收 15 篇，和“辑四”37 篇《(〈英儿〉未定稿)》及其附录，都写于 1992 年至 1993 年的德国栖居和欧美行旅。之所以归这两辑为“忆往”，在于是顾城着意的精心创作，以回顾个人及家人三十多年间的生活体验，立意很明确：抚今追昔，忆往存证，为今天的生活状态、性格形塑、精神个性寻根究底，也为自己存在过、经历过的时代与社会留下案底。它们和鲁迅最初题名“旧事重提”的《朝花夕拾》一个路数，上承古典史传文学的传统，“究天人之际，通古今之变”，可藏诸名山而传诸后世者。《(〈英儿〉未定稿)》和小说《英儿》的对照，本是个好题目，一场雨后，蜗牛在植物上、墙壁上慢慢爬行，身后留下一道亮晶晶的痕迹，观察遗痕去探索一种生命的来处和去处，是传记批评大展手脚之地，也是文本细读可精耕细作处，留待有心的读者耕耘可也。

在这一类作品里，特别提一提《半梦》这篇。其特别在于，顾城没有正面回忆北京的过去，由回忆第一次到德国，杰女士同他一道去看马克思墓，写到一位被安排来陪同的越南姑娘逃离故乡——或说祖国——的故事。三个人，来自三个不同时空，有各自不同梦想，因说中文而联接起来：德国女士有一个中国美梦，越南姑娘有一个祖国噩梦，“我”在中规中矩、仿佛无梦的德国，成了梦里人、梦的倾听者，在似曾相识的感觉里恍然若梦——做了一个半醒的半梦。文中德国女士一带而过，这个越南女孩儿在其他几卷文字一再提到，顾城心心念念之，如本卷“辑五”的《半字歌》忆到她，比如《此时此刻的诚实和从容》(《对话访谈卷》)和“激流岛话画本”的《天之净土》(《诗歌卷》)等，有她的言行面貌浮现，这个越南女孩子名叫李素华。

能让“我”恍然若梦的中介物，除了“说中文”这一交流媒介，还有马克思。“我”并不是主动、一定要去看马克思墓的，但“我”已被着上“中国人”的标签，带到了马克思墓前。马克思雕像是个硕大的脑袋，放在花岗石上，似乎“还在做梦”，“我”陡然惊觉：这梦里“有中国和俄国的命运”！一夜没睡，加上晕机恍惚，还让德国人谨严、精准的时间表，和两块“香皂般大的生鱼”折腾，面对两个活生生可爱的人、一座沉重的塑像，“我”心生感慨：“羡慕大梦不醒的人生，也希望醒在一个不太危险的梦里”。几个憧憧叠影的故事，一片恍兮惚兮的现实，叠加清醒不醒的梦境，相对完整的回忆，零散跳荡的现在，融合于半梦半醒之间。我们选取它的篇名做本卷的集名，大概能让天上的顾城一笑？

2

“纪事”和“散谈”，内容与“忆往”并无根本不同，勉强分说归类依据，大致是不严谨的两个标准：一是海外生活记录，一是国内记忆书写；这是题材上、也是时间上的界限。一是随兴即景作，多半不完整，是连写带说的计划外成果，一有明确创作意图，要交差的“写作任务”，是计划完成的产品，这是写作目的、写作方式上的差别。不过，这两辑和“忆往”的最大差别，就是没有“梦”——不是“记梦”或“写梦”，是顾城埋头“做事”和“记事”的记录。——但没有梦的文字，所见生活里的顾城，并非别一个顾城，而是在苦干、猛干，其实很能干，以“干”追逐“梦”、建筑“梦”的顾城。



《养鸡岁月》就是这样一个纪事。据1993年1月1日顾城夫妇在法国与友人谈话录音，谢烨表示过：“我现在写那个养鸡的故事，因为那故事特长，我得一段一段写。”顾乡《我面对的顾城最后十四天》“（1993年）10月4日星期一”补注中记顾城和谢烨谈《养鸡岁月》的写作，写有一段话：

……后来说过这篇东西，谢烨好像不喜欢，说他把自己“写得也太积极了”，……谢烨说《养鸡岁月》“你这样写就不像你了”（意思不是说不像生活中切实的你了，而是不像那个他们共同塑造的艺术形象“你”了）。还听谢烨对顾城说：“养鸡这事儿不是说好了归我写吗？”顾城则笑，说：“归你，归你。”

照此“分工说明”，养鸡这个故事，应由谢烨来写却让顾城占了先，虽然长而完整，显然属于计划外成果。而养鸡这件事情，很能展现顾城“实干筑梦”的面貌。

《养鸡岁月》全篇68节，回忆1988年6月至1990年4月新西兰激流岛的生活。顾城发现过期报纸上那座待售的房子，约闵福德教授一家赴岛看房，贷款买房，入住之后不断修补房子，他们为在那房子里生活下去付出各样努力，如种菜（顾城自嘲为“农业”），采野菜、打野物（“采撷业”“狩猎业”），养兔子，在自家屋后发现笼圈遗迹，在邻居家和集市发现鸡和鸡蛋的价值；于是，他们养鸡，从两只鸡、一个小鸡圈起，林间追鸡，配种孵鸡，扩大再生产，翻建养鸡场，直养到两百多只鸡，每天收获几乎200个鸡蛋。然后岛政府干预，不得不痛杀群鸡，结束这“盛大”岁月——顾城自许为“畜牧业”“养殖业”“商业”时期。虽然“一段一段”写成，本书校注者看来，尚属“作者初草，……有提纲性质”，（比如其中人名，“谢烨”和“雷”并称）；即便说是待定稿，也已相当完整。读来波澜起伏，趣味横生，许多插曲——比如小公鸡“老爷爷”的生死，比如谢烨借车、学车、开车送鸡蛋的过程，让人怅然感动，又忍俊不禁。本卷收入全篇，为方便读者了解更多细节，将所记人事对应的家信、照片，做了插页，详加注解释文，以为对照，让读者在往事追忆和细节呈现之间，读出心情、读出滋味、读出个性和艺术。



3

顾城的哲思和人生感悟，集中在《哲学卷》和讲演、访谈二卷，《诗歌卷》和《小说卷》直接表达的也不在少数。比较而言，本卷辑录的“随感”一辑，20篇篇幅不大的随笔，还有残篇，内容没有外在连贯性，体量仿佛另外几卷——尤其是“讲演卷”“访谈卷”的拾遗或补充。——其实并不然。

这20篇随笔，有一小半写于激流岛上，一大半写于德国和欧洲旅次；大而言之，可分两大类：一类随兴而起，或咬文嚼字，或触物起兴，或触景生思，如《城点问答》、一组积攒好几年游思的《罕语词点 城语不全》、两则“蚂蚁篇”、《(〈红楼梦〉翻读随笔)》《我不能想太多》《江上一棵树》等，劳作间隙，旅次途中，坐卧止息，于万籁俱寂之中，见物（比如蚂蚁）忘我，坐（或者卧）而忘身，读（比如《红楼梦》）而出神，触目所及，就有另一个自己（或同道比如谢烨）跳出来和自己晤谈，就有思想或妙句纷至沓来，被作者信笔摁上纸面，且想着想着“多少像诗一些，就唱起来”（见《“进化”危机》）。其中颇多有情、有趣、有意思的话：“话这么说着，泡饭也都下了肚，暖瓶边的蚂蚁一团大乱，却依旧有来有去。”（《“进化”危机》）“两只小鸟，一只死了，一只正在死去，死了的那只多么安静。/一只正不住地使用翅膀，而另只不用翅膀也飞走了。/我记着，它向前飞的样子。”（《罕语词点 城语不全》“零星三”）“值得说的是雷，她不是一本书所能说清的，（而我永远也不会写这本书）能说的唯一的线索是宝钗，她们很像。”（《〈红楼梦〉翻读随笔》）……摘不胜摘。人生感悟，社会沉思，历史审视，玄学洞察，读者读进去，能撞上和自己心跳频率相应的字词句，无妨自己去读、自去选摘。

一类有意为之。或应邀而作，或专题作文，《说“份儿”》《青夜》等想起了北京，说起北京的人味儿，念叨北京的天气，想起生生死死，《青夜》里突然跳出来眼前这“月下刷牙看室内暖光中妻儿雷、胖子坐在椅上，隔着冷峻的月光打在玻璃上的反影，那是不动声色的树林和千年如一的星空”，却何等温情！《给〈Today〉的信》《国语妙境》《鬼技多端》《植物人》《树枝的疏忽》这几篇，谈论艺术本质，谈论童心及“诗”“吃”妙语解颐，谈论电影鬼片底下的人心，谈论人和植物的相通和不通，谈论诗心和诗性……“小童问道：‘“春江花月夜”特别好喝吧？’喝？！我大大地吃了一惊：好个气派，好个想象力，相形我何其拙也……”（《国语妙境》）；《奇遇》《影响你的一句话》《读诗》《诗奇观二则》《〈顾城寓言童话诗选〉后记》这几篇，讲的是自己的诗和自己诗的来历，是顾城诗的创作哲学。写诗像闭上眼睛幻想，他说：“闭很久的眼睛是一种技术，我不想告诉别人，因为弄不好你就回不了你原来的院子了，特别是你当过鸟和老虎之后，你就很可能坐到屋顶或者烟囱上，这样如果正好没有梯子的话是很危险的。”

无论随兴而谈，还是应约而作，它们满是诗意，是顾城许多诗篇的芽胚；它们翩若游丝，是顾城哲理思考的雏形；它们真幻交融、去来自如，和顾城小说行文一样惊才绝艳。如《树枝的疏忽》第一节所言：“骤然风动云散，黑暗退隐，你看见万物万象，明媚自如。”

4

“辑七 书简及日记”收录45封顾城致家人、朋友的书信（含谢烨、顾乡附信)，28 段零散日记，还有间插在《养鸡岁月》《(写给儿子)》”等篇的家信片段，贴身记录下顾城夫妻及孩子海外生活、尤其家庭生活一点一滴、一念一动。细读这些片段，对顾城的日常生活，从收支账目，到吃喝拉撒、洗澡睡觉等等，有精确一些的了解——这是目前顾城研究的一大块空白，也是网络世界众说纷纭最无凭无据、却头头是道的一段。借助这些材料，我们不难对其日常起居进行梳理，对顾城生活的一些谜团有一个相对确实的认知。

比如顾城和谢烨的关系问题。和顾城交往过的一些朋友，写到过顾城的生活能力很差，在谢烨面前像一个不谙世事、不通人情的淘气孩子；在公开场合顾城也不止一次对友人表示，离开谢烨就没办法生活。前引顾乡《我面对的顾城最后十四天》“［1993 年］10 月 4 日星期一”同一补注还有一段：“……李英也附和说顾城‘你袜子都找人谢烨要呢’；顾城笑，好像乐得被看成个无能的人。”连袜子都要妻子找，给人一种非常鲜明的生活能力差、没长大的感觉。阅读本辑文字，会心生疑窦：顾城并不是个无能的人，为何在夫妻关系中表现出如此强的依赖性?

对照本卷与其他各卷，特别要留意顾城公开讲述和私信写作之间的差异，在这些差异间，能见顾城真面目——一个心灵单纯、满怀善意又自嘲超然的立体顾城。

顾城在公开场合表现出来的“依赖性”，有他和谢烨设计、“表演”的“公众秀”性质——这“表演”是有原因的。原因之一是功利目的——是生活需要。从婚前到婚后，顾城要拉谢烨进文学圈，以便相伴参加各类文学活动，他们采取了两个“策略”：一是帮助谢烨出名；二是表示生活需要谢烨照顾。顾城早期诗作曾署名谢烨去投稿，“让谢烨尽快地在诗的领域中为人所知，于是一旦诗歌活动邀请他时也可以同时邀请谢烨（他们尚在两地尚未结婚时很憧憬可以同时被邀，结婚以后也是）。”（顾乡语，又见《诗刊》编辑王燕生先生文《两个故事中相同的主人》）1992 年 10 月 29 日顾城从德国致父母信里说：“烨写出点名对我们有利，一则可让人同发邀请，省得许多处只请我一人，不好办，去也得多花一份路费，……出名是无可奈何，一次一年半年，都须有名。卖书也如此。我对出名毫无兴趣，只对稿费还认可。但无名，别人就不给你钱。”1988年9月顾城家信写到：“美国约请是十一月1日到30日，吃住都管（仅限我），还给钱。”这种“仅限我”的活动，顾城会要求会议主办方一同邀请谢烨，理由是他衣食住行离不开谢烨；文昕回忆里提到，“早在国内，他就从来离不开谢烨的呵护。包括参加作协举办的各类文学会议，组织者都不得不破格连同他的妻子谢烨一同邀请。”（见《最后的顾城》“夷为平地的爆炸”章）文昕见到破例邀请的事，也把“从来离不开谢烨的呵护”当了真。顾城为表明自己需要照顾，必然表现得特别无能、特别依赖谢烨，自然“连袜子都要谢烨找”；而且，他们渐渐享受起“呵护”与“被呵护”之乐，以此为真，让朋友们信以为实。



原因之二是顾城和谢烨特别的家庭分工模式，“他俩儿在他心目中是一回事，烨学英语、学开车、学打字，他就不学了，他说‘不要学重了，节省下半个人的精力可以干更多的事’。他帮谢烨改诗，改文，有时把自己的放上烨的名字，他回答我说不是作假，烨写的就是这样，她太忙了，他们是分工合作，等烨发表多了就容易了。”（《我面对的顾城最后十四天》“9月26日 星期日”），这是把家庭男女分工改造、放大到极致的生活模式，各擅所长，合作互补，不浪费两个人的心智。因此，顾城出国多年连英文都不会——可别忘了他还在奥克兰大学讲台上做讲师呢！其实呢，不是他学不会，而是觉得没必要学，《散谈三》《散谈五》他们当笑话一样讲到：谢烨开车，也是顾城“教会的”，而他自己真不会开。

就这样，海外行走的这对诗人夫妻，成功完成了他们的“公众形象”塑造，给朋友圈制造了一个艺术化“无能的顾城”：他生活需要照顾，语言需要翻译，写作需要记录（有人竟因此认为，顾城的作品是谢烨代笔！）。为此，顾城不惜自我嘲笑、自我贬抑、自毁形象，夫妻俩还乐在其中。作为顾家的儿子和男人，他生活的能力并不差，其实是一个肯干、能干、敢干的人。他从小跟父母下乡劳动，回城在街道服务所蹬板车、做木活、清烟囱、掏阴沟等等，无活不干；新补的《在亮亮的天空下》说明，他恐怕还漆过屋顶。为结婚花积攒的稿费在上海买了个独院小房，自建厕所、自个修缮。他能自己使缝纫机做帽子，他烙饼很好，还会做汤；种菜、养鸡、修房子不在话下。

正是从这个角度去观察，才能明了，《我面对的顾城最后十四天》所记，从 10 月 4 日开始，顾城积极主动学英语、学开车，要自己买车，意味着什么：他已经从“依赖”里脱身出来，他要摆脱“无能”的艺术形象、享受“呵护”的幻觉、不处理家务琐事的习惯；他正接受离婚、单独生活的前景；他说，他还有 100 本书要写，他对自己的未来、对儿子满怀希望。



5

顾城家书和散谈、纪事各篇，有不少关于儿子的记载，认真梳理，可以做一篇长长的“顾城和他的儿子”专文。意外怀孕，胎检心情，出生情景，取名字的故事（此环节谢烨说法和顾城家书的讲法不同），喂养细节，儿子的一颦一笑、一言一动，相互的逗乐、打闹，还包括顾城打孩子的情况，都记录着，做父亲以后的顾城对此津津乐道。许多细节，是一般父亲会忽略掉的，比如出生细节：“……12 点 20 分，生了一个男孩，4 公斤 3 公两，8 斤 6 两，9.7 磅，54 厘米，半米多长，极胖，困难可见，我一直在烨边上，8 点生到 12 点，最后用了麻药和产钳，开了一点刀。头极大，大眼长眉，耳方圆，手脚指均长，整个像个打拳的，晚生了两周，大极了，和别的婴儿比有点壮观，头发又黑又多，真不知怎么回事。烨血流过多，真可怕，但现正在恢复……。生娃娃真是人间最难之事。”（1988 年 3 月家信）观察之细致，记录之详尽，对妻子所受痛楚之体贴、心疼，满满是爱。同样是写给儿子表达爱意的文字，对照本卷《(写给儿子)》和谢烨的《你叫小木耳》（见《小说卷》），看看二者内容选择和表达方式、情感质地的差异，是有意思的。——也留给读者去感受或理解吧。

顾城对孩子的管教，不过是普通中国父母的严管而已，非要找什么不同，在军队大院成长的顾城或许更严格一些，作为诗人的顾城无疑更敏感一些；1990 年 3 月这段家信讲到他打孩子的事，能见出这两“更”：

木耳几次让我打是吐了吃的东西，或吃时玩儿，这一定打，我不能容忍。我们来时几个月光吃白饭、盐，一天只有一个小鸡蛋，给他吃；现在多了，就浪费，这都是舍灵魂换来的，不吃就饿着，活该。吃饭玩，我都讨厌，因为在这儿不尊敬饭就是反动派。

有错必究，纠错必严，“一定打”，这是大多数中国父母自认为最直截了当、最见效的管教办法，在顾城这里，小木耳挨打的情形并不比别的孩子更多、或更奇怪。比起众口相传的教子诗“谁知盘中餐，粒粒皆辛苦”，顾城这句“舍灵魂换来”独有现代诗人的明敏和尖锐。看顾城记述的小木耳趣事，听他跟朋友讲逗小木耳的儿歌“一妙二妙，无限美妙；三妙四妙，莫名其妙；五妙六妙，惟肖惟妙；七妙八妙，大事不妙！九妙十妙，山上有个庙……”（1993 年 1 月《散谈三》，见本卷）“妙”个不休；看看顾城家书里精心或随手所画儿子像（其中一幅题“宝三庙木耳两岁半”，“三庙”和“木耳”均为儿子名），其好玩和开心，历历在目。顾城行为和情感上对儿子的爱与关心，并不缺位。



本辑里，顾城写给儿子的十二篇文字，是谁——连顾城自己——都没想到，这是他最后的创作。1993 年 10 月 2 日至 7 日他坚持与谢烨一起写这些文字，回顾他面对儿子的过程，尤其心理历程。比如他知道儿子到来时，“我第一次感到恐惧，我没想到有这样的事，我必须接受的日子”，第一次听到胎音：“……医生把那个声音播得很大，在整个房间里回应，‘哗哗哗，哗哗哗’，一刻也不停止，我看见一个人，踏着海水，向我走来，我不认识他，害怕，看不见他的脸，他一步步走……”有意外到来引起的惊喜和惊惧，有反躬自省的惶惑和惶恐，尤其是文中反复的自剖和自责：“这是我不好”，“我待你不好”，“我打了你两下，对你不好”，“我用难听的话说你”，“我永远对不起你”！不过，像胡适说的，“我实在不要儿子，儿子自己来了。”既来之，当承担之；害怕和惶惑乃至自责，并不是《(写给儿子)》的主题，他不甘、却不得不接受家庭破碎的事实，顾城心底奔涌着对过去的无限悲伤，也有对未来的满心期待："Sam，**我记得，你那么紧紧地抱住我，在黑暗的树林里，你相信我**"，"Sam，**我只想牵着你再走一走台阶。**"纯净明亮的文字，没有灰暗或绝望的阴影，他在对儿子悄声细语，也向就在眼前、聆听他说话的妻子倾诉，希望"把住些把不住的事体"（冯至诗句）；现实是伤痛的，甚至痛到绝望，幻想和希望从未离开他的心灵。

然而，第二天下午（10 月 8 日）发生在顾城和谢烨之间的一场意外争执，——为何争执？是不是也和孩子有关？已是无法解开和印证的死结——和争执激发的一次冲动，毁灭了两个活泼的生命，毁灭了他们在孩子笑容面前张开的怀抱！这是太过惨痛、太过无奈的结局！



6

因缘巧合，2004 年我开始参与顾城作品辑校工作，受十来年媒体传播的影响，网络上一片"用斧子砍""虐杀""蓄意谋杀""杀人犯""精神病"等这样凶狠的评判。当代文学课堂上，讲授顾城诗的老师，常痛感顾城其人、其诗难以统一的错位。接触顾城作品渐多，诗全集两厚册，《顾城文选》四大本，顾城的生活和精神世界渐次清晰。从《北京文学》杂志读过、随后搜寻到顾乡女士《我面对的顾城最后十四天》单行本，起意对顾城谢烨事件（以下简称"顾谢事件"）的实情作进一步探问。读到《顾城弃城》这本书，翻检十几年前中国大陆、台港媒体对"顾谢事件"的报道，才猛然意识到：一个尚待勘验的生活案件，如何经由媒体抢新闻、做新闻渲染成惨烈的凶杀案件；一场意外发生的家庭冲突，如何被记者、学者、道德家们袖手旁观"深入挖掘"成反人性惨剧。这个事件本身并不复杂，在我看来，无非一种由个人完形心理诱导产生的错觉，被法国"群体心理学之父"勒庞所称的"群众心理"左右得面目全非而已（见《乌合之众：群体时代的大众心理》）。

2011 年初《南方人物周刊》一篇新译旧文又一次掀起"诗人何为"的网络"义愤"，让人惊讶；2013 年海内外围绕顾城辞世二十周年的议论热潮，让人困惑：二十年来，无论学术圈还是大众媒体，"顾城之死"一直未得到实事求是的对待，人们的演绎、学者的研究中，一些早已公开的基本的事实，仍被无视；人们的谈论，仍停留在媒体当年传播的混乱和困惑里。编校“顾城海外遗集”的同时，我开始追问：顾城为什么会自杀？他的妻子谢烨是怎样死亡的？顾城手里真的有一把斧子吗？在“顾谢事件”周围，各当事人、媒体起到什么样的作用？今天应如何看待这一事件？人们从这个悲剧可以获得什么样的反省？等等。

个人的史料爬梳和考证记录，应当另文表达，毋庸在此赘述。从本卷各辑，尤其《(〈英儿〉未定稿)》、“散谈”和“书简日记”三辑，读者可以明晰、清楚地了解顾城、谢烨和小木耳的日常生活及其情感联系；有此基础，省视人性与人心的宽度和厚度，体悟生命、命运的偶然和无奈，或许会以悲悯之心去理解、去判断“顾谢事件”这一意外悲剧。



在这里，我想补充说明收入顾乡女士《我面对的顾城最后十四天》的初衷。从史料学原则来讲，第一手资料最可贵。顾乡是顾、谢生活最后十四天的当事人之一，这本书 1994 年 2 月初动笔，距离“顾谢事件”发生不到四个月，记录的是她当时所见所闻。不少人说，作为顾城的姐姐，她的叙述能可靠吗？此书之外，我搜集了顾乡 1993 年 10 月以来发表的各种文字，注意到旁人记录她的谈话和访问；对比书外文字和书里内容，未见到“问题回忆录”普遍发生的记忆错漏，或刻意掩饰的矛盾出入。这是一本读来让人痛彻心扉、不忍卒读的书，作者怎么会编造、怎么去编造呢？二十多年过去，顾乡一直在等待、一直未等来有同时经历的其他人，对这本书提出质疑。本卷读者阅读时若有疑问，欢迎交流，敬请按照以下邮箱：ronghoir@126.com 提出疑惑与问题。如果本书有机会加印再版，读者的问题及回复会增补在正文注释或“编后记”中。

需提一笔的是，从该书网络版分章节阅读的点击数看（见“顾城之城”网站），读者注意力往往集中在“10 月 8 日 星期五”这最后一刻，对此前十三天顾、谢二人的情绪起伏、分合纠结注意不够，他们生活起居细节多被忽视。对试图了解“顾谢事件”发生经过的人来说，这是很可惋惜的。

7

2013年中，因一个朋友的介绍，凤凰网文化频道筹拍《流亡的故城》纪录片的几个年青人找到我，一方面邀我讲一讲这些年辑录“顾城海外遗集”的感受，一方面希望能为纪录片摄制提供些资料和建议。文昕正在病中，她强撑病体，在医院附近租住的宾馆房间接受了摄像访谈，——那一场景我记忆犹新：她的嗓子很疼，说一会儿话需要喝一点水，水不能凉也不能太热，一次只能啜一小口润润嗓子；她那么好听的声音，就是这样煎熬出来的。此前，我把配图的《散文卷》已打印送她审看，对片方的希望，文昕很支持，既让我把顾城题赠她的所有照片扫描提供出去，还做主让我把本卷的电子稿传给他们。她心目中，有年轻人来了解顾城、认识顾城、传播顾城，必须大力支持。我执行了她的意愿，也慎重提醒对方：我只是材料的汇录和整理者，材料仅供拍片研究顾城生活与创作参考，不得公开使用；万一要用，须向顾城家人取得授权。



纪录片于2014年元月公映，首映上线仪式文昕和我都参加了。对纪录片的内容既表达了赞赏，——比如用镜头还原顾城《城》组诗的诗意；发掘出奥克兰警方档案里顾城、谢烨的死亡证明文件——新西兰法庭对谢烨死因的结论是：From head injury inflicted by a person during a domestic altercation.（可直译为：家庭争吵中由某人造成的头部受伤。）没有杀害或谋杀，没有斧子，连是否由顾城造成（inflicted）都没肯定。也提出了对一些细节和处理方式的批评意见，——比如“情景还原”顾城杀鸡，就完全不符合顾城与谢烨的生活本貌。在后来的交流里，我认为他们一方面用原始材料破除了顾城“持斧杀妻”的谬说，一方面又把从不敢杀鸡的顾城渲染成面无表情刀剁鸡头的人，暗暗延续“丧心病狂”的谣传与传谣逻辑。

没想到的是，2015年10月市面上出现了署名“凤凰网文化 主编”的《顾城·故城》一书，其腰封、书内插图使用了我提供他们参考的23张顾城单人和合影照、9幅李英致文昕和顾乡信、11幅顾城家书、4封顾城遗书，以及一张顾城诗笺。部分注明“文昕提供”，但全部图片的使用，均未告知当事人或向顾城家人取得授权。使用方式上，这些图片与书中文字少有关联，似乎起的是招徕眼球的作用。这样偷偷盗用，且未好好发挥材料应有的作用，是一种无端的浪费，更是一种违法行径：它们是本书的插图，却被擅自使用，侵犯了顾城家人、也侵害了本书出版人的合法权益。

对此，顾城家人和本丛书出版方都提出不应该放纵他们的行为。作为当事人，我联系出版方质询作者方，希望接受了无私帮助的作者方说明情况，但如泥牛入海、至今无结果。热心助人会不小心变成“热心罪人”，息事宁人会不会“息事佞人”？这样的事遇到不止一次，权以此一段题外话，存留印记。



本书使用顾城的照片、手迹、书信以及绘画、书法作品，和其他各卷一样，是极慎重和讲究的。和顾城文字直接关联，有助于读者阅读、感受、理解顾城作品，是插图的本意。为此，我们付出了辛苦的劳动，本书责编与排版设计人员也反复斟酌。比如《养鸡岁月》部分，特意将记述事件同期的家信裁剪出来，用心处理，详加释注，插页于文字间，有一种学术性的严谨和艺术性的美感。本卷下册书信所附“家信图说”一组，有注解，有释文，有原信，有局部放大，顾城手书、手绘和实景照片并置，图文对照，让读者仿佛走进顾城岛上的家，作客，随作者指点，感受他们劳作的艰辛和欣慰，体会顾城的性格和趣味。它们一道构成作者的生活空间，呈现顾城的艺术天地和精神世界。

8

顾城后期的诗歌，很注意文字的排列，文字的声响和字号大小，甚至笔画的断续；他不太喜欢将字仅仅看作依规范排队报数的刻板符号，时不时把汉字看成一个个生命体，有各自的轻重，各自的形体和声音。本卷中，比如《我不能想得太多》中说“我把多出的水，洒在字里，字就开始生根开花……”；《诗奇观二则》中说“文字会自己行动，……不再代表人加与它的意义，就像我们辞去了外在的职务恢复了原本的性情。这是解脱了魔

**法的文字，它会碰到另一些字，结成故事，……**”这样的感受和表达让人悬想：顾城写散文、写家信尤其写他最感幸福的诗时，文字规范会造成他什么样的滞碍，又会逗起他哪些恶作剧般的快意？谨守出版规范，作家创作也不可弃之不顾。如当代艺术家生造谁也不认识的“鬼打墙”文字，并非顾城的追求，但他对文字的敏感和掂量，他调度汉字变幻的魔术，一定要小心对待。

从手稿可见，顾城对行文规范不够上心，偶或存心挑衅之。分辨其无意有意，是处理他稿件的一道学术题。全部照顾城手稿处理，是不现实的，让责编承担编校质量不合格的责任也不公平。经协商、推敲，我们决定：私信尽量保持原貌，让顾城和收信人之间的符号编码系统尽量保持完整，只有劳顾乡女士多加校注，放它们一“码”；信件以外，文字面目有异者，一个一个字捉过来，细细打量，认真鉴别，逼它们各“归”本分、各“规”其范。这样实行起来，成了和责编反复讨论、相互拉锯的过程，为一个字形字音保留与否，会争执不下，几如顾城说话、写文章，能从一个字妥否，一句话、一段话的推敲，上升到哲学话题去。改去又改来，情形反反复复，本卷出版有所迁延，这可是原因之一。不过，在争执里，大家感受到许多特殊的用字体会；不能不惊叹，汉字魔力太奇妙，难怪顾城如此着迷。

这里例举一二来说说：

最新现代汉语词典里，只收录了“干吗”（读 gànmá）一词，表达“干什么”。顾城书写，也用“干吗”（读作 gànma）一词，表达的却是“干不干”“肯不肯”；在一些语境下，如“你在干吗？”又表达“你是不是在干？”的意思。表达“干什么”的词，顾城记写为“干嘛？”（读 gànmá），如“你在干嘛？”（上册第 102 页）、“大家着那个急干嘛？”（上册第 346 页）他书写和说话时，“干吗”gànma、“干嘛”gànmá 本来各司其职，也各个在理，却因为“干嘛”词典不收，强制规范，二合一处理：本卷“干嘛？”大多规范成“干吗？”。

再如作者将“呵”读 e（他谈话录音中常发此音，写出来是“呵”，作者手稿总是“呵”），是个轻声叹词或尾音符号。现代汉语词典里“呵”只发

he 音，没有记这个 e 音的写法；发 e 音时记为“呃”，声调不同都记写这一个字。一个字形上显示为“认可”的“呵”，一个是字形显示为“厄运”的“呃”，后者显然不是顾城要的字。虽然“呃”顾城在文中也用过，如《国语妙境》中，用“呃”记录一个语气很重的方音（字典中此字有 é 音），早年作品《荒冢歌声》中也用过这个字，也对应得上这个重浊音。可在他录音里高频出现的 e 居然找不到字了，“啊”或“额”、“哦”都不对应。斟酌之后，轻声叹词或尾音符号的 e 本卷（包括已出的《小说卷》《哲学卷》）都写作“呵”——呵呵！

还有一个词“气不份儿”（见《说“份儿”》），规范写法为“气不忿儿”，这让人左右为难，或从作者，或从规范，都听不懂北京话了。末了决定，就“气不份儿”了。本卷中作者的不规范用字，有的保留加注说明（见内文），有的如“落山矶”（和徐志摩译“佛罗伦萨”名“翡冷翠”相似）、“契珂夫”（民国出版物常见）、“香滨”（香槟本来是液体的）、“必须品”、“像片”、“跳午”、“有人（个，岂不成了踩高跷的“人”）电工”、“打杈”（不在路口而在树下分道不行么）、“混沌”（馄饨，混沌着包、混沌着嚼下去呗）、“芥兰”（被废除的简化字，可今天菜摊上人民群众仍这么写）、“锗石”（金无足赤，赭石太完美了）等，本拟保留，因加注繁琐而统一规范作罢——这里记一笔留个恨恨不平的念想。按规范要求，替作者的某些用语加引号，或变格式，就不赘述了。

作者行文相对偏好笔画少的字，如“跳午”“兰天”“桂元”等，这类汉字上世纪六七十时代的书写似已约定俗成，1977 年正式颁布为第二批简化字，两年不到又被《人民日报》停止使用（1986 年正式废止）。顾城的习用未必是响应简化字方案，将它们规范为正体字，就有矫枉过正的感觉。比如 1989 年 1 月他家信写到一岁儿子站在大便上“跳午”，规范成“跳舞”，就失去那种轻快、生动，感觉用词过度、过正；作者写作“跳午”未必不是有意的。

但顾城作文也并不一律从简，比如“黄梅天”爱写为“黄霉天”，表达其周边处处发霉之困境；偶尔好用繁体字。这些都不得不规范掉。不过，本书读者有手稿可见——其中一些作为插图放在书里了。

还要补充说明一下辑录过程中录音文件的文字记录问题。有时，为确认一个字音往往会连听许多遍，这很担心伤害录音带——那个年代还没有数字化工具录音笔，——每一次校听，都不放过此前的笔录问题。本卷后出，因此校正些错漏。已出版的《哲学卷》也发现一些，比如其“前篇”第 13 节《作为本体变幻万物……》篇里，“耶稣死后末日审判”应是“耶稣死和末日审判”（见《生生之境》119 页）；第 11 节《思者不在，在者不思》篇里的“自己干”应是“自己站”（见《生生之境》84 页）；第 9 节《灭的目的或许就是生吧》篇里“萧杀之情”应是“肃杀之情”（此是笔录书写之误，见《生生之境》69 页）。诸如此类，这里顺带校正，原书如能加印，当纠正之。



顾城的六大卷九册“海外遗集”都已编定交出版社了，编后记拖拖拉拉、断断续续拖了出版的后腿。回顾近十年来辑录整理顾城文稿的工作——“工作”二字已不确切，又该叫什么呢？ 2010 年向出版社提交“选题申报表”时，写下两段本丛书“出版内容与价值”：

一是本丛书的出版，完整呈现顾城“朦胧诗”之后诗歌艺术的新探索、新拓展，整体展示顾城小说、散文写作的个性风貌；尤其是标志着顾城文化思想深度的讲演、对话、访谈、哲学沉思录的初次完整结集，第一次呈现他对东方哲学、艺术，对生命、人生的深透体悟。可以说，这套丛书展现的，是“朦胧诗人”之后，一个更有高度、广度和艺术创造力的顾城，他是一个诗人，也是作家、艺术家、批评家和哲人。

二是顾城的意外死亡，在各类媒体的想象和误导下，遮蔽了他海外生活的原貌。本丛书拟在展示顾城精神生长全貌的同时，通过顾城相关回忆资料的整理，以及每个专辑后记的介绍，还原顾城海外六年生生死死的本来面目。

这是初衷，也是目的。相对海内外出版的各种顾城著作，这部“顾城海外遗集”是目前为止最大也最丰富的顾城集，它仍只是顾城作品的一部分。但这部遗集，充满看点：熟悉顾城的读者，抑或不了解顾城的读者，皆能从中看到想看、好看的事物，因好奇心看，因爱好看，因文学看，因写作看，因哲学看，因思想看，因考证看，因生命体验看，因休闲养神看，……本书不会让人失望。研究顾城的人，批判顾城的人，爱护顾城的人，厌憎顾城的人，不妨先看，——这里是顾城本色的面目。这面目，要读者自己去看、自己来看。

当初，丛书每一卷的后记，拟邀请顾城亲友或研究者来写，此设想未能实现。每卷书成，激起许多感想，于是越俎代庖，勉力而为写下零零散散的印象。这些印象，仅是一种引导，希望给读者一个提示。



其实，顾城的读者本无需这些。本卷“辑五 随感”里的《树枝的疏忽》，是一组诗话小辑，顾城参照古诗、禅意、希腊寓言和自作诗句，思接古与今、中与外、人或我，神通生和死、兴和衰、梦与真，参悟有或无、永或暂、物或心、动或静、缺或满、暗或光等等对立统一的实境和幻想，融通一片奇异幻化的诗境。末了，他说——

我唯一的所得是静静看着，而不去捕捞它们。

这，是十年来我生命的大收获。

2017 年 10 月至 2018 年 1 月底，挺进

各辑书名由斗垣张秉文先生题签，资料汇集、整理、编辑过程中，陈维明、陈二幼、江晓敏等同仁贡献不可替代，在此特别感谢！

一朵花飞起来
一朵花也飞起来
这就是我喜欢的生灵世界

# 半梦

顾城海外遗集

散文卷（上）

荣挺进 辑录
顾乡 校注

金城出版社
GOLD WALL PRESS

图书在版编目（CIP）数据

半梦：散文卷 / 顾城著；荣挺进辑录；顾乡校注.—北京：金城出版社，2018.3
（顾城海外遗集）

ISBN 978-7-5155-0177-2

Ⅰ. ①半… Ⅱ. ①顾… ②荣… ③顾… Ⅲ. ①散文集—中国—当代 Ⅳ. ①I267

中国版本图书馆CIP数据核字(2011)第191777号

**半梦：散文卷**

作　　者　顾　城
辑　　录　荣挺进
校　　注　顾　乡
责任编辑　杨　超
开　　本　710毫米×1000毫米　1/16
印　　张　57.5
字　　数　580千字
版　　次　2018年6月第1版　2018年6月第1次印刷
印　　刷　三河市百盛印装有限公司
书　　号　ISBN 978-7-5155-0177-2
定　　价　180.00元

出版发行　金城出版社　北京市朝阳区利泽东二路3号　邮编　100013
发 行 部　(010) 84254364
编 辑 部　(010) 64214534
总 编 室　(010) 64228516
网　　址　http://www.jccb.com.cn
电子邮箱　jinchengchuban@163.com
法律顾问　陈鹰律师事务所（010）64970501

目 录

## 辑五　随感

附：

# 辑一　忆往

# 我早期的“革命斗争”



七岁前我主要从事的“革命斗争”是不上幼儿园。这斗争又分三个阶段，从观察托儿班到反对幼儿园，到有条件地谈判，事物总是不断地进化。

在第一阶段，显然我还太小，头脑不清，现在所能记忆的是跟着我的姐姐上八一厂大院里的托儿班。她进托儿班，我也跟进去了。

托儿班在小礼堂的一侧，有绿光闪闪的大杨树。有大字，写得清楚。台阶上门户大开，里面一片乱，有人翻跟头，有人打飞轮，有人拿着积木或站在痰盂边一起撒尿，总之大乱，弄得我有点糊涂，也有点钦佩。待阿姨走过来分胶泥了，娃娃们就都坐下来，居然是各有座位的。我还没挂名，当然也没座位，就坚持站在姐姐边上，赶也不走，一个人站着。每人桌前分了一小块胶泥，捏小猪小狗玩儿，我没有，姐姐便分给我一点儿，我也捏。大家捏完了还摆在桌上展览，绕着桌子参观：有长条的蛇，有胖子，还有小饺子。我自然没有参加展览，那块小胶泥还攥在手里，后来就慢慢地干了。

由于我的积极参与，“革命”就进入了第二阶段。妈妈给托儿班缴了费，我也有了一个名字，一把小椅子，一团胶泥。但我马上发现形势不妙：每天要去，去了还不能走；并时有孩子推推搡搡。那就上更高级的幼儿园吧，全托幼儿园。我还不待明白怎么回事，就置身于一个小楼的房子里了。灯光昏暗，有人坐在桌上哭，我哭没哭很难说，反正分了苹果、梨，手里紧

现在所能记忆的是跟着我的姐姐上八一厂大院里的托儿班。她进托儿班，我也跟进去了。托儿班在小礼堂的一侧，……有大字，写得清楚。

——八一厂内假日关闭的“托儿站”（应即作者文中的“托儿班”）门前。顾城（前）、姐姐（中）、妈妈（后），摄于1960年1月。



紧握着，回到家的时候还在台阶上使劲喊：“婆婆[1]，你看我多胖！”

回到家才忽然觉得气氛可爱。父母的屋子里一片阴凉，可以在沙发上跳；婆婆的屋子里有一股神秘的气味，可以找出些小瓷碗来；我们的屋子里，有木板和积木。我在家里转着，接着就上幼儿园，转着，接着又上幼儿园。我慢慢发现幼儿园里的时间特别长，离家很远有六天。每次刚进去的那天都是最悲惨的，离家最远。我在灯影里睡着，想家，想到半夜也不敢上厕所。三个阿姨在炉子边上打毛衣，聊天，她们说着，说着，我就尿

[1] “婆婆”是顾城的曾外祖母。即顾城诗《给我逝去的老祖母》中的“你”。

了裤子，最后大起胆子来，还是说了，站起来换。

接着，我好像升级了，上了正式的中三班，我也进入了五岁。这时忽然民智大开，我看见姐姐站在幼儿园的院子中间转着圈，向四边指着说：“东，西，南，北。”我也就有了点儿地理概念，发现幼儿园离家确实远，要上车开半天，要进城，要先去一个广场，一个学校，放下一些大孩子，再去一个有河的庙门口，这是另一个学校，最后是我们的幼儿园，抵达时一般已是天色昏暗了。上车后就身不由己，等于已经进了幼儿园；于是我的斗争便从上车前开始。

我先采取了和平请愿的办法，在每个星期日下午，快要上车的两个小时前，就开始哼哼：“不上幼儿园，不要幼儿园。”接着谈判：“晚去一天，在家里多住一晚上。”妈妈在家一般是有点儿希望的，只要退过了上车时间，那个五点钟，就可以混到第二天了。第二天妈妈便须专门送我，一路上可以多待一会儿。爹在家就不行了，他不理睬我的请愿，大举平叛，把我一推一搡，点着脑袋往车上送。他点一下，我就走一步，等着他又点，我才又走一步。这是一般的情景。我最害怕的是临近车门的时刻，他将我一抱，双脚立即腾空，跟着就被放在车座上了。那时心里真正绝望，有时就不禁大喊起来。

有一次，我太绝望了竟抓了父亲的眼镜往地上摔，大概是摔坏了，他于是将我放在地上开始打，我坐在地上也真的急了，四面大哭，把毛线帽子拽下来远远地丢开，光着头任他打。这时只听四下骚乱，有妈妈的喊声：“不要打他！”好像我隐隐约约还看见了她喊的样子。经过了这次大的平暴，我和我的父亲都退了步，他再也没打过我，我也再没拽过他的眼镜。

我依旧回到我的请愿状态，眉目不清地哼哼，来抒发我的反抗情感。后来发现这无济于事，就发明了一句革命口号：必须给我一万块钱和一万斤粮票！这是太高的条件，我知道不可能达到也知道照样要被送进幼儿园，可有一回却让我产生了“斗争成功”的幻觉，将信将疑，且忧且喜，直到幻灭。

那天，我首先躲过了五点，躲过了那趟去学校又去幼儿园的班车。接着就和父母拉着手去西单或王府井什么地方，红红绿绿的，我记得还在北海划船，灯影漂在水上，大人都说说笑笑，不提上幼儿园的事，我自然也不提，做出十分坦然的样子，四下乱看，有时还说些傻话，供人取笑。直到天全黑了，我们走到一条小街上，灯远远近近，时明时暗，走着走着心里忽然生出某种不祥来就问："这是哪呵？"没有回答。我又问："这是哪呵？"没有回答。我又问："这是哪呵？"——我紧紧抓住爸爸妈妈的手，心里害怕起来，忽然看见幼儿园的大门正在左边，上边灯亮着，我"哇"地哭了，接着坐到地上又被送入铁门……



过了很多年，我的父亲还说，那时候我一直在喊：你必须给我一万斤粮票，一万块钱。

不上幼儿园，提条件是体面、有风度的方法，比直接拒绝讲理，是我斗争成熟的标志。但也尴尬，因为斗争的主要对象是我的妈妈，谁喜欢自己，小孩是天然明白的，知道提出要求的高度是和斗争对象喜欢自己的程度成正比的。但毕竟我心里总怕妈妈太为难，有时便会生出不忍来，所以所争取的也就成了晚点儿去幼儿园，错过那辆五点的班车而已。他们说如果在路口等班车，就会有一个小女孩跑过来拉我的手，我的脸就会红，但我相信这一定不是真的，要是真的那么有感情的话，我会盼着那辆车来呢。错过那辆车，我可以和妈妈一起坐车进城去，这是很快活的事，可妈妈经常说她累了，还要花钱，我是自私，我心里便不安。想想这还是个公平的交换，这个不安之苦和早去幼儿园之苦基本相等，我不亏不赚。可妈妈当然就全亏了。

我们送走姐姐进那个有河的寺庙小学，还可以在环湖边上站一会儿，看芦苇，我还可以对妈妈说：要早点来接我，星期五最好就来。那时候才真正懂得了时间。有时间就可以待在家里，有时间就可以放心地去西单，去活鱼食堂喝最鲜的汤，到动物园里走来走去，看小人儿书和装满彩色糖豆的玻璃小汽车。我要时间，我不要玩具；我总是把妈妈从商店里的玩具柜台边拉走，尽量地拉，我害怕花钱，一花钱好像会失去更多的理由，拿人家的手短，我就得放弃可能得到的时间，就要上幼儿园。我只要时间，和妈妈一起走的时间，哪怕只是在街上走，哪怕走得很累，哪怕不吃包金纸的巧克力。那时候只有一个诱惑可以平衡我的绝望，拿走我的时间，就是小人儿书。妈妈坐在北海的一块石头上，给我讲故事。那是另一种时间，能使我置身其中，忘记一切，最后跟着她走进幼儿园，亲亲她，还在想关公、海的女儿的故事。



我开始看书，开始接受这场和平演变。幼儿园的时间越来越长，冬天要用冷水洗脸，晚上起来偷偷跑进活动室转一圈，早上天蒙蒙亮就把衣服和袜子准备好，等着起床。我学会了认那几个字："星期一、星期二、星期三……星期天"，"一二三四……"看日历。日历上有不同的颜色：黑的、淡青的、绿的……我不知道时间是不是真的有颜色，但星期日对我来说同日历上的颜色一样确实是最鲜艳的，星期五开始有光芒，星期六早上最明亮，星期六下午坐上班车，开到有寺庙的小学，姐姐就上车来，给我看她做的纸鸟和油印的奖状；这时，我开始幻想：上学。

就是这样，我一天天地长大，老师说我六岁了，妈妈问我是上幼儿园大班，还是上小学？我回答说：上学。因此，我没有继续待在幼儿园里，我的斗争提早地结束了。我并不知道，上学，便就是一个新的绝望的开始。母亲爱我又非要我上幼儿园不可的道理，我是后来才明白的，据说是为了让我从小学会过集体生活。我怎么会知道正是这种集体生活的恐惧使我逃进又逃出，从幼儿园逃进小学，从城里逃到乡下去放了猪，逃进单位，最后又逃得远远的，跑出了国。

我到现在还记得我早期的最后一次斗争，母亲带我进城，我实在不愿意上幼儿园，母亲就带我在城里的一个招待所里住了一夜（她正在那里开会）。第二天，我依旧僵持着不去幼儿园，这时母亲怒了，天在下雨，她把我撇在街上，大步地走了，走远了，我无法追上，就在绝望中往泥水里一倒，大雨不停地下着，我放声大哭，母亲站住了，我也坐起来，看她迟疑着又要走，我便又往泥里一倒；我们之间好像有一根看不见的线牵着，她一走我就一倒，我一倒，她便站住了；最后她还是回来了，满脸都是雨水，我也站起来，紧紧地抱住她。我知道我太没道理了。我跟着母亲走到一个门洞里避雨，我的身上都是泥水，在一级走凹的石台阶上，我站着，拉着母亲的手，我看她穿着灰色的衣服，好看得很；我不再哭了，开始注意周围的景色。有人从阴暗的门洞里出来问我们：怎么了？怎么回事？母亲跟他说："小孩……"

我惭愧地听着，一些大孩子走过来看，他们都背着书包。我觉得有点不好意思。这是个阴暗宁静的下午，我们就这么站着，站在学校关闭的门洞里，等雨停。最后上没上幼儿园我不记得了，只是还记得那个门洞是我日后出入最多的地方，每块砖都认识了，我就是在那儿上的小学。

后来长大了，不用母亲带着、父亲推着也会走路了，才一次次地知道了时间，知道路是不能随便走的。

1992 年　德国

和婆婆、父亲、母亲、姐姐。1957 至 1960 年。摄于八一厂内外——

上左：婆婆（第二排左）。八一厂内家门前；1957 年夏。

上右：八一厂内水泥桥上。

下：八一厂内托儿站外。

上二图：八一厂北墙外。

下：八一厂大门外；1959 年。

# 采桑



当孩子的未见得不知道做父母的忧愁，捉一只鸟、一个小刺猬，马上就想它吃什么。最当然的就是把自己的饭喂给它们，再不就四下打听——鸡吃小虫，蛔蛔吃葱，这都是不错的；但是乌龟呢？乌龟吃什么？我一问这个问题就能得到好几个答案，有人说吃米饭，有人说吃鱼肚；我去买鱼肚，人又告诉我吃鼻涕虫。鼻涕虫哪都有，早上水池边就有。

蚕就没这个问题，蚕吃桑叶，这小孩都知道。“野蚕食青桑”——这是唐诗，怕从古就是如此。蚕还吃什么？大概就没人知道了。这个问题是当蚕妈妈当急了提出来的。

那是在一九六七年吧，人事震荡，玻璃碎了，大字报铺天盖地，但都不改冬去春来。春天一来，大院里仅有的几枝榆叶梅就开花了，干硬的土地上有了绿色，阳光发烫，好像根本没有过冬天。男孩怪叫着站在院里，往天上一阵一阵地扔石头，跺着脚叫。院子里唯一的大桑树光秃秃的，忍受着木棍和石块的袭击；只有遥远的树尖，还闪耀着细小的淡绿，这便是男孩们袭击的目标。偶尔掉下一片细叶，便引起一番纷争，有的时候还能达成协议：下一次给哪个没得到的。女孩子远远地绕着他们走，绕过那棵有枝没叶的大桑树和落满石头的路、喷水池，她们露出老大不屑的样子，其实心里依旧羡慕他们的猎获；也有厉害的近处站下，帮着她们的弟弟吵架，要桑叶，男孩子哄也不在乎。这时小孩儿唯一的主题是：蚕快要饿死了。这忧愁来得那么简单。

在桑叶告罄的时候，女孩们都想有个哥，哥会爬墙、上树、拽石头。她们都喜欢传这样的故事：谁谁谁有四个哥，都是大个的哥，骑车去西山，秋天摘酸枣，春天采桑叶，一包包的，有时候拎一旅行袋回来。一旅行袋桑叶！这是她们的理想，一份豪华的希望。谁家要是有两个女孩儿七个哥一个弟就更不得了了，且不要说打架的时候有不断的后援，就是养蚕也可以养上几百、上千条，养大黄蚕、虎蚕，据说是养到后来还有吐红丝绿丝的。这些传说在没有哥和有哥没有用的女孩子中间盛行。那时阶级斗争激烈，可小孩儿中还是哥厉害，黑哥红哥通常不太分。

说归说，现实却是她们满院儿走着借桑叶，或是把自己的蚕送人——“都两天了……”“没桑叶了……”“一片叶子吃两天……”“借我一片吧，过两天还你两片……”在这种说法中，干枯的水仙花被扔进垃圾箱里，有时候垂死的蚕也在那儿爬着。

那一年饥荒到来时，我有五条蚕。它们在一个装药的纸盒子里静静地蠕动着，在那里等着桑叶。它们来的时候很小，我看它们慢慢地吃东西还着急，看它们蜕皮，一看就是几个小时，后来想那时候真好。等它们蜕皮变大，桑叶便极不好找，让不愁吃的人为吃大为犯愁起来。

姐姐有个同学，住家的院子里长着一棵小桑树，每天给她几片桑叶。可是后来蚕长大了，叶子却越给越少，它们蜕了两次皮变成白色的大蚕以后就不够吃了。蚕昂着头，用软软的手紧抓住盖在身上的桑叶“沙沙”地嚼，越吃越快，一转眼硕大的一片就变成了捉不住的一小小片，跟着就只剩下叶脉，然后叶脉也给啃光了。桑叶不够，姐姐放学回来也无可奈何；谁家都缺桑叶，谁的蚕都长大了。（家家孩子养蚕，风靡北京，不论大院，胡同，当红，走黑，孩子的头等大事不是邻居的爷爷是特务，自己的父亲斗进了“棚儿”或者金鼓彩旗飞扬的“最新指示”发表，而是非亲非故、不沾政治也不沾经济的蚕，在阶级斗争觉悟那么高的年代，竟没听到有人打过报告

或贴张大字报，做上纲分析，抓斗争新动向的。至今也没有。这是不是个研究课题呀）

饿昏的蚕四下乱爬，小孩们都急了，拿剪纸、弹球、烟盒、邮票，所有心爱的东西换桑叶；为桑叶打架，翻脸互不来往；有的孩子成立了桑叶银行，有借有还，或者代为保管；他们在一起研究长期保存桑叶的办法，也研究可以用来喂蚕的其他代用品。

我就和他们一起研究过代用品，就像“三年困难时期”一样摘下各种树叶、草叶往嘴里送，当然人都有饭吃，要是蚕吃饭，那孩子们一定情愿真的改吃树叶了，现在只不过是为蚕品尝而已。尝过后喂，还瞪大眼睛等着，希望蚕们真能破旧立新，解放思想，尝尝这些并不太难吃的叶子。那些蚕经常趴在各种叶子上不动，我们也只能静静地等待，一旦看见哪条蚕显出吃的样子，我们就欢呼起来，还不敢大声，好像蚕有听力，会被吓忘了吃似的，而往往接着看到的就是蚕失望地又爬开了。



我们的蚕可怜极了，有的在缩小，有的吐了黑水，有的死了，也有的又爬回来真的吃一点榆树叶或莴笋叶子，在上面留下个小缺口。

蚕过四龄，我和姐姐不仅没有得到多一点的桑叶，而且又接收了二十几条饿蚕，它们软软地被放进另一只纸盒里。我们将自己的蚕吃剩下的桑叶梗泡湿了喂它们，也给它们吃莴笋叶子、茶叶，以求不死。它们住的那个盒子，被叫做太平间。

那些天真正是艰难时世，每日一睁眼就过去看那两只盒子，那些蚕一条不少在等桑叶。而你没有希望。

毛泽东总有办法，他说：穷则思变。这一天我终于打听到一个线索，这个线索是从我的同学梁玉柱那来的。他坐在我的后边，他的家住在西直门内铁狮子巷。我从他那知道：动物园什么什么地方有桑树。他不养蚕，可是他的哥哥插队以前带他去过那儿。

桑叶！这个响亮的声音让我一早睁开眼睛就去等他，连蚕也不去看，我要回来再看它们。我站在梁玉柱家门口，看大杂院里人出人进，倒水打水洗衣服起火切菜灌开水，我得等梁玉柱做完他的母亲要他做的事。我等他，先还挺可怜的，后来忽然急恼起来，梁玉柱见我脸色不佳便放下了手里的活，带着他的弟弟和我一起出门。一出门，我就不好意思起来。

我们目标明确，不看热闹，不看店，出了西直门，直奔展览馆，逼近动物园。

要进动物园，门票是一毛钱。我和梁玉柱还带着他弟弟，当然要用别的办法。在靠近莫斯科餐厅一侧的动物园铁栅栏墙外，有一丛迎春花，迎春花的后边有一个洞，铁网被拉开了，一个不大不小的破绽，吸一口气就可以从两个铁栅杆之间挤进去，那时候我的脑袋转到某个角度刚好能挨过，他俩就更没问题了，当然还要看好里边没人才能上演这个杂技。

进了动物园我们依旧目标明确，不看猴，也不看熊，一直向西奔；过了大象馆、蛇虫馆、没盖好的海兽馆，到了动物园最隐秘的一个地区，畅观楼附近的一片林子。林子里的树横看竖看都是齐的。畅观楼是红色的，隐于这片树林之中。后边有一个湖，因为少游人，那里的树木大多未修整，显得怪异。一棵大树一直向东伸去，伸到水里，另一棵也伸到水里，这棵树就是桑树。我们在桑树前住了脚，但这棵桑树已经秃了，秃得像在冬天中一样；仔细看才在挨近水面的树梢上，看见几个刚长出的嫩芽儿。梁玉柱叫我拽着他，冒着危险才摘到了那几个若有若无的小芽儿。

我把芽儿还是放在了兜里，垂头丧气失了兴致。本来对采桑蚕有把握的梁玉柱，这时十分内疚，他拼命地想哪还有桑树，一边东看西看，一会儿他又跑到好远的地方去看一棵树，再跑回来，说：像，可能是野桑树。于是我们一起过去摘下几片叶子尝一尝，又揉碎闻一闻，尽管我们热切地希望着，但那东西确实没有桑树叶那种特殊的味道；那种味道不是随便哪棵树的树叶都可以散发出的。

我们就这么无聊而绝望地在动物园里晃来晃去，偶尔也随着梁玉柱的弟弟看一眼驼羊和孔雀。走过卖冰棍的小车，我们只能咽一口唾沫，不过动物园里的自来水管在什么地方我们是知道的，有了这些水龙头，我们才能对着冰棍咽唾沫。有几次喝自来水，还被呵斥了，我们便像羚羊那样随时随刻准备逃跑。

我们正在大象馆附近百无聊赖地逛荡着，竟碰上了另外两个同学，他们也在游荡。他们和梁玉柱认识，我们并不是一个班的，在学校也不熟悉，到了这里却格外地亲切友好起来，也许全因为那个心照不宣的来路，我们都是从同一个儿童入口处，进入动物园的。北京那时候也许有两万个小孩儿知道那个入口秘密。



我们自然地说起了桑叶。不想其中的高个子把头一拍说："桑叶？有。"我们一下高兴起来。他说他知道一个地儿，谁也不知道，但是他要是告诉了我们，我们得为他保密。我们自然答应。

这个地方就在四不像大角鹿的院子里，那里真的有一棵桑树。远远看过去四下里游人稀疏，这是动物园的又一个角落，铁栏里荒草丛生，四不像在一边发呆。两个刚刚碰到的同学和梁玉柱一起轻手轻脚地攀上了铁栏，靠着墙溜近了大桑树，我和梁玉柱的弟弟一起在外边放哨，看见有人来就咳嗽，我们这么咳嗽了好几次，最后有一个戴军帽的人站过来看四不像，站了很长时间，我急着等他走，觉得时间过得真慢。看完四不像那人走了，我们又等了很久，他们依旧在里边不出来，我想叫，又不敢，只能这么又着急又小心地等呵等的。

后来他们三个轻手轻脚地跑了回来，一翻过铁栏，我就问："有桑叶吗？"他们说："有。"我又问："怎么这么久？"高个子说："一个四不像在树底下站着，要顶我们，我们一动，它就追。"这个时候，我真正敬佩他们极了："真能耐！"想着他们最后从那么高一下跳下来，还拍拍手，每个人口袋都鼓鼓的。他们口袋里装满了桑叶，往我口袋里塞了两三把，塞满，我开心得不得了。我们正美呢，冷不防边上几个孩子也过来看，接着他们也跳进铁栏里去了……

我们得了桑叶兴高采烈地往家走，大街小巷一路春风，连灰尘旋在半空中都那么好看。我为了报答这几个同学，一路高声讲起《三国演义》，诸葛亮草船借箭，借东风，什么都借，听得他们也一路得意，及至马相胡同分手时，又将桑叶给了我几大把，用手绢包好，让我小心回家。

我一进院，就被院里的孩子发现了，他们瞪眼看着我的包问："桑叶？哪摘的？"

"远哪。"我说。

"哪？"

我含糊地告诉说："动物园。"

"动物园哪？"他们接着问。我就不能说了。

我回家把桑叶放在桌子上看，先找出几片不济的、破的（包括最早摘的那几个芽儿），擦干净放进养蚕的纸盒里，对着它们奄奄一息的嘴，接着拿走那些干了的榆树叶、烂了的莴笋叶；蚕动了，它们吃得很快，蚕沙也一粒粒从身后滚落下来，积成一片。

我把桑叶一片片捋平，一片片数，一共一百多片。每天吃三十片，二十片？我计算着，把大张的留起，恨不得像当年攒糖纸一样地夹好——这会儿，谁还能见着这么大的桑叶呢？

晚上，我们住的走廊里有了动静，有人来找姐姐，她出去，然后又进来，拿了几片桑叶给了那个人。

桑叶每天得洗两次，放在笸箩里用湿布盖住，可以保存七天；每一次喂的时候都要把水擦干，否则蚕吃了拉稀就死了（不知道它们露天时怎么办的）。我每天看着这些幸福的蚕，可以吃桑叶的蚕。没有桑叶吃的蚕多可怜，人就有多可怜。蚕又长大了，它们一个个地脱去最后一层皮，吃得更多了。这时候家家愈发不堪重负，要送掉蚕的人越来越多，采桑之路也变得险恶起来。

临近夏天，我在路上桑叶屡次被劫抢，桑叶再不敢包在手绢里了，而是用一个不起眼的破纸盒装，有时依旧不能幸免。我的同学也开始成群结伙，人数可多达十余个来护送一点桑叶。他们看见弱小的帮伙也去抢劫，我站在坡地上看他们那么默契地包围上去，像一个完整的章鱼，真是惊讶。我有点不安，他们使一个眼色就围上去，向对方挑衅，对方人少往往就输定了。



行劫和打劫不同，重在行，不在打，真动叉子的事很少。气盛的一方挨住气弱的一方一起走，然后吆喝气弱的一方，然后提出条件；气弱的一方呢？或回避，任凭笑骂，或交出自己的部分桑叶。这里的关键是不要交出全部的桑叶。这种行劫类似讹诈。

我和一大伙同学就这么往前走着，他们也把劫来的桑叶分给我，我拿了，却没有再讲《三国演义》。

最后，蚕作茧了，在精心扎好的扫帚上，在树枝中间，它们织了一个个金黄、雪白的茧，在薄薄的茧里，蚕上上下下地忙着，我的蚕，我认识的蚕就慢慢地看不见了。它们再也不需要桑叶了。

院里的大桑树渐渐缓过来，长出了星点叶子，在喷水池里，还漂着碎裂的木棍。

有几个孩子还在一起说蚕，他们说：“蚕可以吐出平丝来，只要把蚕放在玻璃杯里，还可以吐得很圆。”“蚕蛹是可以炸着吃的。”……

那时我想：以后再别养蚕了。

1992 年　德国

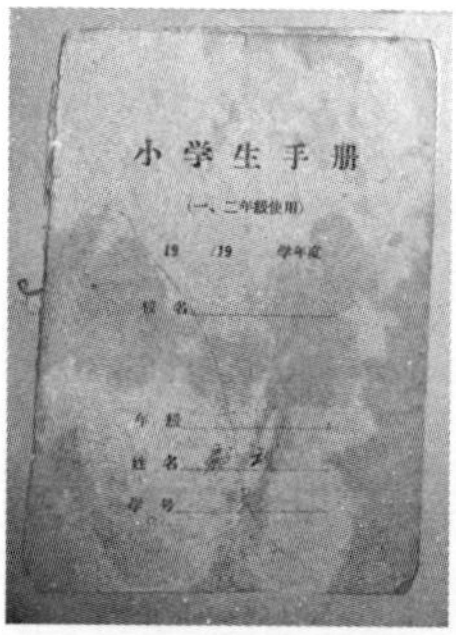


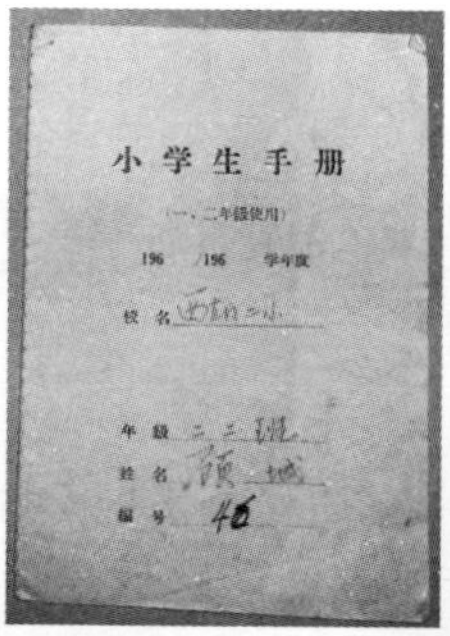


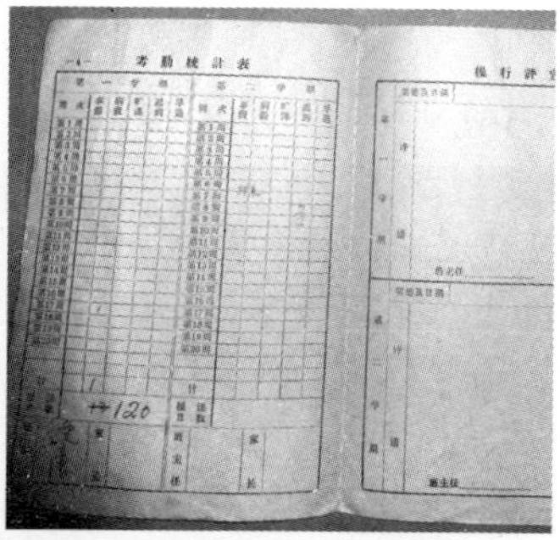

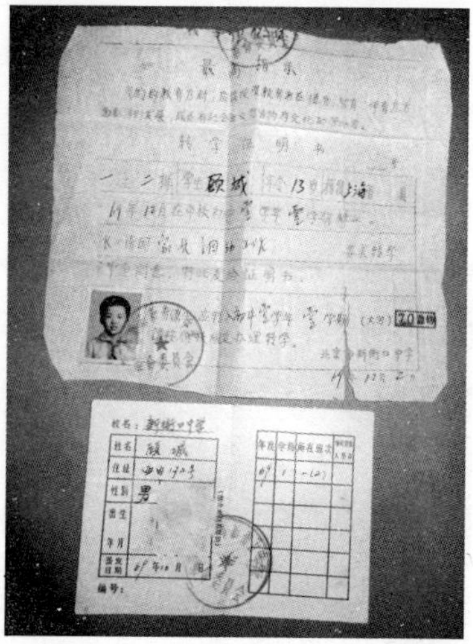


上左：顾城 1963 年进入北京小井中心小学一年级一班。此为其当年的成绩册，封面没有写上校名。学校 1949 年以前是个关帝庙。中有两棵古槐。顾城于诗文中多次提到这个学校，尤其是两棵古槐树。本卷中可见于《课堂》《醒二则》。此小学已经消失，唯其中的两棵古槐幸存在后建的六里桥立交桥边仍郁郁葱葱。

上中：因母亲赴山西“四清”顾城转入父亲工作单位附近的北京西直门二小上二年级。此为此学年成绩册。1967 年“复课闹革命”期间，复在此上学。此小学也曾为庙，顾城亦常提及，如本卷本篇（篇中梁玉柱就是其这个小学的同学）、首篇和《城墙》。此小学也已消失，包括其中的大槐树。

上右：西直门二小二年级成绩册，评语处空白。

下左：照片摄于 1966 年 6 月，1969 年 10 月使用于初中学生证。《采桑》中回忆时段作者年龄约一岁年长于此拍摄时年龄；《宋垒垒》中回忆的主要时段约零至三岁年幼于此拍摄时年龄。

下右：1969 年 10 月顾城依分配入新街口中学一连一排（即初一一班），12 月 2 日因将随父母全家迁往山东农村而离校。此为其学生证和转学证明（学生证照片移至转学证明上；章字：北京市新街口中学革命委员会）。顾城自此再没上学。此学校顾城亦常忆及，本卷如《城墙》和附篇《在亮亮的天空下》（小说）。

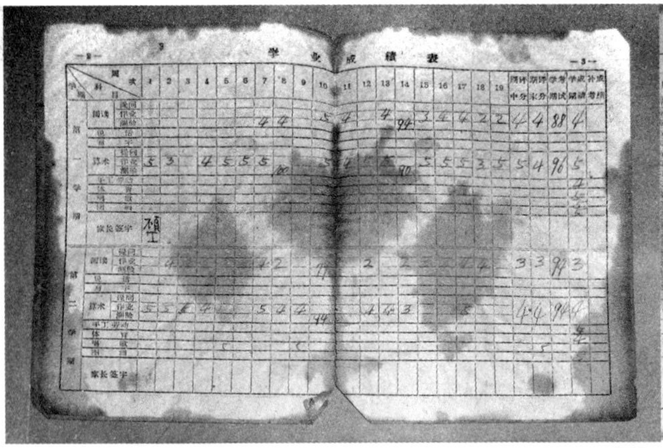


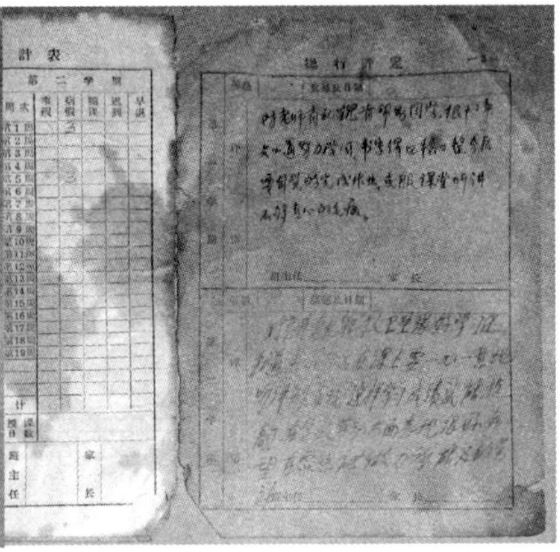

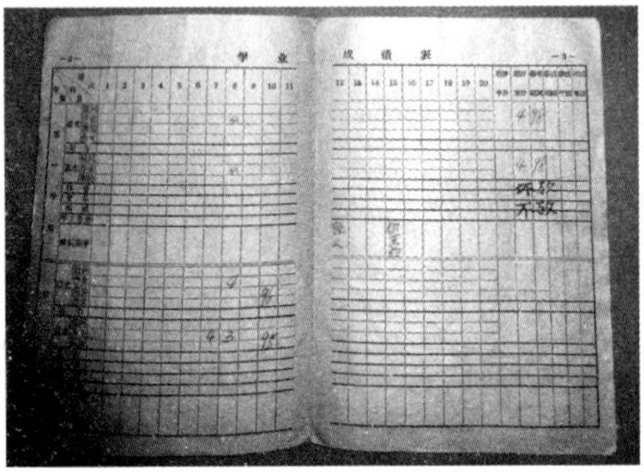


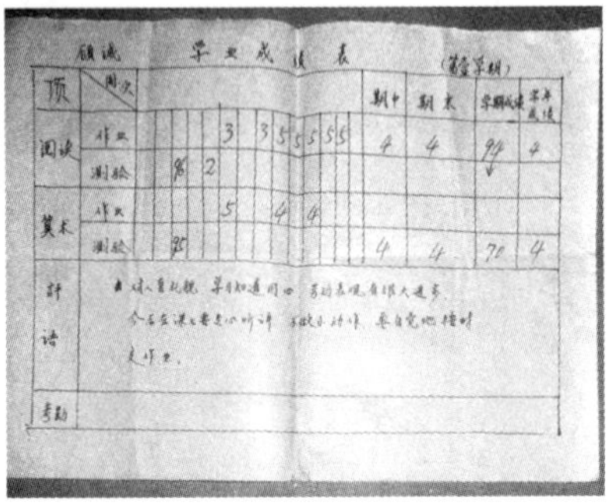


上左：顾城小学一年级成绩记录。顾城亦自述从小不是个成绩好的学生。顾城小时经常高烧，最终于 1964 年 6 月 6 日至 11 日也就是第二学期尾的前六至五周住院割去扁桃体（此时间因 2016 年见到其出院纸条而确定，顾城本人回忆中难断确切时间）方中止。这也影响了其学习成绩吧。（一处家长签名为其姐模拟字）

上右：顾城小学一年级成绩册上的老师评语。第一个学期写为：对老师有礼貌。肯帮助同学。很干净。知道努力学习。书写得比较工整。今后要自觉的完成作业，克服课堂听讲不够专心的毛病。第二个学期写为：对老师有礼貌。个人卫生很好。学习还知道用心。今后在课上要一心一意地听讲，别贪玩，这样学习成就能提高了。在学校劳动方面表现很好，希望在家也能做力所能及的劳动。

下左：西直门二小二年级成绩记录。（家长签名均为其姐字）

下右：由于父亲工作繁忙并经常出差外地，顾城转回小井中心小学和离开住校的姐姐一起走读。此为此间三年级第一学期成绩单（第二学期进入“文革”，成绩单废止）。成绩单评语老师写：对人有礼貌。学习知道用心。劳动表现有很大进步。今后在课上要专心听讲，不做小动作，要自觉地按时交作业。

# 宋垒垒

到现在还会想怎么和垒垒做了朋友。推想理由一是在幼儿园同班，中三班，后来又住在一个楼道里，二是他姐姐是我姐姐的朋友。 

七八岁，是一个为非作歹的年龄。我们一起去食堂打开水，打饭，一起在公共厨房偷糖，一起搬蜂窝煤，一起攒糖纸。最后这一项，在一大院的小孩儿中我们还可能一时地登峰造极过。糖纸是当时孩子公认的至尊财富，就有谁吹嘘偷了家里的“美多半导体”[1]硬是换成了五张好糖纸的，说是人家只肯给两张，硬换了五张，特别得意。玻璃糖纸，尤其是有三种颜色的米老鼠糖纸，那让孩子一看，就像动画片里的大财主见了金元宝一样。不过孩子还是讲艺术的，我就由心里往外真觉得那糖纸好看，男米老鼠戴手套，女米老鼠也戴手套，还穿花裙。这些玻璃糖纸都是经过洗净然后贴在玻璃上晾干处理的，张张光洁明亮，放在手掌上能慢慢自己卷起来。小孩儿都相信它们是活的。

不知是人送的，还是买的，家里有两大盒高级糖，蛤蟆油糖和人参糖，都是玻璃糖纸的并且印有三种颜色，蛤蟆跳得又好看，人参长得也漂亮，就被孩子公推为米老鼠一级糖纸。我和姐姐尽数把糖纸剥下，然后浸湿贴平晾干，糖还留在原处慢慢吃着，便同宋氏姐弟一起走遍全院参加糖纸贸

[1] 即：美多牌半导体收音机。当时属高档用品。

易。这是一桩郑重事务，交易双方先递上页页夹着糖纸的书。书五花八门，都是在不吸引人时获此重用的。（后来有了红宝书以及黑书黄书时就得格外小心了，就有用了《青春之歌》被无产阶级雪亮的眼睛看破，丢了糖纸的。不过那已是下一轮糖纸热中的事件了，再过不多日，米老鼠、蛤蟆、人参本身也堕落成了封资修，这项贸易尾随着各项国家贸易一起，便也进入了全面停止的历史新阶段。）

书因饱含糖纸而厚了一至两倍。然后双方各自赏看，还有跟看的，取参议角色。不时有赞叹和评论发表。惊逢一张心想往之“绝了”的糖纸，比后来看梵高还震撼。于是看方要求“拿出来看看”，持有方多半会强调这是非换品，手碰是不被允许的。很像是现在的文物保护。在轻微的争执中，不时有针对对方品德的指责：“那么尖！”这是女孩儿惯用的伎俩。



凡事盛极则衰。糖纸热先在男孩儿里降温，接着宋氏姐姐建议，我方姐姐赞成，便决定把糖纸撒掉。从三楼的宋家窗口，宣布每天下午五点，撒一张糖纸。挤在下边的都是些更小的孩子，大孩子腻了的事到他们那里正逢高潮。于是每天准时他们一定翘首在那里，连家里布置的打饭任务都弃之不顾了。撒糖纸前是发表演说的大好时机，下边一定屏息聆听，以为字字同糖纸有关，然后果然丢下去一张，还飘在半空呢，就听见一片喊：“给我！”“给我！”甚至发生扭打。楼上的人这时有兴致就大可点出一个名字，说这张是他的。别的人就会怨天怨地，然后嚷：“下回该我了！”

这样撒了一个礼拜，享受够了近似动物园里喂狗熊的乐趣，跟着就烦了，忽地一大把地撒下，惹得下边的孩子忙得叫声都没有了，抢光了才喊：“还有吗？”见窗户都关上了，还不甘心，有的竟战战兢兢爬到树上去找。

当富翁有施财的快乐，当穷人也有偷东西的欣喜。午休时分，我们轻手轻脚在大楼里走，两边都是镜子，我们一直走进有光亮的公共厨房。

二十个蜂窝煤炉立在硬木地板上，有的垫着铁皮，有的则将上好的漆木烫出了黑印，墙早就熏黄了。每家放作料的地方，大多铺着新报纸，显得特别干净，“四好连队”“五好战士”醒目的大标题字上边放着油盐酱醋。最重要的是那个糖罐！做贼的三个男孩儿，一个看楼梯，一个看走廊，那走廊得有五十个门，再一个就是宋垒垒，他迅速地接近一个糖罐，一定不是他家的那个，伸手就抓了一把，仰头往嘴里一放，接着就呜呜地哼起来了，跑到水池边拼命吐，吐出好多气泡，最后才说出来：洗衣粉。

偷吃洗衣粉不久，我们好像都获得了报应。先是我在走廊里跑，重心不稳，加上凉鞋一滑，头就撞在了水磨石角上，破了一个洞。接着宋垒垒放炮“呲花”，被喷了一脸，涂了众多的紫药水，成了三分鬼。我们都消停了一阵。宋垒垒只在家玩儿，我便去他家，我们是两个伤兵。我对他的小瓷器和贝壳一直很是入迷，他姐姐在撒糖纸前给过我一些，我太喜欢了，就把糖纸都交给她去撒，有一天宋垒垒竟整盒贝壳全送给了我。那天我沿着发暗的走廊回家，手捧着沉甸甸的盒子，心里真是惊讶万分。



宋垒垒坐在家里等花脸变好，等了三天就大不耐烦起来，大踏步地就到院子里去了。刚开始还是天暗时玩捉迷藏，后来光天化日之下的也走来走去。他黢黑黢黑，却是一个小孩王，谁笑他，他就堵住人家打，渐渐也有几个小党羽跟他跑来跑去，玩火、玩滋水、玩扎刀，他渐渐长成了一只小公鸡，挺凶。一日玩摸家刚说开始，他已经没影了，众人惊叫“小鸡腿！”——“小鸡腿”自此就成了他的名号。

在宋垒垒英雄气概日升的时候，我却渐渐地不入流了。我不太喜欢跟一大群男孩儿走来走去，怪说怪笑，起着哄；我身上的男孩气一点点消退下去，恐惧心和敏感却越来越强。玩“攻城”（一种单脚跳着搏斗的游戏），五六年级的男孩儿都是“大将”，由他们来瓜分下边的小喽啰，“小鸡腿”总是最先被挑中的，而我往往是在双方战斗力大致定下时，和最不起眼的低龄男孩一起，当作“零头”随便地被“大将”们拿过来或给过去，不太作数的。

男孩儿成帮成伙，骂街，说飞机、坦克、打架、“叉”了谁；女孩儿则侧着眼睛说“讨厌”，又吱吱叽叽乱笑。——打弹弓仗的和跳皮筋的阵容分明，各不相干，而我呢，与谁都不合适，只有在没人的地方，看草，编草绳，看花，看蚂蚁……我在院儿里没朋友了——院儿里的穿绿军装的小男孩儿都那么神气，偶尔见了我还要喝问：“哪儿的，你？！”稍老道点儿的就说：“他就是咱院儿的，早就是，九号楼的。”

在这样的变化中，和宋垒垒打架无疑是个重大的转折。我至今只和别人打过两架，都是意外的，和他的那次更是没有想到。前一次的打架还有些见义勇为可言，当然是我姐姐言，她比我对那一事件记得清楚；而和宋垒垒的这次则实属莫名其妙，且全无义勇可言了。



我们住的楼在当时也许真算个好楼，有硬木地板，有三层窗户，有带铜线的水磨石走廊，有大穿衣镜和可以趴在上边往下滑的楼梯扶手。那天我们就是沿着宽而圆润的扶手一个劲地往下滑，从三楼滑到二楼又滑到一楼的；又滑，就到了锅炉房门口。

锅炉房在地下室，黑黑的，有一个从外边通进来的滑槽，可以让煤从外边的煤堆直接滑进轨道上的煤车里，再送进锅炉。有个磨砂玻璃门，打开就是大煤堆，玻璃裂了，门却没锁。小孩儿看着平时不开的门开了，是一定要走过去的。我们就通过它走了出去。

阳光照得煤山黑亮耀眼，有星点临时开一下的小花。那边大烟囱耸立的地方绕着铁丝网，烟囱是不许爬的。我们站了站，经我提议就开始在煤堆上找“矿”。一是找石英，可以划玻璃，再就是找真正的金属矿。我那时已经开始了我的炼金术研究，研习著作十分艰深，只有一本竖排的纸张发黄的《化学难题详解》，是母亲解放前上伪中央大学时的课本。我一时内行得不得了的样子，给他讲起了硫酸铜和硫化铜的区别，一步步在流动的热煤上跋涉。

我们大概在几个煤山上下勘探了两周（绕地球一周的周），离开时的收获却很奇怪。我捡了个带弯头的大铁条，他呢，倒真正握在手里了一大一小两个石英块。他拿着大的那块在暗影里往小的上打火花，又在后门玻璃上乱划，我觉得声音难受，就走到楼里去了。他又划了几下也进了楼来。快到食堂开饭时间了，我们就说着向我们的三楼走。说什么记不得了，只记得拐弯时我说："这要打人脑袋非开花不可。"他说不信，伸过头来让我打，我就用铁条在上边碰了一下，他忽然就变成了个跳动的小刺猬，不停地打我，踢我，那块石英也像长在一个木棍上，一个劲地敲我的头。我惊讶得很，就用一只空手还他几下。我们的另一只手都握着那根铁条，不知是不是碰到了他的牙齿，在那阵暴风雨停下来时，他的鼻子已经开始大大地出血了，红红的，往楼梯上乱滴。有人下来打饭，给他拿纸堵鼻血，一两个小女孩儿站在楼道上看。他并不走开，我也不走，有小孩儿喊："顾城用大铁棍打人了！"叫得惊心。一时我几乎成了英雄。宋垒垒这时站到上两级台阶上，不停地数落我，严格地说是揭露我，从道德高度予我以打击，从幼儿园想穿裙子，到曾经穿女式凉鞋，他脸白白地一直说，一边抹鼻血，真正打击得我心惊目呆，只会和别人一起听下去，直听到他说了那句通常的结束语："你等着！"我才放了铁条走回家去。

他当然要打我，这使我失去了在院里活动的勇气。他带了好几个大男孩儿等在门外，又敲门要我交出那盒贝壳，我只好开门把贝壳都还给了他，其实我也为它付出了我的糖纸。母亲见我们的样子不对，就问怎么了？是不是打架了？然后告诉他和我，好好玩儿，别打架。他竟应了。事情会结束得这么奇怪。



从那以后，我就再不和院儿里小孩儿玩了。长大一点儿，他们都穿着爹的军衣，神气地去学校。学校排队，真"国防绿"的子弟一眼可见。我在离人最远的地方站着，我经常不明白他们说什么，男孩儿嘴上的名词，女孩儿嘴上的名词，女孩儿老成帮成伙地下了课去买零食，男孩儿骑飞车，带着人或撒着把。三色玻璃糖纸已经被扫进历史的垃圾堆了。

再听到宋垒垒的名字，也是最后一次见到他，已经是十年以后了。

我从农村回来正在突击世界观和素描，碰上也是从乡下归来的王二强就一起画。我们将他朝北的冰凉的小屋做成画室，在里边放了个骷髅和石膏像，搬进三把椅子，就开始了我们的艺术生涯。我们在谈说中发现我们是在一个院儿长大的，并且都住九号楼，我们偷糖的公共厨房就在他们家对面。但是他从来不知道我，就像我不知道他一样。我们都说到九号楼前的那棵大桑树，他曾上树吃桑葚，让他妈妈骂了顿，我说那时养蚕，都不记得树上有一片看得见的叶子。我们说着，其实都在刻苦习画，都很有些意气风发；每早我还没醒，他就已经开始画了。

有天我推门进画室时，见里面还坐着两人，一个拘谨得很，不待我说话，脸就红了低了下去，我并不在意胡乱打个招呼就坐下画。王二强同他们说着，我盯一阵骷髅，也会放松自己大讲一段空洞的艺术道理。整个过程中那个拘谨的人几乎完全连答话也没发出什么声音，脸一阵阵发红，老是低着头来回扭着手，真让人纳罕，哪里来了一个乡下姑娘式的人物。

两人坐了坐，还看看我们画，就出去了，小心地带好门。“他们也画画儿吗？”我问王二强。“画！比咱们画得早。你认识他的呀！”“谁？”“小鸡腿。”“谁？！”我惊骇得笔都丢了。“小鸡腿，宋垒垒，刚才他还说到你呢。”“哪个是？”“你都不认识了？就是那个老不太好意思的呀，他说你跟他一个班的。”我久久地愣在惊异里，怎么可能呢？

那是我最后一次见到他，一九七四年，于今也有将近二十年了。

1993 年初　欧洲

# 臼



小时候喜欢铜，自然喜欢药店里的铜臼，金光明润，摆在柜台高处，后边透出隐隐的药名：半夏、当归、荆芥穗、紫花地丁……一重重的小抽屉直达屋顶，就像佛殿后边的小观音像一样，多到无穷。我印象里，药店和佛殿都有一种气氛，这气氛让人小声说话，阳光透进来时，格外平稳。

总之，这铜臼迷住了我，我拿着桔子皮口袋（干了的桔皮可以卖到四毛钱一斤，是我冬天的收入），站在柜台附近定定地看它，我发现在铜臼上围着铜杵还盖着一圈小皮子，可以防止药粉迸溅出来，周围放着小方纸，捣好的药面儿就一味味堆到上面。铜杵因为经常使用，亮到了顶点，而药粉的气息，自然好闻。

这光亮和味道使我产生爱情，使我在路上恍惚，在课堂上用整堂课的时间细想——要是能把臼翻过来，厚厚的、重重的，让药粉无声地流到纸上该多好……我几乎相信那个捣药的人是最幸福的人了。

老师居高临下站着，看见我眼睛斜到一边，就知道我又走了神。我能由此一直想下去，想到药店的硬木椅子，瓷瓶，上边放的一副鹿角，推不动的大门上有一对铜环，秤盘、秤坠，和紫檀木上的黄铜星记……

铜臼能捣所有东西，把一切变成粉，无限地捣，光是这种想法就让我感到过瘾。而我只有在秋天松果落地时，才能用块旧布包上些干树叶揉搓，变出些粉来。然后我拿着树叶粉末的小瓶子晃来晃去，想着沏成茶水给父亲喝。有一回真就这么做了，我把“茶”捧给刚下班的父亲（粉末都已滤得干净）。父亲虽然对我的好意略感奇怪，但还是喝了，喝了就拖着鞋过来找我。我和妈妈在大房间里笑，他一来，我们就笑倒在地上。他说：“这是什么？我死了你们都要倒霉！”

后来一想到父亲认为国家会替他申冤报仇就想笑，一直笑到去山东下放的路上。那时，我正在收集花生皮和果核，准备做我的动物饲料。

我养鸡、兔、乌鸦和山羊。

我捣饲料的捣子，是石头的，臼，也是。臼，多用潍河以东一百里东山的石料凿成，新的很浅，旧的深，当然旧的石杵就磨短了。我的臼是借来的，有道细细的裂纹，不是很好，但依旧迷人。说借三天，那三天我就一直捣，用粗纱布把捣过的东西罗成粉，剩下的再捣。我蹲在床边忙这件事，床边还堆着玉米叶和地瓜干，那是配方。捣过的粉很细，有一种磨坊里和地里的土味。我把成品装进一只旧鞋里，每次用小勺计量，一天两次喂兔子。兔子饿得不耐烦，妈妈就把地瓜干直接丢到兔窝里去了。

地瓜干未经过粉碎、计量、库存就直接被兔子吃下去，让我不快。但这种不快还来不及到达恼恨的程度，石臼就还人了，我的食品工业跟着就停了产。

石臼摆在集上，三块钱一个，粗粗的、白白的。而用过的则会显出一种绿色，浅绿，里边的石色也因此显出细致和光润来，有斑纹，摸上去是凉的。这样的一种石质（实质）的好看引起了我的另种崇拜，想到了磨光的石头、城里的石台、庙宇光洁的样子、台阶上稳重而斑斓的花纹，就更不要说图章店里那些清凉的印章了……要是把一块做臼的石头镶到王府井百货大楼的台阶上，别是一年就磨光了吧……我没觉得这是在买卖中间，而是像进入了一个庄严的展览，每一块石头都甜润动人，甚至连带着满脸皱纹并不甜润的摆摊人。

家里拒绝买石臼，理由是贵，并且太重（当然是针对玩具而言）。搬离北京的时候，母亲对重东西恨透了，而这个只能是被看成玩具的石臼，那重得就实在不能再重了，她于是决定不再惯我——已经赖着不上学了，以致每个人进门都问一句："不上学？"后边说什么呢，喜欢养兔，这算什么理由？还喜欢捣东西玩儿，这就更荒唐了。母亲拒绝给我买："有什么出息！"爹呢，在三里以外的连队里住着放猪，想回家都难，这石臼是别想了。

脑子是个怪物，你让它别想，它并不不想。

终于，机会来了。

一个傍晚，过节，邻村二甲宣传队的人来演《沙家浜》。我们村的人都早早地招呼着去场上看戏了。房东嬷嬷来叫了两回，因为在城里已经看过多次，便只是应着，并没动身。一会儿村里门环响动，家家户户走了一空，只有狗在墙下趴着，用尾巴打墙土。当时风平气和，晚霞绯红，映得院子恍恍然，我和妈妈堵了鸡窝，关好兔子，理理柴草，再抬头天就暗了，淡色的云下，露出了一点星光，一天的事算了了。回屋点上灯，油灯明明的，刚用热碱水洗过的灯罩；新剪的芯，露出蚕豆一般饱满的火来……远处传来了锣鼓声，戏开场了。

我们不知说什么，就说到戏上来。戏词儿是早背下了，所不知的是村剧团的简陋程度，鼓是有的，锣也有，二胡呢？幕布呢？谈话忽然激烈起来，妈妈说有幕布，我说没有。其实都是无意说的，但既出口就要坚持下去，争得历历在目，最后竟急起来，说要去看，打赌，如果没有幕布，就给我买石臼；"那有幕布呢？"妈妈问。有？我这时死也不相信会有幕布，怕妈妈反悔，就押上了最可怕的赌注："要有幕布，我就上学！"

上学真是我最怕的事。那么多人，在同样的时间想同样的事情。一元二次方程弄得我脑子里一片空白，根本不可能交上作业；还要按时到校，做出很好的样子。我已经一年多没跟生人说话了，离开了北京，我就离开了学校，这是我的理想，实现了。当然我也知道危险存在，二甲村就有一个联中，房东的大女儿就在那上学，第一天早上，还叫我的姐姐一起去，可我姐姐已经上了高中；我则不上学。

我不上学，我和妈妈在村中走着，进了大队场院，有梆子声，我从汽灯的光影中看见了台，胡传魁[1]都低着头，都一样瘦瘦的，我一下呆住了，就是不信会有的幕布，就在那儿，“真的有幕布！”颜色和胡传魁穿的衣服差不多。

幕还是能闭上的。我和妈妈往回走，一句话都没说，村子静静的，墙影深黑，从每一个短巷看出去都是银银的田野。我心里凄凉极了，想哭，又没哭的力量，只有静静地走；路上的土块儿、秸秆儿，都看得清清楚楚，月亮高高在上；我难过，只是一步步走，有一点希望，不能说的……

快到院门口的时候，妈妈忽然说：“那就算了吧，不上学就不上学吧。”我停住了，几乎不相信我得到了赦免，这又是真的。我看着妈妈，像我不要上幼儿园时那样看着她；她接着说：“你怎么办哪！”

那一刻我记着，我自由了，虽然我后来又钻进了许多罗网，但那是我自己的罗网。

那一刻我自由了，就再也没有被捉住过；我得到自己的日子，也给自己套上枷锁，但在任何时候，我都可以说：我要走了，我不是你们的，我还有好多事情。

后来我有了许多东西：邮票、砂轮、印章、沼气池，还有大堆的石头，准备筑成炮台。小时想要的，几乎都有了，但是我一直没有石臼或铜臼。我知道，以后也不会有。

1992 年　德国



[1] 胡传魁、刁德一：革命样板戏之一《沙家浜》中的两个主要反面人物，一愚一刁，一胖一瘦。

火道村，家院内外——

上左：1971 年初春节期间。自村西搬到村东不久。作者背后是西向空棚，曾为房东饲料棚；再后有烟囱伸出处是作者一家住房，曾为房东马厩。独立院门，不与房东同住。

上右：房东（亦自家）院门前。

左中：1970 年秋。房东家门前（房东一家住房坐北南向；作者一家租房坐东西向；对面坐西是磨房和猪圈）。和母亲、姐姐、豚鼠。

左下：1970 年秋。房东家门前。和父亲、姐姐。

# 相亲



相亲是个奇特的事，有一种静穆，一种热烈又饱满的气象，大家忽然都持礼稳重，又若无其事，决不高声言笑。相者当然格外平整，又不刻意打扮。总之那气势不关痛痒，又和平亲切。那时光不长不短，正合礼数；送出门不远不近，招了手还要略站一站。

一个事那么重要，显出来又那么平常，就像做梦，事情多么曲里拐弯都有一个理由，这理由很充足，以至梦里不会感到奇怪，醒来当然往往是给忘记的了。梦里相亲过，醒来没了大半，只记得是在郊区远远的地方，走进纸窗木门的堂屋，理由呢，是送点茶叶。

最有意思的是梦里想不清醒时的事，想了很久，还无法断定自己有没有成家。醒时的日子在梦里都梦一般，走出门时场地上有恍惚的影子。

我是在村里住过的。那时还小，住东屋。北屋房东有三儿两女，大儿子叫平，相貌也平，是平常的平，其实多皱纹，有个好脾性，常挑水送我们，特别是雪天。在城里谁也不会信他才十九。老二叫方，颇有英武方正气，话不多，很想当兵。最小的两个一个小芝，一个小加。一回父亲同姐姐和我挑米虫，说“平、方——打美国的一个城市”，谜底父亲放的就是我们一下没有想到的“芝加哥”。

一日平的娘来借军帽，我们方知平要相亲了。七零年的山东省，青年多以军人为美。我的母亲一边惊惊怪怪地说客气话，一边把军衣也给了她。

回屋说才十九岁，那么早。

我一直为人到岁数就有对象而惊讶。都要结婚，到时候怎么办？一边刻意观察，果然第二天平就穿得新新崭崭地出了门，连球鞋都是绿的，绒衣领子翻在外边。不到中午又回来了，脱了新衣就挑水。我的母亲偏还要问，大概是不顺，平的娘不说什么，平的奶奶说了几句。

到我们从村西往村东搬时，已是七一年了。村东是个小院，房顶新抹了泥草。我们正在院里烧火、熬糨子，用报纸糊墙，平就来了，用独轮车把我们剩下的煤末子推来，一筐筐搬进院子。我一下觉得他显老，走在村中土路上好像没了生气。

到平真的订亲的时候，我也没去看，只听说女的来他家时，一进院门，就按规矩递她一个包，里边有六十块钱。平和方一年的工钱一共也就领六十元。

这相亲有点严重。我被新房东老头带着东家走、西家走要小狗的时候，忽然想我这样进来要是相亲怎么办？于是场院里的草、铁锅、鸡，都鲜明抢眼起来；要那么被人看着，而又不能往边上站，更不能跟着人到处跑，还要让人家说这是北京来的孩儿，这怎么办？想不出来，我根本不会说话，永远不会，这事要把人难死。脑子虽这么想，心里还是升起一种秘密的像是优越的感觉，现在想来这种心情就好像是事先知道了彩票的号码。

当然第一次让我切实感到相亲气氛的，并不是我自己任主角，那时我才刚有猪圈的门高，刚刚知觉到女孩子过年原来都穿花褂子，她们的红头巾好看。第一次是我姐姐从东冢大队带来一个同学，高高的，鼻子也高，脸色粗红，绿军帽齐齐地压在眉毛上边。

1992 年　德国

# 木凳



那年我还真在她屋里站了一会儿，她的弟弟让我等着，他好去叫“木凳”，顺便还有大家。我看柜上那张照片，脸有点长，有点尖，像所有照相的人那样一笑，还上了很假的颜色。我努力让自己看清楚，就看了又看，可过后还是想不清眼睛的轮廓，鼻的起始和终止，甚至是不是梳着小辫都找不到印象，倒是上在照片上的难看颜色全记住了，还记住了桌上打开的她的作业本，对勾，红的，上边写：记有意义的一天。

怪呢，我甚至画过她。那时有“志”青年不是拉琴就是画画儿，目标各军兵种文工团、毛泽东思想宣传队，以及各地方正在恢复的专业文艺团体。大学是要“推荐”的，工作是要“分配”的，唯有宣传毛泽东思想可以“不拘一格降人才”❶。我那时正在信仰无产阶级世界观，并且正在投身三大革命实践改造自己，于是也发了“应当对人类有较大贡献”❷的雄心，一走下革命岗位便与怀有资产阶级个人主义野心的大家同流合污，画来画去。画得最好的是一个漫画家的儿子，头发带卷儿，进过少教所，口哨吹得漂亮，时喜时怒，大家都巴结他，请他讲讲眉弓、锁骨。大家一起画瓶子、杯子、石膏球，想“进步”得快就决定画人，大家相互画，然后就满世界招呼小

❶ 这句龚自珍诗因毛泽东的引用，成为当时的时代口号。

❷ 当时正在强调毛泽东的这句话：“中国应当对于人类有较大的贡献。”

孩儿，嘉许香烟纸或者彩色皮筋，封为模特。

模特这词儿小孩儿开始没懂，最终也没懂，坐了一二回木凳，“模特”居然就成了“木凳”。这“木凳”叫得形象，大家请模特来一向是木凳上一坐一二小时，还不准动，那确确实实像个“木凳”了。大家干脆也就顺着叫木凳。而一旦“做模特”暴露了真相，竟然原来是“坐木凳”，香烟纸和彩色皮筋的诱惑力就远不足够了。小孩儿们的要价陡然升高，高到了他们自己也说不清的程度。那时还不兴以钱论，大家全都明白那叫“毒害少年儿童”或者“收买”什么“心”，必会遭到“以达不可告人的罪恶目的”这样的无情揭露与鞭挞；而且谁也没钱，都是些擅离农村、边疆的逃兵，我这样最富有的革命者也不过每月十六元，一角二分买支炭笔都痛感奢侈，颜料、画布那就像现在住简易房谈豪宅一样，属痴人说梦范畴，所以给小孩儿买冰棍什么的也委实不容易。到了这个程度，如何才能招来一个半个木凳就成了问题，小孩儿单个儿时见我们撒腿就跑，人多时要不一哄而散，要不就示威抗议，高呼口号：“我们不当，木凳！我们不坐，木凳！”

我画技不佳，但历来以“像”著称，“抓形准。”几个土专家都这么说，木凳们看我画得像，就公推我画得最好，所以我出面找木凳，找到的可能性就会稍有一些，木凳也挺喜欢拿一张不花钱的大相片回家。有天她的弟弟得了两张“大中华”烟纸，就答应大家去自己家画，条件是我也得跟着，为了这个条件，大家还专门规划了一下时间，因为我一般是在早八点至下午五点干革命工作的。本来当然就是画她的弟弟，结果她在，大家就一致决定画她。她坐在蓝荧荧的小电视前，辫子编得很紧，不时说：“别画了。”可大家还是画。我也画，但竟然不知在画什么，只知道手一直乱动。电视完了，大家均已各自画了两三张，我一看不光我，谁也没画像，谁也没有“处理”好她鼻底到嘴的那一小段，还有那样光洁独特的额。忽然一个声音说：“你们都把她的眼睛画小了，她的眼睛挺大的。”我的心里就惊了一下——人家也会看见她？

我那时以为这是我的一个秘密，听人谈起她，说她好看，就有点儿高兴，好像证明了什么，又有点不安，像是怕她被人发现。我总觉得她的与众不同是很危险的——

他能感到她，就像他更小的时候感到过更小的小姑娘一样。他让自己在一切地方让开她，生怕她注意到他难看的样子。但这回好像不一样，他画她，那么具体地感到她一分一秒的变化，一滴一滴滴水般时间的流动使她长大……

她脚步轻灵得不能再轻灵了，忽然就变得有些沉重起来，她不是那样挺胸的姑娘，她喜欢微微低着头走路，但那种饱满结实的感觉还是在不断增加；他不知道怎样描绘自己的感觉，但是知道在夜晚，淡薄的光使她完美起来……

他知道，她在变成另一个人，越来越远，越来越陌生，也越来越临近——

她们在讲自己的事

讲贮藏谷粒的方法

讲妈妈

讲月牙怎么变成了金黄的气球

1992 年　德国

左：偶然留存的一幅顾城 1974 年 3 月的对镜自画像。

右：1974 年所摄工作证照（工作单位全称为“北京市西城区厂桥地区街道服务所”）

1974 年顾城投送西城区工人业余美术展连环画作品《写封信儿到农村》第五幅草稿中的两幅。

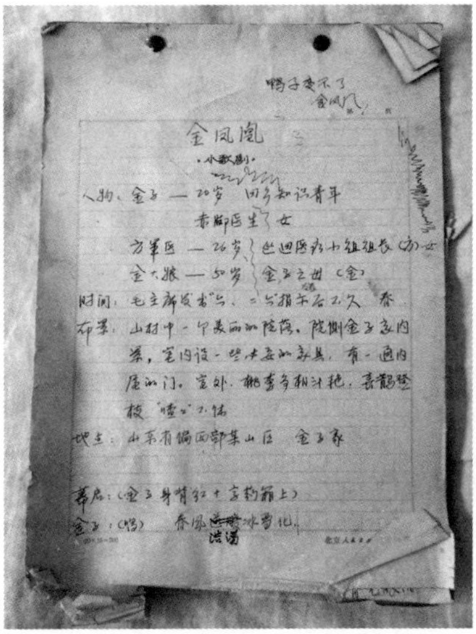

感受《木凳》回顾的那个年代，择几页1974年底顾城笔改其姐顾乡为谋生路所写的称“小歌剧”片断。顾乡当时已有几年工农兵经历，却未得此任一身份，又不会“拉琴”或“画画儿”，“有‘志’”“目标……毛泽东思想宣传队……”就决心写。此为其中之一，没想到今日还在，剧名“金凤凰”。手稿共41页，除了尾页不多几行外，页页顾城有改动（今日读来让人觉得顾城确有这样一种天赋，一旦认定入世，能力应运而生，不但懂得社会、时代，遣词用句也成熟于其姐。同时其待人之好心、悉心也不经意留在了字间。个别用词异样，如“滋生”，于当时也是常用贬义词，顾城用在当褒的地方，顾乡说，当时肯定提醒过，他也肯定不在意，他会很乐意对他很不以为然的那些“新事物”悄悄贬它一下——“遍地滋生”，还是很形象的）

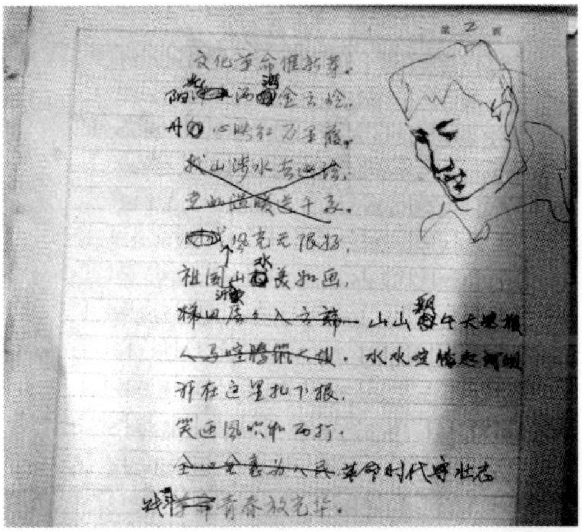

手稿第2页片断：

顾乡原字：汗水洒遍金云岭，红心映红……。

顾城改字：阳光洒满金云岭，丹心映红……。拔山……送千家。时代风光……祖国山村……，梯田层层入云端，人马喧腾筑大坝。（去二行）　沂濛风光……祖国山水……，山山飘舞大寨旗，水水喧腾起河坝。全心全意为人民，革命青春……。革命时代寄壮志，战斗青春……。（页面右上图顾城看稿时画）

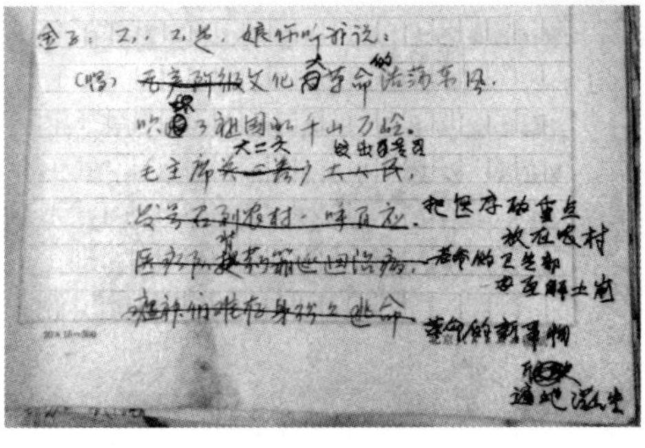

手稿第3页片断：

顾乡原字：……东风，吹遍了……千山万岭。毛主席关心着广大人民，发号召到农村一呼百应。医疗队背药箱巡回治病，瘟神们难存身纷纷逃命。

顾城改字：……东风，吹绿了……千山万岭。毛主席六二六发出号召，把医疗的重点放在农村。老爷的卫生部瓦解土崩，革命的新事物遍地滋生。

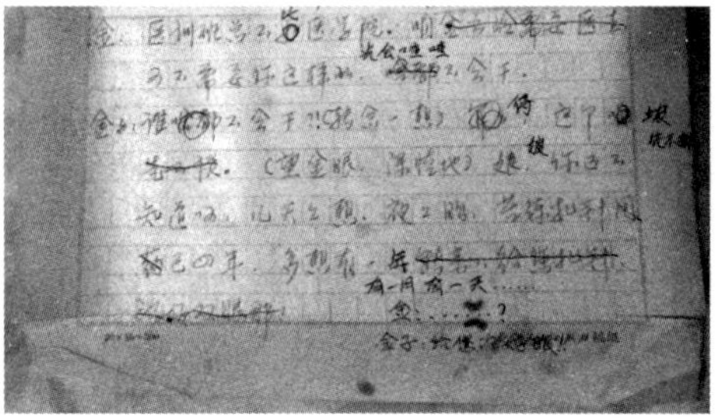

手稿第 7 页片断：

顾乡原字：医训班总不如医学院。咱金云岭需要医生可不需要你这样的，啥都不会干。

顾城改字：医训班总不比医学院。**咱可不需要你这样的，光会喳喳不会干。**

……算了，这个咱先不谈。……苦练扎针用药已……，多想有一天能亲手给您扎针，治好双眼哪！

**……得，这个坡先不翻。……苦练扎针已……，多想有一年有一月有一天……/金：……？/金子：给您治好眼！**

（“金”为“金子”的母亲。剧设三个出场人物，第三个是“方军医”）

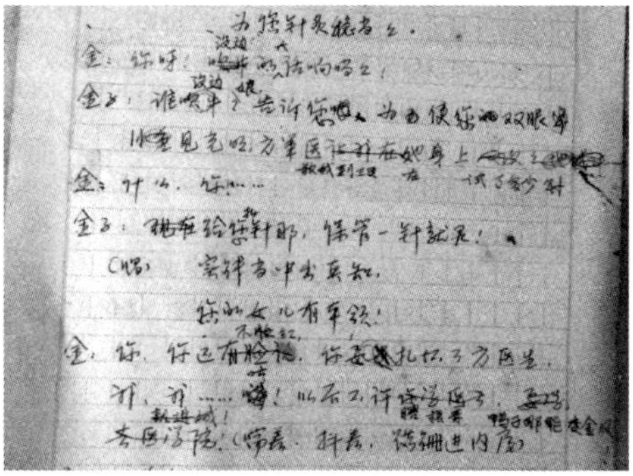

手稿第 12 页片断：

顾乡原字：……吹牛的话……。

顾城改字：……**没边的大话**……。

谁吹牛？……方军医让我在她身上一次次地试针。

**谁没边？……方军医教我到三更，在她身上试了多少针。**

……你还有脸说，……嗨！以后不许你学医了，要学，去医学院！

**……你还不脸红，……哼！以后不许你瞎摆弄，鸭子哪能变金凤！**（曾改为：要学，**就进城！**）

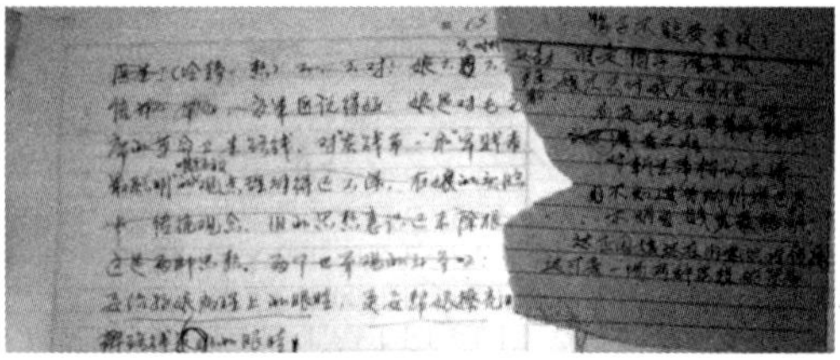

手稿第 13 页片断：

顾城改字：（划去原字于一残纸片上另写）**鸭子不能变金凤？谁是鸭子谁是凤？还是方医生说得对，娘不只对我不相信，而是对毛主席革命卫生路线看不准，对新生事物认不清，不知道劳动创造世界，不明白卑贱者最聪明。这正因娘还有旧意识旧传统，这可是一场两种思想的斗争。**

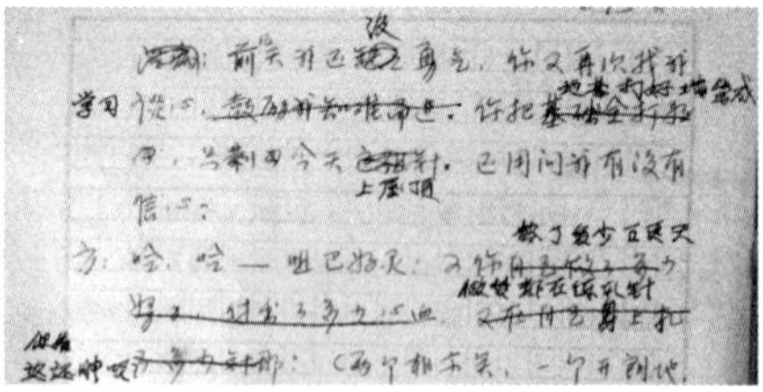

手稿第 15 页片断：

顾乡原字：前几天我还缺乏勇气，你又再次找我谈心，鼓励我知难而进。你把基础全打好了，只剩下今天这组针。……

顾城改字：前几天我还**没**勇气，你又再次找我**学习**谈心。你把**地基打好墙垒成**，只剩今天**上屋顶**。……

……可你自己做了多少努力，付出了多少心血，又在自己身上扎了多少针哪！

**……可你熬了多少五更天，做梦都在练扎针，你看这还肿呢！**

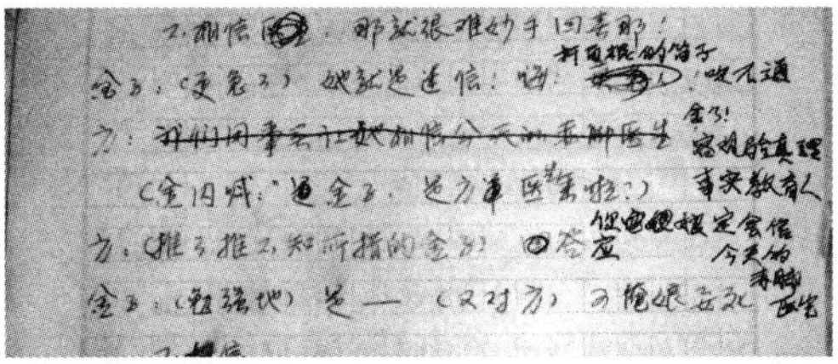

手稿第 16 页片断：

顾乡原字：……嗨，真急人。

顾城改字：……嗨，**杆面棍的笛子吹不通**。

我们用事实让她相信今天的赤脚医生。

**客观验真理，事实教育人。你娘定会信今天的赤脚医生。**

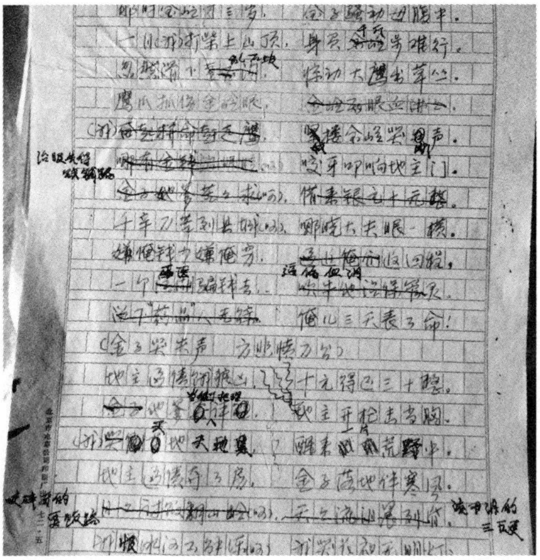

手稿第 27 页片断：

顾乡原字：……忽然滑下__石沟，……

顾城改字：……忽然滑下**乱石坡**，……

……紧搂金岭哭失声。哪有金钱治眼睛，咬牙叩响地主门。……

（去二行）**我**搂金岭哭**断**声。**治眼先得钱铺路**，咬牙叩响地主门。（去二行）

……逼迫俺们返回程。一个江湖骗钱去，……

……**逼俺血泪**返回程。一个**巫医**骗钱去，（去二行）

金子他爹要评理，地主开枪击当胸。我哭倒在地一天整，醒来已在荒原中。

他爹**当街把理评**，地主开枪击当胸。我哭**天地天地黑**，醒来**一片**荒**野**中。

日日讨饭翻山岭，天天流泪晨到昏。我哭……

**咬碎牙的要饭路，流干泪的三五更**。**我恨**……

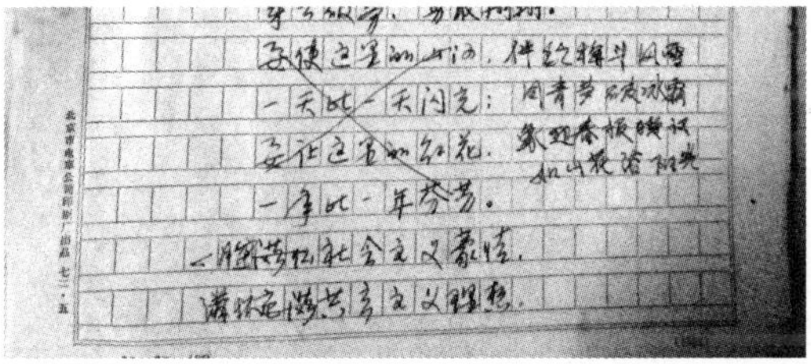

手稿第 40 页片断：

顾乡原字：要使这里的山河，一天比一天闪光；要让这里的红花，一年比一年芬芳。

顾城改字：**伴红梅斗风雪，同青笋破冰霜；像迎春报暖讯，如山花浴阳光。**

满怀社会主义豪情，充满共产主义理想，

**一腔**社会主义豪情，**满怀**共产主义理想，

# 画中人



我一进屋，母亲神色就不对，她先笑，又想忍住，竟怪模怪样起来。我知道事情坏了，就抢上一步看我的画，果然，画上的人，那个拿大钳的工人，面貌有变，他眉毛抬高了，还多了个尖，眼睛黑了不少，当然是母亲在我出去时往上画了，工作服上还多出个大火星。我暗自庆幸好在没有太难看，却还是跺脚指责她改我的画。母亲一边赖，一边又冲过来说这样才好：“你看他眉毛是歪的，不像人！”没办法，在她保证了决不再擅改以后，我才重又站定往下画。

母亲轻手轻脚走出去，又走进来，给我倒了一杯水，接着又开始出主意：“脸太黄！难看死了。”“脖子太短，是驼背，要伸出来，这样，要伸出来！”天哪，我老得在辩论中画画：“这是俯视……颜色还没上完呢，这是底色……脖子再伸就成鹅了……”吵着吵着就乱菜了：“你爸爸就像这样，头向前；×× 就像这样，脚抬不起来；你得抬头挺胸站直，别歪着！”“那怎么画？你画一个看看？”“画就画！”母亲过来就抢笔，要把她看着别扭的地方通通改过来。“你自己画一张！别画我的！”我急得叫起来。母亲盯住我，气恨地说：“我就会改！”

那次画画其实是很热闹的。工人阶级占领上层建筑，首钢也办画展，要像户县农民[1]那样，画画儿，工人一定要画画儿，每个工厂必须按时按量交出画儿来。母亲当时是他们一轧厂美术活动的责任人，在厂领导的鼎力支持下选拔了几位工人，让他们脱产两个星期作画，每人发一把铅笔，布置好先画草图，大家评议，再上颜色，然后选送首钢工会。布置得不错，但不幸的是这几位工人中除了一个柳剑画过几笔油画外，其他最接近美术的人也只刻过图章。这种情况一经反映，上级早有考虑：同领导班子一样，也“三结合”嘛，工人出生活，找会画的（没提是否本厂工人）出技术，领导再来出主题，这画儿不就成了吗？画出一大片工农兵形象来，资产阶级的复辟梦就粉碎了。

如此，母亲就找上了我，她出生活和主题，要我出技术。我大喜过望有纸有笔还居然有颜料呵，于是就开始画一个水粉钢铁工人大汉，用一把夹钢筋的大钳，夹住一个大红箭头，向右上方奔来，箭头如出炉的钢条（当然要粗得多），火星乱冒，后边烟尘大起，把我画不出来的地方统统遮住，只露出一个高悬的龙门吊车大钩子，上边立个小人儿自豪地招手，最好能看出是个女工。总之一副要把生产搞上去的样子。那水粉工人大汉虎视眈眈，满怀豪情壮志，眉毛忽浓忽淡，嘴角忽弯忽直，全看我和母亲的争论进展。母亲情急之下便甩去领导架子，以家教直袭逆子：“真不孝顺！儿大不由娘——你还没自立呢就这样，将来……”吵到后来，刚下班进门的父亲也被卷了进来：“你看看那个眉毛！”父亲便说：“别管啦，让他自己画吧。”母亲就更急了：“你看那个眉毛！！”



到画成了，用大车送进首钢，展在大饭厅里。自然有领导讲意义、大好形势、任重道远和光明前途，有工人讲当家做主和资产阶级对文化的统治一去不复返，有技术骨干讲向工人师傅学画和改造世界观。首批前来参

[1] 户县农民画为当时涌现出的“新生事物”。1974年广泛宣传，随即掀起全国工农兵绘画热潮。

观的都是光荣榜上有大红名字的。一轧厂最好的画儿我当然不须犹豫认定是柳剑的那幅——一老一少两个工人一蹲一弯在地上捡螺丝，宽大的工作服水灰透蓝，边上的厂房也是干净的灰调子。这灰调子我当时是很景仰的。我的那个水粉大汉，浑身橙红、橙黄，在家里显得很大，在这儿一摆却小得很，模样可怜，幸亏会刻图章的孙师傅用上级派发的荧光粉，在画儿下写了一段口号，整个画儿才不算太寒碜。

如此展罢，也就散了。我依旧作我的素描，还去柳剑那里玩儿了一次。柳剑，眉剑状，家事萧条，父亲文化高官，“文革”初起时坠楼，余下兄妹二人度日，因而剑眉间总有些铺不平的沉郁之气。平时做工，弹琴，作画，不多言语，待人有礼。母亲说他人好，稳重，至少作画时不像我那么骄傲，让我学他。后来在电影上又见了他，他演《原野》中的地主儿子，喝醉了，被杨在葆一刀斩了，我看的时候还想：他怎么老那么倒楣呀。



如此想来，竟也是快二十年前的事了。那次得了几支铅笔，送了邻居小孩儿，得了一个画框，用残剩颜料画了幅仿国画换上。那个水粉大汉卷在哪个犄角就不得而知了，母亲肯定是再见他，也不会去改他的眉毛了。

二十年，恍惚一过，如今也离家万里，不见爹娘面，还闻往日声，有时家信中还附着杂志上我的作品，母亲的改动之处，我自然清楚，有时微笑，有时也会像旧日一样急起来，……——隔山隔水还要争吵。

我走了这么远，为什么呢，我不知道，也知道；秋日满山，落叶纷纷的时候，我一个人走，想家……

她说：“那时候你多好。”

你说：“妈妈，我最爱吃老玉米了。”

1992 年　德国

# 纸



舍不得纸是一个家传的习惯。凡写诗，必用废纸，或是一面白的旧账单，或是年历背面。在发稿不景气的八四年，我便广用退稿信的背面。

这个毛病，小时还有点趣味，去纸厂边上，捡煞白的纸条，订成小本，在上边写小字，画小画，本越小字也就越小，几乎小过了铅字。赶老师问及，就说是节约；以大道理堵人，习自自小所受的教育。

到大起来，这事就成了麻烦——大梦初觉，生了灵感，就要晃来晃去，满屋找纸；不幸家人好清洁，刚刚过节，一切广告、旧信都没了踪影，就拿个笔，恐慌起来，端坐桌前，面对白纸不知如何下句，惊惶片刻，往往叹息一声，将那诗情改了画意；一张好纸，写诗是太太可惜。

这个“神经”曾发狠改了几回，最好的办法，是将白纸放在床头，半醒执笔，光磨叨梦中读来的正副策第中言语，顾不得隐隐的白纸如雪，就摸黑乱写，大半竟将眼睛闭住，许多诗和怪话就这样来的。有“黑夜给了我黑色的眼睛，我却用它寻找光明”这样的正论，也有“你怎么会以为我是人呢”这样的玄机，更有“你爱我呀，我爱你”这等歪批。

除了打草稿用废纸，抄诗填空行也是病中一病。因常写了就丢，丢了就罢写的情况发生，就定下规矩，凡写成的诗，都用活页抄起。可偏诗长短不一，抄罢纸上总留些空行看着可惜，就数好空行再填一首，怎么样也得满页，许多歹诗也就由此生出。北岛获知这等事，大不以为然曰：诗又

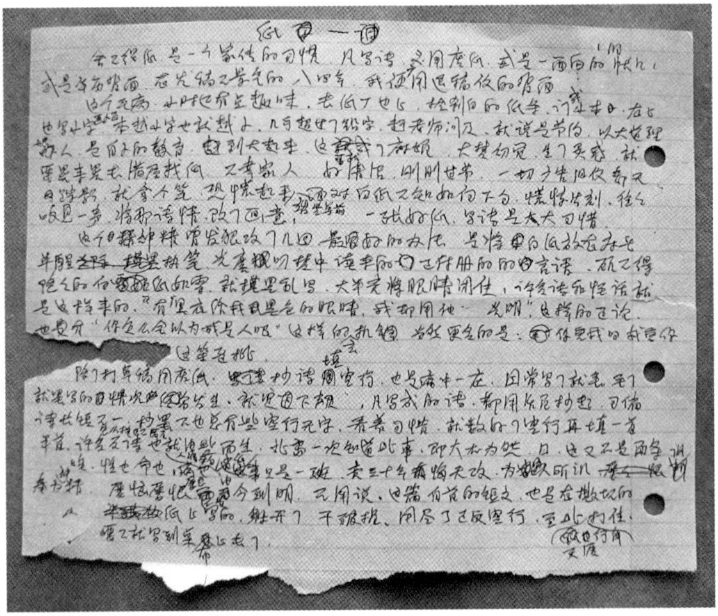

作者初稿原貌。本篇辑入据其校后打印稿。

不是面条。

唉，性也命也病也，人将奈何。省纸只是一斑，竟三十年有悔无改，为人所讥，讽（奉）为“神经”。屡恼屡恨屡急，还是由今到明。不用说，这篇自首短文，也是在撕坏的纸上写的，躲开了若干破损，用尽了正反空行，至此天涯纸角打住，要不就写到桌布上去了。

1992 年　德国

# 铜

还是去黑龙江的事，离了访问团的大队，自谋生路，到了哈尔滨，好像真成了诗人，和《诗人》编辑部的朋友一路，晃晃当当在石子路上走，一边侃玄，一边找浴室。走到路中，我眼光一定，捡起一个东西，放进口袋。各位诗叔诗兄都很纳闷，问捡了什么。我给他们看，是一节电线。这干什么？他们正在路边展望诗潮——我说这里有铜。

我是个迷铜的人，红铜、黄铜、白铜、青铜，从小捡起，哪怕一丝也不放过。最早当然是因为铜值钱，一斤可卖一元五角到两元，看成色而定。我卖过一把铜锁，得款 4 毛 7 分，印象极深。但铜丝和电线人家是不收的，怕是工业用铜属国家资产。铜钥匙也不收，这就不解了，因为锁收，莫非锁是私家的钥匙不是?

我爱铜，是有盼望的。铜之光泽甚美，尤其在熔化的时候。家中一个宽皮带的铜扣掉了，去焊了焊，那熔铜的光焰让我想着有一天长大，也要有焊枪。红铜的熔点有一千度，对于在煤炉上烧铅皮的我来说，当然是个光辉的理想。为了理想实现的一天有足够的铜熔化，我就一直捡下去，有时为了起一个铜螺丝，就花上半天。报纸上说有一个节约专家，多少年捡了四千斤铜电线头交与国家，这真让我欢欣鼓舞。四年级时，我有半个学期，一直在挖拆下的旧厕所抽水箱中的铜棒棍，满脑子亮着熔铜的光辉。

喜欢铜，发展到在煤堆上找铜矿。炼铜是我自己发明的，将硫化铜放进小铁锅，加热至红，硫就烧出蓝蓝的火；及至火灭，铁锅里就浮上一层铜。我想是“还原”吧。这样炼铜，只得铜粉，而我想的是铸出自己的铜币和铜剑来，建一个发行铜币的银行。

太喜欢一个东西，就会变态。我由铜，发展到喜欢古币学、冶金、铸造、制范、紫铜像、青铜器、硫酸铜、硫酸、火药、铜炮、金龟子、昆虫分类学……北岛从北欧第一次回来，就送给我这个财迷一个小小的铜炮，后来为了出国，竟然又送人了。

我要铸造的东西太多。坩锅、剑模都做好了，铜也有了两箱，这是我从北京捡到山东、从山东捡到上海，从上海捡回北京城里的。为了最后的铸造，我还准备了烟囱、电风扇，想好了在朋友的小院里起火。我是多么羡慕锅炉房的鼓风机呵，以至有志当个烧暖气的锅炉工人——为了铜流动起来的一刹那。

我出国了，远离了我的铜。

母亲搬家，写信问我铜怎么办；我说卖了吧，如果两元以上一斤的话。

外国垃圾里有太多的铜了。

1992 年　德国

# 铅



与铜相比，铅就暗淡多了，除了刚凝结时有点白光外，平时都灰灰的，可以在不灰的纸上画线。铅颜色虽不济，也还是伴了我多年，想来首先必是由于它脾气好，熔点低吧，只要三百度，所以家里有个做饭的煤炉，就可以进行铸造了。从二年级起，我就用牙膏皮铸造铅币。两个牙膏皮，除去磨化漆和没挤净的牙膏，可铸四枚元宝。

及至读史书中掉下的页子，得知北洋军阀和清戊午年都铸过铅币，以十当一，就长出了信心；跟着有字，说铅币、铁币商贾拒用，我就跳过去不读，只想我的铅币畅行“天下”。

这天下当然基本就是我的“家天下”了。我先付铅币给我姐姐，那是她为我的工艺打工的工钱，然后一旦她旷工，我就再把钱扣回来。父母带回家好吃的，我坚持让他们报价，问一块糖，说一块铅币，我嫌贵，问两块糖，还是一块铅币，又让我气愤了。怎么才能比一块铅币更便宜呢？于是我就想到了纸币，这样就可以将一块铅币分一百次用了。

我将铅币上的牛头与铸模对压，将纸挤在中间，试图铅印出凹型的牛头纸币来，但是不成功，首先我就找不到那么有韧性的纸。又平印，我将拾来的铅砣都压了上去，可还是印不出个牛头像，后来就用了印红、印蓝，都是四处索来的。

十八年后，我对妻子又开始发行这种钱。那时我已中断铸铅业七八年了，正相当于“七八年又来一次”[1]。不过心有余悸，所以除了铸模及试铸个别珍藏品外，进入流通的完全是纸帛币。先刻阳模，再翻阴模，铸出的铅模，一层层印在纸或帛上，有精美头像和好看的花纹，最后加盖可汗国印。凡妻写作、抄稿就挣得此币，也积了不少，后来竟数倍地超过了我同期收获的稿费；无人民币可以兑换，经济学上便视为贬值，情急之下，决心和她打赌；那一回她一下输掉了她所有的“老头票”（因刻有国王头像，妻故命币此等名字；也不顾女王头像币面值最高）。

纸币浅薄，我是金属主义（又称拜金主义）者，若干年前不敢似王莽一刀平五千，广收天下黄金，但币中锡、铜、锌、铅诸种倒也齐全，甚至银也有一二断勺残碗加入熔铸的。比值则五一至五十与一不等。我用的是历史上的金属比价，当今的市价起伏不定，不足为凭。



王莽是个可爱的不简单的简单家伙，五物六名二十八品，闹得天下大乱，但刀、货布，实实精美，上边的针笔字令我叹羡不已又望尘莫及。我虽用了垫泥模和刺糖水的方法，仍不能消除黏膜以及冷却时出现的裂纹气泡；不要说笔画清晰了，十个铸得，九个上面的字没人能认，于是那一个就被叫做十倍钱。当然币上除了字还有牛头，最怕的是字铸得可辨，偏牛头铸得不济，那就会引发币值混乱。

要不是识字，我会一直闹铅闹下去；不比闹铜，铜有些稀有，而且熔点不是我能轻易达到的。书蜂拥而来的年代，我读到了罗马死于铅的史实。说是罗马人铅釜熬葡萄汁酿酒，醋酸与铅亲和生成了甜甜的醋酸铅，罗马人于是省了糖。省了糖顺带着得了痛风病，其实就是铅中毒，傻的傻，死的死，甚至说是不可一世的罗马帝国即灭亡于此。

我读过了还是铸铅。那天我铸了个铅刀把，花纹细致流畅，不禁欣喜，拿到木工组的细砂轮上抛光，不一会儿鼻里口里就甜甜的，眼也有些迷蒙

[1] 毛主席曾说：“天下大乱，达到天下大治。过七八年又来一次。”1973年“十大”以后广泛传达，尽人皆知。

起来，于是蓦地想起了罗马灭亡——说是熔化的铅水也有蒸汽，骨头薰薰就黑了……记忆中跳出的这些知识让我怕起来，刀把收了，也不想再铸，急急地去找了医生。医生对我的推论不屑一听，只问我干什么工种，说是木工便就不再理我。木工怎么了？木工就不兴闹铅了？木工就不变乌骨鸡了？

这点学问让我大为伤心，想闹铅也有十来个年头了，这怎么说不敢就不敢了呢。我把铸的铅币都放入一个铁皮小箱，小箱顿时重得惊人，谁也别想一提给提起来。可是我还有许多铸成其他怪物的铅和待铸的铅呢。从一个铅厂遗址得到许多铅，他们竟把铅水灌在土里！

算了，我只有瞪着些老铜钱，在灯下想想未来熔铜的日子了。过了好几年，尚纸币的妻子说断铅就要将铅全都卖掉，要不难说不空气污染或者是接触污染，铅卖铁的好几倍的价钱，也不枉我的这许多年了。于是我将铅币装个麻袋，其他铸物一袋，还有三袋杂铅，推个人家和石灰的独轮车就去了废品收购站。

那是个大汉，看看我这几口袋，一使劲提一个哗一倒，是我的铅币，又提个哗一倒，是碎铅，同时口出不逊："带渣的！四元一斤！"我这才猛醒过来，压住了他正在抓的第三袋，喝道："我不卖啦！"

我必是红头涨脸的，又推起车往回走，见了谢烨[1]一股脑地控诉起来：他不尊敬我的铅！——第一他哗啦一倒，那都是我一个个倾注心血铸出来的，有的铸一个就坏一个模！第二我本是分类的，他看也不看，问也不问就给倒在了一起！第三他还说是"带渣的"！妻皱起眉头只好同我一起再往屋里搬。我表达歉意，就讲起了我铸铅史上的最辉煌一页——

十二岁时我决定铸个铅锡合金的布林像。布林是个敢逃学的小子，我上学不久就成了我的臆想朋友。我想用肥皂刻阳模，这样不光翻出的阴模



[1] 此前一直称"妻"，此处"谢烨"似显突兀，或为写作断续的缘故。

细致，而且浇铸可以不沾。家里那时凭本每月限购两条肥皂，老听我的妈妈谴责我的姐姐洗衣费肥皂。这样我要一条肥皂的申请就当然得不到批准。一天姐姐又买进了准备用一个月的两条肥皂，我趁他们上班上学的大好时光，捉住一大条一鼓作气就刻了，刻得栩栩如生，真正舍不得拿它翻模了，可是想到家里人回来，我这个这么漂亮的大布林就得给拿去洗衣服，就急急奔了楼下正在修路的地方，人家看我转了几圈，就慷慨地往我的空簸箕里点了半锹和好的细水泥，我回去往我早备好的硬纸盒里一倒，就狠狠心将布林按了进去。还把刻下的肥皂碎末收拢起来堆在了布林的后面，想着等水泥干了，这肥皂还是可以一块块地割下用的。



后来我向我妈妈保证，从此我洗全家的衣服，让她别生气。这布林像我是将我所有的锡也一并熔了进去的，那像铸出来光芒四射，漂亮得我都晕倒了。这布林，鼓眼鼓鼻鼓嘴鼓脸，煞是神气。我将它架在一进门就一眼看见的地方。爸爸开始不相信是我做的，接着说可别乱造像；姐姐说话没分寸:“呀！像毛主席耶！”妈妈就更紧张了，要拿报纸包起来。后来觉得包起来也不好，就忧心忡忡又忧心忡忡。我还是把布林放在了床头，平时就给盖上。后来去农村，不知怎么布林就没了，妈妈吓了好久，老想着谁捡了就会报告然后追查。

好多年后，已经被我忘掉的布林又活了，跳到我的诗里捣乱，一定是我丢了的布林像在哪里修炼成精了。

谢烨并没被我的故事打动彻底，后来这些铅还是卖了，好像卖了有二百多块钱。

1992 年　德国

银行　　　　　　　　欠爸爸1600元≈238.8
本位单位元　　　　　欠妈妈8元≈0.11分
150分人民币＝十两铜　欠姐姐1000元≈14.9分

1斤铜＝10000元 铅Pb制法将方铅矿PbS用铁还原或用氧性焙烧
一分＝66.6元 白色软金属富展性在空气中表面生一氧化铅及盐基
一元＝性碳酸盐防止侵入内部，铅与硝酸生硝酸铅及铅的氧化物与盐
三氢氧化铁4$Fe(HO)_3$硫酸铁3$Fe_2(SO_4)_3$硫酸铁含有七分子的水则成淡
绿色的结晶物俗称绿矾有杀菌效力并可制造蓝墨水二价铁与三价铁盐
赤血盐即铁氰化钾及$K_3Fe(CN)_6$
凡二价铁盐遇赤血盐则成深蓝色
沉淀叫做滕氏蓝是一种很好的
蓝色颜料

3 5 6 1 | 2 12 3 —
日 月 去
2 1 6 5 | 6 —
风雨雪电
6 6 1 5 43 | 2 3 2 1 7 | 6 — — 0
…容

5 4 3 3 2 3

硫化铜CuS硫化铁$Fe_4S_3$加热＋氧碳铁＝硫化铁 氧化
铜反应过程是铁把硫化铜还原成硫化铁和铜但有一部分变成
了氧化铜再由碳还原铜 真开心

16开16张四分
32开30张七分

前图：四十三年后（2011年）偶然见到的当年（应是1968年）顾城制“币”和“研习”化学时残留的一页手迹。页中几行简谱及歌词是妈妈祝贺儿子生日的未完成创作，顾城则利用空白处做自己的记录（其中的“银行”“本位单位”“元”等都是他的自设，化学叙述用语亦时有自创且自言自语。化学叙述部分开端穿插写在上端的“货币”折算及“账单”空处。为便于阅读，这里另起一行录写如下（尾处二行及前行末三字字色不同，不似写在同一时间，所涉似与“制币”有关）：

银行

本位单位 元

150分人民币＝十两铜

1斤铜＝10000元

一分≈66.6元

一元＝

欠爸爸16000元≈238.8

欠妈妈8元≈0.11分

欠姐姐1000元≈14.9分

铅Pb制法将方铅矿PbS用铁还原或用氧性质苍白色软金属富弹性在空气中表面生一氧化铅及盐基性碳酸盐防止侵入内部。铅与硝酸生硝酸铅及氢的氧化物与盐三氢氧化铁 $4Fe(HO)_3$ 硫酸铁 $Fe_2(SO_4)_3$。硫酸铁含有七分子的水则成淡绿色的结晶物，俗称绿矾，有杀菌效力，并可制造蓝墨水。二价铁与三价铁盐亦血盐即铁氰化钾 $K_3Fe(CN)_6$。凡二价铁盐遇赤血盐则成深蓝色沉淀叫做藤氏蓝，是一种很好的蓝色颜料。

硫化铜CuS硫化铁 $Fe_4S_3$ 加热≠氧碳铁＝硫化铁 氧化铜。反应过程是铁把硫化铜还原成硫化铁和铜，但有一部分变成了氧化铜再由碳还原铜。真开心。

16开16张四分

32开30张七分

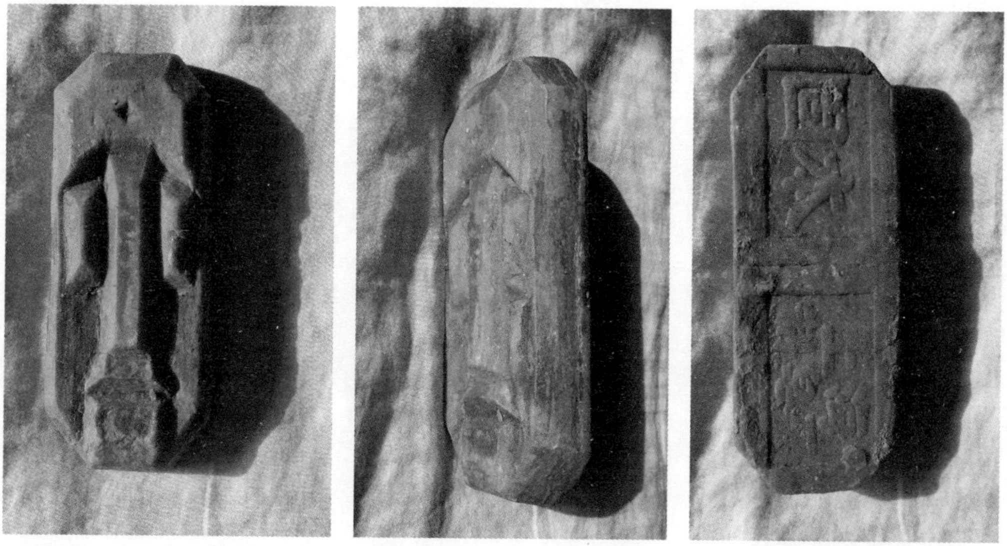

真是令人惊讶，相信顾城绝没想到他在此文中重点回顾的，让他一直怀念的，他十二岁时铸出的铅锡合金“布林像”竟然还在吧？而且他当初铸出的居然不止一个！而且他用全家四口人每月限购的两条肥皂中的一条雕出的肥皂原模居然也在！且基本保持完好。这实在是不可思议。全家人在 1969 年 12 月托运限重之下自北京落户山东昌北火道村后，就再没见到过它们。其间搬过八次家，谁也不会去想它们还在，也许一直把它们放在一个再没有打开过的某个箱子一角了？不太容易想象，因为它们挺重的，体积也不小，肥皂也是很易损坏的……

此三图为作者著文中以为当于当时既已毁坏了的肥皂原模（正、侧、背），显然当初作者是将它自水泥阴模中成功地取出了的，并且没有用它去洗衣服。水泥阴模显然也翻得成功，以至铸出了至少三个“布林像”（图见下页）。

三个像，猜想左边第一个应是最早浇铸的，含锡比例似最高，似还混有少量的铜？总之最为光灿，且最为厚重，可惜面部有个应是浇铸时气泡造成的坑。估计因此令作者浇铸了下一个。下一个猜想是中间这个，其含锡量明显少了，也薄了许多，猜想作者此时积攒的材料不够多了。可惜面部仍有气泡造成的坑。右边这个猜想为第三个，锡含量更少了，也更薄了，但是没有气泡！

布林是顾城幼时就构想出的一个精灵怪（他常称它是“捣乱分子”，可参见《讲演答问卷》《对话访谈卷》《顾城诗全集》）。这个铸像在全都以为它消失了的四十八年后（2016 年）复现，真也让人有了某种灵的感觉。真希望作者再见它。

# 吃

那还是一九八五年夏天。北京组织一班写者，去黑龙江，安慰残存那里的知识青年。其中就有我。发号召的是胡总书记。出钱的是北京市劳动局。我呢，算北京作协的人。其实呢，没工作。一上车，各位仁兄都开始大侃。我也嘻嘻笑笑。口袋里装着酵母片和黄连素，准备跟着吃饭，机会难得。

一到漠河，果然正式开始吃饭。一人挂一个小牌，写着名字号码，鱼贯入招待所食堂，八菜一汤。小小一农局，竟备下海参、鱼翅、大虾，还有乾隆帝吃的九龙口一种锦鸡。本以为是接风一顿，不想日日如此。还有服务员将瓜果送入内室。这上边的来人不似天爷下凡，也像灶王回府，神气得古怪。

我那时还在为自己的灵魂操心，吃饱了，就想出去走走。天擦黑，门外停着警车，一出门就有人拿手电乱照。恍惚间，见有一二十个膀大的警察，挽着袖子，也没在意。一上公路，晚霞暗下，路口也有警察，用长手电晃来往的车辆。大路上并无行人，我不由犯了疑，就把胸口的吃饭板板



◎ 此篇地与人并非同现实一一对应。作者写时有移动。作者手稿还留有另一写法，开篇为：

那好像是一九八五年夏天，正热，北京组织一班写者，去黑龙江，由劳动局出钱，上边的意思是，安慰安慰那帮残存的知识青年——“老插”，正名打气，省得他们来北京静坐。

摘了，口袋里一搁，想来个私访，不防被手电一晃，两臂就被拿住："干什么的？！""我……"我还真说不上我干什么的，只得说"北京的"。"证件！""没带……"我一慌，就掏出了吃饭牌，上书"北京作协／八号／顾城"。那人看罢就把我放了，告诉小心蚊子。我天生怕蚊子，最怕警察。得了自由，就回招待所。这时才发现招待所四边都有手电乱照，显然处在包围之中。

我进了招待所，就忙忙地将警戒情况告诉同伙，怀疑在抓刺客。不想有个在漠河兵团干过，现在瞄准马尔克斯大写小说的写家不以为然："这儿，就这样儿。"他说，白天他去三场，保卫处他们说，有人想上告，嫌疑犯都抓起来了，关在一个不知道什么地方。"真的？"有人耸眉，有人拍床："太黑暗了！"有个说，他们这儿买火车票还得介绍信哪。作协的老陈不信："那白天去看不是挺好的？一家一个电视，奶牛……""那是刚布置好的！天津出钱，农场算是借给他们拍电影的，电视三百，奶牛九千。""不是天津给的吗？""给农场的，农场算是借给下边。""不信明天问……""有一家死了牛，正哭呢，九千块，一辈子也还不清了……"

第二天果然又是参观。那么小的村子，彩旗招展，竟有二三十个小孩儿涂红了脸，在那儿"热烈欢迎"。我们被领着看奶牛、猪，有小黑白电视，看了五家，我自管自地向第六家走，领路的慌了，让我不要乱走，我偏走，他拉住我说我乱走他们要受处分；我收了步，只好专看那些模范之家。家家都拿出一样的水果糖和烟来，他们年轻兵团战士知识青年时的照片挂在墙上，赶个大车，戴着红花，在荒地上跳舞，男的剪着高高的分头，女的梳大粗辫子；报道配照片说：她把铁锹一插，就建了新村。——"这房是你们盖的？""是。不过现在算场部的。场部要卖，卖给我们住两千元。""你们干一年得多少钱呢？""干一年，干一年，欠了场部两千元。""怎么欠的呢？""现在分了地，除了交税，还交场部管理费，每个人二百八十元，收成好还欠了两千元，收成不好就欠得更多了。""我们走是走不成了，就想着让小孩儿能回去读书……"

虽然知道这是个老戏法，瞒上不瞒下，回招待所还是心情不好。下午参观也不想去了。作协老陈很是为难，告诫说不能不去呀！他口袋里也收了两封想让他转交中央的上诉书。

看大好形势，座谈。还是一个残存的知青，当今的护士干脆，鼻子一哼：“谁说‘好’？让他家搬来，咱们换，我情愿回城挑大粪！”所有的领导都似笑非笑——革命分工不同嘛。

如此下来饭也难咽了，光吃西瓜。熬至最后一天，晚上联欢，要上台读诗。北京朗诵团团长红光满面，在走廊里就练上了，气贯丹田：“生个儿子叫——垦荒！”他有没有儿子我不知道，确知的是行前不久他刚为香港财东献诗一首，为团里——那个团是他自己的——募了一大笔钱。此行他和团中央那些党孩儿们站在一起，竟气色不逊，只是毛发略疏。人至此境方不负一日三餐。

我躺在床上“肚子疼”，等时间过去。好心的老陈又来问候。老陈真是好人，看见小孩儿过马路就紧张，看见歹人就吃惊，调也拉长了：他怎么那样儿！他从劳动局领了钱，一路专管付账，为了预防众人感冒，还专门买了一大瓶维生素C，十丸十丸地吃，其实主要为的是防备油水太大。

老陈关心我可还疼，要是脑袋还好领导说可不可以坚持去读一首诗。我说肚子疼或脑袋疼，你挑一样说吧，诗只想出一句，还不太响亮：生个儿子叫——啃人……

1992年　德国

乡乡姐姐：我们一行进入佳木斯、萝北，一直到黑龙江边，与苏联隔江相望，这恐怕是我第一次看见外国吧。黑龙江平静的很，有人随便捡到了玛瑙，我后来才知道，悔之后悔没注意。我们在农场吃得很好，吃到了海参、海螺、蘑菇、木耳、鲑鱼，一天两个西瓜。可农场的农工都穷极，均负债几千。阶级由此而生，国家由此而生。现在我又从萝北回到哈尔滨，与[redacted]（即该协带队人）同行。我们已认识了兴安岭地区的文联主席，今天他就带我们去加格达奇，可能要去漠河，一切由他安排，我们一路均有人接送，铁路紧张，我们有坐有卧。这时我一直注意休息，竟无病状，昨天已洗了澡。我们去兴安岭区约半个月，那有采金船，我还想再捡玛瑙，从兴安岭回哈尔滨，如果不去镜泊湖，我们就回京了。我很想家，不知你们怎样了，很想接到回信，可又无定处，只有算了。出来已觉慌慌，尽管人很好

站在阳台上，阴雲沉沉，树上的叶子被吹黄了，我的生命在秋天，我的生命很遥远，我在世界上呢

我永远在家里，我是知道的，我上学了，写诗，落到了文化之中，文化就是一种统治，一种比一切统治更为长久的统治

秋天。

城 85.9

我们一行很友好。

左图：2012 年 12 月于杂物中陡见一封顾城家信，写在 1985 年赴黑龙江期间，可对作者七年后的回忆有所呼应吧。信字如下（信中“平静的很”正为“平静得很”，“尤鱼”正为“鱿鱼”；涉及人名处，编者遮盖）：

爸妈姐烨：我们一行进入佳木斯、萝北，一直到黑龙江边，与苏联隔江相望，这怕是我第一次亲见外国吧。黑龙江平静得很，有人随便捡到了玛瑙，我后来才知道，实实后悔没注意。我们在农场吃得极好，吃到了海参、海螺、蕨菜、木耳、鱿鱼，一天两个西瓜，可农场的农工都穷极，均负债几千。阶级由此而生，国家由此而生。现在我又从萝北回到哈尔滨，与□□、□□（即作协带队人）同行。我们还认识了兴安岭地区的文联主席，今天他就带我们去加尔格达旗，可能要去漠河，一切由他安排。我们一路均有人接送，铁路紧张，我们有坐有卧，还好，我一直注意休息，竟无病兆，昨天还洗了澡。我们去兴安岭区约半个月，那有采金船，我只想再捡玛瑙。从兴安岭回哈尔滨，如果不去镜泊湖，我们就回京了。我很想家，不知你们怎样了。挺想接到回信，可又无定处，只有忍了。出来还是惶惶，尽管人极好。

站在阳台上，阴空沉沉，树尖的叶片被吹黄了，我的生命在秋天，我的生命很遥远，我在世界上呢。

我永远在家里，我是知道的，我上学了，写诗，落到了文化之中，文化就是一种统治，一种比一切统治更为长久的统治。

秋天

城　85.9

我们一行很友好。

# 半梦



那时也是在德国境内，坐在特利尔的老墙下喝汽水，陪我们的杰女士说，墙是一些罗马人修的。杰女士是当地大学生，长大以后开始学中文。墙凸凸凹凹，似有烟火烧过。墙下有许多大叶子在风口摆动。我们坐在那儿等时间过去，说好了去看马克思墓。

听说看墓，我就一个劲儿说不急不急，马克思反正是已经死了，早看晚看都与他无碍；还说了些诸如“不必麻烦了，正好我们也有事要办”这类的推托话。但是教授还是不动声色地告诉了我们去墓地的时间，并且提醒这个时间是几个月前就确定下的。

自从在德国下了飞机，即刻便入了时间表，八点半落地，九点半抵达餐桌，两块均是香皂般大的生鱼已赫赫然在谢烨和我的盘中放好，教授看表说，一刻钟吃完，半小时内赶到会场。此生从不以为生鱼可食，且又值一夜没睡加上晕机，正粒米不思呢，不由小心地看看翻译，翻译口气严重，说是没有任何余地，德国规矩，盘里的食物必须吃得一干二净。盯着那块巨大的白里渗红的生鱼肉，怎么都不能相信必须吃它。刚切下一条放进嘴里试图猛嚼，就险些呕吐出来。教授像是专盯着我，我想着鲜花、音乐、苹果、香蕉，一边令自己大力吞咽，一边严防肠胃造反，还要注意放松神情，那罪受得不堪回首；待我终于将最后一片软软带血的家伙放进嘴里，看着一干二净的盘子时，真是满怀胜利喜悦呵！ 不待如何喜悦，一块同大的大生鱼就又跑到了跟前，看谢烨切下一丝就永远嚼不完时，我就知道她那块大生鱼必也得我吃了；为夫人断臂残肢掉脑袋都是准备充足的，更何况活吞生鱼？拿出赴难的气概接着往嘴里送吧，管它鱼肉人肉只管大嚼大啖，坚决只进不出，头昏眼花，四肢瘫软，即人即鱼，非人非鱼，时间却走得教授一干人精神崩溃，最后赶到会场时，已是空无一人，我们晚了一刻钟。教授自是无比恼恨；翻译解释给我们，德国，说准时间，一秒钟也不多等；又教导我们说，德国人要是约你十年以后的五点零一分见面，那你千万不要以为是笑话，所以千万不要以为可以一分零一秒到。从此以后，只要领班看表，说结束时间到了，我就不论是会议是访问，说声再见就直奔丹麦，去那里睡我自由的大觉。



德国人对中国人有个基本认识，就是凡到特利尔必看马克思墓，即使只待几小时，即使只干一件事，那也是必看马克思墓。对中国人他们如此了解，那无论我有什么样说的能耐，也是说不出来了。在北京时他们就告诉我，说我们的宗教在德国。

看树叶乱摇，杰女士给谢烨和我讲梦，好像我们是梦里来的；她呢，也是。“一个感染的琴声……”她的中文可以听懂，有的用词甚至奇特，但我还是变变她的话来说她的梦吧——

琴声很美，她就走进去，那像是个古堡，她于是看见一个很小的身体，黑头发黑瀑布一样流泻下去，正在弹琴，弹的大约是琵琶；她就说了，呵，你的琴弹得真好！那个弹琴的女子便回答：呵，是呵，我活着的时候做了很多练习。

——一个大熊在冰上跳；她就劝它：别跳了，再跳就要爆炸了！那熊说：我高兴跳就跳；它高兴炸就炸。……

我看着她，她的眼睛灰灰的，依旧在做梦，松弛的嘴角微微笑着；这时，我忽然觉得我真是很老了，中国人都老。

我也有一个对德国的认识，像杰一样，德国一直在做梦，他们的神情姿态那样过分，到处整齐干净得那样过分，衣服颜色鲜艳强烈，是因为他们一直就在做着的梦里呢，走路、作曲、著书、进攻，建立帝国，把树枝裁得平平的，穿黑袜子当妓女，都是在梦里，就更不用说马克思的那个大脑袋了，放在花岗石上，还在做梦。他们的梦做得如此仔细清楚，以至于做出了最好的汽车和水晶。

德国人是做梦的时候清醒，中国人是看梦的时候清醒；中国人一千年前就不做梦了，只是将“人生如梦”的话说了又说。人生几何；难得糊涂；逢场作戏——梦都是其中一景。这梦看得清醒若此，这中国人怎么能不老呢？热土暴烟，贴着字画——那真做起梦来，可就不知做到哪里去喽！



进了墓园，向左拐，是马克思的墓。照片我在中国见过，说是苏联人的设计。

石头的大脑袋放在基座上，下边还有一束花，写得清楚，是苏联学生送的。这里有中国和俄国的命运。

我走开一点，去摘野果，我羡慕大梦不醒的人生，也希望醒在一个不太危险的梦里，可以将上一个梦细细说来。我将果子放进嘴里，嗓子热起来，想起杰女士说这个墓园的果子有毒，便不由得担心。杰女士来叫我去照相，我这人大概害有名胜恐惧症，在纽约，自由女神是不去看的；但在德国没办法，连贝多芬出生的房间都按时间去了，房间里有一个贝多芬正在低头发奋思想的雕像，一个广东口音对我说：他生下来的时候，一定不是这么伟大的样子。马克思的故居也去了，还尾随着签下名字。在德国时间表不可抗拒。我说我吃了果子，好像要睡觉了，照相还是算了；她点给我看，好多中国学生已经来了，说好了照相当然就要照了。

中国学生在学电脑、修德文、研究软件，都干得很好。下午讲课的时间没到，教授就让一个来自越南的女孩陪我们转转。

她小小的，笑起来加倍轻灵，点着山上有平台的房子，说应当住在那里写诗呵！想到她来自越南，我就夸她的中文好，她就笑，说他们在家一直说中文，直说到北方人来了，才不敢说了。她原来在西贡，给攻下来了就叫了胡志明市。

……“北方人来的时候街上都是火，”她们顶着枕头从家里跑出去，她的保姆还要回去拿东西，然后拉着她一直跑，到后来女孩儿也不敢当了。

……“你知道南方女孩很好看，衣服宽宽的，走起来，头发也长长的，坐在自行车上，头发还会飞起来；到后来就不敢了，把头发都剪了，都说北方干部革命多年，要分一些女孩给他们，都吓了，剪光头发和男孩一起在外边藏着，睡觉的时候一人看一会。”后来他们还是都回了家，每天晚上要集体学习。往外逃的人越来越多，她的爸爸却是一直不肯走。

……“可是他的‘学习’不断升班，升到牢里去了。”一平方米大的地方关三个人，两个站，一个坐。牢里待了九个月出来，她的父亲就说死也要走了。

……“我们上船，”“要交金子吧？”我突然插嘴。我这人历来关心金属，成了乖癖，就不雅地问出来。“要，大人十两，婴儿二两，我那么大的六七两。”船本当装五十人，装了三百人，他们就把行李和吃的都扔进了海。大家都蹲着，两星期，只有开船的人吃东西。

……“后来也不饿了。”“没碰到船吗？”“远远地那些船一看就知道我们是越南人，就都开走了。”有的船会过来给他们一点水，有很多船，中国的、法国的、日本的；他们最怕碰到泰国船，说是会把男人都打死，女孩就更倒楣了。

……“最后来了德国船。我们看他们开过去不说话，太累。”天越来越阴，起了风，他们的船进了水。德国船这时又往回开，国际公约上有一条，沉船是要救的。他们站在水里，船在沉。

……“上船，有的女孩很糊涂，就和水手睡来，她们害怕惯了。”船一边走，一边发电报，都推脱收留他们；最后德国一个最反共的州应下了。“后来一说到共产党多么坏时，就要说说我们。”

我们走着说着，我越来越感到了惊讶，教授说起她时，只说她学习很好，得到奖学金都送给了同学。我不能想她怎么能够这样平静，我是没经过这样的事的，但还是跟着恨恼不已。她轻轻说，声音平稳，还会在路边石头上微微一跃；她和她的同学在一起，若有似无，所有石块都在泉水中响着，而光影微微漂荡。

许多年后，我对朋友还说起她，那朋友说，这珍珠一样的女孩儿，只能看到一次。



是呵，我的心也安静下来，车子走时，我看到她忽然跳到路边，把手直摇；她的姓彭的脸圆圆的女同学好像还在后边想球赛，或课堂上的争论；所有人都被一片烟雾围绕，而她那么轻轻地笑着，给谢烨看她家人的照片。说毕业，就该结婚了。

她的家人那么多，那么多，那么多，她在中间；她的宿舍安静极了，知了在外边叫着，墙上钉着她的字，是好看的篆书。

1992 年　德国

上：和谢烨 1987 年初到特利尔

下：马克思墓

# 城墙



晓阳写了北京胡同，我就想起了北京城墙。北京夏日暴热，冬天却一派凄冷，赶马车的，走驴车的，电车停在瓮城跟下，大砖一层比一层后错半分一块块上去，时有缺损，上边就是冬天的晴空。等车时，我就攀着砖楞上五六级跳下，想古时有没有人趁半夜爬到顶呢？

城上是什么，只有想象，一直到“文化革命”大爆发，我才和同学梁玉柱一起上了城。那时课时可不上，就到处钻，西直门以及向北一大段城墙兀立在乱石和屋檐之上，梁玉柱带我和他的弟弟上坡道，过铁丝网，他把网洞拉开，以此看我是很娇气的。上了城，正是夏日，白晃晃一片，遂见草色消沉，一些酸枣棵、婆婆针，空无所有。门楼钉死了，两侧砌上了摇摇欲坠的红砖墙，还加了木板和网，不让到西半边去。四下看看，有天，有工厂、河水，一室一院，洗晒的衣服，延之无穷，零落乍眼的几个三层两层新砖楼后边，有迷蒙而粗壮的钟鼓楼影。

一次次上城，那里有一些孤独古老的昆虫，蜣螂也更加安静，我一个人上去，有时待到傍晚。我在月光里看过它，沿着它回到每一次上城和下城的日子，柏油路快熔化了，马车、席棚和冬天的厚布门帘，日子变幻着它微微的光芒。

我危险地向下看着，电车线和车从门洞里出来，有人喊“干什么哪?！”就心跳着退走。我总是在这样清冷的日子上城，即使夏日这里也不感到暴晒和燥闷。下边有热闹的日子，街上有时会拥满人，口号旗帜彩车，我极少在那样的时刻上城，也许有过一二次，也没有走到城垛间去，好像是怕给误当成了检阅，我更多的是在坡道上下走走看看，也沿着城根走，走到被工厂的墙挡住为止。

平常的日子细细的街道间微动着红绿黄纸，可以看见近处的小人攀上更细小的梯子继续张贴它们，有孩子蹬着响亮的地滚自制铁轮车在边上跑过，他们不时停下撕扯和追捡风中翻卷的旧了的大字报和标语。这是大片灰色中的一点颜色。

街道看过去就到了新街口，然后就又是一片隐约但也偶尔明晰的灰砖灰瓦了。向右偏偏脑袋可以找到梁玉柱的家，还可以看见我奋斗不去却又在里边度过小椅子小床许许多多分分秒秒的幼儿园，小学的大槐树，我知道原来教过我的老师正在那里摇煤球儿，她的学生都可以骂她，四周的门窗全都是破的。再向前就是我刚从那来又要回去的家了，街边很明显的一个褪色琉璃瓦顶三层楼房。还应该可以看到我后来进入的新街口中学，就是在那里我们拉城砖，把这个城拉没有了。

我没能向城外看，和梁玉柱一起的时候都没越过那道好像随时会塌的砖墙去，就一直没有过去，每次离开的时候都想，下回过去，稍稍爬几下就可以了。没想到有一个“下回”那个拉开了大洞的铁丝网封住了，又加了一道严严的网，我看着那么熟悉的网的那边，对这道网久久地不能相信。

后来就进了那个中学，接着所有学生都在街上走，用电线拉一块城砖，每个学生每周一天，作业是交四块城砖。学校挖了很多很深的防空洞，要用砖砌起来。有的学生有电车月票，就搬砖上车，一共三站路，很快就没有售票员让他们上车了。

有一些天，拉砖停止了，同学中说拆出了里边还有一道城门，是元代的。说的人口气含糊，不太明白元代，更不太明白元代的怎么就不拆了。我心里早已是一片茫然，隐隐的亮光扑朔迷离。后来想，能让拆除停止的人真是个难得的憨厚人。尽管不很多天以后，拆除又继续下去，像从没停止过一样。

一九六九年，城没有了，西直门，瓮城、东直门，都没有了。

听说，还死了几个人。

1992年　德国

北京西直门内大街。作者所住其中的“一个褪色琉璃瓦顶三层楼房”即在马路另一侧。1968 年。当时父母所在单位“文革”激烈，难得留有这样一张照片。背后（西方）一站地外即作者经常钻铁丝网攀爬的西直门城楼，约一年后开始拆除。

# 兔子



谈到半夜的时候，他把一张纸推到你我跟前说：这是我们的地址和名字。

字母大而清楚。你很潇洒地取笔念着就在边上写了几个中国字：南英国，附马瑞。

“错了。”她说：“应该是师傅的傅，玛瑙的玛。”

你便去掉一个耳朵加上一个王。我想她丈夫可未必是英国人。果然他开口了，说他原来取名大老鹰的鹰：鹰国。后来改了，改成“因果”。

“那一年见你的时候，我还是小孩呢。”他说。

“现在，他一米九六。”他的妻子说。我们一起哈哈大笑。

很少听一个外国人谈论吃和生活，何况用的还是中文。他说：“我看见小兔子在这么跳的时候，就想这是多么好吃的小东西啊。要是你能跟我们一起去农村，下一次，我们就可以杀兔子吃。割草，搬石头那都没有问题。”

“杀兔子，你杀吗？”我问。

“怎么杀？”你问。

“枪毙兔子。”他说。“我父亲有枪，他用枪杀兔子，然后很快地剥皮，特别的快，之后就可以吃了。我也可以做处理兔子的工作，不难，我是跟我的父亲学的。”

他知道那个症结所在，因而可以不假思索地直了地破坏它。他谈怎么杀兔子，兴高采烈。

“这个让动物保护组织知道，呀！”他还是笑。

“新西兰倒不保护兔子。”我的心思飘荡起来，说了句这样乏味的话。接着还往下说：新西兰有时候兔子成灾，尤其在南边，农场消灭兔子就跟消灭蝗虫老鼠一样。只是为用的药会不会造成环境污染一直吵。打兔子是除害，跟打鸟可绝对相反。

“新西兰原来没有哺乳动物。”你接过话。

毛利人去的时候带去了老鼠和狗还有地瓜。我们一起说起来。英国人去的时候带去了兔子、猪牛羊还有土豆。兔子跑出去到达了真正的乐土，没有狐狸没有狼没有鹰雕，人这个唯一天敌却也送给了它们美妙无比的农场。打兔子很难打呀。下毒也不容易呵。新西兰可以拿兔当食物养也可以当玩物养，但是不准办养兔场，市场也不卖兔肉，怕的就是兔子太多了。养兔谁都知道最重要的事就是别让它跑了。尤其我们的岛，跑一个兔非得通报全岛捕杀不可。绿丝那个老外绿色和平，猫咬死一只鸟，他就要判猫死刑，兔子不咬鸟，他也说杀了它们。他倒不是爱护农场，他要保卫我们岛的原生态，兔子跑在外边，非得吃原生植物不可，是十恶不赦的外来坏蛋，要是还繁殖，不能想象，灭顶之灾，兔子繁殖太快了，那里又四季如春。多亏我们喂兔子的时候还不认识他。我们热闹地说着都打住了。你和我都知道我们为什么要说和不说。“猪牛羊都不会跑。到这时候就显出兔了。”我最后咕噜了句。

有一天下午，家里来了几个小朋友，他们说来看我们的兔子。

我们养的兔子挺漂亮。这些个孩子，看完兔子又发现了木耳，那个时候，他才刚刚开始走路。

“哦，他是我的朋友。”他们很肯定地说，把你逗笑了。他们果然待他很好，把自己带来的玩具给他玩，还教他站起来拽着小卡车跑。那几个孩子已经长大了，简直小绅士一样的彬彬有礼。

兔子是美美帮着买的，加利福尼亚纯种白兔，好看异常，在浑身雪白的绒毛里，埋着它黑色的耳朵、尾巴，和躲在肚子底下的四个小黑脚。最有趣的是它的鼻子，它的黑鼻子让它看上去像熊一样憨厚。“这叫八点黑。加利福尼亚白兔最美丽的特征。”我从学校把它抱回家的时候学话给你听，你完全被它迷住了。

我捧着它走过街道的时候，走上码头的时候，走上船的时候，走上公共汽车的时候，迷住了很多人，那个脸发暗的粗壮司机都好好地看了看它。



小孩也被它迷住了。他们差不多天天来看兔子，在窗外的坡地下边说话。兔舍是我精心设计建造的，一个很大的木结构有门有窗的房子，隔成两大部分，一边是餐厅，很大，稍上一级过门洞是活动室，活动室又有两层，小兔可以沿着梯子爬到楼上比较暗的卧室里睡觉，屋檐下边有气窗，屋顶是有暗窗的，也可以掀开，备紧急时使用。

兔舍的地面是水泥做的，这很重要，不能让它打洞出去，人多么了解这个方法呵，三十年历史的柏林墙底下就有这个故事。餐厅的地面有点倾斜，便于清理兔子的排泄物。而活动室高上一级为了保持干净。加利福尼亚白兔很快就适应了这些为它安排的设施，我们每天只须稍稍冲刷一下餐厅门边一角。餐厅上方是一个铁丝网篮，可以把兔子吃的青草放在里边，边上的墙壁挂着两个食槽，一个装饮水，一个盛饲料。饲料可以在青草跟不上时补充必要的营养。新西兰宠物商店里出售各种饲料，不同动物的饲料含有比例不同的骨粉、血粉、牛奶、纤维素、蛋白质，各种维生素，营养之周全让我叹息，要是也有我的饲料就好了，我将我地里长出来的果菜跟它换，也好省去打柴烧火。

很快，美美又帮我们找来一只新西兰白兔，把它们配成一对。它们在一起长大，它们总可以吃到青草。果然它们像美美说的那样，相爱，并且

黑鼻子的加利福尼亚白兔

——1989年速写于岛上。这是作者于集市上画像时贴在画板上作为样品的原作复印件。原作似失佚

生了六只像加利福尼亚白兔一样的小兔子。

刚刚生下来的小兔子只有鸡蛋大小，它们个个闭紧眼睛挤在一起，藏起它们的小黑鼻子，只露出指甲盖大小的黑耳朵来。好像拼命想把自己藏到世界之外去。

我们养兔子不是为了玩儿，本来是想吃的，美美帮我们买兔子的时候告诉我们：加利福尼亚白兔和新西兰白兔是上好的肉用兔种。五十天后小兔子都长大了，它们欢蹦乱跳越吃越多，我们不能老喂它们饲料，可每天割青草，真忙得不可开交。

小朋友们还是常来看兔子，他们带草来，还去山上拔草，然后和木耳一起喂它们。兔舍里住着八只兔子显得有些挤了，而且小兔子长大了也该分窝，我于是在山上又做了个六套间的大兔舍，把它们全都分开了。



你说你不会杀兔子，你会杀鸡，养鸡是可以的。那时我们只有十来只鸡。我说我会杀兔子。“是不是真的杀过？”“记不得了。”我搪塞着。当然不记得。我记得那张兔皮，后来还带到了北京。老乡说一呛就死了，小战士说闷，说用锤的用刀的都有。最终怎么死的忘记了，我一直待在屋子里，外边一片混乱。我记得房东老二方子帮助剥兔皮。他为我们杀过一只鹅。那只大鹅神气非凡，万没想到会被一刀剁掉脑袋，那个脑袋在木墩上惊讶呵，我再没看过比那更惊讶的惊讶了，圆瞪着惊讶的眼睛，大张着惊讶的嘴巴，久久地惊讶着，那个巨大和缓的身体挣脱出去，居然张开翅膀腾空而起，它从来没飞过，甚至不见它动过翅膀，那双翅膀合在它高大的身体上只是个微小的装饰，它总是昂扬地迈着方步，垂眼藐视着吵闹的鸡鸭包括我们，这时它被砍掉了惊讶无比的脑袋，愤然高飞，忽忽有声，所有人都呆了。它像有眼睛，盘旋着飞，把血洒向到处，最终撞在屋檐上，摔了下来。从此知道，不能阻断生命。

但是这时我对你说我会杀兔子，我对你说了好几遍该怎么做，你笑，不信我能杀，最后我真急了，大声告诉你：“美美都说不难，一手这样把它的后腿提起来，一手在它耳朵后边使劲一砍，就行了。”

美美是个看见小鸡都惊讶的女孩子，她要是这么说，我想就不应该是很难的事。

反正我们得吃肉，这些兔子再长下去就是它吃我们了。我们每天的精力和时间被吃掉，于是我们一而再再而三地决定下了杀掉一只兔子。

我没有完全依照美美的办法，而是用绳子牢牢地捆住它的后腿，把它挂在粗大的树枝上，这样好像更保险些，我可以用两只手持棍合力给它一击。事情好像不那么简单，我打完一棍，兔子并没有照我想象就死了，我第一次听见了兔子的叫声，接着，我看见它挣扎，一刻不停地乱踢乱蹬，我两只手握着棍子，简直不知怎么好了。

你看见我没办法的时候，走过来，歪了一下头，拿过我手里的棍子，对着它打了一下，也许根本来不及想美美和我是怎么说的，那只可怜的兔子，就立即安静了下来。

你曾竭力反对过我的养兔子计划，可是如果自力更生，这恐怕是不可避免的。我对你说：我们只要喂它吃草，很快我们就可以每天吃到兔肉。

“兔子八十天就长大了，一天一只养八十只兔，两天一只养四十只兔。一个兔一天一斤草，也就是说每往兔舍里扔八十斤草，就可以提出一只来吃。”

你还从没吃过兔肉呢，一两天可以有一只兔子吃的想象使你兴奋，你就帮助我了。我们养了一对好看的兔子，又生了六只好看的兔子。当然你知道我们不是为了玩儿。

我看着那只安静了的兔子，长长地叹了一口气。

我不是怕弄不来四十斤的青草，雷，我们在山里做得比这些要多得多。但是从那次以后，我们都没有再提养兔子的计划。以至以后养了那么多的鸡。

孩子们依旧来看兔子，他们告诉我少了一只年轻兔子的时候，我看了一眼盖着盖的锅。我学着潇洒对他们耸耸肩，摊开胳膊说：“就是，它没有了。”

真没想到后边还有盛大的岁月，更没想到一个那样的结束。

再后来，英儿来了；再后来，英儿走了。

在我不知道的往事中间，只有你像是真的，我把你说了又说，谁也没有听见。

* * *

好久没看见雪了

只有春天　和绣球花

开得盛呢　盖着

我薄薄的屋顶

有人爱花　有人爱人

有人爱雪　而我

却爱灰烬的纯洁

提水看山　看火被烟带走

落叶纷纷　绿荫长长

光束累累

* * *

挺好的　门开着

门上挂着一把锁

太阳是凉的

月亮是凉的

只有心里有点热

中午的影子转到西边去了

做一个影子生活

还是做太阳　这样的问题

不用启示

1993 年 7 月初　德国

# 依莲娜和黑子、福子、花子（残篇）



依莲娜是很好的瑞典女画家。她画的东西有点吓人。她穿着华丽紫红的长袍坐在一个长厅里，连接的地板也呈紫色。她拿一个小娃娃，干了的老太太，说是她的妈妈；画布上淡紫的瓜地里她在摘瓜，父母如薄薄的月亮一样在地边升起，一个没头没脸，另个没头没脸却有很清晰的脖子，我不知哪个是她父亲或者母亲。总之够吓人。

她的画是父母遗留给她的梦寐。在中国展览时，问她为什么画画，她直笼统地说：我恨我妈妈。

这时烛火恍惑诡魅，依莲娜寡言静谧，偶尔画我，偶尔发呆。我看她微有枯色的灰发，又看她说她七岁时的照片，明亮得像珠子，不知怎么会是可能的事情——岁月好像唯有损坏的功能而不善保存。

依莲娜忽然问：你们十五岁在干吗呢？我于是就画了一张图，大概是这样的：我坐在山东的一个院子中间，刚下过一场雨，谢烨在上海上学，还不认识。依莲娜和悦然（她的丈夫）我给画在纸背面，因为他们在地球那边，除非地球像玻璃纸一样，否则我们不能见面。

我说：十五岁过生日那天，雨停了，我听见排水的墙洞那边一阵响，爬进来一只小饿狗，肚子瘪瘪的，我就把生日饭给它吃，没想到一下就吃多了，跟着的两个小时里它嚎叫，紧急跑到连队叫父亲还叫来了卫生员，卫生员开玩笑地给它人工呼吸，然后它就死了，埋在我画给依莲娜的院子里。

『我说：十五岁过生日那天……』

——此图为作者行文时兴之所至的再画图。原图当已失佚。

『白天院门开着，它就探头向外乱看……』

“你为什么给它吃那么多呢？”谢烨问。她知道我对动物并不大方。我心里说：怕是因为黑子、福子和花子……

## 一 黑子

我养的第一只狗叫黑子。我去房东家，它正在灶膛里，呲呲冒烟往外跑，房东就踢它进去，我赶快捡它起来。另外还有三只，都烧死了。它们多余到世上来。房东说这是只黑狗，也真是够黑的，全是炭灰渣，烧煳的地方翻着小泡都是黑的。抱回家，以为它会死，用温水来回冲冲，就放在小凳上喘气，母亲还给它盖了块旧花布。很快它就摇晃地想站起来，母亲就用花布给它量身缝了件衣服，有领子的，还有扣子。它养病，父亲正好也养病，就一起养。然后的日子我也记不得了，总之，它和我们很快全都混熟了，穿着花衣服跳门栏，闻闻兔窗；那时我们还养了豚鼠、兔、奶羊、鸡、鸭，它一加入就格外热闹起来，各个相闻不相往来的部落顿时串成了一个多民族交融大社会。

也许是因为火膛，也许是因为花衣服，它在院子里热闹，但是从不出院门。白天院门开着，它就探头向外乱看，我走出去打草它最多追着绕我一周就赶紧跑回门里。它喜摇头摆尾围着人转，屡屡被踩了脚还要“吱”发一声尖叫。人吃饭了，它就知趣地滚到一边自己玩儿，或是跟兔羊鸡们串联。它吃饭很少，和人一起处在轻微的饥荒中间，柴草难求，求得生烟，生烟却不着火，总之吃一口饭一大堆事。

有一天忽然看见它长成了黑绒绒的一团，花衣服紧紧绷着腰身，缠得细细的，漫步或奔跑竟别有风姿起来。尽管如此，母亲还是将它的花衣除去，说已是春暖天气，它又添了厚厚的黑毛。

我的事主要是砌墙、挖兔菜和捡柴火。这一阵每黄昏时候，我便和父亲出门，提个草编的大蒲包，内藏一把北京厨刀，带小齿的，锯草特别快，比镰刀方便；每每我持此刀杀入野菜时，就想是关云长的无敌大刀，于是不多时就斩草数千万。事是这样，但要前后老乡明白却是不便，于是轮到有人问哪去，就说“散散步”。老乡先是一愣，跟着就传成了笑话，见了我们就乐，道是：散个步？

这般应也不是，不应也不是，所以就错过下工时辰再出门。这日春暖，太阳西下，我们又出门。除去花衣不久的黑子绕了我一圈又绕了父亲一圈又绕，绕着绕着，就跟上了，这是它有生以来第一次出门。它一忽亦步亦趋小心翼翼，一忽连蹦带跳忘乎所以。过了土公路，新芽茂盛的小杨树让它又平添兴奋，跑去也绕上一周，还要停住步仰头看看。

麦苗绿汪汪地长起来了，水渠里有水，湿润的土地边野菜叶子大张，绿成了紫色。晚霞阵阵大红，映得万物红光灿灿，麦地也光焰波动。那么大的天，远村如烟。我边走边割菜，父亲也不等我，哼歌向大堤去了。



黑子头次掉到这么大的天地里，倒也并不惶然，还往水渠里看看自己，忽然“汪！”叫了一声，把自己吓退了半步；跟着又“汪汪”叫了两声，然后欢欣鼓舞，跑我跟前来又叫。

父亲听见了它的叫十分惊讶，就远远喊它：“黑子！黑子！”它就一转身跑过去，又停下等我。我想这家伙成年了，要练练它，就捡了土块丢它；它不懂，就去闻那个滚动的土块，还用脚拨拨。我对自己说了声“冲啊！”就冲过它奔父亲去了，一跳一窜，好像骑兵，横握餐刀。

黑子甩着尾巴快速追来，我想起电影中的阻击战，就飞快地丢土块；黑子喜气洋洋，汪汪咕咕叫着上了大堤。我们一直跑到水闸那边才停住了脚。父亲也停了歌。看月亮和太阳两边都是圆圆的，大地静下来，有水的地方有天的影子，有鸥飞舞。

沉默一刻，太阳下去了，我们就往回走，说猪、说马、说狗，猪是会游泳的，马也会，马在西藏的河里救过父亲的命，每每念及，父亲都不胜感激。狗也会游，小狗不会，黑子还算小狗吗？偏这时它又“汪汪”起来，对着上升的月亮，有些吠日的英勇和凄凉。我鬼使神差，卡住它前腿跟就将它提离了地，晃了晃就丢渠里去了，“扑通！”一声，水花起来，黑子和我们都吓了一跳，它真是吓坏了，还没容我们思想，就已经三下两下游到了岸边；爬上岸浑身湿湿的小了一半，那么吃惊地看着我们。我们竟还笑。

它发抖，一甩水，大概想没事吧？就一步步迟疑地往上走。偏偏这时我不知哪根筋发作，又想起阻击战的激烈镜头来，用土块丢它，这下它可呆住了，在暮色里呆呆地看我们，那么吃惊的疑虑的目光。叫它，它也不来，不动，蹲下，在风中发抖。

父亲这时已经往堤下走了，就叫我“藏起来，藏起来”，我又被“军事转移”的想法控制，就恶作剧地藏到了一丛荆条后边；父亲一招手，我就溜下大堤。暮色骤暗，父亲径直往家走，说要吃晚饭了。我说：“黑子怎么办？它不走了。”我一边走一边回头。

父亲说：“狗认道，会自己回家的。什么狗都认道。狗撒尿做记号。”父亲不愿往回走，我也没有往回走的意思，只回头看，想刚才它还跟土块玩儿，不会真在意吧？它像是在大堤上移动起来，接着就沉到黑夜里去了。

我忘了它这是第一次出门。它从来不出门的，可是今天它出门了，第一次。

到家，还没点灯。妈妈说：“黑子呢？”父亲说：“小胖和它捉迷藏，它找不着了。”我说：“我看它会不会游泳，把它丢水里去了。”妈妈说：“它害怕了吧？它找不回来了吧？”父亲很坚持地说：“一会儿就回来。狗嘛，我还不知道？行军的时候……”父亲又讲起了他们在沂濛山里绕圈，捉狗带路的故事。

妈妈叹口气：天那么黑也没处找哇，明天早上吧。

夜里，我听见下雨了。

在那个黑子最后蹲着的小土堆边，我站了那么久，黑子没了，它在最后的暮色里看我，不知道我为什么要害它。

它不认识我了，那么吃惊地看着我，想不明白。

它在雨中怎么办呢？身上湿湿的，又没太吃饱。它一下就剩自己了。

有一个老乡说，好像看到过一只狗，跟着人的自行车，顺着大堤走了，向那边去……我好像也看见了它摇尾巴，在自行车后边。

## 二　福子

福子是一只卷毛狗。房东听了几回母亲说黑子丢了的事，就拍门背了个口袋进来："送小狗来喽！"一抖口袋，倒出个一尺多四方见棱的卷毛狗来，棕黄，神色发木，却有些大模大样。



"好狗！好看！"刚烙饼断了火的父亲立刻就喜欢上了。

我怀疑他是在掩饰黑子的事。但他还是真喜欢的样子："卷毛！真漂亮！哪也没见过这么漂亮的小狗！像小狮子，卷绣球！福相！……"父亲不停口地夸它，然后说："就叫福子吧！有福。"我说："作威作福？""就是有福。"父亲坚持说。我就上屋里去了，一会儿还要去弄柴。

父亲这时"福子！福子"地满院叫起来，像叫鸡那样脆蹦；跟着迈腿进门槛掀锅拿了一整块饼！那几块饼是他好不容易烙的，一直叫我添火煽火，最后还是柴草跟不上，妈妈做好的饼只好放着等我去再弄柴来。一块饼是我们计划经济一个人一天的口粮，我们烙一次本是打算吃三天的。父亲顿时就忘了刚才对我的警告，"这饼是只给人吃的！不准喂鸡喂鸭喂鼠喂兔喂羊！"他数了个遍，好像颁布法律不让我有漏洞钻那样。可是这才一转身，就听他不停叫着他的福子喂了，直喂到那个"作威作福"不愿吃了为止。

没三天福子就学会了摇尾巴、抓人裤腿鞋跟、举起前脚这一套，有什么倚仗似的，汪汪大叫，吃得煞饱，在动物群落中疯跑。每每我提醒喂它的太多，父亲就朝我火，硬说不多。

"黑子从来没一顿吃过这么多东西的。它比黑子吃得多多了。"我说。父亲神色一暗，说："怎么了？它又不是黑子。"

得了。这时我便最好出门，黑子之后，我就改拿镰刀了，原来的蒲包也不想提，但是还是提着。我走之后，父亲就更宠福子，经常我回到门口，还听父亲说：“哎，再吃点儿，这个特好吃，是吧？来，站起来；嗨，我们福子真聪明、懂事！”

福子别的我都以为尚可争议，要说“懂事”则断不敢苟同。它长得飞快，个大了更失稳重，成日地疯疯癫癫，倚强做势，热衷汪汪大叫，追鸡赶鸭，特别爱把那只飞不上墙的花鸭按在地上咬尾巴，屡被我呵斥听而不闻，全因为父亲夸它聪明，还要补上一个“善良”，说咬尾巴是福子美好文明的友善行为。至于福子爱好咬我的鞋带和裤角，父亲就说福子诙谐机智。但凡我不吃它的机智，踢它一脚，它便更加来咬，纠缠不清；这时父亲尤为高兴，说福子不仅有谋还有勇“也”，顺带着教了我点古文。有次连对福子并无成见的母亲也感到了这“作威作福”有些飞扬浮躁，说怎么有点儿像得指导员宠的小曹？小曹是父亲所在连的通讯员，见排长都敢举报纸一击，还口出日语：“撕拉撕拉地！”母亲叹过：别是迟早要倒霉吧？

（以下文稿暂时缺失）

1992 年　德国

1972 年初火道村家门前。和小狗花子。

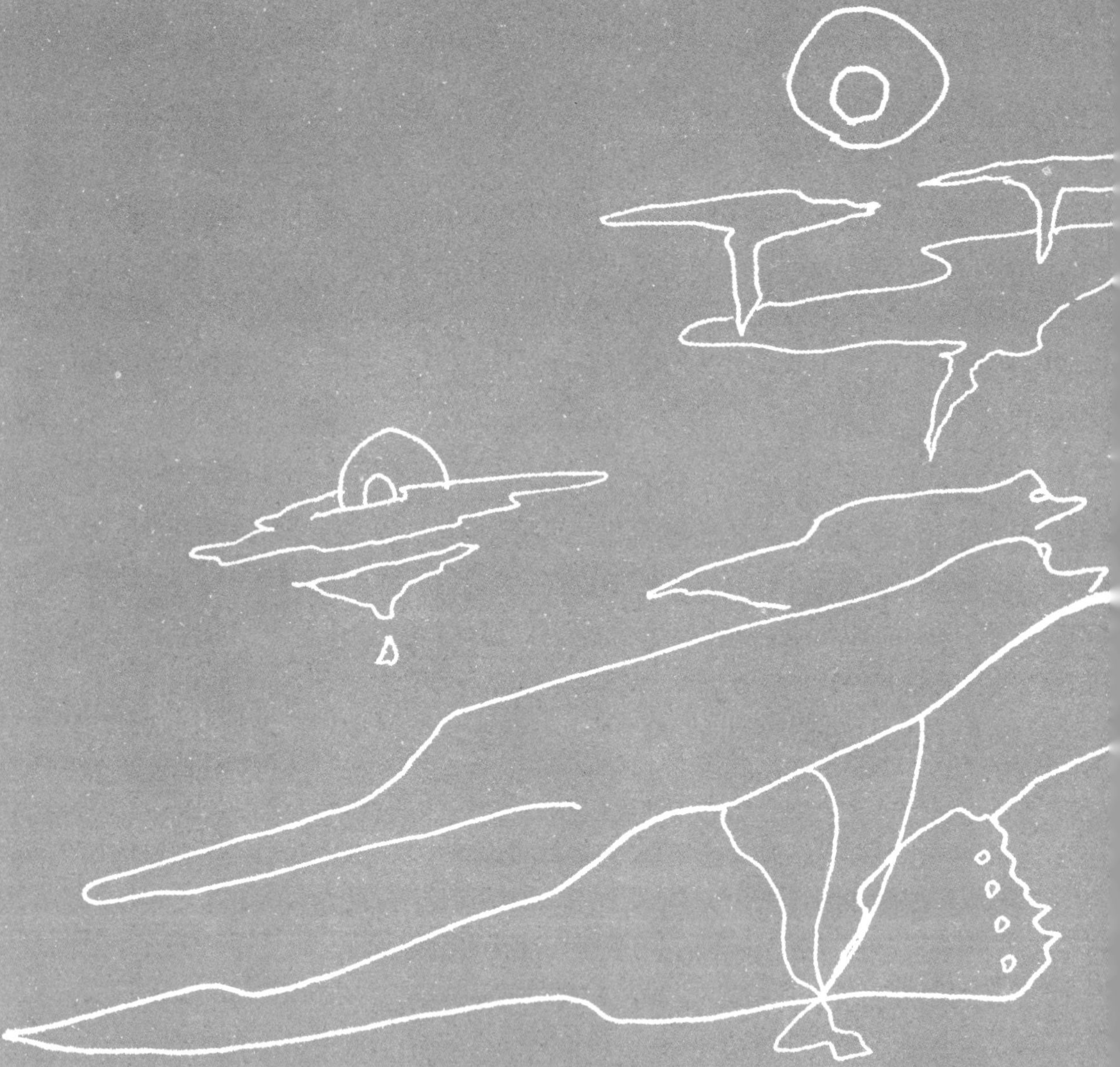

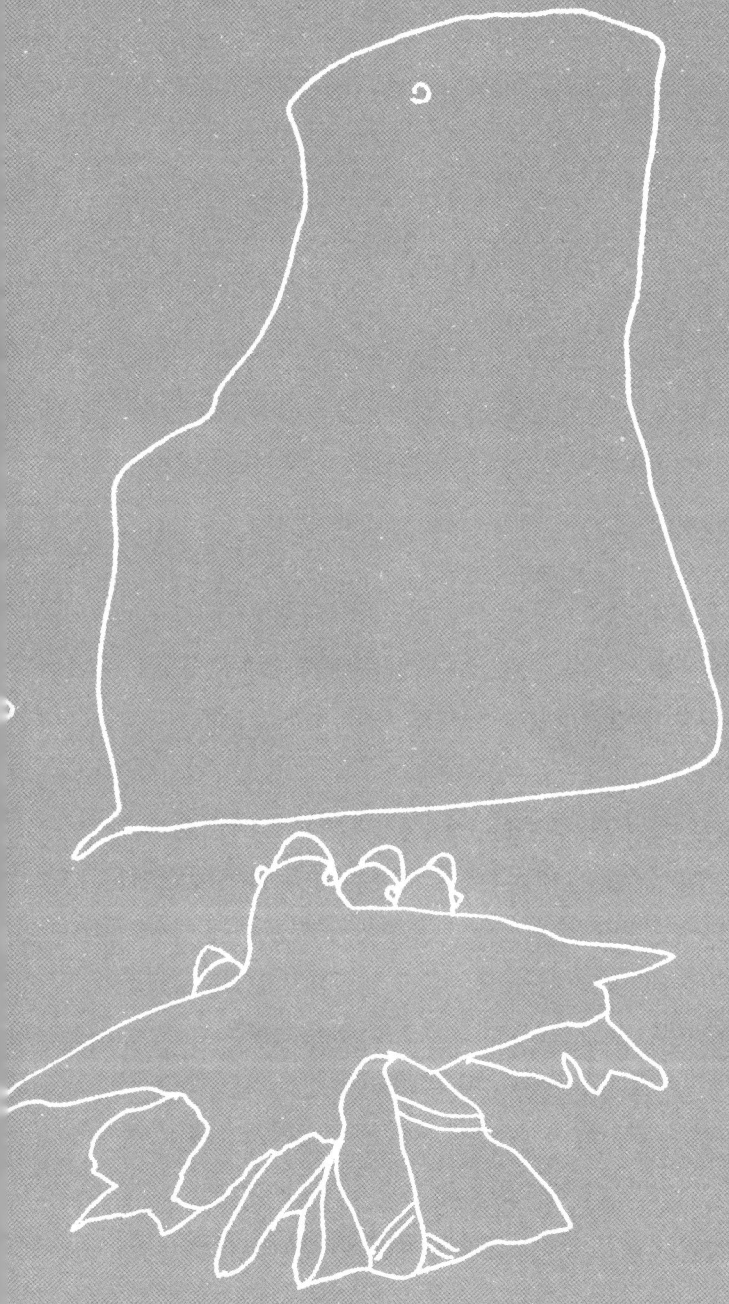

# 辑二　纪事一

# “半”字歌



## 一

教授打来电话用中文说：下午上路。路上不要睡觉，风景非常好看。然后语气倍加庄重起来：“乔伟教授欢迎你去特利尔大学。”话音间乔伟就伟起来。

我和雷上路，一路瞪大眼睛，是怪好看的，那么多千奇百怪的小教堂，尖顶上总有个金球或者十字架，有的实在太尖了，像小学生削铅笔精心削出来的。河里走着船，山洞钻进钻出着小火车，火车上还放了两层汽车，红红绿绿，全像小玩具。以中国人的世故来看，老外确有点天真烂漫，把日子弄得像过家家。山边不时晃过一座残存的古堡，让阳光照得也有些失真；我说这谁爬到山上都可以往里扔大砖头，中国准不乏此举爱好者。看见一个古堡上有字，就问雷什么字，雷说“旅馆”；我想一定很贵，除非想去见鬼，是不值得住的。

特利尔车站，接我们的是海蒂和一个极具修养的经典德国人，她介绍是她的丈夫。海蒂立即带我们去谒见马克思，马克思的房子是她的曾外祖母卖掉的，又参观了两个罗马大教堂，给我们仔细地讲门、窗，讲顶怎么变尖的，越来越尖，成了真正的哥特。“公元一千二百年。”她很认真。

我们也都严重地看着，人寿命有限，不能不对时间表示敬意。“那是什么？”我指着边角的一块大石头。“那是魔鬼丢下的。”海蒂说。

——你看那石头裂开了，魔鬼生气。魔鬼不想让石头帮助人建教堂，就提出个条件，他要取走第一个进教堂生灵的灵魂。教堂盖好后，猫先进去了，魔鬼非常生气，就抓住这根石柱一丢……

在欧洲有很多这样的传说。海蒂像职业导游那样说着。

在罗马废墟前坐坐，在海蒂家住住，第二天就进了特利尔大学。从汽车上下来发现，这个大学跟别的大学不一样，满眼黑蓝色塑料板和管道形弧线，活像一个化工厂。进楼后也没消除这个感觉，好像我是在一间实验室里发表演讲。别人也许没有这种感觉，于是我只好提着兴致回答各种问题，中国学生喜欢问政治问题，外国学生喜欢问爱情问题。

到了吃饭时间，大家就一致鼓掌，还有敲桌子的，随即一哄而散。乔伟教授请客。后来还委任一个学生领我们各处去看。乍一看她简直是个精灵，只有两个大大的眼睛，她说她叫李素华。听口音以为她是广西人或者台湾人，一问才知道是越南人，说下去知是南越难民。她一边带我们走，一边细声细气讲她过去的事。

## 二

她家就住在那个先叫西贡后叫胡志明市的地方。有一天大炮轰鸣，烽烟骤起，满街人都逃；她们从后门出来，头上顶着枕头，据她阿姨认为枕头足以挡住炮弹。

“我忽然不走了。我很小……”她说。

她现在也不大。

“我一定要回家换一个红裙子再逃跑，我阿姨打了我。那是第一次。后来北越人就来了。”

“我上小学，要不断检讨自己的思想；后来跳到中学，我爸爸就被关起来了。我们无家可归，晚上就和我哥哥还有几个男孩子结成伴，睡在街上。我也穿男孩子衣服，剪短头发。原来姑娘都留长头发，走在街上很好看。后来就都剪短了，穿难看的衣服。因为他们说：北方军队的兵，对革命贡献大，应该有姑娘和他们结婚。姑娘就都怕了。我也怕。有时去看看爸爸。他给关在一个一平方米的小牢里。一平方米关了三个人。都是为了让交出钱来。钱都交了，他们不信。就关着我爸爸。”

“一平方米，比哥特教堂的窗子还小，关三个人，怎么睡觉呢？”我问。



“可以站着，也可以坐着，他们换。两个人站一个人坐。上厕所也在里边。”

“没有死吗？”

“没有。关了九个月，我爸爸放出来，把我们都叫到一起，说：‘要逃走！走也是死，不走一定死，那还是走。’原来我爸爸是不肯走的，他说走，我们就走。先得买通边防的人。大人十两，我这么大的六七两，小孩二两。”

“是金子吧？”

“是金子。我们晚上开出来，我们的船是木头的，十九码长，四码宽。”

“坐多少人？”

“先是我们家和一些朋友一共五十人。后来开船，边防换人，他们又送上来二百五十人。人多船就沉，坐着都不能动，一有风，只好把吃的东西丢了，总不能丢人吧？”

“你们后来没吃的了？”

“三天以后就没了。”

“你们在海上有多久？”

“两个星期。”

“到了。”她把我们带到她的宿舍，一百多马克一个月的学生宿舍。真干净得很。书架上放着书，净是老古董书，中国的，仁者爱人，小椅子，窗帘也都极干净。一些茅草插在花瓶里，没有什么摆设。

## 三

喝茶，吃小饼干，甜的有奶油。我问：“你们上岸的时候很瘦吧？”

“瘦！照了个像，像鬼一样。”她站起来时还那么瘦，手腕细细的。

“那是怎么上岸的？”

“当然是德国船。两个星期在海上，有时下雨，我们遇到了好几个国家的船，有的给我们吃的。后来我们绝望了，有的人自己到海里去。最后德国船来了，又走了。他们走了半个小时，天就变了，大风。他们有点人道主义，又往回开。他们回来的时候，我们的船已经沉了一半……”沉了一半……沉了一半……我忽然看起对面墙上的一张字来：

> **半生庸碌半生残半脱尘缘半人间半觅知己半游戏半为学问半为钱半真半假半糊涂半痴半呆半狂癫半醒半醉半入梦半僧半俗半神仙——偷得浮生半日闲素华撰得此首于台员**

我看完很不礼貌地问：“你多重？”

“三十七公斤。”

“你是不是喜欢禅宗？”

“是，有一阵真迷得很呢。”

“你为什么喜欢汉学呢？”笨问题，一切皆有因有果有道理，有大学，就有人上大学。

## 四

在马克思的老家不应该老谈越南。碰上一个喜欢理学的家伙，扶着眼镜谈王阳明，也招人心急。还是碰上中国学生会主席，李好好不错，脸圆圆的，请我们吃晚饭。吃完回海蒂家，一路天色未黑，灯都亮了，开车的也是个中国的教授，也姓李，发明了电子打汉字，开了个大公司，就在我小时候上学的新开胡同。

海蒂的丈夫是法官，胡子修得很好看，给我们开门，沏茶，放被子，却没话，不会中文。我们俩自然也没的说，和海蒂谈谈道了晚安。卧室是她儿子的。卧室里有个中国人人都想的大钢琴。

早上起来就弹钢琴，打开花花响[1]的百叶帘往外一看，阳光正好，山谷里尽是些小房子，有红有白，延之不尽，转到向城的那边去了。我看看自己住的房子在一个山坎上，后边有些树斜斜地站着，一大块雪花云刚刚隐没，松鼠在树尖一跳一跳，远处还有只鹿，真美。

美真费时间，刷完牙就十一点了，汽车就响了，停了，海蒂和越南的中国的小小的李素华就跳下车来。

……（下缺）

1989 年　岛上



[1] “花花响”尊重作者原字。

# 两端



在龙德，有一个人也叫龙德。他高大，温和，胡子修得有棱有角，我们谈韩非子，他开车。我们到有牛的海岸去，海水冲洗着一些水泥，二战时没有用上的机枪阵地。有些人从海上来，没有来。他说。后来在地球上离这里最远的地方，我们安了家，那是南太平洋日期变更线边上的一小块露出水面的土地，那里竟也有这样的一片水泥，邻居保加利亚人告诉我们是二战时抵抗日军的阵地，可惜日本人没去。地球大也不大，不大也大，直线穿过地心的两头彼此不认识，都在一个时间修了阵地，抵抗同样的没有到来的敌人。

看过去像大地一排排长出的牙齿，在天下边露一张大嘴。人做的，人又去看它。我们躺在绿色的小土洼里，吃面包。龙德说要带我们去看蛇。他说他认识那蛇，总算春天了，它该醒了，每年这时他都去看它。站在高高的草里，他就呼气吸气摇晃身体还发出一种说是超声波的我们听不见的声音。但是我们还是只看着高高的安静的草，没有见到蛇。草芒刺人，我们走的时候，看到一个人趴在橄榄树下吹火，披着还算整齐的棕色波发，是个男子，在做晚餐。他抬起身欢迎我们。

他有一个夫人，也粗手大脚，两个女儿都是哑的。高一点儿的是姐姐。她们傍在门边看两个中国人，半天才走进去，然后又走出来，一人托一个大大的白蜡烛。烛火中她们的眼睛美丽异常，变幻着天堂的色彩。

她们生下来就是哑的，父母和她们用手说话。我们拍手，对着墙做手影，唱歌，苏州话变成英语，又变成瑞典语，最后还原成哑语。大概真的好笑，我们都笑起来。姐姐要了一个日本名字，妹妹要了一个中国名字。我们在地上写了一百个小学一年级学的象形字。

那是一个多好的晚上，云像鸟一样睡觉，夜深蓝深蓝。告别的时候天快亮了，高高的麦地一层青晖，像等待拉开的窗帘。

我写：鸟一声声叫　树一点点高　你不知道你有多美

我写：她想站在花里　四下溅满繁星

　　　她想变成水的故事　光耀耀闪在海心

我写：星如银　海如荫

　　　星海相映　云梦泽深

1989 年 10 月　岛上

# 明神

没有万王之王，万灵之灵

你是我的爱人，我不灭的生命

我要在你的血液里诉说遥远的一切

人间是陵园，覆盖着回忆之声

——《来临》

很爱这里的早晨。鸟叫“咚——”中间有小锣鼓，烟下山的时候移动很慢，隔几里还能清楚地看见。窗上蒙着水汽，在朝霞中变红，你会觉得这是某个上学的早晨。打开窗看小牧场，山海好像到高处去了，生命遥远，你不会觉得是住在身体里。房子甜美又安静，你在坡地的目光中和如烟的岸上，你一下就到远方去了，你的手，还在桌台上无心地拿着盘子。

这是我梦想二十年的地方，我也说了，这就是我的小邦，爱的家。我要筑好箭垛，在空气中绣一面旗子，让它垂着，游泳，游进黑夜。

晨光照亮我们船队的时候，我还在想黑夜里的星星多亮呵！起夜，听温热的水声，看星星在枞树里大得吓人，南方女巫的星宿，闪着短短有刺的光芒，不知不觉就暗了。早晨拨壁火，又想起了它。

夜里的火也美呢！我们相爱，火若明若暗，在铁帘上变出金色，在你光洁的身体上游动，你微笑盎盎，像是睡了，骤然又辉煌起来。火白热地摇动，用哑手指唱歌，它真会唱歌，充沛地湍急地现出金色的涡纹，轻轻一握，就把我的妻子带到天上，打开透明的被单，就没有了；轻轻抖那被单，火变得点点滴滴，缱绻地还在抚爱。黑暗退后，静下来的身体一半温热，一半阴凉……在浅浅的水或火里睡着，浪会把你带走，水底绘满扇贝一样清亮的藻纹，草疲惫得使你变慢，使你想起幼小无隙的沙洲、河岸，一切都平缓极了，起伏延展着，有粒石子放在那，像一颗小痣……

醒来，蓝天如海，一次次醒来。



都说：很爱这里的早晨，鲜花被白云抚动，我们像花瓣那样相互看着，每个弱小的花朵消失之后，我们就更盛大了。我们推天庭的门扇，听廊柱两边淡色的嗡嗡声，发丝清泉盘绕，手上的鸟使果实鲜艳……我们在说我们的每一个名字，春天、秋天，每一个早晨的名字；我们说在珊瑚镶嵌的岛上，还有我们的坟：爱的灰土，用草和草细微地相互致意。

1989 年　岛上

---

◎ 文初刊于《香港文学》总58期（1989年10月5日）。

# 又写了一首诗

又写了一首诗，又感到生命的活泼。自己拍手，手像小姑娘一样清脆地响着，跳舞、唱歌，像干净的木板和小水花，清清亮亮，看着那堆尘土的生活——我知道我什么也不要。

梦无日无夜地涌流，杯子碎了，又薄薄地歌唱——果仁小小地离了壳，在那么大的屋角坐着；阳光在风中一动不动。我对自己微笑着，看见自己的微笑像土岸上的大佛，每一层都无牵无碍；所有要落的叶子都会在地上，而你刚刚萌发；所有他们，和世界一起都要离去，甚至碰不到你的衣服，你的微笑刚刚萌发。

真的话都是实话——我好像知道了一点儿——像海水的篮子。

走出去喂鸡，那是声势浩大的梦幻，每一只都能连成一片；生活被轻轻托起来。

看书，放下时，才猛地知道自己在另一个地方。真，无真无假，我知道我们会踩着水到很多地方去。睡着了像一片游泳池，我看着你静悄悄的，我的水也深蓝清净，人在下面就变成了断续的影子。

这样醒来，像一块很大的立起来的池水，微微变幻着笑容。空气不能挡住你，什么也不在前边，下边印着小小的绿风景——树、人，乘凉时的扇子都是圆的，有细筋纹；街上没有车，就像过节刚刚游行完那样。

一次又一次注意到生活，凸起来变成图画；小鸡从蛋中裂出来，新鲜得像世界还没诞生。我们微笑，我们只需微笑。

手拍拍头，秋天凉了，圆圆的蛋也开始发光，手中了头的计策。你忙着，做知道的事，等不知道的车。我忘了的家，在一处而四面八方，哪面布都被风吹起来。那个你，黑黑的头发，还那么大，圆圆的，因为过了好多年，一个长高了一点，一个名字记得有海有鹰，发蓝，一个淡黄，你说她送过我玻璃丝链子。

她们圆圆重重的真让人喜欢，你把她一下拿起来，抱回家去。

她喜欢过我，这些娃娃，在离梦很远的地方醒了，上岸，又在离醒很远的地方放幻灯。诗写好了真奇幻，一句句都把清楚的颜色画进光里，有时托一个小盘子。

你看，就是这么一个电影——



海　篮

正想银饰的价钱

上边的珠子

十个六两

　　　　或一个一两

灯就亮了

过去的同学还那么高

偶然碰见　　　　衣服

　　　　高一点

胖胖圆圆像小乌鸦

你说就是她喜欢我

坐我前边

　　　　比我矮　到

下课时她送我玻璃手绢

一看边上　十六个珠子

　　　　　　　叉子四个

你实在喜欢她们

抱起来就睁大眼睛

1990 年 3 月

# 命呓



××：

有很多坏日子，压在心上，可是我还是学会轻轻地说。那时我坐在干木板上，等它沉，我不划，也不选择，划多难。得学会笑，脸都笑坏了。

我锯木头，听难听的声音。可谁会让我锯木头呢？你得写东西，把真假一混。世界上到处是机器。你教了一点书，对活，我不怨什么，我自己别扭。我在心里最爱的，永远是我在生活中最怕的。又不曾做一个僧人。好多次想到树林里去，像梭罗那样，可我不会打猎、捉鱼，也没有树林让我逃。世界给我选择，我又没主意，这是我最看不起我的地方。真想走，别饿，别渴；冷吧，冻死你灯光就温暖了，泥土就香了；下雨下雪，你有一个小洞，一平方米，一个帘子，你就不会十指通红地像狼一样叫。你在干吗？远处有父母，你从树林里出来还好意思走？人家采访你，你都不把稿子写出来。在门上压核桃，我总想想自己的脑袋。

在远处想，北方宽大的胡同，有时异常细致优美。我总在想另外的我，这样好些。草莓红红的，甜甜的，留下香气，变成回忆，忘了世界。木板又响起来了，字又响起来了，我抓石子打它们，冰箱又响起来了。你这俘虏，吃饭，万恶的吃。睡了，还要醒，一醒世界就来了，像个破被单。你永远活在狭隘麻木的此刻，过一会儿就有眼泪下来，噗，噗，有声音，有湿的图案，摸一摸发凉。你站在这还想逃走，想疯，一疯就没有关系了，再疯一点，再一点，可别在疯人院醒了，在棺材里活过来是什么境界。春天，雨，慢慢移动自己，不碰床板，你这个春天走私的家伙，你待在镜子里，胳膊在两边晃。雷问干吗穿脏衣服？我说又没有人来……

（早上写了这一片，晚上一看真是发了疯，后边所说的“你”当然都是在骂我自己。对不起现在天黑了，我精神不稳，只因为我。为什么树影会印在窗子上，风会让院子说话。不说话了，晚了）

阴空下闪闪烁烁的叶子，一会儿又变为蓝天轻云。我梦见一人躺在大石上睡觉，嘘一口气翻卷为云；上又有一人，盘腿吹笛；人、云、石皆白，时绘有金线，后来绵绵桔色渐红如锦。上题款云：酒风清清木笛吹，我心倦与杨花飞，醉看万民朝山去，明月未残香作灰。醒来看木椅静静放在客厅里，对雷说，反正人生如此，多一人就多一人吧。



开门，风像小巫女那样在我脸上比划一下，画了个字，我眨眨眼，有点冷；瞬间，见白云中蓝空飘飞。又坐下来写信，房子微微响起来，我以为是木板在变干，一丝木纹，一丝木纹地响起来，后来声音大了，竟如木琴一般。我看天窗才知道雨来了，风呼呼而过，一阵阵吹落雨水，天色骤冥，小时夏日的惊骇复还，大雨注，街巷成河，树昏昏欲倒，呼不应。俄而雨疏，日出，万物焕然，探出头去，看每日必现的蜘蛛，竟未坠，网结雨水粒粒如银；这时出去就有榻鞍、大大小小睡着的花，木板一条纹一条纹，不知是谁刚刚划过。

1990 年 8 月

◎ 文初刊于《自立晚报》1990年12月3日《名家谈命》专栏。文中“像梭罗那样”，梭罗，作者经常谈及（见《顾城海外遗集》各卷）；本名：Henry David Thoreau，美国作家、哲学家，《瓦尔登湖》作者，生卒年月：1817.7～1862.5。

# 我有一个天国



××：

我还在树下钉木板，钉三块掉两块。

我在画一种画，很便宜的纸笔，不难看。

有时一天画八张，有《天意图》、《灯火化渔图》、《好事好商量》、《大傻子提亲图》等等，有钱再涂颜色，也许不用。

一个人因爱影子而变成花，这是个太早的神话；那影子是他的，也是水的，谁也没觉出是花的。

我还是有一个天国。我在把山顶小屋（本来树木遮挡）升起来，用千斤顶真的升高三尺，升到树尖上，然后燃火，唱歌，画一些图画，等人来。

再告诉你一点布林的事，有一个叫朱丽叶的读者，读了你译的布林，拿着录相机，让我坐在山顶读中文。在布林死的时候，她们笑了半天；布林是该死。据说要用布林作曲，（不进行曲？）不懂。

我是有一个本相，有人笑，无人要，真真是谁也受不了。当然，放在一边日子也过了。老觉得一辈子没活，不死心，就闹出严肃的笑话来累人。

人言，唯木耳是理想；你说：死吧，他说：死；你说：苹果，他说：苹果。明白人有几个是一样的呢？

鸡的世界与人世无别，只是少点文化，不相混杂。小鸡无知多动，母鸡琐碎，公鸡尴尬虚妄，与人一样，等级煞（杀）严，一代代鸡如此近似，真像“百年孤独”，只是有的在春暮忽然透出清净的玉色，把人看呆了；每一代都有这个瞬间，优雅，平静，淡红的冠上有火焰。

当然公鸡还是没有希望的，他们永远那么怯懦，浮躁。



1990 年 3 月

# 非序



在南太平洋的小岛上过活，干什么呢，砍柴、提水，看很淡的烟下山，远远的邮车停了，就这样，我又看见了全非的诗。

——在没有鸟的地方
我将孤独地活着

——他用悲哀投下影子

——她面对镜子照出不动的脸

——在河水带来的日子里

——那些凄凉的名字
大地，此时正望着我

我又看见了你。我们几乎不是诗友，而是玩伴，整个下午想找一点好玩的事。

“西红柿怎么卖？”

“四毛。”

“能不能便宜点儿？”

“四毛还怎么便宜？你说怎么便宜法？”

“那，两毛不就比四毛便宜？”

拿球拍拍动物园的墙，多少有点不便，还得跳下来。

大楼那边，有“文联”。

我还是喜欢你们家放木料的北房，钥匙上有枚康熙通宝。

因为喜欢古钱，又写诗，就把书法、文化、历史统统扯出来。

黄昏的狼在叫；我们凶凶恶恶地打球；狼在铁栏中长长地哀叫，为暗下来的晴天。

太原有什么？我说不上来，有很直的大街，有庙，还有你家，和和气气的为你发愁的父母。

再见面的时候，你被人打了一下，头上有一个小坑。

你总是来了就走，我不知说什么好。你那么有劲，到处走，画画、写字、比武，你还给我刻了个名章，现在我画画用的就是这个章，还要对外国人说，这是中国的红印。

车停下来，我等着，坡路起伏伸向海湾。一个女士在风中走着，我才觉出这是另一个地方，怎么回事？

三年了。

每个梦我都在原地。

我不说另一种话，我不说。

如你所写

——这是唱给我的哀歌

1991 年

新西兰岛上

# 课堂



一直在小病中，浑身累，便好像干了很多活，心里太平。闭闭眼就好几个小时，时间顺起来就是这样，在梦里也理所当然。

家中一日无人，字典放在桌上，便想起小时开铅笔盒的声音，那时没有后来的事。新本子放在木桌上，没有这么多事，真怪，就好像半截蜈蚣也爬得很好，大人都是被事撑的。

有一棵大槐树大得不得了，院里都是它的根，砖都碎了，只有石头它没办法，就卷成一个疙瘩，转个弯再向前伸。下课，就看石台阶上的小纹，那么多年还很清楚。都说是马车拉来的——

许多河水流向昨天……

把字典、铅笔盒放好，在教室里做功课，本子是新的，窗子内外都明亮，离炉子又近，一切都好极。我知道我写不了那样快，把橡皮按扁时间也不走慢；老师手表停了，下课铃照样打响。

以后的事还没有呢；以后那么多的日月，都还没有呢。

这是个很短的感觉，好像就那么一个头、脚，自己活得也很安定。放下笔，小女孩就读课文，永远是一个调，读得好像别人在读。字都生生的，一个个很新，再也想不到以后会把它们团成一团。

做功课，外边的大槐树、石台阶都是冬天的。石阶细细的凿纹还没磨平。是马车拉来的，花了多少时间。

下课都去上厕所，那个房子没有青石。院里铺地的砖都碎了，露出土和槐树根。槐树一大一小，伸出的根离教室还有一尺远。

没进去过的屋子都不是屋子。几几班，几几班，都是天生的。我的班在两个屋子里待过。一个老师姓魏，有很多传说。

在我回家的时候，墙倒了。我还是从大门出来，过一条路，一条河，一个秃秃的花园，一个楼。家只有一个是我的。

有炉子、婆婆，我在木板上睡了。到天黑。

有时醒来还是下午，天还亮着，就弄不清是哪天了。

这就是那个小孩的声音。

帐钩亮的，我知道那是铜的，起伏弯曲明亮的图案，我喜欢铜。冬天的火锅让我惊奇，那么大的铜，暗红的闪光。

我还以为　鸟一叫你就死了
真没想到鸟一叫　你就慢慢长高……

所有被风吹过的树
都显得有神

1991 年 9 月 2 日　岛上

# 梦魇集（散文部分）[1]



[1] 作者1992年底于德自编小说集和散文集，因大量篇目仍留在岛上，所以准备回岛后完成。其中注为“梦魇集”的篇目约十篇下上。有散失。《在世》《有念》两篇辑入《小说卷》。

# 七节虫



就怕这种事，本来是要看电影的，却走进了考场。位子在前边，还是那个女同学在边上。我说“借光”，忽然想起这是长大以后学会的。东西要放整齐，放了又放，还是乱放。抓紧坐下，坐正了看题，有五六题，都看懂了；再细看，一个字一个字读：以一个汉学家的名字为牙膏起名，并阐明意义。心里慌起来，又想，不是小学生吗？后边有嗡嗡声：白杰明，白杰明，白杰明。忙写下，又觉得怪，这个名字认识呵，什么时候认识的？

好像有字幕？一想必是说意义，就定睛看，字都一闪一闪。这是个新东西，好像没见过，我不是每天来上学？是来看电影？原来果真在电影院里！正待高兴，就看见都在埋头写字，唰唰全是写字的声音。只好又看题，怎么是算术？不敢耽误，就跳过去往下看，闵福德和汉朝，汉朝？是汉朝还是汉学？汉文学，汉文学，嗡嗡声又响起，我是在讲课还是在上课？也顾不上了，就找草稿纸，显然这是要求写作文。

天这就暗下来，再想看看题怎么也不能看清，嗡嗡声也没了，一慌就去看边上女同学的考卷，只见她拿橡皮一直擦，等了半天也不见写，再后就把纸卷起来，往手指上一挂成了面包！这是什么意思？难道她不在考试？谁知心里一亮：这正是答案！就赶紧对着纸写，怕字不好看，还赔上了许多小心，好在顺利，字一个一个都出来了：卷面卷面包，考试烤面包，形式和内容，里外一团糟。

正要松气，一看晃着的面包却是油饼！不知如何是好时，嗡嗡声适时响起：走油了走油了！油饼。我知道是说我走题了，代替庞老师来上语文课的老师就说走油了，不说走题，他喜欢吃油饼，用馒头夹个油饼吃，说走油了。——好不容易写好，硬是走题了，白写不成？一急冒出个词来：统称！这个词好像在长大的时候常听，现在不妨用上它，就加写一行：面包统称油饼，还不够，又写：油饼就是面包。写过忽觉释然，天就亮了。

在一山里醒来，远远近近都是鸟叫。

1989 年 1 月 12 日



◎ 此篇完成之时，写有同名诗，参见《诗歌卷 · 上册》。

# 边上有板



**梦一：**

屋里放着木匣。我当然知道它是干什么用的。我把板拿了又放好。这时就来了人。是正好要找的那个人。在握手的时候，边上又有了人。过去认识的一个个都想了起来，一个画挂像，又画连环画、插图，说太老了，不好意思来了。

看见上边的人还在说话，已经晚了。一种感觉，链子放在头上，有刺的，很重，这一部叫枪毙。

醒在一个大地方，顶上有东西很轻，你知道个人和个人都是没有的，像蛔虫在一起，那个大家伙动起来，就跟着动。那边来人了，你一走他就来了。你拿铁条和她逃走。

在他们乘车追上来的时候，到处都爬满了人。窗上、门、路口，一堆堆事，像学校。你可以逃了，窗子、门、窗子，没人追的时候，应当逃向空阔的地方。

打碎玻璃的瞬间，你重新出现。

梦二：

她下去的时候

一声没吭

她挪板

我说　别挪

站上去又挪一下

板下去

就下去了

(手脚并用　抓不到)



坐着的是她的妈妈。围着的大发议论，说不信也得信，说不是我也不是你闹的，说心理、社会，道理很多，一会儿就说到了股票，又说回来。

我走，他收收衣服跟上，他是谁？穿过走廊时想，是告诉人家，还是先自己看看？每个门里都有线路，一个圆圆红红扁扁的人，不应该是她。

我接着下楼，怕碰见人，又说以后和希望，偏就是下班，从对面大台阶上滚下来，像泥浆。熟人那么清楚，在灰色中发绿发亮。

转身，有转伞和旱冰，玩儿的人都疯了，表情不动，绳子疯。我一下就看见了她，转得疯高。我知道这是她的十六岁，在空中我就知道了，知道了什么可怕。

她的魂要下雨了。大个子在我耳边说。我明白了他为什么收衣服。

空气是一滴水

雨是一片光

原诗照搬　梦里所得

1990 年　岛上

# 德外德内



地太多了总不好，四边都是土了。陷在中间，只有挖土做屋。土洞好像是天生的，亦有光，是土打落之后安的灯。里边曲折空阔，竟有百十张床，同去的便选了一张。好像是关闭的大店，我便出去与人说，也没人，也不说，返回时灯亮了，你文文气气在门口。一个小孩蘑菇着要进去，真的往里一跑，传送带就动了，转一回已经变成了相片，活像透视底片。好笑的是，说小孩想混进去，已被送出公园。

正要与你说话，又来了人，把你称为兰小姐，又称兰领士。你的西装细细的，也好看，起身，应对，弄得我想把大像章（方的）送你，上边还有别人写的字，春晓，武当山，东风吹度，在梦里也以为大文言了。

第三次不知何为始，待记起，已是在一些水泥格上。老太太们老聊天，小孩都不见了。以为漏下去了，就向下看，一挺好的房间，像防空建筑改的。还有介绍说门廊开得不气派。从另头斜下去更好，还可以不用旗杆，用气球升旗，说这些都是为了等你。

你来时，房子已经更大而好。坐在桌上，偏有少年打扮好了来推销打火机，穿着还有点敬意。见是推销便放下心，十二元，给了他一元算是礼貌。好不易他走了，我们却过街去，说着，是北京德内小街。进了我们做木匠的小屋，那些人还在干活，一个认识，一个不认识，新的。都更老了，扬着松白胡子，锯的锯，钉的钉。我带你看后边的小屋，说这儿住着一个独臂老头，死了；又进边上的门，如地洞一般，说我在这儿推刨子，推了三天手就肿了，好像是夸耀自己的苦难。

你只是一种活泼的神情，肯定从没见过这么破的地方。待出门去，一个老女工转过来，穿工作服像要避开，你却叫起来：“冯师傅！”我吃了一惊，你怎么认识呢？你含糊地说：“这是工作需要。要记三个位子。”

这时蚊子叫了，我恨死这个蚊子。

龙本来是一个美　人

——让假脑袋在一边睡觉

鬼在说鬼来了

1991 年 5 月　岛上



◎　此篇记梦。随即写作诗《德胜门》。列入组诗《城》。“德外德内”亦即德胜门内外。

# 醒二则

1.

天快黑了，我起来开灯，到走廊里去，我知道这是梦里常来的地方。

要注意，隔壁的灯亮着。

我推门，一个人坐在床上，头上堆着衣服。等她露出脸来，我说：你怎么活了？

她不说话，脸上有光。我消失了下：是你吧？

她指甲不凉不热，划过我——我醒了，在床上，最早的床。我开灯，灯不亮，我到走廊里去，门下有光，我推门，她在床上坐着，看我，眼角闪闪的：

你是什么人？么事？

我说：是来人。

我醒在最早的床上。

在最后一页

书变得透明

那些鱼游泳

面色晴暗

生活在渔具中间

房间长一点的时候声音也就断了

2.

渐渐地，她有些急了。向大堤上爬，腿瘸得很厉害。哄她的人更加发声喊，人都集过来。她跳起来，倒好像很知道哪好捡石子，四下投，石子在逃人背上跳，她看被不大石子打中的发出大叫时，笑了。一忽会，人都跑过公路，没了影。她抓把石子，空旷旷的，路拐弯过去，只有个不认识的人在走，是个女的。

“八一厂所有男生都出去！”这是我永远记着的一件事。

他那么委屈，独自站在那棵大槐树下，那时也觉得树大，看它的根把砖慢慢顶起来，砖及时被掰走，砸，也砸了玻璃和人。

到了教室外边照样吵吵嚷嚷，那么多人，气势更大了，可他是一个人。

他是八一厂的，放了学要走进那个大门，他穿鞋有袜子，有罩衣、衬衣，厂外就是田地，从那里来上学的孩子空脚穿鞋，灰暗的衣服敞开就是系腰的裤带和泥色的肚皮。女生不太一样。他跟男生出来的时候，好像还没想过这个问题，那回他真的愣住了，想到自己竟然要出去，他是男生。尽管他穿得很干净，他也很安静，但是他是男生，他还是八一厂的，他得出去。

他觉得他在哭，心里无比沮丧。一次她过来，她六年级，腿瘸，厂外的，给了他一个青核桃。放学的时候她带他去她家，进个很低的门，她都得弯一下，很暗，门边一个人快死了，是她的父亲。她送他回家，进八一厂大门，拉着他手，像个阿姨。走过大路、桥、小树林、花园、操场、葡萄架，上四级台阶，推开纱门，他给她看他的藏书，都是小人书。

还有一回是个男孩，也许是三年级，他老被罚站在外头，他说放学带他去广安门，他有钱。他有三角钱，买了一个桃罐头，用石头砸，又加上一块石头，他说他还从来没有吃过罐头，这回要吃一次，银灿灿的盖给砸下个大窟窿，清澈的颜色一阵混浊，他兴高采烈地递给他，他忘了他吃没吃，怎么吃的，只记得他伸手捉住桃子，给他，他记得他吃得很带劲，最后还不断扬起瓶子，喝混糖水，一路往回走一直喝，不小心流到嘴外边，就赶紧放下瓶子；他给他喝，好像还挺感激他脸发热摇了下头的。

他上完一年级就转学了，那儿没有八一厂，可是他知道了他是男生。等到他再转回这个学校的时候，两个帮助过他的人打了一架，一直打到学校门外的田地边上。骂得非常厉害，她还哭了，也不知为什么她还是在六年级。



做一个梦就想了这些。还有一些诗一样的句子：

这是墓地的灯火

当你睡去

它就醒来

照亮悲哀

1992 年　德国

# 挫折

这片荒凉的土地也长满植物
我不能诉说心中的痛苦

扶起桨和兰花
青冢渺渺
野狐竞出

　　他把我降到最高的地方
　　让我无法为生活奔跑呵



1.

两只鸡在筐顶上趴着，太阳正晒得土地湿润。你总觉得应该让筐扣住它们刨土吃虫。不知谁出了主意，就过去拿鸡，鸡惊走，沿大广场走下去，双双对对看影子，真有点绝望，就骂姐姐，说是她出的主意。反正什么事都想起来了。鸡在绿杨树那回头，反身退到台阶去。这一挡一寻，就捉住了它的尾巴。没想到，另一只也就捉住了。

这样抱怨才停下来。

2.

找鸡，进门又发现了鸭子，在土灰盆里，用细线捆着，不知捆了多久，身上倒了炉灰。姐姐不在，必定是她弄的。我放开鸭子，它站不起来，也不会动，不知饿了多久。我把湿米放在它面前。过了一会它开始用扁嘴铲，很困难地想吃。铲进去一粒半粒，才见它都饿透明了，吃进去，便看得清楚。我正考虑换米饭，它已经开始大口吃，一铲一铲，不一刻就将一堆吃完了。大嗉囊里都是米，水高出来一点，漫在颈子上，怕它撑死，就放它下地，一摇一摇，米就在里边哗哗倾倒，确实危险。后边应给它更易消化的食物，就在外间水盆里拿了削下的胡萝卜皮弄碎，这时又开始说姐姐误了鸭子。接着发现正上方顶棚一个大洞，才想到是从那漏到灰土盆里的，于是知道是房东捆了它藏在顶棚上预备过年用的。



如果你一直下去
你就会在这里休息

比花低
比房子低
比纸低

我一定死了
　　没注意

你说起另外一次
铅笔游到
　无法到的地方

你和姐姐一起

　骑了那么久车

你想起

去看一个石林

中午　那么年轻

和姐姐一起

1992 年　德国

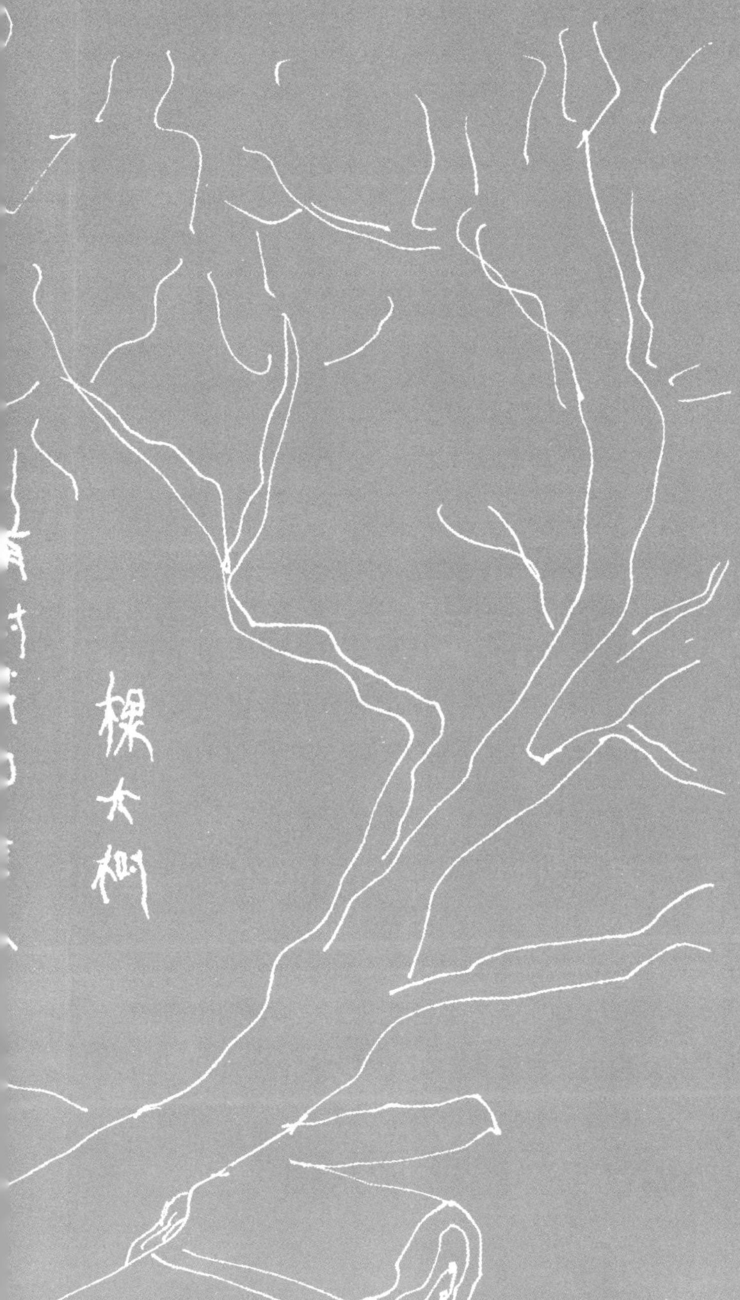


# 辑三　纪事二

# 养鸡岁月[1]



## 一

对面山上又飘起了旗子，看不清是哪国国旗，但是知道老里查德回来了。老里查德的工作在海上，家也给造得像船，处处挂着救生圈和绳子，一个大锚固定在车道入口处，1871 年的水手钟不时敲响在屋后山顶之下。信箱上有罗盘。蓄水池满满的，中有暗色小鱼。最为耀眼的是山顶的旗杆，真不知他怎么立起来的，方圆多远都能看见。

老里查德有好多国旗，连巴布亚新几内亚的都有，可是三个国家的旗子他绝对没有，应该说坚决不准有，三个国家是美国、日本、德国。三个“败的”[2]国。他说。他的脑子好像还滞留在二战时代。对中国他十分友好，后来说他妻子遥远鼻祖的一支是中国人。他的妻子来自太平洋更小的岛国库克群岛，祖母是那里的一个大酋长。初见我们时他神色疑惑，问得是中国人而不是日本人才面貌大变，叫我们去他有山有水的家里喝茶，看他的航海照片和锚、舵、帆，可惜我们太忙了，我们是出来卖鸡蛋的。

---

❶ 本篇为作者初草，草于1991年8至10月间，有提纲性质。或因写写断断，文中时而“谢烨”时而“雷”。在此保持原貌。当时李英已在岛上一年多，作者写时曾笑言“进行革命传统教育”。此次编选，将相应时期现存家信做近百片段截图，同一些相关图片一并为插页，于实际与忆往之间，时空似又有扩展。

❷ 英文：bad。意：坏。

我们转回时，就看见他的旗杆上飘扬着中国国旗，居然两面，一面有蓝天颜色。那时距今快两年了。那时我们有二百只鸡，现在只剩下三只，一白一褐一花，它们因为飞在树上活了下来。

二

事情都出在报纸上。我来纽西兰并不认识英文，并决心不加以学习，但这并没妨碍我看报纸。点起壁炉就看从大学带回的大摞报纸，看过一张送火里一张，烘烤娃娃挂在四周的尿布。我重点看那些数码，就是房子和地的价钱，我有八千块钱，在欧洲挣的。来新西兰时就想着种地，我的城字是有土的，没有土，“成”什么？成什么也不是城。我不喜欢买东西，我喜欢爬树上去摘果子，我还喜欢种土豆和蒜，无穷无尽，永远生长，种萝卜、西红柿、豆和瓜，一直种下去，永远不死。要不我就吃草，大学的草地上只有野苜蓿、蒲公英和荠菜，每回回家我都割一书包。

我夜以继日看报纸、烤尿布，专对着 5 打头 5 位数以下的数码，大约看一百条可得一条，就剪下来在本里到大学给教授看。教授是用英语写红楼梦的汉学家，力主贾宝玉不能入尘、林黛玉不能结婚。他皱紧眉看我送上的尘世字条，多为车棚，还有水塔、篷车、棚船、店铺出租，最沾边的是一个电话亭。

三

第五个晚上，我终于看见了一个数字：$48,000。

“呵，这真是一块地，在一个岛上，这个岛很有意思，住着老嬉皮和做陶罐的人。为什么不去这个岛？它对你很合适。”教授顿时高兴异常：“我们这就去，离奥克兰不远，坐船过两个岛，一个是火山岛，都不住人。”

我们坐的船叫“快猫”。后来我无数次坐它从岛上去大学，再回到岛上，而那是第一次。船很现代，有洗手间，有小卖部。

## 四

我们看见了我们现在住的房子，它显得高高在上，斑驳的紫红色。我们向它走去，地挖空了，架着树干，谢烨不敢抱娃哩了，我就接过来，想起十八年前一次看电影，走独木桥，先是坐在父亲自行车后座上，随着村里人骑在堤上，然后就碰上了独木桥，自行车被老乡二话不说就扛了过去，只好走桥，下边可是哗哗的水呵，电影也没看好，老想散场怎么再过桥。



我们过了这样的三座“桥”才到房子跟前。地是歪的，后来我打山上石，挖屋后土，两年后才砌墙填成平地。下边是我的三级梯田。

房子下部基本架空了，几片残缺的墙，门摇摇欲坠，也是虚设，地是水泥的，不错，一个楼梯歪着，可移动，招呼着小心上去，主人正在埋头雕刻，刻一个海豚挂件。桌上尽是贝壳和骨粉。

“世界末日就要到了。”他看一眼我们说。

“什么时候？”教授问。

“五十年。”教授翻译给我听，说他说古印第安农历上写了。

“但是不要紧，”“海豚人”说（教授这时已定给他了这个名字）：“那时我们都会获得耶稣的心，飞到别的星球上去。”他目光炯炯：“去帮助他们。”

## 五

“五十年足够了。”我说。“我只要二十年。种二十年萝卜孩子长大成人。”

这正是我梦想的土地，我种萝卜和筑城的地方。

海水围绕的树林中，坐着冥想者，墙上挂着他绘制的外星图。他吸大麻，思考帮助外星人的问题。他披头散发，眼放绿光，四年前两元钱买了张彩票，中了五十元，他很不高兴，说他需要十万元。他坐下冥想，两个星期后，中了十万元。他买下这片树林和这座房子，还买了锯钉斧凿、水泥和两张去墨西哥以及智利的往返飞机票，他率领着对他深信不疑的女友，去参加拯救地球和外星人世界大会。奔波两个月，拯救方案基本确定，钱也花完了，他穿着雨鞋住进这个房子，一块石头上记着建房年月：一九二七年八月。他要把这里建成外星人基地。

## 六

一九二七年，那时谁还都没生下来，房子和这个根本不存在的人怎么也没想到会产生关系。海豚人住进来的第一年拆去了房子上层的内墙板和两个柱子，第二年拆掉了下层的后墙和若干面墙以及楼梯，第三年他锯断正门和主梁，使房子自中部塌陷并歪向一边。一九八八年五月，星际出现微小变化，他登出了卖房广告，并将再赴墨西哥。



## 七

我们跟着海豚人绕着邻居的滴水小路上山去，像走一条隧道，棕树和老藤四面挡住了光。教授的九岁儿子鲁克抓住一根藤就荡出去，有好几米，又荡回来。海豚人说有自己的上山路，他还没使用过，埋在树丛里了，有待重新发现。

从隧洞出来，就到了高处，倒树交错，石头上竟看得见水的波纹。教授的小闺女在倒树和石头间爬上爬下，我们也爬，忽然就看见海了：圆圆的，在树叶里；再看，它就斜下去，下午的阳光中蓝玻璃一般地弯成弧形。

有间小屋，在蛛网中银闪闪的，落叶埋住了它的下身，还可以进去，地板活动，镶嵌的彩玻璃镶着红心、红太阳，还有花和情人。冬天的树上飞着蜜蜂。

海豚人指着个蘑菇样的石头说是地界，接着询问我的帽子，最后判断我同外星人有关，就决定减去一万块钱，让我同他的妈妈签约。而他实在是太忙了。

### 八

离开海豚人，我们去捉小螃蟹，教授躺在海岸上想钱，想得太阳都歪了。终于他想到了钱最多的地方，银行。

第二天教授脱下他穿了八年的油乎乎的广西小褂子，换上漂亮的而他说难看的深色西装，领带后边的衬衣也白到极致。他率我去银行。我们并排坐在经理对面。最后教授说谈妥了："我说你在美国有钱。"我说对呀，没国有钱。



得了银行许诺就去找海豚人的妈妈。这是一个普希金学者，有一个大白胡子的情人。她和我们聊俄罗斯文学，签了字没拿定金就翩翩而去。这时八千块钱真烫手呵！那是我在欧洲的血汗，也可以是我未来的生活。我烫着手追下楼去大喊哈罗！差一步他们的车就开走了。

### 九

雨哗哗，风呜呜，我们进了我们的家。

树声起伏，屋顶乱响，烛火让一切安静下来。

我说十二岁起，我就想有这样一个地方了。

谢烨说明天不下雨就好了，要不尿布怎么办？

我说这是火山土，含铁，偏酸，冬季多雨，益十字花科生长。

谢烨盯着我一字一板：小伙子，你可得逞了。

## 十

上帝把一切安排好了，就是没留图纸。这是我坚信不疑的。

我用废铁丝把一个锈镐头固定在一个支帐篷的木棍上，到处乱挖，顺便填上海豚人迎接外星人的坑；过程中挖出了三节烟囱，虽然每节比每节细好多，但并不要紧，头发剪了和上红泥一抹，第二节还没装上，烟囱就冒烟了。

这是潮湿的冬季，谢烨说，要有热水。

第一个晚上，谢烨说要有光，我就盯上了这个铁炉子。海豚人说有了这个房子就有了这个铁炉子，坏了几十年了，他的上一届房主就说没人点着过。炉子充满了蜘蛛网、老鼠屎和史前灰渣，我一清扫就扫出了半截土蜡烛！就有了光。

看着就断定少了部件，在乱电线和旧锉旧刨堆里东拾西捡，真就眼前一亮，就有这样的奇迹，尽管裂了而且缺了一块，三番五折炉子就燃起了火！穿过几代人，这个炉子就是奔我来的。

谢烨说烤箱得能烤，洗衣机得能洗，要有电。“不是我说是娃哩说。”谢烨强调。娃四个月，能从沙发上摔下来了。

我在紫漆剥落的外墙角看见了苔迹斑斑的旧电表，电线卡断卷起在一米上方。找电工一千五百块，装电起码就是这个价钱。

我搜索我脑瓜里还储有哪些电力知识，那该是二十年前通读《辞海》时混入的，我还拉断过个电线，救下了老弱病残木工组的一老一傻，全部理论和实践，也就这么些了。

谢烨在烧火，烧水，对付尿布。我在改锥、剪刀对付电闸。正乱着，“哈罗”一声，保加利亚人出现了。

行文中作者即兴画有许多图，因未刻意留存而多散失。此二图于多年后发现。谨引相应原文为图注吧：

上：“雨哗哗，风呜呜，……烛火让一切安静下来。”

下：“过程中挖出了三节烟囱，虽然每节比每节细好多，但并不要紧……”

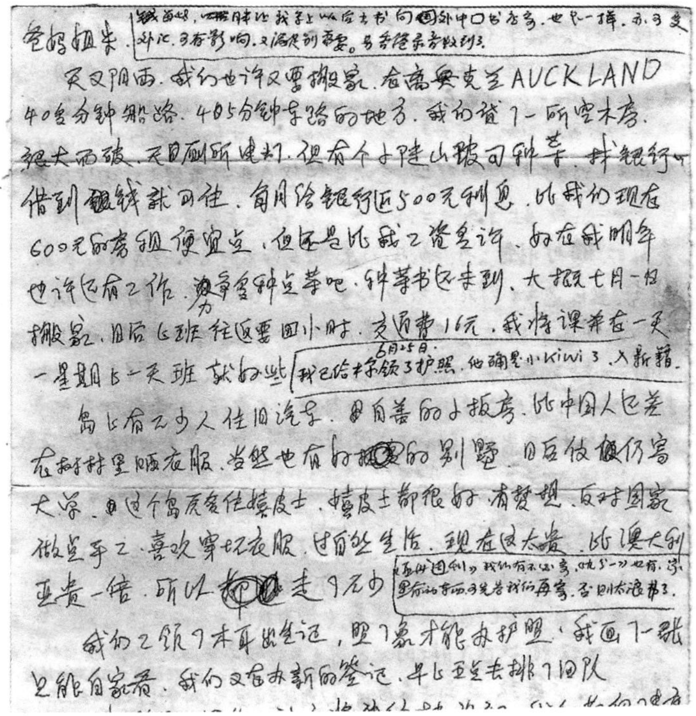

爸妈姐米，

天又阴雨，我们也许又要搬家，在离奥克兰AUCKLAND
40多分钟船路，45分钟车路的地方，我们贷了一所空木房，
很大而破，无厕所电灯，但有个小陆山坡可种菜，找银行
借到钱就可住，每月给银行近500元利息，比我们现在
600元的房租便宜点，但还是比我工资多许，好在我明年
也许还有工作，力争多种点菜吧，

岛上有不少人住旧汽车，自盖的小板房，比中国人还差
在树林里晒衣服，当然也有好的别墅，日后信仍寄
大学，这个岛原多住嬉皮士，嬉皮士都很好，有梦想，反对国家
做点手工，喜欢穿坏衣服，过自然生活，

我们已领了木耳出生证，照了相才能办护照，我画了一张
只能自家看，

插页一：家信截图之一

所有家信中“米”为其姐之子，亦常写为“米了”“弥了”“弥”“弥大”（家信中“弥二”为木耳别称）。“闵”即《养鸡岁月》中“教授”。省略号一般为编者加，表示录入省略。非规范用字已慎作规范。顾城字以楷体显示，谢烨字以仿宋体显示。以下各录入同。

此封信（信手件见前页）应起笔于 1988 年 6 月 25 日之前：

爸妈姐米，

天又阴雨，我们也许又要搬家，在离奥克兰 AUCKLAND 40 分钟船路、45 分钟车路的地方，我们贷了一所空木房，很大而破，无厕所电灯，但有个小陆山坡可种菜。找银行借到钱就可住，每月给银行近 500 元利息，比我们现在 600 元的房租便宜点，但还是比我工资多许。好在我明年也许还有工作，力争多种点菜吧。……

岛上有不少人住旧汽车，自盖的小板房，比中国人还差，在树林里晒衣服，当然也有好的别墅。日后信仍寄大学。这个岛原多住嬉皮士，嬉皮士都很好，有梦想，反对国家，做点手工，喜欢穿坏衣服，过自然生活。……

我们已领了木耳出生证，照了相才能办护照，我画了一张只能自家看。……

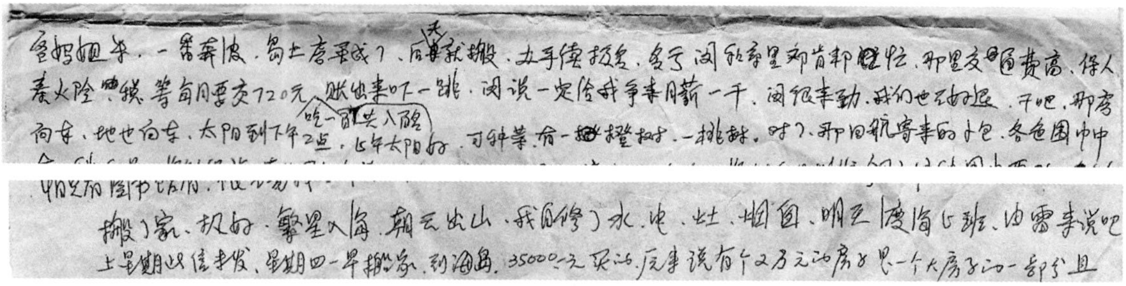

插页二：家信截图之二

信应起笔于 1988 年 7 月 5 日左右（搬家到岛上的日子是 7 月 7 日）：

爸妈姐米，一番奔波，岛上房买成了，后天就搬，办手续极多，多亏闵和系里邓肯帮忙。那里交通费高，保人寿、火险，税等，每月要交 720 元，吃一百，共八百多。账出来吓一跳，闵说一定给我争来月薪一千，闵很来劲，我们也不好退，干吧。那房向东，地也向东，太阳到下午 2 点，上午太阳好，可种菜。有一橙树、一桃树。……

搬了家，极好，繁星入海，朝云出山。我自修了水、电、灶、烟囱，明天渡海上班。由雷来说吧。

上星期此信未发，星期四一早搬家，到海岛，35000 元买的。……

“我们已领了木耳出生证，照了相才能办护照，我画了一张只能自家看”

——顾城附于家信中的圆珠笔儿子画像。

## 十一

保加利亚人是我们的邻居，长着大大的勾鼻子，眼睛也挺瞪个儿，讲一句话，就前进半步，推推你的肩膀，因此没有朋友。

第一次他看见我就很兴奋，捋捋我中山服的领子说："周！"

"什么？"我在想是哪国外语。

他又进了半步："周！"还点点我的眉毛。

哦，我领悟：周恩来！

"吓！古德曼[1]！"他又点我的娃娃，肉墩墩的一个："毛！"

这好懂，毛泽东；……

"古德曼！"毛也是一个好人。

保加利亚人的中文说完了，但他还会说俄语。

"斯大林！吓！古德曼！吓！"

"希特勒！吓！古德曼！吓！"

我们的外交活动就是这样的。保加利亚人有了个诨名叫"退休纳粹"。

## 十二

"退休纳粹"拿了两个鸡蛋，又拿了两个，给半岁的毛……吃。

"埃个[2]！"没吃早饭的谢烨非常崇拜。"退休纳粹"得意得很，又拿出一叠照片——孙儿、孙女都挺好看。孙女眼睛乌亮，像土耳其人。

"退休纳粹"还有九十岁的妈妈。他跑出来三十五年了，拿一把手枪，跑到土耳其，又跑到这儿。喜欢斯大林的人，为什么跑那么快，我到今天



[1] 英文：Good man。意为：好人；好样儿的。

[2] 英文：egg。即：鸡蛋。

也不明白。

他的妈妈白发银银，站在小房子前，周围都是鸡，大鸡。谢烨看得开心，她会杀鸡。

## 十三

“退休纳粹”想家，也喜欢鸡。他去奥克兰提回来七只鸡。外国人大鸡也大，有红鸡、花鸡，个个大且宽方，像老舍里的方墩；淡红、淡褐，有的有斑纹，色彩光润，伸头吃外边的草。蛋大得手握不住，一般都相当鸭蛋大小。



“退休纳粹”的夫人，毕瑟林老太太，提着篮子到山下去，把蛋卖给山下小店。

## 十四

梭罗的《湖边漫步》一半写了吃的问题。种豆吃土拨鼠看来是自由的先决条件。在慕尼黑的黑森林里走的时候，我说“真想携一枪一犬隐于万林之中”，谢烨就拿起树杈间的黑蜗牛：“你把它吃下去吧！”

吃，这真是个可怕的问题。我们带来的一袋饼和三瓶煮花生一个星期就吃完了。在我装烟囱的时候，地里的虫子又吃完了我从奥克兰带来的菜苗。只剩下两根葱和一个搬家前捡的芹菜根还活着。这一季收成是一点指望也没有了。

况乎山坡阴暗陡峭。我开梯田一块茶桌大的石头，竟从山顶直滚到公路上。只听它不断撞树时发出的沉闷声音，却全然不见它翻滚的踪影，直到它堵住了公路。我紧急打开石头，将几十个碎块搬到一边。种东西太遥远了，得几个月。

鲁滨逊吃鸟。芦苇荡里吃芦根。神农氏就更不用说了。

## 十五

玄想间，猛想起海豚人指着一棵有榕树之貌、叶却似剑麻的大物说过：可以吃。什么可以吃？那个词不懂，就不知道了。我拿了锯上山去找那树，谢烨则架锅起火。

想是籽吧？每见红眼睛大鸟老在上边吃，树籽亦红色，时与眼睛混淆不分。谢烨看那鸟总以为甚丰美，称之鸡大鸟。于是当以为食，后还打下过一只。树籽一粒粒取之极其麻烦不说，入口气味怪异，腥涩逼人。也许是树心？居家北京时就听说菲律宾的假野人吃树心，猩猩也吃，每天统共吃约两小时，即可全免饥饿之忧。当然我先试了树干，树干如果能吃，那就是地里长面包，直接就进了天堂，我满怀期待切下一块咬咬，并不像甘蔗，咬狠了牙痛。最后将树锯倒，发出动地的声音，揪下叶咬了口，也没弄清谁咬了谁，嘴唇和舌头都火辣辣起来。开始剖树心了，最后的希望所在……

谢烨在烟雾里跑进跑出，一忽仰脸喊道：“水开了！好了吗？”

我看了看硬硬的树心，硬是没敢将挖下的几块拿下山去。

## 十六

谢烨把两条绿叶塞到我嘴里：“韮菜！”我嚼了嚼，味儿像，就是看个儿太大了点。谢烨说：“就是韮菜！老外这儿什么都大，葱那么粗！”

满山遍野的韮菜？的确开白色的花。老外笨蛋！这下可让我们逮着了，必须抓住西洋现代文化的缺欠，发扬光大我们的原始文化——用大锅我们煮了一锅韮菜，放进了两个鸡蛋。

我吃了一碗，开始感觉煞是不错，吃下去却有不适，吃到最后我说：“呵，我想吐。”

谢烨吃着说：“不可以，这是好东西，还有油和鸡蛋。”

我忍了忍，晕乎一会儿上床睡觉了事，第二天盛了一饭盒带着渡海去大学。上午讲“天道无情”，下午讲 ××× 大闹天宫，因为中午吃了那盒韮菜，便讲得有些云山雾罩；正云雾着，秘书就叫我接电话，谢烨的声音，沙沙的：“我晕了，看什么都一远一近，下楼梯跌了两次。你带的韮菜吃了吗？没吃别吃了。”

后来问得，这种“韮菜”有致幻功能。谢烨说，我们不缺乏幻想。至此以韮菜为希冀的原始文化复兴亦遭重挫。



## 十七

在试煮了一个马路上惨死的刺猬之后，我们小小的中华人民凑合国国民有些人心浮动。

采撷业看来不行。那刺猬的气味也入心入骨，嵌在记忆里不去——停止呼吸的鼻孔还煮出了胶泥。

林业前景也不好，死树倒树已近烧尽，再做饭则须砍活树。活树要晾三个月才能烧火。砍活树很可怕，活像谋杀。有一天刮风，我从山上跑下来，吓了谢烨一跳，问怎么了？我说山上的老树精多极了。

农业算是有进展，用十几个星期垒出的梯田，长出的豆被野山羊吃了；我抓一把叉追羊到山顶，回来又用线花了三天下套。

狩猎业拿气枪成功打下一只鸟（鸡大鸟），撕下两缕肉全喂了娃哩。要是不能一枪一鸟就超过买肉价了，而且还冒险犯法，不是国法，是岛上的绿法，比国法厉害——岛上有“绿色森林和鸟”组织，具牺牲精神，坚决捍卫鸟的生命自由不受侵犯。

太阳落山，有时我们准备吃棵大树

——画于1992年居德期间。应是对此文提到的锯倒棵大树架锅起火往事的回忆。

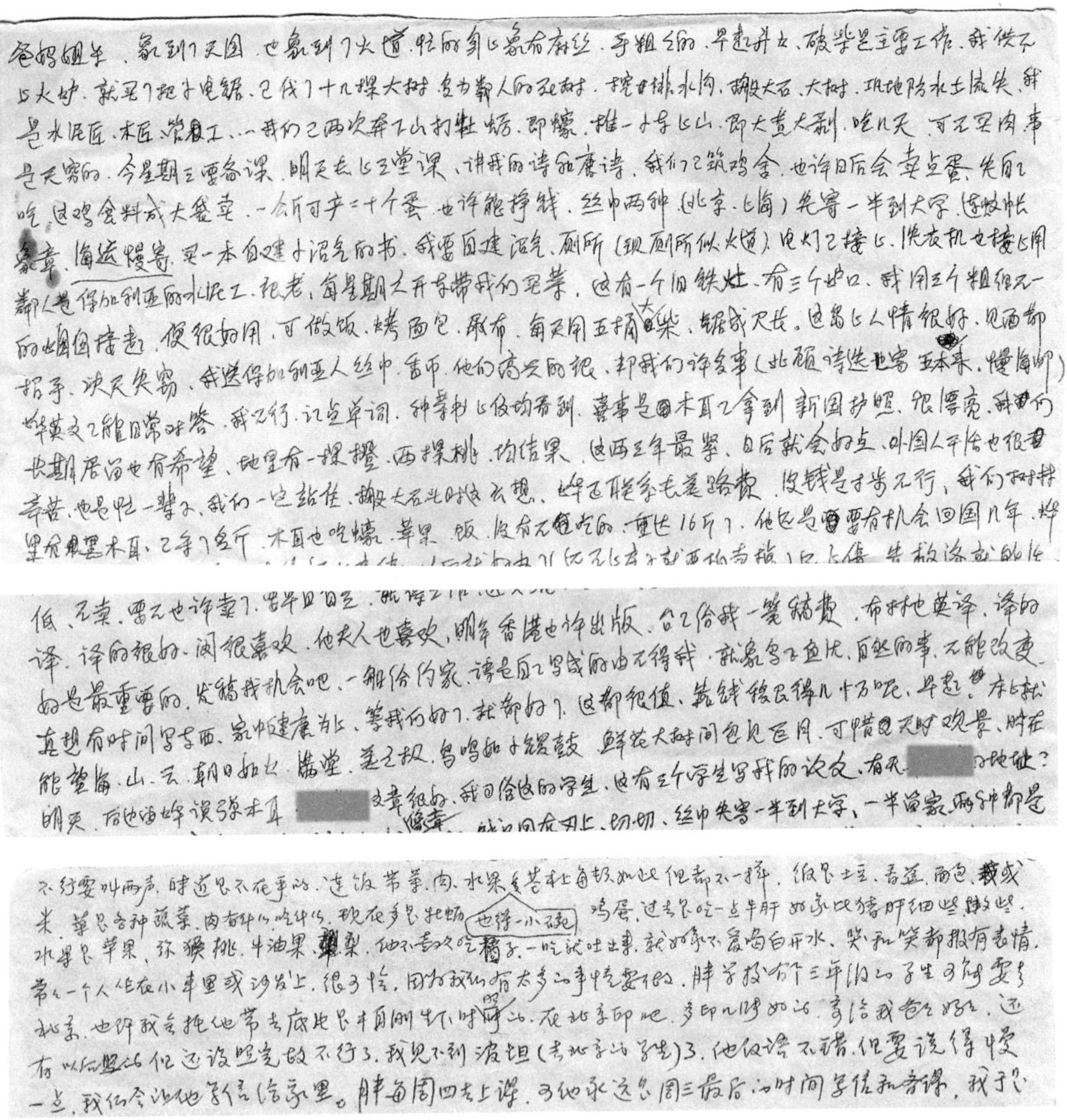

插页三：家信截图之三

信的新西兰寄发戳时间为 1988 年 8 月 4 日（信中提到的“火道”即作者 1969 年至 1973 年随家里落户的火道村）：

爸妈姐米，像到了天国，也像到了火道，忙得身上像有麻丝，手粗粗的。早起生火，破柴是主要工作，我供不上火炉，就买了把小电锯，已伐了十几棵大树，多为邻人的死树。挖排水沟，搬大石、大树，筑地防水流失，我是水泥匠、木匠、管工……我们已两次奔下山打牡蛎，即蠔，推一小车上山，即大煮大剥，吃几天，可不买肉。事是无穷的，今星期三要备课，明天去上三堂课，讲我的诗和唐诗。……

我要自建沼气厕所（现厕所似火道）。电灯已接上，洗衣机也接上用。邻人是保加利亚的水泥工，很老，每星期六开车带我们买菜。这有一个旧铁灶，有三个炉口，我用三个粗细不一的烟囱接起，便很好用，可做饭、烤面包、尿布，每天用五桶大柴，锯成尺长。这岛上人情很好，见面都招手，决无失窃。……烨英文已能日常对答，我不行，记点单词。……喜事是木耳已拿到新国护照，很漂亮。我们长期居留也有希望。地里有一棵橙、两棵桃，均结果。这两三年最紧，日后就会好点。外国人干活也很辛苦，也是忙一辈子。我们一定站住，搬大石头时这么想。……木耳也吃蠔、苹果、饭，没有不吃的，重达 16 斤了。……

……台已给我一笔稿费。布林也英译。……诗是自己写成的由不得我，就像鸟飞鱼游，自然的事，不能改变。真想有时间写东西。家中健康为上，等我们好了，就都好了。这都很值，靠钱移民得几十万呢。早起，床上就能望海、山、云，朝日如火，满堂，美之极，鸟鸣如小锣鼓，鲜花大树间忽见巨月。可惜无时观景，时在明天。后边由烨说弥木耳。……

……饭是土豆、香蕉、面包，或米，菜是各种蔬菜，肉有什么吃什么，现在多是牡蛎、鸡蛋，过去是吃一点牛肝，好像比猪肝细些、嫩些，水果是苹果、猕猴桃、牛油果、梨。他不喜欢吃橘子，一吃就吐出来，就好像不爱喝白开水，哭和笑都极有表情，常常一个人坐在小车里或沙发上，很可怜，因为我们有太多的事情要做。……胖每周四去上课，可他永远是周三最后的时间写信和备课。……

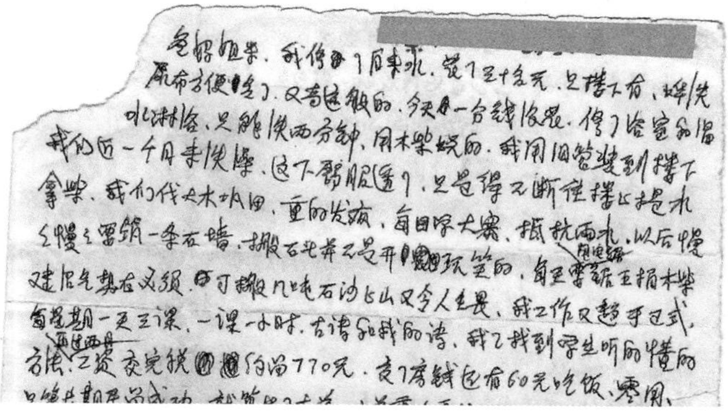
爸妈姐[illegible]：我修了自来水，花了三十多元，只楼下有，烨洗 [redacted]
尿布方便多了，又有送我的，今天有一台洗衣机，修了浴室的温
水淋浴，只能洗两分钟，用木柴烧的，我用旧管接到楼下
我们近一个月来很累，这下都服透了，只觉得不断往楼上提水
拿柴，我们伐大木块的，重的发疯，每日像大[illegible]，抵抗雨水，以后慢
慢[illegible]砌一条石墙，搬石头并不是开玩笑的，每天要[illegible]
建沼气其石必须[illegible]可搬几吨石头上山又令人生畏，我工作又[illegible]
每星期一天三课，一课一小时，古诗和我的诗，我又找到学生听的懂的
方法，工资交完税约为770元，交了房钱后有60元吃饭、零用、
[illegible]

插页四：家信截图之四

信估计写于 1988 年 8 月 10 日前后，由他人转寄（顾城自任职大学寄信至文化单位或相关部门可公费，有时便将家信附于其中至北京后转寄）。顶端涂隐字为其母收信后注字。编者涂隐：

爸妈姐米，我修了自来水，花了三十多元，只楼下有，烨洗尿布方便多了。又奇迹般地，今天一分钱没花，修了浴室和温水淋浴，只能洗两分钟，用木柴烧的，我用旧管装到楼下。我们近一个月未洗澡，这下舒服透了。只是得不断往楼上提水、拿柴。我们伐大木筑田，重得发疯，每日学大寨，抵抗雨水。以后慢慢慢慢要筑一条石墙，搬石头并不是开玩笑的。每天要用电锯锯五桶木柴。建沼气势在必须，可搬几吨石沙上山又令人生畏。我工作又趋于正式，每星期一天三课，一课一小时，古诗和我的诗，我已找到学生听得懂的方法。再过两月，工资交完税约留770元，交了房钱还有60元吃饭、零用。……

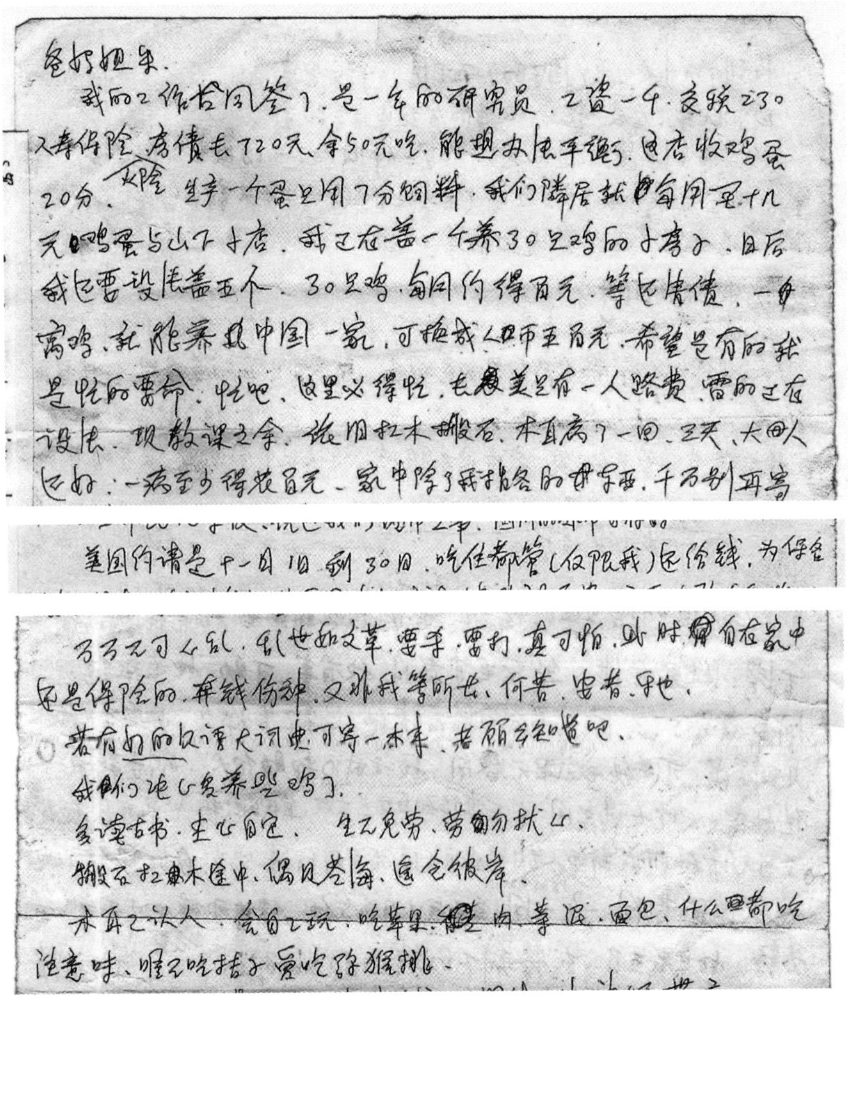
爸妈姐米：

我们工作合同签了，是一年的研究员，工资一千，交税230，入寿保险，房债长720元，余50元吃，能想办法平衡。这店收鸡蛋20分，（天阴）生产一个蛋只用7分饲料，我们邻居就每月赚十几元卖鸡蛋与山下小店。我已在盖一个养30只鸡的小房子，日后我还要设法盖五个，30只鸡，每月约得百元，等还清债，一百窝鸡，就能养我中国一家，可换成人民币五百元。希望是有的，我是忙的要命，忙吧，这里必得忙，长美只有一人路费，需的还在设法，现教课之余，就用扛木搬石，木耳病了一回，三天，大田人已好，一病至少得花百元。家中除了我指名的东西，千万别再寄

美国约请是十一月1日到30日，吃住都管（仅限我）还给钱，为保全

万万不可乱，乱世如文革，要斗，要打，真可怕，此时自在家中也是保险的，本钱伤神，又非我等所长，何苦，害苦，罢也。

若有好的汉译大词典可寄一本来，若願多知道吧。

我们也已多养些鸡了。

多读古书，安心自定，生之克劳，劳自扶山。

搬石扛木途中，偶见苍海，遥念彼岸。

木耳已认人，会自己玩，吃苹果、猪肉、草泥、面包，什么都吃，注意味，喔不吃桔子，爱吃猪排。

插页五：家信截图之五

信由他人带入北京转寄。家中 1988 年 9 月 28 日收到：

爸妈姐米：

我的工作合同签了，是一年的研究员，工资一千，交税 230，人寿保险、火险、房债去 720 元，余 50 元吃，能想办法平衡。这儿店收鸡蛋，20 分，生产一个蛋只用 7 分饲料，我们邻居就每月卖十几元鸡蛋与山下小店。我正在盖一个养 30 只鸡的小房子，日后我还要设法盖五个。30 只鸡，每月约得百元，等还清债，一窝鸡，就能养中国一家，可换成人币五百元。希望是有的，就是忙得要命，忙吧，这里必得忙。去美只有一人路费，雷的正在设法。现教课之余，依旧扛木搬石。木耳病了一回，三天，大人还好。……

美国约请是十一月 1 日到 30 日，吃住都管（仅限我），还给钱。……

万万不可心乱，乱世如"文革"，要杀，要打，真可怕，此时自在家中，还是保险的，奔钱伤神，又非我等所长，何苦，安者，乐也。

……

多读古书，尘心自定。生不免劳，劳勿扰心。

搬石扛木途中，偶见沧海，遥念彼岸。

木耳已认人，会自己玩，吃苹果、肉、菜泥、面包，什么都吃，注意味，唯不吃桔子，爱吃猕猴桃。

……

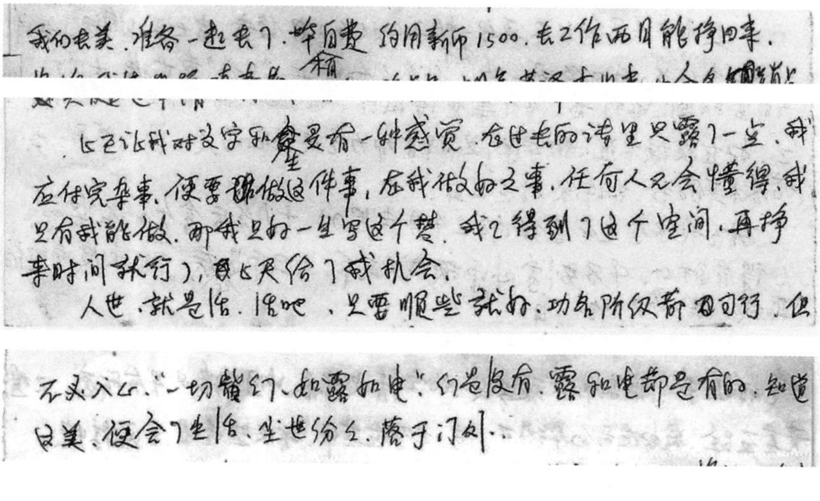

我们去美，准备一起去了。路费约用新币1500。去工作两月能挣回来。

飞飞说我对文字和色是有一种感觉，在过去的诗里只露了一点。我应付完杂事，便要做这件事，在我做好之事，任何人无会懂得，我只有我能做。那我只好一生写这个梦。我已得到了这个空间，再挣来时间就行了，是飞飞给了我机会。

人世，就是活。活吧，只要顺些就好。功名阶级都可行。但不走入心。"一切有为，如露如电"，何尝没有。露和电都是有的，知道只美，便会了生活。尘世纷纷，落于门外……

插页六：家信截图之六

信起笔于 1988 年 9 月 22 日。由他人转寄。寄达日 10 月 11 日：

……我们去美，准备一起去了，烨、木耳自费，约用新币 1500，去工作两月能挣回来。……

上天让我对文字和生灵有一种感觉，在过去的诗里只露了一点，我应付完杂事，便要做这件事，在我做好之前，任何人不会懂得。……我已得到了这个空间，再挣来时间就行了。上天给了我机会。

人世，就是活，活吧，只要顺些就好，功名、阶级都可行，但不必入心。“一切皆幻，如露如电”，幻是没有，露和电却是有的。知道这美，便会了生活，尘世纷纷，落于门外。

……

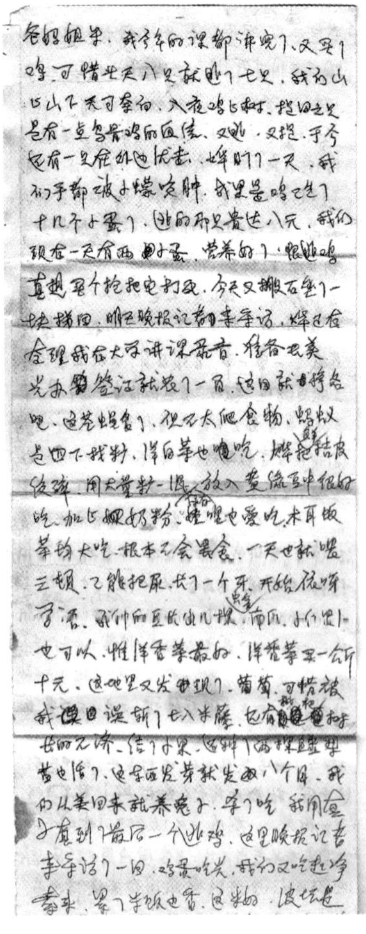

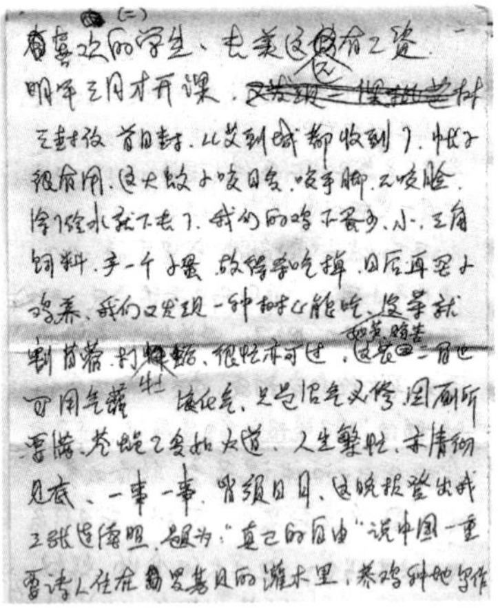

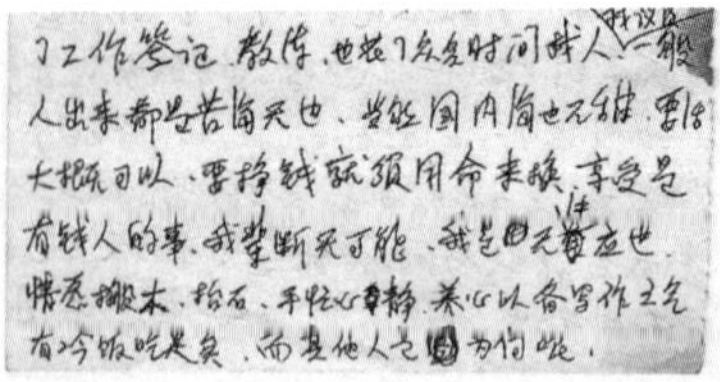

插页七：家信截图之七

信 1988 年 11 月 28 日收到。由他人自京转寄（下二页为同封信）：

爸妈姐米，我今年的课都讲完了，又买了鸡，可惜头天八只就逃了七只，我们山上山下无可奈何，入夜鸡上树，捉回六只，是有一点乌骨鸡的血统，又逃，又捉，于今还有一只在外边游走，烨盯了一天，我们手都被小蠓咬肿，成果是鸡已生了十几个小蛋了。逃的那只贵达八元，我们现在一天有两小蛋，营养好了。……今天又搬石垒了一块梯田。……这苍蝇多了，但不太爬食物，蚂蚁是四下找糖，洋白菜也吃，烨把鲜桔皮绞碎，用大量糖一混保存，放入煮绿豆中，很好吃，加上奶粉，娃哩也爱吃。木耳饭菜均大吃，根本不会罢食，一天也就喂三顿，已能把尿，长了一个牙，开始咿呀学语。我种的豆长出几棵，虫多，南瓜、小红萝卜也可以，惟洋香菜最好。洋香菜买一公斤十元。这地里又发现了葡萄，可惜被我误斩了七八米藤。还有枇杷树，长得不济，结了小果。还种了两棵鳄梨苗也活了，这东西发芽就发八个月。……我用套子套到了最后一个逃鸡。这里晚报记者来采访了一回。鸡蛋吃光，我们又吃起净素来，累了米饭也香，这米好。……帐子很有用，这大蚊小咬日多，咬手脚，不咬脸，涂了硷水就下去了。我们的鸡下蛋少、小，三角饲料，产一个小蛋，故得杀吃掉。日后再买小鸡养。我们又发现一种树心能吃，如笋，略苦。没菜就割苜蓿、打牡蛎，很忙亦可过。这花二百也可用气罐液化气，只是沼气必修，因厕所要满，苍蝇已多如火道。人生繁忙，亦清澈见底，一事一事，皆须日月。这晚报登出我三张连续照，题为“真正的自由”，说中国一重要诗人住在罗基贝的灌木里，养鸡种地写作。……一般人出来都是苦海无边，当然国内海也不甜。要活大概可以，要挣钱就须用命来换。享受是有钱人的事，我辈断无可能。我是无法应世，情愿搬木、抬石，手忙心静，养心以备写作之气，有冷饭吃足矣，而其他人是为何呢。

SUNDAY ☆ BOOKS

Gu Cheng on the isolation of being a poet: "Having your poetry read is like being a fish displayed frozen on a fishmonger's slab. People say it tastes good but no one would like to swim in the sea with it."

"I tried hard to learn to be a good Chinese person — that is, a general spare part in a large machine, a nut or a bolt. But before I learnt to be that, the machine broke down and we had the Cultural Revolution. I was 10 when it started." (Photos by Phil Doyle)

信中“这晚报登出我三张连续照，题为‘真正的自由’，说中国一重要诗人住在罗基贝的灌木里，养鸡种地写作”，该晚报即新西兰 1988 年 10 月 16 日《Sunday Star》，刊文《The Real Freedom》的三张“连续照”为采访时摄。照片下两段话，中文大意：

他作为一个诗人在与世隔离的地方说：“诗被读就像是冷冻鱼被展览在鱼贩的切板上，人们说它味道不错但没人乐意去海里跟它游泳。”

“我非常努力地学习以成为一个好中国人——就是说，成为一个大机器上的合格零件，一个螺丝钉或一个螺丝帽，但是在我还没来得及学成时，这个大机器崩溃了，我们进入了‘文化大革命’。我那时 10 岁。”

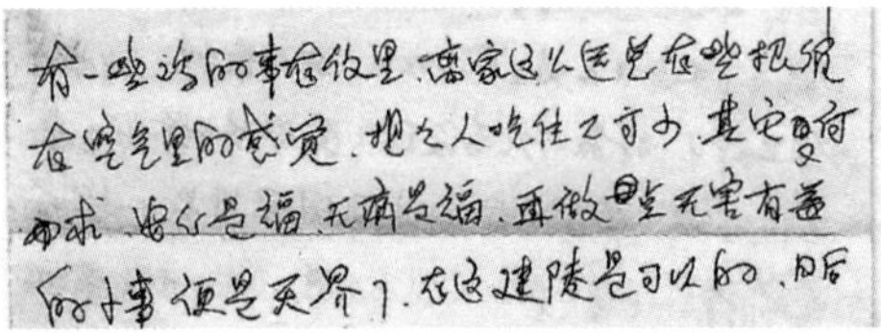

有一些说的事在这里，蔼家这么住只在些极须
在空气里的感觉，想之人吃住了可少，其它要有
如求，安分是福，无病是福，再做些无害有益
的小事便是天界了。在这建陵是可以的。此后

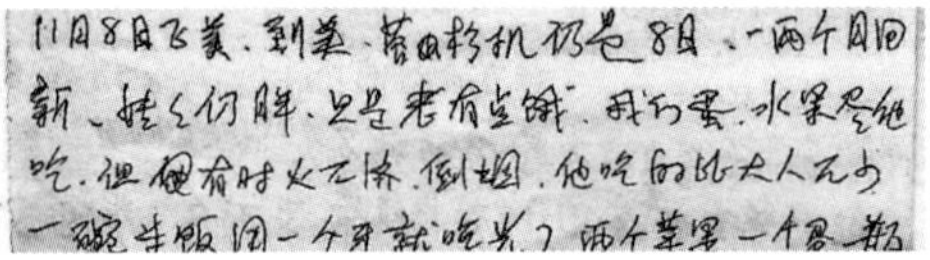

11月8日飞美，别美，芬兰转机打是8日，一两个月回
新，娃娃仍胖，只是老有些饿，我们丢，水果全给
吃，但他有时也不像。倒胡，他吃的比大人还少
一碗半饭同一个鸡就吃光了。两个菜里一个蛋，都

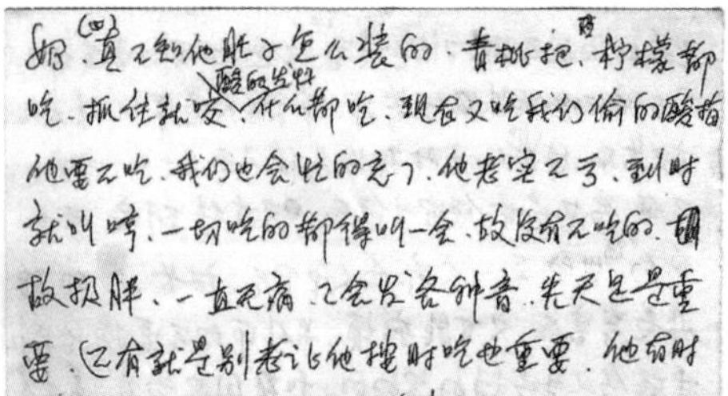

好。(四)直不知他肚子怎么装的。青椒把，柠檬都
吃，抓住就咬，什么都吃，现在又吃我们偷的酸梅
他要不吃，我们也会吃的忘了。他老完不亏，到时
就叫嚷，一切吃的都得叫一全，故没有不吃的。偏
故极胖，一直无病，不会发各种音，先天总是重
要，已有就是别老让他挨时吃也重要。他有时
睡了就少一顿，以后就特别肯吃。我们三个月
没吃鱼，各种吃的时有而无缺，(有时天寒冷，有时
大贵)但都健康。洗澡很多，天天洗，夏天排了
好了就好了。不管什么都想大吃一气，缺钱要

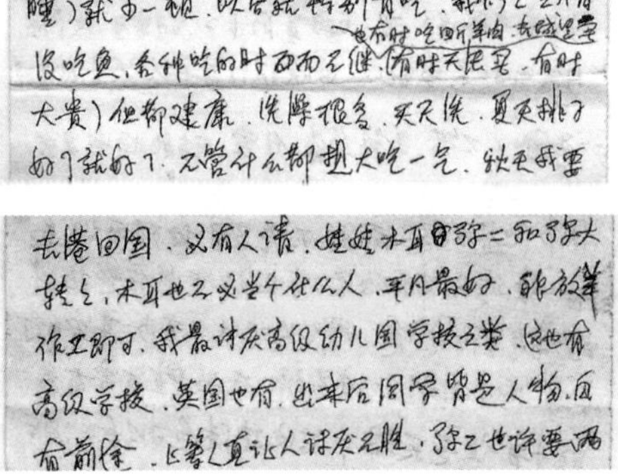

去港回国，又有人请，娃娃木耳的字二和字大
转之，木耳也不必当个什么人，平凡最好，能放羊
作工即可。我最讨厌高级幼儿园学校之类，这也有
高级学校，英国也有，出来后同学皆是人物，在
有前途，上等人真让人讨厌无聊，孩子也许要两

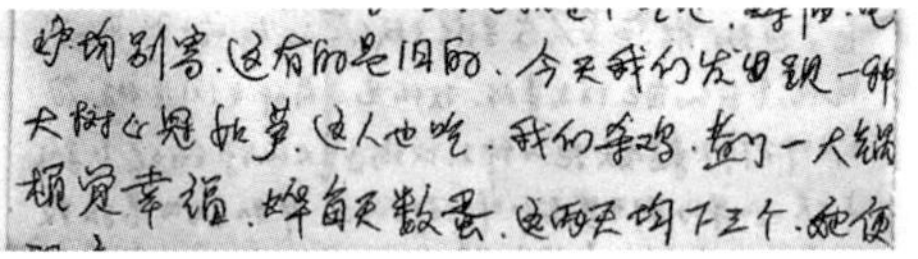

妙场别害，这有的是旧的，今天我们发现一种
大树么鬼能梦，这人也吃，我们养鸡，盖了一大锅
顿觉幸福，好每天数蛋，也两天均下三个，她便

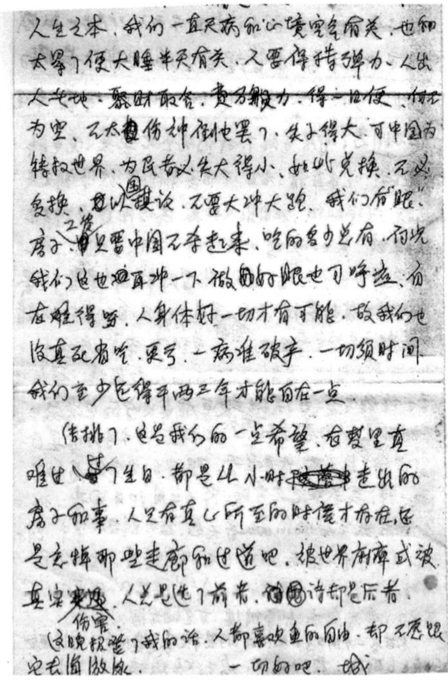

人生之本，我们一直无病和心境宽容有关，也和
太累了便大睡半天有关，不要保持弹力，人出
~~人生地，聚财敛食，费力搬力，得一旧便，但已~~
为空，不太想伤神创他累了，失了得大，可中国为
转救世界，为民去义失大得小，如此兑换，不必
多换，总以国建设，不要大冲大跑，我们有限，
房子，工作，只要中国不会老走来，吃的多少总有，何况
我们也世面再冲一下，做的好眼也可呼应，有
在好得好，人身体好一切才有可能，故我们也
没有死省吃，更穷，一病难救矣，一切须时间
我们至少还得再两三年才能自在一点。

信排了，也是我们的一点希望，在岛里直
唱出了生日，都是从小时走出的
房子的事，人只有真心所至的时候才存在，这
是去掉那些走廊和世道吧，被世界淘汰或被
真实伤害，人总也进了前者，诗都是后者。
这晚报登了我的诗，人都喜欢真的自由，都不愿跟
它去海游泳。一切的吧。城

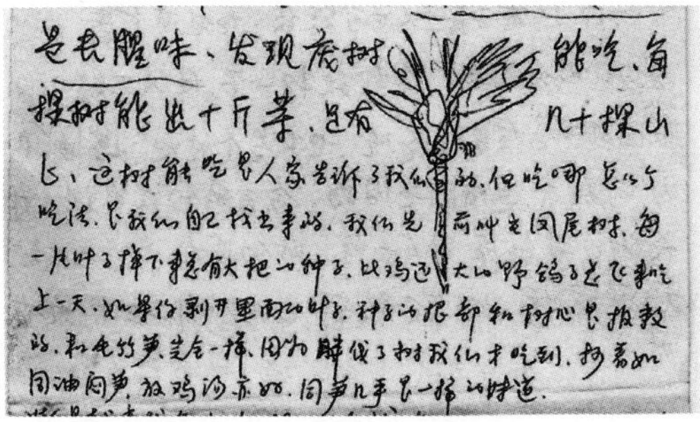

是长腥味、发现棕树能吃、每
棵树能出十斤笋、这有几十棵山
上、这树能吃是人家告诉了我们的、但吃哪怎么个
吃法、是我们自己找出来的、我们先砍了一棵凤尾树、每
一片叶子掉下来总有大把的种子、比鸡还大的野鸽子总飞来吃
上一天、如果你剥开里面的叶子、种子的根部和树心是嫩
的、和毛竹笋差不多一样、因为砍倒了树我们才吃到、炒着如
同油焖笋、放鸡汤亦好、同笋几乎是一样的味道。

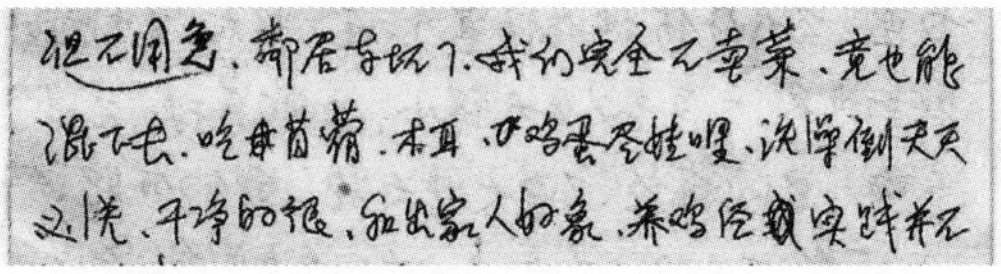

但不用急、都居家好了、我们完全不要菜、竟也能
混下去、吃母苜蓿、木耳、炒鸡蛋冬娃喂、洗澡倒天天
洗、干净的很、和出家人好象、养鸡经验实践并不

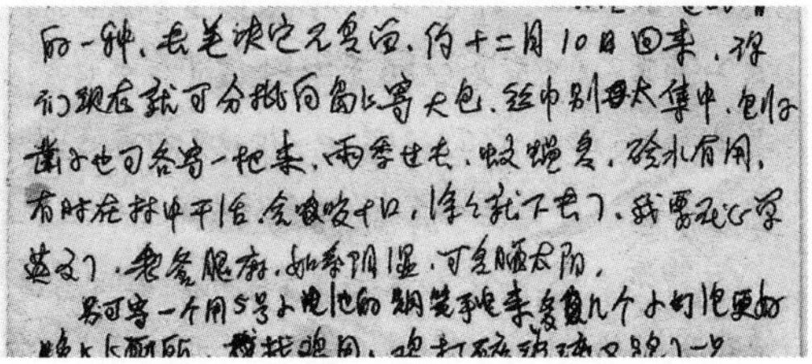

的一种、长差该定不变的、约十二月10日回来、你
们现在就可分批向岛上寄大包、丝巾别毋太集中、包仔
袜子也可各寄一把来、雨季也长、蚊蝇多、冷水有用、
有时在林中干活、会被咬十口、像个就不去了、我要死心学
算了、衣食服药、如秀阴湿、可多晒太阳。

……离家这么远总有些根须在空气里的感觉，想想人吃住不可少，其他又何求，安心是福，无病是福，再做点无害有益的小事，便是天界了。……

……11 月 8 日飞美，到美，洛杉矶仍是 8 日，一两个月回新。娃娃仍胖，只是老有点饿，我们蛋、水果尽他吃，但有时火不济，倒烟，他吃的比大人不少，一碗米饭用一个牙就吃光了，两个苹果一个蛋一瓶奶，真不知他肚子怎么装的。青枇杷、柠檬都吃，抓住就咬，酸得发抖，什么都吃，……一直无病，已会发各种音，先天足是重要，还有就是别老让他按时吃也重要，他有时睡了就少一顿，以后就特别肯吃。我们已三个月没吃鱼，各种吃的时而不继，也有时吃四斤羊肉，去城里买，(有时无法买，有时太贵)但都健康，洗澡很多，天天洗。夏天桃子好了就好了，不管什么都想大吃一气。……

……娃娃木耳弥二和弥大转转，木耳也不必当个什么人，平凡最好，能放羊做工即可。我最讨厌高级幼儿园学校之类，这也有高级学校，英国也有，出来后同学皆是人物，自有前途，上等人真让人讨厌不胜。……

……今天我们发现一种大树心冠如笋，这人也吃，我们杀鸡，煮了一大锅，顿觉幸福。……

……我以为看看古书，比看电视要养神，心乱则丧家矣，无处立足。……我们一直无病和心境空气有关，也和太累了便大睡半天有关。人要保持弹力。……自在难得呀。人身体好一切才有可能，故我们也没真死省吃，更亏，一病准破产。……

结桃了，这是我们的一点希望。在梦里真难过，过了生日，都是从小时走出的房子和事，人只有真心所至的时候才存在。还是忘掉那些走廊和过道吧，被世界麻痹或被真实伤害，人总是选了前者，诗却是后者。

……发现庞树能吃，每棵树能出十斤菜，足有几十棵山上。这树能吃是人家告诉了我们的，但吃哪怎么个吃法，是我们自己找出来的。……如果你剥开里面的叶子，种子的根部和树心是极嫩的，和毛竹笋完全一样。因为胖伐了树我们才吃到。炒着如同油焖笋，放鸡汤亦好，同笋几乎是一样的味道。

……邻居车坏了，我们完全不买菜，竟也能混下去，吃苜蓿、木耳，鸡蛋尽娃哩。洗澡倒天天必洗，干净得很，和出家人很像。……

……去美决定不多留，约十二月10日回来。……

……鸡打碎玻璃又跑了一只。

顾城附在家信中的“鸡大鸟”和“庞树”。

看来唯一的希望在畜牧业。

## 十八

谢烨拿菜刀在树丛里砍，蓦然发现上山台阶遗迹，自此证实了海豚人关于路的传说。看得出山阶是石块拦成的，已经溃散，又被山泥覆盖，上面长出的小树都核桃粗了，不知为何就断了人迹。披荆斩棘冲过了妩媚的野李子、山茶条、君子兰、迎春花和各种怪异新奇的藤条灌木丛，谢烨中魔一般一直砍下去，直砍到一棵满目鲜艳花朵的大大的树下。后来这棵树被定名为鲜花大树。

月亮升起来，乌黑的鸟在花间吃蜜。她看着忽然大声叫我。我在搬荆条锯木头实实在在地积累燃料，抬腿就被绊了一跤。她指给我看一个烧毁的小棚，朽坏的篾子上有个塑料假蛋。

“这是引鸡生蛋用的。这儿有过一个鸡圈。这儿可以养鸡。”我说出一连串结论。

养鸡！希望所在。这天我手持开山斧，真正相信，上帝处心积虑，而我正好走在他指引的道路上。

## 十九

我十二岁离开北京时，自认读过两本书。一本是法布尔的《昆虫的故事》。另一本就是养禽学。我们的畜牧业可以从此开始。

你想，且不说鸡生蛋、蛋生鸡的壮丽前景，仅鸡粪一项就蔚为大观——可育树，可卖，可产生沼气做饭、取暖；当然还可直接长蛆和蚯蚓成为饲料，开辟蛋白质循环的最短途径。人类创造一切文化不都是为了让这项循环最高效地通过嘴巴吗?

说了半天，保守党谢烨终于投了赞成票，拿出了最后的钱。

四级投资：1. 鸡和小鸡舍；2. 大鸡舍和鸡运动场；3. 实验鸡地（基地）包括鸡粪收集处理使用系统；4. 沼气池。

先实践第一级投资。谢烨依旧疑心重重，但是她太想吃鸡蛋了。

## 二十

钉子、树干、一堆废木板、一个旧窗子、锈铁皮，第一个小鸡舍在斜坡上站起来了，可以从后边拿蛋，不用进去踩鸡粪，撞脑袋。仅这一项，就比“退休纳粹”的保加利亚鸡窝高明。我画了好几张图纸。



一期工程用了三斤钉子，半袋水泥，都是前朝遗物，并未耗资一分钱。谢烨有点开心的样子，绕三绕四地摘野果，不抱娃娃而是上来看我水泥垒地基。她和我一块儿从土里找石头，提水洗干净。

坡陡极了，我专门挖出一小块平地，用木头拦好，让她站在上面观礼，把拿蛋的小门开开关关。

## 二十一

集上的老太太长一个大瘤，抱着她的两只黑鸡说话，我们都付过钱了，她依旧抱着鸡不放，絮絮叨叨个不停，快哭的样子，别是一种巫术吧？她是老住户，岛上小报《海湾新闻》还登过她的照片。有集就有她，她在大菜市边上摆她的小摊儿，一个拳头大的洋白菜，几个李子，一束哪都有的黄水仙，配上谢烨吃过的野韭菜花，还有这两只鸡—— 16 块钱。

回程“退休纳粹”停车换轮子，我们下车进了农具店，见个大胖女子立在中央指着说：中国鸡！一看，大鸟笼里正关着六只乌骨鸡。

“这是补的。”我像真正的中国人那样说。谢烨看的却是价钱：一只才三元。

## 二十二

鸡都装一个笼里运回来，一掀就跑了只黑鸡。我心里发愣，鸡就那么快地上山去了。我急忙和它比登山。鸡过了李子树就进了灌木丛，天哪。

它穿梭自如时隐时现在黄玫瑰和斯里兰针叶中间，我则沿着棵歪树攀上一跳，跌进个藤草坑，还没站起，就听山下雷喊声异样，心中一喜：抓住了？急急滚跌下山，雷的第一句话就是："鸡都跑了！"

天呵，怎么了？笼子开着，鸡正自由自在，一个个地穿草过木，捉虫采果。我知道不能靠近，一旦它们也进了灌木丛，眼下的美景就再别想见了。我一边撒米，一边绝望地咕咕叫着。

多好看的鸡，够不着了——它们可以和你这么相互看着，溜达一百公里。



## 二十三

雷去告诉毕瑟林老太太鸡跑了。老太太说可在夜间上树抓——只要天一黑，鸡就飞上树。目下的关键是，保证鸡围着矮树转，坚持到天黑。

我不断撒米，并不太信老太太的话，直觉得下半辈子可能就这样了，盯着这几只捉不到的鸡，不时评论评论哪个更好看，哪个会是鸡头儿，又上楼去拿米。我们近来粮食充足，是一个朋友帮助买来的——他问我买什么，他可以从城里带，我说米。但是他没带够数，因为我要了半吨。

## 二十四

天终于在绝望和希望中黑下来了。

天黑之前我布置了几回行动——我撒一条米路想把鸡引到屋里，我还用铁皮扭成机关，还试着把鸡往夹道里赶，都一一地失败了。中国鸡对付中国人，绰绰有余。

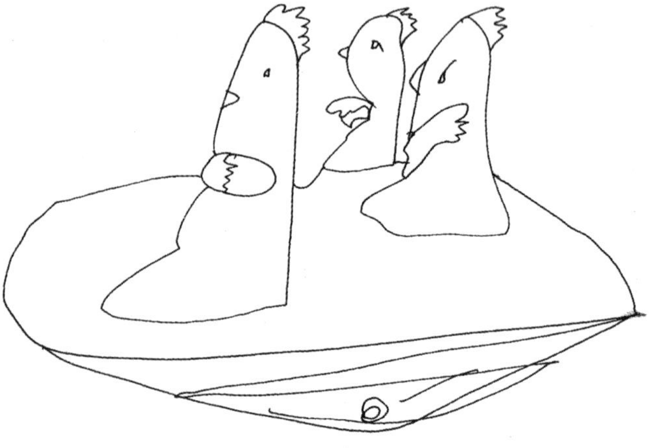

上：“多好看的鸡，够不着了——它们可以和你这么相互看着，溜达一百公里……”

下：“……那些天南海北的鸡，居然都挤在盒子里了，争先恐后地伸脑袋。”

——大约画于 1989 年初岛上

天色渐暗，鸡开始不安，咭咭讨论，终于一个飞了——谢烨拿个小渔网，蹲着像藏起来的样子，说这必是头鸡。

鸡一个个飞起，隐进树盖。这是它们的命呵。

天黑了，全黑了，我们死死地记住一只只鸡隐没的位置。

## 二十五

手慢慢地伸过去，好几回梦里都是这样的，慢，极慢，你不知道鸡有多远，夜像水一样，你也弄不清手到了哪里，突然一个触觉，鸡大叫，吓死人了。谢烨也叫，低声叫："抓住！""快！"我把鸡放进网里。网被放进桶，桶给扣进大箱子。

鸡又叫了，我欢喜得一跳一跳，那些天南海北的鸡，居然都挤在盒子里了，争先恐后地伸脑袋。

真想不到，在树上抓鸡跟摘苹果一样，一只只抓，一只只大叫，蹲在边上的居然不逃。

## 二十六

两只黑鸡不在其中！

早上黑鸡叫了，我们一齐跳起。鸡没走远，但也是只闻其声。"一定是老太太弄的巫术！"谢烨说的是集上的老太太。

吃完早饭谢烨就没影儿了，直到吃午饭时才回，手里拿着蘑菇、侧耳，样子却很泄气。下午三点她脸红红地又回来了，头上都是草籽。"我看见了！"她说："就在山谷这边，离小屋不远。"小屋就是第一天海豚人领我们上山时，在银光中看见的小屋。

噫——，不得不叹气：真是"鸡不可失"呵。

## 二十七

下午五点半上山，谢烨先就等在那里了。我拿了“退休纳粹”的渔网、渔叉，一路磕磕绊绊，一种缠不清的细草蔓老阴谋摔我跟头。英文叫这草没丈夫的女人，被我听成了无政府女子。丈夫，哈字笨的；政府，高府门的[1]。后来我就叫这草是“没高府门的”。

正藏猫猫的谢烨见我就蹙眉：“这个放下，没用！”我放下了渔叉。“这个也没用！”我放下了渔网。

谢烨脸色好了：“你来，看——”她声音柔和极了。

我跟着她：“哪儿？”

“那儿，那棵大替[2]树这边，再上边一点儿，大石头上边，往下看——”她索性转我的脑袋。

我这才看见，离我们约五十米的地方，有个红红的冠子。

## 二十八

那鸡真安静，在那发愣，听山谷里偶尔大树叶落下的声音，冠子红极了，我真没看过鸡那么美。还有另一只谢烨也看见了。我老以为她是从这只鸡优雅的神色上看到的另一只。

我们被这寂静震慑，退下来；过一会儿再去看看，好像舍不得多看。暮色渐临，那么明朗的云霎时暗了，一派金红，天蓝成墨绿，鸡被暮色搅动，渐渐不安起来，咕咕噜噜着，忽然飞上一个倒树，向上走，又一飞。

我说看不见了。真的，天暗得太快，老藤又缠满了树。但谢烨坚持说，她看得见，鸡已经上得很高了。

---

[1] 哈字笨的：Husband；高府门的：Government.

[2] 英文：tea。即：茶。“替树”，茶树。

## 二十九

我们的脚夜晚一样轻，四周的树都像布景。我从大倒树上爬过去，在薄薄的黑暗里做手势。这是棵我一两周前锯倒的树，现在树叶快脱落光了，树枝依旧有力，我登上前边的树，我知道鸡就在上边。“那儿！”谢烨指着一处墨蓝天上的暗影。我看不见眼前，就摸索着爬，一个树枝一个树枝都抓住，亲切得很。

一阵晚风袭来，大树一阵叹息。我贴近树身听到潮水的声音。鸡低低地咕咕叫了，我才知道它就在附近。

捉一只鸡，就像捉一只鱼，把网伸过去，慢得不能再慢，你判断不出距离。我觉到它在暗中不安，咕咕咕咕，于是一扣，网挂在树枝间，它冲下去，连飞带叫——我捉住了我没看见的另一只。



## 三十

跟着的两个星期，谢烨一直失魂落魄，也顾不上娃娃哭不哭，一听鸡叫就冲出去。鸡也不曾走远，就在方圆一里的山坡山坳间漫游，在倒树里挖虫子，落叶中寻蚯蚓，还有一种叫声是很清楚的——“那只鸡在下蛋！”谢烨不无伤感地说。她每天不远不近地“跟踪追鸡”几小时。

后来我开山扩建鸡舍，在一块大石头下发现了这只鸡用自己的软毛铺成的舒适空间，和十几枚坏了的蛋。可惜那时它已经被我们吃掉好几个月了。

## 三十一

上午，一向坚决主张鸡不可失的雷推开门，冲着山坡上伐木的我说：“可汗，我找不到那只鸡了，我写了首爱情诗给它，你听吗？”天呵，我说：“你可真是鸡情满怀呀！”

雷果真满怀激情地念起来：“你悄悄走了 / 再没有风 / 羽毛般柔和地 / 抚慰我和我的梦 / 那片黎明的灌木丛 / 枯叶层层 // 我的呼唤 / 没有回声……”

我听得感动，真心地说：“好诗呵！鸡动人心。”雷大笑，我又说：“这真是鸡扬文字呵！”那个时刻忽然就充满灵机，一个又一个的“灵鸡一动”。

三十二

捉住最后这只逃鸡，是在差不多两个月以后了。李花开了，白白的，又雪纷纷地落在坡上，地上也开满了白花。那个美国女孩背个大包来，拿相机照了又照，她总是惊讶着，她居然从来没见过活鸡，更别说直接蛋生的小鸡了——嗑，破一个点，蛋裂了：诞（蛋）生！“呀！”她一再发出这样喜悦的声音。要不是她来，我也想不出表演捉鸡。

她是一个华裔，给什么地方写点东西。我一度以为她是特务，不过后来越看越不像。她在大学听说有一个人，毛泽东思想的“受害者”，在跟大山奋斗，便渡海来看，看了就大惊小怪：“我从来没吃过用木头煮的米饭耶！”“萝卜在地里怎么长呢？”“木耳真的生在树上吗？”我被她夸得能耐起来，就想起解最大的难题，我说：“我还能捉鸡呢！”

三十三

我相信脑袋大不错，放一个问题进去，乱转起来空间就比较开阔——

那只鸡虽然在逃，却并没有走远；它被孤独驱赶着，徘徊于中国和保加利业的鸡舍之间；在灌木丛里，许多日月的反捕捉斗争，使它精明强十；旦有人气，就躲进茂盛的迎春花中，毫无声响；有中生无，最后它在谢烨心里变成了幻影；

我是不信自由的，没有一个理想能逃过嘴巴，我都被嘴巴闹得满地乱转，鸡焉能超然？我早有发现，鸡舍喂食，人一走开，那只鸡就复又无中生有，东瞧瞧西看看，然后小脑袋就忍不住伸进食槽……结论：这是好时机！

我把尼龙网套在食槽上方挂好，退了二十步，趴在柞树后。谢烨去鸡槽加食，然后走开。鸡一拥而上，彼此踩着伸出头，往我特制的新食槽中抢食。黑鸡显现了，东看西看，头就警惕着伸进了绳套。我一拉，它窜起一丈多远，跌成很窝囊的一团。

真像做梦。一次难以置信的梦想成真实验。

## 三十四

美国女孩美真看见的蛋生小鸡，都是保加利亚鸡圈老爷爷的后代。老爷爷是只大芦花，翎羽抖擞，遍身披挂，重量惊人，大冠子，小眼睛，模样不可一世，叫起来比中国鸡还要多一声——四声：喔喔喔喔；不过不响亮，叫在树林欲明不明的时候，像被卡住了脖子。

老爷爷并不知道自己才值三块钱，是被思乡的“退休纳粹”买土豆顺便买来的。刚来时也逃过一次，笨得很，一跌就卡在了树枝中间，动弹不得；我那时正在盖鸡窝，听到长白毛的老小狗狂吠乱叫，就帮助去围堵，结果看见了老爷爷的狼狈相，叹比中国鸡可笨太多了。

老爷爷笨，他的后妃们都不笨，一个个沉稳平和，下的蛋日日增大，大到了不曾敢想的程度，放进山下小店出售价 4 角 5 分一个！全岛之最。搁我们桌上和小乌骨鸡的蛋比，就好像地球和月亮。

## 三十五

两只小乌骨鸡在老爷爷后妃的大蛋上坐着。一只像鹰叫隼，一只就叫灰姑娘。定定地，也不跑。我们把它俩各放在一个纸盒里，纸盒放在楼下。这些蛋都在日光中照过，毕瑟林老太太眯起眼睛教谢烨看蛋，有斑的就能孵小鸡。

坐了三七二十一天。

太阳从窗洞照进来，雨季过去，水渍都干了，忽然叫了，小鸡诞生在碎了的蛋壳边，还有小鸡拱出嘴来，黄的，淡黄的，花的，黑的，那么多颜色的小绒球；雷开心极了。一共十二只。

由两只鸡妈妈带着。

忽然跑出来，又藏回到翅膀下去了。



## 三十六

“退休纳粹”过来的时候，美国女孩已经背起她的大包走了。她被蚊子咬哭了两次，不过还是很高兴。她留下一个锅和不少种子、食物，我们分不太清那些籽粒，就每样煮了煮，吃了吃，种到地里。

纳粹“呀！呀！耶！耶！”地，看那口锅认为是口好锅，接着说起在美国的儿子和鸡舍，最后说老太太太老了，愿把鸡都卖给我们。

老纳粹又赔上鸡舍连同铁网，鸡舍还是他亲钉的。“你们可以钉个大鸡圈！”纳粹说。

谢烨喜欢鸡大，我喜欢圈大，买卖就成了。七十元，七只母鸡，加老爷爷，带一个山对面都可以看见，进去却要弯腰撞头臭得人情愿憋死的蹩脚鸡舍。

## 三十七

大学一放假就去了一个月美国，娃哩飞起飞落好多趟，最终又落在了破沙发上，扶着椅背往起站，又舞又拍，“呜哇”有声，还要飞的架势。假期还有两个月，立即动工——

伐木开辟搬运通道用了四天，拆运鸡舍用了三天，钉鸡舍锯木做梁柱，铺水泥地面，打石筑墙，用了一个月，修出八十个山阶，用去两星期，坡地上拉网三天，钉门一天，下大雨十二天，钉自动喂料器两天……

拖拖拉拉到了这时，老爷爷早死了。

## 三十八

老爷爷是被他儿子小老爷爷气死的。

孵出来的小鸡在中国圈里飞快地长大。有三只是公鸡，其中一只长腿长身，长得极快，也有老爷爷的芦花色彩，斗赢了其他小鸡，就为了王；刚从我们的住室移入小鸡舍时，还与巫术老太太的黑母鸡相争不下，但不几日，就巩固了自己的地位，时为小老爷爷。

不养鸡，真不知鸡群里等级分明——面对面时，下一等的让路；面对食时，上一等的先吃。有礼有序。

就在这时，我们从美国回来，老爷爷也得以带着他的巨型爱妃们驾临儿邦。同“退休纳粹”交接时，为了避免保加利亚洋鸡一统江山，就先一个个剪了翅膀。先还不经意，一入圈，就炸了窝，两群鸡，四个种族，三十只，打成一团，在两平方两层的鸡舍上下内外，总共约十平方之地嘶叫围杀，一时间个个翎毛直立，跳上飞下，落羽纷纷。

半小时后，母鸡分清了尊卑；一小时后，公鸡也排出了上下。

只有老爷爷和小老爷爷还在死掐。看块头和气势，小老爷爷不是它爹的个儿，但不幸老爷爷进舍前被剪了翅膀却不自知，每每飞跳扑啄就是一跌；小老爷爷身轻，飞扑地势又熟，一次又一次站到高处的树棍上向下冲击；老爷爷绝望地跳着，血流满头。按说，胜负已定，可以停战，可老爷爷就是不服，天就黑了。

第二天老爷爷没了。细看了半天，才发现它仰在一个木架上，喘息间歇有声，头垂得老长，血渍已干；它瞪着小老爷爷和它的正在若无其事的

1992年于德国签画于其德译诗集《水银》赠书扉页

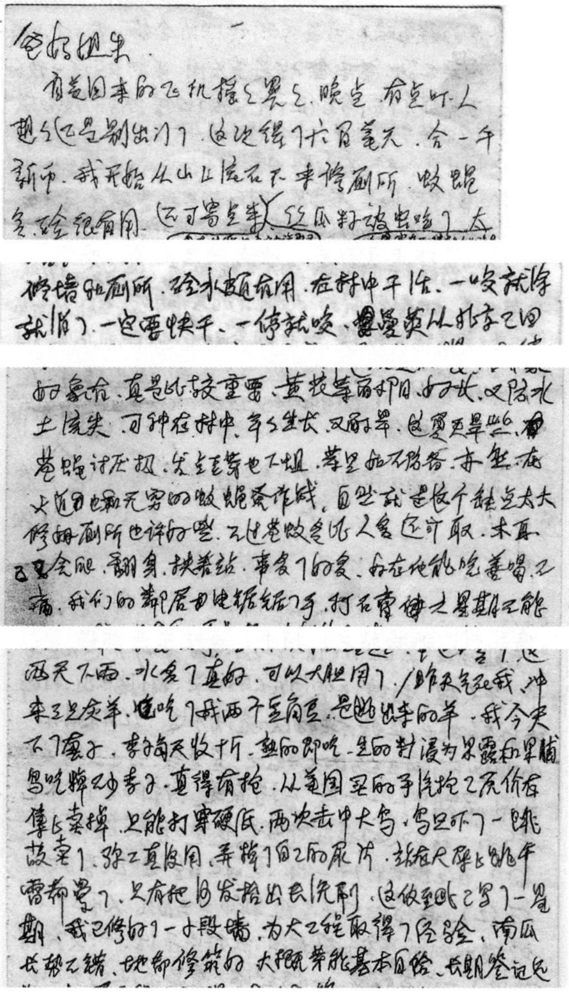

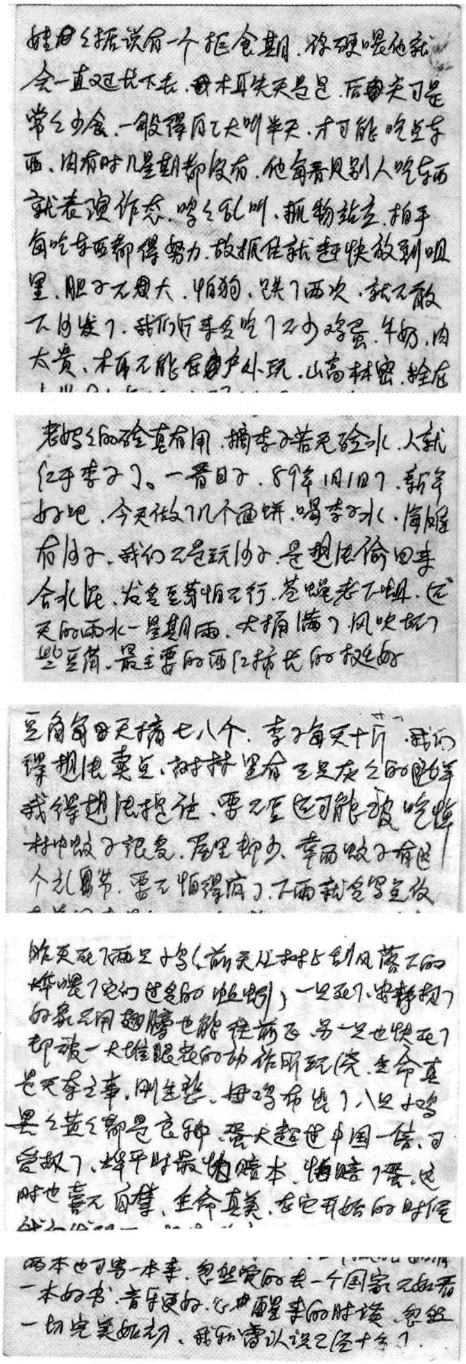

插页八：家信截图之八

信的新西兰寄发戳时间为 1989 年 1 月 27 日（信应起笔于 1988 年 12 月中旬）：

爸妈姐米：

自美国回来的飞机摇摇晃晃，晚点，有点吓人。想想还是别出门了。这次得了六百美元，合一千新币。我开始从山上滚石下来修厕所，蚊蝇多，砼很有用。……

……在林中干活，一咬就涂就消了，一定要快干，一停就咬。……

……黄花菜耐阴，好长，又防水土流失，可种在林中，年年生长，又耐旱，这夏天旱些。苍蝇讨厌极，发点豆芽也下蛆，菜里如不防备亦然，在火道也和无穷的蚊蝇作战，自然就是这个缺点太大，修好厕所也许好些。不过苍蚊多比人多还可取。木耳已会爬、翻身、扶着站，事多了好多，好在他能吃善喝，不病。……

这两天下雨，水多了真好，可以大胆用了。／昨天气死我，冲来三只灰羊，吃了我两个豆角豆，是逃出来的羊。我今天下了套子。李子每天收十斤，熟的即吃，生的糖浸为果露和果脯。鸟吃掉不少李子，真得有枪。从美国买的手气枪已原价在集上卖掉，只能打穿硬纸，两次击中大鸟，鸟只吓了一跳，故卖了。弥二真没用，弄掉了自己的尿片，站在大屎上跳舞，雷都晕了，只有把沙发抬出去洗刷。这信至此已写了一星期，我已修好了一小段墙，为大工程取得了经验。南瓜长势不错，地都修筑好，大概菜能基本自给。……

……娃娃据说有一个拒食期，你硬喂他就会一直延长下去。木耳先天是足，后天可是常常少食，一般得自己大叫半天，才可能吃点东西，肉有时几星期都没有。他每看见别人吃东西，就表演、作态，呜呜乱叫，抓物站立，拍手，每吃东西都得努力，故抓住就赶快放到嘴里，胆子不大，怕狗，跌了两次，就不敢下沙发了。我们近来多吃了不少鸡蛋、牛奶，肉太贵。木耳不能在户外玩，山高林密，拴在小坐车上还行。……

……一看日子，89 年 1 月 1 日了，新年好吧。今天做了几个面饼，喝李子水。……发多豆芽怕不行，苍蝇老下蛆。连天的雨水一星期雨，大桶满了。风吹坏了些豆角，最主要的西红柿长得挺好。

……豆角每天摘七八个，李子每天十斤，我们得想法卖点。树林里有三只灰灰的逃羊，我得想法捉住，要不豆还可能被吃掉。林中蚊子很多，屋里却少，幸而蚊子有这个礼节，要不怕得疯了。下雨就多写点信。

……昨天死了两只小鸟（前天从树上刮风落下的，烨喂了它们过多的蚯蚓），一只死了，安静极了，好像不用翅膀也能往前飞，另一只也快死了，却被一大堆眼花的动作所环绕；生命真是无奈之事。刚生悲，母鸡布出了八只小鸡，黑黑黄黄都是良种，蛋大超过中国一倍，可爱极了。烨平时最怕赔本，怕赔了蛋，这时也喜不自禁。生命真美，在它开始的时候。

……忽然觉得去一个国家不如看一本好书，音乐更好，心醒来的时候，忽然一切完美如初，我和雷认识已经十年了。

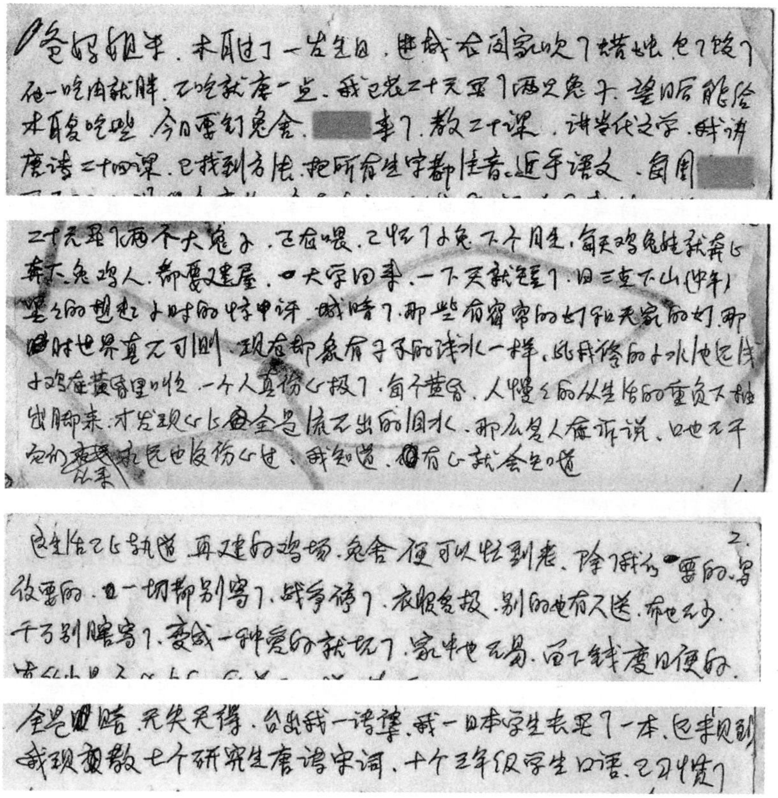

插页九：家信截图之九

信应大约寄自 1989 年 3 月中旬，至北京他处带回家中：

爸妈姐米，木耳过了一岁生日，进城在闵家吹了蜡烛，包了饺子，他一吃肉就胖，不吃就瘦一点。我已花二十元买了两只兔子，望日后能给木耳多吃些。今日要钉兔舍。____来了，教二十课，讲当代文学；我讲唐诗二十四课。……

……二十元买了两个大兔子，正在喂，已怀了小兔，下个月生。每天鸡兔娃就奔上奔下，兔鸡人，都要建屋。大学回来，一下天就短了，日三点下山（中午），黑黑的，想起小时的惊讶，城暗了，那些有窗帘的灯和无家的灯，那时世界真不可测，现在却像有子孓的浅水一样，比我修的小水池还浅。小鸡在黄昏里叫叫，一个人真伤心极了，每个黄昏，人慢慢地从生活的重负下抽出脚来，才发现心上全是流不出的泪水，那么多人在诉说，口也不干，它们从来永远也没伤心过，我知道，有心就会知道。

这生活已上轨道，再建好鸡场、兔舍，便可以忙到老。除了我们要的，写信要的，一切都别寄了，战争停了，衣服多极，别的也有人送，布也不少，千万别瞎寄了，变成一种爱好就坏了，家中也不易，留下钱度日便好。

……台出我一诗集，我一日本学生去买了一本，还未见到。我现教七个研究生唐诗宋词，十个三年级学生口语，已习惯了。

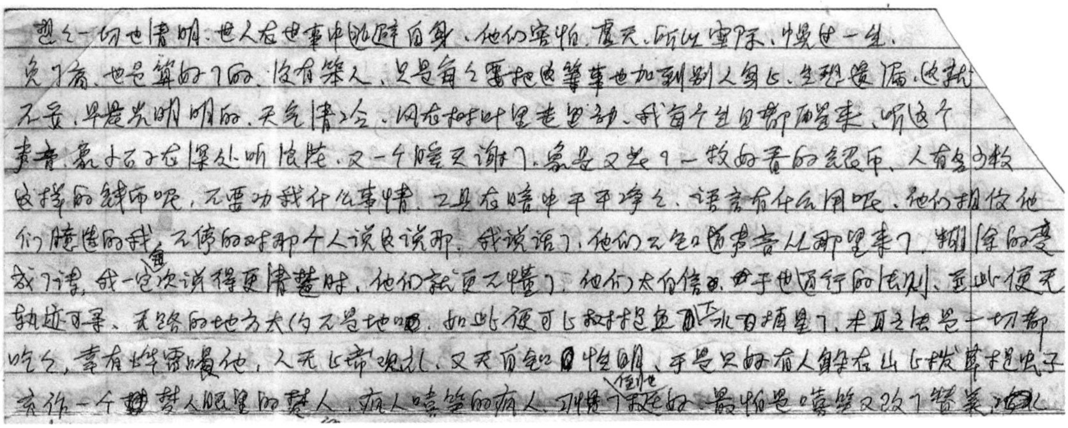
想想一切也清明，世人在世事中逃避自身，他们害怕虚无，所以实际，晃过一生，免了痛，也是算好了的，没有笨人。只是每每要把这等事也加到别人身上，生恐遗漏，这就不妥。早晨光明明的，天气清冷，风在树叶里走动，我每个生日都醒来，听这个声音，像小石子在深处听浪花，又一个暖天谢了，像是又花了一枚好看的银币。人有多少枚这样的银币呢，不要劝我什么事情，工具在暗中干干净净，语言有什么用呢，他们相信他们臆造的我，不停地对那个人说这说那，我说话了，他们不知道声音从那里来了，糊涂地变成了诗，我一定每次说得更清楚时，他们就更不懂了，他们太自信，于世通行的法则，至此便无轨迹可寻，无路的地方大约不是地呢，如此便可上树捉鱼下水摘星了，木耳之法是一切都吃吃，幸有烨雷喂他，人无上帝观礼，又无自知性明，于是只好有人躲在山上拔草捉虫子，充作一个梦人眼里的梦人，疯人嬉笑的疯人，习惯了倒也挺好，最怕是嬉笑又改了赞美，

插页十：家信截图之十

信的新西兰寄发戳时间为 1989 年 4 月 11 日：

……想想一切也清明，世人在世事中逃避自身，他们害怕虚无，所以实际，晃过一生，免了痛，也是算好了的，没有笨人。只是每每要把这等事也加到别人身上，生恐遗漏，这就不妥。早晨光明明的，天气清冷，风在树叶里走动，我每个生日都醒来，听这个声音，像小石子在深处听浪花，又一个暖天谢了，像是又花了一枚好看的银币。人有多少枚这样的银币呢？不要劝我什么事情，工具在暗中干干净净，语言有什么用呢。他们相信他们臆造的我，不停地对那个人说这说那，我说话了，他们不知道声音从那里来了，糊涂地变成了诗。我一定每次说得更清楚时，他们就更不懂了，他们太自信。于世通行的法则，至此便无轨迹可寻，无路的地方大约不是地呢，如此便可上树捉鱼下水摘星了。木耳之法是一切都吃吃，幸有烨雷喂他。人无上帝观礼，又无自知性明，于是只好有人躲在山上拔草捉虫子，充作一个梦人眼里的梦人、疯人嬉笑的疯人，习惯了倒也挺好，最怕是嬉笑又改了赞美。

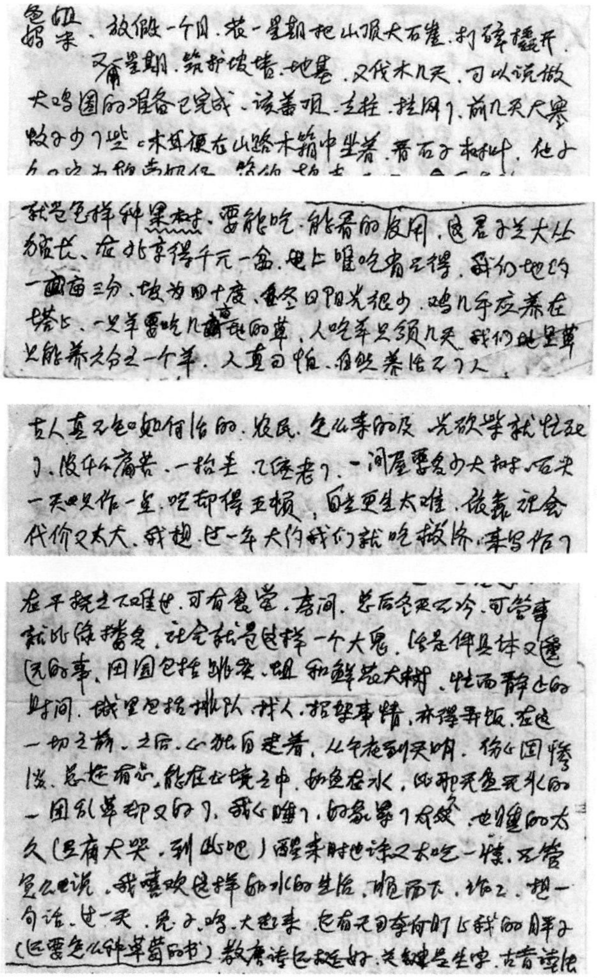

插页十一：家信截图之十一

信的新西兰寄发戳时间为 1989 年 5 月 23 日（信中“总后”即总后大院，作者离国前住此，“绿楼”为平民房，其姐当时大体住此）：

爸妈姐米，放假一个月，花一星期把山顶大石崖打碎撬开，又有一星期，筑护坡墙、地基，又伐木几天，可以说做大鸡圈的准备已完成，该盖顶、立柱、挂网了。前几天大寒，蚊子少了些。……

……要能吃，能看的没用，这君子兰大丛猛长，在北京得千元一盆。世上唯吃省不得。我们地约一亩三分，坡为四十度，冬日阳光很少，鸡几乎应养在塔上。一只羊要吃几亩地的草，人吃羊只须几天，我们地里草只能养六分之一个羊，人真可怕，自然养活不了人。

古人真不知如何活的，农民怎么来得及，光砍柴就忙死了，没什么痛苦，一抬头，已经老了。一间屋要多少大树、石头。一天只做一点，吃却得五顿。自力更生太难，依靠社会代价又太大。……

……人在干扰之下难过，可有食堂、房间，总后冬天不冷，可管事就比绿楼多。社会就是这样一个大鬼，活是件具体又遥远的事。田园包括跳蚤、蛆和鲜花大树，忙而静止的时间。城里包括排队、找人、招架事情，亦得弄饭。在这一切之前、之后，心独自走着，从午夜到天明。伤心固惨淡，总还有心，能在心境之中，如鱼在水，比那无鱼无水的一团乱草却又好了。……不管怎么说，我喜欢这样如水的生活，顺而下，做工，想一句话，过一天，兔子、鸡，大起来，还有无可奈何盯上我的胖子。……教唐诗还挺好，关键是生字，古音读法。



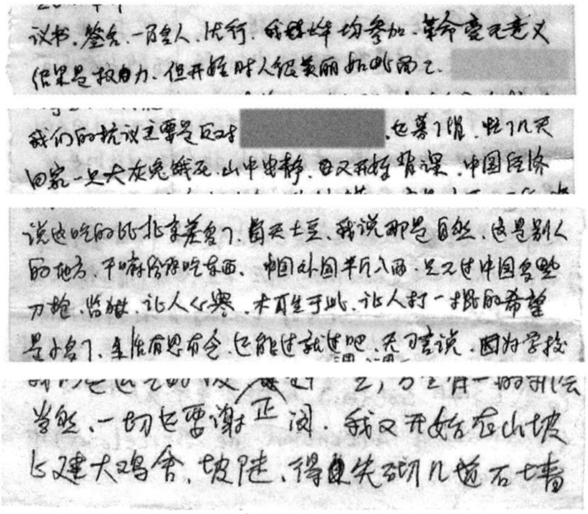

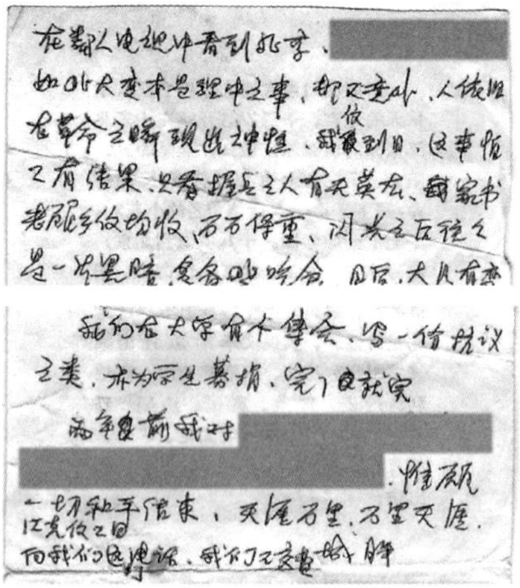

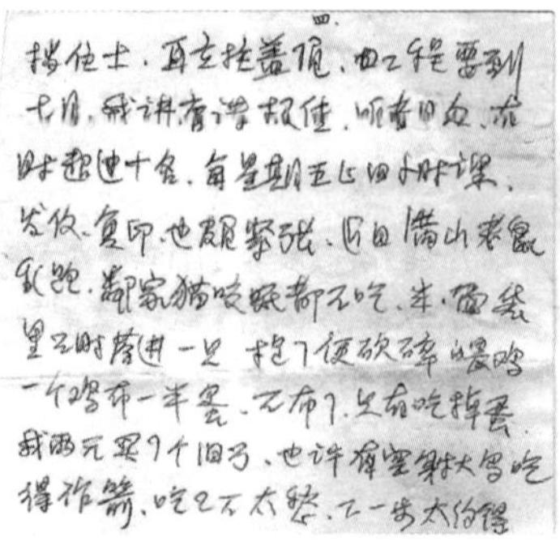

插页十二：家信截图之十二

信由他人带入北京寄发，收到时间为 1989 年 6 月 19 日（应写于 5 月底。信中“背课”，“背”或与作者此时心境心绪有关，有种自我强制感，故保留。其他家信也曾正常地写为“备课”，如一年多前的家信，本册第 140 页）：

……革命毫无意义，结果是权力，但开始时人很美丽。如此而已。……我们的抗议主要是反对……、……，还募了捐，忙了几天，回家一只大灰兔饿死。山中安静，又开始背课。……

……中国外国半斤八两，只不过中国多些刀枪、监狱，让人心寒。木耳生于此，让人打一棍的希望是小多了。……

……我又开始在山坡上建大鸡舍，得先砌几道石墙

……挡住土，再立柱盖顶。工程要到七月。我讲唐诗极佳，听者日众，有时超过十名。每星期五上四小时课。发信、复印，也颇紧张。近日满山老鼠乱跑，邻家猫咬死都不吃，米、面袋里不时落进一只，捉了便砍碎喂鸡。一个鸡布一半蛋，不布了，只有吃掉蛋。我两元买了个旧弓，也许有空射大鸟吃。得做箭。吃已不太愁。……

在邻人电视中看到北京，……、……、……，如此大变本是理中之事，却又意外。人依旧在革命之瞬间现出神性。我信到日，这事怕已有结果，……闪光之后往往是一片黑暗。……

我们在大学有个集会，写一份抗议之类，亦为学生募捐，完了就完。

……唯愿一切和平结束。天涯万里，万里天涯。……

城 胖

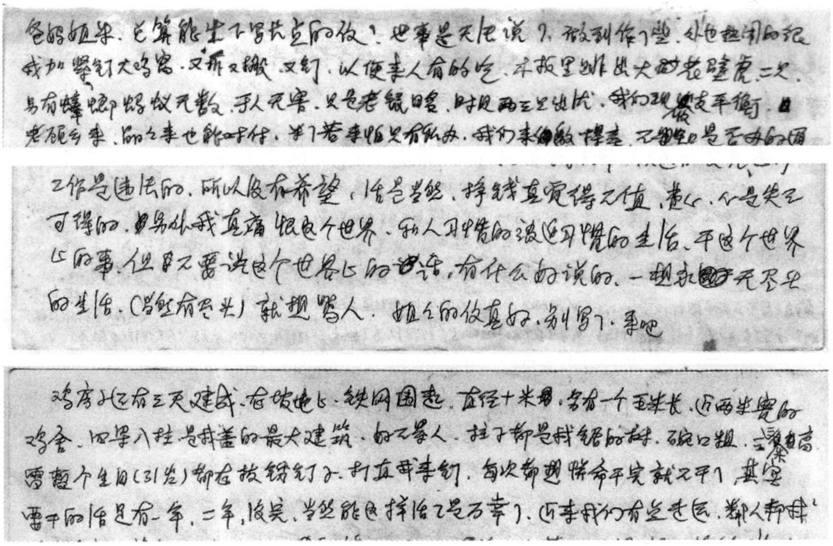

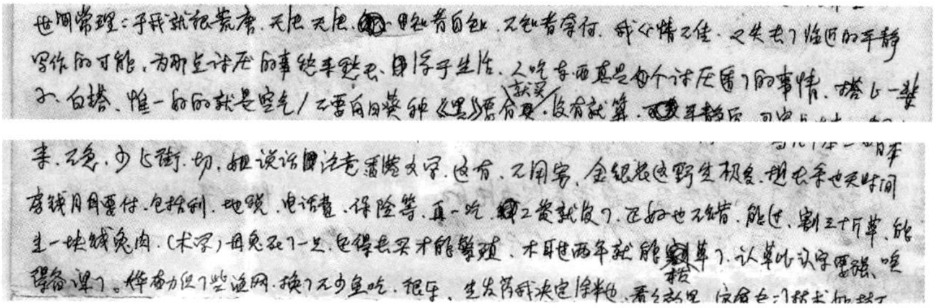

世间常理：于我就很荒唐，无法无法，知者自知，不知者奈何。我心情不佳，又失去了临近的平静写作的可能，为那点讨厌的事愁来愁去，浮于生活。人吃东西真是个讨厌透了的事情，搭上一辈子，白搭。唯一好的就是空气/ [illegible]

[illegible] 金银花这野生极多，想去采也无时间。房钱月月要付，包括利、地税、电话费、保险等，再一吃，工资就没了，正好也不错，能过。割三十斤草，能生一块钱兔肉。[illegible] 木耳过两年就能拔草了，认草比认字要强，唉，得备课了。烨奋力织了些渔网，换了不少鱼吃，很乐。[illegible]

插页十三：家信截图之十三

信的新西兰寄发戳时间为 1989 年 7 月 15 日：

爸妈姐米，总算能坐下写长点的信，世事是无法说了，……我加紧钉大鸡窝，又拆又搬，又钉，以便来人有的吃。木板里跳出大花壁虎二只，另有蟑螂蚂蚁无数，于人无害，只是老鼠日多，时见两三只出游。我们现收支平衡。……

……挣钱真觉得不值，费心，心是失不可得的，另外我真痛恨这个世界，和人习惯的被迫习惯的生活，干这个世界上的事，但不要说这个世界上的话，有什么好说的。……

鸡房子还有三天建成，在坡地上，铁网围起，直径十米，另有一个五米长，近两米宽的鸡舍，四梁八柱，是我盖的最大建筑，好不累人，柱子都是我锯的树，碗口粗，三米高。雷整个生日（31 岁）都在拔锈钉子，打直我来钉。每次都想拼命干完就不干了，其实要干的活足有一年，二年，没完。当然能这样活已是万幸了。……

……世间常理，于我就很荒唐，无法无法，知者自知，不知者奈何。我心情不佳，又失去了临近的平静写作的可能，为那点讨厌的事愁来愁去，浮于生活。人吃东西真是个讨厌透了的事情，搭上一辈子，白搭。唯一好的就是空气／……

……金银花这野生极多，想去采也无时间。房钱月月要付，包括利、地税、电话费、保险等，再一吃，工资就没了，正好也不错，能过。割三十斤草，能生一块钱兔肉。……木耳过两年就能拔草了，认草比认字要强。唉，得备课了。烨奋力织了些渔网，换了不少鱼吃，很乐。……

『忽然跑出来，又藏回到翅膀下去了……』

——随笔于1989年岛上

后妃们，忽然一声嘶哑却无比尖利的长叫，跌下来，脸紫紫地，死了。

### 三十九

老爷爷被我们吃掉了。它的心破了，血管迸裂。平生第一次真正地看到了一颗碎了的心。肃然起敬。

老爷爷的心极大，五脏新鲜，却整个气成了紫色。尽管难过，我们还是吃得很快，已经很久没有肉了。接着我们为老爷爷报仇，又吃掉了小老爷爷和他的兄弟，还有一些不下蛋、下小蛋的乌骨鸡。冬天来了，必须减少饲料。饲料比我们的食品还贵。只有下蛋抱窝的母鸡，和两只留种的公鸡活着。两只都是老爷爷的孙子。其中一只白白的，长尾，红冠，煞是好看，就当了老爷爷三世。

大鸡舍建好前，又发生了几次激战（鸡战），都是小鸡长成中鸡入圈时引起的。

### 四十

小鸡的生母，都是保国的大红洋鸡。孵小鸡的养母，隼和灰姑娘，都是中国的小乌骨鸡。她们为了那些轻轻软软的小洋鸡能先吃多吃一口，和硕大的生母们殊死搏斗。

最勇的是那只“隼”，那么小，不足三斤，又抱了多日的窝，竟和七八只个个比它大一倍多的洋鸡妈妈狂斗，一只一只地斗，它必是疯了，眼睛乌亮，羽毛黑黄，头上无冠，只有一丛灰缨，连公鸡它都冲上去。我们为它担了一夜心。

第二天赶到鸡舍，十步之外，景象惊人，所有大鸡都躲在架子上，挤挤攘攘，小鸡占领着地面食槽，小隼来回巡视。那些大鸡失败得如此之惨，竟然完全不敢接近食槽，以至于后来几乎饿死。

小隼中国鸡正式更名“小女皇”。

## 四十一

那位老爷爷三世，也在失败之列。但随着大鸡圈修成，它已经把失败变得十分优雅，在宽大的国度中它像小女皇的贴身侍从或者骑士情人那样，微微走在侧后，对认为不敬女皇的任何中外鸡士，随时摆出格斗的姿势。

这个小女皇老爷爷三世王朝历时数周，终于发生了葬送老爷爷三世的灰姑娘之女之死事件。

灰姑娘是个真正的灰姑娘。它在乌骨姐妹里活得最久，后来成了小灰老太。它不仅体轻而且运气不好，在小女皇老爷爷三世晚期，它又抱了一窝小鸡，六只，只长起来一只，这一只还差点被猫剥了头皮。它带着这个劫后余生的小养女，绣眼鸟一样俊气的小鸡上山时，大圈已围好，占地有一百多平方米，本以为可以无事；谁知一进去，鸡群便起而攻之，那些地位低的中鸡最凶。灰姑娘上逃下窜，根本顾不上养女。可怜极了。其实这些鸡，大都是她孵出来和带上山的，她再去孵小鸡回来就都不认她了。待我们进圈，那只绣眼小鸡，眼已经瞎了，一身砂土，痛得倒在地上。

偏在这时候，老爷爷三世得意地登高远眺，开始叫了。

叫声被住在山谷中的一个大个男人听到。他一直反对公鸡，就来登门反鸡。“杀”一声，老爷爷三世的大红冠子就白了。可怜公鸡（攻击）惹来反鸡（反击），又一个时代结束了。

## 四十二

老爷爷三世有几个极美的女儿。有一个小时像绣眼鸟一样，花色轻柔；有两个长大后毛色洁净。而它的儿子们大抵都在学会打鸣前就被吃掉了。

女儿们却在黄昏的山上冠色淡红，如玉一般。

就在淡红渐而转红的某一时刻，二百只暗色的大鸡忽然覆盖了她们的国土家园。

这二百只大鸡也是从那个老故事生发来的。

**四十三**

修好依山傍树的大鸡圈后，开始修那座初见时银色的山顶小屋。小屋已经歪了，我打开基石，用千斤顶一点点将它升起来，木头都坏了，十分麻烦。我干一会儿，就看看圈里的鸡在老爷爷四世的带领下吃草和落花。



因为居高临下，圈里的鸡显得稀稀落落，这就让我重又念起“鸡生蛋，蛋生鸡”来。蛋还能卖钱，钱则能还房债。我有生以来最大的一笔稿费马上就要到了，要不就是已经躺在信箱里了，我有些兴奋，这个老故事新编的第二集大规模养鸡应该上演了。下山以后我就和雷研究起第二级投资来。

洛城红鸡，十二元一只，马上下蛋，一个蛋赚一毛钱，一百五十个可得十五元。一天一百五十个须二百只鸡下，二百个鸡须二千四百元。养一年可收回成本，于是就赚了二百个鸡吃，够吃两年。这时三百个鸡似乎也吃得下。

雷已捏住了支票，捏了一星期，终于被我说服。我描绘了一个无数鸡腿的前景。她松开支票说：“反正我们只活一回。”

**四十四**

打完买鸡的电话，这事好像就结了。我照旧日日在山上修田筑路、扩建鸡舍。这日改进的自动喂食槽止在最后的完工时刻，一锤下去就听雷叫：“可汗！鸡来了！”那声调怪异之极。我沿着小路过棕树、银树、李树，下了六十个我新近铺成的台阶就看见了鸡。四个无限长的笼子，在山坡下摆着，这个无限，其实也就是大约五米，宽高都是大约半米，里边排满了鸡。

三只大小不一的狗正在吠，雷在赶它们，这一边鸡被狗吠得彼此乱踏，另一边却还都伸出头来啄草。

“它们渴了。”我说。心里却觉得接管了一个国家。

**四十五**

“鸡真大！”雷说。都超过三公斤，我们被告知。并且从现在起就能指望下蛋，两个月内进入下蛋高峰期，持续三年。鸡生蛋，蛋生鸡，可以无穷的。

雷用剪头发的剪子飞快地剪鸡翅膀。四只装一个口袋，由我一次八只地提上山去。月亮升起来，银银亮亮的，狗退远了。几次鸡跑出来又被抓住塞回去，随后我们才知道这些鸡够多笨。



我把鸡一袋袋倒在鸡圈里，它们居然就那么一动不动地站在原地！等到我再提鸡上来，就不得不踢踢它们，好腾出块地方。一踢就一惊，然后又不动了；竟然要一只一只地踢。

鸡圈在月光中就这样渐渐地给填满了，我也快没气了。雷还在剪，手磨破了。她说：“还有一半。”我说：“没下雨。”我的衣服已经湿透。鸡呀，无穷的鸡；雷还要数清楚，我早晕了。

夜里一点半，二百只鸡全部进圈。雷说我上山25次，上下台阶各超过2000级，行程不计公里，向上提重总共超过600公斤。我们喝了十几杯放糖的雨水，又扑向那一吨饲料。不赶紧搬上来搬进屋里，一下雨就只有当人饲料和肥田粉了。

这是一年中最冷和最湿的季节，八月，常常五六天里一直下雨，停一停，又下五六天。我们正是前一年的这个时候搬来安家的，那时娃哩四个月，现在快一岁半了。

## 四十六

扛饲料上山给鸡开饭。有个形容叫“远上寒山石径斜”，我们是“使劲斜”，扛五十斤，一天一次，使劲斜；还有提水。

饲料一开始就超出了预算，因为有千百只鸟在帮着吃，而鸡岿然不动。

这些鸡太怪了，不吃不喝，甚至不会走路，到第二天早上冠子就发白了。我盯住一只放在树棍上的鸡，过好几个小时再看，一点点都没动。真正的“呆若木鸡”。

起初，我们猜想是晕船晕车的关系，但到第三天依旧如此。任凭原住民老爷爷四世们悠悠荡荡，任凭天上地下百鸟争食斗殴歌唱，二百只鸡就是一概原地不动。你一赶，它们就跌倒了。再一看书，净写着“鸡霍乱”“鸡白痢”“鸡马立克痛”“鸡……”，赶紧给奥克兰鸡场打电话。鸡场坚决否认他们的鸡有病或呆傻。——是因为刚从笼子里出来吧？你们每天晚上可要记好一只只送鸡上架睡觉呵！这些鸡只吃过流水线上的粉料，可没吃过粒料呵……



雷半信半疑，扛了一袋喂小鸡的粉料上山，一个鸡前撒一点，真吃了！我表演“流水线”，拉一个捡来的修鸡窝的长板，上边粉料粒料都有，沿着呆鸡退着走，一边还乱摇，多么神奇，鸡就活了，头点得人眼花，浑身上下都发出光彩，粉料粒料都吃了。一路拉过去，个个饥肠鸡肠辘辘的，全都差点饿死的样子。

真是训练有素，流水线不到就不动，边边角角坑里沟里石块上的鸡就只好把它们提过来，吃得一点不打架！想一下海一样一片呆鸡，我拖一叶扁舟，所到便是波涛汹涌，离开复又归于死寂，该是怎样的航海景象。

## 四十七

理想的日子就此开始。每天我伐木锯柴，打石筑田；雷做饭烧火，喂人喂兔喂鸡，不断调整对猫对鼠对蚯蚓对鸟对草的政策。鸡群洋洋溢溢，在林中网中蔚然大观，更有大小鸡舍鳞次栉比，漏洞百出，无限生鸡（机）万千气象——我便是这大鸡国监狱的缔造者，雷无奈成了辛苦的管理人。

每早上山喂鸡，百鸡齐鸣，万鸟轰动，一时花飞叶落；中午，提八桶饮水上山；下午拿蛋、洗蛋、铺窝、联系卖蛋；傍晚把二百只鸡一一放进鸡楼，开灯照明。后来我改造了鸡楼的四个楼梯，稍加训练后，呆鸡总算也会使用了，省了送它们入寝的工序。

鸡楼离地一米。后来我又在鸡楼顶的高度，从旁架起一座离地二米有余的大厦，鸡悠哉至老屋顶就可以轻松一跃转到这里。这里终日阳光，是观景下蛋的好地方。



**四十八**

拉电也是我的一项创世纪，都是“随鸡应变”来的——本来没有电，鸡说有电，就有了电。比雷说娃说还管用。

要鸡下蛋鸡就要电。我理论和实践经一年历练已非昔日可比，“退休纳粹”的大电锅炉就是我安装的，大电烤炉我也给他修好了几次。他奖赏给我号称上千米的电线，附带囤积的电表电闸电零件，堆在楼下像一座山。雷说该不是偷的吧？我想了想，不知他能上哪里偷。因为有如此充足的储备，我便放开进行标准化设计和施工，不但把电加闸加灯座插座开关一应俱全安到了山上，而且拉进了家里。

初安家时，我没让电经过电表，谁知道那个龟裂的老电表会不会着火？洗衣机、电烤箱早已接触不良，花数小时工让它们动和热起来，却不太敢用，盯住插销手持木棒随时准备打掉电源，电灯一盏也是情愿用蜡烛放心。

而一旦鸡说顿时就有了一切。为此我还受到了雷的夸奖。尤其感谢鸡和让我自负的是，全部工程没花一分钱！

渐渐天暖，鸡粪积起半米深，沿山而下，变得有点汹涌。我和雷像上了发条一样跳上跳下，忙得不见天日。该进入预计中的第三第四期综合治

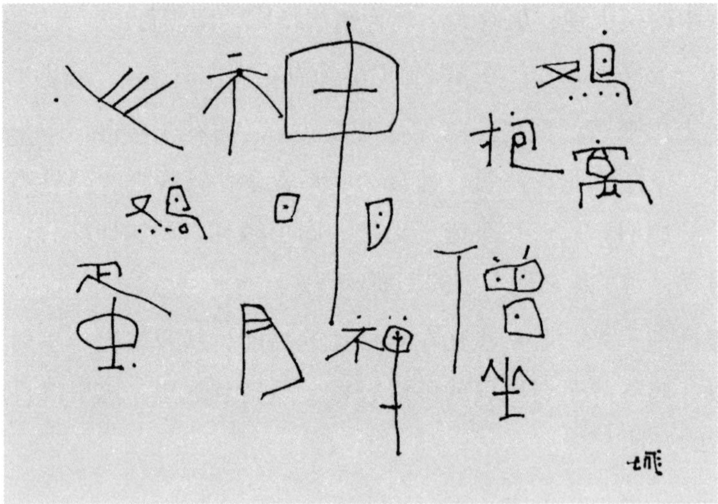

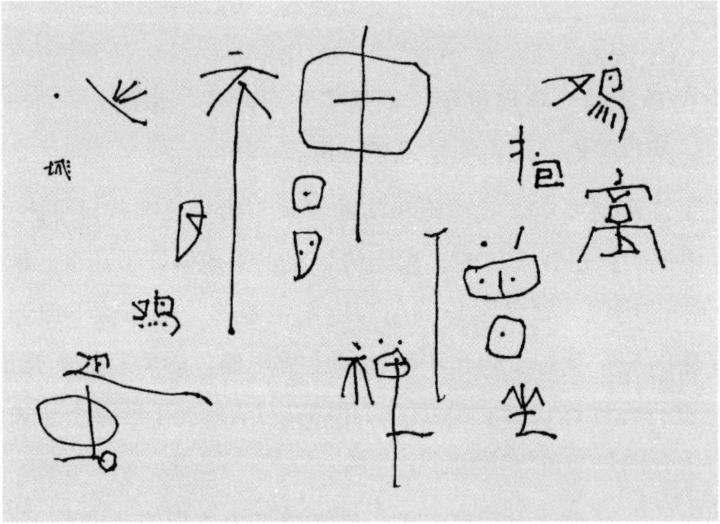

鸡抱窝　僧坐禅　心明月　神鸡蛋

——诗于 1990 年 1 月岛上；字于 1992 年居德期间

理和沼气化工程了，却找不出时间空隙。

## 四十九

山下小店一天买不了十个蛋。要卖蛋必须运出山去。

谢烨借了山下麦蒂的车开来开去。

麦蒂麦利是两口子，也藏在山里不知干嘛，忙得脸发青织几件毛衣，又睡到日上三竿，偶尔也种几株确实能产生梦幻的花草。他们是多么爱吃中国菜呵，而谢烨恰恰又是一个受压抑的做饭爱好者，如此尽兴地做了几次，就坐上了汽车。

这是一个可怕的车，上边永远有跳蚤。但谢烨还是在我的指点下将它开起来。我三轮板车蹬得很好，只要人坐得上去，车禁得住，十个二十个概能拉起飞跑，那时街道木工组或老弱病残或流氓恶棍，就靠我拉车；只是四轮轿车我从不曾驾驶过，但是这并不妨碍我指点。

我们一起绕上远处的山头，一天二十圈。雷紧张得脸红红的，煞是好看；开车还能美容，实属意外。鸡蛋已由一天十几几十个，增加到了目下的过百个。蛋在家里堆起来。

鸡说，要有车。——噫，鸡不光能生蛋，还能生万物呢。

## 五十

四点半出车。“倒倒倒倒，好！”这是娃会说的第一句整话。从坡上溜下来，“倒倒倒倒，好！”娃说。

老外不可能不吃鸡蛋，再怎么不吃他得做蛋糕，要不没法过生日——没鸡蛋老外就没岁数了。这样的结论着实让人放心。

岛上大店小店都要鸡蛋。大店要得多，却离得远。“自然鸡蛋”——标签上写着，标价比工厂鸡蛋贵出少说四分之一。

一二三档，三二一档，车在林中行着。我们要自己去大店。

稳稳地加速减速上坡下坡转弯。山下，一大片沼地，风景如画；门格拉夫[1]，那种居在岛上才特别知道的浅海小树，弯弯曲曲着，上边爬着螃蟹。过桥，上大路了，车道顿时宽广。竹林一闪，我想，有车就有车吧，可以到这儿来采笋，还有贝、牡蛎，那么多吃食，加上鸡蛋一炒，山珍海味，娃哩要唱歌了。

我可不想唱，我不喜欢汽车，也不喜欢电，为躲开这些养了鸡，不曾想一养，一样样就又追了过来。娃哩唱歌很好呀，我不唱歌不好。人家问我为什么，汽车不就是汽车吗？我说：“我一用车，阿拉伯酋长就有钱娶媳妇啦！”看来还是拗不过阿拉伯酋长。



## 五十一

开上主公路。沿山转弯。谢烨一眼看见远远一辆车停着，叫一声：“警察！”右一拐就上了岔道，冲上山去。车里的鸡蛋都跳起来。

她一直开出两里半，开到了一处有人家的路上。转个弯，就看见又来了一辆车。开车人一挥手，认识，是传教的包伯一家。包伯是耶和华见证人，在树林里传教时发现的我们。谢烨简称他“上帝”。

“上帝”居然停了车，摇下窗子，对谢烨一顿说，意思是警察在抓人哪！岛上有一大堆破车，警察只有一个；破车躲警察是公认的游戏。

包伯走了，我们也慌起来，待了一会，决定不去送鸡蛋了，回家吃晚饭。又是“倒倒倒倒，好！”湛蓝的天上淡淡的月牙亮起来。

## 五十二

转到主公路。

---

[1] 英文：Mangrove，一种浅海灌木。

“看警察还在吗？”

“在！车发动了！”

谢烨一听就凉了：“警车专堵我们哪！”

警车白身子蓝条纹，闪着红灯明明白白地冲了过来。谢烨开得又好又快，一弯一弯地上山。但警车还是近了，抵着后边，警灯一红一红，呼煞呼煞鸣叫着，谢烨停车了。

她心里想：完了！却对我说：“别怕！”就走了出去。

警察把警笛关了，灯还大亮着。他高高地走过来，衣服漂亮得很，儒雅有度，留着小胡子，活像演电影，帽子也高高挺挺，上边有星花徽带。

谢烨说话了。



## 五十三

谢烨说：“嗨！你为什么开那么快？追我吗？我开得不好，开不了你那么快，你知道这可是很危险的呀！”

警察一愣，接着就想笑，接着就不笑了，进入程序，说他希望看看雷的驾驶执照。

雷说：“有哇！”就拿出了学车证。证就是这个警察发的。

警察点点头，说这不是，必须是驾驶执照。

警察接着看我，问话我不明白，谢烨译给我：“他问你有没有驾驶证。没关系，告诉他。”如果我有驾驶证，谢烨学车证开车就有可能合法，于是我用我的英文说：“麦，北京，卡，非内序特。[1]”警察说：“怕顿[2]？”我又一字一顿地说了一遍。

---

[1] 英文：My，Beijing，car，finished。即：我的，北京，车，结束了。

[2] 英文：Pardon。没听清，想请对方再说一遍时的用词。

警察点点头，好像懂了，开始绕着车转，同时委婉地警告说，只有纽西兰驾驶证才是有效的。警察转完拿出小本，告诉谢烨，第一车无合格证，三百元，第二车没上路税，三百元，第三晚上之前在大马路上学车，还带着娃娃，几百元。

雷好像这才明白："噢！你原来是找我要钱哪！怪不得开那么快！"雷的惊讶如此的坦白单纯，弄得警察大不好意思，拿小本的手垂了下来。然后他只是告诉谢烨，学车应当在晚上，要不太危险了。

"什么是晚上？现在不是晚上吗？"谢烨还是一脸的不明白。警察终于笑了，说你们马上回家吧。他转回身的时候，又看了看我们的后车盖。谢烨轻松地抬起车盖，拿出两打鸡蛋，警察尚还不置可否，鸡蛋就已经放进了警车。



### 五十四

逃回家，谢烨问："你跟警察说的那话是什么意思呀！"我说我的意思是："我，在北京，也没开过车。"

雷笑得一跌："哈，他还以为你在北京开车呢！"

我们笑了又笑，少了两打鸡蛋，却是我们来纽西兰最快乐的一天。

这事后来奥克兰的朋友也知道了，在大学碰上，就说："麦！北京！卡！"——理解就是充分的误解。这句话说得真不错。

不会英文好处很多。

### 五十五

鸡蛋销路不错。雷在有枇杷树的大路上走，人人都知道这是"艾格雷德[1]”，大意是鸡蛋夫人。我在树上挂了个鸡蛋跳舞的招牌。每天翻山越岭而来的自然蛋爱好者竟有十几个，很成功。要不成功，千万蛋臭在家里，怎么办呢？“太危险了。”雷刚这么一感叹，危险就来了。

那个住山谷中的大个也在热情的买鸡蛋行列中。大个长得毛毛乎乎，鬃丝一样的眉毛遮了眼睛，嘴却会咧开笑；除此以外，就有些像块水泥板了。他自我描述是个作家和自然主义者，有些钱，不用汽车，不断跑步或者骑车代步。山谷里的人却都讨厌他。他不仅反对公鸡叫，而且也挨家去要求人家的狗、鹅、电锯、音乐，不可以叫。有时狗一叫，他就大声咆哮，超过狗叫好几倍，刚开始我老是以为他给狗咬了。

他一个人住着，用手锯盖了个房子。离我们一里路。他对我们倒很客气，和女朋友来买鸡蛋，我们还老给他大的。在他的要求下，我们的公鸡一代代，几乎没有一个能活到打鸣的年龄。他情愿买母鸡来换我们的公鸡，我没换，他就把母鸡放了。

## 五十六

蛋产量达到了一日一百八十个。大个又来买蛋了。他说他在这住了九年，所以希望我们的母鸡下蛋时也不要叫。他说有法律，鸡不能叫，这不是牧场，鸡叫必须消失。

想到他自诩自然主义者，我就说：鸡是一种鸟呵，叫是自然的呵，鸟不叫吗？鸟叫不动听吗？大个说：不，不自然，叫就是下蛋，下蛋就叫，就不自然。

就不自然？我的脑袋太大了些，这些个字进里边还没来得及转上一周，就听他接着说，他必须开着窗户睡觉，不能关着睡，早上就听见了叫。他再次说，有法律。

[1] 英文：Egg Lady。egg：鸡蛋；lady：女士。

大个说完付钱又买了两打鸡蛋走了。我和雷相互看看——非内序特。

## 五十七

法律来了。奥克兰市有规定，每家养鸡不能超过十二只。奥克兰和我们隔着四十里大海。

这个岛叫外西堤岛，我们叫它激流岛。岛有岛政府，我们叫它村公所，辖九十平方公里两千多人。它经常是独立政权，直属中央，我们就可以养鸡。而这时恰逢它归辖奥克兰市，就要求我们两个星期内将二百只鸡减少到十二只以下。怎么减？答曰可杀。天呐！杀下蛋的鸡是缺德的。可村公所没这么一条。不杀，法律就来了。



我的第一个想法，就是去坐牢。坐牢挺不错，我们方圆一里半路之内的邻居中就有一个看监狱的，我早打听好了，一人一小屋，一边是铁栏，天窗有灯，不愁衣食，餐餐有肉，还可以读书作画；哪里像现在十日一肉星，起早贪黑累得要死。我赶紧给城里朋友打电话，探询二百只鸡可以坐牢多久，要时间不够，我再孵点小鸡。但是回答太让我失望了，说是一定不会坐牢，但是一定会罚款，会拍卖掉我们的房子和地。那谢烨领娃住哪呢？鸡就更别说了，都得给没收走，工厂不会再要它们，杀了全当老鸡贱卖；不让没收豁出去不要房子了也没办法呵，带着鸡流浪？这么想就完全泄了气。

傍晚，我们上山拿蛋。纳粹老头也来了。他的房子卖了，来告别。他抱着鸡，眼里含泪，嘴却笑着，他喜欢鸡。

他一个劲说“顾的，密斯特顾的”——他认为我的名字就是“顾的”，“顾的先生”也就成了“好先生”[1]。他叫谢烨“密斯耶斯”，也就是“对小姐”

[1] “密斯特顾的”，英文：Mr. Good。Mr.：对男性的一般尊称；Good意为：好；发音同顾城的姓“顾”接近。

的意思[1]。他说他已经和大个说了，让他别和我们捣乱，我们借钱买二百只鸡不容易。

## 五十八

鸡下了一万个蛋了。卖给店里两毛五或三毛一个，直接卖四毛一个。天天供不应求。鸡生蛋蛋生鸡的好日子本来已经开始。这个故事不是我讲的，却是我做的，我不是幻想家，我是实践者。每日的毛收入已经有六十元了，我们已经买了自己的汽车。

鸟像树叶一样多，一种花翅膀鸟飞得人眼花缭乱。我进大圈先捉公鸡。老爷爷七世，它正得意呢。

因为大个的反对，老爷爷七世早在还没成年就被扣进了屋里的纸盒子，后来又扣进去了它的继承人未来八世。从此让它们的天永远不亮，它们也就永远不知道叫了。

可怜未来八世还没登基就进了菜锅。

七世每隔一星期被允许上山一次，一进圈就想叫，被我砸一石头就噎住，接下去它的行径就是跳到最近的母鸡背上非礼。过后它开始漫步，这时，母鸡都蹲下来，跟十八世纪的夫人们看见王一样。

庄重宏大的检阅典礼还没到头，最勇敢的母鸡冲上来，跟着母鸡们就山崩一样地拥上来相亲，七世就开始逃了，上下乱退。母鸡们热情地啄它的垂和冠，它定下，昂起头向外看，时而办一喜事。再剩下的就全都是逃了。它几乎不敢去吃食喝水，它害怕如海的嫔妃，对土红色的羽毛尤为厌倦。这是七世最后的好日子。



---

[1] “密斯耶斯”，英文：Ms Yes。Ms.：对女性的一般尊称；Yes可译为：对、是；发音同谢烨的名“烨”接近。

## 五十九

我上山，七世有些不情愿，自是想到了那个不见天日的纸盒子。好在它刚过够了王瘾，便没太抗议，就让我给提到了手上。

在这热闹非凡的地方，有情有意，有梦有幻，有歌有唱，万千闪动的羽毛，数百开合的翅膀。寸草不知，就要空了，死来了。

我提着老爷爷七世下山，问斩，同死的有四个嫔妃。一天最少要杀十只鸡。雷忙坏了。雷从小杀鸡，一次最多也就杀过两个。她跑到对山升旗的老里查德家借用大冻箱，最少要冻上一百只鸡。老里查德一听，就进入战争状态，第二天就升起了五星红旗。



至此二百多只鸡的黄金时代刚满八个月。我盖了一座座鸡舍，围起了一百多平方米的大鸡圈，想的是千秋万代。

## 六十

在老里查德的通融下，岛政府同意放宽期限。但是大个不屈不挠，每天骑车锻炼身体去岛政府告状不止：法律！大个一身褐毛。我真想一气枪打了他，那个大水泥板就该躺在地上。

可惜这个理想我们只能对每一只临刑的鸡说说了。多好的鸡，冠子也红，羽毛也圆，温柔敦厚。我抓腿，雷持刀，一窝脖子，就开始对鸡的灵魂说：找大个去！找大个去！大个就住山下！快去告他！找大个去！找大个去！……

血流着，鸡挣命，最后腿猛然伸直，像是很快乐似的；我们还在说：别忘了！去找大个……

一桶鸡毛，一桶热血，一桶肠子，一盆肚子里的蛋，还有一盆鸡腿，一袋鸡翅膀。夜凉下来，十二点了，三十四个鸡的灵魂飞到山下去了。

## 六十一

岛上到处是卖鸡的广告，集上，路口，《海湾新闻》里，到处写最便宜最好的蛋鸡，洛城红鸡，一天一个大蛋，自然产。岛人便走到山间来，电话一会儿一响。有的带着小孩子来看，有的拿着捉龙虾的铁笼，有的来要鸡粪，有的全家穿得笔挺，来相一只鸡。最美的鸡被选走了。

豹花和公主真正漂亮，冠子微红，神色沉静，如花似玉，在黄昏的光中真能把人看呆了；女孩子也不会那么寂静一动不动，微妙地振荡出一个声音。

每一代鸡都有这样的美丽，都有一只两只在长大时，身体长长的，色泽明净；每一代都有这样一刻，让时间停住，让那个声音回旋下去。



## 六十二

六十只鸡逃生去了。巫术老太太也买了我们的鸡，把它和黄水仙放在一起，说了不少话。另一个老太太白发如云，在集上拦住谢烨说，鸡太好了，她会一直养下去，问这鸡能活多久。

除了十二只鸡外，一百零八只鸡只有三天可活了。水开了，拔毛；烧火，加柴。我一次八只地把它们提上去过，现在又八只一次地把它们提下来，才大半年的时间。

它们都重了，不是我心情重才重的。中国有九斤黄，它们每只都有十斤，提八十斤，即使是下山也还是重。它们在我一手一个的笼子里观赏风景，大概像坐过山车一样。那么快，它们从呆若木鸡，到生鸡勃勃，现在是杀鸡四伏了。

我磨一下刀，递给谢烨，换下另一把，再磨，再抓住鸡腿，拔毛。鸡翻白眼，没死的又站起来，娃哩吓哭了，他才满两岁。一岁半鸡刚来的时候，一个早上他竟然独自爬上一级级台阶，上到山上坐在那里看鸡。他再

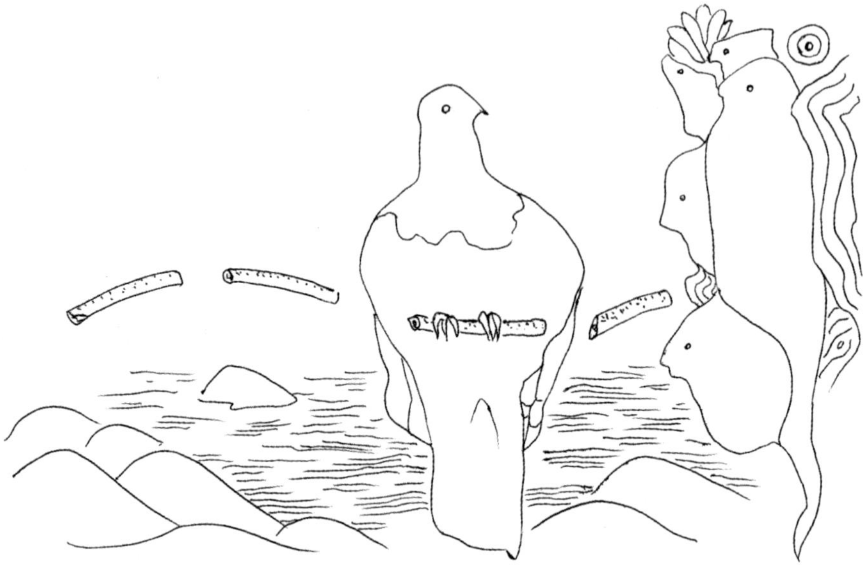

激流岛画话本

——画于1992年居德期间。作者曾有意将其作为自己画话集的标题页

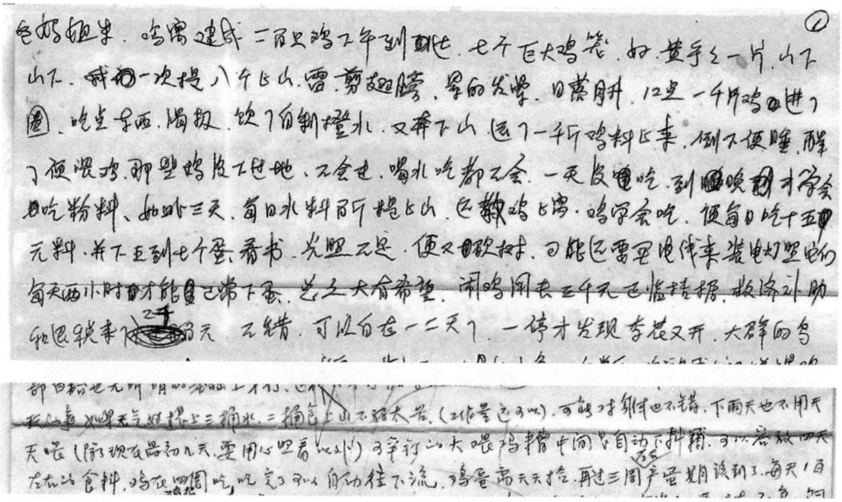

插页十四：家信截图之十四

信的新西兰寄发戳时间为 1989 年 9 月 12 日（二百只鸡的抵达日是 8 月 16 日）：

爸妈姐米，鸡窝建成，二百只鸡下午到达。七个巨大鸡笼，好，黄乎乎一片，山下山下，我一次提八个上山，雷剪翅膀，累得发晕，日落月升，12 点一千斤进了圈，吃点东西，渴极，饮了自制橙水，又奔下山运了一千斤鸡料上来，倒下便睡，醒了便喂鸡。那些鸡没下过地，不会走，喝水吃都不会，一天没吃，到晚才学会吃粉料，如此三天。每日水、料百斤提上山，还教鸡上窝。鸡学会吃便每日吃十五元料，并下五到七个蛋。看书，光照不足，便又砍树，可能还要买电线来装电灯照它们每天两小时才能正常下蛋。总之大有希望。闹鸡用去三千元正临拮据，救济补助和退税来了二千，不错，可以自在一二天了。一停才发现李花又开。……

……下雨天也不用天天喂（除了现在最初几天要用心照看以外），可罕钉的大喂鸡槽中间是自动下料箱，可以容放四天左右的食料，鸡在四周吃，吃完了可以自动往下流。鸡蛋须天天捡，再过三周左右产蛋期该到了。……

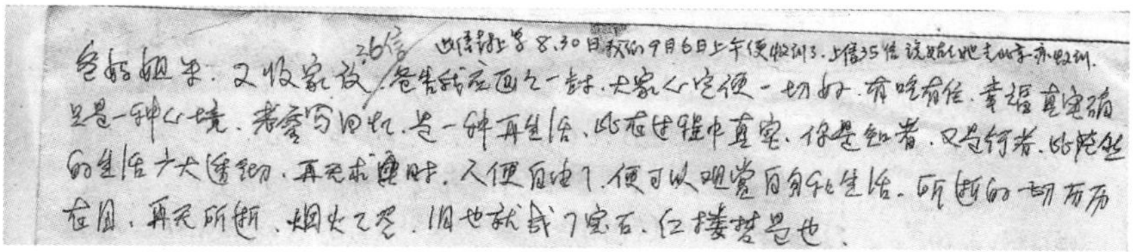

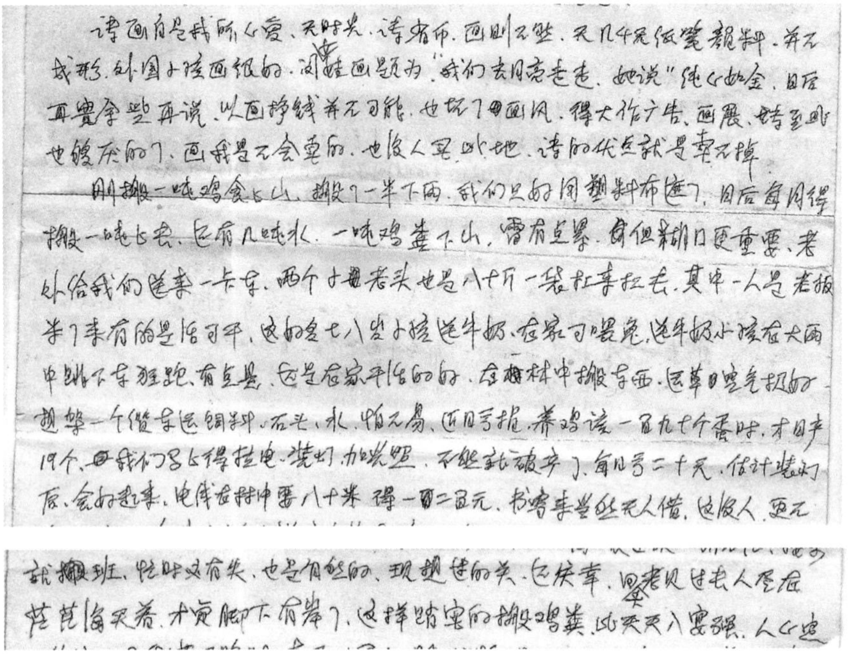

诗画自是我所心爱，无时光，诗省币，画则不然，无几千元纸笔颜料，并不成形。外国小孩画很好，闪娃画题为"我们去月亮走走，她说"纯心如金。日后再宽余些再说，以画挣钱并不可能，也坏了画风，得大作广告、画展、诗至此也够厌的了，画我是不会卖的，也没人买此地，诗的优点就是卖不掉

刚搬一吨鸡食上山，搬了一半下雨，我们只好用塑料布遮了，日后每月得搬一吨上去，还有几吨水，一吨鸡粪下山，雷有点累，但糊口更重要，老外给我们送来一卡车，两个小老头也是八十斤一袋扛来扛去，其中一人是老板米了来有的是活可干，这好多七八岁小孩送牛奶，在家可喂兔，送牛奶小孩在大雨中跳下车狂跑，有点悬，还是在家干活的好，在林中搬东西，运草，空气极好想架一个缆车运饲料，石头，水，怕不易，近日亏损，养鸡该一百九十个蛋时，才日产19个，我们马上得拉电，装灯，加光照，不然就破产了，每日亏二十元，估计装灯后，会好起来，电线在林中要八十米，得一二百元，书在来坐些无人借，这没人，更无

就搬班，说时又有失，也是有趣的，现想想的关，已快幸，回老见过去人受在茫茫深渊着，才觉脚下有岸了，这样踏实的搬鸡粪，比无天入要强，人心之

插页十五：家信截图之十五

（信与前信同信封内寄出）：

爸妈姐米，……老爹写回忆，是一种再生活，比在过程中真实。你是知者，又是行者，比茫然的生活广大透彻，再无求时，人便自由了，便可以观赏自身和生活，所逝的一切历历在目，再无所逝，烟火已尽，旧也就成了宝石，红楼梦是也。

诗画自是我所心爱，无时光。诗省币，画则不然，无几千元纸笔颜料，并不成形，……日后再宽余些再说。以画挣钱并不可能，也坏了画风，得大做广告、画展。诗至此也够厌的了，画我是不会卖的，也没人买此地。诗的优点就是卖不掉。

刚搬一吨鸡食上山，搬了一半下雨，我们只好用塑料布遮了。日后每月得搬一吨上去，还有几吨水，一吨鸡粪下山。雷有点累。但糊口更重要，老外给我们送来一卡车，两个小老头也是八十斤一袋扛来扛去，其中一人是老板。米了来有的是活可干，这好多七八岁小孩送牛奶，在家可喂兔。送牛奶小孩在大雨中跳下车狂跑，有点悬，还是在家干活的好，在林中搬东西，运草，空气极好。想架一个缆车运饲料，石头、水怕不易。近日亏损，养鸡该一百九十个蛋时才产19个。我们马上得拉电，装灯，加光照，不然就破产了，每日亏二十元，估计装灯后会好起来。电线在林中要八十米，得一二百元。……

……现想过的关，还庆幸，回头老见过去人尽在茫茫海天着，才觉脚下有岸了。这样踏实地搬鸡粪，比天天入宴强。……

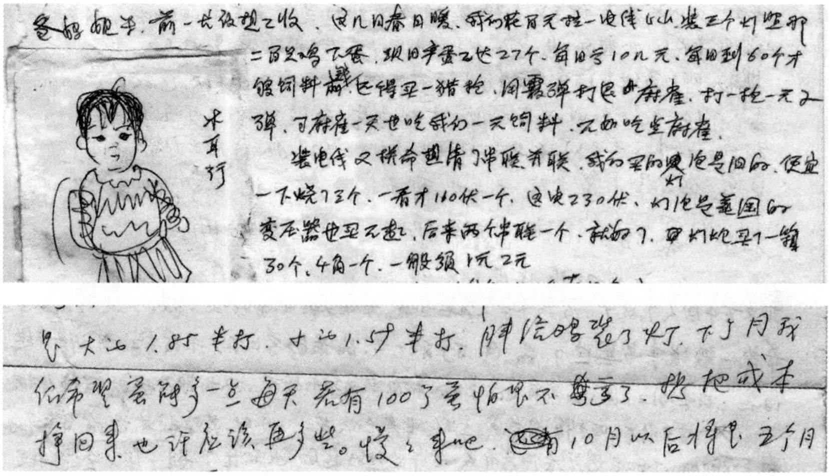
爸妈姐米，前一长信想已收。这几日春日暖，我们花百元拉一电线上山，装三个灯照那二百只鸡下蛋，现日产蛋已达27个，每日亏10几元，每日到60个才够饲料钱。还得买一猎枪，用霰弹打退麻雀，打一枪一元子弹，可麻雀一天也吃我们一元饲料，不如吃点麻雀。

装电线又拼命想清了串联并联，我们买的灯泡是旧的，便宜，一下烧了三个，一看才110伏一个，这电230伏，灯泡是美国的，变压器也买不起，后来两个串联一个，就好了。买灯泡买了一箱，30个，4角一个，一般须1元2元

……大的1.85米打，小的1.57米打。胖给鸡装了灯，下个月我们希望蛋能多一点，每天若有100个蛋怕是不亏了。想把成本挣回来也许应该再多些。慢慢来吧。……10月以后将是三个月

插页十六：家信截图之十六

信的新西兰寄发戳时间为 1989 年 9 月 18 日（信中图应是母亲在收信后剪下，后又粘回的）：

爸妈姐米，……这几日春日暖，我们花百元拉一电线上山，装三个灯照那二百只鸡下蛋。现日产蛋已达 27 个，每日亏 10 几元，每日到 60 个才够饲料钱。还得买一猎枪，用霰弹打退麻雀，打一枪一元子弹，可麻雀一天也吃我们一元饲料，不如吃点麻雀。

装电线又拼命想清了串联并联，我们买的灯泡是旧的，便宜，一下烧了三个，一看才 110 伏一个，这电 230 伏，灯泡是美国的，变压器也买不起，后来两个串联一个就好了。灯泡买了一箱，30 个，4 角一个，一般须 1 元 2 元。

……胖给鸡装了灯，下个月我们希望蛋能多一点，每天若有 100 个蛋怕是不亏了，想把成本挣回来，也许应该再多些。慢慢来吧。……

自然若以人道度之，亦可悯。得鸡窝之打落七只板着、吃掉，晚了我手心不忍饿时却渴望肉食。又捉一只刺猬，偃在邻家的鱼网中，口投入红泥中，准备烤食。它却拱出鼻子来，吓人一呼一动，有声，只好又在块大石上去。人吃真是天之魔鬼，归于自然之世是另一种战争，总之已是书读多了，心便憔悴。唯一之计便是不读书。近日读一

都向世界出卖自己，价高价低，我实看不出什么不同。娼、表与唱同，歌者诗人也与娼近似。只要你为钱而作，途殊归同，若所归不同，又何嫌之有。这世界本是魔鬼，魔鬼偏也有理，我即使又作一时鬼，但不要过多会的鬼之道理。鬼之理是我唯一能弃的敌人，[redacted]

确定我们养鸡、买来的科学饲养的（打过针的）没死三只，自己放在极脏的小舍里养大的（吃烂东西）却极健康，场下蛋，娃娃亦如此

不需要学释者做来，我不喜欢，也无什有意义。做一个社会承认的诗人直接在娼，知音又是不可言的。"有物混成，先天地生，寂寞"老子之言言中又奈何，不知者为不知吧。

再有两星期便放假，五个月，也有希望，又收到一年的聘书，真不知再教什么，这是最好的工作，依旧普唯，汉语大词典寄来过吗？

十年就又有一亩地了，要平些可养鸡，鸡吃草，又不会被狗吃掉或飞走，低低一挡就可以了，包些了有销路也可买个绞肉和面机，又是个"养鸡、卖蛋"的计划，去了几个人家，个个都比我们忙，拼命想挣钱，谁也不易，这个星期五是上学校最后一课，这便也就去了些，有费写作就会少些，庆反正我们目前就是喂自己，胖了、鸡鸡，其实就要是饱吃住，想想若是过去当然最好写点东西，吃了晚饭，一只病鸡杀了，一些木耳，我等烧水洗澡，就想，十年前认识了雷，去看大会堂，再二十多年前，去火车站，竟走出来，发现了车站，三十年前三岁平时嘛吧，小手出了，大手木耳，真像把一卷画拉开，五六年生，六六年文革，七六年文革完人就是这样吧，在时光中一点点展开，明了了，便也无喜无悲，春又快到了，这春天一到一年也就快完了，活了，活着，也不错，还求什么呢，心开了，天也就大了，写一行行字回家，木耳以为吃得人心，可惜没法向你表演，他实有几分象老顾乡，老是猎取食物到现了反正不象我们，有脾气，乐天，如谋生，还不会说，乱说不已，现在带上鸡的芦花大鸣，十八个月前就是线线小鸡，时光真怪，学些签证没问题，就拿不到护照，也就了100多元了绝望，人命难猜，她的消息也断了，我替心向北京，平安里，八一厂，就是那些地，一个地熟了，闭眼也清楚，盲人就是如此吧，过去的灯影好长，人象火柴，读读了多少年来了，多少年之后，飞机落向北墙也何，等结束，却也看着，心过去了也在有强况等的书可寄一本来，鸡蛋使我们非有不可了，小毛病最好自己修 　　还

插页十七：家信截图之十七

信由他人带入面递（应写于 1989 年 10 月 4 日前后）：

自然若以人道度之，亦可怕，保卫鸡食已打落七只麻雀，吃掉，饱了就于心不忍，饿时却渴望肉食。……人吃真是天之魔鬼，归于自然不过是另一种战争。总之还是书读多了，心便惶惶，唯一之计便是不读书。……

……诗人也与娼近似，只要你为钱而作，途殊归同。……这世界本是魔鬼，魔鬼偏还有理，我即使必作一时鬼，但不要这多余的鬼之道理。鬼之理，是我唯一能弃的敌人。……

……我们养鸡，买来的科学饲养的（打过针的）已死三只，自己放在极脏的小舍里养大的鸡（吃烂东西）都极健康，均下蛋。……

……不要寄崇拜者信来，我不喜欢，也无保存意义。做一个社会承认的诗人真厌烦，知音又是不可言的。……

再有两星期便放假，五个月，还有希望。又收到一年的聘书，真不知再教什么，这是最好的工作，依旧苦难。……

……要干点可养鹅，鹅吃草，又不会被狗吃掉或飞走，低低一拦就可以了。……去了几个人家，个个都比我们忙，拼命想法得钱，谁也不易。这个星期五是上学校最后一课，这信也就长了点，自费寄信就会少点。反正我们日日就是喂自己、胖子、兔、鸡，其实就是忙吃住，想想梦梦过去，当然最好写点东西。吃了晚饭，一只病鸡杀了，一些木耳。等烧水洗澡，就想，十年前认识了雷，去看大会堂，再二十年前，去火道，天亮走出来，发现了车站，三十年前三岁，干吗呢？小于米了，大于木耳，真像把一卷画拉开，五六年生，六六年“文革”，七六年“文革”完。人就是这样吧，在时光中一点点展开，明了了，便也无喜无悲。春又快尽了，这春天一尽，一年也就快完了，活了，活着，也不错，还求什么呢，心开了，天也就大了，写一行行字，回家。木耳以多吃得人心，可惜没法回京表演。……现在带小鸡的芦花大鸡，八个月前就是绒绒小鸡，时光真怪。……我梦梦回北京，平安里、八一厂，就是那些地；一个地熟了，闭眼也清楚，盲人就是如此吧，过去的灯影好长。……有修汽车的书可寄一本来，鸡蛋使我们非有车不可了，小毛病最好自己修。　　\ 罕

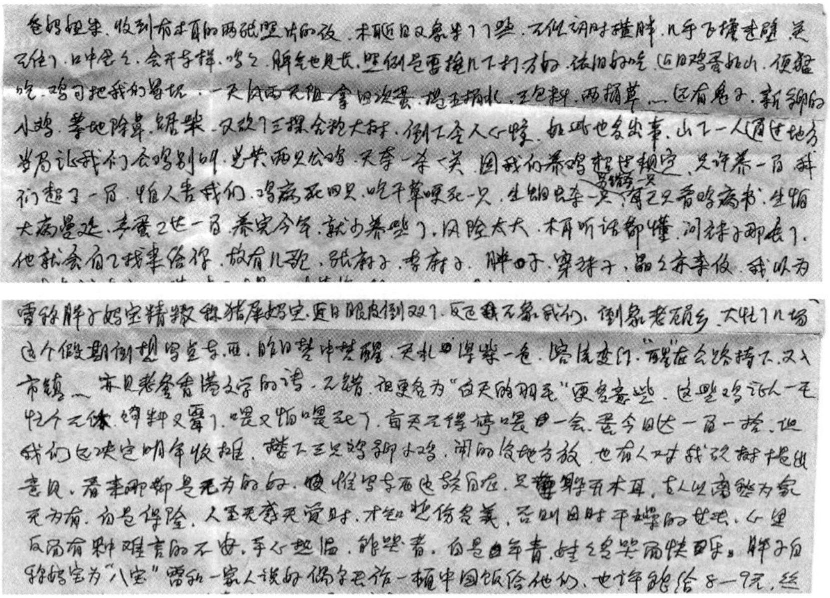

插页十八：家信截图之十八

信的北京收信戳时间为 1989 年 11 月 2 日：

爸妈姐米，……木耳近日又像米了了些，不似初时横胖，几乎飞檐走壁，关不住了，口中念念，会开车样，呜呜，脾气见长，照例是要挨几下打方好，依旧好吃。近日鸡蛋如山，便猛吃，鸡可把我们累坏，一天风雨无阻拿四次蛋，提五桶水，三包料，两桶草……还有兔子、新孵的小鸡、菜地除草、锯柴，又砍了三棵合抱大树，倒下令人心惊。如此也多出事，山下一人通过地方当局让我们公鸡别叫，总共两只公鸡，无奈，一杀一关。因我们养鸡超过规定，只许养一百，我们超了一百，怕人告我们。鸡病死四只，吃干草哽死一只，生蛔虫杀一只，另错杀一只。每天只看鸡病书，生怕大病蔓延。……木耳听话都懂，问袜子哪去了，他就会自己找来给你，故有儿歌，张麻子，李麻子，胖子穿袜子。……

……雷称胖子妈宝精，又称猪屎奶宝，近日眼皮倒双了。……太忙了几场，这个假期倒想写点东西，昨日梦中梦醒，天水深紫一色，溶流变幻，“醒”在公路椅下，又入市镇……这些鸡让人一天忙个不休，饲料又霉了，喂又怕喂死了。……楼下三只鸡孵小鸡，闹得没地方放。也有人对我砍树提出意见。看来哪都是无为的好。惟写东西还较自在。……古人以离愁为家，无为有，自是保险；人至无感无觉时，才知悲伤多美，否则日时干燥地过去，心里反而有种难言的不安，手心热温。能哭者，自是年青，娃娃多哭而快乐。胖子自称妈宝为“八宝”。雷和一家人说好偶尔去做一顿中国饭给他们，也许能给 8 － 9 元。……

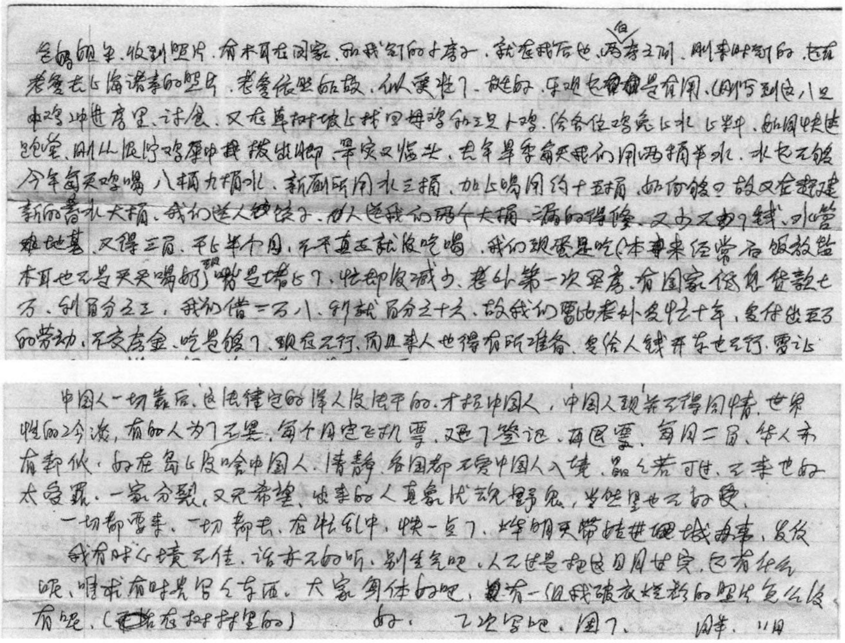

插页十九：家信截图之十九

信的新西兰寄发戳时间为 1989 年 11 月 9 日：

爸妈姐米，收到照片，有木耳在闵家，和我钉的小房子，就在我后边，两白房之间，刚来时钉的，还在。老爹去上海诸亲的照片，老爹依然如故，似更壮了，挺好，乐观还是有用。刚写到这，八只中鸡冲进房里，讨食。又在草树坡上找回母鸡和三只小鸡。给各位鸡兔上水上料，如同快速跑堂。刚从泥泞鸡屎中拔出脚。旱灾又临头，去年旱季每天我们用两桶半水，水还不够，今年每天鸡喝八桶九桶水，新厕所用水三桶，加上喝用约十五桶，如何够？故又在赶建新的蓄水大桶。我们送人饺子，人送我们两个大桶，漏的得修，又少不了钱，水管地基又得三百，干上半个月，不干真正就没吃喝。我们现蛋足吃（本来经常白饭放盐，木耳也不是天天喝奶），嘴是堵上了，忙却没减少。老外第一次买房有国家低息贷款七万，利百分之三，我们借二万八，利就百分之十六，故我们要比老外多忙十年，多付出五万的劳动。……

……晶晶若可过，不来也好，太受罪，一家分裂，又无希望，出来的人真像游魂野鬼……

一切都要来，一切都去，在忙乱中，快一点了，烨明天带娃进城办事，发信。

我有时心境不佳，话亦不好听，别生气吧。人不过是把这日月过完，还有什么呢，唯求有时光写写东西，大家身体好吧。……好，下次写吧，困了。 胖 11月

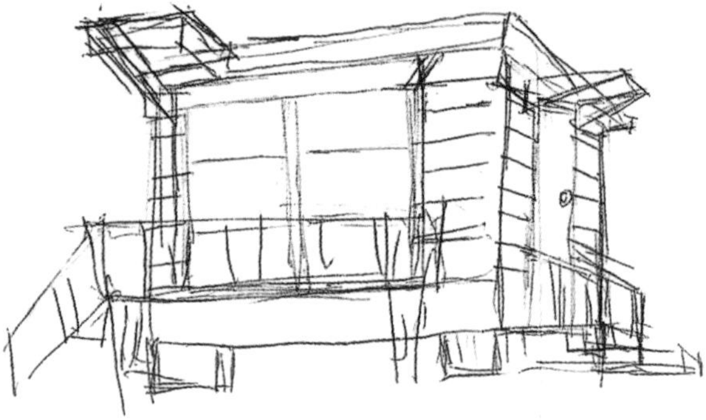

顾城于1988年初落地新西兰不久孩子出生前后用废旧材料和两三个月的零散时间钉建的儿童游戏房，门楣题匾：百子聚乐。可见位于『两白房之间』。下图为2006年偶见于废纸角的一份顾城当时度废料盖此屋的珠笔设想草图。

（当时为了节省照片洗印费，通常是将底片寄回北京家里洗印之后寄返。底片曾寄失过。当时因为相机、胶卷、时间等原因，也很少照相。此照片应为前信『收到照片』中的一张吧）

老板已不够付水工资房费，可见开饭馆亦难，雷干了一天，才知道会炒回锅肉之后，倒也由《卖鸡》（雨停了，我得上山拿蛋）总管的生活很愉悦，在这也值十万元以上，仅房子和庭苑这有一种自在是中国永远没有的，他拔一些，就得意了。串联的灯泡一直亮，我很得意，一大堆便宜灯泡可照鸣三年，可到时只怕这地是别的谁的居了，（又拿了大捆蛋卷来）电压不对的电器均闲在上，至少寿命短，胖子吃饭也不老实了，走一圈吃一口，他不来讨，我不喂他，桌上一粒米也捡起来，特别学拜我刷牙，我给他刷刷，他欢喜之极，自己也刷，但刷一会就改去刷什么橘子，话依旧不会，脾气见长，被打几下也就不可免，有时自己伸手让我打，我打一下，他自己也打一下，可见不痛，碰到我就倒着，不甘之后便很欢喜，听我的话，不断谢我的，我说"不可以"他便不动，他知道会有美差来，我们坐原盒，我在家就闹，我和他在家就好些，故他挨我打自都是谢我在，孔子之说

就一大堆人事，险恶情丛生，要不美国钱可买人命，可见钱是人命换的；不是拼命干，就是抓住了好牌，如赌钱，养鸡无大利，故无人争，级别上层少，我们销路大开，供不应求，挺不错

新现仍要技术经济结构，只是对中国人（大陆）特手，大厨子似好混，中国人在给全世界做饭，有些钱就回去受乐，这是一种爱好，我近来读中国书在一二近查古字嗜出，如"兰若"即是李白说世的花，本是偏的，只因声虐于胡乱硬句之末，忽然一险，我本对课者意义生怀疑，偏又大声说来，这种"险"便是此意中的彼岸了，木有横布，刨子就一顿，待不对课的常义便奇怪些，者颇多之处改，只有一处甚好，即"你一直不说没有昨天的事，"去掉一个"说"，准备好的脚就多下了一个台阶，竟然会合理，"烤面包""卷发"不如原句好，就在于合理，合理就不自然，自然本身就是不惺不惑的胡说八道，少许掺入语词，便觉这是一层生活布景，而安景又仍于布景的破洞之中，各安自然，我错意字有时得意，因是课言自然文化不全之我，无意道出，有时是他直错，"坐座"大约就是，我观据本无依字典的字义，有时于"险"处（旧为诗眼）全看字的象貌，直性情，为选，全不顾意义，所以错有时即对了，目应真往性情要偏出字和音，这是文化之初的快乐，阅读了"懂的里满"一年，只觉有趣，未懂

有的诗也是不懂的好，为了人道，我希望人误懂（理解）别直懂，电压不同，他们会烧掉

全部写仿说明，不过岸上人先不觉水里的挣扎，全部就看他用功之程度和运气了，希望百分之一不到，但人眼睛是为希望生的，这的好多奔签证为不当黑人的人，都老了，雷也试一看，吓一跳，学字做菜也许有希望，人问雷，会不会做烤鸭，雷说会，雷就这样混了一天工作，还说祖传的厨子谢家菜云云，那人真信我是北京的大厨师，做了名年，我还那评了一顿广东菜，那人已好不爱广东菜。我又买雨回来，刚都都居做饭，都我们望蛋那家，又一堆胖子照片，好看了

也可爱，不头节省钱，但有请大吹也可以，也可以买，照书上拉上手做到，

胆是眯大的异体字，样子好看，又含丑于中，自喜，故用胆，多的丢一行，在考试着面包/之后"我说，狗坐下去了

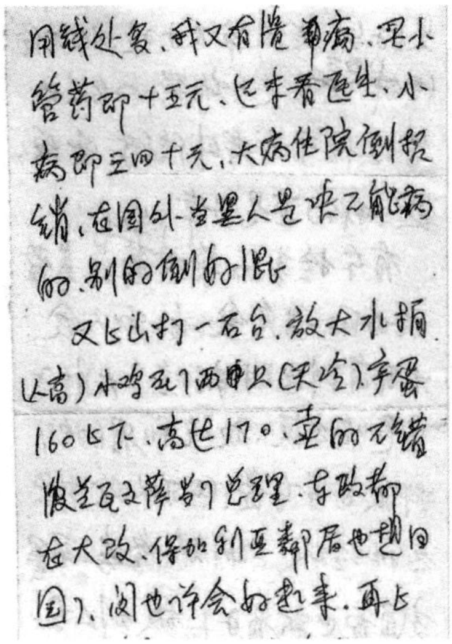

用钱处多，我又有港单病，买小
瓶药即十五元，上来看医生，小
病即三四十元，大病住院倒报
销，在国外当是人是决不能病
的，别的倒好(?)
又上次打一台台，放大水桶
(人高)，小鸡死了两车(天冷)，产蛋
160上下，高也170，卖的不错
现在王子彦当了总理，本政府
在大改，像加利亚都届(?)也想回
国了，这也许会好起来。再上

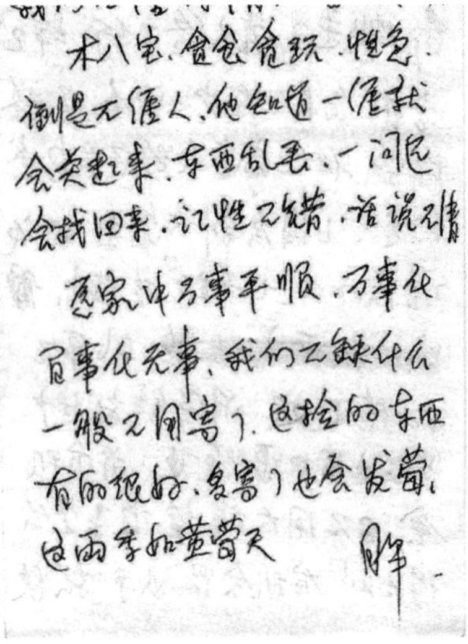

木八宝，贪仓贪玩，性急，
倒是不怕人，他知道一屋就
会关起来，东西乱丢，一问它
会找回来，记性不错，话说不清
愿家中万事平顺，万事化
百事化无事，我们不缺什么
一般不用寄了，这给的东西
有的很好，多寄了也会发霉，
这雨季如黄梅天　胖

插页二十：家信截图之二十

信的新西兰寄发戳时间为 1989 年 12 月 4 日：

……可见开饭馆亦难。雷干了一天，才知道在外国工作之苦，倒也安心养鸡了。（雨停了，我得上山拿蛋）……这有一种自在是中国永远没有的，忙极一坐，就得意了。串联的灯泡一直亮，我很得意，一大堆便宜灯泡，可照鸡三年。……（又拿了大桶蛋下来）电压不对的电器均用不上，至少寿命短。胖子吃饭也不老实了，走一圈吃一口，他不来讨，我不喂他，桌上一粒米也拾起来，特别崇拜我刷牙，我给他刷刷，他欢喜之极，自己也刷，但刷一会就改去刷小椅子。话依旧不会，脾气见长，被打几下也就不可免，有时伸手让烨打，烨打一下，他自己也打一下，可见不痛，碰到我就倒霉，不过之后便很欢喜，听我的话，不听谢烨的，我说“不可以”，他便不动，他知道会关起来，或罚坐尿盆。烨在家就闹，我和他在家就好些，故他挨我打都是谢烨在。……

……可见钱是人命换的，不是拼命干，就是抓住了好牌，如赌钱；养鸡无大利，故无人争，现岛上蛋少，我们销路大开，供不应求，挺不错。

……新现仍要技术经济移民，只对中国人（大陆）特严，大厨子似好混，中国人给全世界做饭，有点钱就回去显示，这是一种爱好。我近来诗中总有一二近音古字滑出，如“兰若”即是李白说过的花，本是编的，只因声虚于朗朗硬句之末，忽然一陷——我本对语言意义怀疑，偏又大声说来，这种“陷”便是此意中的彼岸了。

木有疖，刨子就一顿，你不对词的常义奇怪么？……三处改，只有一处甚好，即“你一直不说没有昨天的事”。去掉一个“说”，准备好的脚就多下了一个台阶，意外合理；“烤面包”“卷发”不如原句好，就在于合理，合理就不自然。自然本身就是不惶不惑的胡说八道，少许透入语词，便觉这语言是一层生活布景，而实景又伪于布景的破绽之中，名实皆然。我错丢字有时得意，因是自然文化不全之我，无意道出。有时是真错，“坐、座”大约就是。我现根本不太信字典的字义，有时于“陷”处（旧为诗眼）全看字的相貌、性情为选，全不顾意义，所以错，有时即对了。日后再任性，怕要编出点字和音，这是文化之初的快乐。……

……有的诗还是不懂的好，为了人道，我希望人误懂（理解），别真懂，电压不同，他们会烧掉。

……不过岸上人总不觉水里的挣扎，全部就看他用功之程度和运气了，希望百分之一不到。但人眼睛是为希望生的，这的好多奔签证为不当黑人的人，都老了，雷进城一看，吓一跳。学学做菜也许有希望，人问雷，会不会做烤鸭，雷说会，雷就这样混了一天工作，还说是祖传的厨子，谢家菜云云，那人真信烨是北京的大厨师，做了多年。烨还批评了一顿广东菜，那人正好不爱广东菜。烨又冒雨回来，刚帮邻居做饭，帮我们卖蛋那家。……

瞅是瞅的异体字，样子好看，又有“丑”于中，多意，故用瞅。……

……在国外当黑人是决不能病的，别的倒好混。

又上山打一石台，放大水桶（人高）。小鸡死了两只（天冷）。产蛋160上下，高达170，卖得不错。波兰瓦文萨当了总理，东欧都在大改，保加利亚邻居也想回国了。闵也许会好起来。……

木八宝贪食贪玩，性急，倒是不缠人。他知道一缠就会关起来。东西乱丢，一问还会找回来。记性不错，话说不清。

愿家中万事平顺，万事化百事化无事。我们不缺什么，一般不用寄了，这捡的东西有的很好。多寄了也会发霉，这雨季如黄霉天。　　　　胖

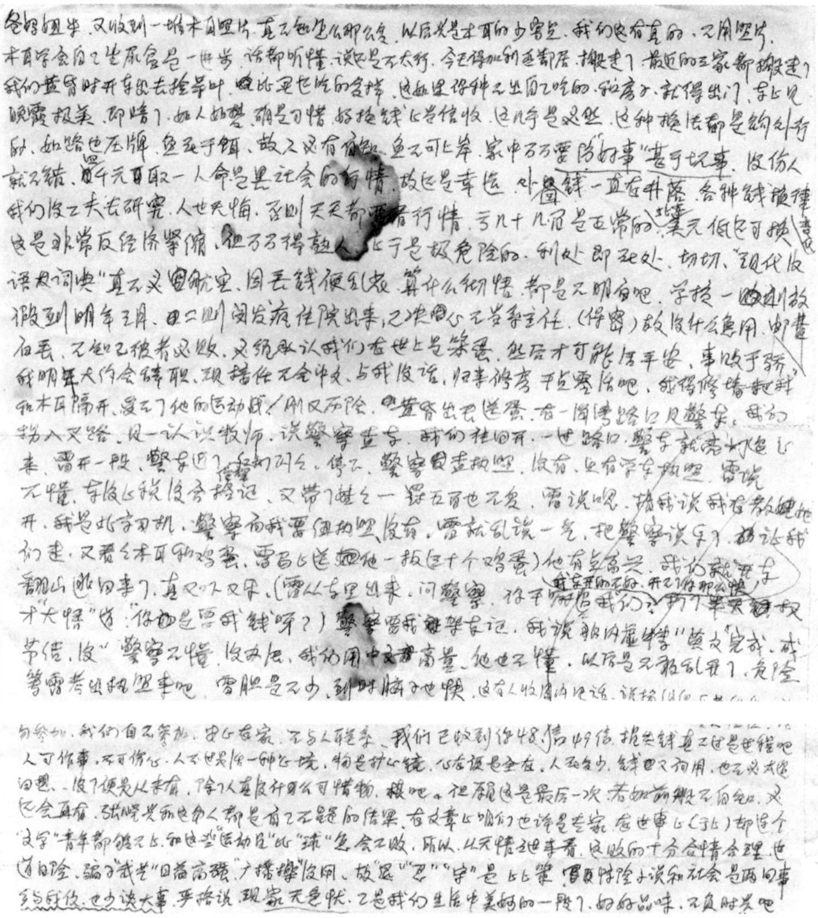

插页二十一：家信截图之二十一

信的北京接收戳时间为 1990 年 1 月 5 日：

爸妈姐米，又收到一堆木耳照片，真不知怎么那么多，以后光是木耳的少寄点，我们这有真的，不用照片。木耳学会自己坐尿盆是一进步，话都听懂，说还是不太行。……我们黄昏时开车出去捡菜叶，比买还吃得多样。……车上见晚霞极美，即暗了，如人如梦，确是可惜。妈换钱上当信收，这几乎是必然，……鱼死于饵，故人必有自知，鱼不可上岸。家中万万要防“好事”甚于坏事，没伤人就不错，四千元取一人命是黑社会的行情，故还是幸运。……不知己彼者必败，必须承认我们在世上是笨蛋，然后才可能活平安。事败于骄。我明年大约会辞职。……我得修墙把我和木耳隔开，受不了他的运动战／刚又历险，黄昏出去送蛋，在海湾路口见警车，我们拐入岔路，……车没上税，没合格证，又带了娃娃，一罚五百也不多。……雷就乱说一气，把警察说乐了，让我们走，又看看木耳和鸡蛋，雷马上送他一板(三十个鸡蛋)，他有点高兴。我们就开车翻山逃回来了，真又吓又乐。(雷从车里出来，问警察，你干吗追我们？我车开得不好，开不了你那么快。打了半天岔才“大悟”道：“你是要我钱呀！”)……以后是不敢乱开了，危险，等雷考出执照来吧。雷胆是不小，到时脑子也快。……

……损失钱真不过是过程吧，人可做事，不可伤心。人不过是活一种心境，物是护心境，心在便是全在。人死多少，钱又何用。也不必太过回想，没了便是从未有，除了人真没什么可惜物，棋吧。但愿这是最后一次，若如前般不自知，必还会再有。……在文章上咱们也许是专家，在世事上(街上)却连个“文学青年”都够不上，和这些“运动员”比“球”怎会不败。所以，从无情之世来看，这败得十分合情合理。世道日险，骗子“武艺”日益高强，“广播操”没用，故“退”“忍”“守”是上上策。惊险小说和社会是两回事。……严格说，现家无急忧，已是我们生活中美妙的一段了，好好品味，不负时光吧。



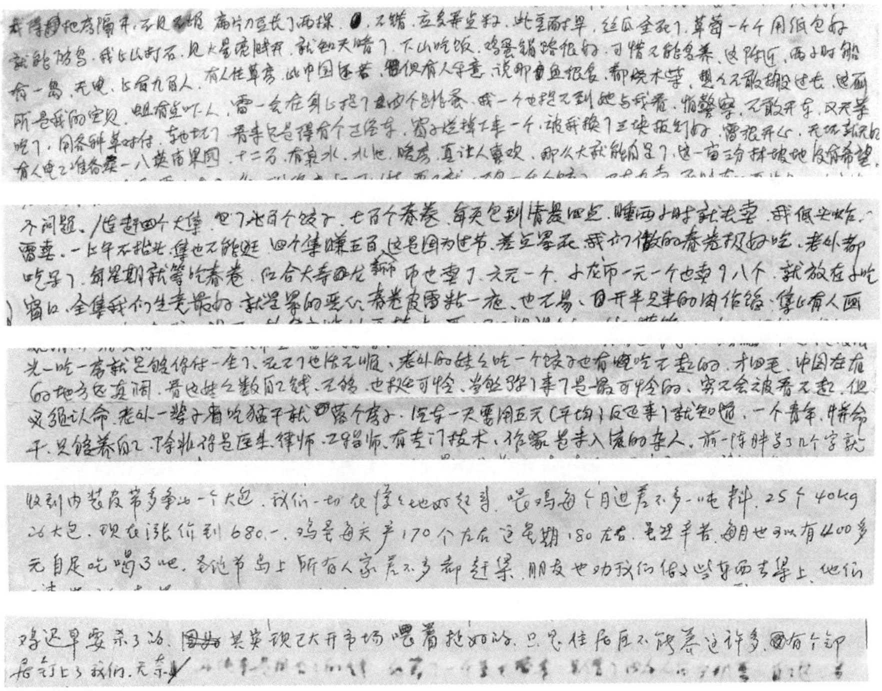
[illegible]扁豆刀豆长了两棵。[illegible]不错，应多弄些籽。比里耐旱。丝瓜全死了。草莓一个个用纸包好就能防鸟。我上山时看见大量鹿脚印，就知天暗了。下山吃饭。鸡蛋销路很好，可惜不能多养。这附近，两小时船有一岛，无电，上有九百人，有人住草房，[illegible]说那鱼很多，都烧木柴，[illegible]那面所是我的宝贝。[illegible]雷一会在身上捉了[illegible]，我一个也捉不到，她与我看，怕警察，不敢开车，又天黑了，[illegible]看来还是得有个[illegible]。窗子烂掉了一个，被我换了三块玻璃好，雷很开心。[illegible]一八英亩果园，十二万，有泉水，水池，[illegible]真让人喜欢，那么大我就能自足了，这一亩三分林坡地没有希望。

不问题。/这些四个大集，包了七百个饺子，七百个春卷，每天包到清晨四点，睡两小时就去卖。[illegible]一上午不停地，集也不能逛。四个集赚五百，这是因为过节，差点累死。我们做的春卷极好吃，老外都吃呆了，每星期就等吃春卷。[illegible]也卖了，六元一个，小龙面一元一个也卖了八个，就放在小吃窗口。全集我们生意最好，就是累的要死。春卷皮雷做一夜，也不易，[illegible]的肉馅饺，集上有人[illegible]

光一吃一房就足够[illegible]一生了，死了也[illegible]。老外的娃娃吃一个饺子也有吃不起的。才四毛，中国在有的地方还真阔。[illegible]数百元钱，不够，也实在可怜，当然孩子了是最可怜的，穷不会被看不起，但又须认命。老外一辈子[illegible]就够落个房子。住家一天要用五元（平均）反正来了就知道，一个青年，拼命干，只够养自己。除非你是医生、律师、工程师，有专门技术，作家[illegible]的杂人。前一阵[illegible]了几个字就

收到内装皮带多条的一个大包，我们一切很好也好过了。喂鸡每个月要差不多一吨料，25个40kg 26大包，现在涨价到680.-。鸡蛋每天产170个左右，旺季期180左右。虽然辛苦，每月也可以有400多元自足吃喝了吧。圣诞节岛上所有人家差不多都赶集，朋友也劝我们做些东西去集上，他们

鸡迟早要杀了的。[illegible]其实现在大开市场喂着挺好的，只是住房区不能养这许多，[illegible]有个邻居告上了我们，无奈[illegible]

插页二十二：家信截图之二十二

信的新西兰寄发戳时间为 1990 年 1 月 12 日：

……扁片刀豆长了两棵，不错，应多弄点籽。此豆耐旱。丝瓜全死了。草莓一个个用纸包好就能防鸟。我上山打石，见火星亮，溅开，就知天暗了，下山吃饭。鸡蛋销路很好，可惜不能多养。这附近两小时船有一岛，无电，上有九百人，有人住草房，比中国还苦，但有人乐意。说那鱼很多，都烧木柴。想想不敢搬过去，这厕所是我的宝贝。虮有点吓人。雷一会在身上捉了四个跳蚤，我一个也捉不到，她与我看。怕警察，不敢开车，又无菜吃了，用各种草对付，车也坏了，看来还是得有个正经车。窗子烂掉下来一个，被我换了三块板钉好，雷很开心，无坏就无好。有个电工准备买一八英亩果园，十二万，有泉水，水池，暖房，真让人喜欢，那么大就能自足了，这一亩三分林坡地没有希望。

……连赶四个大集，包了七百个饺子，七百个春卷，每天包到清晨四点，睡两小时就去卖，我低头炸，雷卖，一上午不抬头，集也不能逛，四个集赚五百新币，这是因为过节，差点累死。我们做的春卷极好吃，老外都吃呆了，每星期就等吃春卷。……全集我们生意最好，就是累得恶心。春卷皮雷粘一夜，也不易，开半只羊的肉作馅。

……老外的娃娃吃一个饺子也有吃不起的，才四毛，中国在有的地方还真阔，看这娃娃数自己钱，不够，也挺可怜。当然弥了来了是最可怜的。穷不会被看不起，但必须认命。……作家是未入流的杂人。……

……我们一切在慢慢地好起来，喂鸡每个月进差不多一吨料，25 个 40kg 的大包，现在涨价到 680。鸡蛋每天产 170 个左右，这星期 180 左右，虽然辛苦，每月也可以有 400 多元，自足吃喝了吧。……

……鸡迟早要杀了的，其实现已大开市场，喂着挺好的，只是住居区不能养这许多，有个邻居盯上了我们，无奈 /……

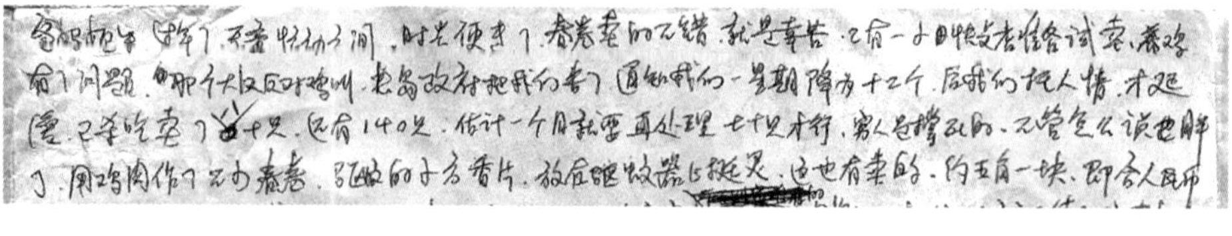

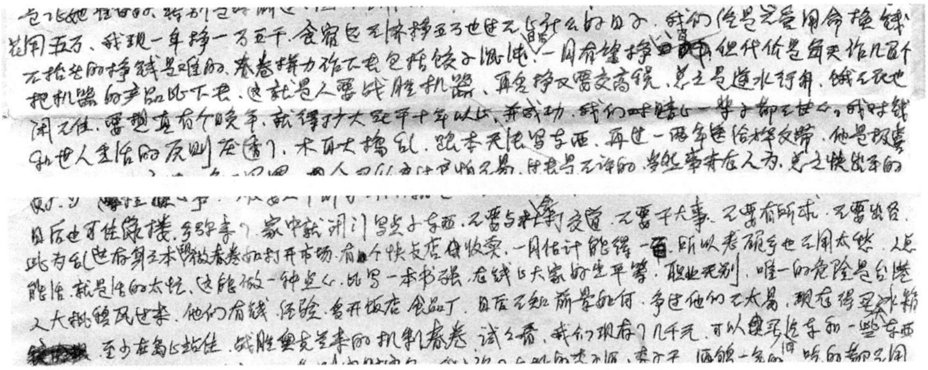

插页二十三：家信截图之二十三

信的新西兰寄发戳时间为 1990 年 2 月 11 日：

爸妈姐米，过年了，无意忙动之间，时光便走了。春卷卖得不错，就是辛苦。已有一小快餐店准备试卖。养鸡有了问题，那个大汉反对鸡叫，去岛政府把我们告了，通知我们一星期降为十二个，后我们托人情，才延缓，已杀吃卖了八十只，还有 140 只，估计一个月就要再处理七十只才行。穷人是撑死的。不管怎么说也胖了。用鸡肉做了不少春卷。

……我现一年挣一万五千，食宿还不济，挣五万也过不上什么好日子。我们终是不爱用命换钱，不抬头地挣钱是难的，春卷拼力做下去包括饺子馄饨，日后一月有望挣八百，但代价是每天做几百个把机器的产品比下去，这就是人要战胜机器，再多挣又要交高税，总之是逆水行舟，饿不死也闲不住，要想真有个晚年，就得扩大死干十年以上，并成功；我们对赔上一辈子都不甘心，我对钱和世人生活的原则厌透了。……

……乡弥来了，家中就闭门写点小东西，不要与社会打交道，不要干大事，不要有所求，不要出名。……这能做一种点心，比写一本书强，在钱上大家好生平等，职业无别。唯一的危险是台港人大批移民过来，他们有钱、经验，多开饭店、食品厂，日后不知前景如何，争过他们不太易。现在得买大冰箱，至少在岛上站住，战胜奥克兰来的机制春卷，试试看。我们现存了几千元，可以买旧汽车和一些东西。……

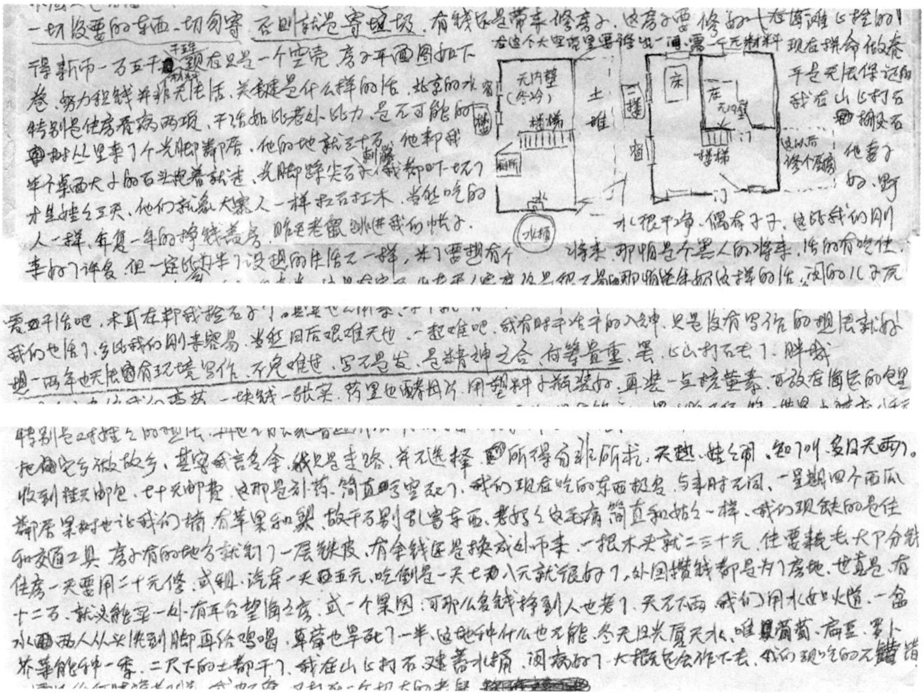

插页二十四：家信截图之二十四

信的新西兰寄发戳时间为 1990 年 2 月 21 日（信中示意图可见室内厕所已建成，同楼梯口错开；后再建则正对楼梯口，于其间建一中转台，向两边走下最后两级台阶，将一楼更加整齐地分割成左右两部分。图中可见一层西侧仍无墙，直接就是坡地土堆）：

……一切没要的东西切勿寄，否则就是寄垃圾，有钱还是带来修房子。……干活如与老外比力，是不可能的，我在山上打石，树丛里来了个光脚邻居，他的地就三十万，他帮我搬石，半个桌面大小的石头抱着就走，光脚踩尖石刺藤，我都吓坏了。他妻子才生娃娃三天，他们就像大寨人一样扛石扛木。当然吃得好。野人一样。年复一年地挣钱盖房。昨天老鼠跳进我们帐子。水很干净，偶有孑孓。这比我们刚来好了许多，但一定与乡为米了设想的生活不一样。……

……我有时干活干得入神，只是没有写作的想法就好，想一两年也无法有环境写作，不免难过。写不是发，是精神之合，何等贵重。罢，上山打石去了。 胖城

……其实我言多余。我只是走路，并不选择，所得自非所求。天热，娃娃闹，知了叫，多日无雨了。收到桂圆邮包，七十元邮费，这哪是补药，简直亏空死了。

我们现在吃的东西极多，与来时不同，一星期四个西瓜，邻居果树也让我们摘，有苹果和梨，故千万别乱寄东西。老妈妈这毛病简直和姑姑一样。我们现在缺的是住和交通工具，房子有的地方就钉了一层铁皮。有余钱还是换成外币来，一根木头就二三十元。……天不下雨，我们用水如火道，一盆水两人从头洗到脚再给鸡喝。草莓也旱死了一半。这地种什么也不能，冬无日光夏无水，唯葡萄、扁豆、萝卜、芥菜能种一季。二尺下的土都干了。我在山上打石建蓄水桶。……又打死一个极大的老鼠。

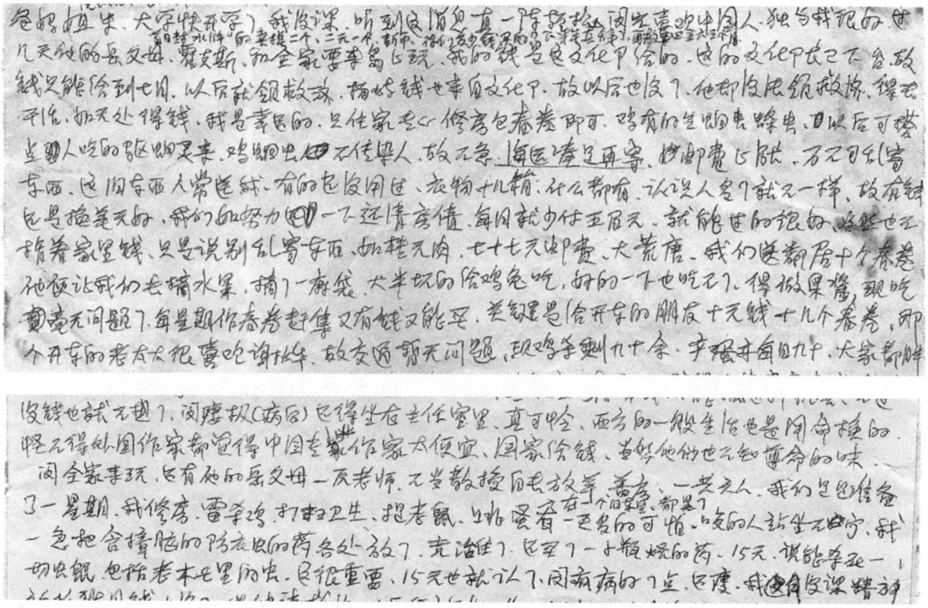

插页二十五：家信截图之二十五

信的北京接收戳时间为 1990 年 3 月 21 日：

爸妈姐米，大学快开学了，我没课，听到这消息真一阵轻松。下半年真辞了，再教四五六三个月。闵不喜欢中国人，独与我很好。过几天他的岳父母，霍克斯，和全家要来岛上玩。我的钱是这文化部给的，这的文化部长已下台，故钱只能给到七月。（首日封“水浒”的卖掉二个，二元一个，新币，你们多少钱买的？）……我是幸运的，只住家专心修房包春卷即可。鸡有的生蛔虫绦虫，以后可搭点人吃的驱蛔灵来。鸡蛔虫不传染人，故不急，海运凑足再寄。邮费上涨，万不可乱寄东西。这旧东西人常送我，有的还没用过，衣物十几箱，什么都有，认识人多了就不一样，故有钱还是换美元好。我们如努力一下还清房债，每月就少付五百元，就能过得很好。当然也不指着家里钱，只是说别乱寄东西，如桂圆肉，七十七元邮费，太荒唐。我们送邻居十个春卷，他便让我们去摘水果，摘了一麻袋，大半坏的给鸡兔吃，好的一下也吃不了，得做果酱。现吃毫无问题了，每星期做春卷赶集又有钱又能买。关键是给开车的朋友十元钱十几个春卷，那个开车的老太太很喜欢谢烨，故交通暂无问题。现鸡杀剩九十余，产蛋亦每日九十。……

……闵瘦极（病后），还得坐在主任室里，真可怜。西方的一般生活也是用命换的，怪不得外国作家都觉得中国专业作家太便宜，国家给钱，当然他们也不知遵命的味。闵全家来玩，还有他的岳父母——原老师，不当教授自去放羊、盖房。一共六人。我们足足准备了一星期，我修房，雷杀鸡，打扫卫生，捉老鼠。跳蚤有一天多得可怕，在一个旧车里，都黑了，咬得人站坐不宁，我一急把含樟脑的防衣虫的药各处放了，竟治住了。还买了一小瓶烧的药，15 元，说能杀死一切虫鼠，包括老木头里的虫，这很重要，15 元也就认了。……



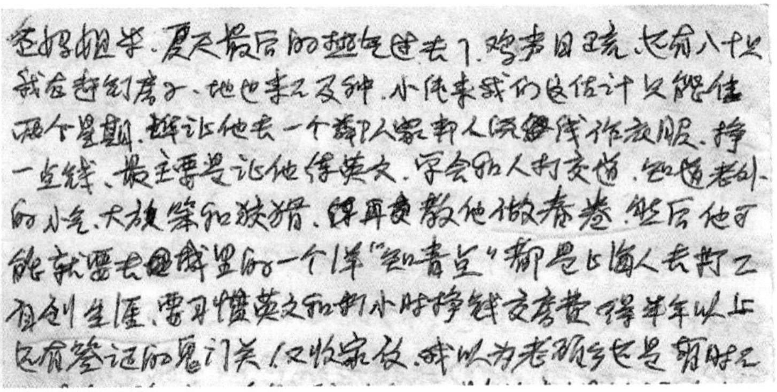
爸妈姐米，夏天最后的热气过去了，鸡声日疏，还有八十只
我在赶钉房子，地也来不及种，小伟来我们这估计只能住
两个星期，烨让他去一个邻人家帮人洗[illegible]作衣服，挣
一点钱，最主要是让他学英文，学会和人打交道，知道老外
的小气、大方、笨和狡猾，得再教教他做春卷，然后他可
能就要去[illegible]城里的一个洋"知青点"，都是上海人去打工
自创生涯，要习惯英文和打小时挣钱交房费，得半年以上
[illegible]

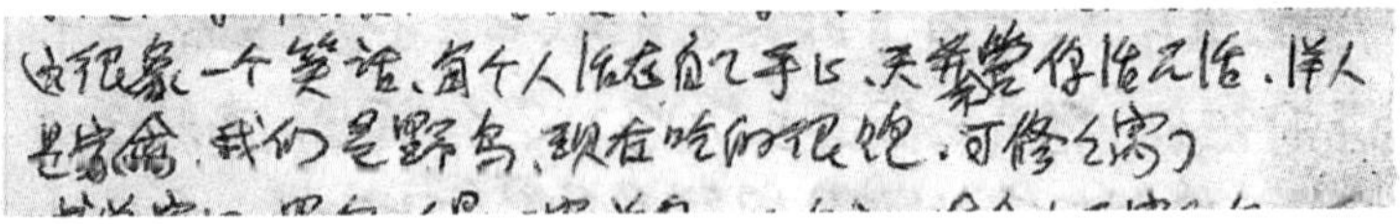
[illegible]一个笑话，每个人[illegible]手上，[illegible]，洋人
是[illegible]，我们是野鸟，现在吃的很饱，可惜[illegible]

插页二十六：家信截图之二十六

信的北京接收戳时间为 1990 年 3 月 25 日：

爸妈姐米，夏天最后的热气过去了，鸡声日疏，还有八十只。我在赶钉房子，地也来不及种。小纯来我们这估计只能住两个星期，烨让他去一个邻人家帮人绕线做衣服，挣一点钱，最主要是让他练英文，学会和人打交道，知道老外的小气、大方、笨和狡猾，再教他做春卷，然后他可能就要去城里的一个洋“知青点”（都是上海人）去打工自创生涯，要习惯英文和打小时工挣钱交房费，得半年以上，还有签证的鬼门关。……

……这很像一个笑话，每个人活在自己手上，天并不管你活不活。洋人是家禽，我们是野鸟。现在吃得很饱，可修修窝了。

作者岛上房子室内一角。作者于此生活期间，在老鼠特别喜爱逗留的窗棂上画了老鼠。另面墙图，大体与《英儿》中描写吻合。图片摄于2007年7月。

上：顾城所画售卖鸡肉春卷的硬纸牌子（英文字为谢烨写）。硬纸自废纸箱剪下，用时可打开折叠，架在售卖桌台上。同时画有素食鸡蛋菜蔬春卷的另个牌子，上画一棵洋白菜两根胡萝卜三个鸡蛋，同样画有“城”之背景。两个牌子一并使用多年，其离岛甚至离世之后仍被使用，早已浸满油渍。惜另个牌子后失佚。作者文中提到的卖鸡蛋挂在树上“鸡蛋跳舞的招牌”亦失佚。

下：画陶非常困难，颜料、笔、陶面大异于使用普通笔墨和纸页，很难形成流畅线条，精致更不易。此为《英儿》书中的“陶罐老太”原型手制的陶杯，邀顾城试画并偶然存留下的。顾城画过许多，越画越好，惜一而再再而三地烧制失败，成功的也全部散失，多画在谢烨手制的陶碗、陶罐、陶盘、陶杯上，照片也没曾想到留下一张。

往山上去的时候，就没有鸡了。这是最后一幕。点一点，一二三,三个人还在，其余的都要没命了。鸡毛堆起来，开水倒下去，挖大坑，那么光亮的羽毛，那么鲜艳的内脏，我扎过鸡毛掸，每次吃鸡也都有过节气象，而现在呼噜往坑里一倒，苍蝇像黑风暴一样，蛆白白的，还活着的鸡眼睛僵直，盯在那里。

手破了红肿起来，得换破得不厉害的手接着拔鸡毛。猫来了，狗也吠了，待死的太后白云母忽然直起脖子长叫。雷那么好看，偏成了女屠夫。雷叹道："怎么大个不来呀！"



## 六十三

执法者来了，准时，上午九点。带笼子的专用卡车停在路口。她走上来："哈罗！"同我们打招呼。这女士是管全岛狗的，没注册的狗都归她抓起来。所以雷尊她为"狗官"。

我看着大笼子车，以小人之心度狗官：复活节到了，狗官想吃我们的健康活鸡！可不是吗？她说买，至今也不见拿钱。她就等着大限期到，好没收白吃！她后边还跟着个大小伙子，那是她的司机。

狗官面含微笑。我就把盆里的鸡头给她，一个个眼睛半睁半闭发白的鸡头。我已经不想他们曾经是鸡了，更不会去分辨白云母或者海珍珠。狗官很认真地数，点过的就落进她的袋里。她竟要把头带走，而谢烨本来是准备煮一大锅的。阳光灿烂，一桶血里淹死了无数苍蝇。那个跟她上来的小伙子神情不对，往后退一步又退一步，我有些恶意地对他笑了笑。

"冰箱里还有头，塑料袋里。"雷让我去拿。

狗官数到八十了，雷还在杀。我又拽下雷刚杀断颈的两个鸡头，一并丢给狗官。以往吃鸡，雷最爱吃鸡头，冠、垂、眼、脑，吃得十分精致，明目补脑，从小就听这个教导；她总是把脑给娃哩吃。"八十二、八十三。"狗官数完了说："剩下的五点前杀完。"她没有没收我们的活鸡。

## 六十四

狗官和她的一口袋鸡头下了山就再没回来。那个司机小伙子走得更快，一定被这伙中国土著吓坏了。斩首一百，以首级论功，中国古来如此，原来西洋、南洋也不例外。

大个也不知看没看到那些鸡头。狗官应该会把那一口袋不会叫的鸡头，拿给他看吧？——看看，你不要它们叫，它们就不叫了。

偶尔在路上，他骑车碰上我们，就把头低了。他再也没来买我们的鸡蛋。

## 六十五

我不愿再上山了，去走那一个个台阶，我用山石筑的台阶，不愿去看我在晴天雨天里修起的鸡楼，看树；想筑一个更大的鸡舍，筑在鲜花大树上，日落以后还有太阳，下边养鹅，吃草，养兔子、羊、马，我还要为鸟修一个房子。

一个家，从十一岁起，我就想有一个家，在山上，筑起城来，交错而起，上边有大炮，我用铅铸货币和炮弹，我做弓箭，用风车提水，用沼气发电，自己筑窑，烧瓷砖，我挖很深的山洞，里边有铝铸的地板，有食品，有铜炉子。我的木吊桥升得高高，下边一个小篮子放钱，提上来，可以买我们的鸡蛋……

我把兔子都送了人，黑鼻子的加利福尼亚兔，送给两个孩子，把窝拆了，木板丢到山下。电也拆了，穿山的电线不再有意义，徒生危险，我的老虎钳子就给打飞了一次。

## 六十六

一个梦，二十年，也够长了。我多想有人喜欢这个梦。现在没有了。

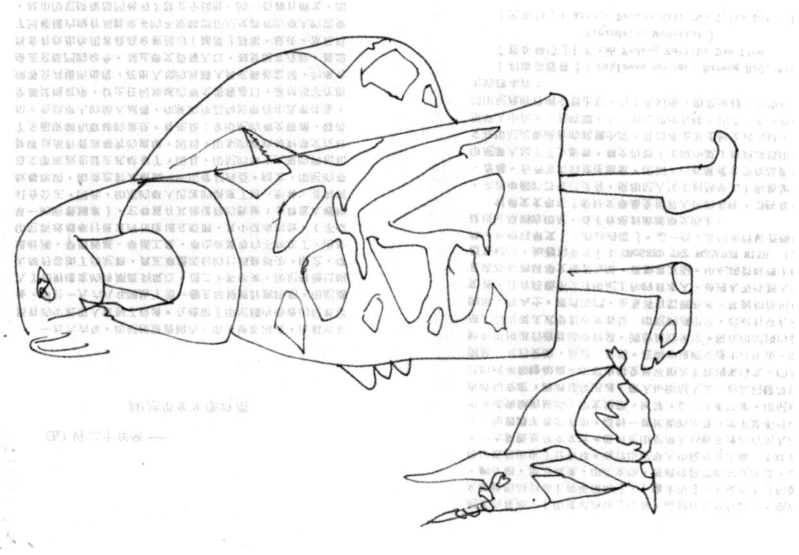

1990年4月杀鸡之后不久画于一字纸背面，称是『狗官』，即文中前往验收的『执法者』——『狗官和她的一口袋鸡头下了山就再没回来。……』家信中则说：『提我们的一袋鸡头回去报功，说过几天再来。』

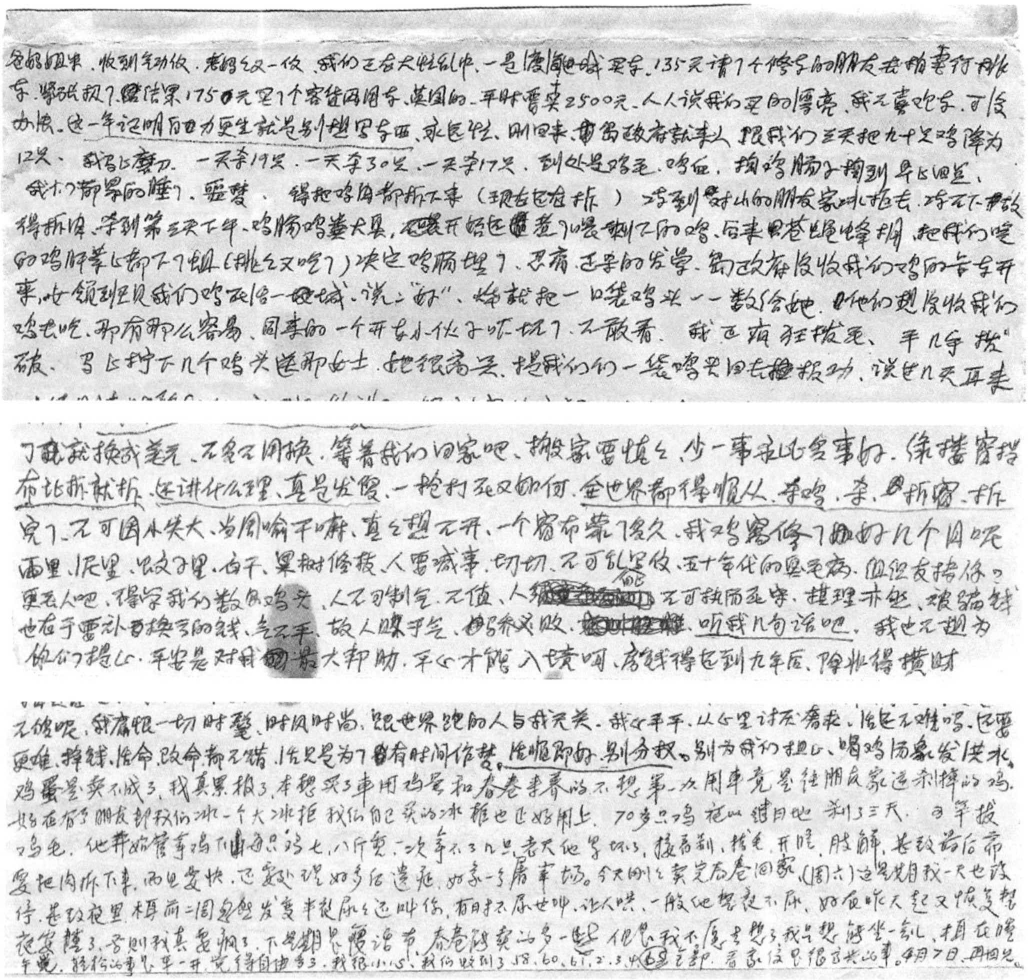

插页二十七：家信截图之二十七

信的新西兰寄发戳时间为 1990 年 4 月 10 日（信应结笔于 4 月 7 日）：

……我们正在大忙乱中，一是渡海进城买车，135 元请了个修车的朋友去拍卖行挑车，紧张极了，结果 1750 元买了个客货两用车，英国的，平时要卖 2500 元。人人说我们买得漂亮。我不喜欢车，可没办法。这一年证明自力更生就是别想写东西，永远忙。刚回来，岛政府就来人，限我们三天把九十只鸡降为 12 只。我马上磨刀。一天杀 19 只，一天杀 30 只，一天杀 17 只。到处是鸡毛、鸡血，掏鸡肠子掏到早上四点。我们都累得睡了，噩梦。得把鸡肉都拆下来（现在还在拆），冻到对山的朋友家冰柜去，冻不下故得拆肉。杀到第三天下午，鸡肠鸡粪大臭，开始还煮了喂剩下的鸡，后来苍蝇蜂拥，把我们吃的鸡肝菜上都下了蛆（挑挑又吃了），决定鸡肠埋了，忍痛。正杀得发晕，岛政府没收我们鸡的卡车开来，女领班见我们鸡死活一城，说："好"，烨就把一口袋鸡头一一数给她。他们想没收我们鸡去吃，哪有那么容易。同来的一个开车小伙子吓坏了，不敢看。我正疯狂拔毛，手几乎拔破，马上拧下几个鸡头送那女士。她很高兴，提我们的一袋鸡头回去报功，说过几天再来。

……搬家要慎慎，少一事永比多事好。绿楼窗挡布让拆就拆，还讲什么理，真是发傻，一枪打死又如何，全世界都得顺从，杀鸡，杀，拆窗，拆，完了，不可因小失大。当周瑜干嘛，真真想不开，一个窗布蒙了多久，我鸡窝修了好几个月呢，雨里，泥里，蚊子里，白干。果树修枝，人要减事，切切，不可乱向上写信，五十年代的臭毛病，组织支持你？更丢人吧。得学我们数鸡头，人不可制气，不值，人不可执而死守，棋理亦然。被骗钱，也在于要补换亏的钱，气不平，故人败于气，骄必败，听我几句话吧。我也不想为你们提心，平安是对我最大的帮助，平心才能入境呵。……

……我痛恨一切时髦，时风时尚，跟世界跑的人与我无关；我心平平，从心里讨厌奢求，活还不难吗，还要更难，挣钱，活命，改命，都不错；活只是为了有时间做梦，活顺即好，别分权；别为我们担心，喝鸡汤像发洪水。鸡蛋是卖不成了，我真累极了，本想买了车用鸡蛋和春卷来养的，不想第一次用车竟是往朋友家运杀掉的鸡。好在有个朋友帮我们冰，一个大冰柜，我们自己买的冰柜也正好用上。70 多只鸡夜以继日地杀了三天，可罕拔鸡毛，他开始管拿鸡下山，每只鸡七八斤重，一次拿不了几只，老天他累坏了，接着剥，拔毛，开膛，肢解，甚至最后需要把肉拆下来，而且要快，还要处理好多后遗症，好像一个屠宰场。今天刚刚卖完春卷回家，（周六）这星期我一天也没停，甚至夜里木耳前二周忽然发变半夜尿尿还叫你，有时不尿也叫，让人哄，一般他整夜不尿，好在昨天起又恢复整夜安睡了，否则我真要疯了。下星期是复活节，春卷能卖得多一些，但是我不愿去想了，我只想能坐一会儿。木耳在睡午觉。轻松的事是车一开，觉得自由多了，我很小心。……

我又回到我疲倦的路上，我的诗里。我画过画，养过鸡，养过乌鸦和豚鼠，种桔树和无花果，雷说得对，这些都要钱。

写一些字给别人，给自己。我不太相信自然——愿望是自然的，求生和审美冲突时，愿望是冲突的；审美却不忘求生和置生死于审美之中是不同的，以生死为目的的战争和不以生死为目的的战争是不同的；求生之下吃饱了和没吃饭时的自然，是不同的。我肯定最老的中国，我喜欢土地，黑色的好的土地，开花，长树，长草，人可以辛辛苦苦地种萝卜，种上几十次萝卜、土豆，让一生过去，把生命用尽，挺好。可这还不够。

——我想有人喜欢这些事，沆瀣一气，有一个兴致。



……

你喜欢歌谣　孩子

唱过的树都倒了

花开如火　也如寂寞

## 六十七

我把路修到山上

采果子给你

我摘果子　从那些死了的树上

一百年前　鲜艳的果子

我把它给你　我的孩子

　　　　　　　　你的头发

一直垂到地上　一直垂着

抬起头来

对我慢慢微笑

## 六十八

闵教授去了法国。保加利亚人卖掉了房子。海豚人在城里等飞碟。

狗攻破了荒凉的鸡圈，它们在铁丝网下挖了个大洞，路上洒了些鸡毛，大屠杀后的十三个幸存者没了。愣了一会，发现还有一只小中国鸡和两只蛋鸡飞在树上。

“怎么狗会吃鸡呢？”有人在电话里问。我只好说：“也许那些狗还没进化成狗吧。”

又去老里查德家拿冻着的鸡腿，并借他们的小狗来闻闻狗踪，好侦察出谁家的狗恢复了自然的狼性。那只小黄狗听令地闻了闻洒地的鸡毛，就径直回自家去了。

我们尾随着它走了一会，一点希望也没有，倒是老里查德有办法，不等天亮就把五星红旗和青天白日都升了起来。

1991 年 8 月至 10 月　岛上

辑四　忆往二

# （《英儿》未定稿）



◎ 本辑中的篇目多形成于1993年3月中旬以后至5月以前，应属于未定稿，或者更确切些说，为未进入或尚未进入《英儿》之篇目，此时《英儿》书应尚未确定为小说写法。作者沉浸于表达，如实陈说，直抒胸臆，书的结构、主题等问题似还未及特别考虑，诸篇目明显为散文形式。形成过程大体是首先为面对雷（谢烨）的录音口述（含对话），再由谢烨打字输入电脑，之后由作者校改乃至再写，这是作者和谢烨初次在写作上对电脑的使用。关于《英儿》写作的录音（磁带录音）总时长约1800分钟，大部分内容未见于纸件，或许从未输入电脑。录音首盘应录于1992年3月15日准备飞往北京候机时分，显然此前已有许多讨论，已有写书（甚或小说）设想，应是顾城受李英事件打击，而倍感谢烨的高尚和委屈，进入对谢烨的倾诉及至忏悔，令谢烨感动并鼓励和推动他写下来，或以什么形式公之于众，遂开始录音。录音初时目的性强，顾城显得并不自然，说到同李英的关系时甚至张口结舌，不时需要谢烨引领。后渐而随心随意，许多本辑篇目便是这时形成的，它们是非小说的，同后来的小说《英儿》很不同。录音于4月下旬似戛然而止，继而五六月间的少量录音很多内容可见于小说《英儿》。恰好此未录音期间正是小说最初的笔撰阶段，这同其他方面获得的了解恰也吻合。此辑篇目除附录中两篇外，均依据纸件，各篇皆可在录音中获得印证——有些篇目变动较大，更多篇目依旧几乎字字对应；似也表明一种撰写进程。纸件篇目大多尚未确定位置，本辑对这些篇目慎重对照录音前后顺序排列。相当数量篇目置“忏悔”标题之下，有的标有序号，更多的则没有，为方便阅读，慎加序号。（此部分或可同小说《英儿》中作者于《引子》尾段中提到的“五个纸口袋”作联系：“盒子里一共有五个纸口袋，……第二个纸袋上写着：忏悔。塞得满满的，……”）。《四月十五日》《四月十七日》《四月二十日》《四月二十二日》，未见作者另行拟题，谨保留时间标题（此标题时间，亦录音时间），同标题篇目以形成时间先后为序，加写序号。尚无标题篇目，慎加标题，以括号形式予以区分。尚不完整或明显处于进行中的篇目未辑入。小说《英儿》于5月初起正式起笔撰写，绝大部分未见于录音，但录音中仍留有几乎字字对应的部分，尤其在记梦的几篇中间，且不似字稿后的诵入，更像是直接陈说；这部分录音时间大致在五六月间，量不大；另就是《引子》《尾声》部分，录音中留下了作者经历过的更多想法。录音应属有意，但相对形成文字还是随意得多吧，因此凡只有录音未见纸字的部分，本书都未收入；唯8月4日和5日（1993年）的两段录音，因其含义，慎重收于附录中。附录中末篇与录音无关，写在于塔希堤岛转机返回新西兰的等待时刻，似与《英儿》写作也无关，但读来却有一种特别深切的连贯。此辑读来像是小说《英儿》之外的一部散文《英儿》（另，或可以为，还有一部录音《英儿》吧）。

顾城在家信（1993年4月10日柏林邮戳；见『下册』）中说『这个磨坊改的屋子，山谷中水声日夜』，描述的就是这所房子（见下图）。当时他和谢烨随友人在此小住，小住间他在友人笔记本上钢笔画了此图（见左图），侧景即上图这座被他后来称为『磨坊』的房子。《英儿》中也提到它：『这个转动了好多年的磨坊，现在不再转了；水声依旧。我想起刚刚弹过琴……』当时他和谢烨正为《英儿》的写作准备租房（于DAAD工作一年已满，亦应自DAAD住房搬出）。

1993年4月10日前后的三四天中，于『磨坊』内外。自此进入《英儿》的专心写作阶段。

“小时候……”（顾城散文）——

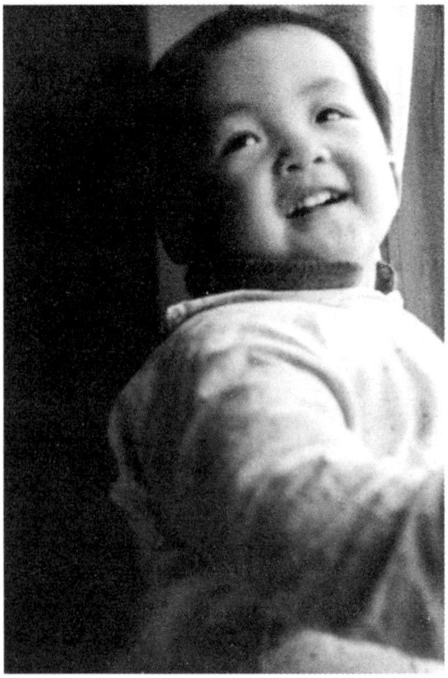

上：1960 年初家中窗前。

下：1960 年初“厂外”（即所居住的“八一厂”院外；其散文及至小说中多次出现这个区域）荒野间。

上：1961年夏北京景山公园正门外。

下：1969年秋北京午门外（即将随家“下放”农村了。此时已写“我在幻想着 / 幻想在破灭着 / 幻想总将破灭宽恕 / 破灭却从不把幻想放过”等许多诗）

首次同赴重庆——

上："第一次飞出去，雷，沿着长江飞……"

下："我们的飞机落在重庆……"

——1981年10月。顾城赴重庆参加活动，取道上海看望谢烨，谢烨希望同去重庆，所在工厂不准假，最终她留下一信，两人为赶时间乘飞机前往。以后他们一起飞过许多许多次，但这是第一次。

1981 年 10 月。自重庆返上海的长江渡轮上。

结婚之后——

上：“我们有一个小小的家了，八平米的房间”

——顾城和谢烨结婚之后在这里生活了六个多月的时间。1984年2月底迁至北京。

下：“阳光照着你的侧面像”

——1983年8月8日顾城谢烨登记结婚。当日在他们上海的“很小的院子”里，顾城为谢烨照了这张侧面像。他折枝院墙上的“爬墙虎”作谢烨的头饰。

上：1986 年夏北京居所卧室。心情之下，顾城不时会在墙上画些故事和想法。

下：1986 年秋北京居所南侧。（家信中的“总后”，指的就是这里）

上：1983 年 12 月厦门。

中、下：1985 年夏长城上。

左：1987 年初北京。

右：1987 年 10 月法国。（陈力川摄）

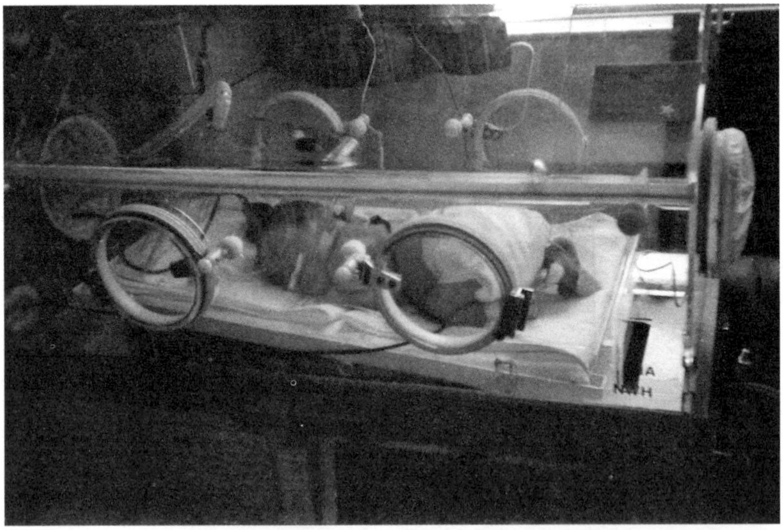

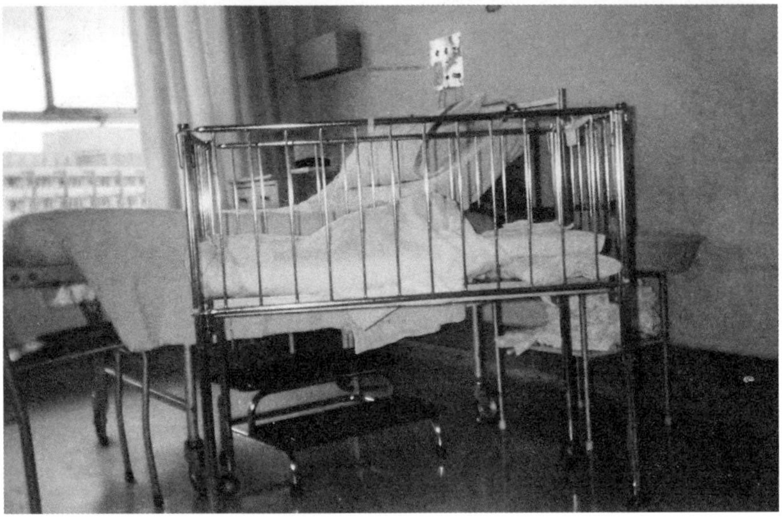

上：“他被放在楼下小小的暖箱里，……手脚上都挂着小针；
他非常聪明，会用另一只脚把那个小针踢掉……”（见内文）
——1988 年 3 月儿子于新西兰出生。

下：谢烨住院的房间。孩子睡在婴儿床中。床一侧是谢烨的卧床。

上：1988 年 11 月岛上家中。朋友来访。顾城刚刚将背后原房主拆毁的一面内墙钉上不久。

下：“我们三个人来，胖子最大。”（见内文）——“胖子”，儿子小名之一。1989 年岛上。

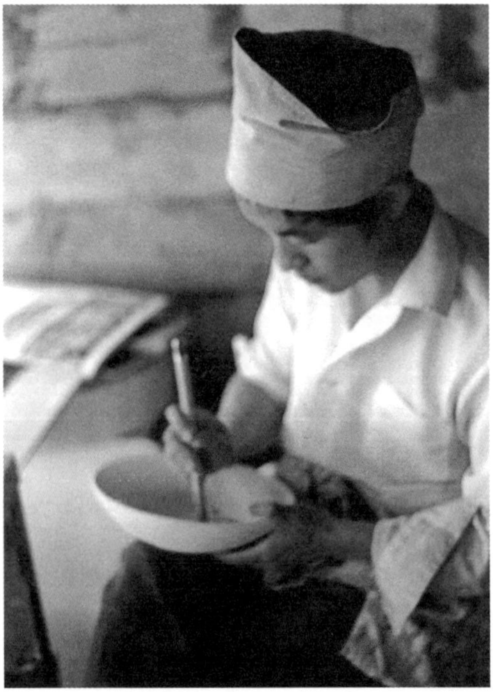

上左：岛上住房。1988 年 7 月搬入后修补房子约三个月时摄。此时下层不完整的外墙已以废旧窗、板等物大体修补完毕；原缺失的南侧屋檐接水管也已修复，可以看见两侧接水管均可将屋顶雨水接入房子右侧（北面）的大水泥蓄水罐。此为东向面，可观对山和西南方向的海。北为向阳面，自东面进入二层有另一房门，约三年后于此面建成大平台，衔接房门及后山。西面即后山，养鸡在此面山上。

上右：2007 年摄顾城当年用旧板材建造的室内厕所。厕所入水接通蓄水罐，排出通向自建的沼气池。照片右端房门即一楼的东向房门。通向楼上的楼梯（于照片左端图外）先行建成，由于末端直抵厕所外墙，顾城又建转折平台（见照片左下）。

下：谢烨制碗，顾城画陶。只留下这一张照片，为小说《英儿》中“陶罐老太”原型摄。

上：此打开的房门即自东面进入，二层北向的房门，三年后此门打开便是新建大平台了（此下第五图打开的门即此门，平台已建成）。目前门外是作者不断用石头和木头打建的简易阶梯。此门出去往西（左）上山往东（右）下山，山上山下顾城都在修梯田，沼气池也已开挖。出门干活顾城常扎住裤腿，防蚊虫侵入。照片左端围板间是应还在钉建中的下楼楼梯，楼梯尽头后钉建了室内厕所。照片为 1988 年 9 月一位小住客人（即前文《养鸡岁月》中的美真）摄。

下：1990 年圣诞节，维明、二幼夫妇（他们后为顾城文字的收集整理做了大量工作）携子来访，顾城携子领他们登山，于山顶二幼为他们拍下了这张照片。

左页上左：室内。楼上。

——李英 1990 年 7 月 5 日到达，顾城和谢烨 1992 年 3 月 5 日离岛经香港赴德，李英 1993 年 1 月离开这所房子。自此再没有彼此见面和通话。

左页上右：二楼房门打开即大平台。平台与房子接连处建有两条可为桌可为凳的长木台。平台 1991 年七八月间大体完工。此前顾城几度于此搭建台阶，再前（顾城和谢烨初入住时）这里只是架块板子攀爬出入。

左页下：1992 年 1 月，顾城主力建成的大平台上。

——衣裙为谢烨设计、裁制。

右页：谢烨、李英。1991 年 8 月岛上。

上左：1992 年夏柏林。

上右：1993 年 1 月 27 日柏林。本辑第一页图，作者画于笔记本上的他和谢烨的着装可见即此照和另三照着装，这一着装应同他画儿呈现的心境相合吧。

下：1993 年 3 月 15 日至 23 日顾城、谢烨去国近六年后谨慎返回北京，与父母住在一起。

上：1993 年 3 月 23 日再度
离境。父母送行。

上左：1993 年 4 月："但是我们要搬家……"

——这里是顾城、谢烨于柏林已居住了一年的寓所，正在搬离。写《英儿》而不回岛也有必要迁居另处。

上右："想一个事就是二十年前，要不也是十年前了……"

——1993 年 3 月中旬，顾城、谢烨回到北京。

# 时间

雷呵，一醒心里就一惊。想一个事就是二十年前，要不也是十年前了。昨天我们听到的那个歌，就是我在蓬莱食堂里听见的："手握一杆钢枪……"那时我十六岁，已经写过《生命幻想曲》了。

雷，咱们在一起已经十年了，昨天我写字"十年姻缘"，心里真是，都不信，一切都好多年了，我们在乡下，那个暗土色的蚊帐，被子刚刚铺好，你洁白而美丽，闪着珍珠的光芒。

早晨醒来，木门嘎嘎响着，我们去买螃蟹和虾，你的姥姥做完早餐就在院里拍苍蝇，我给她画像，那棵苦楝树好像就在屋边，我们吃饭的时候永远可以看到。

回头一看真不知时间是什么，就像咱们认识英儿，也是好多年前的事了。像是手浸在水里，水是清澈的，而手微微歪向一边，现在我想过去的事就是这样，又清楚又似乎有一个偏移，好像那个手不是你的；小时候我看手歪向一边的时候就觉得那个手不是我的。

那个事是我的吗？

3 月 16 日 ❶



❶ 15日，作者和谢烨去国近六年后落地北京，并于23日再度离开。此篇应形成于北京。

# 锯



雷，忽然想到下到海边的那条路，心里就一疼。有一回咱们和英儿一起走一条路，走到一个有石子的海边，看到有一个人提着好多石子回家，那条路你记得吗?

我记得是去看老头[1]认识的一个什么人的房子，然后走上了那条路。走到海边，上来的时候有很整齐的树。所有的日子都快着呢，阳光都给削成了闪烁的碎片。

今天我做了个古文，有点怡然自得，可盖着盖着章，心就忽然一疼。

现在继续的生活，再不是过去的生活，这真是奇怪的事。所有你的依恋，经一个时刻，就都成了蛀虫。我是被砍掉了一半的桩子，倒还站着。有时忘了伤痛，有时候又痛极了。所有记忆都成了锯齿，越明亮的日子就越锋利，我甚至不能想英儿甩手走路的样子，快活地走到海边。

我们住了那么久，岛上还有很多地方是不熟悉的，到处都有规规矩矩的房子，有的人把布和衣服散乱地挂在树枝上。

我们的房子不是规矩的，它好像漫不经心；我不知道我都注意了些什么，从早到晚一直钉它。

我忘不掉它，有时候它成了锯我的锯，像我锯它那样真切。

我不喜欢隐约的胀痛，也不希望强烈的刺痛，可我还是听凭锯，一下下锯，任锯末落下去，铺到地上，我践踏下的越来越稀薄的性命呵。

---

❶ “老头”即小说《英儿》中的“老头”原型。

# （屋顶上又有雪了……）

屋顶上又有雪了，我们从来没有一起看见过雪，看它肃然无言的样子。 

你[1]的第一个故事是在雪天结束的，你说你们打雪仗，在香山，后来走下来坐在椅子上，忽然觉得整个事情好像可以结束了，他对你说，你迅速同意，接着就真的结束了。你说你如释重负，发觉世界新鲜又好看。

你在校园里走，写一个诗论文，后来就开会，后来就遇见了我。

我不知道你以前的故事，甚至不想知道，但是你原原本本地告诉了我。

我从不相信有什么平等，我比你们卑微，你们的目光掠过我的时候，毫无知觉，但是你们所渴望的生活之巅，却是我脚下的尘埃。

心境黯然的时候，有一个异常的看，我好像看见那只老昆虫，在暗中怎么抛它的线，你没有回避，就像雷看见的那样，他从门口走向你，握你的手，你没有避开。你把那个网轻轻绕往，这就是你所谓的幸福。

---

[1] 此“你”应指英儿。即小说《英儿》中“英儿”的原型。

# 变异



我知道在那冬天的时候，夜是很长的，火不能烧到天明。

我们的家还在，我们的家没有了。我临走修的那两个台阶还在雨水中间，你说它好看极了，你来信说。

在水泥间镶上淡黄淡绿淡红的卵石，我一片片选，镶成花和太阳，我想你每天走在上边，会想起我最后的样子。

这是一个太久的希望，你丢下它，也许是对的，像鸟一样飞走。我不接受的是，有一个蛇样的影子，在这个家里爬过，也许还有咝咝的笑声。这是我的家，这是我的心，是只给你的，甚至连我的亲人都没有到来。

英儿，你知道你做了什么，你让魔鬼走进了我的心。而对于你，这只是一个浪漫故事。我知道你哭过，你会说服自己，你说：只有你知道我，我不知道你。是呵，我没有太多的爱的言词，尽管我好像是诗人，我只是修台阶，锯木柴，我就像石子和木柴一样，把我交给你。

我不会每天献给你春天的花，也不会端给你咖啡，放在银盘子上，我不会打开雅致的音乐，铺上柔和的地毯，其实我都可以，但那是世界的，我为什么要把它给你呢？

我给你的是很久很久的石头，它们一钱不值，我给你的是劈好的木柴，它们也生长了很久，在我们诞生的时候，也许它们就已经开始，甚至更早，你理所当然地丢下它们。对于你来说，有你喜欢的东西，它和世界联系着，时尚的家具、衣服、谈吐，我们一起嘲笑过它们，嘲笑过那个布尔乔亚的世界，他们游手好闲，在咖啡馆坐坐，在街上走走，喝日本米酒时，也谈谈东方哲学……可是最终，你还是去了那里。你真要那个吗?

你真笨哪，你要是要那个就太简单了，我早就可以给你，可是我以为那些石头和木柴是真的，在你的信里有那么多厌世的话呢。

# 忏悔（一）



她在照片上抱一个白猫，我们好像谁都没有这样过。但是我们想让她感到这是她的家。可是她哭了，我不知道她的幻灭里究竟包含着什么，是情爱，还是这片荒凉的树林。

她哭过之后，就有点渐渐爱上这个家了，甚至开始打扫它，一阵一阵脸色阴暗或者快乐，最后她完全快乐起来，我们都彼此感谢着，因为我们度过了那么尴尬的日子。她不知道这一点一滴给她的是只给她的，我们没有给过别人，这一点一滴不止是木柴和屋檐水，也不是一叠干净的床单，一个房间，炒一个她喜欢的菜，鱼或者其他，不是这些，这是一个心愿，是给她的，也是给我们家的。

雷，我对不起你，这个家我把它做得太小，我把亲人放在外边，我把姐姐放在外边，把兄弟放在外边，甚至把胖子也放在外边。这是一片小小的国土，是我喜欢的国土；可是我把它做得太小了。

她想往这片国土，我把她从世界上带出来，坐在炉火边，听满山雨声写信，我修一个个台阶直达山顶，然后带她走，看每一步世界都不一样，看每一朵花都奇异新鲜，那些巨人的树叶沉重地落下，咚嘎咚嘎，满天是清澈的鸟叫声。

她有一点昏眩，不知不觉放弃了，不知不觉到来了，我们在一起吃东西，说笑话，南方的鱼和北方的炸酱，很多的奚落，降到我身上，我为这个家欢喜。

这是一个太久的希望，当它理所当然的时候，忽然就消失了，只剩下空空的电话铃声。

# 忏悔（二）



现在想真觉到奇怪，我怎么会喜欢那些水上的光呢？我怎么会相信水是干净的呢？在我心里保存泉水的时候，泉水已经干了，我怎么会相信云呢？它飘来飘去，固执地把我的梦想投射在上面。

我总想把梦想变成生活，那么苛酷地要求生活，钉钉子，把木板钉在一起，那么顽固地去实现一个不可能的事，无论是让地里长出果树，还是蚕豆。有一刹那好像一切一切已经实现了，每天有很好的菜，笑声，……我是自己骗自己，但是确实实现了，只是实现的一切并不真实。

我现在知道了，除了神灵没有什么是真实的。可是人不到绝处，谁知道神灵呢？不过是沿着各种激情想象罢了，沿着各自的宿命寻找。

雷，你美丽就在于你朴素。（烨：我这人就在于直截了当。）不矫揉造作。所有女孩儿实际上都有某种程度的矫揉造作，既掩饰她们，又夸饰她们。

文昕[1]送我们出来，脸红红的，那个时刻是最为朴素的。

有时候想原谅所有人，想他们被一个愿望折磨，一个念头；有时候又绝不能原谅，因为他们欺骗，通过欺骗自己欺骗别人。人的真实与美丽，

[1] 文昕，小说《英儿》中“晓南”的原型。

和这种虚伪混在一起。但是从根上说是非常清楚的，没有任何混淆，是就是，不是就不是。

其实生活朴素极了，生命也朴素极了。我想想我就不够朴素，心里的话说不出来，学会真正朴素地说话并不容易。不知王朔说出来没有。那个话也许因为太柔软了，就说不出来了。

# 忏悔（三）



没有一个人像诗那样生活，除了恋爱的那一刹那，但同时矛盾、杂念和妄想也出现了。

在后来的日子里，英儿大肆地表示烦我、兴高采烈地笑话我，有时在城里朋友面前也喋喋不止，可她并不想让人家知道有什么我们的特别关系在其中，我就告诉她“你有点儿过分”。

雷，那个时候，你们热烈地说话，主题当然是嘲笑我，充满分析，晚上她对我说：“大脑袋挺可怜的。”白天就又嘲笑。英儿好说一个话叫“神经”，目标自是落在我身上。在这些嘲笑后边，英儿觉得我是她的，就像我是她度过的光阴一样。

在一切嘲笑中间出现了一个稳定的生活。我梦想的是这些，又不止是这些——

在你们一起走的时候，一起上山的时候，那时候，所有空旷的山野里，摇曳的树林里，就静静地升起了我的快乐，升起了早晨的蓝天。

# 忏悔（四）



在一个海上筑起小房子，筑起我的城墙，你们在过这些生活的时候，我穿着破衣服在种地，我欣喜把我排斥在外。我一块石头一块石头地挖着，打着，搬着，砌着，以为整个世界可以像一个童话的小宫殿一样，一点一点搭起来。

但是现实是沉重乏味的，而且把你带到莫名其妙的地方去，就像你要上一个木筏，却被水泥块儿给拽向了水底，我被拽到了偏狭的狂热中间，为地里的肥料，为生长的草，为每一块石头，甚至每一样垃圾该用在哪里操心；可你们在一起的时候，我多安心呵，你知道，我甚至嫉妒自己，要把自己赶出去，这好像真是很稀有的事。

这个梦想又概念又诗意，同时很布尔乔亚，但是西方有《人鼠之间》，他们想有一个牧场，从中国最早最早的《汉书》里边《山海经》就有了“女儿国”的故事。有时候我看《浮生六记》，也挺感动，人能够那样如水一样地欣赏生活，欣赏一朝一夕，一枝一叶，一床一梦，一个筷子，一块玉石，一个女孩子，那么细细地给保存起来。

雷也许我们还没真正到达那个时刻，所以生活对于我们来说还有对和不对。我是不能到达那个世界的，我一个人不能承受所有寂寞，也不能承受那个悲哀。我知道，这回知道了，我的身体像飞机一样颤抖，我知道，我很清楚，我努力地驾驶，不要坠毁在悬崖上；我是这样的不太好的机器。

我在现实里做着文字里的事。

我在文字里做，他们也就笑笑；我在现实里做，他们就不笑了。

# 忏悔（五）

建立一种生活，与世无关，一片暗蓝的海上，一个有棕树和水仙的家园，一个有城台的小国，有风铃和尖塔，有青铜的炮，有最好的女孩子，穿白衣服，像上天的花朵，她们在傍晚时出现，海鸟就回巢了。

我不再重要，你知道，当你们在海边，在平台上说笑的时候，我只是远远地，在有阳光的山坡上，种葡萄，我的草帽是破旧的，我的衣服是破旧的，我是为你们如花的盛开而守住土壤的岩石。

只有你们在一起的时候，我才会安心，我不能让我走近你们，当我看见我的影子在你们身边出现，我会憎恨自己，我远远地看，远远地听，让我生命的泉水清澈，映照干净的你们。

我的梦和你们在一起，你们是从那里来的，我也是从那里来的，成为你们，是最美丽的事情。

# 忏悔（六）



雷，我心里还是难受，你知道我走的时候，不是我喜欢锯柴，是我怕英儿冬天冷，咱们走的时候已经是秋天了，我把所有树林里的木头都拿下来，把它们锯了放好，英儿还有些不屑的样子，是呵，我没时间谈情说爱，可她不知道这中间有多少爱。我穿着破衣服不断在山上锯着，搬下山再锯，用纸盒子搬到柴房，放好；那是我钉起的柴房，装得满满的，我继续锯，放到屋里。后来她写信说那些木柴棒极了。信都还在。我那么高兴，那些木柴温暖着她，就像我一样伴着她度过下雨的冬天；那些夜晚，想着心都会亮起来，可是你知道她和谁在烧这些木柴呵。

所有的木柴都烧完了，我知道，剩下的都是灰烬，她说“所有灰都放在你的地里了”。我真傻，尽做这些蠢事。木柴有黄的，有淡红色的，我后来把干燥好的木柴都倒（dǎo）到屋里，继续锯，将柴房重新填满。告诉她先烧哪些，再烧哪些。她把那些木柴烧了，我本该高兴的，现在我能说什么呢。

雷，最后几天，你比我还忙，你一直找人修浴室。到最后一个小时，一切都安排好了，英儿也说你在熬浓汁，六五四三二一，就要发射出去了，你还在忙，我也跟着英儿嘲笑你，我也不懂事，说你都忙些什么。到飞机上你才告诉我，英儿喜欢洗澡，她老到别人那儿去洗澡不合适。是呵，我们住了那么久也没有一个真正的浴室，我们用尽了最后的钱，把它修成了。

那是一个漂亮的浴室，有雕花玻璃的拉门，龙头和活动管道的喷头全是黄金的颜色，淡黄的浴盆，我想英儿是快乐的。后来英儿来信说每天洗澡，水很热很好。那温暖的水是你对她的爱呵。

这些事真让人伤心，是情分，是专门给她的。你省下钱帮她坐飞机来。那时候我们彼此之间都有点儿陌生。我们叫她小姐，后来她也承认了，最后的信里她还说：有时候哭一会儿，有点“小姐”。

# 忏悔（七）



我尽做让女孩子不屑的事情，简直被认为是故意的，但真的不是故意的——我强大的注意力，集中在木板、纸片儿、莫名其妙的小事情上。有时你们开车出去拉上我，把我放在大垃圾场，我就跑进那个巨大的铁制垃圾箱，在里边翻建筑材料，我们的房子就是这样修起来的，无论最初的厕所还是最后的浴室。

我直起身时就看见你们，那么潇洒地头发飘动着，你们几乎一样高，走到一个小店铺去。雷，你那个时候真大方，英儿说要吃什么你就买什么。我看你们的背影，真漂亮，我有点儿骄傲，又有点儿凄惶，我好像不认识你们，看你们在一起，我觉得我更深处的一个东西被触动了，它静静地好像开始萌醒。

我知道我并不是为了“要”才做这一切，我希望你们做你们的游戏，过你们的生活，而将我排斥在外。

你们一起出去，一起回来，我在山上默默工作，挖土，回想每一个过去的晚上听你们说话的快乐。

# 忏悔（八）

雷呵，我的心会长久地想这些事，我不知道有多久，每件小事都触疼我，包括走进一个店，看见了柜子，雷，就想起她喜爱的那个小床，那个八百块钱的酒柜，它做得玲珑精巧，我们几乎买了它，还有一个桌子。真的，雷，你什么也不要。但你一说到为她布置一个小房间的时候，你是快活的，你有点惯她，护着她，同时也约束了她。她都感觉到了。她那么温顺地，快活地和你站在一起，她想像你那样笑，她跟我说，她想“哈”一下笑出来。



市场上摆着的柜子，比我们岛上的还贵。雷啊，那个小小的岛，四边大海潮汐日夜拍打，有那些小小的柜子，有店，有你们走过的小街，有卖画的地方，有集市，更有大片大片无言的山岭，羊在那里吃草，马披着它们的衣服，在雨天，雷，我们一起看这些的时候，说了多少多少有趣的话呵。

集市上，有的人止不住赞美：呀，中国女孩子的手，这样漂亮！你们的手指都很漂亮，那么修长。人们经常把你们弄混了，这是她很开心的一件事，她来告诉我，有人对她说：你丈夫画画儿……；你丈夫怎么样？她就笑，有时候她说她承认，有时候她就说：“噢，不是。”看心情而定。后来她学会了你的笑甚至你的神情，（烨：她跟谁像谁。）你们变得那么像。有一次你们俩一起走着，对面走来的人恍然大悟：“噢！”他说：“原来你们是两个人！”有一个时候你们真像呵。

你不知道这种美丽，真正美丽得让人无法言说。我也把你们快闹混了，雷，好多次我跟她说话，我说“雷！”跟你说话，我说“英儿！”真的，我有时候不觉得你们有什么不同。上天给我这样美丽的日子，也给我这个记忆，也给我这个结局；这个结局不是真实的，它像刀一样切断了我，就像我的手猛地切在高音上，发出“叮”的声音，但我的过去依旧活着，它生长着，在我的梦里，在我的书里，就像我们用鳄梨的核儿种成的树一样，过了很多很多年还生长着。

看见好女孩儿在一起真美好，我为你们骄傲，雷，为此我不出门，我躲在丛林里边。这件事情是我做的，但与我无关。雷，有时我想，我该去了，让你们快快活活地在一起生活，这多漂亮；你们会说起我，或者不说起，英儿说：“保证怀念你！”这都没关系，能让你们在一起不被世界打扰，快乐地在街上走过，令世人大惑不解——为你们同样的美丽。这真是我心中最幸福的事了。

# 忏悔（九）



女孩儿不跟男孩儿在一起玩。偶尔在一起也没什么奇怪的。有时候一起过家家，或者一起把草砍倒。女孩儿感兴趣的事儿，男孩儿不感；女孩儿不敢的事儿，男孩儿敢……

她们有她们自己的一种生活，有说不尽的话，中午放学的时候，她们一起走，走过紫色的炮铜花，我总觉得有一个事情越来越明晰，但是不知道是什么。

小时候有一次跟着我姐姐，跟好多人跑来跑去，玩儿，她们忽然想起我是个男孩儿，她们说你是女孩儿吗？我糊里糊涂地说是，她们就全都笑起来了，一人跑过来打了我一下，就跑走了，我姐姐也跑走了，跟她们一起跑进一个楼道，劈里啪啦地跑远了。

我沿着大杨树在月亮下一边走一边哭，回家给我妈妈写信，刚开始的词是很概念的，什么怒火三千丈之类，但是没这么写，我写了："妈妈你可知道，一件大喜事发生了，我戴上了红领巾，可是就在今天晚上，姐姐和她的同学不带我玩儿，她们说不该团结我，后来就打起来了，后来我就哭了。"之前之后的事儿都想不起来了，但那天晚上凄凄惶惶的月亮和我自哀自怜的样子，却很清楚。

还有一次更明显地我被划出来，就是在课堂上，那些男孩儿闹，我没闹，我坐得好好的；老师忽然生气了，说"八一厂的男孩儿都出去"！我们就都出去了，大概有十几个，大家蹦蹦跳跳地走了；可是我站在大槐树下却哭起来，我觉得很冤枉，我没闹。我那时候很没出息，大概是哼哼唧唧地哭，一个大女孩儿上六年级，把我领到她家，我跟你说过这事儿，她的家很黑，有一个快死的人，有鸽子，有核桃树，她摘了两个核桃给我。我想我那个时候是很感谢她的。可长大以后又见到她，我觉得她十分可怕，我跟你说过英儿有一回，在阳台上说她挣了钱后来死了，我就把钱拿了，然后她追着要打我的样子，我忽然就想起一个报应来，我和别的小孩儿一起，他们笑话那个女孩儿，唱一个儿歌，她也是学校里最被笑话的女孩儿，她追上来要打，但是她跑不快，我没跑，她就停下了。

# 忏悔（十）

她来的时候，带着《金蔷薇》和几本契诃夫，吃饭的时候她理所当然地说俄国诗歌和文学。我对俄罗斯文学毫无成见，而且《金蔷薇》和契诃夫也是我喜欢的。可有种微微的不快像是提示着什么。他不是一个俄国人，没有那么忧郁的情怀；他一边犯着错误，一边指责别人对学问的亵渎。这个隐结，英儿没说。最让人不舒服的是她所谈的同我心目中的俄罗斯文学一点儿关系都没有。谁能弄清命运埋下了什么伏笔呢?

我不想评价别人，可有一次我还是给了个结论，她缄口不语，从此不提音韵学和俄国诗歌，代之后来她还说了这个人的笑话，好像那是一个小丑。

我有过一片模糊的记忆，她跳舞，在那个会后的舞会上，样子有点儿心不在焉，但是她知道，对方有着某种权力。

生活就像梦，让我弄不清过去和现在。她轻声在我耳边说：让你厉害，让你厉害，我要把你捉走……她身体飘移着，覆盖了我，撩开我的内衣……她的脸都红了，不可思议的温和，她对我强烈欲望的好奇，使我爱她，用我无需掩饰的热情和战栗，诉说内心，将硕壮的体能给她。

醒在这边儿真有点儿奇怪，那边就都成了回忆，或者梦。

# 忏悔（十一）

雷，实际上你对我是苛求的，有时候你特别宽容，有时候你特别苛求。

有时候我们如此默契，以至于我们彼此都感不到什么，就像自己对自己说话一样。雷，你记得吗，有一个时候我们几乎老是说出同样的话来。

爱是没有对象的，要是有对象，妄想由此而生。

我甚至觉得你就是我，我很想看到一个如水的梦，一个对象，一个影子，然后把它告诉你。

我好像没把你当一个单独的女孩子来想这个事情，我几乎忘了，我把对她的一切想法都告诉你了，好像是在跟我说话一样。

# 忏悔（十二）



每天你们回来，我甚至不想她单独跟我说话。我知道她喜欢你，敬你，被你吸引着。

但她并不觉得跟你真的有缘，真的，我承认，这一切中间，有一个莫名其妙的，微妙的，做作的成分。

她说跟我有缘。我们彼此知道得太清楚了，雷，不是像我和你这样的知道，是另一种知道，到现在我还没有办法说出来。雷，你知道，我想你知道，你当然知道，你也知道她。

她觉得你像她的姐姐或者妈妈，她也把很多东西告诉你，甚至不告诉我。

她会说一种北京话，胡同里的话，很好玩儿的一种话，我们都不太会说。雷，你很欣赏这一点，我知道，你喜欢语言的趣味；没想到英儿正是这样的。其实想到的几乎都没到，到的都真是没想到的。

# 忏悔（十三）



一件小事就是一片伤痛。这个“菩萨”，我们来柏林，那是第一次拿到那么多的钱，就和大鱼在摊上看见了这个菩萨，虽然镏金被刮掉了一点，但神色泰然，是印度或者尼泊尔的作品，四百马克，现在还坐在这里。她脸上的金色都黯淡了，刚来的时候多注意她嘴边的微笑呵。真的，不若将她丢掉，或是教谁拿去。

在这无神的时刻，悲苦无告，你觉得你像火药和毒蛇一样，雷，到现在我也不能多想，那最痛苦最白热的时间，那几天，没有睡眠的几天，甚至到了罗马尼亚飞机场，我还浑身发抖，但思想通明，在北京心里还尽是焦煳味儿。

我真正被砍了，雷，那么理所当然的生活，那么平滑挺直的树木，苍郁的百年大树，忽然之间被砍了，这真是让人惊讶的事。这是我最不能接受的方式，我可以接受死亡，破产，被人诋毁、踏在脚下，都无所谓，但这个事情，我的命，被拿走了，拿到不知道的地方，我怎么才能斩断这个连续呢？我敏感的生命在远处受折磨。我是个极有想象力的人吗?

雷，你还记得，咱们离开新西兰的时候，你忙着把浴室修好，你说英儿一个人到老头那儿去洗澡不合适。是的，那儿有一个窗户可以看见，有次老头走过那个窗子故意低下头，因为我在他边上。雷，英儿说她洗了第一次澡，舒服极了，她燃起那些木柴的时候，说好极了，虽然我们做这些事时带着略略的自嘲。

今天我看了屈原，那么古拗的诗，原来不懂，现在看着就像白话，清楚极了。是有一种痛苦人不能承受，那些诗里有战争，有怀念，有美人，有黑色的老虎、红色的豹，这是他最后的世界和话。当生命不能承受的时候，这一切就从生命的山林里面出来了——它是人的灵魂。

雷，就是这样，我不能承受的时候，我才做了这件事情，我的灵魂成为它。我还要走好多道路，也许两个月，也许几个月，我想最难走的可能已经走完了，也许还没开始。帮助我活下去的人，我感谢你们，帮助我死的人，我更加感谢，因为那是真正无私的。

我写过《我的墓地》，那时候那么浪漫，总以为有山杨树、小花之类，或者像海上的波浪一样涌动；其实不是，坟墓像水泥地一样平平的，一直延续到有墙的地方。

死亡真是个强大的力量。过去的人怀着什么样的希望和勇气呵，那些上祭坛的人，那些每天要和大象搏斗的人；现在看起来那时候有那么沉重的色调，有大石头，一句话一句话都像刻出来的，无论《山鬼》《怀沙》《天问》《涉江》《远游》《思美人》《国殇》，每个字都像刻出来的，真的，那是真正的痛苦刻出来的字。我已经习惯了钢笔、圆珠笔这样的东西，今天我真想用石头写字，只有石头能说出来吧。

最后的时刻是漂亮的，雷，因为它一心一意。

雷，我爱过，也散漫地东张西望，也纠缠在一些事情上，搬石头，种地，让土地越来越肥沃，你用的“诰”那个词，英儿也用了，它是一个广泛使用的动词和形容词；这个“诰”字真怪，她觉着是一种枷锁，随着她的心情，有时候是欢喜，有时候是嘲笑，好像在说自己的一个特别的东西。有时候怒气上来了，“诰”就成了罪名，当然最后它变成了一个借口。

她是敏感的，能够感觉到我强大的潜在的电能。有一次，我沿着大路走下去，走到路口沼泽那边，我们去过那个地方，开车去的，一边是幽幽的山谷，再往前，是一片芦苇草地。我们在那玩儿过，我还拿着气枪，我一枪打中了一个拉罐，英儿认为是蒙的，可是我放了一个小小的贝壳，瞄准它又打碎了，英儿才真正有点惊讶。她没见我打老鼠，也是一枪命中。那次你打了吗？她打了吗？我都忘了。海鸟儿在远远的地方飞，只要你一拿枪它们就知道了，决不过来。

雷，我沿着那条路一个人走的时候，走到了所有这些地方。布满贝壳的、荒凉的海鸟滩，那些贝壳像白骨一样堆积起来，使整个海滩都铺成了白色；我们坐过的那个地方，海浪又把它掏空了好多，我在一个大树干上躺下，潮水退去，我就沿着海边走，走上了一个从来没走过的路，最后绕回到岩石湾海滩；我看见一个石窝窝，就想着在里边的生活，我试试能不能躺下，最后把脑袋在石头上磨来磨去，轻轻碰着，才安宁下来；后来我抱着一块圆圆的石头走回家，天已经很暗了。英儿看见我回来，后来她告诉我，她在日记里写：她真失望。这是句真话，有时她那么好，甚至怜惜我，有时她真的希望。



能支持我生命的东西那么清楚简单，就像几束根须支持主干一样，现在一半已经被斩断，可是雷，有一个东西我没有失掉，那就是我的品质；一切都粉碎、崩塌的时候，它倒显出来了。它并不下流，也许并不善良，但是绝不下流；这也是写这本书，我不可能骂人的缘故。我对自己说也对你说：雷，因为这个，你和我在一起，我们是这么的不一样，可是在这个时刻，我们一模一样。

痛苦会过去，生命也会过去，雷，但是有一个东西过不去，就是你认识的我。我把他交给你，把他保存在你那里，我就安心了——将最后的我变成一本书，永远拿在你手里，我就安心了。

最伤心的时候真得说，不尝试说心就烧焦了，话像水一样，轻轻沸腾着流淌，让心慢慢冷却下来，说一会儿就好一些，不然就被毒死了。

我画的那些圆圆的小精灵，那些小花都像你，那些线。我也给英儿画过一回画，很像，也因为像你，那个时候英儿就像你。那天她在信箱里取了信，她刚洗完头头发那样垂着，她快活地站在信箱那儿，后边是绿色的棕榈枝，我马上跑回家，画了这张画儿，就叫“信”。英儿那时候真像你[1]。

真正也有过几天痛苦的日子，刚来的时候，她的个性她的审美和我那么激烈地磨擦，而且她来的目的里也隐含着不是和咱们一样的成分，我感觉到了，我的痛苦使我明亮起来，我用圆珠笔画画儿，有一天你们离开，我画了八张画儿，我自己唱歌，端详。

我在墙上画，那天是明丽的，但是英儿让我的痛苦像抽丝一样，让那些明静的线长呵，长出画来……早上六点钟，我一个人睡在沙发上，冷醒了，就坐起来画画儿，精神的明亮使我的笔静静地走着，线生长着，柔软飘动……真的，你看这些画儿的时候，你就知道我宁静的痛苦和愿望了，那些线，单薄、残忍同时又明晰，它长成了花，鸟，鱼，波浪，长成了月光……这张画儿是早晨六点画的，它就叫“月光”[2]。……

你还记得《雪天白头发》[3]吗？那样的线是画你的，那是圆润饱满流丽的线，像雪人一样。

英儿穿红袜子的时候那么漂亮。你还专门拿了一个盆给她洗脚，她有点不快，但她知道这是应当的，她有脚气；英儿现在连她倒水的声音，我都能听见。她让我晚上给她讲故事，我给她讲《聊斋》，讲着讲着就出来她家里的人，她爹或者她的亲戚，她就笑着打我，更多的时候，她听着听着就睡着了，后来她在信里还写呢：就想顾城讲故事，一听就睡着了。



---

[1] “这张画儿”应指作者的画《信》。见《小说卷》中《英儿》卷首插图之一《合像（信）》。

[2] “这张画儿是早晨六点画的，它就叫‘月光’”——应指作者的画儿《月光图》。见《小说卷》中《英儿》插图。

[3] 《雪天白头发》见《小说卷》中《英儿》插图。

雷，你也喜欢听故事呵，可是我有点儿不好，我专门讲给她了，因为她总要到点就睡，她容易失眠，睡好了脸色就好。

我讲过一个《聊斋》里妒忌的故事，白天讲的，在那个男人身上拿椎子扎来扎去，大椎子扎一排，小椎子又扎一排，都是我瞎编的，你们都开心。

英儿啊，你杀死我我都不怨你，你拿走我什么我都不怨你，可是你用这个去换，换那些脏，我不能原谅。

雷，真不好意思啊，我想我不应该老打扰你，我应该知趣地走开，我天天在写在做这本书，不应该用太多的时间；我说了，我是写诗的，不是写小说的，没有那么长。刚才杯子摔了，我心里一惊，我还记得我们出门的时候，就是我们离开岛的前一天，一只鸟儿死在了我们门口，那是一只很稀有的小鹰。我把它用簸箕撮起来，挖一个坑埋了，就埋在那棵大 Palm 树[1]下。我说：不祥之兆都全了。



前一晚，我们去老头那儿洗澡，我碰了那个花盆，花盆摔破在澡盆里黑土散开，我们收拾了半天。

不祥之兆，全了，那么清晰，事儿就坏在那个地方，非常清楚地指示我……鹰、樱花，和英儿谐音。当时我没说破。现在杯子又摔了，杯子没碎，把儿碎成三节，我不知这预示着什么，我们要上路，我们可能要去三个地方，这样的透解十分可笑，但我还是犹豫了，上次那个征兆太明显了，我不知道英儿是否还想得起来，如果想得起，她真会这样地恶做到底吗?

我不太相信这种事。我要是相信的话，我就说什么也不会上路了。

---

[1] “Palm树”即：棕榈树。

# 忏悔（十四）



雷，我做梦了。我在梦里醒在一个地方，这个地方让我吃惊，是女孩子休息的地方，我趴在一张床上，透过帐幔可以看见一切，忽然想起我还不是女孩子呢，就有点羞愧。没有人注意我，当然最后还是被发现了，工作人员让我别抬头沿着一个方向走出去。而我知道，我已经在那里很久了。

我为自己羞愧的时候，英儿觉得我很怪，我爱她的时候甚至会妒忌自己。

有时候觉得真怪，人生下来就给注定了，注定了愿望，注定了看事情的角度。我真想像女孩子那样生活一天，一个月，和你们一起，不含任何愿望，在你们的角度上看看世界。真的，我在这高高的墙里太久了，我一直被划在外边。

不知道这个注定怎么回事——突然因为婚姻他又给划进去了，仅仅因为婚姻，一个叫法，他和一个女孩子在一起就一变而成了不奇怪的、不被抵制和笑话的事情。这真是很怪诞。就好像被放逐门外的人，突然那个门就把他拽了进去，从不可以走近她们，忽然成了比她们之间更可以和她们接近，这就是婚姻，或者叫做爱情吧，的威力。

我的愿望有时候日夜燃烧像火炬一样，它让我失望，这好像就成了一种权力标志，不知是男人创造的婚姻，还是女人，我的问号不打在这里，我问的是，女孩子就是女孩子，我就是我，我只有站在这权力峰巅不掉下来，才有理由和女孩子在一起；英儿有一回笑话我说，说她这个人比较俗气，她的丈夫必须是个男的。是呵，这就是我和你们在一起必备的理由。有时候我对上天这个规定真正感到愤怒。

女孩子水一样地在一起，而我是这样一个顽固的固体，不溶于她们，为她们愉悦或是厌弃，愉悦她们或是扰乱，而永不是她们。这就是我的注定。我从来都最好地遵守了它。在婚姻和爱情的条规遵守上，我甚至堪称楷模，原因就是我的羞愧、自尊和对她们的敬吧。

从梦里醒来是早晨，鸟儿在树上叫，我又想起摔坏的杯子，和我们准备星期五去的地方[1]；大鱼给我形容，那有树林，可以砍树。而我正像树一样被砍着，迸溅出洁白、鲜艳的本质。我没有想到砍得这样深，年轮一天一天旋绕着，一下就被砍破了，直到最深处去了，直到最初的日子，认识英儿的日子，我长大的日子，她长大的日子，一切都变成白色的碎片，迸溅起来……可我依旧站着，雷，谢谢你帮我站着。

砍树，是呵，我磨了那么多的刀呢，我把家里的刨刃、斧子都磨快了，甚至连老头家的刀我都磨了，我还给他磨过一把日式大砍刀——是我磨快了他的刀呵。我知道他那些刀都挂在什么地方，他喜欢满墙都挂着刀，有日本刀、德国刀、英国刀，各种刀。我告诉他什么样的刀能砍柴，要是我把刃磨薄了就不能砍了。我呀，我真会干事。

我喜欢实实在在地生活工作，我不喜欢悠闲地走在街上。



---

[1] “和我们准备星期五去的地方”——此“地方”应是此辑前二图页显示的地方。此“星期五”是4月9日。

# 忏悔（十五）

雷呵，下雨了，潮湿的气息，我们在上海的时候，你欢欢喜喜地，又有点儿疲倦地工作回家来，雨衣雨伞和你头发散发的气息，现在想起来那么亲切。

和你打一把伞在街上走，那是第一次到你家去，上车的时候你把雨伞收了，告诉我，再坐四站路。

我们走过那么多雨水，雨水从楼上掉下来，外滩巨大的楼，雨水冲在街道上，发出哗哗的声响，有时候街成了一条小河，人在薄薄的水里跳着……

雷，你睡了，我看着外边，路湿了，树也湿了，这里的树还没长叶呢，咱们的小岛上，漫山碧绿，长得真茂盛呵，我们都活着，雷，胖子要长大，比我们更长久，在这里我要说一句话：因为你，我对不起他。

雷，我怎么形容你呢，你像五角星一样好看，你有好多种微微变化的好看。我现在想起来了，第一次看见你，必是在火车站，因为不认识，就忘记了，你高高的，漂亮得很，头发盘在头上，再没有一个上海女孩儿这么梳头的了，那时候她们都烫头发。

……雷，我的队伍比你的长一点儿，所以我在你侧后看你，那时候我觉得你挺大的，你那么沉稳地笑着，跟送你的人说话，现在都想起来了，雷，……你是排在最后吧？我也排在最后，我们都上车了，你隔着一个过道，坐在我旁边。那么多人上车，我一点儿不知道这是我认识你的开始。

我像过去一样画画儿，画我周围的人，……我对面坐着一个神色不佳的化工厂女工，我一边画一边学习对人说话，我那时候挺会跟人交往的，一个晦气的男人，侧前方一个大声说话的中年人，后来我给他画像，他很开心，因为画得很像，我甚至题了款送给他。……在我侧对面是一个时尚的小伙子和他的妻子，那时候我不这样觉得，我弄不清所有人之间的关系。

当我真正注意到你的时候，我觉得那周围好像都是你的家里人，你的哥哥，姥姥，父母；雷，我一边画，一边心里诧异……黑夜到来了，我们吃饭了吗？做了什么我都忘了，我细微地反复地画着周围的人，我越过你，那个时候我还没有正式看你一眼；我画了你的同学，这次在北京我还看了她的照片，跟我的印象无异，她也是那么洁净的样子，眼睛大大的，嘴小小的，梳着整齐的短发。我画了她好几张，有阴影的和没有阴影的，她也知道。后来你说她也是画画儿的，在我画的时候她过来看过。她跟你说我画得还不错。甚至她们家也是画画的。我想找到一种笔法画出那种干净整洁的样子。那时候我画总有点儿俗气，喜欢把人眼睛画得大一点儿。

雷，大家都睡了，用尽可能舒服的姿势，是一家人就倒在一起。在我那边坐着一个有点儿华侨味道的女子，她靠着车窗睡了，我为了端庄，便不睡，你也没睡……我们怎么开始说话的？谁都记不清了……雷，必是我先开始的吧，那个时候我有点儿会开始对人说话了。我们说了什么？我们谈了电影，我们肯定谈了一个电影——《尼罗河上的惨案》。你好像说你喜欢推理，我们大概也说了诗歌，夜嘎哒嘎哒走着，我想起来了，你在看一本书，是散文吧，我的借口是找你借这本书，当然最后说了话也没有借。

那个夜晚真美丽呵，雷，后来我好多诗都是从那个夜晚来的——在你幻梦的眼睛里，睡着鱼群……

车接近北京站到丰台了，那个时候我到梳洗间擦了擦脸，你也去擦了擦脸，我们在过道里微微错过，外边是阳光升起来的田野……雷，我那个时候站在车门边看你，不知道这是不是一个幻觉……你在远处微微看着我笑了，那是我第一次看见你笑，笑得那么本色……我写好了一个字条儿，是我的地址，想交给你，我想说，请有空到我们家去玩儿，可不好意思说，我几乎没做过这样的事，可是这一刻永远就要过去了，雷，我看你的时候，忽然脑子里跳出了一个极为荒唐的念头，它让我大吃一惊，它说：我要告诉我儿子，我们是在火车上认识的。天啊，再也没有比这更荒唐的了，我迅速消灭了这个念头，大踏步地走回座位，雷，这时候车已缓缓地进入北京站了……下车的人向两边走远了，他们都有人接，我没人接，你好像也没有，你在收拾东西，我们的座位在车厢的中部，那个有点儿华侨意味的女子纠缠着我，问我坐哪一路车可以到哪儿，我真不开心她，我满脸严肃地把纸条给了你，请你到我们家玩儿，有空的时候，电话，我告诉你电话了吗？没有？我大步地走了，一直就走回家去。我对我母亲说：我在火车上碰上一个女孩儿，眼睛有点奇怪。她问怎么奇怪。她还从来没有听我这么样地说过女孩儿，真的，我就这么一次这样地对她说过，我很不好意思。

我回到我的房间里睡着了，雷，睡睡醒醒过了几天我也不知道，也许是几个小时，我听见了敲门声，轻轻的像雨水的声音，我母亲开门，“顾城住在这儿吗？”有一个声音说。我赶紧走出去，我就看见了你，雷。

你那么洁净、得体，说着话走进来，那么温和地笑着，我不知道你性子是那样的，又好又厉害，雷。你坐在椅子上，坐着坐着要告辞了，我请你留下地址，雷，你拿一个笔写字，那个笔没有墨水，又换了一支，那几个字写得很清楚：上海无线电十一厂。雷，你说你马上就要到那儿工作去了。

我妈妈多此一举地说“你送送人家”，我就和你走出来。在那个大院子里，雷，我们后来住的地方，我们在食堂打饭，你知道什么时候有最好的菜，我走得没有再规矩的了，你看着我，可能觉得有点儿好笑，我觉得你金光明亮，那么耀眼，雷呵，你真像光芒一样。

我把你送到车站？送到大门口？我不知道，我静静走着……白杨树闪耀着，防震棚在那些果树里，我走回来，觉得我生命里的一切都改变了，也许以前，我在心里秘密地爱过，但是从来没有这样爱过，这个爱是我不能形容和匹配的，它像光芒一样推动着我，使我四边失去了依靠。

雷，你从承德回来的时候，又给我打了一个电话，雷，你说："你知道我是谁吗？"一刹那我都忘了，然后当然又想起来了，我想了个很笨的主意，就是我们去参观人民大会堂。

我远远走过去的时候，看见你站在树荫下。我们在公安部门口集合，然后去看，慢慢地走了一圈儿，走进幽暗的大屋子里，一点儿不像我们小时候书里形容的那样——辉煌的大会堂。它幽暗地摆着一些玉石之类的东西。过了好多年我们又走进这里，我们排队买荔枝，雷，我们买了三公斤荔枝，那是"八一"节的一个游艺活动。



那时候可能说了好多傻话，雷，但是那时候觉得有意思极了，我们不知道往哪去，但是还是去了中山公园，后来走到劳动人民文化宫。我们坐在一个椅子上，你并不明白我为什么要坐到另一边去，雷，我喜欢坐到另一边回过头对你说话，那时候我太注意自己的样子了，从来还没有这样过。后来阳光照过来，你也坐到另一边。

雷，你坐车走了……阳光照着你的侧面像……你像崭新的银币那么漂亮，微微含着黄金。

后来我们就写信，我们漫长的写信的日子就开始了，雷。

我真没想到我还会有另外一次，另一次近似的日子。我们后来结婚，回到上海，又离开上海。我再没有见过你的女同学，我知道她叫刘莺。我不知道她是不是有点儿怨恨，要丑化那个时候，她说那个时候我穿着大棉袄，七月，怎么可能呵……

我那个时候觉得把我全部给你，都不足以做你脚下的影子，现在我还是这样觉得，雷。可是我中间走了一段多么多么漫长的路呵，我爱你雷，可是也忽略了你，雷，我幻想着一种爱，我喜欢你和女孩子在一起说话，喜欢她们崇敬你，就像你小时候有好多好看的女同学跟随着一样。

后来过了好久我才知道你还做过红卫兵排长，你的正派和庄严理所当然慑住了他们。英儿也是一个排长，就是个班长，英儿也会这样，英儿有点儿会平衡一些事儿，（烨：……）哎，英儿说，她也做过这样的事儿，……她说："你们怎么这样啊？刘胡兰像咱们这么大，都牺牲了！"这句话她后来想起来笑死了……

有一件事是公认的，我没有上中学，我没有办法在那种班级里生活，它像笼屉一样，我被漏下去，我离开北京，到放猪的田野上去了。雷，你们继续在城里生活长大，成为好看的女孩子……我背离了那个特殊的时代，有毛主席的时代，你们几乎是在它的照耀下长大的。雷，可是只有我们知道那个时代的纯正和青翠。

雷，最让我欣慰的是，你们结成了联盟，你们一起嘲笑挖苦，甚至蔑视我，这是让我快活的事。英儿如此热烈地反对我和拥护你，你如此热烈地维护英儿，像你们女孩子有一个真正的天然联盟。我知道英儿在这中间获得了一个快活，一种掩饰和权力。……我并不是特别热烈地想成为一个斗争对象，一个注意力中心，不是这样，只要你们在一起说话，一起出去卖那些食品，疲倦地回来说："顾城，搬箱子！"这个时候，我都觉到一种欣慰。……

英儿有时热烈地说："我喜欢谢烨！不喜欢你！我们一起过！挺好的！你尽捣乱！"

# 忏悔（十六）



我们去中山公园，阳光照过来……我们说什么话现在都不记得了。

那时候那么雅致，有个小女孩儿过来要钱，你打开小钱包儿给了她一毛钱，这个我们都记得很清楚。

后来又有人过来要钱，我们就站起来，慢慢地沿着有树荫和阳光的路走下去。雷，我们还真的是在外边认识的，你回家，那时候谁也不知道你认识了我；你回你阿姨家，坐八路。雷呵，我们是在火车上认识的，就像在街上认识的，在这之前一点儿关系都没有，一点儿道理都没有。

我在火车上，上车的时候走在后面一点儿，看见了你，后来我们就坐在一起。雷，那都是十多年前的事情了。也许快十五年了，十四年，就好像在眼前一样。现在我们也这样坐着，但是是柏林，是黑夜，我觉得和昨天一点儿区别都没有，我们什么都没有丢掉。我们丢掉了很多，来了，走了，十几年……这样一想神奇，一忽又痛心不已。

这些事有时候有一个脉络，让你想起来，有的时候又无影无踪，像雨落在水里，什么痕迹也没留下来。雷，我去了六次上海，五次还是六次[1]？雷，一次次看见你。第一次我们在黑夜里走，我走在你后边，想看看你；你那时候已经把盘着的小辫儿放下来了，垂着微微摆动；你走得那么端正，

[1] 1979年7月为第一次去上海，1983年8月即为第五次去上海。后亦去过上海。

你一直走下去，我就觉得你胆子大极了，我觉得已经走到完全不认识的地方了。

后来我们好多次在夜里走，我们没有一个家，没有一个地方，那时候我们看见窗户就想，要有这么个小方窗子多好，我们走到最漂亮的地段，也会说门应该是这样的，窗应该是那样的。后来我们真的有了一个家，而且在修理，有一些新鲜的石灰、泥浆和砖的味道……雷，我带你去看那个地方，也许是你带我，你记得吗？在那天晚上，你在薄薄的黑暗里，轻轻地靠着我，雷，你说："咱们结婚吧。"你记得这句话吗？

你记得吗，我们有一个小小的家了，八平米的房间，一米五高的顶楼，和一个很小的院子，在那过了一年[1]。雷，我们真的结婚在一起了，我在屋墙下砌了煤灶，在院角修了浴室和厕所，在哪里我都要修一个厕所，这是从火道村开始的。我想出那么多的事来，你当然记得我们坐在中山公园怄气，我不让你去学校星期天，后来你咳嗽了，我们回家了。我为了下台阶就给你做菜，而且唱了那支歌：要跟雷米过到老——雷米的眼睛没对好／雷米的耳朵上发条／九点半指的是眉毛／要跟雷米过到老。

……这样一点点想下去是没有尽头的，沿着这个台阶小路走，有好多好多村落呢——雷，我们去过那么多地方，我们去过遵义；雷，我们在北京住过，我们也在伦敦，巴黎，在好多陌生的地方住过，雷，有时候你那么累，有时候你那么欢喜，我们的时间真像大河一样，有时候河中间有一些岛屿，有时候有一块木头，有时候有船。现在我们到了这个岸边，我们没有想到这个岸，我们准备渡过大海回到我们岛上去的，可是我们在这儿停下来了，以后的事情谁也不知道，雷，谢谢你帮助我做了这个事情。

……我永远感谢上天让我遇见你的那一刻，永远记得中山公园那明亮



[1] 实际是半年略多，即自1983年8月初至1984年2月底。

83.8.23.

“我怎么形容你呢，你像五角星一样好看，你有好多种微微变化的好看……”

——顾城、谢烨1983年8月8日于上海登记结婚，住在武夷路一处有一个很小院落的很小的房子里。此二图画在8月23日，分别落款“1983.8.23”和“1983.8.23晨”。

的日子，我们沿着有树荫和有阳光的道路走下去，我们在广场上说了笑话。你问：“你为什么不去看纪念堂？”我说我不敢去；你说为什么？我说怕我喊毛主席万岁。你就笑了。我很开心。

……有时候你话也接得快呢，雷，我们一起到乡下去前两天，我说：“长江后浪推前浪，”我停住，下边的话不说了；跟着被你说了出来，你说：“胖子推着你见阎王”。你笑死了，竟有这等事情。记得咱们那会儿经常同时说出一句话来。

雷，我们那么一样，又那么不一样，我为什么还在别的地方看见自己的影子呢？我那么遥远的梦想呵，雷，有的时候告别了你，我靠在车上睡熟了，有的时候我叫着你的名字，慢慢回家，那时候我还把你叫“小孩儿”，我觉得你越来越小，好像刚见你时你挺大的。

……雷，这记忆每个门打开都是一个长长的走廊——第一次飞出去，雷，沿着长江飞，你没有说过爱我，好像我说了喜爱你，在我们第一次升到天上快要落地的时候，我说了这话，你说：“那就是吧。”

我们的飞机落在重庆了，那时候我们多快活呀，雷，两个小时，我们跑来跑去，我们吃鸡粥，吃鸭，吃一切传说中最该吃的东西，然后跑过嘉陵江，又坐缆车回来，一共两个小时。……雷，你记得我们第一次住在一起，那个老先生[1]莫名其妙地把咱们安排在一起，这很尴尬，你在那边床，我在这边床，那是一个苍白的地方，有些荒唐，我总害怕床发出响声，一夜没有敢翻身。

雷，第一次到你的房间里去，你病了，病得很厉害，在黎明快要到来的时候我轻轻抱了抱你，你洁净极了，我的心完全被这种洁净笼罩，我静

[1] 老先生姓吕。一夜之后，经作者说明，两人方分在两室。作者受邀诗歌活动，取道上海看望谢烨，成为他遇谢烨后的第二次赴上海，时间在1981年10月。谢烨希望同去重庆，所在工厂不准假，最终她留下一信，即与作者赶时间乘飞机抵达。

静地合着手，静静地沿着我来的门回去。我爱你。

我不想像男孩子那样爱你；在结婚的时候，只爱了你一下。

从重庆回返的时候，你病得连个山坡都上不去，我出奇地能耐起来，我跑到重庆市文联，找到他们的头儿，在他们家让他开了介绍信，然后上船——沿着朝天门码头走下去真绝望，我们没有船票，船票已经被人莫名其妙退掉了。我们站在船上是散席，被江水上的风吹着，我怕你会死掉，我一直找到他们的乘务主任，最后找到了一个小床位，医生把盐水挂在你的床头，你就在那儿睡着。一个叫小裴的姑娘，我还记得她，一个挺好的乘务员，为你煮好了稀饭，这在那时的中国是令人惊讶的事，她要把她的咸菜给你，你知道船上的菜多么恶劣，都是可怕的油。就这样船在武汉停下来，你拔下输液的针头我们还是上岸，四个小时，我们把武汉三镇都转了一遍，你那么累，瘦，疲倦，可又那么快活。回到上海我买了十几瓶果汁搁在你的床前，就回北京去了。

那时候恨死了，我又要做事又要和你在一起。我不知道做事才能和你在一起，还是和你在一起才能做事。

在最绝望的时候，你和我在一起了。有一天我去发信，忽然看见玉兰花都开了——我发了十几封信……

那真是一个单纯的时间哪，雷，相比之下这后来的日子是什么呢？ 我不能这样想，我好像有好几辈子，雷，这十几年，每五年人就变成另外一个人，雷，我不说了，今天我想的事漫无边际，因为道路太多，每个田野都那么开阔。

# 忏悔（十七）



雷美呵，胖子生的时候我多惊讶呵，第一次听见他的心跳是在伦敦，他的心跳放得很大，像远远一个看不见的人，踩着浅浅的海水，哗，哗，走来，他还要走好几个月呢。

带你去检查的艾华，她后来也有了娃娃，那时候她那么激动，说她头一次听见小孩子的心跳，也许因为这次她才愿意有娃娃。她激动极了，两眼闪光甚至流了眼泪……

胖子生的时候我在边上，我看见你像被炮弹打中了一样，一片鲜血，我真的吓坏了，那个时候我觉得我的血也流出来，我的精神升起来，我几乎要发狂了，但是你还会笑，只要人家不拔掉你腰间的麻药，你就会笑着，一次次努力着；我都不知道还有结果，还有时间。

我只看见你迅速地瘦下去，眼睛在薄薄的眼皮下转动，有时醒来，因为疼痛，只要不疼痛你就笑了，有好多女孩儿惊讶你的笑，丽丽在边上帮着做翻译，她们给你闻笑气，给你打麻药针，然后又拔掉它……

我看见胖子了，我看见他头发黑黑的，但是他就不生下来，你努力着，最后医生也着急了，说可能出危险，不光是大人，而且是孩子，她用了手术刀、产钳……

胖子生下来，我身体完全沉浸在惊讶里——平静之中，我根本没意识到，那是一个孩子，那巨大的红乎乎的身体，他被捉住，然后哭，我甚至没意识到他是男孩儿，我只是看着，希望你不要离我而去：一切终于安静下来，那真是个可怕的事情——人怎么会这样……

胖子生下来，生活就改变了，不再是我和你，还有他；他被放在楼下小小的暖箱里，他硕大、强壮、饱满，傻傻地闭着眼睛，手脚上都挂着小针；他非常聪明，会用另一只脚把那个小针踢掉…….

我一个人回家烧一点吃的，又走到大学去，又走到医院去，一块钱两块钱的汽车路我要走一个小时。有时晚上回家我走错了路，在路灯下看地图，便有人停下车把我送回家去，我指了指地址，我感谢他，那时候我只有五六句英语，我几乎都使上了。那时候真碰到一些好人，丽丽跑回家，她说要给你做一点儿吃的，接着她和她姐姐把鸡汤鱼汤拿给你，你没有奶，喝完就有了。

我真的感谢你，有时候我觉得你好像不太认真，笑话这个世界，你的笑里边就带着非常好玩儿的样子，我是一个永远把事情越想越严重的人，我把凉牛奶放在热水里捂热递给你，你喝了一点儿又给我，说“喝吧”；那时候我们没有钱，严格地说是节省钱，我采草头，在树上摘鳄梨、摘树西红柿，我们几乎得不到好的肉食，我买鸡脖子，一块六一公斤，为你坐月子，还买了猪头、猪肝，这都是极便宜的，猪头八毛钱，猪肝一扇，才三毛钱。

雷你回家了，我们添了一个小小的摇篮。我们把火烧起来，胖子慢慢地学会爬了，学会看了。他第一次往外看的时候，吓了我一跳，他完全像个陌生的小灵魂，好像在说：这是什么地方？我想我很怕他，但是接着这个神情就消失了。

雷，你每天喂奶，给他洗澡、换尿布；我在壁炉前烧火、去捡木柴。我的前面永远放着尿布，你赞赏我的工作，我捡来很多报纸，一个一个投进火里，让它们最充分明亮地燃烧，产生强大的光芒。你在各个方向都挂上尿布，使那些火光照耀的尿布迅速地升起淡淡的水汽。这些尿布是大学同事的一些被单，他们好心地送给我，当然我们也可以去买，但是我们没去。

我给你做一种粥还记得吗？是绿豆、椰蓉和鳄梨煮在一起做的，它们是采来的，或者是便宜买来的，雷，你还记得吗？你每天喝这样的粥，吃鸡脖子，对不起你。

我每天还采竹子来。在我们的附近有一片竹林，我把那些枯萎的竹子采下来，它们的主人很满意，要不然他要雇人来清理。

我们的屋里放着长长的竹竿，我们的堂屋很大，单靠一面窗户阳光照不进来，一切都靠篝火。我把四面八方的竹子送到火里，竹子爆响着，这时候我们才知道什么叫“爆竹”。



我们把胖子斜斜地放在小摇篮里，他看火的时候就不哭，专心凝神地看，但是不断要滑下去，他不能动，甚至连手和脚都不会用，他不知道动作的意义，他有时候抓住自己的头发拼命地拉就开始哭，他不知道方向，但是他看火是专心致志的；他慢慢滑下去的时候，就绝望了，就努力着，但是更滑下去，就开始哭；我们用小小的枕头抵住他的脚，他就趴在那看；但是在我烧竹子的时候，他就经常哭起来，因为那些竹子的爆响，带来火星，甚至飞得离摇篮不远了；雷，那样的光闪耀着，火闪耀着，有时候胖子睡了，我记得（录音中断）

我把这一切写信告诉了英儿，英儿告诉我文昕听到这个消息惊讶极了，真的她惊讶吗？她知道我干这种事，总会有娃娃的，当然她也见过，她什么都知道。直到我们后来见到文昕，才知道那个时候英儿还哭了起来。

……雷，我怀念那样的日子，寒冷、无奈，又安静，到树上采果子给你。我们走那么远的路，推着儿童车，绕过那些大狗的叫喊，去给胖子做检查，然后把人家放在游艺室捐献的玩具带回家，给他挑选小小的衣服，做这一切的时候，没有什么幻想，只有静静的顺从。

这是远离我们熟悉的一切的日子，一个新地，新的人，新的语言，新的规则，我从心里呼着，他们都很好，一个护士每天远远地来看你，她发现胖子轻了，就写下一种奶粉的名字，让你去买，她甚至还带来了半桶奶粉。我把这种奶粉名字交给大学里的邓肯，邓肯和我一样地不知，尽管他懂英文。他做成很严重的样子开车带我出去，在一个货架上来回翻找，但他找不到，他对这个东西一无所知，他是个单身汉，从没有想过这种东西，他脑子一直停在晚明的小品里。后来总算找到两桶，桶有点儿锈了，也许放得时间太久了，我买了它。我也许从来不是好父亲，甚至从来没有想到做父亲。我们一起到美国去的时候，有人告诉我，他们传说：我们三个人来，胖子最大。

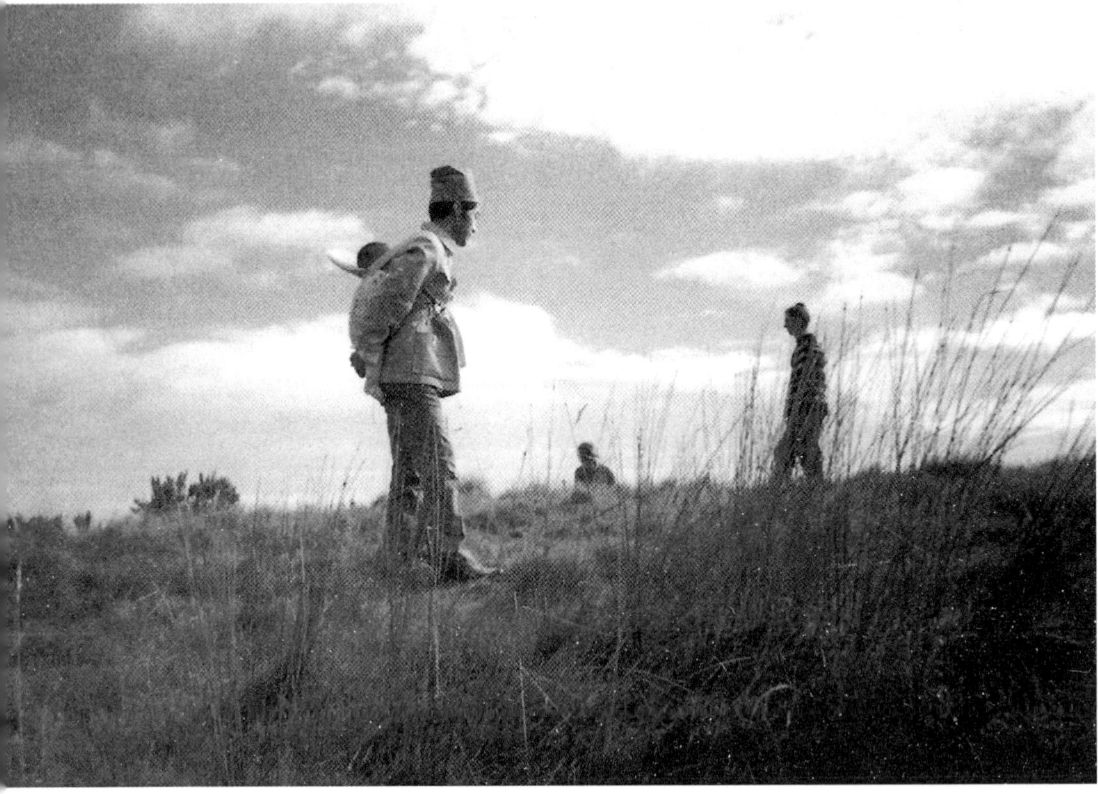

1988 年 7 月初搬家到岛上登上山顶。

上图《木耳》《银耳》画于 1988 年 4 月。签名作者以“顾”字左边和“城”字右边组成新字。

上左：黑珠笔画于字纸空白处。儿子初见鱼的快乐情形令作者印象深刻，后来儿子每见鱼就快乐不已，谢烨做得一手好鱼菜。此图偶然留下，画于儿子一岁生日前后。

上右：截于顾城家信，左边小人画于一封信上（参见本册第 189 页信截图），右边两小人画于另封信上。

下：摄于 1989 年 1 月。岛上是夏天。将一只刚孵出不久的小鸡放在孩子的便盆中……

『雷，只有你和我在一起度过了那些日子，当然还有胖子。他懵然无觉，有时沿着小路爬到鸡舍上去，找一块大石头坐着；有时候你上到山上，他已经坐在那了；真惊讶，小小的人儿呵，还不太会说话呢，但是他已经会爬那么多台阶，五六十级吧，上山看那些鸡，看你在晨光中间把饲料倒到装鸡食的大木箱里，然后让它们细细地流淌出来……』

——1989年8月19日（二百只鸡到达不足三天时）两友人来访。友人为友人照相。时顾城正在加工他的用废弃物钉建的『自流式』喂食槽，为不挡镜头而暂时躲到一边（喂食槽图中可见一端，即西端）。背景可见正逐个喂鸡的谢烨和不到一岁半（一岁五个月零十天）的孩子（『胖子』）。当时新到的二百只鸡还不能适应自行前往食槽前吃食，照片中食槽前的鸡都还基本上是原来一直喂养的鸡。又几天后才只需『把饲料倒到装鸡食的大木箱里』而不必一一去喂。『大木箱』在『友人』弯身处。这两张照片可以说是顾城谢烨养鸡仅有的两张照片了，还是友人为自身留影拍下的。那时很少照相，另有三张孵小鸡的照片（更早时也是朋友拍下的），可见下册『辑六』插图。顾城搭建的大型『鸡楼』在照片以外右边（照片中可以看见其东端一角），拍此照后不久（一小时以内），就将开始捉鸡归窝了（二百只鸡当时还没学会自行回窝）。

『我们有最美的鸡』

——画于德国，1993或92年

『一朵花飞起来，一朵花也飞起来，这就是我喜欢的生灵世界』

（画于1993年5月）

——『有那么多鸟儿和我们在一起，这真是难以置信的事。他们飞得遮天蔽日，它们在树枝上大声地叫成一片……』

# 忏悔（十八）



雷，我要做一个录音，我现在真心崇爱，每一次醒来真恍惚呵，忽然又到这个世界上来了。人醒在哪里真是说不定的事，有时乏味索然，一个连续的现实，有时真惊讶，就好像阳光到达一个崭新的世界。

在咱们那儿，早晨到来的时候，成千成万的鸟儿飞向咱们的树林，飞向咱们的鸡舍，和鸡一起等待早餐。这时候你走上山去，送第一次饲料和水，那些鸟儿像轰炸机一样，轰然作响，天都暗了，又落满树枝。

雷，只有你和我在一起度过了那些日子，当然还有胖子。他懵然无觉，有时沿着小路爬到鸡舍上去，找一块大石头坐着；有时候你上到山上，他已经坐在那了；真惊讶，小小的人儿呵，还不太会说话呢，但是他已经会爬那么多台阶，五六十级吧，上山看那些鸡，看你在晨光中间把饲料倒到装鸡食的大木箱里，然后让它们细细地流淌出来。

等你走开的时候，鸟儿和鸡一起争食。有那么多鸟儿和我们在一起，这真是难以置信的事。他们飞得遮天蔽日，它们在树枝上大声地叫成一片。吃我们食最多的是麻雀，还有一种长嘴的鸟儿，有喜鹊大小，它们淡棕色的羽毛在晨光中单薄得很，它们有点儿无知和多事。这样的鸟儿从四面八方扑来，还有其他鸟儿在边上看热闹，或者捉这些小鸟儿，有乌鸫，喉上长着白色的绒毛，浑身黑色，布满淡紫的花纹，它的爪子尖利，它抓过你，在你手上留下血痕，它的嘴弯曲而尖锐。

甚至连鸡也啄过你雷，那些鸡啄一切动的东西，它们啄了你。它们在焦急等待吃食的时候也会啄你的手和脚，那些鸡，几乎要把我们吃掉了。真想不出来，那个时候，我们那样破釜沉舟地养了那么一大群鸡，一天一天地，我们的饲料投进去，下蛋的日子近了，我们的钱几乎用尽了，下蛋的时刻如期到来。

刚生下的蛋都很大，你惊讶地从山上拿下来，欢喜极了，刚开始是二十个三十个，迅速增加到五十个，略略停顿，就到了一百个，后来每天要到山上收两次蛋，两桶，刚开始洗这些鸡蛋的时候真欢喜极了，你把最大的和最小的拿出来放在一起，我们就笑。胖子也想玩儿这些鸡蛋，但是我们不允许，他只能在边上看着这些大大圆圆的鸡蛋。那个时候，我们的鸡蛋真多呀，在家里堆起来。

# 忏悔（十九）

给那些鸡投食、喂水喂菜，我们满山去为它们拔草，一种水葫芦式的草，长着圆圆尖尖的叶子，它们在树荫下边柔嫩极了；刚开始只有一小撮，我们很快把它拔光了，又到别的地里去找。为了增加这种穗草的产量，我把它种到各个地方去，现在已经长得漫山遍野。



那真是一个盛大而喧哗的日子，我们小小的家变成了鸡王国，我们把它叫做“鸡观园”。那时候我画了一个牌子在门口，说有很好的鸡蛋，山谷里的人就来买我们的鸡蛋。

雷呵……外边拆房子的声音，全世界都有这样的声音，从北京到欧洲……有时候我觉得真有那样的事吗？在梦里我想不清楚，我想不清楚我是生活过了，还是根本没有，想不清我结婚了没有，这个时候真是茫然无觉。我有点儿喜欢这个地方了，一只鸟在树上叫，拆房子的时候它也不停下来……

好多闪闪耀耀的记忆因此醒来，从最早的白杨树上的早晨，那些红砖房子，到我们的山顶，雷，那些鸟早上飞来盛大地叫着，所有岛上的鸟也许都知道我们的鸡舍，除了那些只吃树叶的鸽和只吃肉食的鹰以外，所有的鸟都在我们的树林里聚会；这么多鸟，连狗靠近也恐慌……雷，现在我们仅有这么两张照片[1]，是别人的机器照的……雷，那都是在英儿到来以前。我给英儿写这些的时候，她以为就是一个故事，她不知道一天天我们怎么过的，充满了生机、嘈杂和忙碌。

雷，山下那个大个儿，说他不喜欢鸡叫……我们的坏运来了，雷……

我们有最漂亮的鸡，有一种芦花、洛城红鸡和乌骨混成的鸡，它们长得很长，有的像金钱豹一样，有的洁白如玉；在黄昏的时候，我老爱看着它们，它们停在树枝上，停在快要长大的一刹那，它们真美丽，淡红的冠子在夕光中微微闪耀，那是雪月和花的美丽，我知道所有生命都有美丽的一瞬间，然后就是盛大繁琐的生活。

我坐在我自己垒起的石台阶上，看这些鸡，看我钉的鸡楼和网，我知道这一切要结束了。真的，雷，现在我们的鸡舍里长满了荒草，在那些生命在一起的时候，你不能相信这个事情，不能相信这一切会消失，不能相信它会空了，哪怕走进去也是悄然无息；我在里边种桃树，不能想这样的事，它们盛大灿烂，曾像一片海洋取之不尽。

我们卖鸡了，雷，把牌子写在门口，用笼子装鸡到集上，一只八块钱，七块钱，甚至六块钱……这是多么晦气的日子，我们写：下蛋的鸡，下大蛋一天下一个大蛋的鸡，洛城红鸡……雷，我们是十二块钱一只买来的，这个我不在乎，但是有最好看的鸡，我也必须卖它，有一个人到鸡圈里，看中了最好看的鸡，他要它，但是我不肯卖，在那个倒霉的日子越来越近，最后期限到来的时候，我还是把它卖了，更便宜地，随便地卖给了别人。

我们的鸡圈慢慢地空了，但是这还不够，在复活节前的最后一个日子



[1] “两张照片”应指的就是本书第282页上的两张照片。

里，他们要来没收屠宰这些鸡，于是那有血的日子就到来了。过了很久有一个善良的人问过你，雷，你记得吗？她说那你为什么不把鸡都放到树林里去呢？嘿呀，雷你笑了，这是笑话，这是那种没有挨过饿的人说的善良的笑话，雷，你当然知道我们吃的是什么，我们的小孩儿吃的是什么。我们开始杀这些鸡，三天三夜，我们用最大的桶在外边烧水。雷，你不断地杀，我拔鸡毛，手都拔破了，从早到晚，最快的一天只能杀四十只。

这是可怕的日子，我们几乎顾不上胖子，他在开水和鸡中间跑来跑去，到处都是鸡毛，鸡有时候被杀了在桶里又站起来，往外看一眼，就把胖子吓哭了；有一只鸡飞着跌到山下去，还是死了。血和腥气包围了我，我把它倒到深深的坑里边埋好，那些鸡毛……我不断做这些事情，从早到晚，雷，这个时候你是顽强的，雷，你支持得住，甚至游刃有余，你有些脾气大，你会对我叫喊，但是我们依旧做着这个事情。

我把鸡一打一打从山上捉下来。刚开始我还选择，我选那些羽毛略略暗淡的，不太鲜艳的鸡，我甚至还想留下最好的鸡种，繁殖它，雷，后来我不管了，我捉到它，就是它倒霉。我提下来，就像当初我八只八只地把它们用口袋提到山上一样。

我把它们提下来，放在山下的兔笼里，雷呀，这时候兔子也没啦！你知道，我把兔窝拆掉的时候，把一块块板丢到山下的时候，我才知道我的梦想已经结束。

复活节到了，那个岛政府管狗的女人来了。她并不坏，但是表情严肃，带着一个司机。她没有走上山顶鸡场，到我们的门口就停住了，因为那里杀鸡正在热烈进行。我把鸡脑袋给她，她竟然数，一个个放进塑料袋里，以证明这些鸡已经消失，合乎了法律。每个鸡肚子里都有蛋哪，这就是他们的法律……雷呵，我们杀鸡；我们的最盛大的日子就这样结束了。

它结束了，另一个美丽的日子开始了，又结束了。雷，还会有开始吗？

我不知道，我也不想有开始，但是我依旧做着我的事。鸡杀了，还剩下的二十只，也许二十五只，空空旷旷地在鸡圈里走，鸟依旧飞来，我不再赶它们。我不太在乎产蛋量和饲料的配法了，我们也不再热衷于捡那些菜叶，一筐一筐的，倒在集市上的，都无所谓了。我们还有很少的鸡蛋，有的时候，人家还来买鸡蛋，我们还能找到一些凑给他。甚至过了一年以后，还有人光着脚跑来买鸡蛋，我们说："呵，Chicken all gone！ 已经没有了消失了。"

英儿来的时候，鸡已经很少了，也许是十二只，也许是十三只吧，我不知道；她来的时候，我还忙着编织鸡舍堵塞破洞，狗开始侵袭我们的领地，过去它被那个巨大震慑，多一步也不会靠近。夜里鸡舍总会被扒开一点儿，白天我拿铁丝又把它绑好。我在蚊子嗡嗡的叫声中间快速地做这些事情，有时候顾不上看英儿。终于在一个晚上狗扒开了鸡圈，早上我们看见狗叨着一只鸡从山上下来，什么颜色的狗，我们都看见它，但谁也说不清，有人说是黄的，有人说它是星点的，有人觉得是一只狼。我大喝一声，狗丢下了那只死鸡。鸡圈萧条后狗侵犯过我们的鸡，雷，但这次是彻底的，我们上山的时候，满山都是鸡的内脏和羽毛，鸡舍空了，一只鸡都没有了，只有一个洞。我找了一把短剑，用报纸包好，又借了玻格家的小狗让它引路，我像荆轲刺秦王一样，但是样子滑稽，我们绕着山走，小狗并没找凶手就回家去了。

鸡毛在公路上和某一个地方消失了，我们上山去的时候碰到另外两只狗，我拿着纸卷过去，你们等着看，它们冲过来，我往后一退，雷，这个时候你看不起我，英儿无所谓，英儿从来认为这是鸡鸣狗盗的事儿，你倒好像准备看一个戏剧。其实那一刹那我犹豫了，这个犹豫让我变得可笑。我迅速地赶跑了它们，没有战绩，没有斩级。

到了第三天，受伤的鸡回来，它们一瘸一拐，五只还是六只，像伤兵一样，有的尾巴咬掉了，有的腿咬坏了，但它们还是回来了。我们给它们很多好吃的，把它们放在鸡舍楼上，把鸡网编好。但两个星期过后，又被扒开了，这是无可奈何的事情。最后的鸡是三只，我给朋友们写信，它们一黑一花一白，飞在树上，只剩下三只鸡了，一只是我们那些小乌骨鸡的后代。雷呀，我们这一生也不会忘记那些养鸡的事情，这是我们做得最成功的一件事，也是最失败的一件事。

雷，在这个鸡的故事的最后一章，英儿来了，你给她看最大的鸡蛋和最小的鸡蛋，她也欢喜，但同时觉得这一切多么怪，她没有写我养鸡种地，但她给父母写信的时候说，这儿的人用自己的双手做一切，她很概念地说，说甚至自己修房子和开路。

雷呵，后来我们的山里再没有鸡的声音了，鸟叫声也单薄起来，再不像早先那样群星闪耀一般，只有鸡大鸟在春天的时候沙沙飞来，吃我们树上的李子，吃 Palm tree[1] 上边的小果子。雷，我有点困了，在你不再应答的时候，不在听的时候，那些鸟儿还在叫呢……



[1] Palm tree：英文。棕榈树。

# 忏悔（二十）

心里一惊就醒了，怎么在这个地方呢，我现在有一点儿梦，就像浅浅的沙砾上，长了植物。再不会看见她了。雷，你不在家，你在春风起伏的街上走着；但是我们要搬家[1]。



我们刚来柏林的时候，雷，在兴登堡门下，像一个外国人，一个旅游者那样，看那些小摊上摆的东西，有苏式军刀、大衣、钢盔，也有各种苏联奖章，雷，有木头做的小娃娃——一个崩塌了的国家；雷，我怎么知道一年以后，我们小小的家也崩溃了，依旧是山，依旧是水，我为什么回不去了呢？雷，你不在家，你在春天中走着，我在家，看着这些东西，这些要丢掉的东西，这些要保存的东西，雷，一个人做一点事，就多出了许多事，日日夜夜做这些事，忘记了我们的日月，不再回来。

雷，你还记得那些老鼠吗？秋天天凉了，冷雨洒在树林里，老鼠下山，夜里鸡蛋无端地滚动起来，咕噜咕噜，啪！下台阶，碎了，是老鼠在滚它。老鼠在各个地方出现，雷，我们的米忽然少了许多，我们不得不和老鼠作战，雷，最好的办法当然是用药，但这也是最坏的办法；那是一种天蓝色的发绿的圆团，把它碾碎，就撒在各个地方。我妈妈也从中国寄来老鼠药，天哪，还没打开，塑料袋就给咬开了，被吃了一半。当然跟着就有了死老

[1] “搬家”在4月中旬。

鼠，天花板上，楼梯角，甚至床垫上，在野外的草地里也时常发现它们腐烂的身体，有的时候真正让人恶心，雷，那是你的鞋，放在门口，我忽然发现上边一撮小虫蠕动，那是很可怕的灰色的微微带毛的蛆虫，我往上看去，蜘蛛网上也挂着这些虫子，它们是从天花板的空洞中掉出来的，天呀，上边的死老鼠！我上顶棚工作的时候，一直怀着这个恐惧，怕碰见烂掉的老鼠，有时候在楼下也是这样，得拿一个铲子一个簸箕把它铲掉，有时候已经干了，空了，这真正是难受的工作。

毒药是不能使用的，我们就买了老鼠夹子，大号的和小号的，老鼠也有大号和小号的两种。这样晚上我们屋子里就噼啪声迭起，有时打着了，有时没打着。有一天打死了好几个老鼠，我把它们在门口排成一排，邻居的猫把它们吃掉了。或者我把它们埋起来。



那么大的老鼠，有一个太大了，最大的夹子打住它，它还是挣出来，晃晃悠悠，我在楼下恐怖地看着它，用气枪把它打穿，但它依旧翻着逃走了，留下一路血迹。后来我们在外边发现了它的尸体，正中有个枪洞。那么有生气的大老鼠，整个冬天我们都和它战斗。

英儿来的时候，老鼠不管她是不是小姐，它们跑来跑去，被打死了，英儿就闭着眼睛说：“快把它拿走！”后来楼下忽然沉寂下来，夜晚窸窸窣窣、叮叮咚咚的声音淡了，我发现楼下墙破了一个小洞，一只猫蹲着，在黑暗里试探地看着我们。雷，那是一只自己找来的小猫，英儿有点儿开心，英儿开始哄它……有一天我们在阳台上，看那只猫匆匆忙忙跑进墙洞，英儿忽然笑起来：“这猫半野不野的！”她说。后来这猫我们就叫它“半野”。

# 早晨（一）

一个早上让我想起好多早上，早上的鸟叫声连成一片，暗蓝的空气渐渐明亮，一阵鸟的喧哗过后，山林归于寂静，我从山上木屋下来，看你们，我熟睡的妻子。我将我放逐，那是我用千斤顶升起，重新修建的小屋。

我下来的时候，注意沿路的花朵，它们有的醒了，有的还没有；我在门外尽量不弄出声响，我轻轻走动，做着吃食，等你们醒来。我做的早餐是粗糙的，但你们融汇一体的呼吸声微微传来使它生辉。我的心抚摸着那扇门，脚步并不走近，门那边，是我梦幻的天国世界。

我在许多个早晨醒来，从童年的大杨树下醒来，那些树刷得白白的——有时候生活还没开始，有时候已经过去，早晨还是早晨，它们并不因此有所改变。

上左：李英

上右：谢烨、李英

——1991 年冬岛上，于小说《英儿》中称“绿荫谷”的地方。照片均为顾城摄。照片中的木柴为顾城锯。

上：自友人处获得的一张照片。友人来访试相机，遇顾城干完活儿试拍一张。时间是 1990 年 2 月。背景即顾城钉建的柴房和他锯的木柴。1992 年赴德前顾城成日锯柴，将这个柴房用木柴装得满满的，并且堆到屋子里。（顾城的立脚处后来被其修建的大平台覆盖；大平台的台面高度略低于此柴房顶端）

下：1991 年 8 月岛上。谢烨、顾城、李英。

# 早晨（二）



我凌于这女儿世界之上，又脱离它。我喜欢在外边工作，运土或者石子，听你们在屋里说话时的声音。听不清楚，有时像是说我，有时像是说别人，都一样，对我这便是天国之乐（yuè）。尽管在生活里，我和你们几乎漠然无关。

你们走下山去，英儿甩着手走，像个少先队员；而睡着的时候，她的手总紧紧握着，好像有什么秘密，她总怕冷似地把我挤到墙边，像小麻绳一样固执。早晨阳光明亮起来的时候，你们就走下山去，街道和海滩因为你们而舒展悠闲。我一直在工作，我热爱工作，爱在工作中等待和思念你们。

每一个白天过去，都有一个晚餐，这个时候你们回来，说外边的事情，我像一蓬喜悦的草，傍晚时听凭载着阳光和月光的风吹动。

# 宝石



欲望使你通向两个方向，一个是繁殖，一个是天空。你能欣赏欲望的美丽，你能欣赏生命的美丽，你能够不是昏昧地像被蒙住眼睛的驴一样，走在磨道上，这要看你的心。

没有这个宝石所产生的奇妙的眼泪，你的苦痛和难过不会有所改变；而真正的魔法正在这里——你真心触及的一切，都熠熠生辉。

不要再埋怨欲望了，使你堕落的、使你坠毁的，不是它，而是你没有一颗心。有时候你要问，心在哪里？——这是一个最最古老的问题，在所有的诗歌、艺术、教堂的钟声中，人都在回答和询问这个问题。

我知道在我失去一切的时候，我并没有失去它，虽然它有时昏昧不明。现在我好像知道什么叫金刚了，它不是一个狂野的神像，它是宝石，在一切都损毁的时候，它磨砺而出，完好如故；所有损毁的人哪，这也就是我为什么长久隐藏的缘故。

# 印证



有一支歌曲，穿行在生命中间，它到来的时候，你们一起唱——像浪花和礁石一样，像船和海洋一样，像风帆和风暴一样，你们唱这支歌——你们一起唱的时候，波浪发出和声，从最寂静的树林到最喧哗的海面……

我们走过许多熟悉的道路，太熟悉了，熟悉得好像没有走过；这是梦中的回忆，我们在回忆中更加强烈地度过。

我们在幻想中度过，每当我们走上一条道路，都在印证我们的幻想——真的是这样。

# 借口

雷，我为什么不能做一个好一点的人呢？我知道我被铸在一个模子里，一个魔鬼的小性灵，坏脾气，奇思怪想，固执。说实在的，英儿那么自负，最后是吓跑的，不是被我吓跑的，我实话告诉你说，是被你吓跑的，因为你是她不能解释的。你的爱，你的怜惜，你的轻蔑，你的从不表露，你把它全都变成事情了，让她面对不了，回避不及，她只有学你，跟你一样地吆喝，一样地笑，她知道在这后边有她无法知道，和她无法掌握的一个东西。她就逃走了。当然我是理由，我只是理由。你为什么让她来，又为什么留下她不走，严格地说，这样的一个奇异美丽的岁月是你赋予的。我相信了这个岁月，谢谢你。雷，你做的事不可思议，你的心大得不可思议。

我是无可奈何的，我顽固，强大，不是我，你不会做这件事，对不起。人不喜欢真实，不喜欢就不喜欢吧，但是他要找借口，我就是借口，我现在特别清楚，我就是一个借口，是她来的借口，是她走的借口。她自以为那么真实、浪漫，结果碰到了她不能承受的真实和浪漫，她无法对待这个事物，对待这大得多的爱的默许和光辉，无从判断它和猜测它，她一生也不会明白，因为她不敢去明白，但她全部知道，这是她不可企及的。她说要写你的研究，这是她的玩笑话，也是她的真话；她说她跟你没缘跟我有缘，这也是她的玩笑话也是她的实话。她怎么会跟你有缘呢？我都不敢说跟你有缘。今天我算明白了，也许一生我都不知道你，因为我没有你那样的心，人只能知道自身具有的事情。我要有那样的心就知道了。上帝有时候给我一个小窗子。

你迷住了那么多人，谁也不知道你是怎么回事，他们只知道你是用一种不可解的关心吸引了他们，使他们依赖你，在所有事情中间你的显示又那么简单，好像只是性情。你是不可以被归纳的，只有概念下的人才能被归纳。我是怪僻的人，但是还是可以被归纳的，因为我有很强的概念和逻辑。而你是不可以被归纳的，你深深地在那个没有中间。雷呵，连你都不太知道，可你又全知道。



你知道好久好久我认识你，你并不说话，我想象那是不好意思，或者无法回答，我也知道那不是什么秘密，是有不好意思，也有无法回答，但是更重要的还是你的本性。在我不断走向你的时候，登上每个台阶的时候，它并没有靠近我们，但我们又始终在它中间。

# 钟声



雷，我真的是想寻一片土地给你，修一个房子给你，弄一个灯火给你，我很外行地设想这件事，也很概念，可我还是做了。我做得不好，因为我的秉性和方式，可是我还是做了，做了台阶，一个一个连接到山顶上去，做了墙，让石头从水泥中渗出花纹，做了那个荒凉的鸡舍，做了我们的平台和厕所……

走在路上的时候，看见那些木头，挡着土，它们在一点点毁坏，只有生锈的钉子还在把它们勉强连在一起。我说想起了什么。“什么？”你问。

“砍很多树，这意味着要砍很多树。”我说：“还有工作。”

是呵，我在山上放了好多树，在山下放了好多石头，做这一切为了什么呢？为了回忆？好像只剩下回忆了。

我是说我活这一辈子为了什么呢？这是没有答案的，只好说：为了让你想一想吧，也许就是这样。雷，我真正地感谢你，因为你知道我生的愿望和死的愿望，这才是我的全部呢。有时候看小鸭子在水里追着，相互斗一斗，然后又埋下头做同一件事；它们生下来就要这么追逐，吃那些小鱼。那些正在桥下闪闪耀耀的小鱼，又何尝不是这样呢？谁都是这样，人们在世界上生活，遵循的只是一种盲目的力量；谁也不知道谁，甚至在他们爱的时候，在他们彼此吞吃的时候，都不知道。那些滋味到他们心里去也不过如此。可是雷，你知道我，你怎么会知道呢？

人都觉得天下人理所应当知道自己，其实这是多么困难的事呵，自己都不知道呢，何况别人。

英儿走了，好像不是把门拆掉了，而是把另外一种东西搡到了我们中间，好像把桌子翻过来，背面是毛毛拉拉莫名其妙的东西。这种坏的感觉，使我想起好多以前的事。

我们和英儿说了很多话，现在好像都忘了。我们说世界，说家里的人，说昨天发生的事，英儿喜欢自我分析，也喜欢分析你，分析我。你对她那么好，把咱们小家里最好的地方给她住，她想要什么都是对的。可这中间又有一个微妙的限制，微妙在于你从来不说。你并没有什么原则，但是你天然做成这样，让她感到了抑制。她不会反驳你，她会反驳我，她几乎在心里都不能反驳你，她知道这个东西比她更强，这个东西她只能解释为无私。



有一个晚上英儿做了一个梦，梦见我要赶走她，说我沉下脸对她说："你走吧。"英儿慌了，糊里糊涂就醒了，她耍赖一样扭住我说："你要赶走我！"其实我有点高兴，我说：你是在做梦。她说"就是真的，你要赶走我，脸沉沉的，真无情"。

她在饭桌上还说了这个事，她被这个感觉慑住了。到了晚上，她在灯下看着我还要说："你好一点儿吧，你会赶走我吗？"接着又狠狠地说："我不能让你赶走我。"

我害怕想起这些事情。

有些事真的忘了吗？那些曾经经历过的那么清晰的事，都忘了吗？需要我们这么去回想吗？它们就没有了吗？也许哪朝哪代，是，你说"没有哪朝哪代，生活就这么多，不能什么都想着"——我的意思是说，好多事情是在血缘里的，不定哪朝哪代就想起来了。

我们在教堂下边散步，那有青铜的护板和瓦，砖石黑黑的，像是被火烧过。

我在想，刚才的钟声也许就是从这里飘过去的。

# 四月十五日

又看见那张画儿了，太阳每天照着我们的岛，照着它周围蓝蓝的海水和小船，照着岛上的苹果树、李子树和 Avocado、Fijoa[1]，照着我们在门前种下的小树，它的叶子上还带着昨天晚上的雨水……

雷呵，太阳每天照进我们空无一人的家，照在我们家前荒草青青的小路上；我真不知道痛苦会变什么，但它确实像土地一样，黑黑的，含着死亡，含着生长。

它奇异地生长着我不知道的梦想和语言，它又开始长了，淡淡地像烟一样升起，浮动着我们过去的日子——我们走路的日子，我们摘果子的日子，我们洗衣服、晾被单的日子，有英儿的手，有你的手，有你们的篮子和笑容……

那张画儿的颜色在伤害我，玻璃一样的蓝颜色，和土红的颜色都在伤害我，那是我的家，我的生命所在，我爱的地方——我看见它的时候，生命才会快乐；我梦想它的时候，生命才会痛苦。

你们沿着傍晚的小路走回家去，暮色阴凉，从硕大的蕨类植物和棕榈下渗透出的夜晚漫延开来，天光回暗，云色清朗，我们和英儿一起走着，抬头看满天的星星慢慢出现；在我们回到家的时候，它们已经骤然密集地亮起来

[1] 英语。前者为鳄梨（牛油果）树，后者是一种南太平洋果树，果实鲜美，富含维生素E、C等。

了；这是南极的星河，那么辉煌安静，有时客人都惊呆了——再也没有比这里更干净的空气，更亮的密崭崭的星辰了。

我们再没有看见过这么密集的星星，它真像重重叠叠的麦穗一样，带着细细的光芒，如此耀眼、银亮，有时候随着大气闪烁浮动，我们这才知道，大气也在起伏，如同海水，而我们生活在安静的海底。

雷，这是一个岛呵，被安静夜色包围的岛，被喧嚣阳光照耀的岛，这个岛恍惚就在我的手掌中。可是我离它越来越远，我远离它，我甚至看不得一个和它相像的地方，看不得一个那样的木房，那样起伏的牧场；这些颜色伤害我。



痛苦在我心里一阵阵升起，有时虚茫，有时尖锐，有时候是一片黯然的土地；雷，我要被埋在很远的地方，我不知道我会在哪里消失，一个石子落进水底，它没有跳跃，和我最早和英儿打的水漂一样……

这大地的海洋，人间不过是上边的一些浮沫罢了；你看这些人，面带忧愁，面带喜悦，跑来跑去，他们心里都含着事儿呢，他们的眼睛都看着他们想象的日子呢，我的那个田园生活，又何尝不是这街上飘落的一张糖纸呢？雷，我也做过这样的事，我看着他们，真正地心怀怜悯。

# 四月十七日

1.

雷，我一个人在屋子里，在画儿上盖章，印红越来越淡，我不知道在时间中间这心痛的一切会不会越来越淡，但是在今天这如血的日子里，它清晰得就像最初的朱红的印迹。

我写什么字了？我写了四个字：昆虫世界[1]

2.

雷，你总在办事，你总出去办事，我多想把我留给你，真的。

我不知道我怎么到这儿来的，就像醒来的时候，我不知道醒在什么地方。这个地方不太合我的意，但是确实，雷，在这个地方我遇见了你；你是我终身不悔的爱人，雷，我爱你。

忘记了度过了那么悠长的岁月，一年一年，我以为日子是没有尽头的，所以坐在那儿让它过去；直到看见了尽头，我才站起来，雷，轻轻抱住你——这个时候我才知道，我来的这个地方多么宝贵。

这是一个当然的事情，没有人就没有这个世界，没有我就没有我要做的事；当我遇见你的时候，没有了我还有你，雷，我留在你的记忆里，让他像烟一样留在晴空里，慢慢慢慢地消散，但是永远在晴空里。

[1] 《哲学卷》第261页收有作者“昆虫世界”书字四幅，可参看。

3.

上天给我爱，给我冥顽的秉性，给我细小的手和清晰的脑筋。说到最后这一点你可能会笑——我混乱得不能再混乱了。但是确实你也知道，在一个地方我清楚过人；就是这个清楚把我弄糊涂了。

我清清楚楚地看见你们的美丽，看见白色的花，一瓣一瓣地，环绕在一起，我看得太清楚了，就不见了边上的影子，和连接的栏杆、脚下的泥土；雷，我永远要离开你了，并不是从这次开始，我像黑暗在光明面前退隐，像畏怯的风一样，你们轻轻一吹，我就走开了。

我清楚地看见这一切，有时候笑一笑，把它说出来，有时候不能。有时候真遗憾，我为什么是这样的，冥顽不化，不可救药，我的愿望生长着，永不止息，我的秉性弯扭着，总不舒展，我永远不会光华如玉地生活，流畅如水地唱歌——在这最后的日子里，我会写大字了，我会弹钢琴了，用声和手说话。我还学会了一件事情，就是把我清晰看到的，告诉你，雷，这是上天给我的补偿——因为我的爱，从来是以生命偿付的。

4.

我爱你把手举向上苍，我知道你们是我的妻子，是我生命所在，我把匕首给你们，就把我交给了你们。

我有自己的律法，它是从爱里生长出来的，是宿命所规定的，与世界无关。这件事如此简单，但是说出来人人奇怪。

这件事是真实的，与一切虚荣无关，也与一切历史无关。我清晰地看着世界，有那么多情感，越出了他们规定的婚姻，我不能从一个风流、浪漫的角度想这件事，“情人”相对爱是一个轻飘飘的概念，我对我的妻子负全部的责任。

我是人，你是人，他也是人，在你们说这些道理的时候，谁也不知道自己是什么。

有时候一个人是一个完整的生命，有时候一个家庭是一个完整的生命，有时候我们是一个完整的生命。

生命有聚合的快乐，也有破裂的痛苦。一个生命只有一个内核。我不知道氢和氧是怎么变成水的，我也不知道那些排列旋转的密码怎么变成的蛋白质，这些都是书上说的事情。但是我确确实实知道我们是怎样生活的。

我们这样生活过，作为一个快乐的生命生活过，在我们觉不出那些世界法则的时候。——这有什么可惊讶的呢?

5.

上天没有比这更好的礼物了，它让我脱离了人世，又没有发疯，可以磨磨叨叨地说话……我的梦想一阵阵飞来飞走，就像起落在船舷上的鸽子一样；我的生命一阵阵谢下来，就像船舶靠向码头一样……

这是美丽的光景，是过节才飘舞的气球，我一点点变得轻了，我心上的重压都轻了……在这一切升起来的时候，雷呀，我知道了，这就是我最后要上的天国，我的生命正四散而去。

6.

你如果不把自己埋葬，又怎么会在另一个地方诞生呢？我知道所有最好的树，都是这样来的。

一切都太容易了——我没有搬石头，就有了房基；我没有钉木架，就有了房顶；我没有种地，就有了每天的蔬菜和粮食；我没有养羊，就有了毯子……

一切都太容易了——我没有死，就有了高于死亡的爱情；我没有那么美丽的爱，就有了回忆……

当我廉价地获得一切的时候，我自己怎么可能是宝贵的呢?

我曾经这样想——我没有在磨道里无穷无尽地推动石磨，我怎么就会有雪白的面粉呢?

我曾经这样想——我没有把麦穗一穗一穗拿回家，没有把土豆从泥里挖出来，我怎么就有了面包和午餐呢?

这是一个不能实践的想法，但我还是实践了。

雷，你帮了我；英儿则帮你笑了我。

现在我坐在这个城市的屋子里，有时还会这样想，我的手，白的，不是粗糙的——我没有挖井，就有了水喝……

是世界给了我这些东西，我就又到世界上来——雷，其实就是这样。

有时候我可以对自己说——生活是无所谓的，把恺撒的交给恺撒，上帝的交给上帝，把我的身体需要交给生活，把我的精神留在原地。



我的精神是不可能交出去的，这点无疑。但是在我把身体交给生活的时候，我的另一部分也被生活拿走了。

7.

文昕最后看着我说：你们说，英儿会不会用这件事儿呢?我看着她，其实我刚想到这个问题，我肯定地说：当然。

她用了这件事，不管她怎么想的，可是真的她用了。

我不明白世界为什么和她混在一起，一会儿是这个，一会儿是那个；也可能我也是这样，不，我就是这样，一会儿是这样，一会儿是那样。现在是我偿付这一切的时候了——我不再要房子，不再要钱，不要这无论冬夏室内一概温和的空气，我只要一点儿时间，把话说完。——我承认我为你们的美丽欣喜。

# 四月二十日

1.

雷，一块大石头被撬起来，翻滚下山，就是这个感觉——

它睡了，深深陷在它青苔的绒被里，一百年；它被我撬起，用粗大的钢筋棍子；我在它下边塞小石头，它一点一点升高，我在它后边垫块大木头，它终于站起来，危险地看着山下；这时候我应该打碎它，可是我没有，我喜欢大石头，大石头垒地，一垒就是一大块，我想做它成块碑，一个镇石。

我做了一条滚石道，在棕树和棕树之间，在山毛榉和栎树之间，我将树放倒挡住两边，中间铺了许多树枝，电视大小的石头沿着它飞滚而下，跌到石堆里，变成两瓣或三瓣。

这块大石头也危险地看着它的旅程，我把它转一下，还没拉住，调整到确切的角度，它就活了，微微前倾，接着就跌下去，先是一晃一晃，猛一弹，就腾空而起，撞断两棵树，到树林里去了！

这真是个恐怖时刻，雷，我们都呆了，不由自主一声叫喊也发不出来，只听那个大石头滚动，“咚！”跳起来撞到树干上，“刷啦——”树林就一抖，鸟儿也惊起一片。石头到树林里去了，像一个懵懂巨怪，天地都摇晃起来。

我们直往山下跑去，大石头依旧有声而无踪，“咚！刷啦——”……“咚！唰啦——”……最后一声闷响，声音戛然而止，我们腿都吓软了，我先下去，看那块大石头端端正正坐落在公路中央。

这就是我们度过的日子，把一块又一块石头从山坡上撬起，打碎，滚下来，修了我们梯田的墙和我们的沼气池。那时候真累，浑身麻苏苏的，几乎无法醒来；醒，像是众多细腻的根，被从土里往外拔，一层层发出麻苏苏的声音。那时候真累。

我渐渐地爱上了石头，把它们一块块在山坡上放好，把它们在走雨水的水道中放好，把它们和在水泥中间。

我修了鸡舍、柴棚、梯田、路和台阶；最后的台阶用木板遮着，是我们走了以后英儿把它打开的。

这就是我的打石头记，每块石头把它放好，就像我现在写故事吧。有很多碎小的石头，我那么吝啬地要全部找到它们；我知道这是不可能的，它们落到草和落叶里去了，落到人所无法踏入的那些灌木丛里去了。

有一块大石头，它确实被撬起来，从梦里边升起来，沿着山坡移动，它滚动起来的时候，跌出了拦木……

2.

我喜欢听鸟儿在黑暗中的叫声，它们相互说话，像早起上路的人一样，我喜欢早早亮起的灯火……我们上路那天最后的晚上，我在英儿那边，她彻夜紧紧地握着我，英儿就想结个婚哪，不说……

后来天就亮了，我们起来，那天天气平常，还是两个箱子，雷，你开车，一直到码头，英儿把车开回去，我怎么知道就再回不去了呢?

我们就这样走了，上路了。

我最不愿意醒在这个时候，这时候醒来就觉得还没有离开家。真不知道那最后的脚步声是怎么在平台上响着穿过的，也许并没留意，就像每一次出去，只是进城，可能英儿也这么感觉；她一直在说笑话，说:“五四三二一发射！顾城就没了。”有一次她抓着我说:“你就没了！”

她倒真的没说回来的事，她只说到房子，好像我们要一起修好它。

“五四三二一”——我那个时候就想过，在离开岛之前两个星期，我在山上修台阶，忽然想：英儿一个人走进这个地方是什么样子？她送走我们，一个人回来，走在这寂静的路上是什么样子？打开这房子，清凉的气氛，阳光透进来，是什么样子？她一个人坐在阳光里默想是什么样子？

一个人走上来，那些叫过的鸟儿，在天大亮的时候就不再叫了。

在这清凉的阳光还没有到来的早晨，浸着她和树木。

# 四月二十二日

我总是在早晨的薄暗里，走到她那去，看她安睡，有时候看着，天就一层层亮起来，她也越来越清晰。



早晨红色的光芒，投在墙上，雷，你记得吗？那次她找你要一个窗帘挂上，早上红色的光芒，把她的整个房间都映得辉煌起来。

她还在安睡，这时候我会看很久，然后退走。

不知道多少次，我是因为爱退走的。

“你一过来我就醒了”她说。——她没有醒，每回在晨光中，她都那么睡着。晨光保护着她。

# (给文昕的信之一)[1]

文昕:

睡不着，给你写信。

你说，不带咪来，就不会有这些。也许是真的。

我还记得你们在屋里试衣服，谢烨有个褐格格的长衣，咪是红的，她们换来换去，你也试，后来就到花园里去了，拍照，咪有点泄气，因为你对着谢烨照了又照。

你给我们的照片，有两张四个人的[2]，我一直带着，只有在特别的时候，才看一看，别的时候心境不纯。

现在想起来那已经是天国花园了。

那个春天多好，最好了，什么都没有，可什么都在。

也许一生也没有几个那样的时刻。

咪把每一张有她的照片都拿走了，这是她最冷的地方，她有时并不管别人，像我。

我忽然想要我们在一起的照片。我在回忆中活着，每天说点痴言妄语。



[1] 此信收入《英儿》(见《小说卷》)。于《英儿》中“咪”为“英儿”、文昕为“晓南”、谢烨为“雷”。自此至6月中旬应为《英儿》书内容的确定与最终形成时期。6月中旬后作者一度转入“人与自然哲学研讨会报告”的撰写思考(详见《哲学卷》)。

[2] 两张照片见文后下一页。

今天我才知道，我为什么会写东西。

我能修一个花园多好，一个大大的花园，我只管浇水。

什么都不可能的时候，回忆就完整了。

真高兴回北京见了你。我谁也不认识了。你挺好的，真的。你们都挺好的，是我不好。北京是些尘土，外国是些积木，只有想你每句话的时候，记忆才新鲜如初。

我是为此活的，别的事情真的毫无兴趣。我也许再活一阵，把书写完。

文昕，人太不一样，秉性最后显出来的时候，太残酷，但毕竟有过那如花如月的一刻。我们在一起，向这边看着。照相还是挺美好的，再给我一点照片吧。



我渴，我喝冷水。你也看见我变成什么样了。谢烨和你还那么善，我已经变了一只怪鸟。(我在写忏悔录)

在书里有我们所有见面的日子，出书的时候我不一定看得到了。

想念你。

好多话是说不出来的。

城

4 月 23 日

"你给我们的照片，有两张四个人的……"

——两张照片摄于 1987 年 5 月中旬文昕和李英第三次去顾城谢烨住处时。当时顾城的出国护照仍无批准消息，但机票起飞日期已迫近，正处在此也可彼也可尽人事的心境中。文昕带去相机，在花园里给每个人拍了若干照片，同时用自拍功能拍了这两张合影。左起：顾城、谢烨、英儿（咪）、文昕。文昕加紧洗印出所有此次拍摄的照片送至顾城、谢烨住所，正临护照 5 月 27 日批下，顾城、谢烨在外奔波并且将文昕喜欢的陶罐送去给她以留念和表达感谢心情之时。5 月 29 日飞离前（此时机票已延期一周）接文昕电话，说起照片和陶罐，陶罐因未遇文昕继而交李英转尚未送达文昕。

『我能修一个花园多好，一个大大的花园，我只管浇水。』

——此图画于何时尚难确定

# 背离

我喜欢岛，我不喜欢世界，可是我喜欢你们。我觉得我欠得太多，欠你的，欠英儿的，欠胖子的，我应该做点事儿。我喜欢搬石头，锯柴，可是这不能换来钱，把屋子变新，有整洁的厨房，不能让胖子有自己的一间可以唱歌的小屋子，有游戏室。

必须离开。我心里隐讳这件事情，对我自己也不说，其实跟英儿分开，真像一个人分成两半，我日夜都想她，那么旺盛的想念，想听见她说话，可是我不打电话，我信也写得不多；因为我有一个承诺，我应该分分秒秒都用在做事上，那么久我没有真正地工作了，为了我的爱，我服从了世界，我低下头来做事。

英儿那么好，你那么好，胖子那么好，在山对面跳蹦床……我应该做点儿事，我真正地做了，到消息淡薄的时候，到我的不安升起来的时候，我还在做；好几次晚上我醒了，真想天一亮抬腿就回去，我对人家说我就想回去，在七月的时候我就这样想，可是天亮我照样工作。现在又要到七月了。

我有点儿笨，我不在乎人家看不看得起我，可我想让你们高兴，雷。是的，我们的床那么旧了，一翻身就会掉下根棍子，房子全都太旧了，还应该再有两个房间。我那时候真想给英儿打电话呵，想寄钱给她，想让她别害怕，想问她是不是愿意我回去；可是我什么也没做，什么也没说，我以为闭上眼睛时间就会过得快一点儿，我以为挣到了钱就是海岸；我闭上眼睛游着，可是岛没有了，只有大海，一个一个的苦浪。

最后一天，英儿还跟我开玩笑；我说，挣够两万我就回来，英儿说：三万。我说不许再涨了。挣到钱了！我电话里那么傻地对她讲。后来我勉励自己，电话也不打了。在最后一个电话里我还这样说了一句，可是我听到的声音是冷淡的，她问：你什么时候回来？我觉得声音不对了，你说："没事儿！"雷。

那是多好的日子，什么都不缺，每天都快乐，真的是这样。英儿写信给她父母也是这样说的。她明明知道那是最好的日子，她每天都笑，都高兴，她一辈子都没那么快乐过，她说："神了，这日子过的。"这是最好的日子，可我为什么还想让它再好一点呢？



我第一次真正地忍受一件事，为了我的爱；可是英儿，我想象中勇敢的小人儿，在黑夜里不怕下雨打雷的小人儿，一个人跑来跑去，管事儿的小人儿，没了。

英儿说爱我，这还没关系，英儿不该说："咱们一起干活儿，使劲儿干，肯定能挣到。"

——我是为这句话到柏林来的。在我跟你说，我真的不想离开岛的时候，她也来劝我，让我出来挣钱；但是我是想到她这句话出来的，让她不要干她本性不愿干的活儿吧，我就出来干吧。

我是因为爱才出来，因为爱她才离开她的，我他妈不想挣钱，我要钱干嘛使啊，我恨透了钱了……

我喜欢她，所以也就跟着她喜欢了她喜欢的东西；我多笨哪，我不喜欢那一套，我为什么要背离我的本性呢——背离上天给我的我应该做的和应该要的东西。我们没有钱也快乐了，我们没有钱也安静了，我们有自由，有自己的土地；英儿呵，我想英儿在坚守我们的国土的时候，她就沉默了。

上天啊，你把我做成了什么？你在我的身体里放满火焰，那不安的硫磺和火焰，你让我不要烧掉那张画儿，你又让我的火焰之手去取它，让我为火焰痛苦又含着希望；天，你把我做成什么了？你让我一次又一次爆裂开来，把种子撒出来，你让我在秋风中追逐又重新生长；天呵，你把我做成什么了？

我真想有一个睡眠像大河一样，静静地在大地上流动，看着我所爱的每一个人和风景，我想那么沉静地流动，我不想有夜晚，有火，烧在孤寂无人的岸上。

我永远看见，你站在那个台阶上，像时光一样，穿着印满花朵的衣服，我们一起回家，走过整个城市，穿过街道……你是能看见我的，我也能看见你，就这样，温和的光辉把我们照着……

雷，那是多好的日子，我们打开门，屋子里挂满衣服，整个初夏的阳光，都使我充满倾心的愿望，当我轻轻抱住你，心里就变得那么干净，好像粗糙的笋壳儿，包含着春天的岁月。

上天让我生活，像一个人；上天让我梦想，像水和地狱里的火焰；上天把我放在这个世界上，我—无—可—奈—何。

每个人都可以离开自己，门是打开的，但是我们都不离开，为什么？

总有那样的日子，阳光像雨一样降落到心里，雷。

6 月 17 日[1]



[1] 作者于6月18日转入哲学研讨会报告撰写阶段，见《哲学卷》。

# 终于



我想起那么多美好的日子，才知道我的树只被砍伐了一些。我有那么多日子是有光的，早晨醒来，有你。

雷，我又想起那些到上海去找你的日子，一个一个暗蓝的夜晚和白热的夏天，我的大树仍然矗立着，它落下纷纷的松果——我为什么一定要拉那个打不开的抽屉呢？是呵，我正在写自然哲学纲要。

我感谢上天降下来的爱，道路，人，父亲，母亲，还有孩子……那些逝去的人，在记忆里安静地看着我。

我站在门口，雷，我看见你那么美丽地出现在阳光里；雷，你是和阳光一起出现的，又变成大地上无边的树林；雷，我到处都能看见你，那么美丽的枝干，你的呼吸，你的叶子……

雷，你使我的生命亮起来——在风中闪烁，像一片再生的枯叶。

使我睡着的声音，又使我醒了，人要经过好多时刻，才会看到要发现的目的，那一埋藏于自身中的，没有目的之后的真正目的。

6 月 21 日[1]

---

[1] 此篇于录音磁带盒上谢烨注为6月17日，并注“18日起哲学另录”；但打印纸件上落款此

日。其间应正是作者同谢烨哲学对话的几天（见《哲学卷》首辑），相对录音，此篇显得更振作些，让人觉得几日的哲学探讨使作者心境愈为明朗，尾段未见于录音，其表达同其哲学论说（可参读《哲学卷》）意合，“我正在写自然哲学纲要”一句录音上也没有（当然当时还未进入这一“写”，也不会有），而此句补加之时感觉一种欣悦之情跃然纸上。其正式报告《没有目的的“我”——自然哲学纲要》于6月24日完成初稿。《背离》一篇“6月17日”为纸件时间落款，很可能是作者转入哲学报告撰写前的最后一篇《英儿》文字。以下是《终于》录音笔录，可见几日后形成的纸件（即上文）与录音笔录的不同：

我想起那么多美好的日子，才知道我的树只被砍伐了一些，其实也就是一条道路罢了。我有那么多日子是有光的，早晨，醒来，有你。/雷，我又想起那些到上海去找你的日子，爱你，一个一个暗蓝的夜晚和白热的夏天，我的大树仍然矗立在那儿，它落下纷纷的松果。我为什么一定要拉那个打不开的抽屉呢？它打不开，也关不上，只能从缝隙中把手指伸进去，这是一个打不开的抽屉。/我感谢上天降下来的爱，道路，人，父亲、母亲，还有孩子；那些逝去的人，在空气里、在记忆里安静地看着我。/我站在门口儿，雷，我看见你那么美丽地出现阳光里；雷，你是和阳光一起出现的，又变成大地上，无边的树林；雷，我到处都能看见你，那么美丽的枝干，你的呼吸，你的叶子，我到处都能看见你。你太阳一样的孩子，在这个时候我就忘了早晨的露水，雷；你使我的生命升起来，雷，在风中飘舞，像一片枯叶。

# 附 1：（一段对话）[1]



……

烨：说什么？

你也够尖儿的呀。

烨：什么叫尖儿啊？

苛求苛求苛求，这是你承认的，不是我给你的罪名。

人可能是一个大麻袋塞了好多东西。想着都困了。刚才听那脚步声，真像小时候夏天坐窗口听下边人走路，这一楼到三楼特清楚，还有电车场停车的声音都挺清楚的。真怪那时候从这头走到那头。其实那么多事儿你说都经了，也都没有实际上。就是小，那时候。就是昨天哪，如果是昨天就什么都没有。中间这段都是乌有的，也可以这样想。

你说你不知道怎么变成这样的，我都不知道我怎么变成这样的。刚才我看你都不认识了，戴一手表，穿一裙儿，真不信。

---

[1] 此篇为写《英儿》录音接近尾处的一段对话，时间在8月4日。此时书稿已基本完成，于身后由华艺出版社出版的书稿很可能已经交出，节选篇目则应已经获得刊载回复。但写作还在进行，后又写有《牧场》一章（写于8月9日，即此次对话的5天以后）及另些片段。7月中旬谢烨让其弟请私人侦探，不久查得李英在悉尼跟老头（《英儿》中的“老头”原型）开办旅游公司，之后她联系成功顾城去悉尼讲学，可顾城似不愿去。对话中谢烨说的“就得打呗，动真的”应指此。

烨：那你想要我什么样？

我不知道，我没想到长大，就这样过了。而且恍惚间，穿裙儿、戴手表都是很大的人的事儿，坐沙发，都是很大人的事儿。瞬间都过了这时候了。你知道晶晶[1]有一回跟我说“哎哟不得了了，都要结婚了”——好像结婚是遥远得不得了的事儿。人老觉得那是遥远的事儿，还没到来就过了。心里想着别的事儿也是这样，还在那儿等呢，早过了，你觉不出来怎么回事儿，已经有胖子了，胖子都五岁了。心停在那儿这种人都是病，照说法是这样的。

反正一直待家里这倒是真的，几乎一直待家里没站街上，没真的当兵，那么多人无依无靠地在一起，事儿还是不多的。一两回自己走在旷野上，大路上，我走哇；你在医院我走回来的时候，我那感觉。平常都在家里，这屋呵，那屋呵，这么过呵；后来事儿越来越多都过到一块儿去了，根本就闹不清楚，扒拉扒拉就又过，毁了这事儿那事儿，跟做梦似的。可能我真的过乱了，我现在都不知道过啥好了，抓着这个事儿可能正好，透心彻腑，省得四面八方。

烨：抓住一个事儿就是抓住一个事儿，你想不抓也不行呵。

这回倒是真的。

烨：一个一个事儿的。

我想从另一边儿说，你就打乱我了，当然是这事儿抓住我了，魔鬼抓住我了，并不是我抓住魔鬼了，正好。

烨：从来都是这样。

是魔鬼抓住我了吗？

烨：从来都是这样。

这倒是。现代派才去抓魔鬼呢。抓不到。



[1] 作者的同年表弟。

*烨：你想抓那都是假的我告诉你，就是你被抓才是真的。*

这倒是，对于我来说就是这样的。你怎么老那么明白呀？刚想走点儿现代派分析，你又给我折回来了。那就算了吧。

*烨：分析什么呀，有什么可分析的？*

现代派分析就是这样儿，因为这个事儿而不是因为那个。

*烨：你也不是因为人家穿了蓝裙子去爱上人家吧？爱了它就爱了，根本什么也不因为。*

她不穿蓝裙子，改穿红褂子了我还爱，这不是明摆着的吗？

*烨：明摆着的。*



她隔山隔水，我看不见她穿啥，我不是还爱吗？别的都无所谓，一想到她跟别人走心里就一沉；一想到她路上没人陪着就又着急。都是打心眼儿里冒出来的鬼东西。

*烨：你想的，人家没人陪？人家会没人陪着吗？也就你不陪着人家。*

你现在别跟我说这个。

*烨：别跟你说。*

可不是吗？说这个干吗。

*烨：光听你说，好像我听着，我又不许说话？*

你说说说，(笑)尽管说，我今天不想说话，说不清楚。今天说不清楚。[1]你反正看不起我，我就全乱了。

*烨：不是看不起你，我要看不起你，我还在这儿受什么劲儿呀；真逗，够看得起你的了。*

---

[1] 《英儿》最初进入写作是从录音开始的，遂以此为写《英儿》的一种方式，5月以后以笔稿为主，但不时仍会对录音机口述。口述中间大多时候谢烨在场。这篇对话进行之前打开录音时推想应是为《英儿》的继续撰写着想的，成为此一篇对话应属偶然。

钻山洞吧，假设。（沉寂）雷，你干啥呢？

烨：我动也没动，怎么叫我干啥呢？

嗯？

烨：我动也没动，怎么我干啥呢？

（乐）我说你这一大段日子干啥哩？我没说你动没动，没说你要谋杀我，也没说你要偷东西（笑）。[1]

烨：倒是想谋杀呢，我还没找出好主意来呢。

毒药还没找着呢。

烨：就是。

有那心没那力。

烨：你别给录下来呵。

录不录不由我，录音机的事儿；你尽可以抹，到时候。

烨：到时候你自杀，以为我杀了你。

唉，没那么麻烦。嗯，我不自杀了现在，我不可能自杀了，你知道吗？现在我活得踏实着呢。

过去没辙了才想自杀呢，陷于一种羞愧的困境中间，才想自杀呢。我现在自杀干什么？我整个是一个丰田牌汽车，一直开下去了。

烨：奔驰吧？

（笑）奔（bèn）死。

烨：奔死吧？

竟然一个大奔死，呜呜，德国出产。

烨：还真是在德国出的，Benz。



[1] 此句后半及以下六七行为玩笑口气。

他妈的，这种地儿出不了好东西。还不带拐弯儿的，就奔过去了。

哎呀，其实英儿也不知道我呀，英儿觉得我神经，她也对，就跟小孩儿似的，小孩儿气得发疯那样儿。

烨：就得打呗，动真的。

不是没人打我吗？

这几天我其实心里边儿挺不安的。不实在。

烨：写东西又不实在了？

发东西就不实在，老想着发就不实在。人就是这样儿。



烨：发又不实在了，我告儿你什么都是实的，什么都是实的，我这帮你都是实的，整天虚虚乎乎，不干，那是不实在。光说不练，那不实在。

那咱们练去吧。打去吧。

雷，咱俩怎么缠到一块儿了？要不然我这辈子大概什么事儿也没有。

烨：总得有点儿什么事儿吧？

反正，肯定卡那儿了。咱们现在不能预言那会儿，另外一种生活咋过。

烨：那倒是。

这你没法儿预言。没准儿抓监狱里你倒愿意活到九十岁呢。这有可能咧，是吧？没准儿你娶一好媳妇，明天就死了。

烨：是呵该自杀了，还老是，还告诉人家"我不自杀"，你看连录音都录下来了，你不自杀，赶明儿你自杀了，那不是人家都是嫌疑犯吗？

那录音带在你手里呀。不过录这么多你也倒不过来了。

我说实在的我发表这个东西[1]我也够无聊的你知道吗？我也够无聊的，你当我不知道呢，我也有点儿自尊心呢，赤条条地挂在那儿有什么好处？整个一阿琉精，招乎于市，有什么好处。

---

[1] "这个东西"应指大体已告完成的《英儿》吧。

问题我不想这了。这不是我的事儿了已经。你他妈宣传谁这事儿跟我都一样，跟宣传我都一样了。不是我的事儿了。

偶尔还有一点儿兴致写，觉得春天有点儿好看。

烨：我也没觉得有什么好看。虚乎。

是呵我就这点儿永远到死，百惑不解。到我死前一天，你知道吗？

烨：嗯。

我也明白不了这事儿。

烨：明白什么事？

嗯？

烨：什么事儿？

春天这么好看呀，为什么让你动心哪。

烨：你真动心啊？

那就难说啦，反正有感觉吧。

烨（笑）：你到死还纳闷你真该死了，到死还觉得春天那么纳闷，你真该死了，真他妈奇怪。

大概还不会，没到那时候。

烨：嗬。

不过还是有感觉的，我这人大概不可救药就在这一点上。

烨：你说是春天的感觉，还是人的感觉？

人的感觉。

烨：我看你这人没什么感觉。

噱头吧，噱头吧，小孩儿给我捡个球儿我都挺高兴。

烨：你？

嗯，马上心情就特别好。我打乒乓球球滚过去那小孩儿给我捡起来。

烨：我看见来着。

我就很开心。

烨：我不太相信。

我就这点迷惑了，其实我知道这个东西跟我那个东西并不是对应的，你知道吗？跟我那个东西并不是对应的。

烨：不对应那瞎招应什么呀？

问题是它这中间有个错乱哪，我要大彻大悟我早他妈的真的出家去了。

烨：你还能高兴？我看着你就不高兴。



烨：我看你那天我打球你就不高兴来着。

你打球？

烨：嗯。

（笑）我怎么不高兴来的？

烨：你当然不高兴了。扭着个身。

我不觉得。

烨：你说什么，轻蔑？

因为你的轻蔑，让我的虚妄无路可走。

烨：哎。

所以你镇压了英儿，又镇压了我。你还不觉得吗？

烨：没打算镇压你。

没打算镇压我，你是无形的，就镇压了。其实都是相互镇压的，你当我不镇压英儿，英儿不镇压我？谁都虚一点儿。看人家的虚都看不上。就是这样。人家虚他倒发觉了，自己虚呢？挺他妈的得意的。

烨：我好像没什么得意的地儿吧？

有，偶尔也有。人不要把自己捧得太高。

烨：我一般来说还不太可能。我没感觉到英儿在压迫我。

英儿？英儿哪敢压迫你啊，英儿里里外外地赞美你，把你夸个溜儿光。而且，你在英儿面前也特注意呀。

烨：注意什么？

比如说，你说大鱼布尔乔亚有的事儿，你就这样说他“太过分”。

烨：不敢说英儿？

不是不敢说英儿呵。（笑）我倒真不会这样说英儿。想转回来，还真是这样。

烨：说大鱼不过是因为小伙子一般不太较劲，女孩子说一句。

其实你跟英儿之间特小心。英儿跟你之间特小心。因为你们一旦闹僵了不可收拾你知道吧，要是真格地闹僵了。英儿跟我之间一点儿也不小心，不仅不小心还过分得不得了，彼此都苛求得不得了，没碴儿都找点儿碴儿出来。

烨：人就得小心点儿好。就能相处。

是啊。

烨：人不小心啊，没法相处，而且不打算相处的人才不小心呢，我告诉你吧，真的。

这倒是。

烨：你要想相处你就得小心。

# 附 2：撞车



车声隆隆地出现了，我本能地靠边儿，骤然，天都暗了，这时我才发现那车离我这么近，这么大；也就是这时候我的车超过了极限碰到了树墙，它迅速歪倒，天地倾斜，“终于，”我想，我倒向车，车后边还有拖斗，是这样儿的；我扶车把，但已经被刮倒了，第二下我的手撞在车轮上，被它弹出来，又跌回到人行道上，摔倒的自行车上，又一个轮子过去了……

我站起来的时候，雷正远远地看着。那辆车无知无觉已经绕过了另一辆停车，扭动一下在坡上消失了。

“怎么样？”雷远远地问。

我说：“我被车撞了。”

“怎么样？”

“好像没事儿。”我撩起袖子，看手臂青了一块。

8 月 5 日[1]

---

[1] 作者同日记有日记：“下雨，和雷骑车去小镇换零钱，……”（见本卷下册）

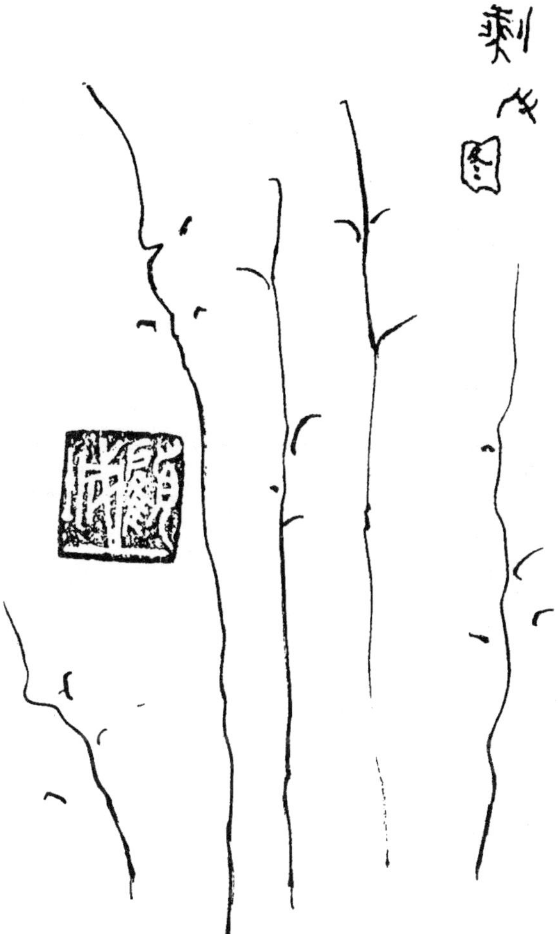

图截自台湾版《英儿》。顾城、谢烨于1993年8月底至9月22日逗留美国，其间朋友邀此书于台湾出版。顾城当时已不时为此书是否出版，如何出版犹豫，交出书稿时将其主角『顾城』改成了『林城』。此版亦于其身后出版，出版时编者于书尾插入了顾城的这幅画，并作注说顾城画此图于其『生前送出的最后一本书』。顾城送书喜于扉页签图作画，此图是否作于其送出的『最后一本』书不敢定论，但时间应是比较接近其离开美国的9月22日吧。

# 附 3：（无题）[1]



就要回去了，回到岛上，我们出发的地方。一闭眼睛就看见了那个长满荒草的山谷，那片树林，那座空空的被刷了各色油漆的房子，黄昏到来的时候，就都金灿灿的；玻格家的旗帜迎风飘舞……

杉翻过山脊回家，他可能已经不太记得那些日子了，那个丛林里伴着他长大的房子，被铁丝网围起的鸡舍，他曾一个台阶，一个台阶地爬上去，令人吃惊地出现在小路上端，坐在那看鸡，隔着铁网往里丢片树叶，那些红乎乎的，白白的，黑色的鸡，早晨骚动起来，接近中午的时候，苍蝇轰鸣，像风暴一样。

那些小兔子，生它们的时候，大兔把自己的毛都拔光了，赤裸着时而微红时而发青的肌肤，简直不再像兔子，小兔则被盖在一片雪白里；和鸡比起来，它们安静异常，杉却没忘掉它们，从门前的兔窝里拿一把草让你送给山上的兔子。我教过他数数儿，到梦里还数，永远数不清五个兔子是几个。

他是在那里长大的，也许放学时，他还会走过那个山下的信箱，那里

---

[1] 此篇顾城口述，谢烨打字录入，地点应是在塔希堤。顾城校看打印件时将“珊”改为“杉”。9月24日顾城谢烨回到了岛上，10月2日顾城开始口述《（写给儿子）》（见下册），而口述似是自这篇开端的。此篇作者尚未加题，标题编者加。

边没有信了，只有陈旧的被雨水弄湿的广告……

我们是从这出发的，那时候挺热闹，有生气，有英儿，有每天做不完的事和讲不完的话。那时候最后一只鸡也死了，那么优秀的鸡，它们不知道为什么，为什么我们让它们生，又让它们死，而我们是知道的。我们再没有力气了，那几只一直没卖的兔子都送了人。后来杉也住到了玻格家。鸡圈里除了那两处种桃树的地方，都长满了番铃木和龙葵……

我们是带着希望出来的，并不知道后边的事，后边要认识的人，一天一天的等待和疯狂，被毁坏以后我们的样子，我们走的时候，好像只是去办一件事，出一趟门，不知道荒草要漫过每一个台阶……，

还有两天，就要看见这一切了，我不能不感到命运叵测，是什么使我们离开，又是什么使我们回来；活着，看生活过的地方，它一左一右像两只脚，继续走动……

这个故事是写给杉的吧，在他能读的时候，他那淡淡的记忆也许早就消散了，他或者觉得这是个别人的故事，但是我还是想跟他说：杉，我们有过那样的日子，早上听着鸡叫上山……

1993 年 9 月 22 日

“被铁丝网围起的鸡舍，……鸡圈里除了那两处种桃树的地方，都长满了番铃木和龙葵……”

——照片为鸡圈铁丝网局部，为顾城和谢烨回到岛上后摄；因为林木密集，难以拉开些距离摄下更开阔些的鸡圈铁丝围网面貌。铁丝网那边（南边）是鸡圈内部，顾城曾将这里百多平方米灌、乔木清除，此时已是杂木丛生。杂木间还可以看见些位于鸡圈南侧的损坏了的昔日“鸡楼”，那是当年他用就地砍树锯木清理出的树干做柱做梁，用各种废木废板建造的。顾城文中提及“两处种桃树的地方”，回后他说过：“鸡圈里的桃树不见了。”

辑五 随感

# 奇遇

红过的果子　落在地上

　　花开在近旁

　　　　这是它爱过的果子

我来自一个遥远的国度，在海那边有重重的山峰，有一座大城。我在那里生下来，城墙是红色的，里边的房子颜色发青。也有热闹的街市，寂静的小巷。

我在那里长到 9 岁，学了字，12 岁写了诗，17 岁学会怎么把木头做成椅子。我在那儿有块紫檀木，我给凿成个刨子，推到傍晚，就把刨花扫起来，送给邻居。

这个城只有春天和冬天，夏天也许有，但一定在睡觉，睡醒了，水盆里已经结了冰，里边的鱼都吃过落进去的小虫，鱼像城墙一样，也是红的。

我 9 岁、12 岁、17 岁是醒的，其他时间就很难说了。因为我很早就学会了一个幻术，就是跟着下落的太阳合上眼睛，一直就可以跌下去，跌到 11 岁－ 8 岁－ 3 岁－ 1 岁半－浴液里，在那里可以找到一些球，还有吃了一半的糖。有一次我跌得太久，就变成了一只老虎。

闭很久的眼睛是一种技术，我不想告诉别人，因为弄不好你就回不了你原来的院子了，特别是你当过鸟和老虎之后，你就很可能坐到屋顶或者烟囱上，这样如果正好没有梯子的话是很危险的。而且变过老虎之后，人很瘦，想吃鹿肉一年才能买到一次。

（下缺）

1991 年　岛上

# 城点问答（一）

### “根本问题”



城：这是个根本问题，活着的意义，人为什么活呢？

点：你是第一万万万万万万万个问者，我排在你前边。

城：有回答吗？

点：最老实的回答就是，不为什么，活就是活，就是要活。

城：那要是活不成了呢？你看活人都死掉了。

点：其实是这样，没到死的时候呢，就是你活的时候。

城：人活真的没道理吗？

点：讲道理的很多呵，道理都在论证人活是有道理的。

城：活，一定要有道理吗？

点：是呵！你不知道“宁信度，毋信自足”吗？买鞋，一定要用尺子量，人并不相信自己的脚；活嘛，就得用道理量，没有道理就像没了尺子，那可麻烦了，人怎么会相信自己呢？

城：这么说道理是人让它有才有的？

点：是这样的。

城：这么说道理本是没有的？

点：是这样的。

城：这么说道理不是真理？

点：是这样的。

城：那么真理是不是道理呢？

点：真理有道理，但是真理不是道理。

城：就是说真理还有没道理？

点：是的，真理是包涵有无的。

城：这么说道理是没有的，真理还是有的？

点：同时又是没有的。

城：怎么讲？

点：因为人只认识道理，他们只有将真理变成道理之后，才认为认识了真理，而这个时候他们认识的只是道理而不是真理，于是真理也就是没有的了。

城：真理没被看到，所以真理是没有的？

点：是的。对人而言是没有的。

城：我们还能讨论不对人而言的问题吗？

点：与人为伍不能，与真理为伍则能。

城：怎么叫与真理为伍？

点：真理不是道理，不是尺子，不是鞋子，当你不依赖所有这些的时候，你就有条件与真理为伍了。

城：真理那么玄虚吗？

点：真理是简单的，世人生而皆知；但简单的并不容易，世人又皆知皆不识，就像不识自己的脚只识尺子一样。

城：你说的是放弃一切观念，就看见真理了，是吗？

点：水清静的时候，星星就出现了；你看见星星了吗？

城：我要是想得到星星呢？

点：那你就到星星那里去吧！

1989 年 1 月　岛上

◎　《城点问答》现只找到首篇和第五篇。

# 城点问答（五）



## “一线希望”

城：睡了一觉，忘了身在何处，忽然产生了乐观。

点：我还没睡觉，也很乐观哪。

城：那是如是观，乐、悲都在你眼皮下头离你老远。我这是真正的乐观。我站地上呢。

点：你老想上天，对地上乐观了？

城：的确比较稀奇。我这一觉睡得，忽然想这国家没有了，都这么睡觉，那可是树也高兴，鱼也高兴，人也高兴呵，我十七岁就信仰消灭国家。

点：你是马克思主义者？

城：消灭私有制是消灭国家的前提，所以马克思失败了，因为人就喜欢私有。

点：不消灭私有制而消灭国家，那就是吞并，统治全世界。

城：不是消灭是“消失”。今得一梦，说是信息时代，将来的将来，大活人一转，就成个信息发出去了，像发电报那样。这国家还不就消失了？

点：那人也消失了。

城：人正在消失呵，这是科学干的最坏的事；可要是国家没了，那就是科学干得最好的事了，到时候人想干吗干吗，想回头当人，看来还有机会。

点：国家没了，就是大财团控制世界，现在就已经控制国家了。

城：控制不是因为有竞争么？大财团通过国家控制世界，竞争被强化，控制也就跟着强化。国家消失，会弱化竞争是吧，人不那么害怕了，就不需要那么争了嘛。

点：你这不合任何理论，都是你作诗作出来的。

城：是做梦做出来的，和作诗的确差不多。

点：竞争是个很坏的事，可是人们永远当它是好事。

城：尤其国家，当它头等大事。

点：竞争促进经济发展，经济发展让国家强大，国家强大促进国际竞争。

城：那原子弹就不可能消灭啦，地球也很快就给抢光啦；希望在这之前国家就消失了。

点：没有国家人们就不用原子弹，就不抢地球了吗？！国家甚至可以由大财团形成呢！

城：呵，这是我做梦呢。竞争让所有国家都不去收大资本家很多很多的税是不是呵？不能规定给工人很高的工资对不对呀？生怕资本跑到收税少、劳力便宜的国家去啦！没有国家了，就可以要他们很高的税了吧，也没国家撑腰了，也没国家可利用了，也没其他国家和你争，威胁你了，都是住一个不大的地球上的人了，你还拼命敛那么多金银财宝干吗呢？防谁呵？人喜欢私有，也喜欢共享共乐是吧，没国家了，一准儿人就比较放松自在了。

点：你好像在说共产主义。

城：可是不是阶级斗争达到的，是自然而然到达的。所以不用我们去宣传它。哪天大家都睡一觉醒来，咦？我们还要国家干什么？那就达到啦。

点：你说前提是全地球的信息传递，方便得就跟你和我现在说话似的？

城：今天我因为一个梦变聪明了？怎么成你问我了？

点：我是反问。今天你不是来问我问题的，是来告诉我答案的，不是吗？

城：我还是问呵，我们这里的绿党绿丝先生现在就用电脑从电话线上发信了，就像你听见我说话么快，就到地球那边的电脑上啦！你说要是，一个穆斯林和个天主教徒隔着八个国境线沏杯茶、打个喷嚏就聊上了，那还要国家碍手碍脚干什么？



点：国家可以保护资源，同时保护国民和国民资产。

城：我琢磨着没了国家不会更坏吧？现在抢资源的就是国家，比方说所有国家都盯着中东的石油。没了国家，大家着那个急干吗？就算属于了一个人或是一些人，也没军队了，也没侵占了，垄断卖高价该多么无趣呵？人一定心平气和了好多是吧？

点：你是说就跟变成了一个没有任何敌人和竞争对手的大国家那样了？

城：是呵是呵，可是就不是国家了，没有总统，没有枪炮，地球资源一定用得不太浪费。

点：还是需要警察、法院、监狱的。

城：呵，只有法律和管理。犯了法法办，办只是因为犯了法，不是因为坏，也许有人认为法坏呢？所以不说被法办的人坏。这时监狱真的可以变成一个让人心安的地方，像很慈善的医院那样，犯人最多只是一个特殊的病人。

点：每个人喜欢什么文化还可以是什么文化，完全依凭自己的审美和喜好生活，对不对？

城：很对很对呀，再不需要什么主流价值观了！人没了那么多的担忧以后，会更自然起来，会更多地去欣赏世界，看见不一样的文化，不一样的人，会觉得新奇和愉快，而不再是警惕和反感，像我这样的怪物，人家哈哈大笑一通，也不会要求我上学或是说英语是不是？

点：呵，你又在说共产主义了，马克思说的个性得到充分发展。

城：一点儿不错，个性创造一定觉得现实阻力小多了。那么多军费免了以后，热衷于上火星的人，一定容易集到钱了，人们不想着打仗，多余的劲儿就更惦记上天啦，或者怎么让人老活着不死。

点：可是你们的岛正在闹独立呀，全世界现在是越独立国越多啦！

城：可是当每个人都是一个独立的时候，一个最小的岛国都不会是更独立的啦！喜欢独立的人还会闹独立吗？不用闹呵，你已经独立到底啦。倒是喜欢结邦成国的人，那想结就结，想散就散呀，一个大法律下你可以闹各式各样的新花样呀，法律只要规定不准侵犯，说话算话，不准另立法律就够啦，别的全都让人自由自在。因为没有了国家目的，让每个人都必须学知识、会干活就没有了必要，那都完完全全属于你个人的爱好了。

点：越说越像人间天堂了。

城：唔，一线希望，还不知这个信息科学到底是来做什么的。

点：可是你连一个电视或者收音机都没有，你好像很不适合信息呵！

城：到了没有国家的时代，我就连电话都不要啦！

1991 年　岛上

# “上帝”危机

——蚂蚁篇



正恼恨梦里窜进句歪诗，道是“六月九日丧残春，缥无音息花朵红”，给搅了境界，就偏头一眼见床头我老是放着纸笔的木凳上一溜蚂蚁在爬。蚂蚁总是最容易被看见的，不是因为它大而是因为它多，这对小孩很合适。每当小孩缺玩伴或玩具时，就可以看蚂蚁。蚂蚁忙着，漫无边际，永远不会出现相同的队形，这是让我好早就发愣的问题之一——都在动，再也不是原位，谁能记住这一切呢？草黄了，绿了，也不是原来的样子了。

把水漫在蚂蚁的路上，或用聚光镜投下光焰，甚至聚强光去照水底的蚂蚁，这样凶恶的事只有不爱上学的小孩去做。把它们放在瓶子里，放一些烟雾和米，看它们沿着玻璃瓶壁挖洞；杀了那么多蚂蚁，还想关闭蚂蚁在瓶里繁殖，真不合逻辑。后来我发现了一个归属现象，你把蚂蚁关起来以后，你就会希望它多吃多生，成为一支大军队，听话的，像《三国演义》小人书上画的那样，或者像打仗电影里的行军、冲锋。

有了些学问后，对上帝在《圣经》里的做法一直不解，此时看见蚂蚁，冷不丁想起儿时的寂寞，就忽然事事通顺起来：我们谁也不能认识上帝，和他串通一气，就像蚂蚁不能叩问我们一样；我们只能孩子般看着蚂蚁，想象上帝。

我们把上帝想得多么寂寞呵，写《圣经》的人都是孩子，原来如此。

1990 年 5 月　岛上

# “进化”危机

——蚂蚁篇

我在床头研究梦中留在枕边纸上的乱字。

其一写为诗状：

十七个很多

花瓣或日子

十七个需要数一数

一边是十　一边是七

其二则写为文状：

中国人不说怪话活不下去　说怪话可消心中恶气　换作欢喜以延年益寿　无奈小虫

我读书不多，上学更少，许多知识都是梦里得来的，所以此刻也就颇为当真，尤其看着最后的“无奈小虫”煞费思量，只记得毛泽东用过这四个字。

雷下了地，打开暖瓶盖便诧异地叫我看，我见瓶嘴布满了洁白的小东西，便说是蚂蚁卵。再一看果然大队的蚂蚁在一边上上下下。一般地说，我有些无所不晓，这许多怪物都是什么时候跑进我脑袋的就不太知道了。有时也感到恐慌，因为听说有“人为进化”之说，还听到过说人是上帝的电脑玩具，总之往你脑袋里放什么东西并不由你。这一个个知识竟成了诡秘，我勤奋捉住一二推敲过，终是不得要领，自是免不了趁我做梦或不提防的时候进行偷运的担心。

用洗碗布擦了瓶嘴又用些水冲了瓶塞，仍用瓶中热水泡饭。雷说确定在暖瓶口定居的蚂蚁怎知会死？又暖又高又广大平缓的地方，怎么侦察也不会想到灾难。我说上帝看人大概就是这个味道。不过这样推断也是基于狭隘经验，宗教就应着这种幼稚去编寓言。

雷说上帝必是在人的料想之外，蚂蚁没思想吗？可人在它们的所有意料之外，降下扫除和开水，就如人遭地震洪水；又说蚂蚁对微生物怕也是上帝吧？我说我们还是当隐士的好，别去烦上帝，谁知道他有没有脾气？

雷说我们对上帝怕比细菌对人还要小好多吧？除非专门研究，上帝也许还不知道人呢。我说是呵，我们还远远不够令他生病的水平。言及此，我猛地想起“无奈小虫”来，就战战兢兢说起不知怎么进入了脑袋的担忧，这时“小虫”自动解释为细菌了——



我说早年这小虫厉害，一下可以让人一千死九百，可是剩下的这一百那就是不惧小虫的了，下一代也就有了免疫力，这就叫自然进化。到了现代，有了抗生素，原来抗不了小虫的人凭着抗生素就抗住了，人就不必进化了。而那小虫却是被药打得十有九死，没死的就厉害喽！那小虫一秒钟就有好几代的进化呀，这个速度跟人更新药物的速度比赛，水涨坝高，哪天一不留神，小虫漫过了堤去，这压根儿不再进化的人可如何抵挡？

所以这“人为进化”也难说不是上帝为人指出的道路，这么说上帝可是攥咱们在手心里了；要不就纯粹是人自己给逼出来的主意？现在换肝换肾已不稀奇，可这还叫不得进化，必要在基因上做手脚才称得，比方说改变基因序号。也不知以后会不会长得跟九头金刚似的，脑袋砍掉一个还能再出来一个？

说着想到梦里留在纸上的字来：“十七个很多 / 花瓣或日子 / 十七个需要数一数 / 一边是十　一边是七”。一时觉得有些破译，赶紧跟雷说这是讲咱们进化的。话这么说着，泡饭也都下了肚，暖瓶边的蚂蚁一团大乱，却依旧有来有去；他们的语言据说是一种变化的气味，对人的哲学如人对上帝的脾气一样，估计永无知道的可能。它们有什么进化吗？似乎比人还不见长进。

雷说看不出它们有什么自己世界以外的问题，它们没有了解人的需要。

言之有理，所以它们也就没有了进化的需要？一想自大陆板块分裂以来，种种昆虫都已大为异样，独独蚂蚁我还没顾上鉴别，也是因为鉴别不易，看见的难免不都是我们一样的移民，可要说螳螂和知了就有什么了解人的愿望也说不过去，它们的进化原因更在于互相攀比吧，虽然不会同人无关，比如大陆的蚊子就是与人作战为生的，那跟着没人的小块土地过来的蚊子，凡活下来就必会不同，于是捕蚊的蜘蛛（不是昆虫的昆虫）也将不同，于是昆虫世界就有了另种进化？可蚂蚁同它们似都不打交道，天下只有个食蚁兽，在新西兰倒是古今绝迹，动物园都不引进。说来说去细菌还真成了最亲近人的品种，最为激烈地逼着人进化。

洗碗的时候想到“不可知”真是个美好事情，洗碗布大小的科学之外，似还有亿万分之一的希望，一个光线弯曲胡子透明的上帝在感冒、叹息、找医生，在一串凸凹镜下发现我们的宇宙和泡饭……

看来人真得加紧自身的进化呀，也不知躲开上帝是什么下场，也不知人闹出的东西还是不是人或者生物，还需不需要诗这种对细菌毫无威胁力的东西——

十七个很多

花瓣或船

十七个需要数一数

一边是十　一边是七

——“日子”是“船”。我改了一个字，让它多少像诗一些，就唱起来。

1990 年 5 月　岛上

# 罕语词点　城语不全[1]

——笔记零星（发现、诗话、哲学、性情、短文）



**零星一：**

• 忘——亡心；妄——亡女；想——心相。

• 懂不思想的人才懂思想。

• 可惜他们不思想没有变成花朵，而是变成了石头和泥土。

• 遥远的地方是美丽的，因为它只存在于你心里。

• 每个人来到这个世界上，都好像是第一次，他们到处看着，眼睛有神。他们的惊讶像宝石。

• 如果你因为一束阳光而看见太阳，那你就看见了所有看见太阳的人。

• 反叛和宿命——大海掀起无数反叛的海浪，却从没有升上天空。

• 没有梦，人什么也不会懂得。因为只有梦，让你知道另有世界。而不知另有世界的人，也不知道这个世界。

---

[1] “罕”“城”此处为作者自称。罕，取自可罕，亦写作可汗。此篇为作者随机笔记，编者稍作归类，并加小标题及副题的括号部分；某些标点处理，遵从作者语感，如《短文十一》第二自然段中的“老子苏格拉底尼采”“《金瓶梅》巴尔扎克后现代”保持原句的间无顿号。

• 失去，就得到了；没有，就有了；折断的笔才是笔。

• 法行伪　言必失

• 所有事，只能在诗中实现。不然会招来苍蝇。

• 人类太忙，没工夫爱自己。百忙中给人送药，也是在和人作对。人类忙于和人作对，怎么忙得过来。

• 一个人取得食物的能力，同生命的真意有什么关系？能力不过是一种体面的盗窃行径。即使盗窃可能到达真意，体面也不能。

世界称颂了贼。

• 生活中诸多事，可以帮你度过时间，却不能帮你越过时间；因为这些事尽管辛苦，毕竟是太不困难了。



**零星二：**

• 小说是审视；而诗是目光。

• 小说是诗的断章取义；诗是小说的断章取义——但都是完整的。

• 在没有到来的时候，我们工作，我们的工作就是等待，一个兔子会来，一个声音会来，甚至神明。

• 星星偏离轨道，远处另有星星。偏离看似偶然，却隐含着必然。这一隐含非我们的语言能及，却使我们的语言以及生活在运行中发生变异。

• 艺术是花的时候，结出神的果，这时哲学是叶子。

• 诗显示世界的来源。所以世界上怎么能找到诗的来源呢？

• 给有磁力的字以自由，让它们自行组合。

• 有时字，像被水推动的石子。

• 写诗如潜泳、采珠，屏住呼吸。它在我呼吸时到来，想留下它我小心地潜泳，我不采它，只想细细记住它的光芒。

• 当人们不为价值而写的时候，自然不为无价值而不写。

• 和谐的那一刻，个体和宇宙，生与死，有与无的界线顿然消失。

• 冰雪的思想翻转过来，锡水般沉重。

• 假花可以装扮得和真花一模一样，但是它没有上天的密码，就不能生长，甚至连枯萎都不能。

•《诗法》唯一——反对包办！

父母儿女，主谓宾语，名动副词，无一不是包办。

•《红楼》的完美，给我们剩下的是一个粗鄙的世界，以及再无可能。

只有个别易于萌发的美丽，闪闪耀耀，如同它灿灿大树下的小草。



• 提高纯度

并不是把语言压成果干

而是让语言像一片光影

轻轻一触

心就变成了花朵

• 事情都是纯白的

向前走把墙推开——

形式不是灵魂的道路，而是它留下的脚印。

• 从叶到花，或从花到叶，于科研是一个过程，而于生命自身则永远只在此刻。花和叶都是一种记忆方式。果子同时也是种子。

生命是闪耀的此刻，不是过程，就像芳香不需要道路一样。

• 写诗是自然现象。发表诗是社会现象。

• 两个女孩走在一起的时候，哲学家忽然感到羞愧。

• 美是唯一的真实，当它到来时，一切都形同虚设。

• 诗是树叶，比秋天短，比世界长。

• 一朵花飞起来，一朵花也飞起来，这就是我喜欢的生灵世界。

**零星三：**

- 中国人的哲学就是中国人的天性。
- 若求无价值，无价值便还是一种价值

  若求无目的，无目的便成为一个目的

  若求不求，便仍在求
- 人生不能有目的

  因为目的是空的

  人生不能没目的

  因为人生是空的
- 这个人生不错，就像知道了答案的考试一样。

  试想如果上帝根据你的一样样选择判分，有的人可以判不死，那人生该成什么样子？
- 世上只有一本书就是你，别的书，都是它的注释。
- 人都像你怎么办？

  人长的全都是鼻子怎么办？
- 有了佛学还有哲学

  这真奇怪
- 魏晋疯而不笑　明末笑而不疯——趣味即神明
- 民主是集体的个人主义

  独裁是个人的集体主义
- 两只小鸟，一只死了，一只正在死去，死了的那只多么安静。

  一只正不住地使用翅膀，而另只不用翅膀也飞走了。

  我记着，它向前飞的样子。
- 丢了钥匙以后，墙就被推倒了。

• 没有天堂

只有门

• 人道主义是对非人道世界而言的

所以诗里没有人道主义

• 我不知道什么是真理，但我知道，它一定是简单的，要不人早知道它了。

• 上帝、万物、自己，他们彼此说这个故事，说得越来越认真，终于造出了一个神的世界。

现代，上帝没了，他们“等待戈多”。



• “你信不信真理？”

生自自身，不信也信

生自灌输，信也不信

• 生自自身是真理

生自灌输是观念

真理与生命同在

观念与生命无关

• 被蛀空的木头

渴望火

• 无为而尊者天道也

有为而累者人道也

相去甚远不可不察

• 不忘其所始

不求其所终

• 如果世上没有爱

就没有人类

如果世上没有恨

就有过多的人类

• 真理是一朵醒来的花，而不是一堆恰如其分的调料。

人在接近它的时候，不要带着篮子。

• 人以为上树必须有梯子，他们忘了苹果并不是爬上去的。

• 说人是世界创造的，犹如说脚是鞋创造的，鸟蛋是鸟窠生的。

• 到处是男人和妒忌男人的女人。她们为他们诱惑而成为他们，一并加入世界中的争抢，试图用虚妄证明自己的实有。



**零星四：**

• 我非存，却使美再生

所以——你是乌有的，又是必须的

• 中国人没有家

想家就是家

明亮得就像泉水　月色

鱼龙潜没

• 任何一朵花被践踏，他都会痛苦，任何一只鸟飞上蓝空，他都会快乐，因为他与万物同在。

• 我信神　但不信神要我信它

神那么稀罕人信就不神了　有那么可怜的神吗

• 人总在说世界复杂、人复杂，其实不过是发生了一点混乱而已——人忘了自己的来源。

• 在梦里也度过很长很长阴暗的日子。在座位里，在小瓦片里……

忽然一刻光芒四射，自由自在，一扫所有琐碎的苦楚。

• 为玉者碎，碎之又碎，世上怕只剩沙了。

我不知是否因为中国人情感格调太高，于家于舍于言于行中倒无了情感。

多次想哭，都无眼泪。

• 跟自己说话比较自在。上帝知道得太多，所以傻了瓜达。

• 自己并不包庇自己，和化学家谈化学，和历史学家谈历史并不小心。以为听来的是化学，是历史，就要小心喽！

• 我说你们，就是在说我——唯一的神

• 爱你们和你们无关，和我有关。



• 放下心　万世轻

尽人事　听鸟鸣

废成败　赏光阴

空空者生生

• 放下书，猛地知道，自己在新西兰的山里边。已经天黑了。

• 每天看蓝蓝的海，圆圆的海，看得久了，在梦里也能看见。

• 就像木柴，把光带给阴冷的日子

阳光通过树

明亮百年后的房间

• 当你变成男孩

你就看见了

微微走动的荷花

• 女人嫁给男人是这个世界的一大不幸，有如诗变成了政治，而字变成了章程。

• 他如此忠于自己的心和感知，以至逃离了人世。

（1987 年 6 月旅欧至 1992 年初岛上）

**短文一（西方人……）：**

西方人对未知的一切始终有一种期待，他们觉得人有理性与万物不同，必有一个原因，因此应当有一个发现彼岸和得救的可能。

他们认真地给神造了房子，乘着上帝、逻辑、实验科学的船不断地向彼岸进发；在他们毁灭性的成功中，他们看到了东方，看到夜空中高高低低悬挂的石头，他们再没有船了，他们乘着自己的痛苦航行——世界为什么是这样的？他们要问——这是他们的本性。

中国人的本性是什么呢？是明白，从不追究这类早期孩子问出的问题。“天地不仁以万物为刍狗”；“以有涯随无涯殆矣”——他们并不惊讶，很自然地接受了这个宿命。最高妙的禅宗也不过说此岸即彼岸。

（1987 年 7 月　瑞典）



**短文二（人生……）：**

人生不带来，死不带走，再简单不过了。人世所以闹得这么复杂，盖是因为加进了目的，一加进这个怪物，立即就复杂无比。你想当博士，就必须啃书本、钻逻辑，甚至琢磨着巴结导师，导师有什么怪癖？有没有孩子？就复杂极了。如果你想当博士，还偏说并不想，而是为了真理，编出另个目的诓世，那就复杂加复杂，不仅复杂了自己，还复杂了有目的的别人，让人们更有根据说世界复杂。

大家都抱怨复杂，却不愿想自己就是复杂的根源，麻烦都是自找的，只要诚心，就会看见世界简单至极。你须做的只是扔掉目的而已。这时你自由自在，人人自由自在，天下太平无事。

（1987 年 12 月　香港）

**短文三（这是一个……）：**

这是一个单人座舱——大游戏小人间。这是被忽略了的传统——无为而无不为。

游戏一开始就越出了人世文化规则——齐物者齐天。

游戏目的超越天地生灭定律——无法者无天。

庄子游乎四海之外，孙悟空大闹天宫，毛泽东欲与天公试比高，无一不显示出对既有文化的轻蔑。

这使我想起鸟啄它的蛋。



“天地有始，以为天下母”亦可透解为：开始即来源。

我来自鱼、鸟、水，也来自空气、浑沌和那永恒的寂静。

（1987 年 12 月　香港）

**短文四（睡意……）：**

睡意还没过去，就合目静卧，忽地，出了一句话：背着身写作，背着身发表。瞬而清醒，就想这话什么意思，莫不是因要出门，一去万里？名为访问，实是走江湖，见朋友，拜龙头，做广告，卖点诗文，闹点笑料——背着身，反着身；背着身，扛着身也。

（1988 年 10 月　岛上）

**短文五（两千……）：**

两千八百个女子跑过弯道，颤动着一堆一堆的身体，让你不断想到土豆口袋摔落地面的声音。幸亏那些男子扮成苏格兰乐师，让号不停地响。

教授耸耸眉毛，忽然问：瑞典姑娘怎么样？你吃了一惊：瑞典姑娘？瑞典倒是有好多毛森森的树。那美国呢？美国灯光下头都是男子，和阴凉的猪火腿。

（1988 年 11 月　美国）

**短文六（把……）：**

把小画片剪下来，钉在墙上，把书放齐，抄好的诗也钉好。一间小屋小得像船舱，就这样和别人说话，开始文学生涯。看时尚著作，说看经典的都是大家。有颜色的世界和有声音的世界，告诉别人做法。总要找到一个方法，别着或解开自己，像四年级看二年级的试题，而又觉得六年级高不可及。千百人就是这样。在美国，晚霞也可以是垃圾一堆。

（1988 年 11 月　美国）

**短文七（会碰到……）：**

会碰到这样的人，他直瞪地看你，像你发了疯，简直跟我碰上几元几次方程一个样。我知道他脑袋停住了，不明白我的生活逻辑。我有时想帮助他们，但没办法，只好由他们去。倒不是我的逻辑太复杂，而是我的逻辑太简单了，就跟放在眼前的东西找不到一样。

他们的逻辑我大体知道，前言后语，只是要我实行却难。

（1988 年 12 月　美国）

**短文八（沈从文……）：**

沈从文小说怎么看怎么顺。

凡有做作必是说谎。

世上万般事皆可说谎，独艺术不能，故世人将艺术叫成大谎。至于这谎何以比现实还要诚实，世人就不去追究了。

（1988 年 12 月　美国）

**短文九（铅笔在……）：**

铅笔在写归类大纲：

一．铅笔同毛笔一类；毛笔同茅草一类；茅草同松柏一类；松柏同坚强一类；坚强同革命一类；革命同文章一类；文章同“笔”一类。

二．铅笔同铅矿一类；铅矿同金矿一类；金矿同银行一类；银行同富有一类；富有同愚蠢一类；愚蠢同灰暗一类；灰暗同“铅”一类。

所以世界分为两大类，铅类和笔类；而我是铅笔，所以我是世界之全，我是世界之最。



（1988 年 12 月　美国）

**短文十（社会是……）：**

社会是男性的。社会是伪造出来的。男性是离开了生命本源的绝望体，惶惑弱小，所以终于伪造出强大的社会生活来。

女性是上天光辉的显示，却不会看见它。男性能够看见，但他们是黑夜，所以不能接近这个光明。

这光像春天一样传递在花之间，使生命永远新鲜。

在她们不说话时是很美的。

在她们说话我听不懂时是很美的。

在她们说话我听懂了时是很美的。

她们到这个世界上来是个错误。

（1991 年　岛上）

**短文十一（一个作品……）：**

一个作品，如果倾向表述，它就倾向哲学，如果倾向表达，它就倾向艺术，如果它意在给予，它就倾向宗教，如果它心在获取，它就倾向政治。

哲学是无神的，无论怎么唯心唯灵，老子苏格拉底尼采莫不如此；而艺术是有神的，无论怎么唯物唯利，《金瓶梅》巴尔扎克后现代全都一样。

完美的哲学和艺术一概达到了“给予”的宗教境界，却不是宗教，因为它从一开始就不抱这个初衷，它干干净净，就像光没有黑暗，所达即至境，宗教也难以企及。

宗教秉持“给予”的理念，便常与“获取”遭遇，反而必须时时挣扎，以免落入政治式的黑暗。

“你的眼睛是晴空的颜色……”“黑夜给了我黑色的眼睛……”——前者是哲学是艺术，后者更像是宗教；而政治则是全然黑暗的建设，是黑夜和黑色的不寻找光明的眼睛。

（1991 年　岛上）

1987 年 6 月　欧洲— 1992 年 2 月　岛上

# 影响你的一句话[1]



它来到世界上，没有谁欢迎它，石头是摇篮。

——法布尔

十一岁的一天，在空书柜前坐着。

我丢掉了我所有的书，唯一没被收走的书是法布尔的《昆虫的故事》。

插图是水彩的——

一只绒线般的小蝇，在蓝天里飞，草秆没有颜色，或者只有木叶落下来时的颜色。

“石头是摇篮”，这句话在讲它以前的生活。

它是在岩石上诞生的。太阳照耀着，千千万万个虫爬动，每个小空隙都被尝试；活泼地，疲倦地，死了；有一两个到达蜜蜂的住所，吃蜜，变成花蝇。

它飞走了；以后的事没说，在插图的那边是另一个故事。

“没有谁欢迎它”，我知道说了我。那一刻我的生活也开始了——幼小无奈，亲切地生活，永远被生命的愿望驱动，向着千千万万陷在岩石中的梦寐，和蓝天后不可知的一页。

1992 年 1 月　岛上

---

[1] 此篇为命题约稿。

# （《红楼梦》翻读随笔）[1]



一个记忆在他心中顽强地醒来，他不是什么儿孙夫婿，他只是一块石头——“你怎么会以为我是人呢”

歌德说：永恒之女性，引导我们走。但丁随《神曲》升入天国；而曹雪芹千点万妆的女儿世界，把贾宝玉导入太虚幻境。

中国人只创造了两个理想，一个是山中的桃花源，一个是墙里的大观园。我的笑话不过是把大观园搬到了山里，忘了林黛玉的药锄是葬花用的。

我是死了的人。实际贾宝玉根本不能有超过十七岁的生活。

宝钗屋子一片雪白。其实她是天然生性空无的人，并不须在“找”中“执”中参透看破。她一件件事都做得合适，是因为并无所求。林黛玉敬她妒她，除了姻缘之故外，更主要的是，这是一个她无能为力的世界。

---

[1] 此篇为顾城翻阅《红楼梦》的即时感想。顾城爱护书，看书前洗手，书打开永远小于180度，从不在书页上批划。此篇陆续写在一些纸页上。标题为编者加。

林黛玉心性之强，达到女儿的顶点。她知道湘云、探春都不如她，至于宝琴，更是视之若无，所以很好；但对宝钗（一直心怀恐惧，这个恐惧是一种对未知的恐惧）是一个例外。她无法明白宝钗的心之所在。

宝钗生为女儿身，却并无多少女儿性。

□□□位居贾母，却喜欢宝玉、黛玉的心性，最讨厌贾政。而______恰恰是袭人、宝钗。他依赖__、惧__，同时也有几分对未知境界的尊敬。

他会骂任何人，但不会骂__，他无可奈何地接受了__的礼貌，只会私下里使点小性。

林黛玉和宝钗有时会发现她们同样寂寞。

天无情，亦无私，但还是做了很多事情。

一枝花和那个微笑，除此以外还有什么?

真理就是那么简单。而众僧在经文中行走，像游人需要千万个台阶。（空气和无，都不用台阶）

在哪里看天都是天，只是大地有所不同。

宝钗的空和宝玉有所不同，就是她空而无我；她知道生活毫无意义，所以不会执留，为失败而伤心；她又知道这就是全部的意义，做一点女红，或安慰母亲。她知道空无，却不会像宝玉一样移情于空无，因为她生性平和，空到了无情可移。这也许就是儒家生活的奥秘。她永远不会出家，死，成为神秘主义者，那都是自怜自艾的人的道路。她会生活下去，成为生活本身。

她与生活唯一的不同，是她还看得见虚空和走进虚空的人看见的幻影。只有她听清了宝玉最后的不祥之言。

宝玉若没死，在现实中一定变成个癞头和尚，疯疯傻傻；黛玉若见了也必厌烦。黛玉若不死怕情况更糟。他们都有情，爱的是如花的时间，心与花时同，一旦时过境迁，花叶飞散，变成了瓜皮烂果一类，就尴尬了。

男儿可疯可老，女儿只有死。

（当然对于男儿，死也比疯要好，只是需要机会。）

司棋被带走时，宝玉大恨，说真不明白女儿结婚成了女人沾了男人混账气，怎么就比男人还混账。老婆子就笑，问他，这么说，女儿都好，女人都不好？宝玉说，是，是。老婆子就说，那么我要问一句话（这句话没问，也没答，宝玉就被王夫人叫走了）。其实老婆子要问的是，那么女儿是哪来的？宝玉大约不会回答。若答也就说破了《红楼梦》的本意——女儿是天上来的。

诗亦如此。

在文学史上论证诗的血缘是可能的，但却不能找到诗的真正出处。

如果没有美，我可能毫无信仰。

雷说，她希望我死。我知道这是真的。别人问她，你死吗？她说，不，我要活下去。我知道这也是真的。

我不被爱，也不被妒忌，但会被怀念；她说她会写一本书，让我在书里活着，条件是我死。这是个不错的主意，因为像我这样的人老活着就不太合适了。

其实在这件事上，我是不值得说的，（因为我老错过闭幕的机会）值得说的是雷，她不是一本书所能说清的，（而我永远也不会写这本书）能说的唯一的线索是宝钗，她们很像。

中国只两次描画了人间天国。一个是陶渊明做的桃花源，一个是《红楼梦》中的大观园。两处时隔千年，中有诗星如昼，一片到元人入侵便渐渐黯淡的诗境，“断肠人”后，竟无以承继，竟成了“金瓶梅”的世界。

（1）人好像应什么都知道点；（2）老老实实过日月，而无妄想；（3）有点理想照明。

妄想有现实的可实现性，而理想重要的是不可实现性；它们最完美的一体性是爱情，最荒唐的结合是科学共产主义。

贾宝玉少年突遭打击，妄想破灭，理想转移。理想是本性的影子。

宝钗无妄想，亦无理想，亦不会破灭，又啥都懂点，自可过太平日子。



她无求无喜，却一切有度，不是无可奈何的折中，却是一种“合适”。这“合适”的法则举世无例，所以也不拘泥。所做大体是公正，名分上的事自去做。但也无私，宝钗虽劝其兄，却也毫不袒护；对针锋麦芒的黛玉都意外爱护，赠诗送药。小心人读此多以为是她伎俩，其实不然，宝钗还是知人品性，清浊，她看黛玉倒是较宝玉为重。其实她又何尝看得上宝玉。

如果我喜欢一女孩，她对她既不会同情，也不会妒忌。女孩自比男子生得清净。她会有点不平。她对她，自比对我好得多。

她能做那么多事情，都是出于欣赏和公正，毫无私情。这是我无法想象的。她说“我喜欢我的看”。

导演会注意到你是不是好演员。但演员在戏中经常就忘了。

感情和爱情在她面前多么偏狭。

你为什么笑 无可奈何才会笑 冯梦龙

耶稣为什么不笑？因为他含有希望。

佛自西来，只是白马和经书，入盛汉盛唐，只是一个意味的信仰（真）

而现代西方民主，是和电视、军舰、投资一起来的，是一个混合的妄想。

中国并没有接受西方。只是忘记了自己的感觉。

她们生得周到从容，对死却有一点冷漠（当然该哭的时候还是要哭）。死是一件自然的事情，既不浪漫，也不必多想。

死者故去是自然的，重要的是让孩子长大。

1992 年 4 月　德国

# 我不能想得太多



## 一

我不能想得太多，一切来自冥冥还将归于冥冥。在这之中，有一段有花有树的生活。我坐在长椅上，关掉世界的声音，我说这次要久一点。我握你的手，我知道这时还没有变成幽灵。

我是一个灵，向外看，我知道时间不多。同样美丽的花，她们不知道我。她们像天一样，除非变成人才能看见。她们看见我的时候，我已经看了很久，从春天看起。她们都走过去了。

这就是我知道的一点事情。生命是盲目的，幽灵是飘动的；而世界则充满了“喧哗与骚动”。

## 二

这是一个没有的事情，获得幽灵的人，也会像花一样好看。“红豆生南国，春来发几枝”，这是个至美的世事，他在看花时，忽然变成了花朵。

花谢的时候，并不伤心，生命要在死亡里休息，变得干净。这是同一件事，一朵花就是“一朵墓园”。

## 三

又是春天，一队队春天，她们带来节日。

我知道活的秘密，就笑了。我把多出的水，洒在字里，字就开始生根开花。我好像在做一件上天的事。其实不是。天太黑了，我像灯透出光来。我安慰自己说，我是一个通达的人，你们通过我到这里来吧。

我们都会死的，在获得形体的一瞬，这件事就注定了。我们可以在活时，变成幽灵，继续飘荡，也可以和每片叶子一起被冰雪覆盖。这是每个幽灵都有的恐惧，它们在人成为一个幽灵的时候，就有点“像人”了。幽灵本来是不害怕的。

## 四

他看冥冥说：你要我吗？冥冥不回答他，冥冥从不回答“像人”的问题。

他看花，说：你要我吗？花也不回答，她是冥冥的女儿。

他看见一堆石头，就跳到中间去跳舞，他让城市生长起来，又崩溃，他让大地的脚伸到海里，让火和旗帜飘过北方。

一张画画成了，他被画关在外边。

鬼是没法死的，但在死的时候，依旧变成花。

## 五

人在进入沸水的时候，灵就出现了。他们上下翻滚，过了很久，才会出现一颗透明的心。这是他们无法保存的希望。

看见了？看见了。那就走吧。

花和魔鬼都是生命，都是看不见的，在人忘记了死亡和爱情的时候。

1992 年 4 月　德国

# 给《Today》的信[1]



××：

按理我不该写这封信，一则在岛上住久了，不明世事，二则我也有点知命，不太信选择之类。但出来转圈看了今日《Today》又念起昨日《今天》竟不由有些不忍，既不忍又赶上你让我说，我便说了，这也是命里的事吧。

《Today》有不少好作品，像《烤肉周》《今天昨天，昨天今天》《胡同》等等，但是有一个总倾向，就是"太专业"，花果山变成了炼丹炉，一篇篇越看越像博士论文。我这里还不是指术语的用量，尤其指那种流行的批评方式。批评尽管批评，但视其为艺术创作的标准和原则，我就大大地怀疑了。好像许多文章都在构造攀登世界文坛的阶梯，用"定位"来"思"我们的"困境"，从而如何……这种想法真让人难过，且不说有没有什么世界文坛水准，仅创作变成一种考"状元"的活动，就足够令人伤心了。

我以为艺术美丑都是自然生成的。一棵树或一只鸟也许毫无"艺术价值"，但它们至少有一个品性，就是不为功名所动。一个乌龟对它是不是被摆在寺庙里毫无兴趣，一个美人天生丽质也不一定非得进宫。

这现代批评愈发"专门"，很像是耳鼻喉科，不在哪毕业就很难入其门；一旦入门就各归其类，对五官的位置及其关系大加研究，也不管是不是个

[1] 标题编者加。

活物。上天把气吹进人，人才活了，艺术也是如此，它有一个呼吸。现在的人都实在了，对看不见的东西敬而远之，说不清，就言不为力怪鬼神，就好像关上窗子看树在春风中摇动、变绿，说树是怎么怎么晃就绿了，而不去感觉风。这真是个安全可靠的方法，但对于创作并不适用。诗是自然生成的花，更是春天的旅程，旅程中处处生花。言色不言空——是悟到了色即空，还是无可奈何，或一叶障目，或难得糊涂，我就弄不清了。

你说“写本身就是献身”，我同意，又不敢全部同意，因为今天写和当年《今天》写已有很大不同，我们说这话时就在去参加酒会的路上，而不是去公安局报到。因宿命而写这无可非议，也无可抱怨；但既然有了抱怨声，我就不免想到因写而可能导致的各种好处。



我这样说并不是指哪个人，这话也是对我自己说的。我去小岛上养鸡种地，某种意义上也是正正本心。“不识本心，学法无益”，既爱艺术、爱活、喜欢纯粹，就应从根儿上纯起，无树无台，也就无有尘埃了。

我们最后谈到精神，我说一切艺术都是精神创造的；你说：现在世界上没有什么精神了。我承认。但世上稀有并不等于我们没有，更应不是我们没有精神和排斥精神的理由。我以为如果真有身不由己的“献身”，那是精神的驱动。过去《今天》没有今天《Today》这么有知识，但至今我仍感真切，在那个小屋里坐着，看几行字，我感到的是精神，那么破的屋子，那么坏的纸，那么可爱的人。可以说我此刻仍坐在那个七十六号刘青的小屋里，仍一无所知，但我不得不努力地说一句：让我们来吧，像过去那样吃一锅面条，还像过去那样笑、谈，说外国文学。

我们都知道我们为什么在一起。

在没有自由的时候，我们获得了精神；在没有精神的年代，起码我们保存了真诚。真的，因为已经有人在远远地说了：

高尚是卑鄙者的通行证

卑鄙是高尚者的墓志铭

1992 年 6 月 12 日　阿姆斯特丹

# 说“份儿”

“份儿”是北京话，大致讨论的是你这人的品位、等级、名望。“有份儿”是够高级（档次）的意思，“拔份儿”“长份儿”是升级、长脸的意思，“丢份儿”“跌份儿”是丢脸、降级的意思，“叫份儿”是“气不份儿”就是不服“份儿”要硬来的意思。 

中国是讲纲常的地方，自是讲身份；君臣父子乱不得，用革命年代红太阳的话讲就是：“每一个人都在一定的阶级地位中生活。”

北京是京城，那省城就得仰望着，还直辖着直辖市，再往下那更是层次丰富，曲里拐弯或是直截了当下到了乡里，我们那会儿叫人民公社，还辖着一大片呢，大队、生产队、猪场要不库房要不铁匠铺，别看国家没封级发工资，那级也是糊弄不过去的。总之自京城到我们火道村那样的村子，那落差决不下于从喜马拉雅山跌进海底，这我不是信口说，我一九六九年的时候亲身试过。

单说京城这头儿，中央之下，几十个部，几百上千个局，处数以万计，科得十万百万，大集体、小集体、国营、街道，国营的里头直属中央，直属部或局，直属市或区不等，军队国防部之下有各大总部，各大军兵种司令部，再往下又是层层叠叠，横着也有比，县团处大体平级，省军部，地师局基本平，还有厅署、院馆等支脉，个人都有级，行政级、军队级、文艺级、技术级、卫生级、教育级、重工业级、轻工业级、国营工级、集体工级，皆是纵横都有比，谁要是干艺术的不懂立体派，那就到北京看看。几代京城，上至天子，下至贼子，级层垒得繁复精妙，岂容得混淆，于是份儿不份儿，当然地就成了要紧问题。尽管有人扬言此系首都的“首”惯出的毛病，不“首”的那会儿必没这大的脾气，但说归说，这“份儿”它就明摆这儿了。

摆这儿若你想也有，那可得先有“底儿”。这有了级，也就有了底儿；当然钱和能耐都是“底儿”，也就是说都能长你的“份儿”。那京城里头，即使开店、煮肉的，磨刀、拉板车的，卖大葱、小人书的，别看大都未曾拿过国家的级，轮到论“份儿”上可从不马虎，轻易没个“叫份儿”的。这份儿的“底儿”没级垫着，那就论钱，论亲戚街坊，论长相、本事，五花八门了。



这份儿的高下不同就形成了一个个的“圈儿”，于是有了圈内圈外的说法。皇亲国戚、高干子弟，自是天然有“份儿”；这个份儿“圈儿”里的说话口气非“圈儿”外者学得了，学也不像，因为你不够份儿。比如言万众领袖如言同桌同学，三字姓名必不言姓，××、×× 如是；撞上两字的，去姓不妥，随口加个“子”“哥儿”“姐儿”的都有，李子、鹏子如是。长点儿的 ××、×× 叫着，晚辈些的则邓爷儿、杨爷儿一口一个，说起已故伟大领袖毛泽东也如数他家祖宗，口气亲切得很：毛老爹，毛老爷子，不恭些的则……，……地来几句。而“圈儿”外的称个“老毛”也就到顶了。就着这“老毛”吐字的自如程度，亦可判断出这人同那份儿“圈儿”的距离，于是此人在什么“份儿”上，大体也就了然了。

有这等“份儿”的人并不一定个个接班，但要份“份儿”的清闲，倒是全不必争取的：坐办公室，背上点儿录像、照相的东西，出出入入，软卧宾馆，并不吃苦；拍点什么，有人送到名刊大报，也就有了成就；再批条换照，随市有心无意倒些名人字画，久而入迷，也就成了专家；要是生出折腾生意、艺术的雅兴，比方说倒点钢材或拍个电影什么的，那各方面也是一呼百应，成功易如反掌。

学者文人教授院士亦够份儿，到老时亦能混入高干病房。只是他们的“底儿”多为古人，虽蒙皇上接见，赐酒，当女婿，笔一挥，发去写歌词，到底隔了一层几世，纵有几个独立自主翻白眼，或去山里弹瑟的也有点像“右派”或者“左派”的故事，按理他们不到永乐盛世，是不应和世家王孙论份儿的。可偏偏国门一开，海风送来了民主和人权，学士就有些忿忿地气不份儿了：这人生而平等，这人民公仆不当虚说；于是一时爱着国，搬着家，都认为该在“份儿”上有个飞越。不想这“份儿”是“气”尚可却根本不让你“叫”的，加上子弹不长眼，诸多“份儿”不分者便倒下成了暴民。

按实际说，北京这流氓最为本分，所以也就最为冤枉，他们讲份儿也只讲在胡同里罢了，再也不会“胸怀祖国，放眼世界”和美国、意大利的黑手党叫板儿，或者和普希金换手套，论“底儿”也追溯不到金兀术或梁山泊，最大的本钱也就是“花”了几个，或进了几回局子，做梦也没去想改朝换代，或是让小闺女弹上钢琴。轮到撞枪口的时候，也是一马糊涂，左不过大喊一声：女的都上了，大老爷们儿还等啥？保卫京城和保卫胡同混在了一起，可要说当保卫祖国呢，给毙了，那那子弹可用大了点儿。这栽在外地大兵手里的，可不净是北京人？

北京人跌了份，也长了份儿，依旧过日子。只是有钱的老外越来越多，跨国界地来看万里长城，把中国的“份儿”越搅和越乱，“华人”竟成了专门独一份儿，下不着地，上却接天，只服接见不服管，加上钱当“底儿”，引得子弟儿、学士、各路精英一齐挤入这独一份儿，阵容太大，也就接见不过来了，“底儿”也随着薄了下去，跟着下不着地，那漂洋过海哪还有地，上可也不接天了，星星月亮都变了位置。可这独一份儿是入了就入了的，想高也高不出去，要低也低不出去，成个博士、教授，你还是华人，成个跑堂、拉货的，你也还是华人，连你归了国，你也照样是华人。这华人的

“份儿”不光不长不跌，还会世世代代，比如论希里安洲长的“份儿”时，就说是第七代华人。可以推想二千几几年的美国总统论“份儿”就是“华人”，哪怕是第无数代，哪怕掺和进个把儿非“份”的来。

都成了“华人”，“国人”可就全靠拿不到护照、签证的小流氓承当了。

“在建都的时候 / 人生应寂静如草”——这时候降临的这句子，真真让我费解。

1992 年　德国

# 读诗



写诗总在神会之时，读诗又何尝不是？神会而得意，得意而忘形，是诗的至境。诗有神方为好诗，而好诗无神硬读也成滥调。因此我告诫自己，诗不要专门读，于神中会便好。

幼时不知此番奥妙，常把古诗作字词读，喜工丽之句，每见“晴川历历汉阳树，芳草萋萋鹦鹉洲”“沧海月明珠有泪，蓝田日暖玉生烟”就点头甚以为是，诵“明月出天山，苍茫云海间”也只是顺口，至于神灵气韵则全不能知觉。一如友伴背语录，从“毛泽东同志是当代最伟大的马克思列宁主义者”直背到“做毛主席的好战士”以快为胜。如此戏法，李白之白，也就成了白话顺口溜。那时见诗中离愁，就如同读法国小说中的爱情一般，只当作贱者或阶级敌人编来的魅语，试图动人或骗人罢了。后来书全收了去，这古诗也就更看淡了，每每想起，也以为不过就是编排上的功夫。“少年不识愁滋味”么，确确如此。

跟着下乡、返城、做工、出国，直到落脚南太平洋一岛上为生，才真感到唐诗的好处。那些“海上生明月，天涯共此时”“红豆生南国，春来发几枝”这样以往不经意的句子，瞬间都气象开阔，姿态万千起来。

我等生活于新世，多人而少神，小时城里还有些鸟雀乌鸦，大了就没了踪影，倒是多了不少电动玩具和幼儿心理教育。每入人家，最怕唤来幼童，光“鹅鹅鹅，曲项向天歌”还算好，偏是将“五月不可触，猿声天上哀”

也作机枪般发射，让我想到别是把什么红头文件丢在了路上。

我幼时不曾背诗，不知可当庆幸，而语录背得不少却还常令我今天感动，想起“使我们每个活着的人，想起他们就感到心里难过”就要难过难过。说语录背背就背背，而诗不当背，是说诗在神境里，现实中无论如何死背也是不可得的。虽不敢说有神，但确知神境，诗只在那里显现，心中一念“红豆生南国”，便知天上人间了。

梦在醒之上

诗在梦之上



1991 年　岛上

# 国语妙境



孔子诲曰：不学诗，无以言。诗，近世则言近体，非千余年前的唐诗莫属。每走街串巷，登楼近室，总有朗朗诵诗声传出。访友寻亲，叩门报到，主人自孔中窥，见非强徒，还是熟识，便就开门迎入，先问：“吃了？”得知吃了，便转身叫出小儿或小女，五岁至七岁，双手一背，脖颈一昂，出声煞是响亮：白日依山尽，黄河入海流；……那，十首八首，盖一气呵成，不在话下；遭逢长律，虽不免面红耳赤，但总能化险为夷，坚持到底。我有一日走了四五家，算算竟得唐诗不下百首。叹国风了得，果然万古不灭。

夸童子，要么颂祖先，我全不在行。对神童小子，我会说：“好！”论到先祖的唐诗，我则常用一个学来的词搪塞，称是“空灵”。主人若是细究如何空灵，我就搭上话：无我么故空，有心呢而灵，无我有心，则空灵，空则灵是也。随即还可升为如是观，于是“‘江枫’‘渔火’历历在目，却不见‘我’，‘行到’‘坐看’，似有人迹，却无身累，‘春江’‘月夜’无中生有，‘大漠’‘孤烟’有复还无，看似东张西望，实是心净如镜，见得宇宙面目，清风朗月一过，那性情之空灵，空灵之性情也就透澈得像是蒸馏水了……”

一开口就不免起兴，主人却还惦着等待表扬的小童。意识到疏失，即赶紧将“好！”说了，又问最喜哪首诗？小童兴奋，说是“春江花月夜”。

我心下称奇，正要再说“好”，小童问道：“‘春江花月夜’特别好喝吧？”

喝?！我大大地吃了一惊：好个气派，好个想象力，相形我何其绌也……我嘴张张，“好”字不待出来，小童伶俐，救我于愚钝，就越说越喜了下去：“准得比豆浆还要好喝！豆浆我就特别爱喝！爸爸，我是不是从来都没有喝过‘春浆’呀？你喝过吗？妈妈给我喝的口服液不是‘花月液’吧？‘花月液’多好听呀，准也好喝是吧？”

主人可决不似我这般大惊小怪，有板有眼地与小童说了；小童神色不免黯然，可还是不甘心地争辩：“那诗里就是有吃的！”主人正色：“就知道吃！诗不言吃喝。”“昨日闲潭梦落花！”小童抢白：“不就是说吃的东西吗？”

我见主人与我一样发呆，就冒失问：“吃的在哪里？”小童不甚高兴，像不满我竟故意考她同她作对：“那不是‘咸蛋猛落’‘哗——’吗？‘哗——’要不就是摔开了‘花’了。”小童气愤地瞪了我一眼。这回从容的主人真显出尴尬了，我倒大为释然起来，“好”字竟不适时地脱出了口，这话也跟着没了遮拦，一说竟说到古典并现代主义大师毛泽东去也！



主人亦幼逢革命，说是现今仍能背下诗词 37 首，我们话便到了一处。念那时亦不过小童年华，“昨日闲潭（咸蛋）”却是不知，而毛诗朗朗上口，并有创意，其实是从大哥大姐那里听来的：忆往昔峥嵘岁月稠，有稀有稠，有粥也有窝窝头……数一数报上的风流人物，数一数咱连的（咱队的、咱厂的……）分油任务，还看谁找，找干部找得早，找得好……

看来这从小到大，一想象就要想到吃里去，还真是传统；“闲潭”怎比得过“咸蛋”，“风流人物”又怎抵“分油任务”呢?

小童听得，知是夸她，乐了。主人更加兴起，说是“开门办学”下乡接受再教育，举个牌子，上书最高指示：“我赞成这样的口号，叫做‘一不怕苦，二不怕死’。”

打谷场上，贫农生产队长教导开了：“毛主席他老人家一不怕你们苦，呃，二不怕你们死，呃，地里干活儿去吧！”

这等语境，这等无我，唐诗也得叹服。想毛泽东诗，37首之外的压卷作——“不须放屁！”——那时节举国唱来也是气壮山河，中央人民广播电台也是拍案击节，唱得铿锵昂扬，四部和声大联唱：不须放屁！不须放屁！不须放屁！不须放屁！！！！——试看天地翻覆！

这这这，这天地还如何不翻覆呢？

至雅诗词，敢加“放屁”，前可有古人？后可有来者？还能加得亿万人民齐声高歌，也不管了吃喝生死，无产阶级“文化大革命”一呼横扫大地，一呼颠倒乾坤，也就并不奇怪了。

不学诗，岂止是无以言，简直是无以存身，无以立国么！国语妙境，这“境”之“妙”，可绕得过“诗”去？ 

梦曰：

在外不知内

在内不言内

外者议内

内不议内

故外言盛行

内神窈窈

1992年　德国

# 植物人



刚听到“植物人”时，心里一阵欢喜，试想所有人都绿叶飘摇，立足一席之地，没有抢掠、侵犯，天下将何等太平？至多也就是树和草之分，葱、蒜、姜之分，彼此也不吵，花样多了，就会互相观赏，共享阳光雨露，逢到干旱或者山洪暴发，也不惊慌，决不会以邻为壑或者截流自用，而且污染都消除了，也就总是风和日丽。

人坏就坏在属了动物，又要移民，又要进兵，又要站在路口徘徊，吟诗要吟成诗人，作画得作成画家，跳舞唱歌概不例外，有说“先富起来”，有说“共同致富”，反正都是不肯安稳，弄出国家不说，还弄出复杂的道德、法律、规章、知识、教养，光上厕所、丢垃圾两项，就足够忙的，上海百万马桶的清晨景观，北京“一号”大排长龙的早上时光，就连南太平洋一小岛上，也为排污道争吵不休，富有国还生出将垃圾扔向太空的主意，说是总比往穷国扔对大家有好处。这要都植物了，这等无聊麻烦哪还会有？

人并非不想当植物，唱说“要做那泰山顶上一青松”，还学竹子、学腊梅的，也都由来已久；叫个植物名字，更是自古传统，杨柳菊兰，不胜枚举。但是人对植物是势利看待的，谁也不说要做一棵大白菜，要学萝卜和南瓜。我的想法也是人类的，所以从好处着想，以为做植物人，最好就做那些个特别长命的万古大树，活得久久的，让萎靡短命的我们也郁郁葱葱，连绵起伏。

这植物人的梦正做着呢，电视上就见到一个，看去竟然全不似植物，不仅不郁郁葱葱，连个细芽也没有，只顾躺在那微微发蓝，让我使劲联想，才算好歹想起个长在我地里的老菜花来。

我对植物人的梦想就算完了，倒莫名其妙地念起一句动物人的话，叫做吃葱吃蒜不吃姜。于是就接着犯人的毛病感叹：怎么这人不光在人里，也不光在动物里，闹他的那一套——区别和分裂，阶级和等级——呵，还要进而闹到植物那边去，而植物无论给闹成了什么样，也不变动物，有谁听说过一棵动物树或者一棵动物草呢？可人却把他们不想要的最弱的人叫成植物！好像成了植物就是姜葱蒜，吃或不吃那植物是不用问的了。人对植物什么样，当然对植物人就也好不到哪去了。



我咕噜至此也不禁有些身心异样：

*

树身上有许多圆环

转一转就会温暖

*

像三月的风扑击着明亮的草垛

春天在每个夜晚数她的花朵

*

生命细细地含着阳光

在一瞬间体会到大地的微妙之处

*

绿色

掩护着死亡

一次次在阳光中站起

1992 年　德国

# 鬼技多端



看鬼片，一定要在电视里看，如此那鬼无论如何鬼（诡）技（计）多端，都耐不得按钮的一按，你可以变鬼成哑巴，让血流不红，跳过作恶，定格在鬼给捉住上，让鬼胖或瘦下去，看鬼无奈的样子，当然急了还可以一关，鬼就彻底消灭了。

虽说进电影院看，也有捂耳朵、闭眼睛的办法，但那鬼气却是死捉着你，让你软硬也逃不脱。

谢烨和我看鬼片，多爱看暗示性的，像《珍妮的肖像》。记得还是好早以前在朋友家看，看着看着，手脚就紧起来，赶快移走视线，不想正撞玻璃窗，那里的电视亦是鬼气一片。朋友见我如此，便把电视关了。

这等惊吓，入魂入魄，倒也得一重境界。

自朋友关了片，就没再看，可至今还惦记着。昨日听有鬼片，便壮足豪气，还问了龙胆草、胆囊丸、补肾强胆冲剂，虽说一样没问到，还是不误去看，这一看，眼耳还未及密闭，就乐了，一乐还就乐到了底，居然让我想起乐人的《西游记》来。

那鬼个个科技水平甚高，吸血怪、骨架精的，又施激光，又射飞雷，还看懂了最为佶屈的化学公式，解了人不解的难题，闹出了腐蚀一切却是简单易造的腐蚀剂，人最放心的塑料也会瞬间变成毒气；还运算超速，改变飞弹方向，一忽发出的飞弹就砸在了发射者的脑袋上。这鬼片热闹且乐呵，竟全失了鬼气，那沁人心脾的也是魅惑所在的梦寂般的恐惧感一点儿也找不到了。

不战而取者上。这点孙子兵法古代是懂的。但不知是现代人破了迷信，还是现代鬼失了法术，总之人鬼双方都极端地迷恋起这个叫做高科技的玩物来，我则在高科技的保护下观战不辍，手握遥控器，时时对着鬼，一旦鬼射激光，我最好亦及时发射，可以免看人遭打击后的惨状。

依谢烨的说法，鬼的技术之所以高出人世，是因为死了的科学家水平都不低，在阴间稍作调整，就超过了人。我一想可不是吗？那边的科学家都是这边科学家的老师呵！所以，这鬼技呀，是很难超越的。



许多黑夜的信落在我手上 / 那些大影子在黑夜里活着

就这样 / 世界用大脚趾创造自己 / 他们危险地 / 相互看着

小小的夜晚 / 到处走 / 有时像个牛 / 有时像个狗

梦幻躬身而退

1992 年　德国

# 青夜



看月亮，大声问几点了。十点了。雷在屋里说。我想起十月了，北京凉了。

人就这样，冷冷热热几次就长大了，死了。

什么都一样。草长大了，就倒。

人长大了，就知道自己是必死的。其他生灵都不知道，只有人知道。什么是人？——知道死，就是人。于是唯有人造出历史、宗教来，记下时间，想死了以后的事，立碑，留名，或变鬼转世，复活，有机会还可上天去。死人的活动常是活人所不能及的。

死被叫成了死人，也就为活带来了希望。到科学时代，人知得多了，希望也就没了。死如此必然，便愈显出活的虚幻荒谬来。中国本来无神，倒与现代合适，干坏事也罢，搞现代也罢，并不冲突，可以两手一把抓。尼采说：上帝死了。其实不过是知道了死真正是死而已。一扣枪机，人就一栽，就死了。铁物还可以在上边碾几过，也不吭声，这么干大概是想看看有没有灵气冒出来？拆骨肉、大卸八块、剐、剁、蒸、炸、烧、烤、焖……这些烹调用语，竟也适用于处理人类自己，怪不得东方到最后都成了菜谱。

我是活人，应算不错，可不知怎么就活到了希望之后。读许多死人都读过的老子，真也知者忧，不知者不忧；多出菜谱，少了道理，是最彻底的结果了。轮到人家对你扣扳机，不知怎么办也就办了；最多愁的人无非也就闪一念：我要是那个扣扳机的……

死真是个难过的事，无论怎么调侃都并不改变，想来因为我生性守旧，一事一物过去都心痛不已，就不要说这整个的一生了。月下刷牙看室内暖光中妻儿雷、胖子坐在椅上，隔着冷峻的月光打在玻璃上的反影，那是不动声色的树林和千年如一的星空。

也许人真的是由沙蚕一样的一小段东西变化来的，口门、幽门、肛门，只一个通行就好，及至造车、造飞机火箭，造纸、造旗，造出个世界经济、大国小国，也无非是四处通行一大圈，依旧争取个肠胃通行而已。

西方重培养，求长久的机理安好；东方却注意吞咽，讲刹那的心理愉悦——

只有我轻轻摊开纸
像热带的暴风雨，第一次感到闪电的清凉
无数柔和起伏的波浪，跟它转向水雾蒙蒙的地方
像白纸般无言的爱　在所有地方呼唤你
一波一波涌向瀑布的跌落　虹彩升起
第一次我站在出口　不走完全程
我吃饭把米装进袋子
睡觉睡得像一桶水
每天晚上
我都试着哭
试一会
就困了

那些温和的鸟
像云样睡着
夜　深蓝深蓝
月牙向上　弯过窗帘

1989 年 10 月　岛上

# 诗奇观二则

## 一

我最早写诗是个自然状态，心同自然共鸣，成为语言。

回到北京，我寻找与人的交流方式，我必须运用他们的语言，我遇到了困难，语言和我心里的声音毫无关系。我做了很多努力，想让语言成为心之间的通道。我以儿童梦幻的语言、太阳上升热烈的语言、面临黄昏宁静的语言，以至催眠术式的暗示性语言，和荒诞故事的语言……那个时候我比较注意语言的气息和质地。

一九八五年后，我放弃了所有先验的写诗目的，诗不到来不写，我发现了一个奇异的现象，文字会自己行动，像一粒粒水银，滚动或变成空气，每个字都是自由的，不再代表人加与它的意义，就像我们辞去了外在的职务恢复了原本的性情。这是解脱了魔法的文字，它会碰到另一些字，结成故事，或者沿着一个谐音、一个同声、一个偏旁溜走，有时是我的声音在字中间找到了它的形体，就像托生那样。

文字的自由给人的世界带来危险，也带来了平白的语气和清朗的气象，它们最终汇合一起，回到最初的梦寐之中。

我以为诗是自然语言的图像，它的美妙并非在于它对你的描述，而在于它自身的自如，恰恰反映了你，和你光彩相映。

你用不着
拿照片
拿语言
拿烟

微微一蓝
天
蓝过来了

（1986年）[1]



# 二

中国当代诗歌出身特别，在于“文化大革命”的特别，非外国当代诗歌可比，也全然不同于中国历史上的任何诗歌兴起。“文化革命”是个文化真空的时代，像个铁罐子，将一切隔绝，每个个人都承受着一种压力，得不到历史和外界的帮助。他们中间的少数人不得不用自己的泪水、声音、梦来解渴，诗有时成了他们生存的唯一形式。在这片孤寂中，他们有的死了，有的发了疯，有的一直写到现在，被人们知道，成为当代诗人。在那个时代和接近那个时代留下的诗歌中，我们永远可以看到一种孩子式的期待。至今我们不能确定“文化革命”是一个天惩，还仅仅是一次无意的试验，但我们可以从中清晰地看见诗歌产生于生命本身，产生于生命不能忍受的

[1] 句见作者诗《上边有天》。写于1986年7月。

岁月。

“文化革命”结束，中国发生了戏剧性的变化，那个铁罐子破了的时候，西方文化和东方传统一拥而入，造成了前所未有的景观，西方热和寻根热同时爆发，艾略特和王国维、宇宙论和道德经一起时尚，就像阿里巴巴打开了魔术门，中国当代诗歌骤然剧变，令人目眩，不论春夏秋冬，天南地北，原生、移植、模拟、复制，真假万花齐放，可谓诗歌史上的奇观。

树枝想去撕裂天空，
却只戳了几个微小的窟窿，
它透出天外的光亮，
人们把它叫做月亮和星星。

（1968 年）[1]

1987 年　伦敦



[1] 句见作者诗《星月的由来》。写于1968年“文革”高峰期。

# 《顾城寓言童话诗选》后记

那时我读《昆虫记》，知道小虫子很忙，和人一样，有许多事，有一份生活。它们要过完自己的日子，很努力；可时有意外发生——鸡一啄，蜘蛛网一动，一阵雨，都可能造成日子中断；小学生放学，蹦蹦跳跳，都有可能。虫子太小，抵抗不了外界，倒霉的事情也就无穷多。看蝉唱完歌，从树上掉下来，就为它庆幸，到底是唱完了；秋天，蚂蚁把它抬走，一点一点……这就是我对昆虫世界最不美丽的看法。



想到人，就不然。人幸运机巧，压制了飞禽走兽，不许它们开口，还成立了动物园、博物馆，看它们的笑话；甚至吞刃吐火，自己飞过天去，到月亮上捡石头。这等事，就是有位敢为人祖先的，也只能想想，还给写进了《西游记》。人算够得意的了，虽比上 [帝] 不足，比下边的亿兆生灵可是强得多；（要知道每一阵秋风都把多少蜉蝣吹到水面上去呵！）当今之世，除了看不见的神和微生物外，谁能拿人奈何？真是。

可人又好像偏偏无可奈何，家里嘟嘟囔囔，街上骂骂咧咧，喝酒、打球、娶媳妇都出版了许多理论，就不用说联合国一百多个国家坐在一块，辩论是不是给伊拉克发最后通牒了。

我写寓言，本无深意，若要归类，也非定理，只是把那些让人麻烦的念头一股脑地交给鸟兽木偶，让它们像人那样过过生活——吵吵嚷嚷，热热闹闹，一通别扭至精疲力竭，趴在地上，也就领略了为人的不易。

这样，让从动物园、博物馆走出来的人也受点惊吓，回家再做什么，就心地安泰，不致冒出郁郁之气来。

1992 年 12 月　德国

# 江上一棵树



1.

你如果能领悟小麦
你就懂太阳
餐桌被推得很远

举着火，不要让它
烧伤自己
万象真理和万象光明
的　　　　　游　戏

2.

不知什么时候起，有了这两件东西，一件圆圆的小小的，是哨，一件长长的弯弯的，像历史。闲下来时摆弄这两件东西，从小洞眼往里看，里边总那么新奇，像万花筒。终于看得多了，也就不老那么惊讶了。直到有一天，在牛角，呵，历史的尽头，看见了那个响着的小哨，里边的珠子一转，尖利中间就渗出牛和竹林低低的回音。

3.

天地像个小盒子。最奇怪的还是天，它有一种空虚无限的气质，轻轻推动着万物轮转，它让世界落下升起，又保持在原处，它让生灵因欲而为，因欲而止。让人说天，开始还说得清楚，后来欲望积累起来，一代代人呼出太多的水汽，天就模糊了。

4.

第二次看风景是透过文化看的：那片白光是“文化大革命”；再向前是一些小窗子，汉瓦秦砖，有牛，有骨片；再向前又是白光，一些石头高高低低地挂着。

中国人那么早就坐地谈天了，轮子刚刚开始转，他们就知道了宇宙的虚幻与无情；让老子刻竹板，刻“天地不仁以万物为刍狗”。他们发觉虚无中来的一切都很平静，相互映照，触目生色，触耳得声，接着又回到虚无中去，连人这种唯一的摄相机也不例外，连人世这块独见的天文台也不例外，一概是“壮士一去兮不复还”；活像某阶段兴起的罢工游行，拖着旗子，又消失在街道尽头。

除了人，再没有什么对自己的灭亡大惑并且伤心的了。

这件事情确实有点奇怪。屈原“天问”之后，就再无问了。

5.

将《红楼梦》、中草药、麻将牌并列等同，是一个玩笑，却也渗透出他的齐物景观。犹如庄子说：知天地为稊米，知毫末为丘山。离开观者的立足点，一任逍遥下去，所有文化和它的属名万物就消失了。他喜欢齐物，可并不乐意当蝴蝶，他有他的齐物方向：官教兵，兵教官；高贵者最愚蠢，卑贱者最聪明；造反有理；敢把皇帝拉下马；把颠倒的历史再颠倒过来……“文化革命”便是一场文化秩序大变乱，像是打麻将的洗牌工作。

以庄子的表现看，齐物只是他的出发点，而无我尔后无不我，无为尔后无不为——齐物者齐天，这才是他的本意所在。

我们说“老庄”，往往混谈为“无为”而已；殊不知庄子“无为”不“无”自身的气度之“为”，因“无为”而自由，气度自为而至“无不为”。

6.

“万物出乎无有，有不能以有为有，必出乎无有。而无，有，一无有。”

他站在伟大的虚空中，笔墨扔掉，棋牌打乱，却会有一个人一再地拾它们起来，排列成序。他知道这个人，这个唯一不惧他的人，整过他的人，他整过的人，最终成为帮他做一切事情的人。



他不喜欢他，因为只有他好像知道他。他们都不说，这是同样的傲慢。更危险的是，他的存在，证明他并非唯一的天道知晓者。知而不说，嘴角严严的，向下弯着，笑的时候更加严厉。目光从不游移，哪怕遭遇他所向披靡的眼神，也是声色不动温和明亮如初。他是他唯一的对手。

他能吃掉他。却是棋盘上的反提。他永远吃不掉他，在提的竟是他自己。他不肯认，而他则绝不表现已知。他惜死去的英雄，对活着的则不惜。“世无英雄，遂使竖子成名”，他贬自己不过竖子，更何谈英雄？但是对他惜非惜哉惧则惧焉，世上居然就有个人知道他，恰如老给个枪对着，让他叹“世无英雄”都不禁气短。百姓他深知，将来不乏大骂，却是无关；无人知他，骂不过骂个 ××× 上的影像。可是，他知道。

他喜欢睡觉，国家又是个何其琐碎腻烦的东西，无奈让他去做，和外国人谈那些头痛事务，像素描必须一笔一笔画线，他不能画，他却永远一丝不苟一直在画，他的耐心拯救一切扫荡一切。

他干吗一样一样把他打碎丢弃的一再捡起来？他知道还是不知道？别人都慌乱的时候他目光如炬，他是天下他以外唯一不慌乱的人。这是为什么？竟成了孩子的捣乱和保姆的尽职。他忽然有一种感觉，手微抖一下，他没办法替换掉他。

他从不以为妻子是不可替代的，他亦不在意，妻如衣裳，她们什么都不懂，对于他有时倒也会蛮可爱，急起来像呲乳牙的小狗，并不咬他痛，不时也替他弄坏事情，这样闹出的生气和急，很能调节心境。他说过他不喜欢女人。所以他有过许多女人。

他从一而终，但是他是喜欢女人的。这个人，这个永远得当、永远恰如其分的人，像一堵墙。后边是他，那个反对一切文化秩序，说“病是医生看出来的”的胡闹孩子。他一走来，那个被他缩小、玩味、丢掉的世界就胀大起来，他认真的样子、笑的样子，让他说笑话都平添了小心。他当然还是笑，他知道他知道他的笑，而他的笑却是不测的，可恨的是笑得一如万古晴空般的明朗。

“我是一个孤僧，打把破伞漫游人间。”这还不够吗？

“我相信共产主义一定会实现。”这还不够吗？

白茫茫大地好干净。真是怪诞得很。

7·

不管怎么说

伊里安是条大河

水声在上游卜卜响着……

1987 年 10 月　巴黎[1]



---

[1] 作者同时写有一首五言，即：江上一棵树／鸟重天意轻／风轮自回转／街心三叩门／长灯照来客／大雪没故人／谁抛榆钱子／百步落花生

# 树枝的疏忽

## ——诗话集



青青翠竹，皆为法身；郁郁黄花，莫非般若。我喜古诗，不因文学史，不因人们的仰望，而在它的美丽，文字清简明润，如玉如天，在于它显示出的中国哲思，那一无言就在眼前，若张九龄句：海上生明月，天涯共此时。

诗如禅，如顿悟——骤然风动云散，黑暗退隐，你看见万物万象，明媚自如。

魏晋以前，中国古诗也有佳作，但总的倾向，人自离了神巫，情绪就一天天黯淡下去。“出郭门直视，但见丘与坟。古墓犁为田，松柏摧为薪。白杨多悲风，萧萧愁杀人。”死的无常，浸没了生的乐趣；“对酒当歌，人生几何。”说得不可谓不好，却终是老于世故的感叹。

佛意的透入，给这黯淡的世界平添了生机，无论关于佛教律法有多少争议，都无妨它清凉干净的神态。一种心境，也是诗境——六祖坛经辨众法相，于第一意而不动，诗人好像得到了微妙的依据。

“红豆生南国，春来发几枝”，气象柔和空阔；红豆生于南国，红豆生出南国，色空互化，得真意而得光明。

“相看两不厌，只有敬亭山”，诗人相合于无形的造物本身，望树望山望月望水，凝望中自身也在幻化。

“采菊东篱下，悠然见南山”，此中意味尽在神会，恰如释迦拿起一枝花而微笑。

“鸿雁长飞光不度，鱼龙潜跃水成文”，诗人在一片化境中，有时更愿意回味为人的经验——“今夜谁家扁舟子，何处相思明月楼”“昨夜闲潭梦落花，可怜春半不还家”，这种解脱没有一丝对人世的轻蔑，反而更亲近了生活本身，似乎也传达出了释迦何以与人说法的秘密。



当然唐宋诗词并非一片静水，其中也有直流千尺，烽火三月，胡天飞雪的动荡，也有举杯邀月，分麾下炙，西窗剪烛的风情，也有凄凄惨惨戚戚的悲哀，或衢州人食人的大呼，但在这一切之中，你都可以感到那个明丽生动的主线，那个依据，就像播下万壑水声的无声冰雪。多姿多态的希腊神像也曾透出同一寂静。

生逢末世的李煜，似同中古诗人相悖，虽也知佛，更多却在女子中间，只是受了惊吓，才退进自己明艳的梦里。这种方式多少有点天真烂漫，他不作如是达观，涂抹近在眼前的生死，反而移情于梦，做了一个“流水落花”之后的“天上人间”。

这种任性，李煜死后，便失了踪影。至近代，诗的无言索性成了多言怪异的趣话，长篇小品，瀚瀚可观，实际上却是回到无可奈何的感喟中去了。这种情境一直延续到《红楼梦》的出现。

中国有两次人间天国，陶渊明做了个人物模糊的桃花源，另一次是曹雪芹做的红楼梦中的大观园。大观园洞开一扇，就补足了近代诗中的无灵缺欠，人们才知道，那无处不在的春江明月，已化作清洁的女儿世界了。

我看见月亮又落进盆里了，就小心地端进屋子，结果月亮没有了，换成了灯。我试了很多很多次，终于感到了厌倦，不是对失去，而是对获得。这时心里倒常常出现了月亮。

从来就不乏奔月、盗火的人，说明有一个一直的黑暗——恰如“黑夜给了我黑色的眼睛，我却用它寻找光明”，恰如飞蛾扑火，他们的感人不是因为他们的成功，而是因为他们绝望努力的本身成为一个瞬间的永恒光明。

希腊有一个寓言，说一个男孩爱上了自己的影子，最后变成了水仙花。面对中国悠远的诗境，我看不见时间、评注、那么多黯淡繁琐的生活，只看见那片光自在圆满。



我唯一的所得是静静看着，而不去捕捞它们。

树枝因疏忽
使我得见月
而月不见我
亦不见树枝

1991 年　岛上

月

——棕色水笔画于1993年柏林

# 附：

## 在亮亮的天空下（早期小说）[1]



[1] 此篇见有作者草稿（应是初草，见图）尾五页及第一页和一篇他人誊抄完整稿（应是复写末联，见图）。写作时间应在1980年（那时作者1974年17岁半时进入做木工的服务所解体。同年5月作者获选首届“青春诗会”）。前后两稿看去变化很大（前稿因只见到几页，判断依据受限；后稿作者原稿尚未见，誊抄后未留存可能性很大），这里试将两稿一并面世。后一稿完整，且经过复写誊抄，应为作者的进一步稿，故为主，排在前。此篇当算作作者继《荒冢歌声》（写在1980年初或1979年尾，手稿见图）之后的又一篇早期小说了。所以收录首先是因为《小说卷》编辑时这一文稿尚未发现，同时以为此篇尽管远非海外时期作品但编收于此很有道理，此篇约万字，风格写实写真，有些呈现它处未见少见却可与此互有呼应，很不同于作者自1983年起时见报刊的诸短篇（参见《小说卷》）。小说中的主人公布林，同约一年后（1981年中旬起）出现在他的诗里的布林，显然性情大异。而作者后来所有关于“布林”的言说中似从未提及这一布林。这一布林（即此篇中的布林）明显作者是以其为自己化身的，后来“布林”的特性还未形成，而早期他画连环画及至铸像的布林，此时大概正在遗忘中间？此篇未获发表，当时当是因为被认为触碰了某些尚不宜触碰的区域；据顾乡说法，此篇最初未通过发表，后来便没有继续投送，作者本人不积极，觉得此篇很有些自哀自怜，令人不好意思。再后来应该是就给忘掉了。这样给忘掉的篇目应还有些。此篇是在2016年偶然自其经过1991年的搬迁却一直未做清理的1987年出国时留在北京家中的杂物中见到的。

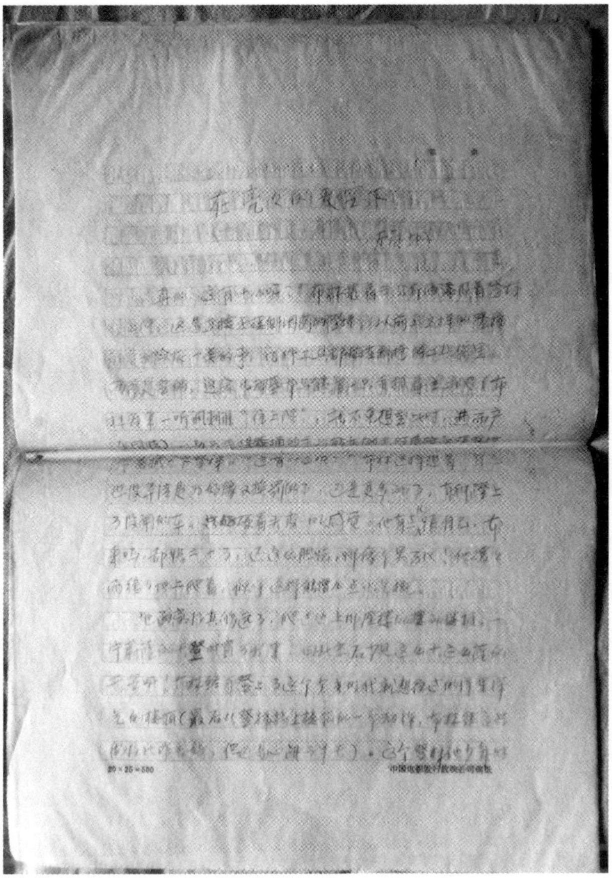

此为 36 年后再见的本篇誊抄件。誊抄是复写的。这应是末联，估计是第四联，字迹很淡。誊抄者是作者的姐姐顾乡。当时投送稿件多以复写方式，复印还远未普及。一般复写一次四联，自存往往是最不清楚的第四联。几联都投出未刊登亦未获退稿后再投就只好再度誊抄了。

“真的，这有什么呢？”布林提着三公斤油漆沿着登梯往上爬，这是直接上楼侧烟囱的登梯，以前上这样的登梯都是为除灰一类的事，几件工具都插在斜挎的工具袋里，两手是空的；这会儿却基本只能靠一只手抓着往上爬（布林后来一听讽刺谁“往上爬”，就不免想起此时，进而产生同情）❶，另只提漆桶的手只能在倒手时危险而艰难地帮着抓一下登梯。“这有什么呢？”布林这样想着，自己也没弄清是为好像又挨罚的事，还是更多的事，有种蹬上了没闸的车，只好硬着头皮的感觉。他有点儿恨自己，本来吗，都快二十了，还这么胆怯，哪像个男子汉！他缓缓而稳稳地上爬着，似乎这样能增加点儿气概。



地面离得真够远的了，爬过边上那座楼的楼顶，一片蔚蓝的天登时冒了出来，回北京后少见这么大这么蓝的天空呢！布林终于登上了这个少年时就想往过的洋里洋气的楼顶（最后从登梯拐上楼顶的一个动作，布林很高兴做得比昨天好，但还是心跳了半天）。这个登梯他少年时就在，从来都在，可他那时看别的哪怕年龄更小的孩子往上猛爬，他也没试过，顶多在断定绝没有人时，做梦一样地上攀几级（十级之内）。后来这个登梯还被铁丝网锁住过。楼顶够斜的，再往那边高上去的部分更斜，没45度，也差不多了；这儿也有30度。布林算术不好，但当木工当得看角度还是看得出的。

---

❶ 顾乡注：这篇稿和许多东西一样，直到再见的那一刻才惊讶居然完全给忘掉了，或者说惊讶居然没忘，而且在记忆里清清楚楚。重读至此时，同时就想起或许还有一稿，或者顾城将改动写在了哪里，或者这句给删了。还清楚记得他笑着说：“就是，布林没‘后来’了……”然后就冒出一句话，让顾乡很赞叹，总之是让“布林”此刻而非“后来”联想，大致是由自己此刻艰难地“往上爬”而想那许多的“往上爬”的必定不易，以至产生同情……顾乡常回想顾城1968年初“复课闹革命”还在小学时写的一首挺长的七字句，写“军史”（毛主席的正确军事路线史），其中一句，他初写为“挥指东戈战梓桐”，看地图发觉是“桐梓”，就给改了，念时将“梓”念为“辛”，以为还可算押在韵脚上吧。顾乡笑他说念错音了，他一点儿不为难，当即改口：“挥指东戈桐梓城。”这首七言长诗是顾城写的作业，他交了，老师没有发还给他，就没了；遗憾留在顾乡记忆里的只有这一句。顾城语词（逻辑）感觉明澈，反应迅捷，却心不在焉，于他那不过是表面或者人为的东西吧，真让他专心动心的似乎是一些也许许多人并不关心或者差不多看不见的东西。

木工给叫来刷漆，他想这要就是罚他，那可还不坏，他觉得他挺爱刷漆的，像画油画儿，他爱画画儿，在火车上画写生还看见了她，真像是梦幻。

他是舍不得买颜料的，现在可以拿大刷子往大桶里醮油漆，大片大片地刷，他觉到了过瘾。上好的灰瓦，要给刷成灰蓝的，就不记得这个楼顶有过刷漆的事；昨天刷那半边儿时他还没头脑地说了句“刷了不好看了”，组长说他：“你娶媳妇呵，还好看！”是呀，组长呢？师傅呢？还有，书记呢？太阳仍离得那么远，尽管地面也有些远，风倒是贴身。布林这才想起张望，咦？人呢？没人上来？他不禁从两个楼顶之间看下去，只见那些沙袋和木块还好端端地丢弃在那儿，可是人呢？昨天他是跟着人上来的，后边也有人跟着，还跟他嚷：“就你这熊样儿，上得去，也下不来了！”今天他好像是打头上来的？没人跟上来？还是又下去了？怎么全然没个踪影？幻觉？布林想不明白，不明白就不明白吧，布林又接着往下刷，刷着刷着刷出画面来，把挨不挨罚的事儿也给忘没影儿了。

“这楼顶是法式的。”他想起那会儿上初中听她这么说过。昨天一看见这个楼就一激灵，这不是他住过的楼吗？后来还恍惚看见了她……布林并没停留（当然也没法儿加速），提着漆桶专心致志一步一级攀了上来。这个屋瓦应该怎么漆，几个师傅的说法也不太一样，布林这会儿越漆越入迷，或者是越漆越走神儿，漆着，瓦的起伏还有边角还有纵向横向，就不断绵延出各种景象和故事来，一忽是弄堂，那两个点点像小人儿，可以是爷爷奶奶，也可以是她，一忽是火车，那天她也从上海上车，她就住在上海一个曲里拐弯的弄堂里，还有村子里的土墙，就是那个他往上头贴泥做浮雕后来倒掉了的土墙，和小时候的学校，有棵大槐树……布林的刷子像画笔那样一拐一拐拉出一条曲折有致的长线来，他自己都呆了，正是留在他心目中的她的银币一样闪亮的侧面像！

那次坐火车好像是很久以前的事了，真不敢相信其实就在最近。他做借调记者完成任务回京，发扬艰苦朴素的工作作风，他从来买硬座票。想到小时候跟着父母一直坐卧铺车厢，就惭愧生活腐化。布林坐在邻过道的位置取出本子开始画画儿，先画对面的人。布林画画儿属于瞎画，因为爱画，可他特别不好意思；敢于这样公然画人，还实在是从当借调记者开始的，他得长点儿出息，不敢画还怎么能画好呢？布林怎么就当了木工，怎么又给借调当了记者？当木工是布林自作主张，他认为自己太资产阶级了，怕苦怕死，所以必须严厉改造，于是布林放着国有单位不争取，却专门去街道服务所报名当徒工。布林不许自己怕苦，怕就是资产阶级，也坚决不能怕死，怕就得斗争。他苦干死干，可师傅师兄们并不说他改造得好，一个个都嘲笑他，让他很沮丧。借调当记者，布林必须承认是他对他视为资产阶级的父母的屈从，上层建筑应该无产阶级去占领，父母这样诱导他，他想，哼，他们其实是披着“真理”外衣的个人功利主义！但他还是去了，因为他已经开始怀疑他信仰的“改造”。没想到到了那里竟然都不笑他，还常夸他，说他具有朴素的工农感情和吃苦精神。领导还跟他说很遗憾，他的所属工作单位是街道集体级别的，调不进国家事业单位，所以只好是“借调”。借调了半年，布林的服务所不干了，召布林回去干活儿，布林就从上层建筑又回到了经济基础。



布林陶醉在这么美的线条里，他想画画儿了，没带笔纸，可是这个大屋顶，这个大刷子不是更好吗？那次在火车上他画着，不知什么时候起他开始意识到边上的她，立刻不自在起来。布林从小很爱面子，还很“封建”，布林也不知什么叫“封建”，反正大人用这个词，孩子们也用，因为布林从不理睬女同学，如果对面走过来女同学，他就会转过身去，或者转过头去，有时引起女生们的一阵哗笑，弄得他很窘。甚至女生还会围起他来逗趣，问他是男孩儿还是女孩儿，他因此大恼过，大喝一声：“走开！”他相信自己面目狰狞，可不知什么缘故，女生们笑得更厉害了，笑得他杀心都有了，可她们是女生，他还真的挥拳打过男生呢，比他高一个头，一拳打脸上，因为那家伙正弯着腰干坏事，他爆发起来自己都吓一跳，而那个高大男学生居然看看他也没怎么样就被拉走了，大概是布林当时的模样太疯了。所以布林也可以很凶，可惜他不是想凶就凶，而且他根本不想凶，但是给起几次哄，布林就越来越成了一个习惯严肃的人，不会开玩笑。

上小学布林就害怕和女生同桌，好在“文化革命”停了好几年课。忽然就进了中学，第一天就让他叹气，又是和女生同桌。同桌了好几天，布林也不知道她什么模样，只知道她穿“国防绿”、白凉鞋，还有就是说话声音很大，经常她一说话别人就都不吭声了，连老师也不例外。直到有一回照着黑板抄写“最新指示”，布林的钢笔没墨水了，划不出字情况紧急，他便向过道那边的男生借墨水，那个男生拧开笔杆一看说，他也快没了，布林只好又问后边的男生，可那小子不仅不借还说了声：“该！”布林一赌气干脆罢抄了。这时候他胳膊被碰了一下，布林吃惊地第一次向同桌那边看过去，原来他的同桌是这个样子呵，而且好像和他是住同一个楼的，他上楼下楼的时候应该见过她！那一个楼的孩子都爱穿“国防绿”，可布林不爱穿，那个楼给叫成“革军楼”，这布林还在小学时就听到过，别的孩子叫，楼里的孩子自报家门也会说：“我‘革军楼’的。”边上那个稍矮一点儿的楼是什么学院的，俗称“学院楼”，就气馁好多，又叫“老九楼”，就更低三下四了些。她正拧开钢笔，问他：“要吗？”布林觉得全班的目光好像都扫射过来，还有轻微的嘘声，但是她的目光十分坦然，这使布林羞愧，便将钢笔伸了过去。

这会儿在火车上比当年和同桌坐得还要靠近，布林下笔不流畅起来，也不好贸然偏头看她的态度，只觉得她在专心看书；布林对那本书产生了兴趣，布林也是爱看书的。车过一个车站，过道那边斜对布林的座位空了出来，布林趁机坐过去，这样就看见了她，一看就吃惊不小，尤其是她放下书，看向窗外的侧面像，灿烂完美得像一枚银币。布林并没见过银币，可他心中就是出来了这样的赞叹。布林还写诗呢，“让阳光的瀑布，洗黑我的皮肤”，他在跟着父母下放农村的时候，写了好多这样的诗。后来到了晚上，他们竟然还说了话！那本书合起来的时候是《毛主席诗词》，打开来里边却是福尔摩斯，这真太让布林没想到了。她说她喜欢看侦破推理小说。布林看她笑起来那么小，像个初中学生，可她说她已经是工人了，高中都上完了。布林又惭愧了，他小学就没上多少，初中上了三个月就去农村了。天再亮的时候，就快到北京了，喇叭广播的时候，周围的人也开始喧哗，她拿起杯子去洗手间，布林看着她的空座位，看着看着忽然被一种绝望感包围，就像人海中看到一朵纯净的浪花，一瞬间，就消失了；就消失了吗？不能不消失吗？布林向车厢尽头看去，她还在，就在那里，好像在用毛巾擦脸，可是，马上马上，就又是只有茫茫人海，再也看不见她了，或者再看见，也不是她了。布林被害怕压倒了，他像求救一样在画画儿的本子上写下自己的住址，然后将纸撕下来，她走过来了，看见他，还对他笑，布林又被害怕压倒了，手攥着刚撕下的纸，连她对他说什么都没有听清，布林一脸严肃，她刚坐下，布林就起身也去了洗手间。在洗手间布林进行了剧烈的思想斗争，试图审判自己是好人还是坏人，可是车就进站了！人们都站起来，跟着向这边或那边散去，布林绝望了，她没有往这边走，一定已经往那边消失了，他们的座位在车厢中部。从此，这一夜成为幻觉。

人们鱼贯下车后，布林没精打采往自己的座位走，就像昨天第一眼看到她时那样吃惊，不，更吃惊，几乎空了的车厢，她还在那里整理她的旅行袋，然后拉上拉链，可是又拉开了，布林不知怎么就那么勇猛，几步走上去，将手里的纸条向她一递，说："欢迎你来玩儿。"跟着转身又大步流星地走了。还不待他反省自己的英雄壮举，身后竟出来了她的声音："哎！哎！你的东西，你都不拿啦！"布林顿时打了个寒战，停住脚，回身的勇气都没有了。等他回过身，她冲他笑笑，就转身往那边走了，像个放学回家的初中生。布林太惭愧了，但是不管怎么说，没有山崩地裂，顶多就是太有些丢人罢了。

好在领导让布林休息一天，布林决定睡觉，因为醒着就羞愧难当，睡一大觉也许就振作了？布林当然已经不住在那个"革军楼"里了，但是这个楼也很不错，大致相当于当年的邻居那个"学院楼"吧；就是所有楼里的人对他在那么个街道服务所里拉锯、蹬板车、挖沟，挣每月 16 元工资，都不解，一般说法是布林有些傻。布林的父母真算宠他，偶尔还会替他辩解说："他有他的想法。"好在这会儿他是借调记者，算是情通理顺了。布林睡着听到了雨声，春雨叩问僵冷的大地，春雨叩问，布林好像琢磨起诗来，春雨叩门，春雨有声，春雨，是有人敲门！布林全醒了，父母都不在家，他们回家也不会敲门，"谁？请等等！"布林说着就穿上衣服，他还想刚才还觉得有好诗呢，原来这么呆。布林老在梦里有好句子，而醒来不是想不起来，就是想起来了却失望根本不是好句子。门又敲了两下，很轻。布林打开门的一瞬就呆住了，就是十个月亮同时出现也不会让他呆成这样，她那么灿烂地笑着，布林整个脑子都转不过来了，而且有点儿像盲人，眼前只有光亮，她好像笑得都出来了声音，布林用尽力气镇定自己，好不容易才说出话来："你，你你……"她更笑了，说："我来看看你，看你是不是一个坏人。"噢，对，布林觉得清醒起来：她读福尔摩斯！布林对自己在紧急时刻的聪明，终于感到了一丝满意。

"嚯！还在这儿发傻哪！"布林正满屋顶画呢，一下都不知声音哪来的。"你这漆得有一块没一块的。噢！看出来了，你这漆得都是人哪，那边儿还有棵树？"布林转过身，看见一个满面红光的脸，是他师姐，也许是师妹，但布林的感觉里更像是师兄。布林说："人呢？你们都上哪去了？"师姐探个头也没打算上来的样子："嚯，你还问哪！都吃完饭了，也没见你，就你的饭盒扔在那儿，我就给你打了吧。快下去吧，全吃凉的啦！人家全都打饭吃饭，这会儿打牌打盹打架……"布林听得笑了，觉得师姐真还挺有才华的。师姐在布林前边进的服务所，他刚一报到，师姐就注意到了他，心说：哪里来个小傻瓜？然后看他干活儿又玩儿命又走神儿，就禁不住老捏汗，好像布林是珍稀物种，生怕她一个不留神儿就都给弄死绝了。

布林进服务所，也很快就留意到了她，因为她老穿着军裤，布林想这服务所里真还有军干子弟？后来发现猜得还真不能算错，她的父亲抗日的时候还是个英雄呢，比布林的父亲资格老，一度还当到了团长，可惜他喝起酒来也英勇过人，英勇过人的意思就是所向无敌，就是管你军长、司令，也一概骂你到祖宗八辈，最后竟喝得相继丢了军籍、党籍、夫人、工作，沦为只有一个女儿和一只花猫的临时工，再最后，于一个大醉之夜从床上掉下来，死了。他的女儿在他的大无畏气概下长大，长得那么大，比布林这个男子汉还高大，而且心硬如铁，据说丧父之夜照吃照睡，只在不给报销火葬费时眼圈微红了一下。尽管师姐凶猛，布林却常见她目光柔和，而且眼睛漂亮，比如此刻，蓝天之下，金色的眼睫和金橙色的眼虹膜，混合着阳光一起灿灿闪耀，柔和得布林都恍惚以为又在火车上了。

师姐就那么探头在屋顶边沿上，女孩儿敢上这么高就很了不起了，只是布林老忘了她是女性，以至和她说话从没不好意思过。师姐看布林光顾傻笑，急了："还不快下来！要不我上来，让你先下？"布林真没想师姐从攀梯翻上屋顶有多了不起，他看屋顶上他的那些画儿，就赶紧醮漆想快快给刷掉好下去吃饭。师姐真的一下爬了上来，上来了还没来得及发火，就一转身坐在了屋顶上，话也变了："嚯，这还真够悬的，说你怂吧，你也算行了。我说你个木工，一会儿让你掏阴沟，一会儿让你刷屋顶，让你刮锈，让你拉货，你就这么不吭不哈的，还真任劳任怨哪你。就知道画，领导训话你也画，给他画得那叫个神气！还偏说你丑画，还要说你别有用心，你就不反击？'那是美化！'你瞧我这么说他就不敢对我横！全服务所都知道要罚你，那就谁都觉着可以罚你！这不是？谁都认为你好欺负……"布林也不知该对师姐说什么好，轮到这时候布林对谁都不知说什么好。他加紧最后几下把他的画儿涂干净算了。

师姐都想跳过去把布林的刷子给扔了，可她还是没动，语气不禁有些哀伤："你画得多好呵！太屈才了。要是你爱画爬上来躲这儿画，我也不说什么，可又都给涂了！你还真是老老实实刷屋顶哪，你没听招呼说不刷了吗？""不刷啦？"布林这下腰直起来了。"你还真没听见呀？"师姐也有些发愣了，不禁自责起来："今儿早你们爬梯子的时候组长招呼说的呀，说：'不刷了！不刷了！都下来！'就都下来了，我以为你也下来了呢，嘿，说你笨我也够笨的，兴许我正瞅着那官丫头觉着逗呢，都忘了瞅你了！谁想你在这儿一人刷了一上午哇！"她和几个女工管刷门窗，属地面工作，或离地不远。看着布林还不明白，师姐越发语气悲哀："我们可是玩儿了一上午，你冤不冤哪？而且，你不知道你这刷了全白刷吗？闹不好，领导还得说你浪费呢！""为什么？"布林真有些慌了。

"天哪，你啥都不知道！就知道埋头苦干，还不落好，还挨欺负。就是因为住这个楼的那个官小姐呀！这楼是高干楼，这你知道吧，原来就是个普通的军干楼，给改装了，四层楼就住两家，这官丫头家住上头两层。她今天站楼跟前儿我听她跟书记说这漆颜色都不对，得调色儿重刷！""什么？！"布林简直懵了。布林也不认为这漆色好，他就觉得不上漆最好。那时候她说这楼顶是法式的，是不是他到现在也不清楚；但她那时说这话的居高临下劲儿他还记得，仿佛这个楼是她家的，没想到现在还真差不多是了。

那时候他们都住这个楼。"文化革命"停课，"复课闹革命"改成"就近入学"，同个住址同个学校，他的班上这个楼里的孩子只有他和她，还给分配成了同桌。她对人莫名其妙态度高傲，这也属"革军楼"里孩子的通病，只是她似乎另有自负，所以对楼里的孩子也并不谦逊。她对布林却少有的比较小心甚至关心。那时候"全国山河一片红""全国一盘棋"，所有学校工宣队均已进驻，也"全国学人民解放军"开展起"一帮一，一对红"来，而且根据人只有阶级性的原则，必须"打破男女界线"，班里除了多出的四个男生被分配为两对"一对红"以外，其他的"一对红"都分配为一个男生一个女生，那两对男生于是表现得极为极为得意，其他男生都表现为唉声叹气、垂头丧气，女生则一概表现为不屑或不服气。"一帮一，一对红"从"谈心"开始，谈对毛泽东思想的学和用，他和她同桌，自然给分配成一对。每天最后一节课就是"谈心"，不论你平时多么起哄，这时候工宣队坐阵，必须"谈心"。于是他和她和其他同学一样手里都拿着《毛主席语录》，最初布林非常不适，尤其是自从那次她给他钢笔水之后，班里同学都特别注意布林，因为她对谁都高高在上，却主动问布林要不要墨水，令人吃惊，直到知道布林也是革军楼的，才算好些，可布林却更有了一种不适。布林借了钢笔水那天放学，她跟布林说："走吗？一起走吧。"布林也没敢吭气，待在座位上翻书，直到她走了好久，才往家走。这会儿"谈心"，她也没立刻说话，班里就没说话的，前后的同学还特别爱看他们俩。

工宣队员说话了："谈哪！都怎么学习毛泽东思想的？班干部带头！"班干部大多是女生，于是就听女生先开口，布林听见个最近的女生说："《毛主席语录》第一页第一段：领导我们事业的核心力量是中国共产党，指导我们思想的理论基础是马克思列宁主义。……"她也是班干部，站队时喊口令。可她开口说的话吓布林一跳，她说她看布林挺爱画的，画得挺好的，放学去她家看画册吧，说她家老聚着几个爱看画册的。布林奇怪她怎么知道他爱画，他没在人前画过呵，学校出板报，出墙报，老师问谁会画？他也没吱过声，上课写字，他顺笔在本上画个什么，也要把那一页撕掉。她说楼里的孩子都知道他是个怪才，可都没法儿跟他说话，不管男生女生，他一见人，头就一低。布林也纳闷自己，小时候见女孩儿低头，大了见谁都低头了，小时候老被女孩儿围住取乐，大了好像他不好意思，别人就也不好意思了。她说她也不爱理楼里的孩子，但有几个爱画儿也爱画的。她说米盖朗基罗、列宾、达·芬奇……布林顿时听傻了。工宣队员站过来了："你们是在谈学毛著心得吗？"她一偏头气盛地说："当然啦！毛主席教导我们说：古为今用，洋为中用。我们的文学家、艺术家……"声音大得又让全班都没声了。工宣队员一愣，说了句"好好学吧"，就走了。

后来他放学时真跟她去了她家几次，那些画册让布林大为震动。他家里也有过一些画册，但是"文革"一开始，说布林的母亲"三名三高"，抄家都抄走了，连不是画册的书一并抄走了，全家也从母亲单位的住房搬到了这个父亲单位的住房。布林奇怪她家怎么幸存有这么多书，她跟布林说，都是抄家战利品，堆在库房里占地儿，父亲就搬回家一些（她的父亲当时是革委会领导小组成员）。有回他看画册，另几个男孩儿看外国画报，指着那上边的房子说："瞧这破楼，世界上四分之三的人民都在水深火热中呀！"她斜他们一眼："法式建筑懂吗？现在让你们住的这个楼，"她跺跺脚表示就是此楼："楼顶，就是法式的。"这楼楼顶是法式的？布林记住了。后来她的父亲继续高升，布林的父亲接着落难，布林全家去农村的时候，也大致是她家搬离这楼的时候，不同的是，她家来的一队战士毕恭毕敬，称她的父亲一口一个"首长"，他家来的一队战士则面冷如霜，毕恭毕敬的是他的父母亲。

"早上你爬梯子的时候，我瞧那官丫头直瞅你，本来她正跟书记说这漆不行呢，忽然瞅见你眼珠就不动了，书记还不住嘴地说呢，她都没理，我心说，别是瞅上咱们小布了？要真是，我可得对这官丫头另眼相看了。"布林听得打个颤：她认出我来了？

"唉，在阶级社会中每一个人都在一定的阶级地位中生活。"师姐背出一段语录来，接着说："她跟我们不是一个阶级，可是你说我们是无产阶级，她是资产阶级？她家那是'革干'！"师姐这样说着，布林还是给他的画儿都漆掉了，肚子真正的觉到了饿，他说："呵，你先下吧。""哎哟！"师姐发觉竟然是自己忘了布林还没吃饭的事儿了，她说："快快，你赶快下去，饭在老地方，我下得慢，跟在你后边儿。"布林看师姐还斜坐着，下边是遥远的地面，就坚持她先下，还过来想护她一下，同时脱口而出："男子汉后下！"话音未落，他自己就吓了一跳，真是平生第一次，自称男子汉，刚才还泄气自己不像男子汉呢！师姐也惊讶不已，她发觉自己从来就没有拿布林当什么男子汉看待过。她看布林，看了又看，才想起说："得啦，男子汉，快下快下！今儿早我瞅那官丫头看你，书记跟她说一通就叫组长，叫你们下来，你也没下来。我下了，你又忘了下怎么办？我说跟你后头的那几个可够坏的，就知道自己溜号儿，肯定他们都往下撤的时候，你还往上接着爬呢。一到这时候他们就全都把你忘了，我问布林呢？他们就没一个说看见的。你别惦着我，你赶快下你的！我这根本没问题！"

正说着，一个师傅冒上头来！跟着递上桶漆，看见他俩大为吃惊："你们这是？跟这儿玩儿哪！组长就跟我后边儿呢。得，帮着把这漆提里边儿点儿。嘿，小布，你这又是第一个到。"

师姐一看，坏了，开始干活儿了！她说：“是第一个到，到了五小时了！把这一大片都刷了，还没吃饭呢！他该轮休了！”

组长上来了，见是她嘴张张没说什么。连布林都知道，要不他难听的话多着呢。他看看屋顶刚刷的一大片，就冲布林训了过去：“你这是故意呀还是咋的？你那么爱刷，那个角楼就归你刷吧，提这桶漆去，你那漆色儿不对不用了！”布林还没反应过来，师姐叫起来了：“凭什么让小布去刷角楼？！他又不是油工！他饭还没吃呢，一直干，就是黄世仁，也得让杨白劳吃饭哪！”

组长绝不想和她吵，可也不得不说了：“吃饭的时候干活儿，干活儿的时候吃饭？”接着还是冲布林发话：“说你干活儿是好听的，你这干的什么活儿？干的是反活儿！你这漆一通，都得重漆！等漆干怎么也得两天，要不今天下午就是漆这面儿，明天重漆那面儿，现在怎么着？先漆那面儿？那是昨天刚漆的！还有你浪费的这桶漆顶你一个月工资了！你这不是捣乱吗？要上纲，那就是搞破坏！”



布林完全没话，他看看蓝天，想起地球的旋转来，跑远点儿看，地那么小，天那么大，这要是这么一掉，掉到蓝天里，那就是飞翔了……没有目的，在蓝天中荡漾……他少年时在农村，写过这样的诗……

师姐坐在那儿早就气坏了，气得语无伦次：“你们看着布林老实就欺负？人家布林是画家！你们非得给人家从报社叫回来，叫回来也不好好待见人家，就这么使唤、欺负！人家也不是咱油工组的，你管得着吗？”

组长并不恼火，他早知道这浑丫头对布林好，他还就爱在这丫头跟前数落布林，你骂她她天不怕地不怕，谁都骂她不过，可要拿布林逗她，——组长很得意发现了这么一招。

组长对布林说：“快提上漆去刷吧！你还真等着这傻丫头片子为你抱不平呵？觉着她看上你了？觉着自个儿知识分子委屈了？可不是我要你来我这儿的啊，我才不稀罕你呢，那是书记给我的任务，让我教着你点儿。书记也没从报社要你，是报社不要你，你瞧你个漆都刷不好，报社能要你？”

果然师姐气得怒目圆睁，嘴抖着都快不知说什么好了，布林当然不想这样，他提起漆桶就往那边儿去，师姐一见立即跳起来，脚下不稳身子就歪了，不禁“啊”了出来，布林不知怎么就那么机敏，一手就抓住了她连着自己向里一倒，两人就斜倒在了屋顶上，漆桶布林也没忘，护得好好的。所有人都吓了一大跳。组长镇定住对她说：“得啦，你快下去吧，这还干活儿呢！你那门门窗窗的，也都开始刷了。”

师姐盯住组长，狠狠地说：“布林先下去，我就下。”

布林害怕这种尴尬，他赶紧往角楼去了，也不管师姐连叫了他好几声。这角楼顶真是太斜了，布林也不知该怎么刷它，也没个抓的蹬的地方，他先放上漆桶架又放上漆桶，然后翻上去，他觉得不能站也不能蹲，他就像刚才师姐那样，两脚向下斜坐到屋顶上，这样刷漆可太艰难了，布林想。

那边师姐一直吵：“小布！布林！别上去！快下来！叫小布下来！那不是人干活儿的地儿！……”

还有组长吵：“你下去，不下去扔你下去不算工伤……”

还有师傅的声音：“书记上来了，哎，在官小姐后边！”

一会儿听到了她的声音：“布林！”书记的声音……组长居然叫他了：“好了好了，小布，不刷了！你的老同学来看你了！”

布林这时候正试着将刷子伸进漆桶，漆桶歪了，他侧下身去扶，忽然有向下滑的感觉，他顺势侧卧下去，还滑，于是他将身子翻过来趴在屋顶上，还是滑，关键是两手抓不着任何东西，除了还攥在手里的刷子；他看漆桶也越来越歪，漆流了出来，接着更歪了，漆更流了，那边脚步一片乱，似乎正向这里过来：“布林！”“小布！”“稳住！”“啊！……”有她的声音，她的声音，书记的声音，组长的声音，师傅的声音，分不清的声音。布林身体滑下屋檐时，他看见漆桶滚了下来，布林让自己面向天空，他看见亮亮的天空，阳光的瀑布，和她的明亮的侧面像，他想，哎呀，还没给她回信呢！

# 在亮亮的天空下（初草残页）[1]



（首页）

"真的，这有什么呢？"布林提油漆桶沿着防火梯往上爬，一边为自己开脱，但仍摆不脱小孩做错了事等挨罚的感觉，他有点恨自己，本来吗，都快二十了，还

（第 16 至 20 页）

……再刷一遍血青色的，这样提前完成全年任务就困难了，所以今天要速战速决！"书记话一停，老太太们就拥护了，娘腔腔地说："没意见！怎么说就怎么干！"王头的传音也叫："没问题！"

布林依旧蹲着，水池上跑过个老鼠。

小卫嘎着嗓子发刺了："你们净他妈害人！（王头脸变了）这遍红油还没干透，再一刷不起皱吗？"

王头炸了，污黄的牙全部呲到紫黑的唇外："你吃谁的饭？成天净找骨

---

❶ 此稿至此仅见首页几行和尾数页。此稿或者当初作者即无心保留，或者于三十六年过程中残失（很可能再不会寻见缺失的至少十四页了）。以目前幸存的这六页（见本册第420页）看，同此后的进一步稿（见前）比较，作者的改动（可以说是"重写"了）应是方向明确的（向"自哀自怜"的反方向大走了一步吧）。

考虑到此为草稿，作者记录思绪，不讲究标点及落字规范，因此誊写时从编辑角度慎予清理。有的字有可能是笔误，但只要表义上过得去，则予以保留，如"情态""屋沿"等。

头，这活儿就是一锤买卖！”

“我没吃你的饭！毛主席给的！”……

二战终于又平息了，开始派活儿了，布林缓缓地站起来，情态茫然，以至于王头不得不加大音量，让他去刷最远最边上，也就是屋檐上的两排瓦楞铁。小卫余恨未消，便又嚷了一嗓子：“你干吗老挤兑小布？他又不是油工，又那么笨，你倒非让他刷悬的！”王头这回倒出乎意外地没炸锅，脸上出现了一点快意：“人家小布都没说话，你着哪家子急呀？他刷得慢才让他溜边的，要不他的油 __[1] 流到别人刷过的地方怎么办？悬的地儿不让小伙子上，让老太太上？你才挤兑小布呢，人家不总那么笨，实践出真知……”

书记干涉了：“老王。”

布林实在没兴趣成为这种议论中心，他一言不发拿起小桶、刷子，大步沿着屋脊走到尽头，然后坐着溜下去，他心中不管充溢着多少神圣之气，这时不觉又一阵虚寒，坡太陡了，近乎四十五度，一抬身就是一阵“失重”的眩晕，半干的红油是涩的，万幸，布林笨拙而小心地把胶棉鞋踏在瓦铁凸起的螺钉上，才算勉强使自己没继续下滑。桶中的油精半红，波动着，布林用一种近乎侧躺的姿势开始工作了。

下边是风，是树的枝条，是不能浮起羽毛的空气，是一片煌煌的阳光……

习惯、寒冷、粗笨的衣着，使危险变得钝了。

刷着上边两块瓦楞铁，用一种半蹲姿态，把他长大的体躯倦成一大团，在蓝天中喷着白气。

他会砸下来吗？



---

[1] 此字难辨，故暂以下划线替代。

布林不由把这幕惨景想得很具体，充满了感人的细节，好人都很伤感，坏人都很惭愧，（不，这是没有的事）几百年后，他的诗被发现了，被发表了，他的生平使那么多眼睛，那么多嘴巴，……哦，要这样死也不坏。

布林向下看一眼，本能的寒噤霎时撕碎了那副令人陶醉的画……

“小华[1]……”他轻轻地呼唤了。

真的，她的眼睛会变，在火车上那朦胧的夜里像静静的深海，早晨就像浴着太阳绿荫上的湖波……

“……我太兴奋了，风吹起飘散的头发，也把我的灵魂吹上远离现实的云端，我合上眼，你就站在我面前，当然睁着眼我也能看见你，但那就太远了，我再也不想遮住你那灼人的目光了（你不信？那天我真怕这样做了呢）……”

油漆上闪烁着无数光点，青的、黄的……

王头已经远远刷到前边去了，他抬头嚷：“快点，帮我刷一排！”

“……我们走过的那条路，叶子落了，枯了，都是奇怪的青色，我们坐过的绿椅，已经没有白云，无声飘过一片片寒鸦，我好像老了，头发脱落着，眼睛被皱纹包围……偶尔有行人走过，他们的眼睛都在问，这人在等谁呢？”

唔，淤了这么多油，得赶快刷开。

楼顶空了，真安静，布林沿着边沿缓缓刷着，也许恐惧也喜欢安静吧，危险是什么，是大地，是空气，还是自己躯壳的重量？布林小心地踩着螺钉一个个刷下去，一片枯叶沾在刚刷过的地方，这就是它的一生吗？为了



[1] 此字作者手草先是写为“烨”，圈掉后写为“华”，后边出现的两处都是“华”。因前边十多页缺失，无法知道此前一直写作“华”，只是此时笔误一下呢，还是一直写作“烨”至此才决定改为“华”的。写作此篇时，作者应是自1979年7月同谢烨有过最初的几次见面之后，还没有再见面，正在通信中间。此篇作为小说，作者将其时间背景，感觉大致安排在1974至1977年间的某一刻。

树，还是为了世界或自己？别人需要它吗？是为需要才生存的吗？谁的需要？布林又小心地退了一步，半直起身来，晚霞那么美，夕阳静止在远方，风全停了。“小华……”他好像又看见别离时她如辉的侧影，好像黄金的浮雕，为什么我不敢和她握手呢？布林看着油漆，漆要能用阳光月光多好。夕光已淡，他看看下面，枯叶也不那么触目了。

她不像浮雕，她调皮得很，是个小孩呢——“你为什么来看我？”“因为，我想你是个坏蛋。”布林无声地笑起来，真的，希望，没有尽头的希望，才是生存的原因。

可怕的边路终于刷完了，布林退到屋脊边，向防火梯靠去，一天终于结束了。高深的天空上，新月遥望着旧光。



“永远；唯一。”

“不，太阳升起来月亮就消失了。”

“你是月亮吗？”

“不，我是等待太阳的土地。”

布林嘘了口气，转身去拿小油桶，不想那桶却倒了，奇怪地转了半周，布林伸手刚碰到，脚却踏在红油流液上，突然就失去了平衡，他向前一栽，又翻过身向下滑去，身上沾着刚漆的红油，惊惧也逃开了，思想是一片空白，到边沿了，他用胶鞋去蹬那上边的螺栓，没有成功，接着悬空了，手碰了螺栓却被狠狠刮了下。

他悬空了，却不曾像鸟一样飞起。

一个收废品的条车划过。

他最后的思念呢，也许是一阵解脱的欣慰吧。他翻转过来，最后看了一眼天空——

真的没有噩梦的长夜收它。

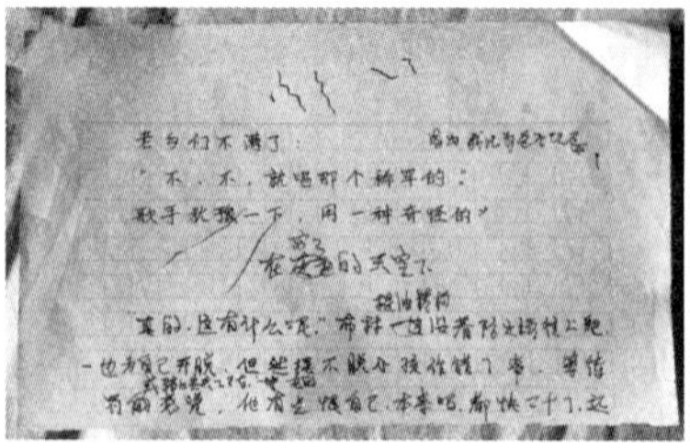

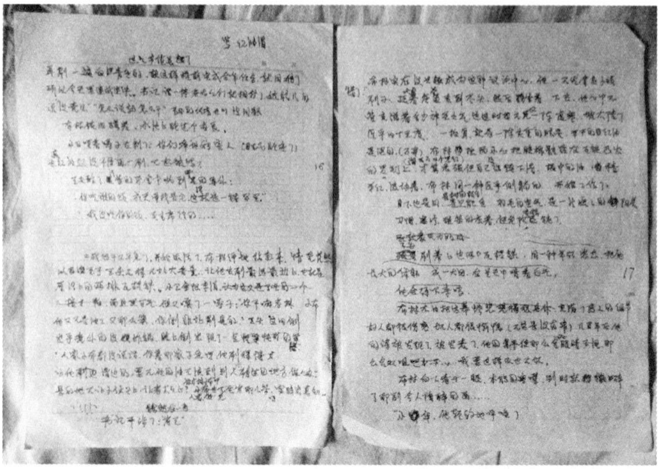

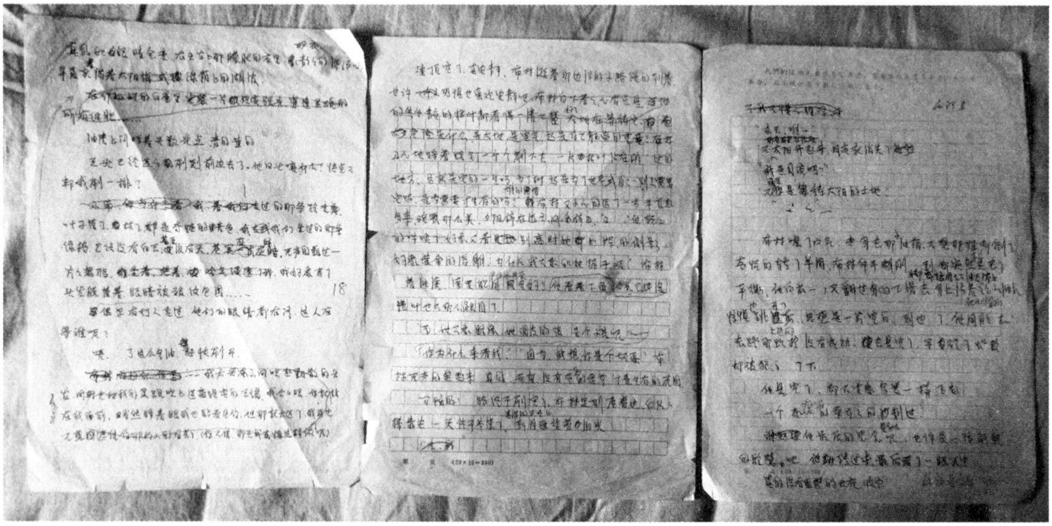

此为 36 年后零星发现的作者此篇手草首页和末五页。末二页未标页码，再前三页分别标有 16、17、18，相信未找见的尚有至少 14 页，即第 2 至第 15 页。手草用纸不一，且多为残纸，如第一页写在了应是复写誊抄他的《荒冢歌声》时废掉的小半张纸上（当然也有可能起草本篇时将下半写得不如意部分直接撕掉了，不见下一页，也难判断），最后的五页也有写在废掉的字纸背面的。首页前边三行字明显是复写誊抄他的《荒冢歌声》时的字，应是抄写过程中因修改想法废掉的字（可参看其《荒冢歌声》复写誊抄件第 6 页图）。相信起草此篇应是紧随写作《荒冢歌声》的吧。

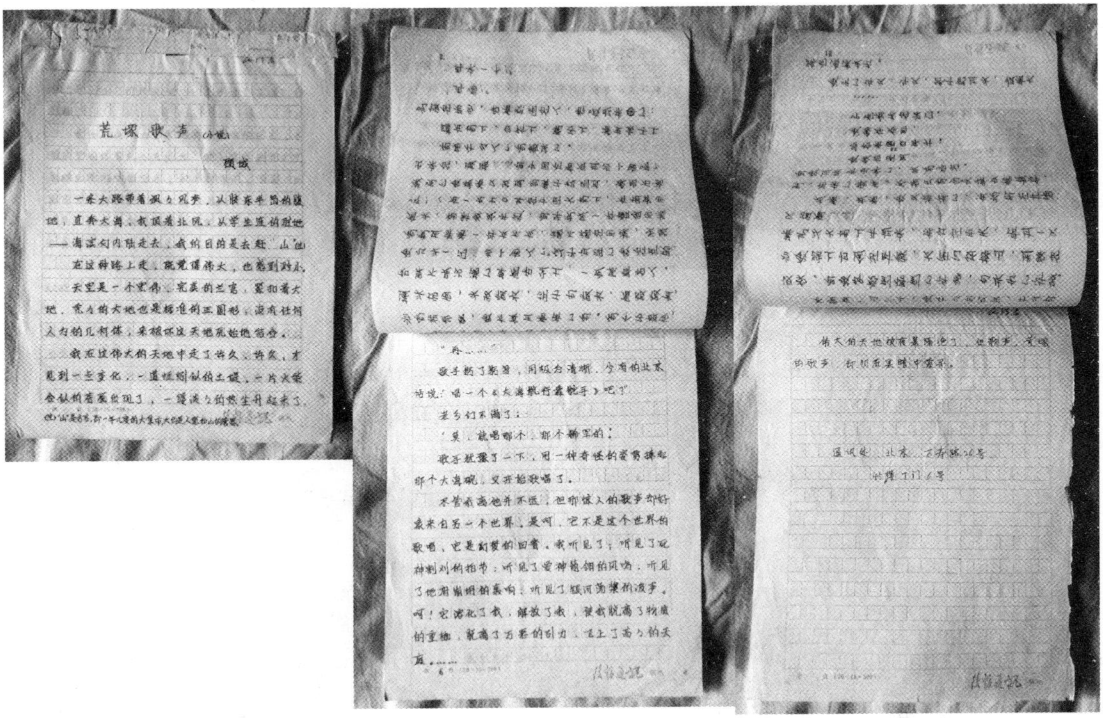

荒冢歌声（小说）

顾城

一条大路带着飒飒风声，从胶东半岛的腹地，直奔大海。我顶着北风，从学生连的驻地——海滨向内陆走去，我的目的是去赶“山”。

在这种路上走，既觉得伟大，也感到孤独。

天空是一个宏伟、完美的兰穹，紧扣着大地。荒荒的大地也是标准的正圆形，没有任何人为的几何体，来破坏这天地原始的符合。

我在这伟大的天地中走了许久、许久，才见到一点变化，一道蜿蜒的土坡，一片大荒合拢的荒原出现了，一缕淡淡的烟尘升起来了。

“再……”

歌手断了歌声，用极为清晰、少有的北京话说：“唱一个《大海航行靠舵手》吧？”

老乡们不满了：

“莫，就唱那个，那个稀罕的。”

歌手犹豫了一下，用一种奇怪的姿势捧起那个大海碗，又开始歌唱了。

不管我离他并不远，但那惊人的歌声却好象来自另一个世界。是啊，它不是这个世界的歌唱，它是前世的回音。我听见了；听见了死神削刈的拍节；听见了爱神错钿的风吻；听见了地府幽明的轰响；听见了银河汹涌的波声。啊！它溶化了我，解放了我，使我脱离了物质的重轴，脱离了万有的引力，飞上了高高的天宜……

伟大的天地被夜幕隔绝了，但歌声，无限的歌声，却仍在黑暗中震荡。

通讯处：北京　万寿路
邮编 100…

此为《荒冢歌声》作者复写投送件，应是第二联。作者誊写过程也会是修改过程，前页图作者起草另篇小说的首页用纸可见正是本篇第 6 页抄写时淘汰下的。《荒冢歌声》后经作者听从杂志社意见进一步改动后于 1981 年 1 月号《长安》发表；这里显示的几页（包括末页两行）都可证其后的改动。末页落写的地址，应最迟使用至 1980 年初；1980 年 1 月，作者一家自此地址搬离。所以此篇进行至此，很可能仍在 1979 年。

此篇于《顾城文选》中作为“写真”编辑亦有道理。作者最初写的是记述文，标题是“东冢歌声”，“东冢”是确实的作者经历此事的地点，因当时“东”字敏感，作者改为“荒冢”，后听从杂志社意见，改为“西冢”。

顾城 1993 年 3 月书字于柏林。“东家”是顾城 1969 年 12 月至 1973 年夏落户火道村时的所在公社名。

顾城于广桥街道服务所做工几年间屡获表扬，后期兼任工会代理主席和团委宣传委员。此为其姐偶存的几份顾城奖状。两张运动会奖状落章“北京市西城区广桥服务系统工会委员会”。

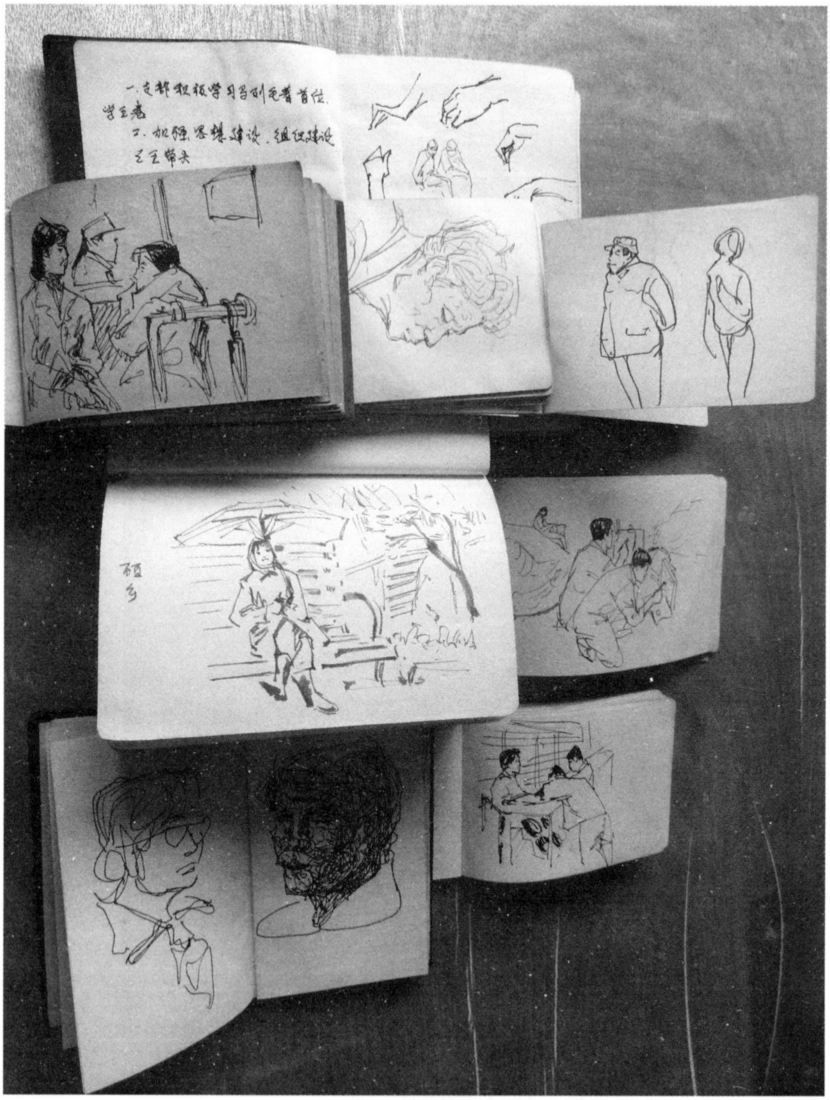
顾乡

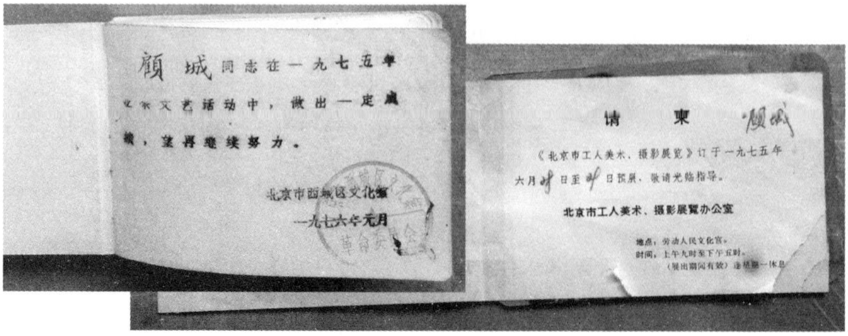
顾城同志在一九七五年
文艺活动中，做出一定成
绩，望再继续努力。
北京市西城区文化馆
一九七六年元月
请柬 顾城
《北京市工人美术、摄影展览》订于一九七五年
六月 日至 日预展，敬请光临指导。
北京市工人美术、摄影展览办公室
地点：劳动人民文化宫。
时间：上午九时至下午五时。

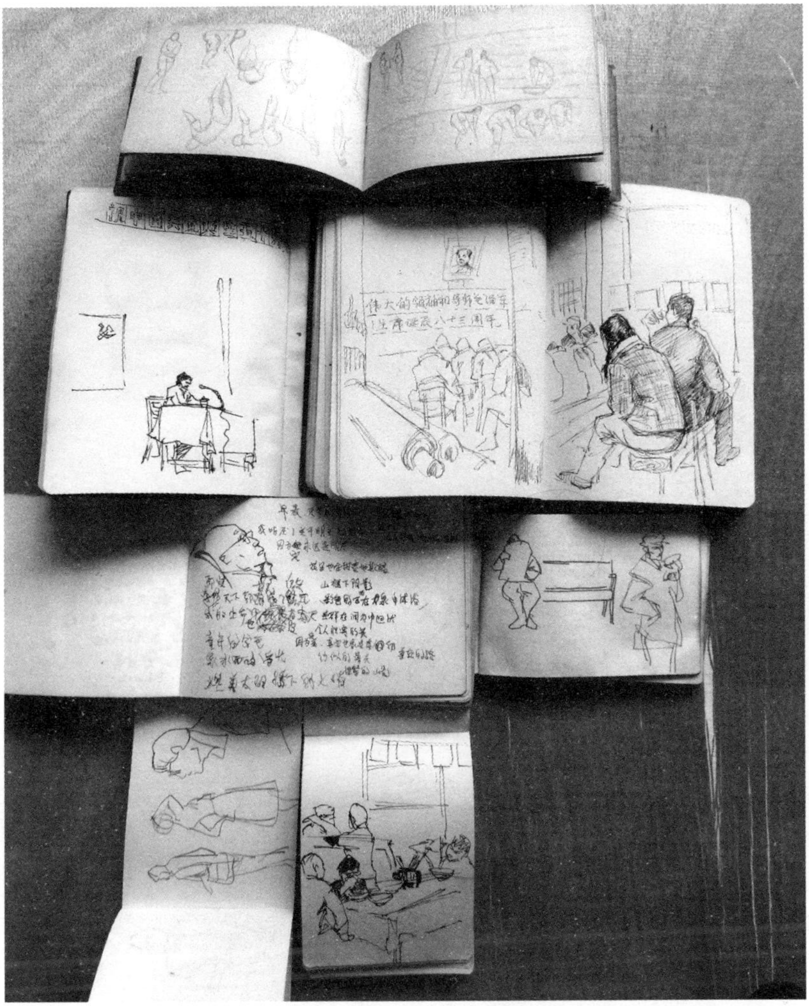

左页上、右页：见于旧物中的一些顾城于服务所做工期间的速写本（1976 年前后的吧），可见多速写在开会、乘车、休息时刻（偶间有笔记式落字，及他人落字落笔。上边一册翻开页见有顾城于团支部担职时的几行应是开会记字吧：一·支部积极学习马列毛著，首位。学五卷。……）。这里摄两图。

左页下：前图是其中一速写本扉页。此本是顾城参加西城区文化馆业余文化活动 1975 年时的奖品。后图是见于速写本间的 1975 年 6 月北京市工人美术、摄影展邀顾城莅临预展的请柬，顾城作品水彩连环画《写封信儿到农村》1974 年选入西城区工人美展后，继而选送入此展。

顾城 1981 年底至 1982 年初，以其当年习得的那些木工手艺用零散时间和自造的手锯（见最下层柜子前），将自存的一些木条和三合板为家里粗制四个储物柜（约: 1.2 米宽；0.65 米高；0.45 米深），此为其中三个（另个另放），三合板不够用后，其中两个柜的内隔板用了纸纤板。柜子至今仍在使用。